The Woman in White

白衣女人
The Woman in White

Wilkie Collins

〔英〕威尔基·柯林斯 著　叶冬心 译

上海译文出版社

Wilkie Collins
The Woman in White
First Published 1860
由上海译文出版社有限公司与企鹅兰登(北京)文化发展有限公司联合出品
Simplified Chinese edition by Shanghai Translation Publishing House in association with Penguin Random House (Beijing) Culture Development Co., Ltd.
Cover design Coralie Bickford-Smith
Illustration copyright Despotica

"企鹅"及相关标识是企鹅图书有限公司已经注册或尚未注册的商标。未经允许,不得擅用。
封底凡无企鹅防伪标识者均属未经授权之非法版本。

图书在版编目（CIP）数据

白衣女人 /（英）威尔基·柯林斯 (Wilkie Collins) 著；叶冬心译. -- 上海：上海译文出版社, 2024.10. --（企鹅布纹经典）. -- ISBN 978-7-5327-9686-1

Ⅰ. I561.44

中国国家版本馆 CIP 数据核字第 2024G5E341 号

白衣女人

[英] 威尔基·柯林斯/著 叶冬心/译
总策划/冯涛 责任编辑/刘岁月 美术编辑/张志全工作室

上海译文出版社有限公司出版、发行
网址：www.yiwen.com.cn
201101 上海市闵行区号景路159弄B座
苏州市越洋印刷有限公司印刷

开本 850×1168 1/32 印张 19.75 插页 6 字数 432,000
2024年10月第1版 2024年10月第1次印刷
印数：0,001—8,000册

ISBN 978-7-5327-9686-1/I·6082
定价：138.00元

本书版权为本社独家所有,未经本社同意不得转载、摘编或复制
如有质量问题,请与承印厂质量科联系,T: 0512-68180628

译本序

威尔基·柯林斯（1824—1889）出生于伦敦，早年曾当律师，后开始从事文艺创作，不久就结识了狄更斯，从此两人成为莫逆之交。1859年柯林斯的长篇小说《白衣女人》开始在狄更斯主编的《一年四季》杂志上连载。这部小说与狄更斯的名著《双城记》，在创造主题和写作技巧方面都有着明显的相似之处。早在《白衣女人》发表之前，狄更斯即从柯林斯的《冰封恨海》一剧中孕育了《双城记》的主题思想。

狄更斯曾在《双城记》的序言中说："我和孩子们以及几位朋友，看了柯林斯先生编写的《冰封恨海》后，就孕育了《双城记》的主题。"

《冰封恨海》是柯林斯编的一出三幕剧，剧情大致是这样：理查德·奥尔多和弗兰克·奥尔德斯莱是两个面貌相似但从未谋面的青年。他们都向克拉拉·伯拉姆求婚，奥尔多遭到拒绝，但奥尔德斯莱却最后成为克拉拉的未婚夫。奥尔多曾声言：将来如果有机会，他誓必手刃他的情敌。

两个青年先后加入了北极探险队。奥尔多认出了奥尔德斯莱这个情敌。在一次暴风雪中，全队暂时隐蔽在一个岩穴中，然后派遣这两个青年去寻找最近的居民点。

克拉拉担心未婚夫的安全，由她的女友陪伴，循探险队的路线去到北极。为躲避暴风雪，她们也到了那个岩穴里。

克拉拉得知奥尔德斯莱和奥尔多一同外出，久久不回来，深为她未婚夫的安全担心。这时两个青年在归途中为风暴所困，奥尔德斯莱体力不支，倒在雪中，这正合奥尔多的心愿，于是他让奥尔德斯莱留在那里，独自回去了。

克拉拉见奥尔多独自回来，相信她的未婚夫已遭毒手，她悲伤至极，痛不欲生。奥尔多目睹这一情景，深为感动，他仍像原先那样热爱克拉拉，为了克拉拉的幸福，他不顾强烈的风暴，蓦地冲出岩穴，找到倒在雪里的情敌，将他背回来，情敌得救了，但奥尔多体力不支而昏倒，死在克拉拉脚下。全剧亦随之告终。

狄更斯在剧中客串奥尔多，柯林斯扮演奥尔德斯莱，其他角色则分别由狄更斯的家人和另几位朋友扮演。狄更斯对剧情十分赞赏，首次孕育了《双城记》的主题思想，并决心要将这一主题体现出来，经过酝酿，终于写出这部不朽巨作。

因此，我们看到：《冰封恨海》、《双城记》和《白衣女人》三部作品中，都以主人公面貌相似这一特点为背景，发挥人类为崇高的爱而舍生忘死的精神。奥尔多为了对克拉拉的真挚的爱而轻生就义，拯救了他一度渴望有机会手刃之为快的奥尔德斯莱；卡顿为了露茜的幸福而想方设法从死囚牢中救出达内，自己走上了断头台；白衣女人由于爱慕劳娜，逃出疯人院后，却不顾危险，一再设法去搭救劳娜，以致最后招来杀身之祸。三部作品的情节不同，但主题却极相似。

大概，两位作家在构思时，经常交谈自己的写法，相互商讨故事中的片段：西德尼·卡顿向露茜坦白自己的爱慕，誓言将为露茜献出自己的一切；沃尔特·哈特赖特向劳娜道别时所作的许诺，说他将为她献出整个心灵和全部生命，只求为她带来片刻的欢乐。那两段话几乎像是出自一人之口。

但柯林斯写《白衣女人》时"所作的一次试验"，却是狄更斯不愿采用的。据引柯林斯的话说，"书中的故事，从头到尾，都由书中的人物自己叙述。在一连串事件的发展过程中，这些人物各被安排在不同的地位，轮流出面叙述故事，直至结束。"其实，通过这一创新的写法，读者固然可以从不同的角度观察故事中的人物，从而让他们显得更为逼真，但有时就不免会使各个章节变得散漫凌乱。

　　再谈到预设伏笔，创造悬念，以达到高潮这方面，柯林斯显然远不及狄更斯的手法。在《双城记》中，为了让卡顿进入死囚牢调出达内，作者先作了不少伏笔，如杰瑞听到"起死回生"的口信那样"发愣"；密探假死后同党们大事张扬那次出殡；"正经生意人"又如何发坟盗尸，等等。所以，后来密探突然出现，就不会令人感到意外。再看《白衣女人》中，虽然在小说一开始就提到帕斯卡教授离开意大利，是由于政治上的原因（"有关那些事的性质，他对任何人都矢口不提"），但此后教授就不在故事中出现，直到最后关头，画师追踪福斯科伯爵时，才突然提起教授，那也只是略微补述了几句，而此后教授如何去歌剧院，如何追踪和暗察伯爵，又如何突然出现了那个"左边脸上有着一个疤痕的人"，这一切都显得有些生拼硬凑。在这一方面，柯林斯确实远不及狄更斯的手笔老练。

　　在《双城记》中，一些人物，如西德尼·卡顿，如查尔斯·达内，又如马奈特医师，德发日先生，德发日太太，甚至是普罗斯小姐，洛里先生，都被写得栩栩如生，呼之欲出。再看在《白衣女人》中，只有少数几个人物被刻画得相当成功，如机智英勇的玛丽安·哈尔科姆，狠毒贪财的珀西瓦尔·格莱德爵士，神秘机警的福斯科伯爵，以及软弱、庸俗、自私的利默里奇庄园主人弗雷德里克·费尔利，被刻画得生动逼真。但作为主人公的劳娜和沃尔特·哈特赖特则显得相当浮浅淡薄，画师在整个故事中只起了穿针引线的作用。

　　《双城记》以法国大革命为背景，综述了当时错综复杂的阶级斗争，同时宣扬了作者的人道主义思想：舍己救人的崇高美德。它布局广阔，气势雄伟，迥非《白衣女人》所能望其项背。柯林斯在他的小说中仅仅揭发了英国古老婚姻制度的弊端，人与人之间的尔虞我诈，它较《双城记》所包含的内容要狭隘多了。

　　但是，柯林斯写出《白衣女人》，开创了侦探小说的先河，为英国文学另辟了一条新的蹊径。此后又过了二十多年，柯南道尔才发表了他的《福尔摩斯探案》，在通俗文学中独树一帜，从此侦探小说赢得了广大读者的爱好。看来《白衣女人》的影响还是很深远的。

译　者
二〇〇三年二月十五日

目 录

初版序言 1
再版序言 1

第一个时期

住克莱门特学院宿舍的画师
 沃尔特·哈特赖特开始叙述事情经过 3
住法院胡同的文森特·吉尔摩律师
 继续叙述事情经过 121
玛丽安·哈尔科姆继续叙述事情经过
 （摘自本人的日记）.............................. 156

第二个时期

玛丽安·哈尔科姆继续叙述事情经过 193
利默里奇庄园主人弗雷德里克·费尔利先生
 继续叙述事情经过 334
黑水园府邸女管家伊莱扎·迈克尔森太太
 继续叙述事情经过 353
从几篇证明材料看故事的下文 393
 1 福斯科伯爵府内的厨娘赫斯特·平霍恩
  提供的证明材料（摘自她的口头陈述）...... 393
 2 医师的证明 398

3	简·古尔德的证明	399
4	碑文	399
5	沃尔特·哈特赖特的叙述	399

第三个时期

沃尔特·哈特赖特继续叙述事情经过	407
凯瑟里克太太继续叙述事情经过	519
沃尔特·哈特赖特继续叙述事情经过	532
伊西多尔，奥塔维奥，巴尔达萨尔·福斯科 继续叙述事情经过	589
沃尔特·哈特赖特结束这篇故事	604

初版序言

写这部小说时，我作了一次试验，据我所知，这种写法以前的小说家从未尝试过。书中的故事，从头到尾，都由书中的人物自己叙述。在一连串事件的发展过程中，这些人物被安排在不同的地位，轮流出面叙述故事，直至结束。

如果用这方法写小说只是为了追求形式上的新颖，那我也就不会在这里烦渎诸位的视听了。事实上，除了形式之外，书的内容也由于采取了这一写法而变得更加完善。这样写法，我就必须使故事不断地向前发展；同时我那些人物，由于应为推动故事的发展作出自己的贡献，因而也就有更多的机会来表现他们自己。

序言写到这里，我对自己的小说在期刊上发表后受到英美读者热烈欢迎一事当然不能恝然置之。首先，我希望，他们的欢迎证明我可以承担文学创作的重任，因此，就在查尔斯·狄更斯先生以其最完美的艺术创作为《一年四季》[①] 充实篇幅时，我立即在该刊上发表了拙作。

第二，在拜领迄今荣获的好评之余，我应借此机会向许多来信的读者致意（这些读者我都不认识），感谢他们热诚地鼓励我陆续发表的作品。现在，在长期以来我一直与之打交道的那些虚构的男男女女即将和我分别之际，我不禁十分欣慰地回忆起："玛丽安"和"劳娜"在许多地方结交了一些十分热心的朋友，每逢故事发展到某一个关键时刻，这些朋友就会迫不及待地警告我，要我慎重处理她们两人；费尔利先生也遇到了一些同情者，这些人责备我不曾以宽容的态度对待他那"衰弱的神经"；珀西瓦尔爵士的"秘密"已相当令人恼火，终于成为一些人打赌的对象（我在这里宣布，后来这些人已"取消了"所打的赌）；福斯科伯爵在某些问题上向学者们提出了不少玄妙的设想（对这些设想，我直到现在仍然不大理解），并且使许多人产生疑问，想知道他这个人物究竟脱胎于哪个活模特儿。回答最后这一问题时，我只能老实承认：有许多人，其中有尚在人世的，也有已经作古的，都曾经为他"做模特儿"；同时我要指出，我为伯爵搜集素材时，正像为其他人物搜集素材一样，如果不超出单纯一个人所表现的狭窄的人性范围，那他就不会像我所设想的那样写得很逼真了。

向另一部分读者介绍我这单行本时，我只需声明：这部作品已经过仔细修订，对于篇章的划分和诸如此类的其他细节，我都作了某些更改，其目的只是为了使故事在通篇叙述中读来更加流畅和紧凑。如果现在等候着此书出版的读者，也会像当初在周刊上连载时逐期阅读的读者一样赐予好评，那么"白衣女人"就可以称为我所熟悉的虚构人物中最可贵的女人了。

在结束本文之前，我还要向批评家们提出一两个十分天真无邪的问题。

如果有谁要为这部书写篇书评，我倒想冒昧地请问一下：如果不先转述作者的这篇故事，他是否可能赞扬或指摘作者呢？这篇故事是我写的，虽然按照期刊发表文章的惯例，我不得不作了一些压缩，但叙述全篇故事时，我仍旧写了一千多页密排的印张。在这些篇幅中，有不少一部分被几百处小"接头儿"所占，这些"接头儿"本身毫无价值，然而，为了使整篇故事在叙述中读来流畅、显得逼真可信，它们却是非常重要的。

如果批评家们引述这篇故事时，也保留着这些"接头儿"，那么，他们能在有限的篇幅或专栏内转述这篇故事吗？如果他们引述这篇故事时略去了它们，那么，他们能说是在尽作家们相互应负的责任，对得起从事另一门艺术的同行吗？最后，不管用什么

---

① 英国小说家狄更斯主编的一份周刊。

方式引述这篇故事,他们能使读者得到乐趣吗?因为,他们首先就破坏了一切故事的吸引力所具备的两个要素:即好奇所带来的兴趣与惊讶激起的兴奋。

一八六〇年八月三日于伦敦哈利街

再版序言

《白衣女人》发表后,已在广大读者中受到特殊的好评,所以这里我就无须再为它作介绍了。现在我要说的,可以全部概括为以下几句。

为了要使我写的故事受到读者们持久不衰的赞许,我已竭尽绵力,作了仔细的修改与订正。某些技术上的错误,凡是在初写本书时忽略过去的,我都在这次再版时作了订正。虽然这些纰漏丝毫也不影响故事的兴趣,然而,为了对读者负责,我还是一碰到有机会就进行删改,所以,在本版内,这些缺点已不复存在。

有些爱诘难的读者,怀疑故事中偶尔涉及的一些法律"条款"的写法是否正确,这里我不妨回答:在这方面,正如在其他方面一样,我已竭力防止自己在无意中使读者产生误解。一位精通本行的律师,每逢我写的故事涉及错综复杂的法律问题时,就十分殷勤和细心地为我进行指导。每当遇到一个疑点,在不曾落笔之前,我总要先去请教这位先生;所有的校样,凡涉及法律问题的,在故事发表之前,我都要请他亲自修正。我可以说,如果用明智的眼光看问题,这样事先采取以上的慎重措施,功夫并不是白费的。本书出版后,它里面涉及的"法律"问题已不止一次经过有资格的人士评议,都被认为是无疵可议的。

在结束本文之前,我要再一次向读者们的盛情表示感谢。

我十分诚恳地说,这部书的成功使我特别高兴,因为这件事说明:我自从为读者们写小说以来一直遵循的一条文学原理,获得了公众的赞许。

我一向抱有那种老式见解,认为写小说的主要目的应当是说故事；我始终不相信，一位小说家，由于在其艺术作品中圆满地完成了这一首要条件，就会因此忽略了人物的描写——理由很简单：叙述任何故事时，如果能产生效果，那基本上不是取决于事迹的本身，而是取决于直接与那些事迹有关的人情趣味。写小说时，你可以成功地刻画了人物，但并未很好地叙述故事，然而，你不可能很动人地叙述了一篇故事，同时却不曾刻画人物，因为，要将一篇故事叙述得精彩动人，它里面就必须出现一些栩栩如生的人物。如果希望故事能紧紧吸引住读者，就必须使读者对某些男女感兴趣，理由十分明显，因为读者们自己就是一些男人和女人。

读者们给《白衣女人》的好评，充分证实了以上这些观点的正确，并且使我相信，以后仍可以保持这些观点。这部小说之所以获得读者们的盛情赞许，就是因为它叙述了一篇故事；而读者们之所以对这篇故事感兴趣——根据我收到他们自动来信中提出的意见——那又是和他们对人物感兴趣一事分不开的。"劳娜"、"哈尔科姆小姐"和"安妮·凯瑟里克"，"福斯科伯爵"、"费尔利先生"和"沃尔特·哈特赖特"，这些人物无论在哪里露面，都会在那里为我招来朋友。我希望，不用再过多久，我就可以重新会见那些朋友，而且，那时我就可以通过一些新的人物，在另一篇故事中引起这些朋友的兴趣。

威尔基·柯林斯
一八六一年二月于伦敦哈利街

献给
布赖恩·沃尔特·普罗克特①
为表示真诚地珍视他的友谊、
感念在他府上度过的许多幸福时光,
他文坛上的一个后辈 敬赠

① 布赖恩·沃尔特·普罗克特,笔名巴里·康沃尔(1787—1874),英国诗人,曾任律师,是诗人拜伦的同学。

第一个时期

住克莱门特学院宿舍的画师
沃尔特·哈特赖特开始叙述事情经过

1

这篇故事里说的是：一个妇女的耐性能坚持到什么程度，一个男子的决心能达到什么目的。

只要我们能给法律这台机器稍许施点儿"金钱油"，起一些润滑的作用，它就准能分析一切疑难案件，进行任何侦查程序，那么，以下各章中所记的事，也许早就在法庭上被公之于众了。

然而，在某些情况下，法律仍难免是富人支使的奴仆，于是，这篇故事就首次在这儿说给诸位听了。原来该由法官听的，现在却改由读者们听了。在我要交代的这篇故事里，从头到尾，凡是重要情节，没一处是根据道听途说转述的。每当以上开场白的作者（他叫沃尔特·哈特赖特）与所要叙述的事的关系比其他人更为密切时，就由他亲笔描写。每当他不再亲身经历那些事时，就让他退出叙述者的地位，改由另一些能凭亲身经历说明情节的人接着确凿地叙述下去。

这样，书中的故事就由不止一个人写出，好像一桩罪案在法庭上由不止一个证人陈述一样——二者的目的相同，都是为了始终以最直接易晓的方式说明真情实况，要让那些在每一个连续阶段中与事件关系最密切的人原原本本叙述自己的亲身经历，从而说明整个一连串事情的经过。

现在，我们就先听二十八岁的画师沃尔特·哈特赖特说故事吧。

2

那是七月的最后一天，漫长的炎夏即将结束，我们这些在伦敦街头踯躅的人已感到倦怠，开始向往麦田上的云影，海岸边的秋风。

讲到我这个可怜的人，随着盛夏的消逝，我的身体虚弱了，情绪低落了，而且老实说，钱也花完了。在过去的这一年中，我没能像往常那样很小心地支配自己的收入，而由于开销太大，现在我只好往来于我母亲在汉普斯特德①的小村舍和我在城里的宿舍之间，俭省地度过这个秋天了。

那天傍晚，我记得，四周静寂，天上多云，伦敦的空气十分沉闷，远处街上的车辆声听来十分低沉，我生命中微弱的脉息仿佛已与我周围城市里巨大的心脏搏动相冥合，并随着那落日变得越来越低沉了。我站起身，丢下我当时不是阅读而是对着它出神的那本书，离开了我的宿舍，去呼吸郊外晚间的凉爽空气。每周有两个这样的晚上，我照例要跟我母亲和妹妹在一起度过。所以，我转身向北，朝汉普斯特德方向走去。

在开始叙述以下的故事之前，这里我必须先提一笔：我父亲已在我所叙述的这段时间前几年去世，他的五个孩子当中现在只留下了我和我妹妹莎娜两人。早先我父亲也是一位画师。他一生勤奋努力，在自己所干的那一行中很有成绩；由于爱怜几个靠他辛勤工作维持生活的人，一心要为他们的将来作好安排，他从结婚时起就从收入中提出一笔远远超出多数人认为必需的数目作为人寿保险金。多亏他虑事十分周到，不惜自己刻苦，所以，他去世后，我母亲和妹妹仍能像他在世时那样无需依赖他人。我接下了他所教的门馆，刚进入社会时确实应当感谢他为我的前途作好了准备。

---

① 当时伦敦的西北郊，一片遍生石南灌木的荒地，亦称汉普斯特德荒原。

寂静的暮色仍在地势最高的荒原上颤动，但是，当我站在我母亲的村舍门口时，下边伦敦的景色已经深深陷入层云密布、阴影笼罩的一片黑暗中。我刚拉动门铃，大门就蓦地打开，不等仆人出来应门，我那位尊贵的意大利朋友帕斯卡教授已经兴高采烈、连蹦带跳地赶出来迎接，一面用夹杂着外国腔的生硬英语招呼我。

为了他的原故，同时，必须补充一句，也是为了我的原故，现在很值得为这位教授正式作一番介绍。由于一件偶然发生的事，他就成了一位楔子人物，引出了以下我所要讲的一篇离奇的家庭故事。

我最初在几个大户人家遇到这位意大利人，和他做了朋友，当时他在那几家教本国语文，而我则在那里教图画。有关他的身世，当时我只知道：他曾经在帕多瓦大学任教；他离开意大利，是由于政治上的原因（有关那些事的性质，他对任何人都绝口不提）；他教授语文多年，在伦敦是一位很有身份的人。

实际上帕斯卡并不是一个侏儒，因为，从头到脚，他身体各部分都长得很匀称，但是，除了在杂耍场里，他好像是我看到的最矮小的人。不但他那副长相到哪儿都引人注目，而且他那种古怪天真的性格在一般人中更显得特殊。看来，他一生的主导思想是：要竭力将自己改造成为一个英国人，以此对这个国家表示感谢，因为这个国家不仅为他提供了避难场所，而且让他能够维持生活。单单是经常随身携带雨伞，经常套上鞋罩、戴上白色有边帽，以此表示对这个国家的崇拜，教授还不满意；除了在外表方面，他还一心要在习惯与娱乐方面把自己培养成为一个英国人。看到我国人士都特别爱好体育活动，这个小矮子，凭着他的天真想法，只要一有机会就乘着一时的兴致去参加我们英国人的各种运动和游戏；他坚信，只要有决心下苦功，就可以学会我国的各种户外运动，正如可以套上我国的鞋罩和戴上我国的白色有边帽一样。

一次是在猎狐狸的时候，另一次是在板球场上，我看到他不顾折胳膊断腿的危险；此后不久，在布赖顿海滨，我又一次看到他不顾一切地拿生命当儿戏。

那一次我们是偶然在那里相遇，一同去洗海水浴。如果我们是参加一项英国特有的运动，那我当然会很小心地照顾他，但是，想到外国人和英国人一样，到了水里一般都很会当心自己，所以我绝对没有料到，游泳这玩意儿在教授看来竟然也是他一时高兴就可以学会的一项运动。我们俩刚从岸边游出去不久，我就发现我朋友没能跟上，于是我停下了，回转去找他。这时候可把我吓坏了，因为在我和海滩之间只看见两条小白胳膊，它们在水面挣扎了一下，接着就不见踪影了。等我钻下水去找他时，这个可怜的小矮子正静悄悄地躺在水底下，在一个沙石洼儿里蜷成一团，看上去比我以前见到的又小了许多。我把他托到水面；他接触到空气，就在那几分钟里苏醒过来，由我扶着登上了更衣车的踏板。他的精神刚刚恢复了一点儿，又开始对游泳这玩意儿产生了美妙的幻想。他刚能牙齿打着战儿说话，就茫然地笑着，说那肯定是由于抽筋的原故。

等到他精神全部恢复，又和我一同到海滩上时，他那南欧人的热情立刻突破了英国人一切虚意矫饰的束缚。他那最狂烈的感情流露，一时简直使我承受不了，他以意大利人那种浮夸的形式激动地说：他已将自己的性命交给我支配，还说，无论如何要找一个机会为我效劳，做一件使我终生难忘的事，只有这样才能表达他的感激心情，否则他将永远不会快乐。

我竭力劝慰他，不许他那样涕泪纵横地赌咒发誓，我再三说，这件意外的事只可在将来作为笑料，看来，最后我总算使帕斯卡对我的感激心情稍许冷静下来。当时我绝对没有想到，甚至我们愉快的假期结束后我也绝对不会想到：这位对我感恩图报的朋友所渴望的机会，不久竟会到来；他竟会立即非常热心地抓住了那机会；而这样一来，他就将我的整个生活纳入一条新的轨道，并且使我几乎跟以前判若两人。

然而，事情的经过就是这样。假如当时帕斯卡教授躺在水底下他那个沙石洼儿里，我没有泅水去救他，那么，我无论如何也不会和以下各章中所叙述的故事发生关系——也许，我甚至不会听到那个女人的名字，可是后来，那女人竟占据了我的全部思想，支配着我的全部精力，成为现在确定我生活目标的唯一的主导力量。

3

那天晚上，我们在我母亲家门口见了面，单看帕斯卡那副神情，我就知道发生了一件很不寻常的事。然而，你要叫他立刻说明，那可办不到。他拉住我的双手向里面扯时，我只能猜测，他那天晚上来到这小屋里，是因为知道我习惯要去那儿，一心要在那里见到我，好告诉我一件特别可喜的消息。

我们俩十分莽撞地闯进了客厅。我母亲坐在敞开的窗口，一面笑一面摇着扇子。她特别喜欢帕斯卡，在她看来，他那些最粗野古怪的脾气总是可以原谅的。可怜的慈母啊！她自从知道这个小矮子教授很感激和喜爱她儿子，她就完全把他当亲人看待，对于他那些外国人的古怪习气，再也不去计较，甚至也不想去了解了。

说也奇怪，我妹妹莎娜虽然是年轻人，却没那么随和。她也夸帕斯卡心地善良，但不能像母亲那样为了我的原故就赞成他的一切举动。她在礼节方面存有偏狭的想法，老是反对帕斯卡那种天生轻视外表的脾气；看见母亲对这个古怪的外国小矮子那样亲热，她几乎毫不掩饰地表示诧异。我注意到，不但我妹妹如此，其他一些人也都如此，我们青年一代完全不像一些老辈那样会表示热诚和易动感情。我经常看到，老年人一旦想到什么快乐的事，就会神情激动，涨红了脸，而他们生性冷静的儿孙却对那类事丝毫无动于衷。我想，我们现代这些人，像我们的老辈当年一样，也都是心地诚实的儿女吧？会不会是因为教育进步得太快了呢？会不会是因为我们现代人受的教育过多了呢？

我虽然不打算明确地答复这些问题，但至少可以在这里提一笔，那就是，每次看到母亲、妹妹和帕斯卡在一起，我总觉得母亲要比妹妹年轻许多。单说这一次，老太太看见我们像小孩似地跌进客厅，就忍不住痛快地大笑，但莎娜却忙着去拾那些茶杯碎碴儿，原来教授匆匆赶到门口接我，把一只杯子从桌上撞下来砸碎了。

"你要是再过半天不来呀，沃尔特，"我母亲说，"我真不知道会出什么事。帕斯卡等得不耐烦，差点儿急疯了，我很想知道这件事，也差点儿急疯了。教授说他带来了一件和你有关的好消息，可是怎么也不肯向我们透露，一定要等他的朋友沃尔特到了才说出来。"

"真叫人生气，一套茶具给弄得残缺不全了，"莎娜自言自语地嘟哝，伤心地紧瞅着那些碎杯碴儿。

她说这话时，帕斯卡根本没想到瓷器已在他手下无法挽救地遭了殃，而是仍旧那样兴冲冲地折腾着，把一张大扶手椅拖到了屋子的另一头，准备像当众演说那样向我们三人发表讲话。他掉转椅背对着我们，然后跳上去跪在椅子里，从那临时讲台上向寥寥三个听众慷慨陈词。

"喂，亲爱的好人，"帕斯卡开始讲话（他每逢要唤"高贵的朋友"时，总是称呼"亲爱的好人"），"听我说呀。现在时候到了，让我宣布我的好消息，这会儿我可以说了。"

"你们听呀，你们听呀！"我母亲跟着凑趣儿。

"那个最好的扶手椅，妈妈，"莎娜悄声说，"椅背要被他压坏了。"

"我要从我过去的事情谈起，我要谈一谈那位世上最高贵的人，"帕斯卡够过了椅子背接下去说，虽然没指名道姓，但他那样情绪激昂地谈论的人就是我，"他发现我死在海底里（那是因为抽筋的原故）；他把我托到水面上；我苏醒过来，重新穿好衣服，那时候我说什么来着?"

"何必去提这件事呢,"我竭力反对,因为,只要你稍许有一点儿愿意听的表示,教授就会激动得痛哭流涕。

"当时我说,"帕斯卡只顾讲下去,"以后我这条命是永远属于我的好朋友沃尔特的了——真的,就是这样说的嘛。我还说,一定要找到一个机会,替沃尔特办一件好事,否则我是永远不会快乐的——此后,我一直感到有一种欠缺,一直到今天这个最幸运的日子。可是现在,"热情洋溢的小矮子放开嗓子大喊,"满腔的快乐,就像汗水从我每一个毛孔里冒出来,因为,用我的信仰、灵魂、荣誉担保,那件事终于办成功了,现在我只要说:顺利呀,一切顺利!"

这里我也许需要说明一下:帕斯卡感到很骄傲,因为相信自己不但在衣着、态度和娱乐方面完全像英国人,而且自己的英语也说得和英国人一样好。他学会了一两句我国最习用的口语,于是,一想到这些语句,就东扯西拉地把它们凑在自己的谈话里,他只欣赏它们的声音,一般并不理解它们的意思,结果是把它们改变成为一些独创的复合字与重叠语,并且老是把它们串连起来,就好像那是由一个很长的音节组成的。①

"在我前去教本国语文的那几个伦敦的豪华住宅当中,"教授不再绕开场白,开始抓紧时间谈他迟迟未说明的事,"有一个非常豪华的住宅,就在那个叫波特兰的大广场上。那地方你们都知道吧?对,对,不错,一点不错。在那个豪华的住宅里,亲爱的好人,住着一户高贵的人家。一位妈妈,又漂亮又富态;三位小姐,又漂亮又富态;两位少爷,又漂亮又富态;一位爸爸,最漂亮也最富态,他是一位大商人,一身都是金子,从前,他也是个美男子,可是现在,瞧瞧他那秃脑袋瓜子和双下巴颏儿,他不再是美

---

① 在帕斯卡以下的谈话中,有更多生拼硬凑、不合习惯用法的词语,可见他的英语说得很不高明。

男子了。现在言归正传！我在教三位小姐读但丁那部伟大的作品，可是，啊！我的天呀我的天！你无论用人类的什么语言，也没法形容但丁的伟大作品把三位小姐的聪明脑袋弄得怎样稀里糊涂！好，没关系，总有一天会明白的，对我来说，课上得越多越好。现在言归正传！你们不妨自己去想象一下那情景，今天，像往常一样，我正在教那几位小姐。我们四个人一同下了但丁的地狱①。到了第七层——这无关紧要，对三位又漂亮又富态的小姐来说，反正各层都是一样——可是，到了第七层，我的学生都钉住在那儿不动啦，我要她们继续前进，于是，又是朗诵又是解释，但是，无论怎样卖力气也没用，恼得我涨红了脸，可是就在这当儿，打外面走道里传来咯吱咯吱的皮鞋声，那位金子爸爸，那位秃脑袋瓜子、双下巴颏儿的大商人进来了。哈哈！亲爱的好人，现在我要比你们预料的更快谈到那件事了。你们是不是已经等得不耐烦了？也许，你们已经在嘀咕：'真是活见鬼呀活见鬼！今天晚上帕斯卡又该没完没了地谈下去了吧？'"

我们声明，大家都非常感兴趣。于是教授又接着说下去：

"金子爸爸手里拿着一封信，先道了扰，说明他干吗要为了一件活人的事情，来打搅我们这几个正在阴间的人，接着就去找三位小姐谈话。一开始，他也像你们英国人在幸福的人间谈到每一件事那样，照例是大声儿用一个'哦'字开头。'哦，亲爱的，'大商人说，'我这儿有封信，是我朋友某某先生寄来的。'（那名字我忘了，可是，没关系，咱们以后还要谈到这件事：对，对，顺利呀，一切顺利。）再说，那位爸爸讲，'我收到我朋友某某先生一封信，他要我推荐一位画师，到他乡下庄园里教画。'我的天呀我的天！听到金子爸爸说这话的时候，要是我长得高大，可以够

---

① 但丁（1265—1321），意大利文艺复兴时代诗人。在他写的《神曲》中，地狱被想象为上广下窄的漏斗形空间，共分九层，罪人的灵魂按生前罪孽轻重，分别在各层受不同的惩罚。在第七层地狱中，暴君和暴徒等的灵魂受火雨与热沙的折磨。

得上去,那我准得搂住他的脖子,好半晌感激涕零,把他紧紧拥抱在怀里!但是,结果呢,我只在椅子上掀动了一下。我的座位上好像生了刺,我心急如焚地要说话,但是仍旧紧闭着嘴,让爸爸说下去。'也许你们知道,'阔绰的大好佬一面说,一面把朋友的信放在他金手指当中颠来倒去地播弄,'也许你们知道,亲爱的,有哪位画师可以让我推荐吧?'三位小姐你瞅我我瞅你,最后说(开头总要大声儿来上一个"哦"):'哦,不知道,爸爸!可是,瞧,帕斯卡先生——'一听提到我,我可再也忍耐不住了,该介绍你呀,亲爱的好人,这念头像血一样涌到我脑袋里,我从座位上跳下,好像有一根长钉,从地里冒出,刺穿了我的椅子面,我向大商人发话了,我说(用的是英国成语):'亲爱的先生,我有这样一个人!他是全世界第一流画师!今儿晚上就去信推荐他吧,让他带着全部行装启程吧(又是一句英国成语,哈哈!),让他带着全部行装,搭明儿的火车启程吧!''慢着,慢着,'爸爸说,'他是外国人还是英国人?''是一位不折不扣的英国人,'我回答。'是一位正派人吗?'爸爸问。'先生,'我说(因为,他提的这个问题惹恼了我,我不再向他表示亲热了),'先生!这位英国人心里燃着天才的不灭的火焰,再说,早先他父亲也是这样儿!''不去管那些,'野蛮的金子爸爸说,'不去管他什么天才,帕斯卡先生。我们这个国家不需要什么天才,除非是天才加上正派,那样我们就非常欢迎,真的,非常欢迎。您的朋友能提供证明文件,我的意思是,证明他品格优良的信吗?'我满不在乎地摆手儿。'信呀?'我说。'哈哈!我的天呀我的天!那还用说!如果您要的话,有整捆的信,大包的证明书!''只要一两份就够了,'这个冷冰冰的金人说。'让他把证件寄来给我,写明了他的姓名住址。慢着,慢着,帕斯卡先生,您要去看您朋友,最好是先带去一张便条。''钞票呀①!'我发火了。'我那好样儿的英国人没

---

① 此处原文为note,意为便条,但也可作钞票解。

挣到钞票之前,您还是别先提到钞票。''钞票!'爸爸显得十分惊奇,'谁提钞票了?我的意思是说,一张说明条件的便条,一张有关他需要做什么工作的便笺。您继续上课吧,帕斯卡先生,我把需要知道的几点从我朋友的信里摘录下来给您。'这位有钱的生意人坐下来,去跟他的纸、笔、墨水打交道,我又由我那三位小姐跟着,一同下但丁的地狱。过了十分钟,便条写好了,爸爸的皮靴沿着外面的过道一路咯吱咯吱地响过去了。打那时起,用我的信心、灵魂、荣誉担保,我其他什么事都不知道了!我洋洋得意,想到我终于找到了我的机会,想到对世界上我最要好的朋友感恩图报的事几乎已经完成,我快活得像喝醉了酒。至于我怎样把自己和我那几位小姐再从我们的阴间拉出来,怎样上完了后面那几课,怎样咽下了那几口晚饭,那我就像一个月球上的人,什么都不知道了。所知道的是,我明明是来到了这儿,手里拿着大商人写的便条,热情激动得像火烧,快活得像个皇帝!哈哈哈!顺利呀顺利,真是顺利,一切顺利!"说到这儿,教授把那张开列着条件的备忘录在脑袋上空挥舞着,逼尖了嗓子,用意大利腔的英语欢呼,结束了这滔滔不绝的长篇叙述。

他刚一住口,我母亲就站起身,双颊绯红,眼睛闪闪发亮。她热情洋溢地拉住小矮子的一双手。

"亲爱的好帕斯卡呀,"她说,"我一直认为你对沃尔特的友爱最真挚,现在我更相信这一点了!"

"可不是,为了沃尔特的事,我们非常感谢教授,"莎娜把话接下去。她说时微微抬起身子,好像也打算向那张扶手椅跟前走过去,但是,一看见帕斯卡那样狂喜地吻着母亲的手,就露出了慎重的神气,又在位子上坐好了。"瞧这个熟不拘礼的小矮子,他对母亲都这样儿,对我又会怎样呢?"有时候脸上的表情说出了心底里的话,莎娜重新坐下时,心里肯定就是这样的想法。

虽然我明白帕斯卡的动机,感激他的好意,想到即将担任的教职很有出息,按说应当欢喜,然而,我却鼓不起兴致来。等教授吻够了我母亲的手，我才热情地道谢，感激他为我的事操心，接着就索取那张便条，要看他高贵的东家给我开的条件。

帕斯卡得意洋洋地一挥手，把纸条递给了我。

"瞧吧！"小矮子摆出了一副架子说。"向你保证，我的朋友，金子爸爸写的这玩意儿，就像喇叭吹出来的一样清楚。"

开列着条件的便条，写得简单明白，至少是面面俱到的。它通知我以下几点：

第一点：坎伯兰①利默里奇庄园主人弗雷德里克·费尔利先生，聘请一位完全合格的画师，任期暂定为至少四个月。

第二点：教师担任的工作包括两方面。他将指导两位小姐学习水彩画；他将利用课余时间修补和裱糊一批长期疏于照管的珍贵图画。

第三点：有意应聘并能胜任者，其待遇将为周薪四畿尼②；他将下榻利默里奇庄园；在庄园内他将受到贵宾的待遇。

第四点，也是最后一点：凡有意担任上述职位者，必须提供有关本人品行与财力的最可靠证明书。证明书应寄交费尔利先生在伦敦的友人，由其最后作出一切必要的安排。这些办法后面，是帕斯卡波特兰广场的东家的姓名住址，便条到此结束。

为我介绍的这一职位，确实很吸引人。工作大概既轻松又适意；聘请是在我最为空闲的秋季里提出的，而根据我本人干这行的经验，待遇确实十分优厚。我知道这一切；我知道，如果能获得介绍的职位，这对我应当说是很幸运的；然而，一看完便条，我就莫名其妙地不愿意做这件事。有生以来，我从来不曾像当时那样感觉到：在自己责任应尽的事与本人乐意去做的事之间，出现了那样令人痛苦的、无法解释的矛盾。

---

① 坎伯兰郡在英格兰西北，西滨爱尔兰海，山中多湖，号称湖泊区，以风景优美著称。
② 畿尼是英国当时的金币。

"哦，沃尔特，你父亲从来没遇到过这样好的机会！"我母亲说，她看完列着条件的便条，把它递还给了我。

"认识的是这样有地位的人，"莎娜在她椅子里挺起了胸，"享受的又是这样被人尊重、令人满意的待遇！"

"是呀，是呀，待遇在各方面都很吸引人，"我不耐烦地说。"但是，在提交证明书之前，我还要稍许考虑一下——"

"考虑！"我母亲大声儿说，"哎呀，沃尔特，你这是怎么啦？"

"考虑！"我妹妹应声说，"在目前的情况下，你说出了这种话，够多么奇怪！"

"考虑！"教授一唱一和，"这有啥考虑的？你倒回答我这个问题！你不是埋怨自己身体不好吗？你不是一直想要，像你说的那样，'咂一口乡下的清风'吗？好！瞧瞧你手里这张字条，它可以叫你一连四个月喝乡下的清风，呛得你透不过气来。你说对吗？哈哈！再有，你缺钱。好呀！每周四个金畿尼，难道这不是钱吗？我的天呀我的天！要是把这些钱给了我呀，我就会像那个金子爸爸一样，体会到金钱的万能，把一双皮鞋踩得咯吱咯吱响！每周四畿尼，这还不算，还可以陪着两位可爱的小姐；这还不算，还有你的住宿，你的早点，你的晚餐，你的午餐，冒泡泡的啤酒，可以痛痛快快喝它一个够的英国茶，一切不用花钱——哎呀，沃尔特，亲爱的好朋友，真是见鬼呀真见鬼！我生平第一次，两只眼睛一起瞪着你也不够表示我的惊奇！"

无论我母亲毫不掩饰地对我的举动表示惊讶也好，还是帕斯卡热情激动地向我列举新工作的种种优点也好，都不能动摇我那莫名其妙的想法，我仍旧不愿意去利默里奇庄园。我提出了所有能想到的鸡毛蒜皮的理由来反对，说明为什么不愿意去坎伯兰，后来，他们一一答复了这些问题，驳得我直发窘，于是我又试图设置最后一道障碍，便这样问他们：如果我去教费尔利先生的小姐学绘画，那把我伦敦的学生怎么办。这是一个分明不难解决的问题，因为大部分学生即将开始秋季旅行，都要到外地去，至于少数留在家里的学生,那可以转托给我一位教绘画的同事,以前有一次,在类似的情况下,我也曾接过他教的学生。我妹妹提醒我,说这位先生曾特地表示,如果我要在这个季节里离开城市,他愿意为我代劳,我母亲严肃地劝告我,叫我不要因为一时任性,妨害了我的事业,影响了我的健康;帕斯卡苦苦地央告,说这是他第一次有机会向救命的朋友感恩报德,叫我不要拒绝,因为那会使他伤心的。

他们这样劝诫我,分明是出于诚挚与爱怜,这会使任何稍有心肝的人为之感动。我虽然不能消除那无法解释的成见,但至少由于自己的道德观念而对此深感羞愧,于是,为了愉快地结束这一场争论,只好作出让步,答应一切都按照他们要求我的去办。

那天晚上,后来大家又很高兴了,都说着笑话,谈到将来我到了坎伯兰和两位小姐在一起的生活。帕斯卡喝了我国特产的酒,酒刚下肚五分钟,好像已经上了头,起了神妙的作用,他兴致勃发,要证明自己确实可以被认作是一位地道的英国人,于是很快地发表了一连串的讲话,一会儿为我母亲健康干杯,一会儿为我妹妹健康干杯,为我健康干杯,为费尔利先生和那两位小姐全家人健康干杯,紧接着,真叫人啼笑皆非,又替那全家人答谢。"有一句秘密话要告诉你,沃尔特,"我们俩一同走回去时,我的小矮子朋友背着人对我说。"一想到自己有这样好的口才,我就非常兴奋。我怀抱雄心壮志。将来我总有一天要进入你们高贵的议会。我一生的志愿就是要成为尊敬的帕斯卡议员!"

第二天早晨,我把我的证明文件寄给住在波特兰广场的教授的东家。三天过去,我暗中高兴,相信我的证明文件被认为不合格了。但是到了第四天,回信来了。信里说费尔利先生愿意聘请我,要我立即动身去坎伯兰。信里的附言中还很仔细和明确地对我的旅程作了必要的说明。

我满肚子不愿意地打点了行装,准备次日一早离开伦敦。傍晚帕斯卡来看我，他去赴一个宴会，顺路前来为我送行。

"你走了以后，我是不会淌眼泪的，"教授鼓着兴致说，"因为我想到了这件得意的事情。都亏我这吉利的手，它第一次把你推到社会里去寻找好运。去吧，我的朋友！看在老天爷分上，等太阳照在坎伯兰的时候，快晒好你的干草吧①（这是一句英国成语）。在两位小姐当中娶她一个；当上尊敬的哈特赖特议员；将来你爬到梯子顶上可要记住，这一切都是亏了梯子底下的帕斯卡呀！"

我听着我的小矮子朋友临别时的逗乐，也装出了笑，然而我的兴致并未因此提高。他说这些轻松话给我送行时，仿佛有什么东西在我心里刺痛。

4

整天里热气憋得人难受，这会儿天晚了，更是又闷又热。

我母亲和妹妹临别时叮嘱了许多话，多次留我再待上五分钟，所以，等仆人在我背后关上院门时，几乎已近午夜。我沿着回伦敦的一条捷径走过去几步，但接着就停下来，迟疑不前。

无星的深蓝色天空中，悬着明晃晃一轮满月，荒原的崎岖地面在神秘的月光下显得那么空旷，就好像远离开下边大城市几百里。一想到很快就要回到伦敦又闷又热的地方，我就感到厌恶。当时我是那样烦躁，想到要在我那间不通风的宿舍里就寝，就好像想到要逐渐窒息而死一样。于是我决定尽可能绕最远的路回去，要在空气更清新的地方漫步，沿着那些白茫茫的曲折小径，穿过冷落的荒原，拐上芬奇莱路，通过最空敞的城郊抵达伦敦，这样就可以绕过摄政公园的西面，在第二天凉爽的清晨回到宿舍。

我向下边慢慢地、曲曲弯弯地越过荒原，沿途欣赏神秘幽静的景色，赞美那些在我四周崎岖地面上悄悄地轮流递换着的光影。

---

① "趁好太阳晒干草"的意思是"别坐失良机"。

那一次夜间步行，我最初是沿风景美丽的一段路前进，只是在意识中默默地接受着景色给我带来的印象，根本不去思考任何问题，可不是，根据自己的感觉，我简直不能说当时心中存有什么思想。

但是，一走完那片荒原，拐上一条小路，那儿再没有什么可看的了，这时我生活习惯与日常工作中即将发生的变化就自然而然地使我产生了一些杂念，而且，逐渐地，我的心思越来越集中在这些念头上了。等我走到那条路的尽头，我已经全部坠入离奇的幻想：想到利默里奇庄园，想到费尔利先生，想到我不久即将教她们水彩画的两位小姐。

这时我已经走到四条路在那里交叉的地方：一条路通汉普斯特德，就是我刚才走回来的那条路，一条路通芬奇莱路，一条路通西城，另一条路是回伦敦的路。我不知不觉地拣了最后的方向，沿着那条冷落的大路漫步走去，记得我正在猜想坎伯兰的两位小姐是什么模样，可就在那一刹那间，我全身的血液都凝住了，突然有一只手从我后面轻轻地搭在我肩上。

我立刻转过身，手指紧握住我的手杖柄。

就在那宽阔和光亮的大路当中，就好像在那一瞬间从地下冒出来，或者从天上掉下来似的，站立着一个孤零零的女人，从头到脚，穿着一色白衣服，我朝她看时，她一张脸紧对着我，严肃地露出探询的神气，一只手指向笼罩着伦敦的乌云。

在那死寂的夜里，在那荒凉冷落的地方，看到这样一个奇怪的幽灵突然出现，我太吃惊了，以至于一时没法反问她要做什么。倒是这个古怪的女人先开口。

"这是去伦敦的路吗？"她问。

她向我提出这个奇怪的问题时，我朝她仔细地看。那时已将近一点钟。月光下我只看出：一张年轻人的苍白的脸，很瘦削的面颊和下颏，一双忧郁地注视着人的严肃的大眼睛，一对神经质的、变化无常的嘴唇，一头蓬松的淡棕色头发。她那神态一点儿不粗野，一点儿不轻佻，而是那么沉着和矜持，但同时又显得有点儿忧郁,有点儿警惕;那神态既不完全像是一位出身高贵的妇女,又不像是一个地位低下的女人。她说话时,尽管我只听到那么一句,音调是那么奇怪地低沉和生硬,而且特别急促。她手里提着一个小包,她的服装:头巾帽,披巾,袍子,都是白色的,但是据我猜想,肯定不是用极精致贵重的料子制成的。她身材纤细,比一般妇女略高点儿,她的步态和动作都没有丝毫奇特的地方。在朦胧的光影中,在我们相遇时那种蹊跷可疑的情况下,以上是我能从她身上观察到的一切。我根本没法猜出,她是一个什么身份的妇女,又是怎样会在深夜一点钟独自来到这条大路上的。但是有一点我可以肯定:虽然是在那么可疑的深夜里,是在那么可疑的冷僻的地方,但即便是最下流的人,也不至于往坏的方面误解了她说话的动机。

"您听见了吗?"她仍旧那样急促地低声说,一点儿也没有恼怒和急躁的口气。"我问:这是不是去伦敦的路?"

"是的,"我回答,"是去伦敦的路:它通往圣约翰林和摄政公园。千万原谅我没有早点儿回答您。您突然在路上出现,使我很吃惊;到现在我还不大明白这是怎么回事。"

"您总不会疑心我是在做什么坏事,对吗?我可不是做坏事的。我是遭到了灾难——我很不幸,所以才会在这么晚的时候一个人走到这个地方。您凭什么要疑心我是做坏事的呢?"

她说这些话时显得不必要地急切和激动,并且从我身边后退了几步。我竭力劝她放心。

"千万别以为我对您有丝毫的怀疑,"我说,"或者以为,除了要帮助您,我还有什么其他意图。我只是看到您这样在路上出现觉得奇怪,因为,在看到您的前一会儿,好像路上还是空着的。"

她转过身,指了指背后分别通往伦敦和汉普斯特德的两条路交叉的地方,那儿的树篱有一个缺口。

"我听见您走过来,"她说,"就在那儿躲着,不敢冒险说话,要先看看您是什么样的人。我又担心又害怕,只好一直等您走过去，我才偷偷地跟上您，碰了碰您。"

偷偷地跟上我，碰了碰我？为什么不唤我呢？至少这一点是奇怪的。

"我可以信任您吗？"她问。"您总不会因为我遭到灾难，就把我往坏里想吧？"她茫然无主地站住，把她的小包从一只手里换到另一只手里，苦恼地叹了口气。

这女人孤独无依的情景感动了我。由于一时感情冲动，急于要援救她，我就没能像一个比较年长、较有阅历也比较冷静的人在碰到这种离奇和紧张的情况时那样周密审慎地考虑问题，使用灵活机敏的手段。

"您尽可以信任我，我绝对不会伤害您，"我说，"如果您不愿意向我解释您的奇怪处境，那么，就别再提这件事吧。我无权要求您解释。告诉我，怎样可以帮助您；只要做得到，我一定照办。"

"您真是一位好人，我能遇见您，感到非常幸运。"我第一次听她说出了女性的柔和语言，那声音在颤抖，但是忧郁地注视着我的那双大眼睛并没有闪出泪花，仍旧紧盯着我。"我以前只去过一次伦敦，"她越说越急促，"现在对那儿的情况一点儿也不了解。我能雇到一辆单马出租车或别的出租马车吗？时间是不是太晚了呢？这我就不知道啦。您是不是能领我到哪儿去叫一辆单马出租车——您是不是真肯保证不干涉我的事，随我什么时候，随我怎样离开您——我在伦敦有一个朋友，他是乐意接待我的——我其他什么都不需要——您能答应我吗？"

她焦急地向大路两头张望，又把她的小包从一只手换到另一只手里，重复地说："您能向我保证吗？"一面直勾勾地瞅着我，那种在恳求中露出的恐惧和惊慌，我看了感到很难受。

叫我有什么办法呢？这儿是这么一个一筹莫展、完全指望我帮助的陌生人，而这陌生人又是一个孤苦伶仃的妇女。附近没有一户人家，也没有一个过路人可以和他商量一下；即使我当时知道应当管制她，我也完全无权那样做呀。如今再去翻阅一下这些记述，想到此后发生的那些事就像阴影笼罩在我写的纸上面，我对自己当时的做法也怀疑起来了，然而，我仍旧要说：叫我又有什么办法呢？

我当时只向她提了一个问题，试图以此争取时间。

"您肯定伦敦的朋友会在这么晚的时候接待您吗？"我问。

"十分肯定。现在只要您说：可以随什么时候，随我怎样离开您；只要您说：不会干涉我的行动。您肯这样保证吗？"

第三次重复这几句话时，她走近我身边，突然悄悄地把一只手放在我胸口——那是一只细瘦的手，虽然夜晚闷热，但那只手却是冰冷的（我用手推开它时感觉到了这一点）。要知道，那时候我年纪还轻；要知道，触到我的是一个女人的手啊。

"您肯保证吗？"

"肯。"

只那么一个字！那是人们每天时刻说的一个简单的字。哦，天哪！可是现在我写到它时还在发抖啊。

朝着伦敦方向，在寂静的半夜一点钟，我们——我，还有这个女人——一起向前走着，那时她的姓名，她的身份，她的来历，她追求的目的，她走近我身边的用意：这一切对我都是神秘莫测的。当时的情景就好像是一个梦境。难道我就是沃尔特·哈特赖特吗？难道这就是星期天度假日的人所走的那条熟悉的、寻常的路吗？难道我当真是一个多小时以前刚离开我母亲的小屋，离开那个安静的、朴素的、气氛一向是那么融洽的老家吗？我觉得这太奇怪了，同时我隐隐怀有一种类似懊悔的感觉，以致有一会儿工夫没有对我那奇怪的同路人说话。后来又是她的声音先打破了我们的沉寂。

"我想问您一件事，"她突然说，"您在伦敦有许多熟人吗？"

"有的，有许多熟人。"

"都是有身份有爵位的吗？"她这句奇怪的问话明明含有一种

疑虑的口气。我回答前迟疑了一下。

"有几个是的,"我沉默了一会儿接着说。

"许多,"她说到这里停下了,用探索的眼光瞧着我的脸,"许多都是有从男爵爵位的吗?"

我惊奇得一时没法回答,于是接过来反问她。

"您为什么要打听这个?"

"因为,为自己考虑,我希望您不认识一位从男爵。"

"可以把他的姓名告诉我吗?"

"我不能——我不敢——我刚才只是因为不留心才提到了这件事。"这时她几乎是恶狠狠地大声说,一面举起一只握紧的拳头,激动地把它挥了挥,接着又突然控制住感情,把声音压低到像耳语般补充了一句:"告诉我,您认识的是几个什么人?"

我不好意思不顺着她答复这样琐碎的问题,于是说出了三个人的姓名。其中两个是我女学生的父亲,另一个是单身汉,他有一次邀我到他游艇上去玩,并为他画了几幅速写。

"啊!您不认识他呀,"她舒了一口气。"您也是一位有爵位的贵人吗?"

"根本不是。我不过是一个教画的罢了。"

我这句答话一出口(也许那口气很是辛酸),她就抓住了我的胳膊,那动作很突然,她所有的动作都具有这一特点。

"不是一位有爵位的贵人,"她自言自语地重复了一遍。"谢天谢地!这样我可以信任他了。"

刚才,因为体恤这位同路人,我一直克制着好奇心,可是这会儿我再也忍耐不住了。

"大概,您有充分的理由恨某一些有爵位的贵人吧?"我说。"大概,您不愿意指名道姓的那位从男爵做过很对不起您的事情吧?在深夜里这样不寻常的时刻,您来到这儿,难道就是因为他的原故吗?"

"别问我这个;别叫我谈这件事,"她回答。"这会儿我不大舒服。我受到虐待，受到极大的冤屈。最好请您快快地走，别跟我谈话。我真想能够让自己安静下来。"

我们又快步向前走；至少走了半小时，谁也没说一句话。由于不便再问什么，我只不时地朝她脸上偷看一眼。这张脸仍旧是那样，嘴唇抿紧了，眉头蹙起着，眼睛笔直地向前望，显得急切但又茫然无主。我们走到有人家的地方，已接近新建的韦斯利学院，她那紧张的神情才缓和下来，这时她又开口了。

"您住在伦敦吗？"她问。

"是的。"答话刚出口，我就突然想到，也许她有什么事要我帮助，或者要向我讨主意吧，我不要让她的希望落空，应该告诉她我即将出门。于是我补充道："但是，我明儿就要离开伦敦一个时期。我要到乡下去。"

"哪儿呀？"她问。"北方还是南方？"

"北方——去坎伯兰。"

"坎伯兰！"她口气亲切地重复了这个地名。"啊！我希望也能到那儿去。从前我在坎伯兰的时候多么幸福啊。"

我再一次试图揭开我与这女人之间的那层帷幕。

"也许，您是出生在那个风景美丽的湖泊区吧？"我说。

"不是的，"她回答。"我出生在汉普郡，可是有一段时期在坎伯兰上学。湖泊吗？我不记得什么湖泊了。我想再看到的是利默里奇村，是利默里奇庄园。"

这一次是我突然止住了步。我正感到紧张和好奇的时候，我这个古怪的同路人居然脱口说出了费尔利先生的住址，这使我大为惊讶。

"您是听见有人在后面唤咱们吗？"她问，我刚刚止步，她就胆怯地向大路两头张望。

"不是，不是。我只是听到利默里奇庄园的名字觉得奇怪，前几天我刚听到坎伯兰的人提起这个地方。"

"啊！我可不认识那些人。费尔利太太去世了；她的先生去世了；他们的小女儿现在也许出嫁了，到外地去了。我不知道现在利默里奇庄园里住的是些什么人。如果那儿还有姓这个姓的，那我也只是因为费尔利太太的原故才会喜欢他们。"

她好像还要说什么，但是，刚打算谈话，我们已经走到可以看见林荫路尽头关栅的地方。这时她的手更紧地揪住我的胳膊，眼光急切地向前面关栅门望过去。

"管关栅的在向外边看吗？"她问。

他没向外边看；我们穿过关栅门时，附近没有其他的人。她一看到那些煤气灯和房子，就显得很激动，她着急了。

"伦敦到了，"她说。"您看有没有马车可以让我雇一辆？我又累又怕。我要把自己关在车里赶路。"

我向她解释，说除非我们运气好，能遇到一辆空车，否则就必须再向前走一段路，赶到停马车的地方，接着我又试图引她重新谈论坎伯兰的事。但是，我怎么说也没用。她一心只想把自己关在车里赶路。她再也没心思去考虑和闲谈别的事。

我们沿着林荫路走下去，还没走完那条路的三分之一，我看见几幢房子前面有一辆马车正在对街一家门口停下。一位先生下了车，走进院门。等车夫又登上驾驶台，我就召唤那车。我们穿过大路时，我的同路人已经急得几乎是催赶着我跑过去。

"时间太晚了，"她说。"我必须赶快，因为，时间太晚了。"

"只能去托特纳姆支路，先生，其他地方我可不能送二位了，"我拉开车门时，车夫很有礼貌地说。"我的马太累了，我不能把它赶到比马房更远的地方。"

"行，行！这样很好。我就是要走那条路——我就是要走那条路。"她气喘吁吁地抢着说，一面在我身边向车里挤。

我先确定车夫没有喝醉，并且人很和气，然后让她上了车。后来，她在里面坐好了，我就提议，要把她安全地送到目的地。

"不不不，"她激动地说。"现在我很安全了，我这样很好。既然您是一位正派人，就请记住您答应我的话。让他赶车走，到了那地方我会叫他停下。多谢您——哦！多谢您，多谢您！"

我手扶着车门。她抓住我的手，吻了它一下，然后推开了它。同时马车开动，我闪到路当中，迷迷糊糊地想到要叫车再停下，但又迟疑不决，我不知道那是为了什么（是不是因为怕这样会吓住了她，使她感到不快呢？），最后，我喊出了声，但是声音不太响，没能引起车夫的注意。车轮的辚辚声在远处变得更轻——马车隐没在路上的黑影里——白衣女人消失了。

过了十分钟，也许更多一些时间。我仍旧在路的那一边：一会儿不知不觉地向前走上几步，一会儿又茫然无主地停了下来。有一阵子，我觉得自己正在疑心这次奇遇是不是真实的；又有一阵子，我觉得自己做错了一件事，但又不知道早先应该怎样做才对，于是就感到不安，并且由于无可奈何而觉得痛苦。我几乎不知道，当时我是要向哪儿走，是要再做什么事；我什么都不清楚，只觉得思想混乱，可就在这当儿，一辆突然从我后面迅速驶近的马车的轮子声引起我的注意，几乎可以说是把我惊醒过来。

我止住步回头看去，当时我站在大路黑暗的一边，隐没在花园里一些树木的阴影里。在我前面不远的路对面较亮的地方，一个警察正朝摄政公园那边踱去。

马车在我旁边驶过，那是一辆双人乘的敞篷二轮马车。

"停下！"一个人叫道。"瞧那儿有个警察。咱们去问问他。"

马立刻在距我站立的黑暗处几码远的地方停下。

"警察！"首先说话的那个人喊道。"你瞧见一个女人经过这条路吗？"

"什么样的女人，先生？"

"一个女人，穿着一件淡紫色袍子——"

"不，不，"第二个人打断了他的话，"我们给她穿的那些衣服，后来在她床上发现。她逃走的时候，身上肯定是穿从前去咱们那儿时穿的衣服。是白色的，警察。一个穿白衣服的女人。"

"我没看见，先生。"

"如果你或者你的同事碰到这个女人，就拦住她，小心地把她监视好了，送到这个地址。我会付一切费用，另外还有重赏。"

警察看了看递给他的名片。

"我们为什么要拦住她，先生？她犯了什么事呀？"

"犯了什么事？！她从我的疯人院里逃出来了。别忘了，一个穿白衣服的女人。往前赶。"

5

"她从我的疯人院里逃出来了！"

这句话的可怖的含意，对我来讲说不定是意想不到的。最初，我答应让那个白衣女人逃走，是未经仔细考虑的，后来，听她向我提出了几个古怪的问题，我又有这样的想法：也许，她生性是那样容易惊慌不安吧；也许，她是最近受到了什么恐怖的刺激，所以会那样精神恍惚吧。至于说她完全疯了，也就是我们联想到与疯人院有关的那种疯癫状态，老实说，那我可是绝对没想到的。无论是在她的言语中还是在她的行动上，当时我都没看出，有哪一点儿地方能证明她是疯子；即便是现在，听到陌生人对警察讲了以上的话，这样说明了她的身份，我依然不能相信那是真的。

那么，我究竟做下了一件什么事呢？是帮助一个受害者逃出了最可怕的牢笼呢，还是放走了一个不幸者，让她投到伦敦的茫茫人海中，而她的那种行动，我们每个人不但应当对其表示怜悯，而且是有责任加以管制的呢？想到了这个问题，但又觉得现在提出已为时过晚，于是我就谴责自己，感到不安。

最后我回到克莱门特学院宿舍，但心烦意乱，毫无睡意。再过几个小时，我就要动身去坎伯兰了。于是我坐下来，先试着绘画，再试着看书，但是，那个白衣女人总是在我和我的铅笔与书籍之间打扰我。这个可怜的人儿会遭到什么不幸吗？我首先想到了这一点，但是由于不愿自寻烦恼，又避开了这个念头。此后我就去想另一些不那么令人感到懊恼的问题：她让马车停在什么地方了？她这会儿怎样了？她可曾被二轮马车上的人追上并捉住？她仍能那样逍遥自在吗？我和她会不会在最初分道扬镳，到了神秘的未来却又在某处再次相遇？

令人宽慰的是，时间终于到来，可以锁上我的房门，丢下在伦敦的工作，离开伦敦的学生和伦敦的朋友，又开始去找新的乐趣，过一种新的生活了。甚至火车站上的喧闹和纷扰，平时只会使人厌烦和慌乱，现在反而使我精神振作，心里痛快了。

根据旅程的安排，我应当先到卡莱尔，然后沿一条铁路支线向海岸进发。说来运气也真不好，我们的车在兰开斯特和卡莱尔之间抛了锚。由于这一意外的耽搁，我就没能及时转乘支线的车。我不得不候了几个小时；等到下一班火车最后把我送到距利默里奇庄园最近的车站上，已经敲过十点，夜里天色很黑，我几乎看不清道路，所以好不容易才找到了费尔利先生吩咐在那儿接我的马车。

车夫分明是因为我来迟了而感到不快。他像一般英国仆人那样，也是必恭必敬地一句话不说。我们的马车在极端沉寂的黑暗中慢慢驶去。路很坏，再加上夜里四处漆黑，更不容易很快地走完那一段路。我们离开车站后，根据我的表，走了将近一个半小时，我才听见远处传来海浪声，我们的车轮在一条平坦的石子环行车道上辚辚震响。走上这条车道之前，我们先进了一个大门，后来又进了一重门，才在正房前面停下。一个身穿号衣、态度严肃的男仆迎接我，告诉我主人全家都已安歇，然后把我领进一间高大的房间，我的晚饭已经摆在那里，冷清清地放在一张空落落的红木餐桌尽头。

我酒和菜都不大吃得下，因为我十分疲劳，情绪也不好，尤其因为那个态度严肃的男仆摆足了架子在一旁侍候着，就好像当时并不是我一个人来到庄园，而是有一小群宾客前来赴宴似的。

过了一刻钟，我准备去我的卧室。态度严肃的仆人把我领进一间陈设得很精致的房间，说了一句"九点钟用早餐，先生"，向四面望了望，看是不是每样东西都已安排妥当，然后悄悄地退了出去。

"今天夜里我会梦见些什么呢？"我灭蜡烛时心里想，"是那个白衣女人吗？还是这个坎伯兰公馆里那些没有见过面的人呢？"睡在这所房子里，很像是这家人的朋友，但这家人我一个也不认识，连面都不曾见过，这确实会使人有一种奇怪的感觉啊！

6

第二天早晨我起身以后，打开了百叶窗，大海在八月里的灿烂阳光下喜洋洋地展开在我前面，远处苏格兰的海岸在地平线上镶了几道淡淡的蓝边。

由于看厌了伦敦那些砖头灰泥建筑，这会儿呈现在眼前的景色立刻使我感到十分惊奇与新鲜，我觉得自己突然进入了一种新的生活，接触到一系列新的想法。我忽然对过去感到陌生，但一时又没对现在与将来形成一个清晰的概念，于是我的心里就充满了一种迷惘之感。几天前的事就好像是许多月以前发生的，已经在我的记忆中淡薄了。帕斯卡怎样意想不到地宣布他为我找到了现在的工作；我告别时怎样和母亲、妹妹一起度过那个晚上；甚至还有我从汉普斯特德回去时怎样在路上遇到了那件神秘的怪事：这一切都好像是我一生中早期发生的事了。虽然那白衣女人仍旧留在我的脑海中，但她的形象仿佛已经变得黯淡模糊了。

将近九点，我走到住宅的底层。前一天晚上迎接我的那个态度严肃的男仆正在过道中徘徊，这时很殷勤地把我领进早餐室。

仆人推开门，我四面一看，只见长长的房间当中有一张上面摆得很整齐的早餐桌，屋子里有许多窗户。我从桌子跟前向房间顶里边那扇窗子望过去，看见一位小姐正背对着我站在窗口。我的眼光刚接触到她，就被她那优美罕见的身段和落落大方的态度吸引住了。她身材颀长，但并不太高；丰腴秀丽，但并不肥胖；她的头在肩上显得那么安详、灵活而又端正；她的腰部在男人们眼中是最完美的，因为部位匀称，丰满适度，并不因为穿了紧身褡而有损它的美。她没听见我走进屋子，我就趁机恣意欣赏了她一会儿，然后移动了一下身旁的椅子，因为这样可以一点儿也不令人发窘地引起她的注意。她立刻向我转过了身。她刚开始从屋子那一头朝我这面走过来，身体和四肢的动作就显得那样轻盈优美，使我心旌摇曳，急于看清楚她的脸。她离开了窗子——我对自己说，这位小姐长得很黑。她向前走了几步——我对自己说，这位小姐很年轻。她走到更近的地方——我对自己说（那种惊讶的感觉是我无法用言语表达的），这位小姐长得真丑呀！

"天公不铸错"这句陈旧的格言从来没像现在这样显得经不起一驳；而一个可爱的身材，也从来没像现在这样由于上面有了那一张脸而使人对它所抱的美好期望在惊讶中落空。这位小姐的肤色几乎是黧黑的，她唇上边的柔毛简直像是一撮胡子。她有着男性那种显得刚强的大嘴和下巴颏，目光犀利、表情坚定的棕色暴眼睛，前额上是长得特别低、黑得像煤一般的浓发。不开口的时候，她那副表情——爽朗，坦率，机敏——没有一点儿女性那种吸引人的文静与柔顺，而一旦缺少了这些特点，即便是最漂亮的妇女也不能称之为完美的了。你看到了一位雕塑家渴望将其当作模特儿的肩胛，然而它上面却有着这样的一张脸。最初，匀称的四肢在端庄文雅的动作中表现的美使你陶醉，然后，那完美的身材表现的男性的姿态与神情又几乎使你厌恶。这种感觉很奇特，它好像我们一般人常常在睡梦中不由自主地感到不快，但又并不因为已认识到那是梦中的怪诞与矛盾而不加介意。

"哈特赖特先生？"小姐用探询的口气说，而这话一出口就立刻显得温柔姣好，那张黑黪黪的脸上映出了微笑。"昨儿晚上我们不指望您会来了，所以都像平时一样去睡了。请原谅我们的怠慢，并请允许我介绍自己：我是您的一个学生。让我们握手好吗？

我想，既然我们迟早要来这一套，那么，为什么不早一点儿应个景呢？"

这几句很奇特的欢迎词，她说得清脆、响亮、悦耳。她像极有教养的妇女那样从容自然、沉着稳重地向我伸出了一只手——那只手相当大，但很美。我们一起在早餐桌旁边坐下，彼此显得那么熟悉亲切，就好像已相识多年，现在是约好了在利默里奇庄园会见，闲谈着一些往事似的。

"我希望，您来舍下不会嫌简慢，能从您的教课中获得最大的愉快，"小姐接着说。"今儿早晨一开始就要请您原谅，因为只有我陪您早餐。我妹妹在她屋子里调治基本上是妇女害的那种病：有点儿头痛；她的老保姆魏茜太太当心调护她，给她吃一些汤药。我叔父费尔利先生每顿饭都不和我们一起吃；因为身体不好，他总是在自己屋子里过着单身汉的生活。现在这儿只有我一个人。前些日子倒来过两位小姐，可是她们昨儿都很失望地走了，这也难怪。她们来的那几天里，因为费尔利先生一直身体欠佳，在我们家里竟然找不出一位会逗趣、能跳舞、擅长谈话的男人，结果呢，我们几个人老是拌嘴，尤其是在吃饭的时候。每天单是四个女人在一起吃饭，你怎么能指望她们不拌嘴呢？我们都很愚笨，我们不会在饭桌上款待别人。您瞧，我就是瞧不大起我们女人，哈特赖特先生——您喜欢喝点儿什么，茶，还是咖啡？——没一个女人会看重女人，只不过她们很少会像我这样直言不讳罢了。我的天呀，您好像有什么问题不能解决嘛。是什么问题？是拿不定主意，不知道早餐该吃些什么？还是奇怪我谈话这样随便？如果是第一个问题，那么，作为一个朋友，我劝您别去碰您手臂旁边那盆冷火腿，还是等着就要上来的煎蛋卷。如果是第二个问题，那么，我要请您喝点儿茶，让自己安定下来，然后，尽一个女人所能做到的（哦，对啦，这可是妇女最难做到的），我不再开口了。"

她把我那杯茶递给我，一面高兴地笑着。她娓娓动听地谈着话，对一个素昧平生的人显得那么愉快、亲切，那么天真自然，毫不做作，仿佛生来相信自己的能力与身份，而这就使哪怕是最卤莽冒失的人也会对她肃然起敬。和她在一起时，你不可能需要客套，感到拘束，更不可能哪怕是在思想上对她稍许放肆一点儿。即使在受到她那开朗愉快的性情的感染的当儿，即使在我竭力用她那种坦率和轻松的口吻回答她的时候，我依然本能地觉察到了这一点。

"是了，是了，"她说这话，因为听到我作出唯一可能的解释，说明我为什么露出迟疑的神情，"我明白了。您来到这里，完全是一个陌生人，所以，听我这样随便地提到舍下的一些人，就没法理解了。这是很自然的，我早就应当想到这一点了。好在我这会儿补救还来得及。这么着，就让我先从自己谈起，尽快把有关这方面的事交代明白吧。我叫玛丽安·哈尔科姆；我管费尔利先生叫叔父，管费尔利小姐叫妹妹，这样称呼并不正确，好在妇女们用字往往是不正确的。我母亲两次结婚：第一次嫁哈尔科姆先生，他是我的父亲；第二次嫁费尔利先生，他是我妹妹（我同母异父妹妹）的父亲。我们两人除了现在都成了孤儿这一点以外，在其他方面都是完全不相同的。我的父亲是一个穷人，费尔利小姐的父亲是一个有钱人。我什么家当都没有，她可是有一大笔财产。我长得又黑又丑，她长得又白又美。人人都说我又暴躁又古怪（这话一点儿也不错），人人都说她又柔顺又可爱（这话更是一点儿也不错）。总之，她是一位天使，我是一个——您尝点儿那果酱吧，哈特赖特先生，这话妇女说下去碍口，还是请您把它说完了吧。有关费尔利先生的事，这叫我怎样对您说呢？老实讲，我简直不知道怎样说才好。早餐后他肯定要请您去，那时候您就可以亲自观察他了。这会儿我可以让您知道的是：第一，他是已故费尔利先生的兄弟；第二，他没结过婚；第三，他是费尔利小姐的监护人。我离开了费尔利小姐就没法生活，她离开了我也没法生活；所以我才会住到利默里奇庄园来。我和我妹妹最友爱，您也许会说这是无法理解的吧,我完全同意您的想法,然而,实际情况就是这样。您必须让我们俩都满意,哈特赖特先生,否则就会使我们俩都不满意;再有一件更伤脑筋的事,那就是以后您只好完全由我们两人奉陪。魏茜太太是一位大好人,她具有全部美德,但毫无动人之处;费尔利先生身体太差,他什么人都不招待。我不知道他有什么病,医生不知道他有什么病,他自己也不知道他有什么病。我们都说,'那病出在神经上,'但是谁也不明白这句话的意思。不过,您今儿见到他的时候,我劝您最好能容忍他那些小小的怪癖。只要您称赞他搜集的那些钱币、版画和水彩画,您就能叫他高兴。说真的,如果您能对宁静的乡村生活感到满足,我看不出您为什么不能在这儿生活得很好。早餐后到午饭时候,您要整理费尔利先生的图画。午饭后,我和费尔利小姐带着我们的写生簿,在您的指导下到野外去写生。绘画是她喜爱的玩意儿,不是我喜爱的玩意儿。女人是不会画画儿的,因为她们的心思太浮躁,她们的注意力太不集中。可是,没关系嘛,既然我妹妹喜欢画画儿,那么,为了她的原故,就让我像所有的英国妇女一样心安理得地浪费一些颜料,糟蹋一些纸张吧。至于晚上的时间,我相信我们有办法让您消磨。费尔利小姐弹得一手好钢琴。我呢,说来也可怜,连两个音符都分辨不清,但是我可以陪您下棋,打双陆,玩纸牌,甚至打弹子(不过,女人在这方面总要差点劲儿)。您觉得这样安排好吗?您能适应我们这种安静和刻板的生活吗?也许,在利默里奇庄园这种沉闷的气氛中,您不能安下心来,很想找一些变化,经历一些惊险的事吧?"

她一直这样很有风趣地谈下去,我始终不去打岔儿,只偶尔为了礼貌关系随便回答几句。但是,她在最后一个问题上提到了那个词儿,也就是偶然说出了"惊险的事"那几个字,这就使我想起了怎样遇到那个白衣女人,而且,因为那个怪人曾经提到费尔利太太,所以这会儿我就想要查明那个逃出了疯人院的不知名姓的人,想要知道她一度与从前利默里奇庄园女主人之间肯定有过的关系。

"即使我是最好动的人,"我说,"我在相当长的时间里也不会急于要找惊险的事。就在我来到府上的前一天夜里,我遇到了一件惊险的事,说真的,哈尔科姆小姐,这件事给我带来的惊奇和刺激,是我在坎伯兰的这段时期里,也许甚至在更长的时期里不会忘记的。"

"有这样的事,哈特赖特先生!您可以说给我听吗?"

"您是有权利要求听的。这桩惊险事件中的主要人物我完全不认识,也许您也完全不认识;但是,她确实用最真诚的感激和尊敬的口吻提到了已故的费尔利太太。"

"提到了我母亲!您的话使我太感兴趣了。请谈下去吧。"

我立即叙述我遇见白衣女人的经过,原原本本地谈了当时的情景,一字不漏地重述了她讲到有关费尔利太太和利默里奇庄园的那些话。

哈尔科姆小姐从头听到尾,那神情坚定、炯炯闪亮的眼睛一直紧瞅着我。她脸上除了极度的好奇与惊讶之外再无其他表情。对于这件神秘的事,她分明和我一样没有掌握任何可供追查的线索。

"您肯定她谈的是我母亲吗?"她问。

"非常肯定,"我回答。"不管那个女人是谁,反正她在利默里奇村里读过书,受到费尔利太太特殊的钟爱,至今还记得并感激她的情分,因此对她现在一家人仍旧表示亲切关怀。她知道费尔利太太夫妇都已去世,她谈到费尔利小姐,就好像她们俩在童年时代是熟悉的。"

"好像您提到:她说自己不是本地人?"

"可不是,她说她是汉普郡人。"

"您完全没想到要打听她的姓名?"

"完全没有。"

"多么奇怪啊。您决心让这个可怜的人获得自由,哈特赖特先生，我认为这件事做得很对，因为您看到她并不像是一个不适于享受自由的人。但是，如果当时您在另一方面也抱有决心，要打听出她的姓名，那就好了。咱们一定要想个办法，查明这件神秘的事。暂时您最好别去向费尔利先生和我妹妹提起，我相信他们和我一样不知道这女人是谁，不知道她过去和我们家有什么关系。他们虽然脾气完全不同，但是两人都很敏感和神经质；如果告诉了他们，那只会白白地使一个烦恼，使另一个受惊。至于我本人，我非常想要知道这件事，决心从现在起就尽一切力量去查明它。我母亲第二次结婚后来到这儿，确实是创办了如今仍旧开着的那所村校。但是以前的那些老师，有的已经死了，有的已经到别的地方去了；从他们那里是打听不出什么消息来的。除此以外，我只想到一个办法，那就是——"

她刚说到这儿，我们的谈话被走进来的仆人打断，仆人来传达费尔利先生的话，说请我用完早餐就立即去见他。

"你到厅里去等着，"哈尔科姆小姐仍是那样很敏捷地代我答复了仆人。"哈特赖特先生这就来。我要说的是，"这时她又接下去对我说，"我妹妹收藏有许多母亲的信，其中有写给我父亲的，也有写给她父亲的。既然一时没有其他办法找线索，那我今天早晨就去看一看我母亲写给费尔利先生的信。费尔利先生喜欢伦敦，经常要离开他乡下的住宅；每逢这种时候，我母亲总是给他写信，向他报告利默里奇村里发生的事情。她在许多信里都提到自己最感兴趣的那所学校；我相信，等咱们再见面的时候，很可能我已经发现一些线索了。午饭时间是两点，哈特赖特先生。那时候我可以把我妹妹介绍给您，午后我们就驾车到附近地方去，让您看看我们喜爱的风景。那么，两点钟再见。"

她向我点了点头，姿态活泼优美，在娴雅中显得那么亲切，这是她一切言谈举止中的特色，接着她就从屋子尽头的一扇门里消失了。她刚离开，我就转身向厅里走去，仆人跟在后面，首次去会见费尔利先生。

7

带路的人领我上了楼，走进一条过道，又回到我昨夜睡的那间卧室里，然后打开通隔壁房间的门，请我进去看看。

"主人吩咐我领您去看您的起居室，先生，"仆人说，"请问，您对这屋子里的布置和光线满意吗？"

说实话，如果对这间屋子和它里面的一切陈设再不满意，那我这个人真可以说是太不知足了。从弓形窗子里望出去，正是我早晨在卧室里看了称赞不已的美丽景色。家具都是奢侈华丽的精品；一张桌子在屋子当中灿灿闪亮，上面是精装的书籍，优雅的文具，美丽的鲜花；另一张桌子靠近窗口，上面摆满了裱糊装配水彩画需用的各色材料，桌边上还装了一个小小画架，我可以随意将它展开或者折拢；墙壁上挂着鲜艳的印花棉布；地板上铺的是黄红相间的印度草席。那是一间我生平从未见过的最豪华精致的起居室，我看了赞不绝口。

那个态度严肃的仆人，显然受过严格训练，所以丝毫不露出得意的神情。我说完赞扬的话，他冷淡而恭敬地一鞠躬，接着就默默地给我开了门，又让我走到外面过道里。

我们拐了个弯，走进另一条很长的过道里，最后登上一道短扶梯，穿过楼上的一个小圆厅，在一扇覆盖着深色厚呢的房门前停下了。仆人打开了这扇门，领着我向前走了几码，到了另一扇门前面，又开了那扇门，迎面露出两条淡海绿色缎子门帘，他悄悄地揭开一条门帘，轻轻地说了一句"哈特赖特先生到"，就离开了我。

我来到一间高大的房间里，天花板上面的雕刻精美绝伦，地毯又软又厚，踏在脚底下像是层层丝绒。屋子里一边列着长长的书橱，是用我从未见过的稀有的嵌花木料制的。书橱不到六英尺高，上面间隔得很均匀地摆着云石小雕像。对面是两口古色古香的珍品橱，橱中间空着的地方挂着一幅《圣母与圣婴》，画上面罩着玻璃，镜框下边的镀金牌上刻着拉斐尔①的名字。我走进房门，沿左右两边都摆着小柜和玳瑁金银等细工镶嵌的小架子，上面陈设的是德累斯顿特产的瓷人儿，珍贵的花瓶，象牙的装饰，以及各种玩物古董，上面嵌的金银和宝石灿烂耀眼。房间深处，我迎面那几扇窗都被遮住了，也像门帘那样淡海绿色的大幅窗帘调节了阳光。照射进来的光线在亮度减弱后显得有点神秘，使人感到柔和适意，它均匀地散布在室内所有的物件上，加深了这里静寂与冷落的气氛，给那个孤零零的主人罩上了一个很合适的肃静的光环，主人显得那么懒散，正靠在一张大扶手椅里，椅子一边的扶手上装了个托书架，另一边的扶手上配了块小搁板。

　　如果根据一个四十岁开外的男子刚化了妆的仪容，就可以准确地推测出他的年龄（其实这是很不可靠的），那么，我会见费尔利先生时，可以将他的年龄约莫估计为五十已过但未到六十。他那张光洁无髭的脸瘦削无神，苍白得好像是透明的，但上面并没有皱纹；他的鼻子很高，呈鹰钩状；眼睛灰蓝暗淡，大而突出，眼皮四周通红；头发稀疏，看上去很柔软，是那种最不容易辨认是否已开始变白的淡茶色。他穿的一件深色常礼服，是用比一般呢绒薄得多的料子做的，背心和裤子都洁白得看不到一点儿斑迹。一双小得像女人的脚，穿着浅黄色长筒丝袜，跂着像妇女穿的那种青铜色小皮拖鞋。他那纤细雪白的手上戴着两个戒指，即使我对此道是外行，但仍可以看出它们是极珍贵的。总的说来，看上去他身体衰弱，肝火很旺，过分文雅——他有着那么一种神态，如果那表现在男人身上，虽然特别细微，但仍会使人感到不快，而一旦表现在女人身上，那女人就不可能显得自然大方了。我那天早上认识了哈尔科姆小姐，以为会喜欢这家的每一个人，但是，看到了费尔利先生那副模样，我无论如何不能对他发生好感。

　　我向他再走近一些，才发现他并不像我最初猜想的那样是无

---

① 拉斐尔（1483—1520），意大利文艺复兴时代的画家和建筑家。

所事事的。他身边那张大圆桌上，除了一些珍玩之外，还摆着一个黑檀镶银的小巧的珍宝柜，里面是大小各色的钱币，都排列在铺着浅紫色丝绒的小屉子里。一个屉子正摆在他椅子的小搁板上，屉子旁边是几只珠宝商用的小刷儿，一只软皮"擦笔"①，一小瓶药水，准备一发现钱币上有污迹，就用这些东西，按不同方法，把污迹拭净。他那软弱洁白的手指正在有气无力地玩弄着一件什么东西，在我这个未经训练的人看来那像是一只缺了边的肮脏的锡蜡纪念章，就在这时候，我走到跟他的椅子保持适当距离的地方停下来向他鞠了一躬。

"非常欢迎您到利默里奇来，哈特赖特先生，"他像哭诉般说，再加上声音尖锐刺耳，有气无力，这句话听来只会叫人感到难受。"请坐吧。可是，请别移动那椅子呀。我可怜的神经哪，一丁点儿响动都会使我十分痛苦啊。您看过您的画室了吗？还可以吗？"

"我刚看完了那间屋子，费尔利先生；说真的——"

我这句话刚说到一半就被他止住了，他闭起眼睛，哀求似地举起了一只雪白的手。我吃惊地停下了，这时承蒙他哭腔哭调地向我解释道：

"请原谅我。可是，您能不能试试把声音说得低一点呢？我可怜的神经呀，无论什么响声，都会使我受到无法形容的折磨呀。您能原谅一个病人吗？这可怜的身体害得我呀，不但是对您，对所有的人都得重复这句话啊。哦，对了。您真的喜欢那间屋子吗？"

"我想，再不会有比那间屋子更精致更舒适的了，"我降低了声音回答，这时已开始觉察到，费尔利先生自私的装腔作势和费尔利先生可怜的神经，实际上是一回事。

"我很高兴。您会看到，哈特赖特先生，您的地位将在这里受到应有的尊重。在舍下，绝对不会有谁像英国人那样野蛮可

---

① "擦笔"是一种用皮或纸做的锥形物，用来给垩笔画或铅笔画画阴影的。

怕，那样歧视艺术家的社会地位。我早年在国外待过很长时间，所以，在这方面，完全摆脱了我国人的偏见。我希望，那些上等人士——这是个多么讨厌的词儿，但是，我想，还是得使用它一下——邻近的那些上等人士，也能如此啊。他们这伙人呀，对艺术都像该死的野蛮人一样，哈特赖特先生。请相信我的话吧，这些人如果看见查尔斯五世给铁相拾画笔①，他们准会吓得目瞪口呆啊。可不可以劳您的驾，把这盘钱币还到那小柜子里，把下边的一屉拿过来给我？我可怜的神经呀，只要一用气力，就会说不出地难受呀。对。谢谢您啦。"

对费尔利先生这样心安理得地提出的要求，我觉得很有趣，因为这无异于是对他刚才向我举例说明的开明的社会理论所作的一个实际的注解。我必恭必敬地把那个屉子还到原来地方，把另一个屉子递给他。他立刻开始玩弄另一套钱币，还用小刷子刷它们；对我说话时，他一直是那样懒洋洋地瞅着钱币，对它们表示赞赏。

"十分感谢，请多多原谅。您喜欢钱币吗？喜欢？真高兴，除了爱好艺术，咱们又有一样共同的爱好啦。现在，来谈一谈待遇问题——请告诉我——您满意吗？"

"非常满意，费尔利先生。"

"真高兴。瞧——再有一件什么事？啊！想起来了。对了。承蒙俯允在艺术方面施展宏才，不吝嘉惠，敝管家将在第一个周末仰承尊旨，恭候差遣。瞧——再有一件什么事？这不是很怪吗？我还有许多话要说，可是，一时好像都忘了。是不是可以劳您驾摇一摇铃？在那个角落里。对。谢谢您。"

我摇了铃；另一个仆人悄没声儿地出现了，这是一个外国人，脸上死板板地堆着笑，头发梳得溜光——是一个地道的亲随。

---

① 查尔斯五世（1500—1558），德国皇帝，在位时奖掖文人与艺术家。铁相（1487？—1576），意大利威尼斯派画家，曾在查尔斯五世朝中任画师。

"路易,"费尔利先生说,一面神思恍惚地用一只刷钱币的小刷子擦手指尖儿,"我今儿早晨又在我的簿子里登了记。把那簿子找来。千万请您原谅,哈特赖特先生,恐怕我让您厌烦了吧?"

我还没来得及答话,他又倦怠地闭起了眼睛,而当他这样确实使人感到厌烦时,我就静悄悄地坐在那里,抬起头来看拉斐尔的那幅《圣母与圣婴》。就在这时候,亲随离开了房间,不一会儿就拿着一个象牙封面的小簿子回来了。费尔利先生轻轻地舒了口气,然后一只手抖开了簿子,另一只手举起了小刷子,这是示意亲随,叫他继续听吩咐。

"对。一点儿不错!"费尔利先生翻看着簿子说,"路易,把那个画夹取下来。"他说时指了指窗旁红木架上的几个画夹。"不对。不是那个绿背脊的——那里面是我的伦勃朗①的镂版画,哈特赖特先生。您喜欢镂版画吗?喜欢?我真高兴,瞧咱们又有一样共同的爱好啦。是红背脊的那个画夹,路易。千万别随手往下放!哈特赖特先生,如果路易随手把那画夹往下一放,您真想象不到我受到的那种折磨。这样摆在椅子上稳当吗?您说稳当吗,哈特赖特先生?稳当?这可好。如果您认为那确是很稳当,那么,您高兴看看那些画吗?路易,给我走开。你真是个笨驴。你没看见我拿着簿子吗?你以为我高兴这样拿着它呀?那么,为什么不等我吩咐就给接过去?多谢您,哈特赖特先生;仆人都是这样的笨驴,您说对吗?请告诉我:您觉得这些画怎么样?刚买来的时候,它们都被糟蹋得不成样儿了,我上一次看的时候,觉得它们带有那种该死的买卖人手摸过的气味。您能把它们整理一下吗?"

虽然我神经不够灵敏,没法嗅出引起费尔利先生嫌恶的那种市侩手指的臭气,但是,凭我受过的训练和培养成的趣味,我在看那些画的时候还是能鉴别它们的价值。它们多数是真正英国水

---

① 伦勃朗(1606—1669),荷兰画家,镂版家。

彩画的艺术精品；看样子原来的主人远远没有给予它们应有的珍惜。

"这些图画。"我回答道，"都需要仔细绷紧，重新装配；在我看来，它们完全值得——"

"请您原谅，"费尔利先生打断了我的话。"您说话的时候，可不可以让我闭上眼睛？哪怕是这样的光线，我的眼睛都受不了。可以吗？"

"我刚才是要说，这些画完全值得花所有的工夫去——"

费尔利先生突然又张开眼睛，惊慌失措地朝窗子那面转动眼珠。

"请您海涵，哈特赖特先生，"他一丝半气，颤巍巍地说。"我明明听见有几个可怕的小孩到了花园里——到了我们家园子里——好像在窗底下吧？"

"我不知道，费尔利先生。我可什么也没听见。"

"劳您驾——您一直很顾惜我可怜的神经——劳您驾，把那窗帘的角揭起点儿来。可别让阳光照射到我身上，哈特赖特先生！您揭起窗帘了吗？揭起了？那么，可不可以请您看一看花园里，看真的没人吗？"

我按照新提出的要求做了。花园的墙围得密不通风。在整个神圣不可侵犯的禁区中，大人，小孩，一个也没有。我向费尔利先生报告了这一令人欣慰的情况。

"非常感谢。大概，那是我的幻觉吧。谢天谢地，家里没有小孩；可是仆人（这些生来没神经的人）会把一些小孩从村里引了来。这些野孩子——哦，我的天哪，这些野孩子！可以让我坦率地说吗，哈特赖特先生？——我真希望能在儿童身体构造方面来它一番改造。造物主的用意好像只是要使儿童成为不停地发出噪音的机器。我们可爱的拉斐尔洛[①]的设想肯定要比这好得

[①] 拉斐尔的昵称。

多吧①？"

他指了指那幅圣母图，那上边一部分画的是意大利美术中具有传统形式的天使，他们都在天空中把下巴颏儿搁在淡黄色的云朵上。

"多么理想的儿童啊！"费尔利先生朝那些小天使瞟了一眼。"这样滚圆可爱的脸蛋儿，这样柔软可爱的翅膀，此外就什么都没有了。没有肮脏的小腿跑来跑去；没有吵人的小嗓子尖声怪叫。要比现在这种身体构造好多少啊！如果您不介意的话，我又要闭上眼睛了。您真能整理这些画吗？太好啦。还有什么其他的事需要安排的？如果有的话，我大概是忘了。让我们摇铃叫路易来好吗？"

这时，也像费尔利先生那样显然急于赶快结束这次会见，我想最好是不要召唤仆人，还是由我亲自提醒他。

"还有一件事需要谈谈，费尔利先生，"我说，"那就是，我应当怎样陪两位小姐学画。"

"啊！可不是，"费尔利先生说。"我真希望我精神好，能够谈一谈这方面的安排，可是，我精神不好呀。只能让两位受您教诲的小姐，哈特赖特先生，自己去决定和安排一切。我侄女喜欢您这门可爱的艺术。她在这方面的知识，刚够让她认识到自己很大的缺点。请您多多费神指点她吧。就是这一件事。还有什么别的事吗？没有啦。我们已经彼此很了解了，对吗？我不应当再耽误您的贵干了，对吗？非常高兴，能这样解决了所有的问题——多么痛快，能这样办好了所有的事情。可不可以费神摇一摇那铃，叫路易把这画夹送到您屋子里去？"

"如果您允许，费尔利先生，我可以自己带去。"

"您真的要自己带去吗？您有这么大气力吗？有这么大气力，瞧您多么福气！您真的不会把它落下来吗？有了您在利默里奇，

---

① 拉斐尔画的一些小天使没有身体，只有长着翅膀的脑袋。

我太高兴啦,哈特赖特先生。我被病痛这样折磨着,简直不可能常常奉陪了。是不是可以请您特别当心,请轻轻地揭那门帘——它们一丁点儿响声都会像刀似的扎穿了我。好啦,再见!"

等海绿色的帘子合拢,两扇覆着厚呢的门在我后面关好,我就在屋子外边那个小圆厅里站了一会儿,痛痛快快地舒了一口大气。看到自己又离开了费尔利先生的屋子,就好像一个人一度深深地扎进水里,这会儿又浮到了水面上。

我在我那间小巧精致的画室里舒舒服服地坐下,准备早晨的工作时,首先拿稳了主意,决定此后再不走近主人住的那几间屋子,除非是他赏脸,特意邀我再去见他,然而这种事的可能性是极小的。一经在将来如何对待费尔利先生方面制定了这个令人满意的计划,我就很快地恢复了一度被东家那种狎慢的态度和骄蹇的架子打乱了的宁静。我愉快地消磨了早晨的其余时间:看完了那些画,把它们整理成套,开始修剪它们残缺的边儿,为将来的装配工作作好一切必要的准备。照说我的工作可以进展得更加迅速,但是午饭时间快到,我定不下心来了,尽管做的只是一种手工劳动,但我感觉到无法集中注意力了。

两点钟一到,我又向楼下早餐室走去,一路上感到有点儿紧张。这次再走进那间屋子,我急于要知道的一些事即可见分晓。我这就要被介绍给费尔利小姐了;如果哈尔科姆小姐检看了她母亲的信,已经达到预期的目的,现在该是白衣女人真相大白的时候了。

8

我走进屋子,看到哈尔科姆小姐和一位中年以上的妇女坐在餐桌跟前。

我见到的这位中年以上的妇女是费尔利小姐从前的保姆魏茜

太太，也就是我那位谈笑风生的女伴早餐时将其形容为"具有全部美德、但一无动人之处"的人。而现在我只能证实哈尔科姆小姐对这位老奶奶的性格作了如实的描绘。看来魏茜太太是人类的沉着与女性的柔顺的化身。从她那丰满而安详的脸上映现的倦意的微笑中，可以看出她正在安静地享受着一种安静的生活。我们这些人当中，有的奔波了一世，有的闲荡了一生，魏茜太太则是坐了一生一世。在屋子里，坐着，不论早晚都坐着；在花园里，坐着；在过道中你意想不到的一个窗座上，坐着；她的朋友把她拉到外面去散步，她坐下了（坐在一只折凳上）；要看什么东西之前，她坐下了；要谈什么话之前，她坐下了；对一般最普通的问题回答"是"或"不是"之前，她坐下了；口角边总是那样映现出宁静的微笑，总是那样在注意中显得有点儿茫然地侧转着脑袋，而且，无论家中的情况有什么变化，总是那样舒舒服服地把手和胳膊安放好了。这是一位温和的，一位柔顺的，一位与世无争、极其安静的老奶奶，她从来不曾想到：自从出世的那一刻起，自己可曾真正地生活过？造物者有着那么许多事情要在这世界上一一完成，同时又要忙着创造那么许多各式各样共处并存的生物，所以，有时候肯定会由于过分地忙乱，以致无法分清自己同时进行的不同的工作。从这一观点出发，我个人始终相信，魏茜太太降生的时候，造物者正在一心一意想到要制造卷心菜，于是，这位好奶奶就由于创造我们全人类的造物者正在想着植物而受到了影响。

"我说，魏茜太太，"哈尔科姆小姐说，和身边毫无表情的老奶奶相比之下，这时她更显得活泼、伶俐和敏捷了，"您要吃什么？炸牛排好吗？"

魏茜太太把她那双圆里噜嘟的手交叉在桌子边儿上，温和地笑了笑，说："好的，亲爱的。"

"哈特赖特先生的面前是什么呀？是白煮鸡，对吗？我想，白煮鸡要比炸牛排更配您的胃口吧，魏茜太太？"

魏茜太太把她那双圆里噜嘟的手从桌子边上缩回去，交叉在膝上，朝白煮鸡若有所思地点了点头，说："是呀，亲爱的。"

"哟，可是您今儿到底要吃哪一样呀？让哈特赖特先生给您来点儿鸡？还是让我给您来块炸牛排？"

魏茜太太把她一只圆里噜嘟的手又放回到桌子边儿上，一霎间脸上隐约映现出光彩，但随即消失了；她恭顺地一鞠躬，说："劳您驾啦，先生。"

实在是一位又温和，又柔顺，又非常安静、与世无争的老奶奶！但是，有关魏茜太太的事，不妨就暂时说到这儿为止吧。

这时始终没有看到费尔利小姐的影子。我们吃完午饭，她仍旧没出现。什么事也别想逃过哈尔科姆小姐那双锐利的眼睛，她已注意到我不时朝房门那面看。

"我明白您的意思，哈特赖特先生，"她说，"您是在猜您的另一个学生哪儿去了。她头痛好了，已经下楼了，但是胃口还不大好，所以没能和咱们一起进午餐。如果您肯和我一起去，我相信能在花园里什么地方找到她。"

她从身旁椅子上拿起一把小伞，领着我从屋子尽头那扇临草坪的立地长窗里走出去。这里几乎完全没必要交代：我们走后，魏茜太太怎样仍旧坐在餐桌跟前，她那双圆里噜嘟的手怎样仍旧交叉在桌子边儿上；显然，整个下午她就那样坐定在那儿了。

我们穿过草坪时，哈尔科姆小姐意味深长地朝我望了一眼，摇了摇头。

"您遇到的那件神秘的惊险事情，"她说，"就像出事的那个夜里一样，它仍旧是一团漆黑呀。今儿我整个早晨都在看我母亲的信，到现在还没发现什么线索。可是，您可别失望，哈特赖特先生。这种事需要好奇的人去追根究底，而您找的助手恰巧是一个妇女。在这种情况下，您肯定会成功，问题只是时间的迟早而已。信还没全部看完。我那儿还有三扎信，您放心吧，我准备今儿整个晚上看那些信。"

这样说来,我早晨急于要知道的两件事,其中有一件还没能实现。于是我开始猜想,我从早餐时起就想要认识费尔利小姐,这一希望是不是也会落空呢。

"您和费尔利先生谈得怎样呀?"哈尔科姆小姐问,这时我们已离开草坪,拐进了一个灌木丛,"他今儿早晨特别紧张吗?好啦,您不必考虑回答这个问题了,哈特赖特先生。单瞧您需要这样考虑,我已经明白了。我从您脸上看出来,他肯定是特别紧张的,我既然不情愿害得您也像他一样紧张,就不必再追问这件事了。"

她说这些话时,我们已拐上一条曲径,最后走近一座小巧玲珑的瑞士农舍式木头凉亭①。我们登上亭前台阶,一位小姐已候在单间凉亭里。她站在一张粗木桌旁边,眺望大海这面树林中露出的荒野和小丘,若有所思地翻看身边的一小本写生簿。这就是费尔利小姐。

我怎样才能把她形容得十分逼真呢?我怎样才能使我本人的情感与此后发生的事情不影响她的形象?我怎样才能重新用第一次看她的眼光去形容她,使即将在本书中看到她的读者也知道她当时是什么样儿呢?

写到这里,我书桌上正摆着一幅画,那是我后来根据第一次会见劳娜·费尔利的地点和她当时的姿势为她画的一幅水彩画。我看了那幅画,脑海中就映现出凉亭深绿与棕黄相间的背景,清楚地呈现出一个人影:身材苗条,年纪很轻,穿着一件白底子淡蓝色宽条纹的薄纱衣服。肩上俏伶伶地围着一条用同样料子做的围巾;头上戴着一顶本色的小草帽,简单地用缎带镶了边,和她的衣服很相称,同时给她上半部脸盘儿笼罩了一层珠光般色彩。

---

① 瑞士农舍指一种墙低檐阔的小屋。这里的"凉亭",实际上是两面有墙和窗,另两面敞开的房间。

她的头发是那种淡棕色（不是亚麻色，但几乎同样是那么轻袅袅的；不是金黄色，但几乎同样是很光润的），有的地方差点儿跟那顶帽子投下的浅影融成一片。头发很清晰地在当中分开，在耳朵上边梳向后面，覆在前额的散发被卷成天然的波浪形。眉毛的颜色要比头发深得多；眼睛是晶莹柔和的蓝色，那是诗人经常歌咏的，但人们在现实生活中却难得看到。眼睛的色彩美得可爱，眼睛的形状也美得可爱，又大又柔和，在娴静中透出沉思，但最美的是那情感真挚的眼神，它隐藏在眼底深处，在种种不同的表情中流露出来，闪耀着另一个更纯洁美好的世界上的光辉。从眼中传布到整个脸上的娇媚，十分细腻地，但又十分清晰地表现出的娇媚，掩蔽了，也改变了其他地方微小的天然缺陷，这就使人很难辨别出面部其他相对的优缺点。你很难看出：脸的下半部形成下颏的地方显得过分纤弱，以致不能与上半部配得十分匀称好看；鼻子虽没有那种鹰钩（对一个妇女来说，无论她的容貌有多么完美，这一缺点总会使人感到惋惜），但鼻尖微翘，称不上是理想的垂直，她笑的时候，甜蜜娇嫩的嘴唇会微微紧张地牵动，于是嘴角就会微微向上翘起。如果是另一个妇女脸上有着这些缺点，你就可能会注意到了它们，然而到了她的脸上，你就不大会留心到，因为它们已和她表情中全部独特的美浑然混合在一起，而她的表情那样动人，又是和眼睛的顾盼密切不可分的。

　　我凭这支拙笔为她所作的画，在漫长的幸福岁月中爱怜地、辛勤地为她所作的这幅画，能向我说明以上的特点吗？啊，隐晦和呆板的画所表现的太少了，然而，看这幅画时，我思想中反映的却太多了！一位优雅美好的姑娘，穿着一身朴素好看的薄纱衣服，随便翻着一本写生簿，从簿子上抬起一双恳挚天真的蓝眼睛向人看——这就是图画所能表现的一切。是女人首先给我们模糊的审美意识带来生命、光明与形象，还要充实我们直至她出现时才意识到的灵性的空虚。凡是那些深沉得无法用语言表达的、几乎不可能为思想所激发的感情，一到这个时刻，就会被感官所不能觉察和无法表达的另一些魅力所触动。构成女性之美的那种神秘成分，一旦与我们灵魂中更深的神秘成分相复合，我们就再也无法用任何方式表达它了。到了那个时刻，也正是在那个时刻，它就超出了世人能用笔墨形容的狭隘范围了。

要知道她的模样，你不妨这样想象一下：假如任何女人都没法使你动心，那她就是首次拨动了你心弦的女人。想象一下：那双柔和的、恳挚的蓝眼睛和你的目光相对时，正像它们接触到我的眼光时一样；那副无比动人的神态，正像我们俩都不能为之忘情的那种神态一样。想象一下：她的声音你听了会和我同样觉得悦耳，想象一下：当她像书中所描写的那样来回走动时，她的脚步声就像你的心一度随着节拍为之跳动的那种轻盈的脚步声一样。你把她想象成为你梦幻中憧憬的宠儿吧，这样，她就会像活在我心中的女人那样出现在你脑海中，那形象也就会变得更加清晰了。

我初次见到她时，许多感觉一时涌向我的心头，那是我们大家都熟悉的感觉，那些曾经在我们多数人心中滋生、在许多人心中消失、在极少数人心中重新燃起的感觉，但是，在这些感觉中，有一种感觉引起了我的困惑和不安，尤其是当着费尔利小姐的时候，这种感觉更仿佛矛盾得近似离奇，荒谬得难以解释了。

她那面庞与头部显出的媚态、她那甜美的表情，以及她那动人的朴实的风度：这一切给我留下了深刻的印象，然而，与此混合在一起的却是另一个印象，这印象使我恍惚地想到缺少了一件什么东西。一时好像是她缺少了什么，一时又好像是我缺少了什么，而这样考虑着，我就觉得不容易完全了解她。当她朝我看的时候，这一印象总是十分矛盾地显得最为突出；换句话说，一方面很清楚地觉察到她面貌的端正姣好，但一方面又由于体会到一种难以捉摸的美中不足之处而感到心神不定。是缺少了一件什么东西，缺少了一件什么东西——它在哪里呢，它是什么呢：我说不上来了。

由于这样奇怪地想入非非（当时我对此有这样的看法），我第一次会见费尔利小姐时,就不大可能举止从容自在。她说了几句欢迎我的客气话,但我简直无法保持镇静,甚至不能用习惯的套语答谢她。哈尔科姆小姐当然注意到我局促不安的神气,她肯定以为我是初次见面不好意思,于是就像习惯的那样很随便地找一些话题谈下去。

"瞧那儿,哈特赖特先生,"她说时指了指桌上那本写生簿,再指了指仍旧漫不经心地翻弄着簿子的那只纤细的小手。"现在到底找到您的高材生了,这下子您总没话说了吧?她一听到您来了,就赶紧拿出她这本宝贵的写生簿,紧瞅着自然景色,急于要开始画画儿了!"

费尔利小姐立刻高兴地笑得容光焕发,好像我们上空的阳光部分照在了她那可爱的脸上。

"谬奖谬奖,"她说,她的晶莹的蓝眼睛显得那么恳挚,一会儿看看哈尔科姆小姐,一会儿看看我。"我虽然爱画画儿,但是知道自己对此道一窍不通,所以,不是急于要开始,而是害怕开始呀。知道您来了,哈特赖特先生,我先看看我的写生,就像从前小女孩儿的时候看自己的功课一样,我很害怕您要训斥我。"

她坦率地说着这些话,显得极俏皮而又天真,接着就露出了孩子般尴尬和急切的神情,把桌上的写生簿移近自己的一边。哈尔科姆小姐仍旧是那样明快直爽,她立刻打破了有些令人发窘的僵局。

"好也罢,坏也罢,不好不坏也罢,"她说,"反正学生的画总得经过老师的严格评定——话就谈到这里为止吧。是不是让咱们把这些画带到车上去,劳娜,这样就可以让哈特赖特先生第一次看的时候,不停地颠簸,老是受到干扰?只要咱们能一路上把他搅糊涂了,让他闹不清什么是四面观看风景时见到的真实的自然景色,什么是低着头看咱们写生簿时见到的歪曲了形象的自然景色,咱们就可以搅得他没办法,最后只好夸奖咱们几句,高抬他的贵手,保全了咱们的面子。"

"我希望哈特赖特先生别那样夸奖我，"费尔利小姐说，这时我们一起离开了凉亭。

"我倒要问一问，您为什么希望我这样呢？"我问她。

"因为，您无论对我说什么，我都会相信，"她天真地回答。

在寥寥数语里，她无意中让我了解了她的全部性格，由于自己对人真实，她就天真地以己度人，毫无保留地相信别人的话。对这一点，当时我只是本能地觉察到，而如今则是根据经验证实了。

好性子的魏茜太太仍旧坐在那张人都走尽了的餐桌跟前，我们催着她离开了那儿，然后乘上一辆敞篷马车，按照预定的计划去兜风。老奶奶和哈尔科姆小姐占了后座，费尔利小姐和我坐在前面，那本写生簿在我们位子当中摊开着，这样我终于能用行家的眼光仔细地看它了。即使我准备严格地批评那些画，我也没法说出口，因为哈尔科姆小姐显得那样满不在乎，只顾取笑她自己、她妹妹以及一般妇女画的画儿。更清晰地留在我记忆中的不是我机械地检看的那些写生，而是当时进行的一些谈话。尤其是费尔利小姐参加的谈话，谈话就仿佛是几小时前听到的，至今仍深刻地留在我记忆里。

可不是！不瞒大家说，就在第一天里，面对着她那可爱的倩影，我已经为她神魂颠倒，以致忘了自己的地位与其他一切。她向我问话时，哪怕是提到一些最琐屑的事，比如，怎样使用她的铅笔，怎样调和她的颜料，都会吸引住我，再有，她的一双可爱的眼睛冲我瞅着，那样急切地要学会我所能教授的一切，要领会我所能指点的一切，这时我由于只去注意她眼神的细微变化，就忽略了我们所经过的最美丽的风景，忽略了那些波状的原野和平坦的海滩上光影交替时构成的瑰丽的异彩。在任何时刻，在任何人类感兴趣的情况下，周遭的自然物体一点也不能吸引住我们的心情与思想，难道这不是很奇怪的现象吗？讲到我们烦恼时向自然界求安慰，快乐时向自然界找感应，那只不过是书本上的一些陈词滥调罢了。现代诗歌中总是那样繁词润色，形容自然界的美景，然而，即便是在我们最会赞赏自然之美的人当中，这也不是出于我们的天性。在儿童时代，我们谁也不曾具有这种赞美的能力。不论男女，凡是未经训练的，都不可能具有这种能力。那些一生看惯了陆地或海洋上瞬息万变的奇景的人，也正是那些自己的行业与自然景色无直接关系、本人对自然景色最无动于衷的人。说实在的，我们对自己周围美景的欣赏能力，只是我们的一种文明的造诣，是我们所有的人将其作为一种艺术学会的本领；再说，即便是这种能力，我们也只是在自己思想最空虚和迟钝的时候才会加以运用。我们本人或者我们的朋友感觉到快乐或悲痛时，有多大一部分感情是由于受了自然的激发呢？在我们相互之间的日常谈话中，在无数有关本人经验的琐屑叙述中，这些感觉又能占多少地位呢？我们的一切智力所能领悟的，一切灵性所能学会的，都可以无待于世间最丑恶或最美好的景色的启示，仍同样精确地、同样对我们有益地、同样令人满意地将其理解和学会。造物者所创造的生物与其周围的自然界，二者之间缺乏一种天生的引力感应，而这肯定具有一个原因，这原因也许可以在人与其自然界迥然不同的命运中找到。我们极目仰望的巍巍高山，总有一日会湮灭。但纯洁的心灵所感觉到的人类最微小的兴趣则将与世长存。

我们出游将近三小时，马车又驶进利默里奇庄园的两重大门。

在归途中，我让两位小姐自己选择了第一次写生的风景，准备第二天下午由我指导她们写生。晚饭前，她们去休息换衣服，我又独自坐在我那间小起居室里，可是这时好像突然感到不自在起来。我只觉得心思不定，人很烦闷，但又不知道那是什么原故。也许，这会儿我开始意识到，适才出游时我的举止不该太随便，那样很像是一个客人，不太像是一位画师了吧，也许，刚被介绍给费尔利小姐时，我曾经感到一阵困惑，仿佛费尔利小姐或者我缺少了一些什么，而那种奇特的感觉现在仍旧缠绕着我吧。不管怎样，后来我总算又恢复了轻松的心情，因为晚饭时间已到，不必独个儿待在那里，我又可以和两位小姐在一起了。

我一走进客厅，她们这时候穿的衣服——不是衣服的颜色，而是衣料形成的奇特对比——就给我一种深刻的印象。魏茜太太和哈尔科姆小姐的衣服都很华丽（而且和她们的年龄极其相称）。魏茜太太的衣服是银灰色的，哈尔科姆小姐的衣服是嫩黄色的，这跟她浅黑的皮肤和乌黑的头发配得很好，费尔利小姐却打扮得十分朴素，几乎显得有些寒酸，她身上是纯白的薄纱。穿洁白的衣服很美，但那终究是穷人家的妻女所穿的，所以，单从外表上看，就好像她在经济上反不及她的保姆似的。后来，等我对费尔利小姐的性格有了更全面的了解，我才知道，原来她们的装束之所以会形成那种对照，显得那样奇怪反常，乃是由于她天性敏感细心，极端厌恶哪怕是稍许炫耀自己的财富。无论魏茜太太和哈尔科姆小姐怎样劝说，她在衣着上仍宁愿让家境清贫的继续装饰，不肯让身家富有的炫耀自己。

吃完晚饭，我们一起回到客厅里。虽然费尔利先生曾经打发他的管酒仆人来问我饭后喜欢喝什么酒（他这是在仿效那位给铁相拾画笔的纡尊降贵的君王），但是我不愿挑选一些爱喝的酒，在一旁傲然自斟自饮，终于执意谢绝了，然后很周到地向两位小姐说，请让我在利默里奇庄园的这段时期里遵守文明的外国人的礼节，饭后总是和她们一起离开餐桌。

我们这会儿前去消磨整个黄昏的那个会客厅，位于住宅底层，它的格局和大小都与餐厅相同。屋子尽头，宽大的玻璃门外面是一片草坪，沿草坪绚烂妍丽地种满了各色花卉。我们走进屋子时，那些叶瓣和花朵闪着黄昏中柔和和迷蒙的微光，在暗淡的色彩下融成一片；花朵向我们表示欢迎，从敞开的玻璃门外送来黄昏时甜美的幽香。好性子的魏茜太太占了角落里的那张扶手椅（她照例是第一个坐下），开始打盹儿，接着就很舒坦地睡熟了。经我要求，费尔利小姐在钢琴前坐下了。我随着她朝琴旁的一个位子走过去，这时看见哈尔科姆小姐正在侧面一扇窗子旁边墙壁凹进去的地方坐下，她要借薄暮最后的那点儿余晖，查阅她母亲的信件。

写到这里，我又多么清晰地回忆起当时客厅里那幅宁静融洽的景象啊！从我坐的地方，可以看见哈尔科姆小姐优美的身影，一半儿映在柔和的微光中，一半儿隐在朦胧的阴影里，她正在用心地阅读膝上的信件；屋子深处，光线逐渐暗淡的那堵墙上，隐约地映出在离我更近地方弹琴人的可爱的侧影。外面的草坪上，成簇的花朵，长长的青草和藤蔓，在黄昏的微风中轻轻地摇曳，但我们听不见它们的窸窣声。天空中没一片云彩，逐渐泛开的朦胧月光已开始在东面天边闪动。幽静的感觉带来一种充满喜悦和超凡出世的静谧，使人心旷神怡；当钢琴奏出莫扎特的神妙柔和的曲调时，那令人感到舒适的安静气氛就随着光线的逐渐暗淡而变得更加显著，仿佛笼罩着我们，给我们一种更柔和的感觉。想想当时的情景和声音，那确是一个令人难忘的黄昏啊。

我们都静静地坐在自己选择的地方——魏茜太太仍在睡觉，费尔利小姐仍在弹琴，哈尔科姆小姐仍在看信——到后来，四周完全黑暗了。这时，月亮已悄悄地升到草坪上空，柔和、神秘的光辉已斜照在屋子深处。暮色转变为夜色的那片刻实在太美了，所以，仆人掌灯进来时，我们都主张不要灯火，仍让大房间里保持黑暗，只在钢琴上点了两枝微光摇曳的蜡烛。

音乐继续演奏了半小时。后来，费尔利小姐看见草坪上的月色很美，禁不住要到外面去欣赏，于是我随着她走出去。刚才，在琴上点亮了蜡烛，哈尔科姆小姐为了借烛光继续仔细读那些信，已换了一个位子。我们走出去时，她正坐在琴旁一张矮椅上，聚精会神地读信，好像没有注意到我们离开。

我们一起走到外面草坪上，也就是正对着玻璃门前面的地方，在那里待了不到五分钟；费尔利小姐听了我的话，正把一块白色手帕包在头上，以免被晚上的凉风吹了，可就在这时候，我听见哈尔科姆小姐的声音（声音很低，口气很急，不像平时那样轻松自如),她在唤我。

"哈特赖特先生,"她说,"您到这儿来一下好吗?我有话和您谈。"

我立刻回到屋子里。钢琴摆在靠近里墙的中间。哈尔科姆小姐正坐在琴旁离草坪更远的一面,膝上摆满了信,手里拿着其中的一封,把它凑近烛光。近草坪的一面是一张矮软垫凳,我在它上面坐下了。这儿离玻璃门不远,我可以清楚地看到费尔利小姐,她正来回地经过那扇对着草坪敞开着的门,在皎洁的月光下从草坪的一头缓缓地走向另一头。

"我请您先听我读这封信的最后几段,"哈尔科姆小姐说。"然后告诉我,它们是不是给您去伦敦的路上遇到的那件离奇的事情提供了一些线索。这封信是我母亲写给她后夫费尔利先生的,是她十一二年前写的。那时候费尔利先生和夫人,以及我同母异父妹妹劳娜,已经在这个庄园里生活了多年,当时我不和他们住在一起,我仍旧在巴黎一所学校里读书。"

她的神情和口气都很急切,而且,我觉得,好像有点儿不大自在。她刚把信举到蜡烛前,还没开始读,费尔利小姐在我们面前草坪上走过,向里面望了望,看见我们都有事情,她又缓缓地向前走去。

哈尔科姆小姐开始读以下的信:

"亲爱的菲利普,我老是谈我的学校和学生,会让你听得厌了。但是请别怪我,这要怪利默里奇村里生活太沉闷单调了。再说,这次我要告诉你的,是有关一个新学生真正有趣的事。

"你总认识村里开铺子的老肯普太太吧。她病了多年,现在医生终于对她束手无策,她的病情日益沉重,已近垂危。她唯一的亲人,她的妹妹,上星期来看护她了。人称凯瑟里克太太的这位妹妹,是一路从汉普郡赶来的。前四天,凯瑟里克太太带着她的独生女儿来看我,这个可爱的小姑娘大约比咱们的宝宝劳娜大一岁——"

读信的人最后一句刚出口,费尔利小姐又在我们前面草坪上走过。她正在轻轻地哼着那天黄昏早些时候弹的一支曲调。哈尔科姆小姐一直等到她完全走开了,才又把那封信读下去:

"凯瑟里克太太是一位规矩正派、颇有身份的妇女,现在已是中年人,看来年轻时略具——只是略具——姿色。然而她的神态中却有着那么一种叫人猜不透的地方。她从来不提自己的事,这几乎达到了绝对保密的程度;而且,她脸上有着一种无法形容的表情,使我怀疑她有什么心事。她完全属于一般人称之为'神秘人物'的那类典型。然而她到利默里奇庄园来的目的却是很简单的。她从汉普郡来看护她病危的姐姐肯普太太,不得不把女儿带在身边,因为这小姑娘在家中没人照看。肯普太太也许一个星期内就会去世,也许还要捱上几个月,凯瑟里克太太这次来的目的,就是为了要让她女儿安妮进我的学校,同时讲明:肯普太太一去世,孩子就要离开学校,跟着母亲回去。我立刻答应了她的请求;后来,我和劳娜出去散步,当天就把这个刚满十一岁的小姑娘送进了学校。"

费尔利小姐又在月光下从我们面前走过去,她穿着雪白的薄纱衣服,显得那么轻盈、活泼,那块缚在颏下的白手帕的边儿优美地衬托着她的面庞。哈尔科姆小姐又等她走开了才继续往下读。

"我非常喜爱我这个新学生,菲利普,如果要问这是什么原故,为了使你惊奇,我要等写到最后才说出来。她母亲极少告诉我有关她孩子的事,就像极少告诉我有关她本人的事一样。所以,后来还是我自己发现(那是第一天考她功课时发现的),这个可怜的小家伙的智力没发展到她年龄应有的水平。因此,第二天我把她唤到家里来,事先还私下安排好,约了一个医生来对她进行观察并提出问题,然后把他的看法告诉我。医生认为她长大了会进步的。但是他又说,现在学校务必对她进行细心的教育,因为她这样异常迟钝地学会知识,说明知识一经她接受后,就会异常牢固地印在她头脑里。再说,亲爱的,你可别武断地认为,我这是在宠爱一个白痴。这个可怜的小安妮·凯瑟里克是一个极招人爱、很识好歹的小姑娘；她会突然十分奇怪地说出一些最稀奇有趣的话儿，使你感到意外和吃惊（这里只举一个例子，你就可以看出来了）。她虽然打扮得很整洁，但是她的衣服的颜色和花样看来都很粗俗。于是我昨天想出一个主意，吩咐把咱们小宝贝劳娜的一些旧的白色衣服和白色帽子改制了一下给安妮·凯瑟里克穿戴，我还向她解释，说像她这样肤色的小姑娘，如果穿一身白色的，那要比穿别的颜色更整洁好看。她迟疑了一下，显得有点儿迷惑，但接着就高兴得涨红了脸，好像听懂了我的意思。她的一只小手忽然紧握住我的手。她吻了吻它，菲利普，还说（哦，听她那口气有多么恳切啊！）：'我要一辈子穿白色的。穿了白色衣服，我就会记念着您，太太，等我离开了这儿，再看不到您的时候，我就会想到您是永远爱我的。'她逗人爱地说了许多古怪的话，我这里举出的只是其中一个例子罢了。可怜的小东西呀！我要给她做许多白色衣服，把褶边留得很宽，等她长大了，可以把它们放出来——"

哈尔科姆小姐停住了，隔着钢琴看了我一眼。

"您在大路上遇见的那个孤零零的女人，看上去年纪轻吗？"她问。"很年轻，不过二十三四岁吗？"

"是呀，哈尔科姆小姐，是那么年轻。"

"并且打扮得很怪，从头到脚都是白的吗？"

"全身是白的。"

我回答这句话时，费尔利小姐第三次悄悄地在草坪上出现。这次她不再向前走了，她背对着我们停下来，倚在草坪围栏上向花园远处眺望。我凝视着她在月光下白晃晃的薄纱衣服和头巾，一种不可名状的感觉，一种使我脉搏加速、心跳得更快的感觉，开始悄悄地向我的全身袭来。

"全身是白的？"哈尔科姆小姐重复道。"信里最重要的几句话还在后面，哈特赖特先生，我这就读给您听。但是，我必须谈一谈两件事情的巧合，那就是：您遇到的那个女人穿的是白衣服，而白衣服又曾经引起我母亲的小学生回答那句古怪的话。医生发现孩子在智力上有缺陷，虽然预测她'长大了会进步'，但这句话也许不一定对。可能她始终没有进步，于是，从前有过那种古怪的想法，以为穿了白衣服可以表示感激，做小姑娘时候曾经实心眼儿地那样想，成人后仍旧会实心眼儿地那样想吧。"

我回答了她几句，但连自己也不知道说了些什么。当时我的全部注意力都集中在费尔利小姐那身白晃晃的薄纱衣服上。

"再听听信里最后这几句话，"哈尔科姆小姐说。"我想，这几句话您听了会吃惊的。"

她刚把那封信凑近烛光，费尔利小姐就在栏杆跟前扭转了身，迟疑不决地向草坪两头望了望，朝玻璃门走近一步，然后面对着我们站住了。

这时候，哈尔科姆小姐正在读给我听她刚才提到的那最后几句话：

"现在，亲爱的，信已写到结尾，我可以把我喜欢小安妮·凯瑟里克的真正的原因，奇怪的原因说出来了。亲爱的菲利普，虽然她不是同样地漂亮，但是，正如我们有时候看到的那种根本无法解释的偶然的相似，她的头发，她的肤色，她眼睛的颜色，她面孔的形状，都活脱儿像——"

哈尔科姆小姐还没读完下面的话，我已从软垫凳上跳了起来。当我在那条荒凉的大路上行走时，那只搭在我肩上的手曾使我浑身打了个寒颤，这会儿同样的感觉重又向我袭来。

费尔利小姐站在那里，一个白晃晃的身影独个儿站在月光下；她全身的姿态，她头部的模样，她的肤色，她的面型，离得那么近，在那情景下，她活脱儿就是那个白衣女人呀！对过去许多小时里一直困扰着我的那个疑团，我顿时恍然大悟。我所感到的"缺少了什么东西"，原来是我觉察到从疯人院里逃出来的人，和我利默里奇庄园里的学生不祥地相似。

"您这可看出来了!"哈尔科姆小姐说,她放下那封已经看完的信,两眼和我的眼睛相遇时闪闪发光。"现在您可看出来了,就像我母亲十一年前那样看出来了!"

"我看出来了,但是很不愿意说出来。把那样一个孤苦伶仃、流浪在外的女人和费尔利小姐联系在一起,即使这只是因为她们偶然相似,也好像是给她的未来投下了一片阴影,瞧她这会儿正站在那里高高兴兴地瞅着我们哩。让我尽快淡忘了这个印象吧。唤她进来吧,别让她待在凄凉的月光下面了——请唤她进来吧!"

"哈特赖特先生,您使我感到惊奇。别管女人怎样想法,我总以为十九世纪的男人是不会迷信的。"

"请唤她进来!"

"嘘,嘘!她自己会进来的。当着她的面什么都别提。发现面貌相似的这件事咱们不要声张。进来,劳娜,进来,弹琴让魏茜太太醒醒。哈特赖特先生要请你再弹几支曲子,他这次要听最轻松活泼的。"

9

我在利默里奇庄园里度过的那多事的头一天,就这样结束了。

哈尔科姆小姐和我保守了我们的秘密。现在除了发现面貌相似这一点以外,好像再没有新的线索可供揭破白衣女人之谜了。后来,一遇到适当的机会,哈尔科姆小姐就很小心地逗着她妹妹谈她们的母亲、安妮·凯瑟里克以及其他有关的往事。但是,费尔利小姐对利默里奇村里的那个小学生的回忆是很模糊的,也是一般性的。她只记得从前人家说她长得很像母亲喜爱的那个小学生,但是她没提到赠送那些白色衣服,也没提到那孩子怎样对礼物表示感谢,怎样很天真地说出那些古怪的话。她记得,安妮·凯瑟里克只在利默里奇村里待了几个月,就离开那里,回到汉普郡自己家里去了,至于此后那母女俩是否又来过,她们是否有信来，她就不知道了。哈尔科姆小姐虽然读完了头里没看完的几封费尔利太太的信，但仍不能说明我们无法解释的疑团。我们所能确定的是，我那天夜里遇到的那个不幸的女人正是安妮·凯瑟里克，而一经知道了这个不幸的人可能在智力上存有缺陷，从这一点上我们至少可以进一步联系到，她为什么有全身穿白色衣服的怪癖，为什么成年后仍像童年时代里那样感激费尔利太太：当时我们认为，我们所能发现的也就仅限于此了。

一天又一天过去，一星期又一星期过去，可以清楚地看出，金黄色清秋已兴冲冲地走遍了翠绿色盛夏的树林。宁静的、幸福的、似水的流年呀，现在我在你身旁悄悄地讲这篇故事，这样地快，宛如当初你在我身旁悄悄逝去一样啊。你那样慷慨地赐予我的最可贵的赏心乐事，其中有多少是我值得在这里记述的呢？什么也没有，除了我可以写出的最可悲的自白，我对自己的愚蠢行为作出的自白啊。

这篇自白中所吐露的秘密是不难说明的，因为它早就从我口中间接地说出了。那些拙劣的语句，虽然没能惟妙惟肖地把费尔利小姐描绘出来，但是已泄露了她在我心底激起的柔情。我们所有的人都是如此。我们的语言，给我们带来伤害时好似一些巨人，但为我们效劳时却好像一些侏儒。

我爱上她了。

啊！我多么能够体会这几个字里所包含的悲哀与嘲讽啊。我可以与那些读了这篇自白向我表示怜惜的最仁厚的妇女同声叹息。我也可以像那些轻蔑地扔掉了这篇自白的最严酷的男人那样对它发出冷笑。我爱上她了！同情我也罢，鄙视我也罢，我同样坚定不移，要像承认事实那样写出我的自白。

难道我就没有为自己辩解的理由了吗？考虑到我在利默里奇庄园教画的那种情况，我当然可以为自己找到辩解的理由。

上午的时间，我都很安闲地在自己屋子里那种幽静的气氛中度过。我装配东家的图画,那点儿工作正足够使我的手和眼睛愉快地不停地活动,但同时又可以让我毫无拘束地想入非非,随心所欲地沉浸在一些危险的念头中。那种幽静是具有危险性的,因为时间之长,虽足以使你的意志变得薄弱,但不足以使它恢复坚强。那种幽静是具有危险性的,因为随之而来的是午后和晚上的时间,在那些时间里,一天又一天,一星期又一星期,我总是单独和两位小姐在一起,其中一位端庄大方,富有机智,受过高尚的教育,另一位处处都显得那么美丽动人,温柔和蔼,诚恳朴实,会使一个男人见之忘俗,为之倾心。在师生相聚的那种危险的亲密关系中,没有一天我的手不靠近费尔利小姐的手,而当我们一起俯身凑近写生簿时,我的脸几乎接触到了她的脸。她越是注意我的画笔的每一个动作,我越是贴近了她,嗅到她头发的香泽和她吐气的温馨。有一部分工作,我做时需要让她注视着我——有时候,我要向她俯下身去,那样接近她的胸部,一想到要触到它我就会颤抖起来;有时候,我觉得她正向我俯下身,很低地俯下身来看我怎样作画,她对我说话时把声音降低,她的帽带还没等她来得及抓住就随风拂到了我脸上。

下午驾车出去写生后,到了傍晚,这种彼此天真无邪的、无法避免的亲近的机会,并未受到拘束,反而变得多样化了。我生性喜爱音乐,她的演奏表达了那种柔和的感情和细腻的女性风趣,而她运用这一技巧来酬答我用我的技巧为她带来的乐趣时,就自然而然地感到快乐,这样形成的另一种联系将我们俩结合得越来越紧密了。我们在谈话中偶然提到了某些事情;甚至我们进餐就座这种小事也要遵守一些简单的习惯;哈尔科姆小姐一有机会就要开玩笑,总是打趣我这位老师如何认真,形容她这个学生如何好学;可怜的魏茜太太总是显得那么和蔼,在睡意蒙眬中称赞我和费尔利小姐是两个模范青年,因为我们从来不去打扰她;所有这一切琐事,以及许多其他的事,合在一起,就把我们俩笼罩在同一融洽的家庭气氛中,把我们俩不知不觉地引到了同一绝望的境地里。

我应当记住自己的身份,暗地里自己提防着。我是这样做了,然而,已经为时过晚。警惕,经验,我也曾用来对待其他的妇女,抵御了其他的引诱,可是,一到了她的面前,这些全都失效了。过去许多年来,既然从事我这个行业,我就需要和姑娘们,和年龄不同、姿色不一的年轻姑娘们接近。我已经认识到从事我这一行的人应当保持什么身份,我已经训练有素,能冷漠地将我这种年龄的人常有的一切感情留在我东家的大厅里,就好像留下了我那把雨伞一样,然后再走上楼去。我早已变得平心静气,并且认为那是理所当然,知道从事我这个行业无异于提供一项保证,保证任何女学生不会对我发生超出最普通一般的兴趣,而我能置身于美丽娇媚的妇女之间,正像一个与人无害的家畜能接近她们一样。我早已积累了监护人的经验,这种监护人的经验曾经无情地、严格地引导我沿着我那条可怜的狭窄道路笔直前进,我从来不曾偏左或偏右,迷失了方向。然而,现在我和我那可靠的护身符首次分离了。可不是,我完全丧失了好不容易才练就的那种自制力,就像我始终不曾有过那种力量一样;我丧失了它,就像其他的人每天在其他关键时刻,在与妇女有关的情况下丧失了它一样。现在我才知道,我应当一开始就向自己提出这一问题。我应当问一问:为什么她一走进来,我就会觉得这家的每一个房间都比我家里更加可爱,她一离开了,那里又会变得像沙漠里一样荒凉?为什么我永远注意到,并且记住了她服装上的微小变化,而以前,在其他妇女身上,我就不曾注意和记住呢?为什么我看见她的形象,听到她的声音,触到她的身体(我早晚和她握手的时候),那种感受是我生平从来不曾从其他妇女那里有过的呢?我应当扪心自问,一发现心底里新生的幼苗,就趁它柔嫩时把它拔掉。为什么对这一自我修养的最简易的工作,我总是不忍着手呢?我已经用三个字作了说明,这三个字对于我的自白来说已经相当充分,相当清楚。我爱她。

一天又一天过去,一星期又一星期过去,我来到坎伯兰即将三个月。在我们的宁静清幽的环境中,我正随着那种甜美而单调的生活虚度时光,好像一个游泳者在平静的溪水中顺流而下。对过去的一切回忆,对未来的一切展望,对自己的处境的一切不合实际、不抱希望的想法,都隐藏在心底,形成一种虚伪的宁静。我自己的心灵唱出的海妖歌曲①,把我哄得入睡,我的眼睛闭上了,看不见四周的景象,我的耳朵堵塞了,听不见任何警报,我越来越近地漂向那致命的礁石。最后警报惊醒了我,使我突然意识到自己的弱点,开始责怪自己的错误,那是最明白、最可靠、最善意的警报,因为那是由她悄悄地发出的。

一天晚上,我们仍像平常一样分了手。当时,或以前任何时候,我并不曾说一句话,它可能透露了我的衷情,或者使她突然警觉,觉察到我的心事。然而,第二天我们再见时,她已经有了一种变化——那变化向我说明了一切。

我当时不愿意,现在仍不愿意侵犯她心中那块最神圣的地方,像表白我自己的心情这样把它公之于众。现在需要说的是:我确实相信,就在她第一次惊奇地发现了我的秘密时,她也惊奇地发现了她自己的秘密,于是,就在那一夜之间,改变了她对我的态度。她是天性真实得不能欺人的,也是高贵得不屑自欺的。当我曾经掩藏着的那种困惑一旦沉重地压在她心上时,她就用一种恳挚的表情承认了这一切,无异于以坦率简单的语言说出:"我为他感到难受;我为自己感到难受。"

她的表情不但说出了以上这些话,而且说出了更多我当时无法解释的话。我非常明白她的态度有了改变:当着大伙的时候,她总是更体贴、更敏捷地代为说明我想要做的事;当只有我们两人在一起的时候,她总是显得拘束和愁郁,并且一有机会就紧张

---

① 希腊神话中三个半人半鸟的海妖,她们唱迷人的歌曲,引诱航海者驶近小岛,触礁淹死。

和急切地找一些事情去做。我明白,为什么甜美灵敏的嘴唇边的笑现在变得稀少了,显得不灵活了,为什么晶莹的蓝眼睛朝我看时,一会儿像天使表示怜悯,一会儿又像小孩显得天真困惑。但是,她的变化还不止于此。她的手也像变得冷了,她的表情显得呆板不自然了,从她的一举一动中都隐约可以看出她经常提心吊胆,一直在谴责自己。然而,其所以会出现这些变化,并不是由于我在我和她身上发现的那种感情,并不是由于我们俩都体会到但又不肯承认的那种感情。她这样改变后,仍有一些力量继续莫名其妙地把我们吸引到一起,但另一些力量则开始莫名其妙地把我们分隔开了。

我感到怀疑和困惑,我还模模糊糊地觉得可能有什么需要我亲自查明的隐私,于是就仔细观察哈尔科姆小姐的神态。像我们这样亲密相处的人,只要其中有一个人发生了重大的变化,就不可能不在情绪上影响其他的人。费尔利小姐的变化在她姐姐身上反映出来了。哈尔科姆小姐虽然没吐露一句话,暗示她在感情上对我有了不同的看法,但她那双犀利的眼睛已开始经常异样地注视着我。她那副神情有时候像强忍着忿怒,有时候像抑制着恐惧,有时候又二者都不大像;总之,那神情是我不能理解的。一星期过去,我们三个人仍旧那样彼此暗暗地感到拘束。我的情形更糟,因为意识到自己软弱可怜,曾经忘乎所以,现在觉醒已为时太晚,所以越来越感到难堪。我意识到,必须立即彻底摆脱我当时的痛苦,然而,最好是采取什么办法呢?首先应当说些什么呢?我拿不定主意了。

是哈尔科姆小姐把我从这种绝望与可耻的窘境中解救出来。她亲口告诉了我那无法料到但又必须知道的痛苦的事实;她的忠厚和热诚,使我得以在乍听之下承受住了那次打击;她的见识和胆量,无形中消弭了我和别人在利默里奇庄园里可能遭到的一场灾难。

10

那天是星期四，接近我到坎伯兰的第三个月的月底。

早晨，我仍在通常的时间来到楼下的餐厅里。自从我认识哈尔科姆小姐以来，她第一次没有按照习惯坐在餐桌前面。

费尔利小姐在外面草坪上。她向我点头，但是不走进来。虽然我不说话，她也不说话，并不是怕说了什么会使对方感到不安，但是都由于意识到不好意思承认的那种困窘而不敢单独相会。她在草坪上等着，我在餐厅里等着，都在等候魏茜太太和哈尔科姆小姐进来。两星期前，我会多么急于要走到她跟前，我们俩总是那样忙着握手，紧接着就很自然地开始了习惯的谈话。

又过了几分钟，哈尔科姆小姐才进来。她带着一副心事重重的样子，心神恍惚地道了歉，说她来迟了。

"我有事耽搁了，"她说，"费尔利先生要和我谈一谈，商量家里的一件事。"

费尔利小姐从花园里进来，我们照常像早晨见面时那样互相问安。我觉得她的手从来不曾这样冷。她眼睛不朝我看，脸色十分苍白。停了一会儿，魏茜太太走进来，连她也注意到了。

"大概，这是因为风向转了吧，"老奶奶说。"冬天快到了——啊，亲爱的，冬天就要到了！"

在她的心中和我的心中，冬天早已到了！

我们早餐的时间（从前总是那样谈笑风生，讨论着一天的安排）是短促和沉默的。费尔利小姐好像由于谈话一再停顿得过久而感到难过，就用恳求的眼光望着她姐姐，希望她把谈话继续下去。哈尔科姆小姐一再踌躇，最后忍不住带着一种完全异常的神气开始谈话。

"今儿早晨我去看了你叔叔，劳娜，"她说，"他认为应当收拾好那间紫色的房间，他还证实了我对你说的话。那天是星期一，不是星期二。"

听她说这些话的时候,费尔利小姐向桌子低下了头。她的手指紧张地摸索着撒在台布上的面包屑。她脸上的苍白一直扩展到唇边,看得出,连嘴唇也在颤抖。当时不单是我注意到了。哈尔科姆小姐也看出来了,她立刻第一个站起身,离开了餐桌。

费尔利小姐跟着魏茜太太一起走出去。一时间,她那双默默含愁的温和的蓝眼睛看了看我,预示了即将长期诀别的悲哀。我觉得自己的心随着一阵疼痛——痛楚向我说明,我不久肯定会失去她,但我对她的爱则将由于失去她而变得更加始终不渝。

她身后的门刚关上,我就朝花园那面转过身去。哈尔科姆小姐手里拿着帽子,臂上搭着围巾,正站在那扇对着草坪的大玻璃窗旁边,留心地瞅着我。

"您回到自己屋里去工作之前,"她问道,"这会儿有空吗?"

"当然有空,哈尔科姆小姐。您要做什么事,我总有空。"

"我想和您单独谈几句话,哈特赖特先生。去拿了您的帽子,咱们到花园里走一圈吧。早晨这时候,那儿大概不会有人打扰我们。"

我们走到外面草地上,小花匠——一个年轻小伙子——拿着一封信,向正屋这面走过来,在我们身边擦过。哈尔科姆小姐叫住了他。

"这信是给我的吗?"她问。

"不是的,小姐,这是人家叫我送给费尔利小姐的,"小伙子一面回答一面递过了那信。

哈尔科姆小姐接过他手里的信,看了看上面的地址。

"这笔迹是陌生的嘛,"她自言自语。"写这信给劳娜的会是谁呢?你这是打哪儿得来的?"她接下去问花匠。

"这个吗,小姐,"小伙子说,"是刚才一个女人交给我的。"

"什么女人?"

"一个年老体弱的女人。"

"哦,一个年老的女人。是你认识的吗?"

"我只能说她是一个陌生人。"

"她打哪条路走了?"

"出了那扇门,"小花匠说时蓦地转过身,用手臂朝整个英格兰的南部大大地挥了一下。

"多么奇怪,"哈尔科姆小姐说,"我想它准是一封告贷的信。喏,"她把信递还给小伙子,"送到上房里,交给那儿的仆人。那么,哈特赖特先生,如果您不反对的话,咱们就沿着这条路走吧。"

她领我沿着我来到利默里奇庄园第二天和她走过的那条路穿过草地,到了我和劳娜·费尔利初次会见的那个小凉亭前面,她止住脚步,打破了她一路上始终保持的沉默。

"我要向您谈的话,现在可以说了。"

说完这话,她就走进凉亭,在里面小圆桌旁边一张椅子上坐下,招呼我坐在另一张椅子上。她在餐厅里说那些话的时候,我已经猜到将要发生什么事情,现在我完全有数了。

"哈特赖特先生,"她说,"谈话之前,让我先向您开诚布公地声明一下。我要说的是——这里我不多说空话,因为那是我厌恶的;也不恭维奉承,因为那是我最瞧不起的——自从您来到舍下,我已经开始对您产生了深厚的友谊。第一次听到您说,在那种离奇的环境下,您怎样对待您遇到的那个不幸的女人,我就对您有了好感。您处理这件事的方法也许不够慎重,但是您那样对自己十分克制,对他人体贴入微,满怀同情,这说明您真正是一位正人君子。因此我对您抱着最大的期望,而您呢,也没有使我的期望落空。"

她停下来,但是同时举起一个手指,表示不等待我答话,还要继续说下去。刚才走进凉亭的时候,我根本没想到那个白衣女人。可是这会儿经哈尔科姆小姐这一提,我就回想起了那次奇遇。此后,在整个谈话中,这件事一直留在我记忆里——不但留在我记忆里,而且对我起了作用。

"作为您的朋友,"她接下去说,"我要立刻直截了当地向您说清楚，我已经发现了您的秘密，但是要知道，这并不是谁向我提出或者暗示的。哈特赖特先生，您已经不知不觉地对我妹妹劳娜有了感情，而且，我担心，那是真挚深厚的感情。我不必叫您痛苦地坦白一切，因为我看出，并且知道，您非常诚实，不会否认这件事。我甚至不责怪您——我只是因为您陷入了这样毫无希望的爱情而为您感到惋惜。您并没有利用机会做任何不可告人的事——您并没有背着人对我妹妹说什么话。您的错误只是由于生性软弱，又没有注意到自己的利害，但是您并没有做出比这更不好的事情。如果您的举止行动在任何方面有不够慎重和不够适当之处，那我就不必事先向您提出警告，不必去和任何人商量，早就请您离开这儿了。但是现在情形并非如此，所以我只怪您的年龄和您的地位——我并不怪您本人。握手吧——我给您带来了痛苦，我还要给您带来更多的痛苦，但这是毫无办法的——现在先和您的朋友玛丽安·哈尔科姆握手吧。"

她那样突然表达的善意，她那样体贴对方而又站在平等的地位上，热诚地、高贵地、大胆地、细致而又深厚地向我表示的同情，直接触动了我的心灵，保全了我的荣誉，激发了我的勇气，使我一下子感动得无法自持了。她握住我的手，我要朝她看，但是我的眼睛润湿了。我要向她道谢，但是我的嗓子堵住了。

"听我说下去，"讲这话时，为了怜惜我，她故意移开眼光不看我激动的神情。"听我说下去，让咱们快点结束这个问题吧。在这次谈话中，有一点确实使我感到欣慰：我不必谈到那个我认为是最使人难堪的问题，那个有关社会地位不平等的问题。目前的情况，虽然必须使您感到十分痛苦，但是并不需要我很无情地羞辱一位和我亲密友好的人，向他提到阶级地位问题，增加他的痛苦。不要等到造成更多的危害，哈特赖特先生，您必须及早离开利默里奇庄园。我有责任向您说这些话；哪怕您是出身于英国最古老和富裕的家庭，但如果情形完全像现在这样十分必要，我同样有责任向您说这些话。您之所以必须离开这里，并不是因为您是一位画师——"

她沉默了一下，扭转了脸直对着我，然后向桌子这面探过身，一只手紧握住我的胳膊。

"并不是因为您是一位画师，"她重复了一句，"而是因为劳娜·费尔利已经订婚，就要出嫁了。"

最后一句话像一颗子弹射进了我的心脏。我的胳膊已经完全不能感觉到这时握着它的那只手了。我一动不动，一言不发。萧瑟的秋风吹散了我们脚下的枯叶，我突然感到一阵寒冷，仿佛我那些狂妄的希望也变成了枯叶，正随着其他落叶一起被阵风吹散。还谈什么希望！已经订婚也罢，不曾订婚也罢，反正她对我都是高不可攀的啊。如果其他的人处于我的地位，如果他们也像我这样爱她的话，他们会考虑到这些吗？不会啊。

那一阵痛楚过去，留下的只是痛后的麻木感。我又感觉到了哈尔科姆小姐紧握着我胳膊的那只手——我抬起头来向她看看。她那双乌黑的大眼睛正紧盯着我，留心看我的脸色在发白，我这只是觉察出了，但她却是注意到了。

"粉碎了它吧！"她说，"就在您第一次会见她的这儿把您的爱苗粉碎了吧！别像女人那样遇事退缩。学一个男子汉，从心底里拔出它，扔在脚下把它踏烂了吧。"

她说话时压制着的激情，她注视着我、一直紧握着我的胳膊时流露出的坚强意志力，感染了我，使我镇静下来。我们俩默然相对了一会儿。最后我总算没有辜负她对我的丈夫气概怀抱的信心——至少我在外表上恢复了自制力。

"您恢复正常了吧？"

"恢复正常了，哈尔科姆小姐，已经可以向您和她请求宽恕了。恢复正常了，已经可以照您的指导去做，并且，至少可以凭这种行动证实我的感激心情了。"

"单凭您这几句话，"她回答，"您已经证实了这种心情。哈特赖特先生，此后咱们再没有任何事可以隐瞒的了。我妹妹无意中向我透露的心情，我再不能存心瞒着您了。为她着想，同时也为您着想，您必须离开我们。您待在这儿，免不了会和我们保持亲密的关系，天知道，这样虽然在其他方面都是无害的，然而至少会使她心神不定，给她带来痛苦。我爱她，胜过爱我自己的生命——我已经习惯于相信她那纯洁、高尚、天真的性格，就像相信我自己的宗教一样，所以我十分明白，她肯定是想到了自己没能忠实于婚约，而这种感觉一经像阴影笼罩在她心上，她就会暗自谴责自己，感到痛苦。我并不是说（既然木已成舟，又何必再去谈它呢），她订婚的时候有什么深挚的爱情。这次订婚只是一种体面的安排，并不是什么爱情的结合，这是两年前她父亲临死时定下的；对这件事她本人既不表示欢迎，也不试图反对——她就那么同意了。您来这儿以前，她一直是像千百万其他的妇女一样：她们出嫁，对男人既不是十分喜爱，也不是十分厌恶，她们不是在婚前，而是在婚后才开始爱丈夫（如果不是开始恨他们的话！）。我怀着难以形容的真诚来希望（您也应当抱有自我牺牲的勇气来希望）：那些新近产生的思想感情，那些扰得她不能再像以前一样安宁的思想感情，在还没有深深扎根之前就被永远铲除了。您离开这儿（要不是相信您正直、勇敢、通情达理，我现在就不会指望您这样做了）——您离开这儿，会对我作出的努力有所帮助，而时间的消逝又会对我们三个人都有帮助。值得欣慰的是，我一开始就信任您，结果看来我这样信任并没有错。值得欣慰的是，您虽然很不幸，但仍必须忘记您和您学生之间的关系，但是您对待她，至少会像对待那个不曾白白向您求助的陌生的流浪者一样忠实和周到，并表现出男子汉的气概。"

她无意中又提到了那个白衣女人！每次谈到我和费尔利小姐，难道都一定要叫人联想起安妮·凯瑟里克，要把她像一个命中注定无法避开的障碍设置在我们俩当中不成？

"请问，我应当怎样要求费尔利先生取消聘约，"我说。"请问，如果他同意我辞职，我又应当在什么时候离开这儿。我保证绝对服从您的意见，照着您的指导去办。"

"无论从哪一方面看，时间都是紧迫的，"她回答。"您今儿早晨听我提到下星期一，还提到要收拾好那间紫颜色房间。星期一要到我们家来的那位客人是——"

我不必等她更清楚地解释。根据现在所知道的，同时想起费尔利小姐早餐时的情景，我已经明白，来到利默里奇庄园的人就是她的未婚夫。我竭力克制着自己，但是一股比我意志更为强烈的力量涌上我的心头，我打断了哈尔科姆小姐的话。

"让我今天就走吧，"我痛心地说。"走得越早越好。"

"不，今天走可不行，"她回答。"在聘期没满之前，您向费尔利先生提出要走，只能说家中发生了意外事故，您必须立刻赶回伦敦。您必须等到明天，等送来了邮件的时候再去对他说，那样他就会把伦敦的来信和这件事联系在一起，理解您为什么突然改变初衷了。欺骗是卑鄙可耻的，即使它对人完全无害，也是咱们不屑于做的，但是，我知道费尔利先生的脾气，只要他对您犯了疑，以为这是在戏弄他，他就不肯放您走了。您星期五早晨就去和他谈，然后利用其余的时间（这对您和您的东家都有好处），尽量把没做完的工作整理好，星期六离开这儿。这样不但可以让您，哈特赖特先生，而且可以让我们所有的人都有充裕的时间。"

我还没来得及向她保证，说我会完全按照她的意思去做时，沿灌木路传来的脚步声使我们吃了一惊。有人从上房里来找我们！我觉得血液涌向面颊，然后又退了下去。在此时此刻，在这个情况下，很快向我们走近的人难道会是费尔利小姐？

我终于放了心（瞧我对她的态度已经改变到了多么令人伤心绝望的程度啊），我完全放了心，那个使我们吃惊的人在凉亭门口出现，她是费尔利小姐的女仆。

"我先回您一句话好吗，小姐？"女仆说，显得很慌张。

哈尔科姆小姐到了台阶下面灌木路上，和女仆往前走了几步。我独个儿站在那里，想到我即将回到那个寂寞和黯淡的伦敦寓所里，就感到一阵无法形容的凄凉与悲哀。长期来没想到的一些念头在我脑海中出现，使我感到羞愧，我开始埋怨自己：想到我慈祥的老母，还有我妹妹，她们曾经满怀希望，为我去坎伯兰的前景感到那样高兴；想到那些久疏问候的老友，他们曾经怎样爱我，又会怎样为我惋惜。我母亲和妹妹，见我辞职后回到她们身边，听我表白自己可怜的隐情，她们将会作何感想啊，而在汉普斯特德那所小屋子里，在那最后一个快乐的晚上和我道别时，她们怀着多么大的希望啊！

这里又要提到安妮·凯瑟里克了！现在，哪怕是回忆起我和母亲妹妹道别的那个晚上，也不免要联想到那一次在月下步行回伦敦的情景。这意味着什么呢？我和那女人会再一次相遇吗？至少，那是可能的。她知道我住在伦敦吗？她知道，因为她曾经带着疑惧的神情，问我是不是认识许多有从男爵爵位的人，而我就是在她提出这个离奇的问题之前或者以后告诉她的。是在那以前呢，还是在那以后——当时我心里很乱，现在已经记不清了。

过了一会儿，哈尔科姆小姐打发走了女仆，又回到我身边。这时候她也显得慌张起来。

"咱们已经作了一切必要的安排，哈特赖特先生，"她说。"咱们已经像知己朋友一样互相了解，这会儿咱们可以赶快回去了。不瞒您说，我很不放心劳娜。刚才她叫女仆传话给我，要我这就去看她，女仆还说她主人十分激动，明明是因为看了今儿早晨收到的一封信——肯定是咱们到这儿来之前，我叫人送到上房里去的那封信。"

我们一同沿着灌木路急忙走回去。虽然哈尔科姆小姐已经说完她认为必须说的那些话，但是我还没说完我要说的话。自从我发现即将来到利默里奇庄园的客人是费尔利小姐的未婚夫，我就妒火中烧，被好奇心折磨着，很想知道他是一个什么样的人。很可能将来不容易再有机会打听这件事，于是，趁我们走回去的时候，我就大着胆问她。

"承蒙您不弃，说咱们已经成为知己，哈尔科姆小姐，"我说，"并且您相信，我是感谢您的宽容的，是愿意听从您的意见的，那么，现在我可不可以冒昧地问一句，谁是……（我迟疑了一下，因为很不愿意提到他这个人，更不愿意在提到他时称他为她的未婚夫）谁是和费尔利小姐订了婚的那位绅士？"

这时她明明是在考虑她妹妹捎来的口信。她不假思索，心不在焉地回答道：

"是一位在汉普郡拥有大片庄园的绅士。"

汉普郡！那是安妮·凯瑟里克的故乡呀。一次又一次，老是牵涉到了那个白衣女人。难道冥冥中的确有一件注定了的事不成。

"那么，他尊姓大名？"我竭力不动声色，装得毫不在意地问。

"珀西瓦尔·格莱德爵士。"

爵士——珀西瓦尔爵士！安妮·凯瑟里克提出的问题（一个令人猜不透的问题：问我是不是认识有从男爵位的人），刚才哈尔科姆小姐回到凉亭里时还在我脑海里萦绕着，现在她回答我的话时又被提到了。我突然止住脚步瞅着她。

"珀西瓦尔·格莱德爵士，"她重复了一遍，以为我没听清她的回答。

"是爵士还是从男爵①？"我问这句话时，再也无法掩饰我激动的神情。

她沉默了一下，接着就冷冷地回答道：

"当然是从男爵。"

11

我们走回上房，一路上两人都不再说什么。哈尔科姆小姐立

---

① 英国的从男爵位于男爵之下，爵士之上。从男爵属世袭爵位的最下级，爵士则属非世袭爵位。在爵士与从男爵姓名前，俱可冠以"爵士"称号。

刻赶往她妹妹屋子里,我回到自己工作室内,把费尔利先生的画,我没裱糊装配完的,——收拾好了,准备移交。剩下我独自一人的时候,迄今我一直加以遏制的种种杂念,那些使我的处境更加难以忍受的思绪,这会儿一起涌上了我心头。

她已经订婚,即将出嫁,她的未婚夫是珀西瓦尔·格莱德爵士。一个世袭从男爵爵位的人,一个在汉普郡拥有地产的人。

英国有成千上万的从男爵,汉普郡有许多地主。根据一般论证推断,现在我没有任何理由把珀西瓦尔·格莱德爵士和白衣女人向我提出的可疑问题联系到一起。然而,我仍然把二者联系到了一起。这是不是因为:他在我的思想中已经和费尔利小姐有了联系,而我那天晚上发现两个人长得相似,预感到不祥后,费尔利小姐又和安妮·凯瑟里克有了联系呢?是不是因为,那天早晨发生的事已经使我神思恍惚,所以只要听到一些普通的偶然巧合,我就会想入非非呢?这种想法是难以解释的。我只是感觉到,我和哈尔科姆小姐从凉亭回来时,在路上所说的那些话对我产生了十分奇怪的影响。仿佛有一种至今尚未发现的危机,正在渺茫的未来等候着我们几个人,而且它已露出凶兆,强有力地威胁着我。是不是我已经和一连串事情联系在了一起,即使我离开了坎伯兰,也不能斩断这些联系;是不是我们谁都无法看透将来的结局:种种疑虑越来越使我心情忧郁。这一次为时短促的、痴心妄想的恋爱,它那悲哀的结局虽然给我带来了深刻的痛苦,然而,当我更强烈地感觉到,另有一件事正随着时间的推移悄悄地向我逼近,在暗中发出威胁时,我的痛苦就显得平淡了,变得麻木了。

我整理那些画,过了半小时多一会儿,听见敲门声。我刚应声,门就开了,没想到走进来的是哈尔科姆小姐。

她带着一副恼怒和激动的神情。还没等我招呼,她已经拉过一张椅子,紧靠我坐下了。

"哈特赖特先生,"她说,"我本来希望,至少咱们今天用不着再去谈那些恼人的话题了。但是，现在看来情形并不是如此。一个卑鄙的坏蛋，因为我妹妹将要结婚，就向她进行恐吓。您看见我叫花匠送去一封信，那封写给费尔利小姐的笔迹很奇怪的信吗？"

"是呀。"

"那是一封匿名信——写信的人要在我妹妹面前恶意中伤珀西瓦尔·格莱德爵士。我妹妹看了信很震惊，我安慰她，好不容易把她哄好了，才离开了她，到这儿来。我知道这是一件私事，不应当拿来和您商量，您不会关心这种事——"

"您说错了，哈尔科姆小姐。不管什么事，只要它影响到费尔利小姐和您的幸福，我都十分关心。"

"您这样说，我听了很高兴。在这个庄园上，里里外外，能给我出主意的就只您一个人。不必去提费尔利先生了，他身体那样坏，对任何困难复杂的事都害怕插手。牧师是个无用的好人，除了自己的例行职务，其他一概都不闻不问，而我们认识的那些邻居又都是一些得过且过、四平八稳的人，你遇到麻烦危难的事，去求教他们是没用的。现在我要知道的是：我应当立刻采取一切措施，追查写这封信的人呢，还是应当暂时等待一下，等到明天再去请教费尔利先生的法律顾问呢？这是一个争取或错过一天时间的问题，也许是十分重要的问题。请告诉我您的看法，哈特赖特先生。如果我不是迫于无奈，已经在十分为难的情况下把那些私事都对您讲了，现在即便是到了这样没有办法的地步，我也不应当来找您。但是，既然咱们连那些话都谈明了，那么，这会儿不管您是三个月的新交，我就采取这种做法，这未必就是错了吧？"

她递给我那封信。信前面未注明地址，一开头就这样写道：

"您相信梦吗？为您着想，我希望您相信梦。看《圣经》上怎样谈到梦，那些梦又是怎样应验的（见《创世记》第四十章第八节，第四十一章第二十五节；《但以理书》第四章第十八节至二十五节)①,请接受我的警告吧,否则就要来不及了。

"昨天夜里我梦见您,费尔利小姐。我梦见自己站在教堂内领圣餐地方的围栏里面:我站在圣餐台的一边,牧师身上穿着白色法衣,手里拿着祈祷书,站在另一边。

"过了一会儿,一男一女沿教堂内道朝我这边走过来,他们是来举行婚礼的。那女人就是您。您穿着美丽的白缎子衣服,披着白色的花边长纱,您是多么漂亮,多么纯洁啊,我为您感动得泪水迷住了眼睛。

"小姐,那是上天为爱怜祝福的泪。那泪不像是我们平时洒的,它们不是从我眼睛里流下来,而是变成了两道光,逐渐斜着移近那个和您一起站在圣坛前的男人,最后照射着他的胸口。两道光忽然变成拱形,像跨在我和他之间的两条虹。我顺着这两道光望去,一直看到他心底里。

"和您结婚的这个男人,外表很漂亮。他既不过高,也不太矮——只比中等身材的人略矮点儿。他为人轻率、活跃而又傲慢,看上去大约四十五岁左右。他的面孔白皙,前额上边已经光秃,但其他部分仍有着乌黑的头发。他的下巴剃光了,但是腮帮子和唇上边都留着柔美的深棕色胡子。他那一双眼睛炯炯闪亮,也是棕色的;他那垂直的鼻子很秀美,即使长在妇女的脸上也是好看的。他的一双手也是这样。他会不时接连干咳几声,而当他抬起雪白的右手捂着嘴时,手背上就露出了一道红色伤痕。我梦见的就是那个人吗?这您知道得最清楚,费尔利小姐。我是不是认错了人呢?这可以由您来断定。再往下读,瞧我看透了的是什

---

① 《创世记》第40章第8节:"他们(埃及王的酒政与膳长)对他(约瑟)说,我们各人作了一梦,没有人能解,约瑟说,解梦不是出于神么,请你们将梦告诉我。"又第41章第25节:"约瑟对法老说,法老的梦乃是一个,神已将所要作的事指示法老了。"《但以理书》第4章第18节至25节:"这是我尼布甲尼撒王所作的梦,伯提沙撒啊,你要说明这梦的讲解,因为我国中的一切哲士,都不能将梦的讲解告诉我,惟独你能,因你里头有圣神的灵……"

么——我恳求您往下读，因为读了对您会有益处。

"我顺着两道光望过去，一直看到他的心底里。那颗心像黑夜一般漆黑，上面有着堕落天使写的红光闪闪的字：'毫无怜悯之心，毫无忏悔之意。他已使其他人遭到苦难，更要使他身边这个妇女遭到苦难。'我读完了这些话，那两道光就开始移动，照射到他一个肩膀后面；一个魔鬼站在他背后笑。两道光又开始移动，照射到您一个肩膀后面，一个天使站在您背后哭。

"接着，两道光第三次移动，直射在您和那个男人中间。光继续扩展，把你们两人分隔开了。牧师去找婚礼祷文，但是找不到，祈祷书里的婚礼祷文不见了，他合上书本，失望地摆开了它。接着，我醒过来，眼睛里满含着泪，心扑扑地跳，因为我相信我的梦。

"您也相信它吧，费尔利小姐——为您着想，我恳求您也像我一样相信它。约瑟和但以理，再有《圣经》里其他人，都是相信梦的。在您没答应做那个手上有伤痕的男人的不幸的妻子之前，先打听一下他的历史吧。我之所以向您发出以上的警告，并不是为了我，而是为了您。我这一辈子，直到最后一息，始终关心您的幸福。因为您母亲是我最早认识的、最要好的、唯一的朋友，所以她的女儿也是我心爱的。"

离奇的信到此结束，没有签名。

无法从笔迹上找到线索。这封难以辨认的信，是用一般习字帖上所说的"小体"字写在一张格子纸上，笔力软弱，字迹不清，有许多涂改，此外看不出什么特别的地方。

"这信不是一个没读过书的人写的，"哈尔科姆小姐说，"同时，像这样语无伦次，又肯定不是一个受过教育的上等人写的。信里提到新娘的礼服和面纱，以及其他细节，看来是出自一个妇女之手。您的意思呢，哈特赖特先生？"

"我也是这样想。照我看来，信不但是一个妇女写的，而且写信的妇女一定是精神上——"

"不正常的?"哈尔科姆小姐提醒我。"我也有这种看法。"

我不去回答她。我刚才说话的时候,眼光落在信里最后几句话上:"因为您母亲是我最早认识的、最好的、唯一的朋友,所以她的女儿也是我心爱的。"这几句话,以及我无意中对写信人的精神状态所表示的怀疑,二者一旦在我脑海里交织在一起,就产生了一个我简直不敢明说出来、甚至暗中害怕去想的念头。我开始怀疑自己也有失去理智的危险。我几乎像是患了偏执狂,总是要把发生的每一件奇怪的事,听到的每一句意料不到的话,都追溯到那个神秘的根源,那股凶恶的力量。这一次,为了证明我的勇气和理智正常,我对凡是未经真情实况证明的现象决不作出结论,对任何要我推测的事决不妄加猜疑。

"如果可以追查写信的人,"我说着把那信递还给哈尔科姆小姐,"咱们不妨一有机会就进行追查。我认为有必要再去和花匠谈一谈,打听一下那个给他信的老太婆,然后到村里一路追查下去。但是,首先让我提一个问题。您刚才谈到明天还可以去和费尔利先生的法律顾问商量。难道就不可以早点儿去和他联系吗?为什么不趁今儿就去呢?"

"要解释这一点,"哈尔科姆小姐答道,"我必须详细说明有关我妹妹婚姻财产契约①的某些细节,可是我认为今儿早上还不必要,也不适宜于向您提起那些细节。珀西瓦尔·格莱德爵士星期一到这儿来的目的之一,是要商定他的结婚日期,因为婚期至今还没说定。他急于要在今年年底办喜事。"

"费尔利小姐知道他的来意了吗?"我急着问。

"她压根儿没想到,而现在既然发生了这件事,我就不必再去向她提了。珀西瓦尔爵士只把他的意思告诉了费尔利先生,费尔利先生就对我说了,作为劳娜的监护人,他当然急于向我转告。他已经去信伦敦,请我们家的法律顾问吉尔摩先生前来。吉尔摩

---

① 英国贵族结婚前,规定授予丈夫或妻子遗产的契约。

先生不巧有事要去格拉斯哥，他复信建议，在回伦敦的途中到利默里奇庄园来停留一下。他明天到，准备在我家待几天，这样就可以让珀西瓦尔爵士有时间说明他的理由。如果他获得我们的同意，吉尔摩先生就把有关拟定我妹妹婚姻财产契约的办法带回伦敦去。现在您总明白，哈特赖特先生，我为什么要等明天才去请教律师了吧？吉尔摩先生是费尔利家两代人久经考验的老朋友，也是我们最能信任的人。"

婚姻财产契约！一听到这几个字，一种妒忌与绝望之感就刺痛了我的心，毒化了我更高贵善良的本性。我开始想到（吐露这种心情是令人难堪的，然而，要叙述这篇可怕的故事，我就必须从头到尾一句话也不隐瞒），我开始想到匿名信中对珀西瓦尔·格莱德爵士提出的隐隐约约的指控，恨得只希望那些话都是真的。但是，即使那些荒唐的指控是真实可靠的，那又怎样呢？即使在那几句同意后无法更改的话尚未说出口、婚姻财产契约尚未拟定之前，就证明了信里的话是真实的，那又怎样呢？此后，我也曾自宽自解，设想我当时之所以会出现这种心情，完全是由于只考虑到了费尔利小姐的利益，然而我毕竟无法使自己真的相信这一点，我不能欺骗自己，而且现在也不能试图欺骗他人。我之所以出现这种心情，完全说明我已不顾一切，存心报复，和一个要娶她的男子结下不解的冤仇。

"既然咱们要去查出一些线索，"我说这话时完全被另一种指导我思想的力量支配着，"咱们最好一分钟也别浪费。我再一次建议，应当再去问那花匠，然后立刻去村里打听。"

"我想，这两件事我都可以协助您，"哈尔科姆小姐说时站起身。"咱们这就去，哈特赖特先生，一起尽自己的力量去办吧。"

我已经握着把手，准备给她开门，但是又突然停下了，我要在出发之前提出一个重要的问题。

"匿名信里有那么一段，"我说，"对某人作了几句细致的描写。我知道，信里并没提到珀西瓦尔·格莱德的名字，但那段描写究竟和他的外貌相符吗?"

"完全相符——甚至提到他是四十五岁——"

四十五岁,可她还不满二十一岁呀!他这样大岁数的男人娶她这样大岁数的妻子,这种事每天都有,经验证明,这样的结合往往是极为美满的。这情形我也知道,然而,只要听人提到这个人的年龄,再将其和她的年龄相比较,我就会对这个人更加盲目仇恨,妄加猜疑。

"也和事实完全相符,"哈尔科姆小姐接着说,"甚至说他右手上有伤痕也是对的,那是他多年前去意大利旅行的时候受的伤。写信的人肯定对他身上的每一个特点都知道得非常清楚。"

"我好像记得,信里甚至谈到他患咳嗽吧?"

"可不是,并且讲得完全对。他自己并不重视,尽管他的朋友有时候为这件事替他着急。"

"大概,没听到谁在背地里说他有什么行为不检之处吧?"

"哈特赖特先生!您总不会偏听偏信,总不会受到那封下流的匿名信的影响吧?"

我觉得自己脸红了,因为我知道自己的确是受了那封信的影响。

"我希望不会吧,"我惶窘地回答,"也许我不应当问这句话。"

"我并不因为您问了这句话就感到不快,"她说,"您这样问了,我反而可以趁此机会说明珀西瓦尔爵士究竟是什么样的人品。我和我家里人,哈特赖特先生,从来没听到谁在背地里说他坏话。他两次竞选成功,经过严格考验,从来没出过丑。在英国,一个人能有这样的成就,大家就公认他为人正派了。"

我默默地给她开了门,跟着她走出去。她的话并没有使我相信。即使是记录善恶的天使下凡来证实她的话,并且打开了他的善恶簿,让我用肉眼去看,他也不能使我相信。

我们找到了花匠,他正在做日常工作。无论怎样探听,你也没法从这个冥顽不灵的年轻人口中套出一句关键性的话。给他信的女人是个中年以上的妇女,她一句话也没对他说,就很匆忙地朝南面走了。花匠所能告诉我们的,总共就是这么几句。

村子坐落在庄园以南。于是我们朝南面走去。

12

到了利默里奇村里,我们不顾麻烦,四处向各色各样的人打听。但是,结果什么也没问出来。不错,有三个村里人向我们言之凿凿地说,他们都看到了那个女人,但是他们谁也不能说清楚她是什么样儿,而且,讲到最后看见她朝哪个方向走时,几个人的说法也不一致,所以,三个人虽然不像一般村人那样一无所知,但并不能比他们那些粗心大意的邻人为我们提供更切实的帮助。

我们一路上不得要领地打听下去,终于走到村子尽头费尔利太太开办的那所学校。我们绕过男生上课的校舍时,我提到最后应当去向那位教师打听,因为,既然他担任教职,我们不妨假定他是当地最见多识广的人。

"那女人经过村里再回来的时候,"哈尔科姆小姐说,"也许老师正在给他的学生上课哩。但是,咱们不妨试一试。"

我们穿过操场,绕过教室的窗子,向房子后面的那扇门走过去。我在窗口停了一下,向里面张了张。

教师背对着我坐在他的高桌子跟前,明明是在向学生训话,学生都聚集在他前面,其中只有一个是例外。那是一个身体结实、淡黄色头发的男孩,这时和其他孩子分隔开了,站在角落里一个凳子上——这个孤零零的小克鲁索被隔离在他的荒岛上[①],正在那里很不光彩地受罚。

我们走过去时,房门半掩着,我们在走廊上停了一下,清清

[①] 英国小说家笛福(约 1660—1731)写的**鲁滨孙漂流记**中,主人公鲁滨孙·克鲁索航海遇难,在一个荒岛上过了 28 年孤独生活。

楚楚听见教师说话的声音。

"喂，孩子们，"只听见教师说，"注意我关照你们的话。如果我再听到这学校里有谁提到鬼，你们都要受罚。鬼这个东西是不存在的，所以，如果哪一个孩子相信鬼，那他就是相信一件不可能有的事；如果一个利默里奇小学的学生竟然相信一件不可能有的事，那他就是不讲道理，就是违反纪律，必须受到应有的惩罚。这会儿你们都看到雅各·波斯尔思韦特怎样站在那个凳子上丢脸。他这次受罚，并不是因为他说昨儿晚上看见了鬼，而是因为他太放肆，太倔强，不肯听老师的劝告，我已经告诉他，说不可能有这种事，但是他仍旧一口咬定说看见了鬼。如果再劝告仍旧没用，我就要用棍子把鬼从雅各·波斯尔思韦特身上赶走，如果你们当中有谁也学他的样，我就要采取下一步的措施，用棍子把鬼从校内所有的学生身上赶走。"

"咱们这次好像来得很不巧哩，"哈尔科姆小姐说，趁老师训完话时推开门，领着我走了进去。

我们一进教室，孩子们就是一阵骚动。看来，他们都以为我们是特地为了看雅各·波斯尔思韦特挨打而来的。

"你们都回家去吃饭吧，"教师说，"单留下雅各。雅各必须继续留在原地；鬼如果高兴，会送饭来给他吃的。"

雅各看到，不但同学们都走空了，而且连吃饭的希望也落空了，于是他那股倔强劲儿也随着消失。他从口袋里抽出一双手，直瞪瞪地瞅着手指节儿，慢慢地把手举起，凑向眼睛，而手一贴近那儿，他就缓缓地来回揉搓着，并且随着这动作每隔一会儿就急促地吸一下鼻子：这是儿童在悲哀中施放的鼻音分炮①。

"我们到这儿来，是要请问您一件事，邓普斯特先生，"哈尔科姆小姐对教师说，"可是我们再没有想到，您这会儿正在赶鬼。这是怎么啦？到底是怎么一回事呀？"

---

① 分炮是举行丧礼时每分钟发一次的号炮。

"瞧那个可恶的孩子把全校的同学都吓坏了,哈尔科姆小姐,他说昨儿黄昏看见了鬼,"教师回答,"我无论怎样向他解释,他仍旧说他的荒唐故事。"

"太奇怪了,"哈尔科姆小姐说。"我再也没料到,孩子会这样想入非非,说他看见了鬼。可不是,在利默里奇村教育这些孩子已经够累的了,现在又添上这些麻烦,我真希望您能顺利地解决这件事,邓普斯特先生。现在让我说明,我是怎样会到您这儿来,到这儿来又是为了要做什么。"

于是她向教师提出了我们几乎已向村里所有人提过的那问题。邓普斯特先生的答复同样令人失望。他没有注意到我们寻找的那个陌生人。

"咱们还是回去吧,哈特赖特先生,"哈尔科姆小姐说,"咱们所要了解的事,明明是打听不出来的了。"

她已经向邓普斯特先生鞠躬,准备离开教室,但是走过雅各·波斯尔思韦特身旁时,他正在受辱的凳子上可怜巴巴地吸着鼻子,那副孤苦伶仃的情景引起了她的注意,她止住脚步,且不急于开那扇门,先和颜悦色地向这个小囚犯说几句话。

"瞧你这个傻孩子,"她说,"你为什么不去请邓普斯特先生饶恕,别再去谈鬼呢?"

"哼,我是瞧见了那个鬼嘛!"雅各·波斯尔思韦特仍旧一口咬定,这时他的眼睛恐怖地直瞪着,眼泪又扑簌簌地落下来。

"这可是胡说八道!你什么也没看到。真会看见鬼呀!什么样的鬼——"

"对不起,哈尔科姆小姐,"教师插话,显得有点儿尴尬,"我看,您最好别去问这孩子。他又倔强又愚蠢,说的话完全不能相信,您这样问他,他会不知轻重地——"

"不知轻重地怎样?"哈尔科姆小姐应声问道。

"不知轻重地使您受到震惊,"邓普斯特先生说,这时他显得十分不安了。

"哎呀，邓普斯特先生，您认为我这样敏感，连一个淘气孩子也会使我受到震惊，那您未免把我的感觉评价得太高啦！"她带着嘲笑和挑衅的神气，向小雅各转过身，开始直接向他问话。"喂，"她说，"我倒要知道这件事的全部经过。你这个淘气的孩子，你什么时候看见鬼了？"

"昨儿黄昏，天快黑的时候，"雅各回答。

"哦，你是昨儿黄昏天快黑的时候看见的吗？那么，它是什么样儿？"

"全身白色——鬼都是那样儿，"见过鬼的人回答。没想到他这么小的年纪却这样自信。

"那么，它在哪儿？"

"在外面，那边，坟地里——鬼总在那个地方。"

"'鬼'都是那样儿——'鬼'总在那个地方！哟，你这个小傻子，听你的口气，你好像从小就对鬼的形状和习惯很熟悉嘛！不管怎样，你说起你的故事来倒头头是道呀。大概，接下去你就可以告诉我那是谁的鬼魂了。"

"我当然可以告诉你！"雅各回答，阴沉沉地露出一副得意的神气点了点头。

哈尔科姆小姐盘问他的学生时，邓普斯特先生已经几次试图插嘴，这会儿终于坚决地发表了自己的意见。

"对不起，哈尔科姆小姐，"他说，"我可要冒昧地说一句，您问孩子这些话，简直是在鼓励他。"

"我只要再问他一句就行了，邓普斯特先生。那么，"她转身向孩子接下去说，"那是谁的鬼魂呀？"

"费尔利太太的鬼魂，"雅各悄声回答。

这一句惊人的答话对哈尔科姆小姐产生的影响，说明教师那样急于阻止她听下去是完全有道理的。她恼得涨红了脸，突然怒气冲冲地对着小雅各，吓得他眼泪又一阵扑簌簌地落下，她张开口要对孩子说什么，但接着就克制住自己，且不去责备他，转而对教师说话。

"要叫这样大的孩子对他说的话负责,那是办不到的,"她说,"他会有这种想法,这肯定是别人教的。如果这个村子里,邓普斯特先生,有谁忘了这里每个人都应当尊重和感念我母亲,我一定要把他们查出来;如果我能对费尔利先生施加影响,那些人将为这件事受到惩罚。"

"我希望——应当说我肯定,哈尔科姆小姐——您是误会了,"教师说。"这件事完全要怪这个孩子倔强愚笨。昨天黄昏走过坟地里,他看见了,应当说想象自己看见了,一个穿白衣服的女人;那个女人,真的也好,想象的也好,正站在云石十字架旁边,而他和利默里奇村里所有的人都知道那是费尔利太太的墓碑。肯定是把这两件事联系起来,这孩子就想出了那句答话,您听了当然感到震惊。"

虽然哈尔科姆小姐好像并没被说服,但是她显然感到教师这样说明问题很有道理,不能公然驳回了它。她不再说什么,只对他的殷勤表示了感谢,还答应等事情查明后要再来看他。说完了这些话,她鞠了一躬,就领着我走出教室。

在这件怪事发生的整个过程中,我一直站在一边留心听着,同时自己在作结论。等到剩下我们两人时,哈尔科姆小姐就问我对所听到的那些话有什么想法。

"有一个十分明确的想法,"我回答,"照我看来,孩子说的话是有事实根据的。老实说,我很想去看看费尔利太太的墓碑,在它四周检查一下。"

"那么您就去看那坟吧。"

她说完这句话就住了口;我们一路向前走时,她又沉思了一会儿。"教室里看到的情景,"她接下去说,"把我搅得完全忘了那封信的事情,这会儿再要去谈它,我倒有点儿恍惚了。要不,咱们别继续打听这件事了,还是等明儿把它交给吉尔摩先生去办吧?"

"千万别这样,哈尔科姆小姐。教室里发生的事更激发着我要继续追查下去。"

"为什么它激发着您这样做呢?"

"因为,它加深了您给我看那封信的时候我起的猜疑。"

"您把所猜疑的事对我一直隐瞒到现在,哈特赖特先生,这大概有您的理由吧?"

"以前我不敢妄加猜疑。我以为那种想法十分荒谬——恐怕那是出于我本人的一种偏执的想象。可是现在我的看法不同了。不但那孩子回答您的那些话,甚至是老师说明孩子惹事经过的时候,无意中吐露的那个词,都使我重新转到那个念头。也许将来事实还会证明那念头只是一个幻想,哈尔科姆小姐,但是至少现在我深信,坟地里想象中那个鬼和写匿名信的那个人,她们是同一个人呀。"

她止住了脚步,脸色煞白,急切地瞅着我。

"是什么人?"

"老师已经无意中说给您听了嘛。他谈到孩子在坟地里看见的人,说那是'一个穿白衣服的女人'。"

"总不会是安妮·凯瑟里克吧?"

"正是安妮·凯瑟里克。"

她钩住我的胳膊,沉重地倚在它上面。

"不知道什么原故,"她声音低沉地说,"您这样猜疑,就好像有一种什么力量使我感到惊慌不安。我觉得——"她不再往下说,试图一笑了之。"哈特赖特先生,"后来她又接下去说,"让我先领您看坟地在哪儿,然后立刻回去。我最好是别让劳娜一个人待的时间太久了。我最好是回去陪着她。"

她说到这儿,我们已经走近坟地。教堂是一个灰石头盖的阴森森的建筑,造在一小片低凹地上,这样就可以掩蔽着从荒野中四面吹来的寒风。坟地从教堂旁一直延展到小丘斜坡低处。它四周由一道粗石砌的短墙围着,整个儿光溜溜地敞对着天空,只尽头溪水从石丘旁流下的地方有一丛矮树,把狭窄的阴影投在稀疏的浅草上。就在树林和小溪以外,离开一个墙阶①不远的地方(一共有三个石头墙阶,在不同的地方通到坟地里),耸立着那个白色云石十字架,一眼可以看出费尔利太太的那座坟造在四周散布着的更低矮的碑碣当中。

"我不必陪您再向前了,"哈尔科姆小姐说时指着那座坟。"如果您发现了什么线索,可以证实您刚才对我谈的那种想法,您就让我知道吧。咱们回庄园里再见啦。"

她离开了我。我立刻向下面坟地里走去,越过直接通向费尔利太太那座坟的墙阶。

周围的草很浅,地面又坚实,看不出什么脚印。我这时很失望,接着就细心地看那十字架和它下面方形的云石座,再看座上刻的碑文。

由于风吹雨打,原来白色的十字架上面有的地方已经出现了一些斑痕,而它下面的方石座上,刻有碑文的一面,也是这个情形。但是,另外的一半上面却没有丝毫污迹和斑痕,这一奇特的现象立刻引起了我的注意。我更仔细地察看,发现它已被擦洗过,而且是新近从上而下擦干净的。一部分已擦洗过,另一部分不曾擦洗,在云石上没刻碑文的地方能辨出二者之间的分界线,而且可以清楚地辨认出那是用人工方法留下的一条分界线。是谁来擦洗了这云石呢?是谁没把它擦洗完就离开了呢?

我四面看了看,考虑如何解释这个疑点。从我站的地方望过去,四周渺无人烟:荒凉中,这片坟地已成为死者的世界。我回到教堂跟前,绕过它,走到它的后面,然后越过另一个石头墙阶,走到围墙外边,从那儿起是一条小路,通往一片已经荒废的凿石场。靠凿石场的一边,盖了一所两间房的小屋子,一个老太婆正在门口洗衣服。

---

① 围墙两面设有阶磴,可以拾级越过的地方。

我走到她跟前，找一些话和她闲扯，谈到那教堂和坟地。她立刻打开了话匣子，几乎是一开头就告诉我，说她丈夫一身兼任文书和教堂司事的职务。我接着夸奖了几句费尔利太太的墓碑。老太婆摇摇头，说我还没看到它最好的时候是什么样儿。她丈夫就是照管这块墓碑的，但是，过去好几个月里，他一直病病歪歪，甚至礼拜天都没法蹭到教堂里去当差，也就没法去照管那块墓碑了。现在他一点点好起来了，希望再过一星期或十天就有力气去干活，可以把墓碑擦洗干净了。

听了这些情况，从这些用坎伯兰最粗俗的方言闲扯的一大堆话中得知的情况，我终于掌握了最需要知道的一切。我给了这个穷老太婆几个钱，然后立即回到利默里奇庄园。

墓碑被擦干净了一部分，这件事分明是一个陌生人干的。刚才听到黄昏见鬼的故事，现在又发现了这些情况，一经将二者联系起来，我就决定趁那天傍晚在暗中监视费尔利太太的坟，准备日落时再去那里，在看得见坟的地方等候到天黑。墓碑没有全部擦洗干净，那个已着手擦洗的人也许会再来做完这项工作。

我回到庄园，把我的打算告诉了哈尔科姆小姐。听我说明这办法时，她显得惊讶不安，但是并没有坚决反对。她只说："我希望您能顺利完成这件事。"她已经要走开了，可是我拦住了她，竭力装得很镇定，问费尔利小姐身体好吗。她的情绪好了一些，哈尔科姆小姐希望能劝她趁午后还有太阳时出去散一会儿步。

我回到自己屋里，又去整理那些画。这工作本来就是需要做的，现在变得更加需要做了，因为它可以转移我的思想，使我不必多想到自己，更不必多想到我那毫无希望的未来。但是，我仍不时放下手头的工作，向窗外观察天色，看落日逐渐移近天边。有一次，我看见一个人影出现在窗底下宽阔的石子路上。那是费尔利小姐。

我还是早晨看见她的，当时我几乎什么话都没和她谈。我只能在利默里奇再待一天，此后也许永远不会见到她了。一想到这里，我就不舍得离开那窗口。我很细心地拉好窗帘，这样，如果向上望时，她就不至于看见我了，然而，经不起引诱，我还是目送她一路走去，直到她从我视野中消失。

她外面披着棕色斗篷，里面是一件纯黑的绸衣服。她头上仍戴着第一次会见我那个早晨戴的那顶很朴素的草帽。现在由于帽子上搭了一块面纱，我就看不见她的脸了。她散步时总要带着她宠爱的意大利种小猎狗，狗裹着一条深红色棉布护身，以免娇嫩的皮被冷风吹了，这会儿正在她身旁缓缓地跑着。她好像并没注意到它。她微微低垂着头，双臂裹在斗篷里，笔直地朝前走。那些枯树叶，早晨我听到她订婚消息时被风吹得在我跟前旋舞的，这会儿，她在暗淡的残阳中一路走着时，又被风吹得在她面前旋舞，腾上落下，纷纷散布在她脚跟前。狗颤抖着，紧贴着她的衣服，急着要引起她的注意和鼓励。但是她始终不去理它。她一直向前走，离开我越来越远，只有那些枯树叶在她身旁的路上旋舞——她一直向前走，到后来我眼睛发痛，再看不见她了，剩下我孤零零一个人，我的心情又变得沉重了。

一小时后，我做完了手头的工作，太阳就要沉下去了。我在门厅里穿了大衣，戴上帽子，不让一个人看见，悄悄地离开了那儿。

乌云在西面天边乱腾腾地涌起，风从大海那面吹得冷飕飕的。虽然海岸离开很远，但是，我走进坟地时，浪涛声卷过沿海一带的荒野，凄厉地传到了我耳朵里。看不见一个人影。四外显得比以前更加冷落，我挑选了一个地方，在那里等候和看守，眼睛一直紧盯着竖立在费尔利太太坟上的那个白色十字架。

13

坟地里毫无掩蔽，我必须十分小心，要选择一个可以藏身的地方。

教堂正门那面，一边是坟地，前面是门廊，门廊两头都有墙挡着。我犹豫了一下，由于一种自然的反感，我不愿意隐藏起来，然而，为了进行观察，又非隐藏着不可，于是我决定走到门廊上。廊上每一边尽头的墙上都开了一个小窗。从一边的小窗里可以望到边上盖有教堂司事住的小屋的那片凿石场。我前面走廊的进口正对着一片空荡荡的坟地、一堵石头矮墙和一溜荒寂的棕色小丘，日落时，层云在飒飒劲风中低沉地浮过小丘上空。看不见一个生物，听不到一点声音——没有鸟在我附近飞过，没有狗在教堂司事的小屋子里发出吠声。浪涛呆板地拍打着海岸，间歇中只听见坟旁的矮树凄凉地沙沙作响，溪水流过石底，传来清冷轻微的呜咽。那是一片凄凉的景象，也是一个凄凉的时刻。我躲在教堂门廊里，数着黄昏的每一分钟的消逝，心情很快地低沉下去。

那时天还没有昏暗，落日的余晖仍旧淹留在空中，我独个儿守望了不到半小时，就听见了脚步声和人语声。脚步正从教堂另一面移近，那人语声是一个妇女在说话。

"你别为那封信担心啦，亲爱的，"那声音说，"我已经很稳妥地把它交给了那个小伙子，他一声不言语就把它接过去了。后来我们两人各自走开了，并没有人跟踪我——我可以向你保证。"

这几句话引起我的注意，我急切盼望着事态的发展，紧张得几乎感到痛苦。接着是一阵沉默，但那脚步声仍在移近。又过了一会儿，两个人，都是女的，在门廊小窗口我可以看见的地方走过去。她们笔直走向那座坟，所以是背对着我的。

一个女人戴着围巾帽，围着围巾。另一个披着深蓝色旅装长斗篷，把兜帽罩在头上。里面的衣服在斗篷下边露出了几英寸。我的心急剧地跳了起来，因为注意到了那颜色——那是白的。

走到教堂和那座坟的大约正当中，她们停下了，披斗篷的女人向她的伙伴扭转了头。但是她的侧影（这时如果她是戴的头巾帽，我就可以清楚地看出来了）却被兜帽张开着的僵硬的边儿遮住了。

"千万披好了这件舒适暖和的斗篷,"说话的仍是我刚才听见的声音——那个围围巾的女人的声音。"托德太太说得对,她说你昨儿穿着一身白衣服太显眼了。你待在这儿,我去走一会儿再来,不管你怎样想,我可是不喜欢坟地。赶我回来之前就把你要做的事做好了,咱们必须趁天黑前回去。"

说完了这话,她扭转身向回走,这一次却是面对着我走过来的。她是一个已过中年的妇人,粗糙糙的褐色面庞显得很健康,毫无奸刁或可疑的神气。她走近教堂,停了下来,把围巾裹得更紧一些。

"真古怪呀,"她自言自语,"打我记得她的时候起,她就是这样任性,这样古怪呀。可是,她真善良——可怜的人儿,像小孩一样善良啊。"

她叹了口气,紧张地向坟地里四面望望,摇了摇头,仿佛很不高兴看那凄凉的景色,然后在教堂犄角后面消失了。

我迟疑了一下,不知道是不是应当跟上去和她谈话。由于十分急着要去见她的伙伴,最后我决定不去和她谈话了。如果要见这个围围巾的妇女,我尽可以在坟地附近等她回来(但是,看来她不大可能为我提供所要知道的事实)。传递那封信的人并不重要。这件事的中心人物,唯一能够提供事实的,倒是写那封信的人,而我深信写那封信的人就在我前面的坟地里。

正当这些思潮涌进我脑海中时,我看见披斗篷的女人走近那座坟,站在那里向它注视了一会儿。接着她向四周望了望,从斗篷里掏出一块白亚麻布(又好像是一块手帕),向旁边的溪水转过身去。小溪从墙根下一个小洞里流进坟地,弯弯曲曲绕过去几十码远,再从另一个相似的洞里流出去。她在水里浸湿了布,回到了坟旁。我看见她吻了吻那白十字架,然后在碑文前跪下,用那块湿布擦干净它。

我考虑了一下,应当怎样露面才可以尽量少惊吓她,最后我决定越过面前的那道墙,在外面绕过去,然后再从靠近那座坟的墙阶走进坟地,这样就可以让她看见我逐渐走近。她只顾聚精会神地做她的事,一直等我跨过墙阶,她才听见我走近的声音。这时她抬头一看,惊讶得立起身来轻轻地喊了一声,吓得目瞪口呆地站在那里对着我。

"不用害怕,"我说,"您肯定还记得我吧?"

我刚说到这儿就停下了——接着又很斯文地向前走了几步——接着又停下来——就这样,一点一点地向前移,最后走近她身旁。如果以前我还有一些怀疑的话,现在可以完全肯定了。说来也可怕,瞧这张脸,这会儿在费尔利太太坟前对着我的,正是那天夜里在大路上对着我的那张脸呀。

"您还记得我吗?"我问,"我们那天很晚的时候遇见了,是我帮助您去伦敦的。您肯定没忘记那件事吧?"

她的神情缓和下来,她深深地舒了口气。我看到,由于认出了我而焕发的生气,慢慢地使那因恐怖而变得死一般僵硬的脸重新灵活起来。

"暂时别急着和我谈话,"我接着说。"先定一定神——先认清楚我是您的朋友。"

"您待我非常好,"她嘟哝道,"现在仍旧和上次一样好。"

她不再往下说了,我也不开口。我不但要让她有时间恢复镇静,也要为自己拖延时间。在凄凉暗淡的黄昏的光影中,那个女人和我又一次相遇;我们之间隔着一座坟,我们身旁都是死者,四面环绕着荒凉的小丘。这个时间,这个地点,黄昏静寂中这片凄凉的低凹地上,我们在这种情况下,面对面站着;想到我们两人即将交谈的偶然的几句话会决定一个人一生的大事;想到劳娜·费尔利的整个前途,是吉是凶,可能都将取决于我这一次的成败,看我是将赢得还是丧失这个站在她母亲坟旁发抖的可怜的女人的信心;想到这一切,我就很可能失去镇静和自制力,然而我的成功与否又完全要靠这种镇静与自制力。当时我觉察出,我正在竭力施展自己的一切机智,正在尽最大的努力,最好地利用这一点时间去进行思考。

"这会儿您镇静些了吗?"我一想到现在又该开口,就立即接下去说,"您和我谈话的时候,能不再害怕我,不忘了我是您的朋友吗?"

"您怎么到这儿来了?"她问,并不理会我对她说的话。

"您不记得,我们上次遇见的时候,我曾经说要去坎伯兰吗?后来我就到坎伯兰来了——一直待在利默里奇庄园里。"

"利默里奇庄园!"她重复这句话时,苍白的脸上闪出光辉,转动着的眼睛突然露出感兴趣的神情紧瞅着我。"啊,您多么幸福啊!"她说时急切地注视着我,看来原先的疑惧完全消失了。

我利用她对我刚恢复的信心,仔细去看她那张脸(为了慎重起见,我刚才一直克制着自己,绝不露出好奇的神情紧盯着她看)。这样瞧着她,我就清楚地回忆起:在那月光下的草坪上我怎样看到另一张可爱的脸,怎样预感到不祥,而联想起了现在的她。当时我是在费尔利小姐脸上看出她和安妮·凯瑟里克如何相似。这会儿我是在安妮·凯瑟里克脸上看出她和费尔利小姐如何相似——而且更加清楚地看出了,因为我不但看出她们相似的地方,而且看出她们不相似的地方。面部的一般轮廓,五官的相互配称,头发的颜色,唇边微显紧张和迟疑的神情,身材的高矮肥瘦,头部和身体的姿态:在这些地方,相似的程度要比以前所看出的更使我感到惊讶。但是,相似之处到此为止,此外就是种种不同的地方了。费尔利小姐的柔媚的姿容,明亮的眼睛,光润的皮肤,鲜艳的嘴唇,都是现在我面前这张枯槁憔悴的脸上所看不到的。尽管我恨自己不该去想那些事,但是一瞧面前这个女人,我就不禁想到:只要将来发生一次不幸的变化,就会使我现在看到尚存有差异的地方也变得完全相似了。如果有朝一日悲哀和苦难在费尔利小姐青春娇美的脸上留下了它们的痕迹,那时候(也只有那时候)她和安妮·凯瑟里克就会变成一对天然相似的孪生姊妹,两个一模一样的影子。

我一想到这里就打了个冷战。我想到,在莫名其妙地使人疑虑的渺茫的未来,存在着一件可怕的事物。幸而这时候另一件事打断了我的思路,我觉出安妮·凯瑟里克的一只手搭在了我的肩上。和上一次一样,她的手又是那样突然悄悄地触到了我,记得那天夜里我们第一次遇见时我被它吓得浑身麻木了。

"您是在看我呀;您是在想一件什么事情呀,"她仍旧那样气息急促、口气古怪地说,"是什么事?"

"没什么特殊的事,"我回答,"我只是在猜想,您怎么会到这儿来了。"

"是一个好朋友陪我来的。我到这儿刚两天。"

"可是您昨儿就上这儿来了?"

"您怎么会知道的?"

"不过是猜测罢了。"

她转过身,又在碑文前跪下了。

"不到这儿来,我又到什么地方去呢?"她说,"这位朋友待我比我母亲还要好,她是我要到利默里奇来看望的唯一的朋友。哦,看到她坟上有一点污垢,我的心都痛了!想到了她,我一定要使墓碑永远像雪一样白。我昨儿就开始擦它,今儿一定要来这儿继续擦干净它。难道这件事做错了不成?我希望不会做错了。只要是为费尔利太太做事,那肯定不会是错的!"

显然多年前感恩图报的心情,至今仍旧支配着这个可怜人的思想——她那狭窄的胸怀,自从接受了年轻幸福岁月中最初的印象,分明已经不能再接受其他可以长期保留的印象。我知道,要赢得她的信心,最可靠的方法就是鼓励她继续到坟地里来从事这项天真的活动。我刚说出她可以这样做,她立刻重新开始动手,轻轻地抚摩着坚硬的云石,就仿佛又回到了已经逝去的童年,又在费尔利太太膝前耐心学习她的功课。

"您如果听到我说,"我尽量小心翼翼地准备进一步问她,"我在这儿见到您,感到又高兴又诧异,那您会觉得很奇怪吗?那天,您坐上马车离开了我,我为您十分担心。"

她赶紧抬起头,疑虑重重地看着我。

"担心,"她重复了一句。"为什么?"

"那天晚上,我们分手后,发生了一件怪事。两个男人驾着一辆马车,在我旁边赶过去。他们没看见我站在那儿,就在离开我不远的地方停了车,去和路对面一个警察谈话。"

她立刻停下了。拿着湿布擦碑文的那只手垂下了,另一只手紧握着坟头上的云石十字架。她慢慢地朝我转过脸,又呆呆地露出那副恐怖中透出迷茫的神情。我不顾一切往下说,因为现在已经来不及把话收回了。

"那两个男人去和警察谈话,"我接着说,"问他看见您了没有。他说没看见;后来一个人又说您是从疯人院里逃出来的。"

她一下子跳起,好像我最后这句话招来了那两个追赶她的人。

"等一等,听我把话讲完!"我大声说。"等一等,您这就会知道我是怎样帮助了您。当时我只要说一句话,就可以让那两个人知道您是往哪条路走的——可是,我始终没说。这样我就帮助您逃走了——这样我就使您安然脱险。想一想,想一想吧。请听明白我对您说的话吧。"

我的态度似乎比我的言语更为有力地打动了她。她试着理解我这几句话的意思。这时她显得主意不定,两只手交换着那块湿布,完全像那天夜里我第一次遇见她时那样交换着她那小旅行包。慢慢的,我这几句话的用意打动了她那混乱和激动的心。慢慢的,她的神色缓和下来,她瞅着我,眼光中好奇的神情正在加剧,恐惧的成分迅速消失。

"您总不会认为我应当回到疯人院里去,对吗?"她问。

"当然不会。我很高兴您从那里逃出来了;我很高兴我帮助了您。"

"对,对,您确实帮助了我;您帮助我克服了困难,"她接下去说,显得有点儿茫然。"逃出来还是容易的,否则我就不会离开那儿了。他们对待我,不像对待其他人那样,他们从来不怀疑我。我非常安静,非常听话,很容易被他们吓倒。但是,困难的是怎样一路找到伦敦去,您在这方面帮助了我。当时我向您道谢了吗?现在我向您道谢,非常感谢您。"

"那疯人院离开我们遇见的地方远吗?说吧,既然相信我是您的朋友,就告诉我它在哪里吧。"

她说出了它的地址——从那地址可以知道它是一所私人开办的疯人院,是离开我遇见她那个地方不太远的一所私人开办的疯人院——接着,明明是担心我会利用她的答复去做什么事情,她又急着重复刚才的问话。"您总不会认为我应当回到疯人院里去,对吗?"

"让我再说一遍:我很高兴您逃了出来;我很高兴您离开我以后一直很好,"我回答。"您说有个朋友在伦敦,可以到他那儿去。您找到了那个朋友吗?"

"找到了。那时候已经很晚,可是还有一个女仆没睡,在那儿做针线,她帮我唤醒了克莱门茨太太。克莱门茨太太是我的朋友。她是一位忠厚善良的人,当然,不能和费尔利太太相比。啊,谁也比不上费尔利太太啊!"

"克莱门茨太太是您的老朋友吗?您认识她很久了吗?"

"是呀,从前我家住在汉普郡,她是我的街坊;我小时候,她就喜欢我,总是照看着我。前些年,她离开我们的时候,在我的祈祷书里写下了她伦敦的地址,还说:'如果你遇到什么困难,安妮,就来找我好了。没有丈夫干涉我,也没有子女需要我照看,我会当心你的。'话说得多么仁慈,对吗?我记得这些话,大概就是因为它们说得很仁慈。我能够记得的事太少了,太少了。"

"当时您没有父母照看吗?"

"父亲?我从来就没见过父亲;我从来就没听母亲提到他。父亲?哦,天哪!他大概已经死了吧。"

"那么,您母亲呢?"

"我和她相处得不好。我们只能给对方带来烦恼和恐惧。"

只能给对方带来烦恼和恐惧！一听这句话，我就开始怀疑，禁闭她的人可能就是她母亲。

"别问到我母亲的事，"她接下去说。"还是让我谈谈克莱门茨太太吧。克莱门茨太太和您一样，也不认为我应当回到疯人院去；她和您一样，知道了我从那儿逃出来了也感到高兴。她为我不幸的事哭过，叫我千万别让人家知道了。"

她说"不幸的事"。她用这几个字，又是什么意思？是不是要以此说明她写那封匿名信的动机？是不是要以此表明许多妇女最普通习见的那种动机：由于自己受了一个男人的骗，所以写匿名信去破坏他的婚事？我决定在尚未继续谈下去之前，首先消除这个疑点。

"什么不幸的事？"我问。

"就是我被关起来那件不幸的事嘛，"她回答时对我的问话确实显得很惊讶。"除此以外，还能有什么其他不幸的事呢？"

我决定尽可能委婉而耐心地继续追问。现在进行调查时，我每前进一步都必须稳扎稳打，这是十分重要的。

"还有一种不幸的事，"我说，"妇女也会遭遇到，并且会因为那种不幸的事一辈子感到痛苦和羞耻。"

"什么事？"她急切地问。

"遭遇到那种不幸的事，是因为过分天真地相信自己的品德，相信所爱的人是正人君子，"我回答说。

她抬起头朝我望了望，露出儿童般天真的困惑神情。她那张会将任何情感都十分明显地流露出来的脸，这时丝毫没有变色或显出慌乱，完全没有那种内疚的表示。当时她那种表情和神态，比任何语言更能使我深信：我刚才那样推测她写信给费尔利小姐的动机，明明是猜错了。无论如何，这方面的疑点现在可以消除了；但是，刚消除了这一个疑点，立刻出现了另一个难以解释的问题。我根据绝对可靠的证言知道，那封信虽然没提到珀西瓦尔·格莱德爵士的姓名,但指的确是他本人。肯定有一个性质严重的原因,使她深深感到自己受了伤害,所以才会用信里那些话暗中向费尔利小姐揭发他——现在已经毫无疑问,不能再将这件事归咎于她的清白和名誉受了玷污。他给她带来的伤害并不是属于这一类性质的。那么,它又是属于什么性质的呢?

"我不明白您的意思,"她说,那神情明明是经过了一番思索,但仍旧想不出我对她说的那几句话的含意。

"好吧,"我回答说,"我们还是继续谈刚才没谈完的话吧。告诉我,您和克莱门茨太太在伦敦待了多久,是怎样来到这儿的?"

"待了多久?"她重复了一句。"我一直在克莱门茨太太家里,两天前我们才一同来到这儿。"

"那么,您是住在村里的了?"我说,"可是奇怪,我没法打听到您,即使您来这儿只两天……"

"不,不,不是住在村里。是住在三里外一个农庄上。您知道那农庄吗?那地方叫托德家角。"

那地方我记得很清楚;我们驾车出去,常常经过那儿。它远离海边,旁边有两座小山衔接,偏僻荒凉,是附近最老的一个农庄。

"住在托德家角的那家人,是克莱门茨太太的亲戚,"她接下去说,"他们家常常邀克莱门茨太太去作客。她说要去,并且要带我一起去,因为那儿幽静,空气新鲜。她待我真好,对吗?其实,只要是幽静、安全、没人干扰的地方,我都乐意去。后来我听说托德家角就靠近利默里奇村——哦,我多么高兴呀,哪怕是赤着脚也要一路走到那儿,再去看看那个村子,那些学校,还有利默里奇庄园!托德家角的人都是极好的人。我希望能在那儿待很长时期。只有一件事,我对那些人不满意,也对克莱门茨太太不满意——"

"什么事?"

"她们都取笑我穿一身白——他们都说这样打扮显得怪特

别的。他们懂得什么啊？费尔利太太最有眼光。费尔利太太再也不会让我穿这样难看的蓝色斗篷！啊，她生前就爱白色；瞧她这坟上都是白石砌的；她总是用白衣服打扮她的小女儿。费尔利小姐好吗？快乐吗？她现在还是像小姑娘那样习惯穿白的吗？"

她一问到费尔利小姐，就把声音降低，渐渐把脑袋从我这面扭转过去。我从她的神态改变中觉察出，她是因为想到了冒险递送匿名信的事而感到不安；于是我立刻决定如何提出问题，要使她在冷不防中被迫承认这件事。

"费尔利小姐今儿早晨不大舒服，并且心情很不好，"我说。

她嘟哝了一两句什么，但是话说得很糊涂，声音又低，我甚至猜不出它的意思。

"您是问我：费尔利小姐今儿早晨为什么不舒服，心情不好吗？"我接下去说。

"不是的，"她急忙说，"哦，不是的，我根本没问这个。"

"您不问我也要告诉您，"我接着说，"费尔利小姐收到了您那封信。"

刚才我们谈话的时候，她有一会儿工夫一直跪在那里，很认真地擦拭碑文上最后的雨露斑迹。我向她说第一句话时，她听了便停下来，但不站起，只慢慢地向我转过身。我的第二句话一出口，她几乎僵在那里了。她刚才一直握着的那块布从她手里落下了；她的嘴唇张开了；一刹那间，她脸上的那点儿血色完全消失了。

"您怎么会知道的？"她有气无力地说。"是谁给您看的？"她的脸变得绯红——一下子红得很厉害，因为她突然意识到无意中已经吐露了自己的秘密。她在绝望中把两手一拍。"我根本没写那信，"她吓得气喘吁吁地说。"我根本不知道那封信！"

"知道，"我说，"是您写的，您是知道那封信的。投递这样的信是不应该的；这样吓唬费尔利小姐是不应该的。如果您有什么事应当向她说,需要她知道的话,就该亲自到利默里奇庄园去,就该亲自去对那位小姐说明嘛。"

她向坟上平坦的石座蹲下身,直到她的脸贴在它上面;她一句话也不回答。

"如果您是好意,费尔利小姐就会像她母亲那样厚待您,"我继续说,"费尔利小姐就会替您保守秘密,不会让您受累。您明儿在农庄上会见她好吗?要不,您在利默里奇庄园的花园里会见她好吗?"

"哦,我真希望死了也埋在这里,和您安息在一起啊!"她嘴唇紧凑着墓碑嘟哝了几句,口气中透出对地下死者的热爱。"您知道,为了您的原故,我是多么爱您的孩子啊!哦,费尔利太太呀!费尔利太太呀!教教我怎样去救她吧。还像以前那样,像是我的亲人,像是我的母亲,教我一个最好的办法吧。"

我听见她在吻那石座;我看到她热情地在那上面拍打。那声音,那情景,深深地感动了我。我俯下身子,轻轻地握住那双可怜的软弱的手,我竭力安慰她。

但是怎么说也没用。她挣脱了手,怎么也不肯把脸从石座上抬起。眼见无论如何急需找个办法使她安静下来,我忽然想到:看来她最关心的是我对她的看法,她要我相信她的理智是健全的、她的行动是正常的,所以,现在只有从这方面设法打动她。

"好啦,好啦,"我温柔地说。"还是安静下来吧,否则我就会对您有不同的看法了。别让我有这种想法,以为那个人把您送进疯人院也许是有道理的——"

以下的话已到唇边,但没说出口。我刚大着胆提到那个把她关进疯人院的人,她一下子就跪起来了。这时在她身上出现的变化是十分反常和惊人的。她那张脸,紧张中带有敏感、柔弱、迟疑的神气,一向显得那么动人,这时突然被强烈得类似疯狂的仇恨和恐惧笼罩住,并且每一部分都平添了凶悍倔强的神气。她在朦胧暮色中瞪大了那双野兽般的眼睛。她一把抓起那块落在身旁的布，好像那是一个她可以将其掐死的生物，双手使劲地抽搐般扭着它，它里面仅存的几滴水都滴在她膝下石座上。

"还是谈别的事吧，"她含糊不清地低声说，"您如果再谈那些事，我可要放肆了。"

不到一分钟以前她脑子里还存有的那种比较温和的想法，这会儿好像已经一扫而空。显然，不像我原先所想象的，费尔利太太并不是唯一留在记忆中的深刻印象。除了欣喜地记住了自己在利默里奇村上学的日子，同时她还仇恨地记住了自己被关在疯人院里所受到的伤害。是谁那样迫害她的呢？难道真会是她母亲不成？

我很想探听到底，绝不愿意半途而废，然而，我仍强迫着自己不再向下追问。看到她当时那种情景，出于人道主义，我必须使她安定下来，否则就未免太残酷了。

"我不再谈那些会叫您感到痛苦的事了，"我安慰她。

"您有什么企图，"她回答，尖锐的口气中透出猜疑。"别这样盯着我。对我直说，告诉我您打算怎样。"

"我只不过是要您安静下来，等到更镇定一些，您再考虑考虑我的话吧。"

"考虑他的话？"她停下了，把那块布在手里一前一后地搓着，小声儿自言自语："他说什么来了？"接着，她又向我转过身，不耐烦地摇摇头。"您为什么不提醒我呀？"她突然气忿忿地问。

"好的，好的，"我说，"我来提醒您，您经我一提就会想起来。我刚才叫您明儿去会见费尔利小姐，原原本本地把有关那封信的事告诉她。"

"啊！费尔利小姐——费尔利——费尔利——"

那心爱的熟悉的姓我刚说出口，好像已使她安静下来。她的脸显得温和了，又像原先那样了。

"您不用害怕费尔利小姐，"我接下去说，"也不用害怕那封信会给您招来麻烦。她对那封信里说的已经知道得很多，您尽管把全部详情一起告诉她。根本不需要再去隐瞒,因为现在已经没什么可以隐瞒的了。您信里虽然没提名道姓,但是费尔利小姐知道您说的那个人就是珀西瓦尔·格莱德爵士——"

我刚说出那个名字,她就一下子站起来,发出一声惨号,惨号声在坟地上空回荡,吓得我一颗心急跳起来。刚从她脸上消失了的那副阴森难看的神情,又一次倍加显著地笼罩着她的脸。一听到那名字就发出尖叫,紧接着又是那副仇恨和恐怖的表情,这已说明了一切。现在再没有丝毫可疑的了。将她关进疯人院,这件事与她母亲无关。关她的是另一个人——那人就是珀西瓦尔·格莱德爵士。

尖厉的惨号声被别人听到了。这一面,我听见教堂司事的小屋子的门打开了;另一面,我听见她的伙伴叫喊,叫喊的就是那个围着围巾的妇女,那个被称为克莱门茨太太的妇女。

"我来了!我来了!"从矮树丛后面传来喊声。

不一会儿,已经看到克莱门茨太太赶来。

"你是什么人?"她踏上墙阶,毫不畏缩地对着我大喊。"你怎么可以这样吓唬一个柔弱可怜的妇女?"

我还没来得及答话,她已经站到安妮·凯瑟里克身旁,用一条胳膊搂住了她。"怎么啦,亲爱的?"她问,"他把你怎样了?"

克莱门茨太太大胆地向我怒目而视,这引起了我对她的尊敬。

"如果我是罪有应得,被人这样恶狠狠地瞪着,那我确实应当感到惭愧,"我说,"但是,这件事不能怪我。我吓着了她是出于无意,并不是存心。她也不是第一次会见我。您尽可以问一问她,她会告诉您:我是不可能存心伤害她的,不可能伤害任何妇女的。"

我把话说得很清楚,好让安妮·凯瑟里克听明白;后来我看出,她听懂了那几句话的意思。

"是的,是的,"她说,"他从前很照顾我,他帮助我——"以下的话她便凑近她朋友耳边悄悄地说了。

"多么奇怪!"克莱门茨太太说时露出困惑的神情。"原来是这么一回事。很抱歉,我不该对您口气那么粗暴,先生;但是,您要知道,那样是会叫一个陌生人看了犯疑的。这件事不能怪您,都怪我不好,不该由着她这样任性,让她独个儿待在这样荒凉的地方。去吧,亲爱的——这就回去吧。"

我看出来,这位善良的妇女一想到要一路走回去,就显得有点儿担心,于是我自告奋勇,要陪同她们走到能看见自己家的地方。克莱门茨太太婉言谢绝了我的提议。她说,只要一走到那片野地里,她们肯定会遇见农庄上的工人。

"千万原谅我,"安妮·凯瑟里克挽着她朋友的手臂走开时,我这样说。我虽然没存心惊吓和刺激她,但是,看见那张吓得怪可怜的苍白的脸,我心里感到很难受。

"我一定不加计较,"她回答,"但是您知道的事太多了;也许以后我见了您就会害怕。"

克莱门茨太太瞟了我一眼,惋惜地摇了摇头。

"再见啦,先生,"她说,"我知道这件事不能怪您,但是我希望您刚才吓倒的是我而不是她。"

她们走过去几步,我以为她们会径自离开了那里;没料到安妮突然站住,撇下了她的朋友。

"等一等,"她说。"我一定要去告辞。"

她回到坟旁,亲切地把双手搭在云石十字架上,吻了吻它。

"这会儿我舒服些了,"她安静地抬起头来看着我,舒了口气。"我原谅您了。"

她又走到她伙伴跟前,两人离开了坟地。我看见她们在教堂附近停下,和教堂司事的妻子说话,那女人刚才从小屋里出来,就一直候在那里,远远地看着我们。接着,她们又继续向前,走上了那条通往荒地的小道。我看见安妮·凯瑟里克的背影逐渐消失,最后全部隐没在暮色中——我担心而悲伤地望着,就仿佛是最后一次在烦恼的尘世间看见这个白衣女人。

14

半小时后,我已经回到庄园里,把全部的经过一一说给哈尔科姆小姐听。

像她这种性格的妇女,竟然会一言不发,全神贯注,从头到尾听我说下去,这就有力地证明,她认为我那些话的性质有多么严重。

"我很担心,"她听完了我的话,只说了这么一句。"我对未来的事非常担心。"

"未来的事如何发展,"我说出自己的想法,"可能取决于我们如何利用现在的时机。如果安妮·凯瑟里克和一个妇女谈话,也许会比和我谈话更加随便,更没有保留。如果费尔利小姐——"

"这件事根本不必去考虑,"哈尔科姆小姐又像平时那样口气十分坚决地打断了我的话。

"那么我建议,"我接下去说,"就由您去会见安妮·凯瑟里克,尽可能使她相信您。至于我,我可不愿意再去使这个可怜的人受惊了,因为,真感到过意不去,我已经吓过她一次了。您认为明天和我一起到那个农庄上去有什么问题吗?"

"毫无问题。为了劳娜的利害关系,我什么地方都情愿去,什么事都情愿做。您刚才说那地方叫什么?"

"那地方您一定很熟悉。它叫托德家角。"

"可不是。托德家角是费尔利先生的一个农庄。我们家挤牛奶的女仆就是那儿一个农民的二女儿。她经常来往于我们家和她父亲的农舍之间;她可能听到或者看见一些我们知道了会有用的事情。要不要我这会儿就问那个女仆在不在楼下?"

她摇了摇铃,吩咐男仆传话。男仆回来说,挤牛奶的女仆到农庄上去了。她已经有三天没回家,傍晚女管家准了她的假,让她回去一两个小时。

"明天我可以找她谈一谈,"哈尔科姆小姐等男仆离开后对我说,"这会儿先让我明确我会见安妮·凯瑟里克所要达到的目的。您肯定那个把她关进疯人院的人是珀西瓦尔·格莱德爵士吗?"

"十分肯定。现在唯一无法理解的是他的动机。考虑到他和她两人绝对悬殊的社会地位,看来他们不可能有任何亲戚关系,所以,即使确实需要把她禁闭起来,我们也极需知道,为什么要由他来承担这项重大责任,把她关闭在——"

"一个私人开办的疯人院里,好像是您说的?"

"是的,一个私人开办的疯人院里,住院要付一笔看护费,那是穷人负担不起的。"

"我明白疑点在哪里了,哈特赖特先生;无论安妮·凯瑟里克明天是否能够帮助我们,我向您保证要把这件事查个水落石出。珀西瓦尔一到舍间,就必须向我和吉尔摩先生把这件事解释清楚。我最关心的是我妹妹将来的幸福,我可以向她施加影响,取得一部分决定她婚事的权力。"

那天晚上我们就这样分手了。

第二天早餐后,我们没能立即去农庄,因为,被昨天傍晚的那些事一打岔,我忘了另一件需要做的事。今天是我在利默里奇庄园的最后一天;邮件一送到,我就需要按照哈尔科姆小姐出的主意,去请费尔利先生允许提前一个月解除我的聘约,理由是:发生了一件意外的事,我必须回伦敦。

幸而那天早晨有两封我朋友从伦敦寄来的信,这样至少表面上看来我的借口可能是真实的。我立刻把信拿回到自己屋子里,然后吩咐男仆带话给费尔利先生,问什么时候可以让我去和他商量一件事。

我等候仆人回来的那段时间里,毫不关心他主人会如何对待我辞职的事。不管费尔利先生允许也好,不允许也好,反正我是走定的了。一想到我现在已经在孤寂的旅程中迈出第一步,此后即将和费尔利小姐永别,我好像对那些与自己有关的一切事都感觉迟钝了。我已经抛弃了我穷人的矜持；我已经抛弃了我艺术家的一切微不足道的虚荣。即使费尔利先生现在存心对我傲慢无礼，他也不能损伤我的感情了。

仆人带回来的话，果然不出我的预料。费尔利先生表示遗憾，说很不巧那天早晨他身体不适，绝对不可能接见我。因此，他请我接受他的歉意，并请用书面传达我所要谈的话。我来到庄园的三个月里，已经多次接到他类似的传话。在整个这段时期里，费尔利先生只一次表示因为"有了"我而感到高兴，此后就一直身体欠佳，没见过我第二次。每次仆人总是把另一批我裱装好的画送回去给他主人，带去我的"问候"；然后空着手回来，带来费尔利先生"崇高的敬礼"、"深切的感谢"，以及"恳挚的歉意"，并说，由于健康情况欠佳，他仍只好把自己一个人关在屋子里。也许，无论对任何一方来讲，再没有比这样的安排更令人满意的了。很难判断，在这种情况下，我们两人当中究竟是谁最为感谢费尔利先生的使人受惠非浅的神经。

我立即坐下来写信，在措词上尽量委婉客气、简洁明了。费尔利先生并不急于作复。几乎过了整整一小时，他的回信才送到了我手里。信上的字端正秀美，用紫色墨水写在光滑得像象牙、厚实得像硬纸板一般的信笺上；信里是这样写的：——

"费尔利先生向哈特赖特先生致意。费尔利先生（在目前健康欠佳的情况下）无法表达哈特赖特先生的辞职给他带来的惊讶与失望。费尔利先生平时不理俗务，但他咨询了熟谙这方面事情的管家，该管家认为费尔利先生的看法正确，即：除非为了可能属于生死攸关性质的大事，否则哈特赖特先生便无其他理由必须辞职。如果费尔利先生在病痛中为寻求慰藉与乐趣而对艺术与艺术家培养的高度欣赏感情能轻易动摇，那末哈特赖特先生目前的行动可能已经使其动摇了。然而，费尔利先生的这种感情并未动摇，动摇的乃是哈特赖特先生的这种感情。

"一经表明本人的看法——即在剧烈的神经痛楚所允许的限

度内表明了他的看法——费尔利先生除发表他对这一十分违反常规的辞职已作的决定，更无他语可以奉告。由于身心的绝对宁静对他至关重要，所以费尔利先生不愿让哈特赖特先生在双方基本上都极感难堪的情况下继续留在此地，以致打破那种宁静。因此，纯为自己的宁静着想，费尔利先生放弃拒绝接受辞职之权，并通知哈特赖特先生：尊驾可以请便。"

我折好信，把它跟其他信件放在一起。从前，我会把这封信看作是一种侮辱，对它感到忿怒，但是现在我只能把它当作是解除我职务的一份书面通知而已。当我走到楼下餐厅里，告诉哈尔科姆小姐准备和她一同去农庄时，我已经把这件事丢在脑后，几乎忘记它了。

"费尔利先生给了您同意的答复吗？"我们离开餐厅时，她这样问我。

"他已经允许我走了，哈尔科姆小姐。"

她立刻抬头望了望我，自从认识我以来首次自动地拉住了我的手臂。再没有任何语言能这样细致地表明，她已经理解到我是如何获准辞职的，她现在是以朋友的身份，而不是站在主人的地位对我表示同情。我并没有十分重视那个男子侮慢我的信件，但是却深深感到这个妇女宽慰我的温情。

在去农庄的途中，我们约好，应由哈尔科姆小姐独自走进那家人家，而我则在外面不远的地方等着。我们之所以采取这一行动方式，是有鉴于前一天傍晚在坟地里发生的事，唯恐我一露面就会又使安妮·凯瑟里克感到紧张害怕，更加猜疑这样一个素昧平生的小姐的来意。哈尔科姆小姐撇下了我，先去找农民的妻子谈话（她深信农民的妻子会热心帮助她），而我则在附近等着。

我满以为需要独个儿等上很久。但是没料到，刚过了大约五分钟，哈尔科姆小姐就出来了。

"安妮·凯瑟里克不肯会见您吗？"我吃惊地问。

"安妮·凯瑟里克已经走了，"哈尔科姆小姐回答。

"走了!"

"和克莱门茨太太一起走的。她们今儿早晨八点钟一起离开了农庄。"

我什么话也说不出了——我只感觉到,供我们查明这件事的最后一个机会已经随着她们一起消失。

"有关这两位客人的事,凡是托德太太所知道的,也都不外乎是我所知道的,"哈尔科姆小姐接下去说,"我和她仍旧无法解释这件事。她们昨儿晚上离开了您,平安回到寄宿的地方,和托德先生一家人像往常一样度过晚上的前一部分时间。但是,就在吃晚饭之前,安妮·凯瑟里克吓坏了他们,她突然昏倒了。她来到农庄的头一天也发过一次这样的病,但是没这样可怕;托德太太认为那一次的发病是和看了一份我们本地报纸上的什么新闻有关,当时报纸放在农舍里的桌上,就在发病的前一两分钟她看了那份报纸。"

"托德太太可知道,是报上哪一段新闻使她激动成那样吗?"我追问。

"她不知道,"哈尔科姆小姐回答。"她看了那份报纸,并没找出任何激动人的新闻。但是,我请她让我也看一遍,可就在展开的第一版上我发现,编辑因为缺少材料,就报道了我们家的事,在转载伦敦报纸发表的《名门婚事栏》中刊登了我妹妹订婚的消息。我立刻得出结论,相信正是这条新闻强烈地刺激了安妮·凯瑟里克,同时我认为,这也说明了她第二天向我们家投递那封匿名信的原因。"

"这都是毫无疑问的了。但是,有关她昨天晚上第二次昏倒的事,您还听到一些什么吗?"

"什么也没听到。为什么会发生这样的事,那完全是一个谜。当时屋子里没有一个生人。外来的只有我们家挤牛奶的女仆,我已经对您说过,那是托德太太的女儿,大伙谈的话也很一般,不过闲聊了一些村里的事情。他们只听见她叫了一声,再看她脸色煞白，但看来好像完全是无缘无故的。托德太太和克莱门茨太太把她扶上了楼，克莱门茨太太留在那儿陪着她。一直到她们平时睡觉的时间已经过了很久，大伙还听到她们在谈话，今儿一早克莱门茨太太就把托德太太拉到一边，说她们必须离开那儿，当时托德太太的那份惊讶是无法形容的。从她客人口中能够得到的唯一解释是，因为发生了一件事，那并不是由于农庄上任何人的错，但是性质却十分严重，所以安妮·凯瑟里克决定立即离开利默里奇村。主人请克莱门茨太太把事情说得更清楚一些，但无论怎样央告也没用。她只是摇头说，为了安妮的原故，只能请大家不要追问。她处处显得十分激动，一再重复说安妮必须离开，她必须陪安妮一起走，而她们要去的地方又绝不可让任何人知道。至于托德太太怎样苦苦地留客，客人怎样执意地拒绝，那些细节我就不必向您多说了。最后，过了三个多小时，她用车把她们送到最近的车站。一路上她再三要她们把这件事解释得更清楚一些，但结果仍旧不得要领；她让她们在车站前面下了车，见她们这样毫无礼貌地突然离开，这样不把她当朋友信任，她就感到又愧又恨，甚至没留下来向她们道别，就气忿忿地赶着车回去了。事情的经过就是这样。您倒仔细回忆一下然后告诉我，哈特赖特先生，昨儿傍晚坟地里发生的事，有哪一点能说明那两位女客今儿早晨突然离开农庄的原因吗？"

"我首先要说明的是，哈尔科姆小姐，安妮·凯瑟里克突然发病，惊动了农庄上的一家人，是她已经和我分别了好几个小时以后发生的事，即便我当时不小心，使她受到了强烈的刺激，过了那一段时间，照说她也可以恢复过来了。您可曾打听，她晕倒的时候，大伙正在屋子里谈一些什么吗？"

"我打听了。但是，昨天晚上托德太太好像为家务事分了心，没注意到堂屋里的谈话。她只能告诉我，谈的'不过是一些新闻'，我想，那意思就是说，他们像平常那样谈了各人自己的事情。"

"挤牛奶的女仆也许会比她母亲记得更清楚吧，"我说。"我们回到家里，哈尔科姆小姐，您是不是可以就去和那女仆谈一谈。"

于是，我们一回到庄园，就按照我的主意行事。哈尔科姆小姐把我领到仆人工作的地方，我们在牛奶棚里找到了那个女仆，她正把袖子捋到肩膀那儿，一面洗那个大牛奶盆，一面无忧无虑地唱着歌。

"我领这位先生看你的牛奶棚来了，汉娜，"哈尔科姆小姐说。"这是我们家里值得参观的一个地方，瞧你多有面子。"

女仆红了脸，她行了一个屈膝礼，羞答答地说，她要永远把那地方收拾得最整洁。

"我们刚从你父亲那儿来，"哈尔科姆小姐接着说。"我听说，你昨儿晚上也到那儿去了，你看见家里来的客人了吗？"

"看见了，小姐。"

"我听说好像有一位客人身体不好，晕倒了吧？大概，那不会是因为谁说了什么话，或者做了什么事，吓倒了她吧？你们没说什么怪可怕的事情吧？"

"哦，没说什么嘛，小姐！"女仆笑着说。"我们只谈了一些新闻。"

"大概，你的姊妹们告诉了你一些托德家角的新闻吧？"

"是呀，小姐。"

"你呢，就告诉了她们一些利默里奇庄园里的新闻吧？"

"是呀，小姐。我肯定没说什么会吓倒这个可怜的人的话，因为我的话还没谈完，她就发病了。小姐，那样儿看了真叫人害怕呀，瞧我这人就从来没晕倒过。"

还没来得及往下问，这时候有人来唤她到牛奶棚门口去接收一篮子鸡蛋。她刚走开，我就悄声对哈尔科姆小姐说：

"问问她，昨儿晚上她可曾提到有客人要到利默里奇庄园来。"

哈尔科姆小姐向我使了个眼色，暗示她已明白我的用意，挤牛奶的女仆一回到我们跟前，她就问到这件事。

"可不是,小姐,我提到了,"女仆毫不在意地回答。"我说有客人要来,还说花母牛出了事故:我和农庄上的人谈的就是这几件新闻。"

"你提到了一些人的名字吗?你对他们说珀西瓦尔·格莱德爵士星期一要来吗?"

"说了,小姐——我告诉他们珀西瓦尔·格莱德爵士就要到了。我想这样说不碍事吧——我想这总没犯错吧。"

"哦,不碍事。咱们去吧,哈特赖特先生,再多打扰汉娜干活,她要讨厌咱们了。"

一见四面没人,我们就停下来,交换了一个眼光。

"现在您还有什么可怀疑的吗,哈尔科姆小姐?"

"珀西瓦尔·格莱德爵士必须消除这个疑点,哈特赖特先生——否则劳娜·费尔利就绝不能嫁给他。"

15

我们走到正屋前面,一辆轻便马车从火车站的方向沿庄园里车道朝我们这面驶来。哈尔科姆小姐站在门口台阶上,等马车停稳了,就走过去跟那个趁踏板刚放下就轻捷地走下车的老先生握手。吉尔摩先生到了。

我们被互相介绍的时候,我怀着几乎是无法掩饰的兴趣与好奇看着他。我走后,这位老人将留在利默里奇庄园,他要听珀西瓦尔·格莱德爵士的解释,还要凭他的经验帮助哈尔科姆小姐作出判断,他要一直等候到婚事问题解决了,然后,如果是顺利地解决了,将亲自为费尔利小姐草拟婚约。当时我虽然还没像现在这样了解他,但以前初见到一个陌生人时不同,我对这位家庭法律顾问已经深感兴趣。

从外表上看来,吉尔摩先生和一般人想象中的老律师完全不同。他脸色红润,一头白发留得很长,梳理得一丝不乱,他的黑色上衣、坎肩和裤子都非常整齐合身，白色领带打得端端正正，淡紫色的小山羊皮手套毫不含糊，确实可以用来装饰一位注重仪表的牧师的那双手。他的一举一动都很舒坦地显出遵循老派礼节的人的端庄与文雅，同时透出一个在职业上需经常处于警惕状态的人所具有的精明与机灵。你首先看到，他具有健旺的体质和乐观的精神，接着你就想到，长期以来他的事业一帆风顺，他一向被人信任，老年时愉快、勤勉、普遍受人尊敬：以上是我被介绍给吉尔摩先生时，他给我的一般印象，现在还可以公允地补充一句，随着以后我对他有了更深的认识，一切都进一步证实我当时的看法是正确的。

我让这位老先生和哈尔科姆小姐一起走进屋子，以免他们商谈那些家庭问题时会因为有陌生人在场而感到拘束。他们穿过大厅，到了会客室里，我又走下台阶，独自在花园里徘徊。

我留在利默里奇庄园里的时间已经有限，由于收到匿名信而不得不参与的侦察工作已经结束，我明天早晨就必须离开这里了。如果我在这有限的时间内，摆脱了那强行加给我的无情束缚，并让自己随心所欲地行动一次，这除了可能给我本人带来危害，总不至于累及旁人吧：我要去向那些景物道别，它们将来会使我联想到梦一般短促的恋爱与快乐。

我不由自主地踏上我工作室窗下的那条路，昨天傍晚我还看见她带着她的小狗经过这里，于是我也沿着她那双可爱的脚常常践踏的小径走去，最后到了通向她的玫瑰园的那扇边门。这时园内已是一片冷落荒凉的景象。她曾经教我怎样辨别那些名称不同的花，我曾经教她怎样当作模特儿去绘画的那些花，都已凋零，花坛间的白色小径已经铺着润湿的苍苔。我一直走上那条林荫道，记得我们曾经一起在那里闻到八月间黄昏时的暖香，一起在那里欣赏阳光与树影在我们脚下闪动着交织成的无数图形。这会儿树叶从呻吟着的枝条上坠落在我身旁，空中飘散着的泥土霉湿气冷冽刺骨。我又向前走过去一程，这时已出了庭园，顺着一条小径曲曲折折地登上了最近的小丘。老早斫倒在路旁、我们曾经在它上面坐着休息的那棵树,现在已经被雨淋湿,我画给她看的那簇羊齿和野草,从前安静地躺在我们前面那堵粗石头墙底下,现在那里已积了一潭死水,围着一丛泥污的蔓草。我登上小丘顶,观看我们在更幸福的日子里常常欣赏的景色。那里已经变得寒冷荒凉,再也不是我记忆中的景色。她在我身边时的阳光已经远离开我,她那柔媚的声音再也不在我耳边萦绕。记得就在这会儿我朝下面看的地方,她曾经向我谈到她父亲,说他在双亲中去世较晚,她还告诉我,说他们父女俩如何相亲相爱,现在每当她走进家中某些房间,重做某些从前曾经和他一同做的工作或游戏时,她仍会伤心地怀念着他。我听她说这些话时所看到的那些景色,难道就是我这会儿独自站在山顶上看到的这一些吗?我扭转身,离开了那儿,又曲曲折折地走回去,穿过荒野,绕过沙丘,向低处走近海边。那儿是白茫茫的怒涛,是汹涌奔腾的海浪形成的千变万化的奇景,但是,有一次她用小伞在沙上画着玩儿的那个地方在哪里呢?她谈到我和我的家人,她向我提出妇女细心注意的那些问题,问到我母亲和妹妹,很天真地猜测我要不要离开那冷清的宿舍,成家立业;我听她谈到那些话时,和她一起坐的那个地方在哪里呢?风与浪早已吹洗净她在沙上留下的印迹。我朝那白茫茫的海边望去,我们俩在那里度过愉快时光的地方已经不见,好像我根本就不知道那地方,好像那地方对我是陌生的,我现在已经站在异乡的海岸边。

海边空虚寂寥,我觉得一直冷到心底里。我回到庄园和花园里,那儿留下的一些印迹处处使人怀念她。

我在西面草坪边走道上遇见了吉尔摩先生。他明明是在找我,因为我们彼此一看见,他就加快了步伐。我当时的精神状态很不适宜于应酬生客;然而,两人的会见是无法避免的,于是我只得竭力和他敷衍。

"我就是要找您呀,"老先生说,"敬爱的先生,我要和您谈几句话；如果您不反对，我想就利用现在这个机会。这么着，索性直截了当地说了吧，哈尔科姆小姐和我谈了一些她家里的事——我就是为了这些事来这儿的——在谈话中，她当然提到和那封匿名信有关的不愉快的事，还提到您是多么热心，大力协助了这件事的调查工作。由于参与了这项工作，我很理解，您一定很关心，很急于要知道，已经由您开始的调查工作，将来是不是有可靠的人来接着搞。敬爱的先生，您在这一点上尽可以放心——这件事将由我来处理。"

"无论在哪一方面，吉尔摩先生，您都要比我更适合于协助办理这件事。您是不是已经决定采取什么行动了？我这样问一句不嫌冒昧吧？"

"凡是目前可以作出的决定，哈特赖特先生，我都作了。我要把那封信的抄本，再附一份事情经过情形的说明，一起寄交给珀西瓦尔·格莱德爵士在伦敦我认识的一位律师。我要留下原信，等珀西瓦尔爵士一到就给他看。至于如何侦探那两个妇女，办法我已经有了，我派了费尔利先生的仆人——一个很可靠的仆人——到火车站去打听；仆人身边带了钱，接受了我的指示，只要一找到线索，就对两个妇女进行追踪。在珀西瓦尔爵士星期一来到之前，所能做到的就是这一些了。我本人相信，像珀西瓦尔爵士这样一位高贵的绅士，他是会立刻作出一切必要的说明的。先生，珀西瓦尔爵士是极有身份的——他据有显要的地位，享有不容怀疑的声望——我对这项侦查工作的结果很有把握；我高兴地向您保证：很有把握，根据我的经验，这类的事件是经常有的。比如，匿名信呀，堕落的妇女呀，社会上一些悲惨的现象呀。我并不否认这件事具有其特殊的复杂性；但是，至于它本身的性质，非常不幸，那却是普通的，很普通的啊。"

"不过，吉尔摩先生，我对这件事的看法恐怕跟您不同哩。"

"这还用说吗，敬爱的先生——这还用说吗？我是一个老年人；我有的是切合实际的看法。您是一位年轻人，有的是出于想象的看法。我们不必为各自的看法进行辩论了。干我这一行,我一直生活在一个进行辩论的环境里,哈特赖特先生;我总是希望对一件事可以不必进行辩论,现在也是这样。我们就等着瞧事态的发展吧——对,对,对,我们等着瞧事态的发展吧。瞧这地方有多么可爱。在附近打猎不是挺好吗?大概,不行——费尔利先生好像没给圈出一片地方来。不过,这地方是可爱的;这儿的人也讨人欢喜。我听说,您擅长绘画吧,哈特赖特先生?多么令人羡慕的才能。是属于哪一派的?"

我们开始了一般性的交谈——实际上是吉尔摩先生只顾说,我则是装作听。我根本没注意到他,以及他那滔滔不绝的谈话。我两小时孤独的漫步,给我带来了影响:我想到要早一些离开利默里奇庄园。何必把道别这件痛苦的事多延长一些时间呢?现在还有谁需要我呢?我留在坎伯兰已经毫无意义;东家允许我离开,并没有规定时间。我为什么不立即结束了这件事呢?

我决定立即结束这件事。这会儿离天黑还有几个小时——我尽可以当天下午启程回伦敦。于是,随便找了个措词委婉的借口,我离开了吉尔摩先生,立刻回上房去。

上楼到我房间里去的时候,我在楼梯上遇见了哈尔科姆小姐。她从我匆忙的举动和异样的神态中看出我有新的打算,于是问我有什么事。

我把以上的想法原原本本地说给她听,告诉她为什么要赶快离开那里。

"别这样,别这样,"她恳挚亲切地说,"您应当和我们依依惜别,再和我们一起聚一次。就留在这里用晚饭吧;留在这里,让我们像您刚来的那些晚上一样,尽量快乐地度过这最后的一个晚上吧。这是我的邀请,是魏茜太太的邀请——"她略微停顿了一下,接着又补充说:"也是劳娜的邀请。"

我应允了她的要求。天知道,我真不愿意给她们任何人留下丝毫不愉快的印象。

我自己的房间在打晚饭铃之前永远是我的安乐窝。我在那里等候着，最后到了该下楼的时候。

一整天里，我没有和费尔利小姐说过一句话，甚至没有和她见过一次面。我走进客厅刚看见她的那会儿工夫，对她和我的自制力都是一次严峻的考验。她也竭力要使我们的最后一个晚上恢复过去的快乐时光——虽然那种时光是一去不复返的了。她穿了我平时最赞赏的衣服，那件用深蓝色绸制的、用老式花边镶得又别致又漂亮的衣服；她又像以前那样赶上前来招呼我；她又像在以前快乐的日子里那样坦率、天真、亲切地向我伸出了手。冰冷的手指握着我的手时在颤抖，苍白的面颊上映出鲜艳的红晕，淡淡的微笑勉强挂在唇边，但经我一看它就随着消失了：这一切向我说明，她作出了多么大的努力，才能保持外表的镇静。我的心已经最紧密地和她联系在一起，我再不能比当时更加强烈地爱她。

吉尔摩先生给了我们很大的帮助。他兴致勃勃，一直孜孜不倦地引着大家谈话。哈尔科姆小姐存心跟他一唱一和，我也竭力学她的样。我已经知道如何解释她那柔和的蓝眼睛里的表情的些微变化，我们刚坐上桌时，她的眼睛是那样恳求地注视着我。"帮助我妹妹吧，"她那张恳切、可爱的脸好像是在说，"帮助我妹妹，这样你就帮助了我呀。"

我们吃完了饭，至少外表上看来一直是很愉快的。太太和小姐们都出席了，餐室内只剩下吉尔摩先生和我两个人，这时候另一件事情吸引了我们的注意，使我能在急切需要的片刻沉默中有机会安静下来。那个被派去侦探安妮·凯瑟里克和克莱门茨太太的仆人前来回话，他立刻被领进餐室。

"怎么样，"吉尔摩先生问，"你打听到什么了吗？"

"我打听到，先生，"仆人回说，"那两个女人在我们附近的火车站买了去卡莱尔的车票。"

"听到这个消息，你当然到卡莱尔去了？"

"去了，先生，可惜后来就找不到她们的下落了。"

"你在火车站打听了吗？"

"打听了，先生。"

"还问过所有的客栈了吗？"

"问过了，先生。"

"你把我给你的那份报告交给警察局了吗？"

"我交了，先生。"

"好啦，我的朋友，你已经尽了你的一切力量，我也尽了我的一切力量；这件事暂时就只好到此为止了。我们已经打出了自己的王牌，哈特赖特先生，"仆人退出去，老先生接着说。"至少是到目前为止，那两个女人占了我们的上风；现在我们更没有其他办法，只有等候珀西瓦尔·格莱德爵士下星期一到来了。您不要再来一杯吗？这红葡萄酒很好，是那种味醇劲足的陈酒。可是我家里藏的比这种还要好一些。"

我们回到客厅里——我曾经在那间屋子里度过生平最快乐的晚上，但过了今天的最后一晚，以后就再看不到它了。自从白昼渐短，天气更冷，这里的情景也随着改变了。临草坪的玻璃门关上了，上面遮了很厚的帘子。我们不像往常黄昏时那样坐在柔和朦胧的光影里，这会儿灿烂的灯光耀花了我的眼睛。一切都改变了——不论室内或户外，一切都改变了。

哈尔科姆小姐和吉尔摩先生一起在牌桌前坐下；魏茜太太占了她习惯坐的那张椅子。他们都在毫无拘束地消磨他们的晚上；但我消磨我这个晚上却感到很拘束，而且，由于注意到他们那样安详，就更感到痛苦。我看到费尔利小姐在乐谱架旁边徘徊。以前，每逢这个时候，我总会走到她跟前。这会儿我却迟疑不决——不知道下一步该往哪里走，该做什么事。她向我很快地瞥了一眼，忽然从架上拿了一份乐谱，自动地朝我走过来。

"我给您弹几首您平时很爱听的莫扎特的小调好吗？"她问道，一面紧张地打开乐谱，低下头去看。

我还没来得及道谢，她已经匆匆地走到钢琴跟前。我以前坐惯了的那张在琴旁的椅子这会儿空着。她弹了几个和弦,转过身来望了我一眼,然后又回过头去看她的乐谱。

"您不坐在您的老地方吗?"她突然声音极低地说。

"最后一个晚上了,我就坐在我的老地方吧,"我回答。

她没答话,仍旧注视着乐谱——她原来背得出那首曲子,以前弹过多次,从来不去看那乐谱。我看见她靠我这一边的面颊上的红晕消失,一张脸完全变得苍白,就知道她已经听见了我的话,并且觉察到我正靠近她身边。

"您就要离开这儿了,我非常难过,"她说这话时,声音降低,几乎像是耳语,眼睛更专心地注视着乐谱,我以前从未见过她的手指这样异常兴奋有力地在琴键上迅速移动。

"过了明天,费尔利小姐,我会天长日久永远记住这几句亲切的话。"

她的脸变得更苍白了,更加朝我另一边避开了。

"别去谈明天的事,"她说。"让音乐用更愉快的语言向咱们谈今晚的聚会吧。"

她嘴唇一阵哆嗦——她试图抑制住,但仍禁不住发出一声轻微的叹息。她手指在琴键上迟延了一下,弹错了一个音符,试图矫正,但这一来更加慌乱,终于气忿忿地把双手往膝上一放。哈尔科姆小姐和吉尔摩先生正在斗牌,这时都吃惊地抬起头来看。连坐在椅子里打盹的魏茜太太听见琴声突然中断也惊醒过来,问出了什么事。

"您过来玩惠斯特牌好吗,哈特赖特先生?"哈尔科姆小姐问,深有含意的眼光望着我坐的地方。

我已经知道她的用意,知道她这样提议是对的,于是立刻站起身,朝牌桌走去。我一离开钢琴旁边,费尔利小姐就翻了一页琴谱,更沉着地弹起来。

"我一定要弹好它,"她说时几乎是热情激动地弹着。"最后的一个晚上,我一定要弹好它。"

"来吧,魏茜太太,"哈尔科姆小姐说,"我和吉尔摩先生两个人玩埃卡特①,已经厌了——您来和哈特赖特先生合伙玩惠斯特吧。"

老律师露出讥笑的神情。他是赢家,刚翻到一张王牌。哈尔科姆小姐突然变换牌局,他明明认为那是妇女不肯认输的表现。

那天晚上其余的时间里,她再没有说一句话,再没有看我一眼。她一直坐在琴跟前,我一直坐在牌桌上。她不停地弹琴——那样弹着琴,就仿佛只有音乐可以使她忘了自己。有时候,她的手指触到琴键,显出留恋,流露了柔和、幽怨、缠绵悱恻的深情,听来是那么无比地优美而又悲哀;有时候,手指顿了一下,没能弹好,或者机械地在琴上迅速抚过,仿佛弹奏已经成为一种负担。虽然一双手在音乐中表达情感时那样游移变幻不定,但是她仍旧坚持弹下去。直等到我们都立起身来道晚安了,她才从琴跟前站起来。

魏茜太太离开房门最近,她第一个和我握手。

"恕我不送您了,哈特赖特先生,"老奶奶说。"我真舍不得您走。您非常殷勤周到;我这个老太婆也感谢您的照顾。祝您幸福,先生——祝您一路平安。"

接下去是吉尔摩先生讲话。

"我希望咱们将来有机会再见,哈特赖特先生。那件小事我会妥善处理的,您总明白了吧?对,对,不成问题。啊,瞧天气多么冷!我别让您老站在门口了。Bon voyage②,敬爱的先生——bon voyage,我也学法国人说。"

哈尔科姆小姐跟着走过来。

"明儿早晨七点半见,"她说,接着又小声儿说:"您没想到,我凭耳闻目见知道了更多的事。看了您今儿晚上的举动,我要一

---

① 埃卡特是一种两人对玩的32张纸牌游戏;惠斯特是一种类似桥牌的游戏。
② 法语,一路平安。

辈子做您的朋友。"

费尔利小姐最后一个走过来。我一握住她的手,一想到了明天早晨,就再不敢看她了。

"我明儿很早就要离开这里了,"我说。"我走的时候,费尔利小姐,您还没——"

"不,不,"她急忙打断我的话,"那时候我已经起来了。我要和玛丽安一起下楼进早餐。我不会辜负您的教导,我不会忘了过去三个月——"

她的声音哽咽了,她轻轻地握住我的手,但接着就突然撒开了它。我还没来得及道"晚安",她已经走开了。

我演的戏很快就要收场了——利默里奇庄园上的最后一个早晨,曙光初露,结束的时刻终于无可避免地到来。

我走下楼刚七点半,但是看见她们两人已经在餐桌旁边候着我。在那冷冽的空气中,朦胧的光影中,晨间整个庄园里阴沉和静寂的气氛中,我们三个人一起坐下,勉强让自己吃一些东西和谈几句话。虽然大家都竭力要装出若无其事的样子,但是结果怎么也没法自持,于是我站起来准备走了。

我伸出了手,离开我最近的哈尔科姆小姐刚和我握别,费尔利小姐突然扭转身,匆忙离开了屋子。

"这样更好,"哈尔科姆小姐等房门关上后说,"这样对您和她只会更好。"

我又等了一会儿,方才说出话——没能向她道别,没能看她一眼,就这样分离了,这叫人多么难堪啊。我克制着自己,试图在临别时和哈尔科姆小姐说几句比较得体的话,然而,我总共只想出了这么一句。

"凭自己的名分,我可以要求您给我写信吗?"我只能挣出这么一句。

"只要我们都活着,您要我为您做任何事都是名正言顺的。不论那件事结果如何,我都会让您知道的。"

"将来有一天,等到我的轻率和愚蠢的行为早被忘了以后,如果我再能效劳——"

我再也说不下去了。不由自主,我的嗓子堵塞了,我的眼睛湿润了。

她拉住我的双手,像男人那样用力紧握着它们,乌黑的眼睛炯炯闪亮,黝黑的脸上深深泛红,一张奕奕有神的脸,由于宽大与同情的本性从内心发出的纯洁光芒而显得美丽了。

"我有事会拜托您的——有那么一天,到了那个时刻,我会把您当作我的朋友和她的朋友,当作我的哥哥和她的哥哥那样拜托您的。"她不再往下说,只把我拉得更靠近她一些——瞧这个大胆的、高贵的姑娘啊——像亲姊妹一样在我额上吻了吻,并且唤我的教名。"上帝保佑你,沃尔特!"她说。"你就一个人留在这儿,让自己冷静一下吧——为了咱们考虑,我还是别待在这儿了;我还是上楼,到阳台上去看你走吧。"

她离开了屋子。我转身走向窗口,从那里望出去,只见一片凄凉的秋天景色——我准备留在那里,让自己冷静下来,然后也跟着离开那间屋子,永远离开那间屋子。

过了一分钟——不大可能超过一分钟——我听见房门又轻轻地开了,一个女人的衣服在地毯上窸窸窣窣响着朝我这面移近。我转过身,一颗心开始狂跳。费尔利小姐正从屋子的那一头朝我走过来。

我们的眼光一接触,她一看见那里只有我们两个人,就止住步,迟疑不前。接着,她又鼓起女人在细小的紧急事件中常常被吓走的、但在重大的危难事件中却难得会丧失的那种勇气,向我走得更近,脸色异常苍白,神情异常安详,一只手背在后面,一路走来时摸着身边的桌子,另一只手拿着一件什么东西,把它藏在腰间的衣服褶缝里。

"我刚去客厅里找这个,"她说。"看了它您就会想起曾经来过这个地方，想起留在这里的朋友。记得我画这张画的时候，您说我有了很大的进步，我想，也许您喜欢——"

她把头扭过去一点儿，把一小幅画递给我，画的是我们初次在那里见面的凉亭，全部是她自己用铅笔画的。她递给我时，画在她手里颤抖着——我从她手里接过时，它在我手里颤抖着。

我不敢吐露我的心情，我只回答说："它永远不会离开我，它是我一生中最宝贵的东西。我非常感谢您给我这件礼物——我非常感谢您，因为您让我能在临行前向您道别。"

"哦！"她天真地说，"我们在一起度过了那么多幸福的日子，我怎么能让您就这样走了呢！"

"永远不会再有那样的日子了，费尔利小姐，我们的生活道路距离得太远了。但是，如果有一天我能献出我的整个心灵和全部力量，给您带来片刻的快乐，或者为您消除片刻的烦恼，那时候您能想到我这个曾经教过您绘画的可怜的教师吗？哈尔科姆小姐已经答应有事可以托我——您也能答应我吗？"

从她那双噙满热泪的温柔的蓝眼睛里，隐约地闪现出一片离愁。

"我答应您，"她哽咽着说，"哦，别这样瞧着我！我是真心实意地答应您。"

我大着胆向她走近了一些，伸出我的手。

"您有许多爱护您的朋友，费尔利小姐。许多人都热切地希望您将来生活幸福。在这临别的时刻，我可不可以说一句：我也这样热切地希望？"

泪珠很快就从她颊上滚下来。她把一只颤巍巍的手放在桌上，扶稳了自己，然后把另一只手递给我。我拉住她的手，紧紧地握着。我向它低下头，泪水落在手上，嘴唇紧吻着它——这并不是在表达爱情，哦，不是在最后片刻表达爱情，而是在绝望中流露出痛苦，忘记了一切。

"看在上帝分上，离开了我吧！"她声音微弱地说。

她在这一句恳求的话中突然道出了心底的全部秘密。我没有权利聆听这句话,没有权利答复这句话——这句话表示,她是柔弱的,也是不可侵犯的,它迫使我离开那间屋子。一切都完了。我松开了她的手,再没有什么话可以对她说了。眼睛被泪水迷住了,看不见她了,我挥去泪,再向她看最后一眼。我望过去,只见她已在一张椅子里坐下,手臂摊在桌上,俏伶伶的脑袋疲软无力地伏在手臂上。最后,我又看了一眼,接着那扇房门便把她关在后面了——一道巨大的鸿沟隔开了我们——劳娜·费尔利的身影已经成为我对过去的回忆。

(哈特赖特的叙述到此结束)

住法院胡同的文森特·吉尔摩律师
继续叙述事情经过

1

我应友人沃尔特·哈特赖特先生的要求写以下各章。在这些章节里,我将描写某些与费尔利小姐切身利害有关的事件,那是在哈特赖特先生离开利默里奇庄园以后的一段时期里发生的。

这里我无需声明,本人是否赞同发表一些很特殊的家庭私事,而我的叙述又构成了那些事的重要组成部分。哈特赖特先生本人承担了这项责任,而且,从有待此后继续交代的一些情况中可以看出,如果他本人愿意的话,他确实具有充分的权力这样做。向读者叙述事情经过时,他采取的办法是:要用最真实和生动的语言来描写,并且要顺着事情发展的每一个阶段,依次由那些直接的当事人来叙述。正是出于这种安排的需要,所以我在这里以叙事人的身份出现。珀西瓦尔·格莱德爵士来坎伯兰的那段时期里,我不但在场,而且亲自参与了他在费尔利先生庄园里小住时发生的那件重要的事。因此,我有责任为那一系列事添补一些新的环节,并且就从哈特赖特先生暂时辍笔的那个地方把那一系列事件接着叙述下去。

我于十一月二日星期五到达利默里奇庄园。

我那次去的目的,是要在费尔利先生府上恭候珀西瓦尔·格莱德爵士光临。如果爵士来后可以商定他和费尔利小姐的婚期,我就要将必需的指示带往伦敦,订立婚后女方的财产契约。

星期五那天我没能见到费尔利先生。多年来他一直是,或者自以为是病魔缠身,那天他又感不适,不能接见我。在他的家人中，我首先见到的是哈尔科姆小姐。她在门口迎接我，还把我介绍给已经在利默里奇庄园待了一个时期的哈特赖特先生。

后来，直到那天晚餐时刻，我才见到费尔利小姐。她气色不大好，我看了为她很难过，她是一位亲切可爱的姑娘，像她高贵的母亲生前那样对周围的人都那么殷勤和蔼，但是，谈到面貌，她却像她父亲。费尔利太太是黑头发黑眼睛，我一看见她大女儿哈尔科姆小姐就想起了她。那天晚上费尔利小姐为我们演奏了钢琴，但是我觉得她弹得没有往常好。我们只打了三盘惠斯特，那样玩牌简直对不起那种高尚的牌戏。我和哈特赖特先生初见面时，他给了我很好的印象，但是不久我就发现，他在社交方面也不乏他的同龄人所具有的缺点。有三件事是现代青年人不在行的。他们不会喝酒，他们不会打惠斯特，他们不会招待小姐。哈特赖特先生在这几方面也不例外。但是，在其他方面，即便是初交不久，我也认为他是一位谦虚谨慎、具有绅士风度的年轻人。

星期五一天就这样过去了。这里我不再谈那天引起我注意的更为严重的事，即：费尔利小姐如何收到了匿名信，我获悉这件事后认为应当采取什么措施，我如何相信珀西瓦尔·格莱德爵士会立刻作出一切必要的说明，等等。因为，我知道这些事已经在前面详细交代了。

星期六，我还没下楼用早餐，哈特赖特先生已经走了。费尔利小姐整天没出房门，哈尔科姆小姐也显得无精打采。这家人已经不像菲利普·费尔利先生和夫人在世时的光景了。上午我独自散了一会儿步，重访了三十多年前我为了处理这家的事务而待在利默里奇庄园时初次看到的一些地方。它们也都景物全非了。

下午两点，费尔利先生传话，说他精神恢复了一些，可以见我了。自从我第一次见到他以来，他倒没有变样。他的谈话仍和往常一样：老是提到他本人和他的病痛、他那些珍贵无比的钱币、那些精美绝伦的镂版画。只要我一提到那次去他家办理的事，他就闭起眼睛，说我"打搅了"他。我三番五次地提到那件事，执意地要打搅他。我从他口中所能知道的是：他认为他侄女的婚事已成定局，她父亲已经答应，她本人也答应了，这是一门很美满的亲事，他只期望能早些办完婚礼中的那些琐事。至于财产契约，那我只需和他侄女商量，然后充分了解一下他的家事，把一切细节安排妥当；作为监护人，他对这件事只需到了适当的时候说一句"可以"就行了——不用说，他对一切都是无可无不可的。现在我不是看到他把自己关在屋子里，病得这样可怜吗？难道，我以为他在这种情况下还要人家去折磨他吗？不可能啊。既然如此，我们又何必再去折磨他呢？

如果我对这家人的底细还了解得不够清楚，没考虑到费尔利先生是一个独身汉，他只是在生前享受利默里奇庄园的财产权，那么，作为监护人，他这种异乎寻常的漠不关心态度也许会使我感到有些诧异。然而，由于已经了解以上的一切，所以，这次会见他后，我既不感到惊奇，也不感到失望。费尔利先生这种态度是完全在我意料之中的，所以，有关他的事情谈到这里也就可以结束了。

星期日，不论在室内还是户外，我都感到很沉闷。珀西瓦尔·格莱德爵士的律师给我的复信寄到了，信上说他已经收到那封匿名信的抄本和我附上的说明。下午费尔利小姐和我们在一起，她面色苍白，精神委靡，完全不像平时那样。我和她谈了几句话，试着委婉地提到珀西瓦尔爵士。她听了也不说什么。我谈到别的事，她都乐意接口，但就是不提这方面的事。我开始怀疑，是不是她有了悔婚之意呢——像一些小姐们那样事后反悔，然而已经为时过晚。

星期一，珀西瓦尔·格莱德爵士到了。

讲到仪表和风度，我觉得他十分招人喜欢。他比我原先想象的要显得更老一些，他前额上边的头发已经脱落，脸显得有些憔悴，起了皱纹，但是他那灵活的举动和饱满的精神仍像年轻人一样。他会见哈尔科姆小姐的时候，态度诚恳动人，毫无做作姿态，而经过介绍，和我会见时，他也显得平易近人，和蔼可亲，所以我们两人一见如故。他到达的时候，费尔利小姐没和我们在一起，但是后来，过了大约十分钟，她走进了屋子。珀西瓦尔爵士站起来，落落大方地和她行了见面礼。他注意到小姐的气色变得更加难看，就明显地露出关心的神情，在温柔体贴中那样透出敬重，口气和态度又是那样谦虚柔顺，处处可以看出他是受过高尚的教养，并且是明白事理的。我觉得奇怪的是，在这种情况下，费尔利小姐当着他的面仍旧举动拘束，很不自在，后来一有机会就抽身走了。对于她这样接待来客和突然离开众人，珀西瓦尔爵士并未加以注意。她在那里的时候，他从不很冒失地注视她，她走了以后，他也绝口不向哈尔科姆小姐提起这事，以免使她感到为难。我在利默里奇庄园和他在一起的时候，不但这一次，还有好几次，在应酬和礼数上，他都从来没有不够检点的地方。

费尔利小姐一离开屋子，珀西瓦尔爵士还没等我们为了谈匿名信一事而感到为难，便自动地提到了这件事。他从汉普郡出发，途中曾经在伦敦停留，访问了他的律师，看到我寄去的文件，所以，一到了坎伯兰，他就要尽快和最详细地把这件事向我们解释清楚。我听他这样说时，就把留下来准备让他亲自过目的那封原信交给他。他向我道了谢，认为不必再去看那信，说他已经看过它的抄本，尽可以把原信留给我们。

紧接下去的那一席话，正像我早已预料到的，他说得既简单明了又令人满意。

他告诉我们，凯瑟里克太太曾经多年忠心耿耿为他的家族和他本人服务，因此他多少负有照顾她的责任。凯瑟里克太太有两件不幸的事，一是出嫁后遭到丈夫遗弃，二是只生了一个女儿，而那女儿从小就神经不健全。虽然她婚后搬到汉普郡离珀西瓦尔爵士的庄园很远的地方去住，但是他仍旧设法与她保持联系，因为他不但顾念她过去的辛劳，更佩服她在逆境中表现的耐心与勇气，因此倍加同情这个可怜的妇人。一年年过去，她那不幸的女儿的精神病越来越严重，最后非进行适当的医疗不可了。凯瑟里克太太本人也看出了这种必要，然而她又抱有一般要体面的人的那种成见，不愿像孤苦无依的人那样把她的孩子送进公立疯人院。珀西瓦尔爵士尊重这种带有偏见的想法，有如他尊重任何阶层的人认为独立是最有骨气的想法。于是，为了决意报答凯瑟里克太太早年服侍他和他家人的情意，情愿支付她女儿进一所可靠的私立疯人院所需的费用。后来，做母亲的表示歉意，他本人也感到难堪，原来这个不幸的女孩子发觉禁闭她的事也有他这位见义勇为的人参与，就对他产生了强烈的仇恨和猜疑。而那种仇恨和猜疑——在疯人院里她曾经以不同的方式表现出来——显然就导致她逃走后写那封匿名信。如果哈尔科姆小姐或者吉尔摩先生回忆了信里的内容，不能同意以上的解释，或者还要掌握更多有关疯人院的资料（如，他所提到的那所疯人院的地址，以及为病人开入院证明的那两位医生的姓名住址等），那他可以答复任何问题，解释任何疑点。他已经尽了他本人对那个不幸的年轻女人应尽的责任，已经嘱咐他的律师，要不惜一切费用把她找到，再送她去就医，现在他更要以同样坦白和爽直的方式，尽他本人对费尔利小姐和她家族应尽的责任。

我第一个答复他的话。我明白自己应做的事。法律的最大优点就在于，它可以驳斥任何人在任何情况下以任何形式作出的声明。如果听了珀西瓦尔·格莱德爵士本人的解释，我在职务上需要向他进行控诉，我当然可以这样做。然而，我的责任并不限于这方面，我的职责纯属司法性质。我必须分析我们刚听到的解释，同时考虑到提供解释的这位绅士的声望，然后作出公平的判断：从珀西瓦尔爵士说明的情况看来，他的行为是正当的吗？我个人认为他的行为显然是正当的，因此我声明：在我看来，他的解释确是令人满意的。

哈尔科姆小姐不放心地朝我望了一眼，也说了几句大意与此相同的话，但是她显出一些迟疑的神情，而我认为，在这种情况下她不应当有这种表示。我不能肯定珀西瓦尔爵士是否注意到了这一点。我猜想他是注意到了，因为，虽然现在已经可以丢开这个问题，但是他却特意重新提起了它。

"如果有关这件不愉快的事我只需要向吉尔摩先生解释清楚，"他说，"那我就认为再没有必要去提它了。我可以希望，作为一位绅士，吉尔摩先生是会相信我的，而既然他已经相信了我，那我们俩也就可以结束有关这个问题的讨论了。但是，对一位女士来说，我所处的地位又有所不同。虽然我对其他的人都不需要，但对她却需要提供证明来证实我的话。您本人不会向我索取证明，哈尔科姆小姐，所以我有责任要向您，更要向费尔利小姐提供证明。我是否可以请您立刻写封信给这个可怜的女人的母亲，凯瑟里克太太，让她证明我刚才向您所作的解释可是真实的吗？"

我看到哈尔科姆小姐脸红了，显得有点不好意思。珀西瓦尔爵士的建议，尽管措词十分委婉，但她听得出来，正和我听得出来一样，是针对一两分钟前她无意中流露出的迟疑神情而提出的。

"我希望，珀西瓦尔爵士，您总不会误会了我的意思，以为我是不信任您吧，"她抢着说。

"当然不会，哈尔科姆小姐。我之所以这样建议，只是为了要表示对您的重视。您能不能原谅我固执，如果我十分坚持？"

他一面说一面走近书桌，拉过了一张椅子，打开了文具盒。

"为了照顾我，我请您写这封信，"他说。"它只要费您几分钟时间。您只要向凯瑟里克太太提出两个问题。第一：送她女儿进疯人院的事，她是否知道，是否得到她的同意？第二：我那样参与这件事，她是否应当为此对我表示感谢？对这件不愉快的事，吉尔摩先生已经安心，您已经安心——现在，请写了这封信，也好让我安心。"

"我本来是不愿意写的，珀西瓦尔爵士，但既然您这样要求，那我只好遵命了。"

哈尔科姆小姐说完了这句话，站起身来，向书桌走过去。珀西瓦尔爵士谢了她,递给她一支笔,然后走到火炉跟前。费尔利小姐的意大利种小猎犬正趴在毯子上。珀西瓦尔爵士伸出手去,亲切地唤那条狗。

"过来,尼娜,"他说,"咱们是老相识,对吗?"

这小畜生也像一般备受宠爱的小狗那样,又胆怯又凶狠,这时突然抬起头来向他望了望,躲开了他伸出的手,哀鸣了几声,哆嗦了一下,就藏到一张沙发底下去了。一条狗怎样接待他本来是一桩小事,未必会使他感到不快,然而我注意到,他竟很突然地走到窗口去了。也许他的脾气有时容易激动。即使如此,我也能谅解他。我有时也容易激动啊。

哈尔科姆小姐写那封信没花很长时间。信一写好,她就从书桌跟前站起来,把展开着的信递给珀西瓦尔爵士。他向她鞠了一躬,接过了信,也不去看内容,立即把它叠起来封好,写上姓名住址,一声不响地递还给她。我从未见过有谁曾将一件事做得比这更为大方得体。

"您一定要我寄出这封信吗,珀西瓦尔爵士?"哈尔科姆小姐问。

"我请您把它寄出去,"他回答,"现在,既然已经把信写好封好了,那就请允许我最后再提一两个信里讲的那个不幸的女人的问题。我看过吉尔摩先生寄给我律师的通知,描写了在什么情况下发现了写匿名信的人。但是,还有几件事通知中没提到。安妮·凯瑟里克会见了费尔利小姐吗?"

"当然没有会见。"

"她会见了您吗?"

"没有会见。"

"那么,只有一位哈特赖特先生偶然在这里附近的墓地里遇到了她,此外她没有会见府上的任何人吗?"

"没有会见任何人。"

"我想哈特赖特先生是利默里奇庄园聘请的一位图画教师吧?

他是水彩画学会会员吗？"

"我想是的，"哈尔科姆小姐回答。

他沉默了一下，好像是在考虑最后的一句回答，然后接下去说：

"安妮·凯瑟里克来到这一带，您知道她住在哪里吗？"

"知道。住在荒原上一个叫托德家角的农庄上。"

"一定要找到这个可怜的女人，这是我们大家对她应负的责任，"珀西瓦尔爵士继续说，"她可能在托德家角说过一些什么话，我们可以根据那些线索找到她。我一有空就要到那儿去打听。暂时我还没有机会和费尔利小姐谈这件不愉快的事，可否请您，哈尔科姆小姐，劳驾把必要的细节向她说明，当然，那要等您收到了这封信的答复以后。"

哈尔科姆小姐答应了他的要求。他向她道了谢，然后很和气地点了点头，向我们告辞，准备回到他自己屋子里去。他刚开门，那凶狠的猎狗就从沙发底下伸出它的尖嘴，向他又是叫又是做出要咬的样子。

"瞧，整整忙了一个上午，哈尔科姆小姐，"刚剩下我们两人时我就说。"这件叫人烦心的事总算顺利地结束了。"

"是呀，"她回答说，"一点不错。我很高兴您不必再为这件事费心了。"

"我不必再费心！不用说，手里有了这封信，您也可以放心了吧？"

"是呀，这还能不放心吗？我知道那种事是不可能的，"她接下去更像是自言自语而不像是在对我说话，"可是，我甚至希望沃尔特·哈特赖特在这儿再待一阵，解释这件事的时候他也在场，可以听到人家怎样要求我写这封信。"

我听到最后这几句话，感到有些惊讶——也许还有些恼火。

"有关那封信的事，哈特赖特先生确实出了很大的力，"我说，"总的说来，我应当承认他对这件事处理得非常细致小心。但是，我完全不明白,如果他在这里,珀西瓦尔的解释对你我思想上所起的作用又怎样会受到他的影响。"

"我这只是在想象罢了,"她神思恍惚地说,"这件事不必再去谈了,吉尔摩先生。您的经验应当是,而且实际上是我能得到的最好的指导。"

我根本不喜欢她这样明显地把全部责任都推给我。如果说这话的是费尔利先生,那我不会感到惊奇。但是,我怎么也不会想到,意志坚决、头脑清晰的哈尔科姆小姐竟然也会闪烁其词,避免发表自己的意见。

"如果您觉得还有什么疑点,"我说,"为什么不马上说给我听呢?老实告诉我:您有什么怀疑珀西瓦尔·格莱德爵士的根据吗?"

"根本没有。"

"您认为,在他的解释里有什么难以相信,或者自相矛盾的地方吗?"

"他已经向我提供了事实的证明,我怎么还能这样说呢?谈到为他作证,吉尔摩先生,能有比那个女人的母亲提出的证明更为可靠的吗?"

"再没有更为可靠的了。如果答复您调查的回信令人满意,我本人也看不出,珀西瓦尔爵士的朋友还能要求他再提出什么证明。"

"那么咱们就把这封信发了吧,"她说时站起身,准备走出去,"在没收到复信之前,咱们就别再提这件事了。刚才我那样迟疑,您根本不必介意。我只能说那是因为我近来为劳娜的事过于焦虑了——我们哪怕是最坚强的人,吉尔摩先生,焦虑的时候也会心神不定啊。"

她突然离开了我;说最后几句话时,她那一向坚定的口气变得吞吞吐吐了。瞧她生性这样灵敏刚强而又热情,现在,一般庸俗肤浅的人当中,千万个里也挑不出一个像她这样的妇女啊。她小的时候我就认识她了——在她长大成人的岁月中，在不止一次重大的家庭事件中，我见她都经受得起考验；由于长期以来的经验，所以在上述的情况下我才会注意到她所表现的那种迟疑神情，如果换了另一个妇女，我就肯定不会介意了。我原来认为根本不必对这件事抱有疑虑，更不必为它感到不安，然而她现在却使我开始怀有疑虑，感到有些不安了。年轻的时候，我会因为自己这样莫名其妙地心烦意乱而恼恨和责怪自己。现在，上了岁数了，懂得更多了，所以我抱着超然物外的态度走出去，要在散步中淡忘了这件事。

2

晚餐时，我们大家又聚在一起了。

珀西瓦尔爵士兴致极好，我几乎认不出，他就是今天早晨见面时在从容文雅、通情达理的举止中给我留下深刻印象的那个人。只有从他对待费尔利小姐的一举一动中，我可以不时地、一再地觉察出他早先的一些神态。费尔利小姐只要看他一眼，或者对他说一句话，他那响亮笑声就静止了，他那娓娓动听的谈话就中断了，这时候他不去注意餐桌上的其他人，而是立刻注意着她了。他虽然不公开地逗她谈话，但是一有机会就要引着她在无意中说出一句什么，然后，并不像卤莽坦率的人那样想到了什么就向她直说，而是要等到最适当的时候才把要说的话向她说出。我感到奇怪的是，费尔利小姐好像觉察出他是在献殷勤，但并不为他的殷勤所动。他朝她看望或者对她说话时，她常常显得那么慌乱，始终不对他表示好感。地位、家财、高尚的教养、轩昂的仪表、绅士的敬意、爱人的深情：他带着这一切前来拜倒在她足下，然而，至少从外表上看来，他只是枉费了心机。

第二天，星期二，珀西瓦尔爵士（由一名仆人领路）一早就去托德家角。据我后来了解，他并未打听出任何消息。回来后，他会见了费尔利先生,下午和哈尔科姆小姐一起骑马出去。此外没有其他值得叙述的事。那天晚上像往常一样度过。珀西瓦尔爵士仍旧是那样,费尔利小姐也仍旧是那样。

星期三发生了一件事,邮件来了,凯瑟里克太太的复信到了。我把它抄录了一份,现在仍保存着,不妨公布于此。信里写的是:

女士:尊函敬悉,承探询我女安妮入院受医疗监护一事我是否知晓并经我同意,对珀西瓦尔·格莱德爵士协助办理此事,我是否感谢其一番盛情。现专函奉复,我对以上问题的答复俱系肯定的。

简·安妮·凯瑟里克谨启

信写得简短、明确、扼要;妇女写这样的信,在格式上很像是一封商业信,但内容清楚,对珀西瓦尔·格莱德爵士的解释是一份最好不过的证明。我的看法是这样,而哈尔科姆小姐的看法,除了有几点小小的保留意见外,也是这样。珀西瓦尔爵士见到这封信,好像并未对那简短明确的措词感到奇怪。他告诉我们,凯瑟里克太太为人沉默寡言,思路清晰,是一个性子爽直、遇事讲求实际的妇女,她写出的信和她说出的话一样,都是那么简短明确。

现在既然已经收到复信,下一步必需办的事就是让费尔利小姐知道珀西瓦尔爵士所作的解释。哈尔科姆小姐承担了这项任务,她已经离开屋子去看她妹妹,但突然又回来了,当时我正靠在一张安乐椅里看报,她在我身边坐下了。珀西瓦尔爵士刚到马房里去看马,房里只有我们两人。

"大概,我们所能做的一切都已经认真地做了吧?"她说时手里折弄着凯瑟里克太太的信。

"如果我们是珀西瓦尔爵士的朋友,都了解和信任他,那么,我们岂但已经做了一切,而且已经做了多于一切需要的,"我回答，对她又表现出顾虑重重的神情感到有点烦恼了。"但是，如果我们是仇人，怀疑他——"

"这可是绝对没有的事，"她打断了我的话，"我们都是珀西瓦尔爵士的朋友，再说，如果考虑到他的宽宏大量理应受到尊敬，那我还应当是珀西瓦尔爵士的崇拜者哩。您知道，他昨天会见了费尔利先生，后来和我一起出去了。"

"是呀。我看见你们一起骑马出去了。"

"我们骑马出去，先谈到安妮·凯瑟里克的事，再谈到哈特赖特先生怎样在很离奇古怪的情况下遇到了她。但是，我们很快就丢开了这件事，接着珀西瓦尔爵士就用极其豁达的口气谈到他和劳娜的婚约。他说，他注意到劳娜的情绪不好，在没听到其他的解释之前，他猜想这次对他的态度改变是那件事引起的。但是，万一这种改变具有其他更为严重的原因，那么他就要请费尔利先生或者我不要勉强她改变自己的意思。如果是那种情形，那他只要求她最后回忆一下：他们俩的亲事是在什么情况下议定的，从他求婚起直到现在这段时期里他在各方面的表现如何。如果考虑了这两点以后，她确实要他打消和她府上攀亲的妄想——并且亲口向他说明这一切——那他就会心甘情愿地作出自我牺牲，完全可以让她解除婚约。"

"没有人能说得比这更完全了，哈尔科姆小姐。根据我的经验，很少人在他的情况下会说得这样周到。"

她听完我的话，沉默了一会儿，然后带着一副痛苦和为难的奇怪神情看了看我。

"我不怪罪任何人，也不怀疑任何事，"她突然说，"但是，我不能够，也不情愿承担劝说劳娜勉强迁就这门亲事的责任。"

"珀西瓦尔·格莱德爵士就是要求您不要这样做嘛，"我感到诧异了，"他要求您不要去勉强她改变自己的意思。"

"如果让我把他这些话转达给劳娜，那他就是在间接地迫使我勉强她改变自己的意思。"

"这怎么可能呢?"

"想一想您所知道的劳娜是个什么样的人吧,吉尔摩先生。如果我叫她回忆她的亲事是在什么情况下定的,那我一下子就触动了她两种最强烈的感情:她怎样爱慕和怀念她父亲,她怎样重视恪守信用。您知道,她是从不悔约的;您知道,给她订这门亲事的时候,她父亲刚染重病,他在病榻上满怀希望,高兴地谈到她和珀西瓦尔·格莱德爵士的亲事。"

应当说,她对这件事的看法使我感到有些惊奇。

"您这话的意思总不会指的是,"我说,"珀西瓦尔爵士昨天向您说这些话的时候已经估计到您刚才提到的后果吧?"

还没等到开口,她那爽直和大胆的表情已经回答了我的问题。

"如果我疑心到一个人那样卑鄙,您以为我还会和他在一起待上一分钟吗?"她气冲冲地问。

我喜欢她那样毫不虚伪地向我发火。干我这一行的,看到很多的是心里怀恨的人,看到很少的才是当面发火的人。

"如果那样的话,"我说,"恕我向您引用一句我们的法律成语:您这是'不依据判例判决'呀。不论结果如何,珀西瓦尔爵士总有权利指望:令妹要求退婚之前,她应当从每一个适当的角度仔细考虑她的婚约。如果是那封倒霉的信使得她对他发生了误解,那么您应当立刻告诉她,就说,在我们看来,事实已经证明他是清白的。除此以外,她对他还有什么不满的地方呢?她有什么理由可以改变初衷,和两年多以前她实际上就已经许配了的丈夫解除婚约呢?"

"根据常识,用法律的眼光看问题,吉尔摩先生,那也许是毫无理由的。如果她仍旧有顾虑,如果我仍旧有顾虑,您尽可以把我们的奇怪举动都看作是任性胡闹好了,就让我们尽量忍受委屈,背上这个罪名吧。"

这几句话一说完,她突然站起来走了。如果你向一位聪明的妇女提出一个严肃的问题,而她却闪烁其词地回避,这百分之九十九说明了她是隐藏着一件什么心事。我又去看报纸，同时非常怀疑哈尔科姆小姐和费尔利小姐两人有一件不能让珀西瓦尔爵士和我知道的秘密。我认为这情形对我们两人是不利的，尤其对珀西瓦尔爵士是不利的。

那天晚些时候，我又见到哈尔科姆小姐，她说话的那种口气和态度终于证实了我所怀疑的事，说得更正确些，证实了我所相信的事。她用几句简短和隐晦得叫人听了怀疑的话告诉我她和她妹妹谈话的结果。从她的话中可以知道，她向费尔利小姐说明那封信的时候，费尔利小姐只是静静地听着，但是，接着告诉她珀西瓦尔爵士这次来利默里奇庄园是为了要她选定结婚日期，她就要求慢一步谈这件事。如果珀西瓦尔爵士答应暂时从缓，那她一定在年内给他一个最后的答复。她要求推延日期时显得十分焦急和激动，哈尔科姆小姐只好答应下来，并且说，如果需要，她将尽力去征求对方的同意。由于费尔利小姐竭力要求，有关结婚的问题就谈到这里为止。

这样提出的纯属暂时性的安排，也许对这位小姐很方便，但是却使叙述这故事的人大伤脑筋。我在那天早晨的邮件中收到了我合伙人的一封信，必须赶第二天下午的火车回伦敦。很可能我年内再没有机会到利默里奇庄园来了。在这种情况下，假如费尔利小姐最后决定信守她的婚约，那么，在给她订立财产契约之前，我就绝对无法亲自和她交谈，而只好采取通信方式来解决一些问题，但这类问题一向又是需要当面商量的。我当时没提到这方面的困难，首先要去和珀西瓦尔爵士商量要求延缓的事。真不愧为一位礼貌周到的绅士，他立即答应了这个要求。哈尔科姆小姐通知我这件事时，我对她说，在离开利默里奇庄园之前，我必须和她妹妹谈一谈，于是作了安排，由我第二天早晨到费尔利小姐的起居室里去见她。当天她没下楼用午餐，晚上也没和我们见面。她推说身体不适，我看出珀西瓦尔爵士听了有点儿不高兴，这也难怪他啊。

第二天早晨,刚用完早餐,我就到楼上费尔利小姐的起居室去。瞧这可怜的姑娘,虽然面色仍旧那么苍白愁郁,但是见了我却立刻怪惹人怜爱地走上前来迎接,我刚才上楼时一路打算怎样教训她几句,怪她不该遇事任性、没有决断,可是现在我那些话都说不出口。我把她领到她刚从那儿站起的椅子跟前,然后在她对面坐下了。她那条宠爱的凶狠的猎犬也在屋子里,我满以为它见了我也会吠叫着要咬我。可是说也奇怪,我刚坐下,这喜怒无常的小畜生竟出人意料地蹿到我膝间,亲热地把它的尖嘴伸到我手上。

"您还是小姑娘的时候,亲爱的,常常坐在我的膝上,"我说,"瞧,现在您的小狗好像一心要占据您空出的位子。那张漂亮的画儿是您画的吗?"

我指了指她身旁桌上的小画册,刚才我进来的时候,她明明是在看它。展开着的一页上很精致地贴了一小幅水彩风景画。我因为看到了那幅画,所以才会想到这样问她,这只是我随便问的一句闲话。我怎能一开口就谈正经事呢?

"不是的,"她说,很窘促地把眼光从画上移开了,"那不是我画的。"

记得她小时候就有一种不停地活动她的手指的习惯,每逢人家和她谈话,她老是抚弄着一件随手碰到的东西。这一回手指无意中碰到了那本画册,她就茫然无主地抚摸着那一小幅水彩画的边儿。她的神情显得更忧郁了。她不去看那幅画,也不看我。她的眼光不安地从屋子里这一件东西上转到那一件东西上,那神情明明是在猜测我去找她谈话的目的。看到这情形,我认为最好还是尽量少拖时间,应当立刻谈到正题上。

"我这次见您,亲爱的,一来是为了要向您告别,"我开始说。"我今天就要回伦敦,临走前要跟您谈几句有关您的事情。"

"真不愿意让您走,吉尔摩先生,"她说时亲切地望着我。"您到这儿来,大家又像在过从前的快乐日子。"

"我希望能再到这儿来,重温那些愉快的回忆,"我接下去说,"但是,将来的事没准,我必须趁现在有机会和您谈一谈。我是府上的老律师,也是老朋友,如果我提到您可能和珀西瓦尔·格莱德爵士结婚的事,我相信您总不会见怪吧。"

她突然把一只手从小画上缩回去,仿佛它变热了,烫痛了她。她的手指在膝间神经质地扭在一起,她的眼光又低垂下去,她脸上露出一副局促不安,几乎类似痛苦的神情。

"是绝对需要谈我结婚的事吗?"她低声问。

"这件事需要谈一谈,"我回答,"但是并不需要详细地谈。咱们只要谈这一点:您可能结婚,也可能不结婚。如果结婚的话,我必须事先为订立您的财产所有权契约作好准备,而要做好准备,照规矩必须先和您商量。也许我只能利用这个机会来了解您的意思。所以,现在就让咱们假定您要结婚,然后让我尽量用最简单的话告诉您:现在您是怎样一个身份,将来,按照您的意思,又将是怎样一个身份。"

我向她说明了订立婚后财产所有权契约的目的,然后如实地告诉她将来的情况——首先,她成年后将是怎样;其次,她叔父去世后又将是怎样——特别分清了她只能在生前享用的那笔财产,以及她有权处理的那笔财产。她留心地听着,脸上仍旧是那副局促不安的表情,双手仍旧神经质地在膝间扭在一起。

"那么,"我最后说,"现在请告诉我,在咱们刚才假定的情况下,您是不是想要我替您定出什么条件——当然啰,那还要经过您叔父的同意,因为您现在还没成年。"

她在椅子上心神不定地移动了一阵,突然很急切地直视着我。

"如果真是照那样办了,"她微弱无力地说,"如果我——"

"如果您结了婚,"我替她接下去说。

"可别叫他把我和玛丽安拆散了,"她猛然精神一振,大声说道,"哦,吉尔摩先生,玛丽安必须和我待在一起,请把这一条写上去吧!"

如果换了另一个人,也像这样基本上是凭妇女的想法来解释我提出的问题,解释我在此之前所作的长篇说明,那我也许会觉得很可笑。然而,她说这些话时那种表情和口气不但使我变得十分严肃,甚至使我感到非常难受。她说的话,尽管只那么寥寥几句,却对过去流露出绝望的留恋,对未来预示了不祥之兆。

"您要和玛丽安·哈尔科姆在一起,这件事可以很容易地通过私人的安排来解决,"我说,"看来您还不大理解我提出的问题。我问的是如何处理您本人的财产——如何处理您的那一笔钱。如果等到成年后,您要立遗嘱,您打算把那些钱留给谁?"

"这个玛丽安姐姐就和我母亲一样,"善良而多情的姑娘说,她那双美丽的蓝眼睛炯炯闪亮。"我可以把那些钱留给玛丽安吗,吉尔摩先生?"

"当然可以,亲爱的,"我回答,"但是要知道,那是很大的一笔款子哩。您要全部留给哈尔科姆小姐吗?"

她迟疑了一下;她的脸红一阵白一阵,一只手又悄悄地移到那本小画册上。

"不是全部,"她说。"还有一个人,除了玛丽安——"

她说不下去了;她的脸更红了,手指在画册上轻轻地敲着那张画的边缘,仿佛她想起了一支喜爱的曲调,让手指机械地打着拍子。

"您指的是玛丽安小姐以外哪一位亲属吗?"我提醒她,因为看见她说不下去了。

红晕布满了她的前额和脖子,神经质的手指突然紧握住画册的边缘。

"还有一个人,"她并不理会我最后的一句话,可是明明听见了那句话,"还有一个人,他也许喜欢留一个纪念,如果——如果我可以留下。那总没什么害处吧,如果我先死了——"

她又沉默了。红晕突然布满双颊,接着又突然消失。画册上的那只手松开了,微微哆嗦了一下,然后推开了画册。她朝我看了一眼,然后在椅子里把头扭过去。她移动身体的时候,手帕落在地下,她赶紧双手捂住脸,不让我看见。

多么叫人难受啊!我记得她从前是一个最活泼、最快乐的姑娘,整天里不停地笑着,再看她如今正当妙龄而又如此美貌,竟会憔悴衰弱成这副模样!

随着她给我带来的一阵悲痛,我忘了逝去的岁月,忘了我们彼此间的地位在那些岁月中发生的变化。我把椅子向她挪近一些,从地毯上拾起她的手帕,轻轻地把她的手从脸上移开了。"别哭啦,亲爱的,"我说,一面代她拭去涌出的眼泪,仿佛她仍旧是十年前的小劳娜·费尔利。

我没有其他更好的方法安慰她。她把头伏在我肩上,含着泪苦笑。

"很对不起,我一时忘了情,"她天真地说,"我这一向身体不好——最近我觉得人很软弱,神经紧张,一个人常常无缘无故地哭起来。这会儿我好点儿了——我能够正常地回答您的话了,吉尔摩先生,我真的能够了。"

"不,不,亲爱的,"我回答,"这件事咱们暂时就谈到这里为止吧。听了您那些话,我已经知道怎样最好地保护您的权益,咱们可以下一次再去安排有关的细节了。那件事就谈到这儿为止,现在还是谈谈别的事情吧。"

我立刻引着她谈另一些事情。不到十分钟,她的情绪已经好了一些,于是我起身告辞。

"以后请再过来,"她恳切地说。"千万请您再过来,我一定不辜负您对我的关心,对我的权益的关心。"

她仍在留恋过去,这是因为我和哈尔科姆小姐都各自以不同的形式代表着过去的岁月啊!我心里很难受,想到她在前程似锦的时光竟会这样怀念过去,倒像我在事业垂尽的时候怀念过去一样。

"希望我再来的时候能看到您身体更好,"我说,"身体更好,也更快乐。上帝保佑您,亲爱的!"

她不答话,只把脸凑近我,让我吻了吻。连做律师的人心肠也会软啊,我向她道别时只觉得有些心痛。

我们这次谈话,从头到尾最多不过占了半小时——她一句话也没向我解释,为什么谈到她的婚事她会显得那样痛苦和沮丧,然而,我也不知道什么原故,她已使我在这个问题上开始同情她的看法。我刚走进那间屋子时,只认为珀西瓦尔·格莱德爵士完全有理由怪她不该那样对待他。我后来离开那间屋子时,只暗中希望她最后能抓住他要求解除婚约的一句话。凭我这样的年龄和阅历,照说应该更加明白事理,不该这样毫无理由地让自己的思想发生动摇。我也无法为自己辩解,这里我只能道出心里的话,我当时就是那样想法。

动身的时刻临近。我叫人带话给费尔利先生,说如果他方便,我要去向他道别,但我行色很匆忙,这一点务必请他原谅。他送来的答复用铅笔写在一张小纸上。"敬申良好祝愿,亲爱的吉尔摩。一切的匆忙都将给我带来无法形容的损害。请多加保重。再见。"

就在临走之前的一会儿工夫,我单独会见了哈尔科姆小姐。

"您要说的话都对劳娜说了吗?"她问。

"说了,"我回答,"她十分虚弱,又很紧张——我觉得幸亏有您照护着她。"

哈尔科姆小姐一双锐利的眼睛仔细地打量我。

"您对劳娜的看法正在转变嘛,"她说,"您比昨天更能谅解她了。"

凡是有识之士,都不会事先没有准备就去和妇女唇枪舌剑地比一个高下。当时我只这样回答说:

"如果有什么事,请通知我吧。在没接到您的信之前,我什么事都不会办的。"

她仍旧直勾勾地盯着我。"我希望这件事就这样结束了,全部结束了,吉尔摩先生——瞧您也是这样想的啊。"说完这几句话,她离开了我。

珀西瓦尔爵士十分多礼,一定要送我上火车。

"如果您有机会去我住的那一带地方,"他说,"请别忘了我恳切地希望咱们能重叙友情。这个家庭的至交老友,无论到我哪一个庄上去作客,永远会受到欢迎。"

他不愧为一位地道的绅士,真是一个富有魅力的人物:礼貌周到,对人体贴入微,最可爱的是一点儿不拿架子。在去火车站的途中,我只想到,为了珀西瓦尔·格莱德爵士的利益,我乐意做任何事情——世间的任何事情,除了为他妻子订立财产契约。

3

我回到伦敦后,一星期过去,仍旧未从哈尔科姆小姐那里获得任何消息。

到了第八天,我看到桌上的一堆信件中有一封她寄来的亲笔信。

信里通知我,珀西瓦尔·格莱德爵士的迎娶已被接受,婚礼将按照他原先提出的要求于年底举行。婚期大概订在十二月的下半月。费尔利小姐要到翌年三月底才过二十一岁生日。所以,根据以上的安排,她将在达到成年年龄前大约三个月嫁给珀西瓦尔爵士。

照说我不应当感到惊奇,更不应当感到难过,然而,我却感到又惊奇又难过。我感到有些失望,这是由于哈尔科姆小姐那封过分简短的信所引起的,再加上杂有上述的感觉,这就打乱了我那一天的宁静。给我写这封信的人,只用六行字通知了即将举行的婚礼,再用三行字告诉我珀西瓦尔爵士已经离开坎伯兰,回到汉普郡他的庄园,然后在结尾的两句话中让我知道:第一,劳娜急需改变一下环境,参加一些欢乐的社交活动;第二,她已决定立即试一试这种改变会有什么效果,准备陪她妹妹到约克郡的一些老朋友家里去作客。信写到这里结束，其中没有一句说明：在我上次会见费尔利小姐以后这短短的一星期内，什么情况会使她决定接受珀西瓦尔·格莱德爵士的要求。

过后，有人向我说明了这次突然作出决定的全部原因。但是我现在不准备根据传闻很不完整地叙述这些事情。哈尔科姆小姐亲身经历了当时的情况，等到她接着我的实录往下叙述时，她会把全部细节一一如实加以描写。而在我也放下自己的笔，退出这篇故事以前，我现在的简单任务则是叙述剩下来的那件与费尔利小姐婚事有关、同时又有我参与的事情，也就是订立婚后财产契约的事。

如果要说清楚这份契约的内容，首先就得详细介绍有关新娘钱财方面的一些细节。现在让我试着不用隐晦的专业词语和技术名称，而是简单明了地解释一下。这一段叙述十分重要。敬请本书的读者们注意：费尔利小姐接受的遗产组成了她的故事极为重要的一部分，如果读者想要看懂以下的故事，就必须十分细心地注意吉尔摩先生这方面的叙述。

再说，费尔利小姐将来继承的遗产共分两部分：一部分是她可能要继承的不动产，也就是她叔父去世后留下的地产；另一部分是她无条件继承的动产，也就是她成年后应当享用的那笔钱。

费尔利小姐的祖父（让我们称他为老费尔利先生）在世时，有关利默里奇庄园地产的继承权是这样规定的：

老费尔利先生去世后，留下了三个儿子：菲利普，弗雷德里克，阿瑟。菲利普是长子，应继承这份产业。如果他死后没有儿子，地产将由二弟弗雷德里克继承；如果弗雷德里克死后也没有儿子，地产将由三弟阿瑟继承。

后来的情形是，菲利普·费尔利死时只留下一个女儿，也就是这篇故事里讲的劳娜，因此，根据法律规定，房地产就由独身的二弟弗雷德里克继承了。三弟阿瑟在菲利普逝世前多年早夭，留下一儿一女。儿子十八岁那年在牛津溺毙。他一死，菲利普·费尔利先生的女儿劳娜就成了这份地产的假定继承人,如果她叔父弗雷德里克按正常的顺序先死,而且死后也没有子嗣,那她就有可能继承这份财产。

因此,除非是弗雷德里克·费尔利先生结了婚,留下了后嗣(这两件事都是极不可能的),否则他侄女劳娜将在他死后继承这笔财产。但是,这里要注意的是,这笔财产她只能是在生前拥有,不能随意传给他人。如果她死前没有结婚,或者死后没有子女,那么这份财产又要归她的堂妹,也就是阿瑟·费尔利先生的女儿玛格达伦所有。如果她结了婚,订立了正式契约,也就是我当时要给她订立的财产所有权契约,那么她生前可以自由支配这份财产的收益(一年足足有三千镑)。如果她死于她丈夫之前,她丈夫在他生前当然可以享用这笔收益。但如果她有了一个儿子,那儿子就将取代她堂妹玛格达伦,成为这份财产的继承人。因此,珀西瓦尔爵士娶了费尔利小姐后(这里仅就他妻子有可能继承地产而言),他在弗雷德里克·费尔利先生去世的时候就有希望从以下两方面获得好处:第一,可以动用每年三千镑的收入(如果是在她生前,他需要获得她的允许;如果她先去世,他就拥有自由使用之权);第二,如果他有儿子,就可以由他儿子继承利默里奇庄园。

有关地产应如何继承,以及费尔利小姐婚后如何处理地产的收益,要谈的就是以上这几点。单就这几点来说,珀西瓦尔的律师和我在这位小姐的财产所有权契约问题上大概不会遇到什么困难,或者发生任何分歧。

以下要谈的是动产,也就是费尔利小姐年满二十一岁后应当享用的那一笔钱。

她继承的这部分遗产,也是一笔巨款。这是根据她父亲的遗嘱传下来的,总数为二万镑。除此以外,她生前还可以拥有一万镑,这笔钱在她去世以后应归她姑母,也就是她父亲的唯一胞妹埃莉诺所有。如果我这里暂时岔开一笔,先说明为什么姑母必须等到侄女去世以后才能享受自己应继承的遗产，那么读者对她们的一部分家事也就可以了解得更清楚了。

埃莉诺未婚前，菲利普·费尔利和这个妹妹一向很友爱。但是她到了相当大的年纪才结婚，而嫁的却是一个叫福斯科的意大利人（说得更正确一些，是一位意大利贵族，因为他是有伯爵封号的）。费尔利先生因为极端反对这门亲事，后来就和妹妹断绝了来往，甚至从遗嘱中勾掉了她的名字。家族中其他的人都认为，这样痛恨妹妹的婚事未免不近人情。福斯科伯爵虽然不算富有，但也并非一贫如洗、专事游荡的人。他自己也拥有一笔为数不大、但尽够开销的收入。他已旅居英国多年，又属于上流社会。但是，他虽然受到这些好评，仍旧不能获得费尔利先生的谅解。费尔利先生在很多方面都保有老派英国人的看法，他仇恨外国人，只因为那是一个外国人。后来，主要是由于费尔利小姐再三央求，好不容易总算使他在遗嘱中恢复了妹妹的名字，但是他仍旧不肯让她及时继承遗产，而是规定让他女儿在生前享受这笔钱的利息，并且，如果她姑母先去世，应将本金转给她堂妹玛格达伦。按照正常的顺序，从夫人和小姐相对的年龄来看，姑母能继承这一万镑的机会是十分渺茫的了。福斯科夫人恨她哥哥不该这样对待她，于是就像某些人在这情况下那样不分皂白，从此不再理睬她的侄女，怎么也不肯相信费尔利小姐曾经竭力劝说费尔利先生在遗嘱中恢复了她的名字。

以上是有关那一万镑的细节。在这个问题上，我也不会和珀西瓦尔爵士的律师发生任何争执。爵士的妻子生前将使用那笔利钱，死后将把本金传给她姑母或者堂妹。

现在已将这些情况一一交代清楚，最后我就要谈到这件事真正的关键问题，也就是有关二万镑的问题。

这一笔钱，费尔利小姐年满二十一岁即可全部拥有，至于将来如何处理它，那一切首先取决于我能够为她在婚后财产所有权契约中订立的条款。契约中所载的其他条款俱属例行文字，这里不必具述。但有关这笔钱的那一条却不能将其漏过，因为它太重要了。这里只要稍许引述几句原文，也就可以知道它的大概了。

我给那二万镑订立的条款只包括以下几点：有关全部款项的处理，其利息妻子在世时应由其本人享用，去世后则由珀西瓦尔爵士终身享用，其本金将传与婚后所生的子女。如无子女，其本金将完全按照妻子的意愿处理，为此我让她保有订立遗嘱之权。这些条款一经订立，其影响又可以概括为以下几点：如格莱德夫人去世时未留下子女，其同母异父姊哈尔科姆小姐，以及任何其他亲属友好，凡她有意使其受惠的，在她丈夫去世后都可以按照她的意思分享这一笔钱。相反，如果她去世时留有子女，子女当然也必须比其他任何人更优先享有这财产。以上就是我所订立的条款——我认为，无论谁读了这一条，都不可能不同意我的主张，认为这分配办法对任何一方都是公平合理的。

我们再看男方又是如何对待我所提出的办法。

哈尔科姆小姐给我的信寄到的时候，恰巧我比平时更忙。然而，为了订立契约，我还是挤出了时间。哈尔科姆小姐通知我即将举行婚礼后，不出一星期我已将契约订好，送给珀西瓦尔爵士的律师，征求对方的同意。

过了两天，文件寄回给我了，上面有从男爵的律师的批注和按语。他提出的不同意见，一般说来，前面的几条都很琐碎，属于技术性质，但是后面涉及有关那二万镑的条款。在这一条旁边他用红墨水画了两条杠子，并写了以下批注：

"不能接受。如格莱德夫人未留下子女先去世，本金应归珀西瓦尔·格莱德爵士所有。"

这意思就是说，在那二万镑里，一个钱也不能分给哈尔科姆小姐，或者格莱德夫人的任何其他亲友。如果她没有留下子女，全数都将装进她丈夫的口袋。

我给这种厚颜无耻的提议写了一份尽量简短犀利的答复。"亲爱的先生。有关订立费尔利小姐婚后财产契约书一事，我坚持您所反对的条款,应绝对维持鄙意。某某敬启。"一刻钟内,复信送到了:"亲爱的先生。有关订立费尔利小姐婚后财产契约书一事,我坚持您所反对的用红笔书写的意见,应绝对维持鄙意。某某敬启。"说一句现今流行的很难听的粗话,我们双方这会儿是在"死顶牛",没别的办法,只好各自回报我们的当事人。

当时的情况是,我的当事人费尔利小姐还没满二十一岁,她的监护人是弗雷德里克·费尔利先生。我当天就写了一封信给他,把这件事原原本本说给他听,不但强调了我能想到的种种理由,力劝他坚持我所订立的条款,而且清楚地向他说明,对方这样反对我为那二万镑订立的条款,实质上具有图财的动机。因为对方为珀西瓦尔爵士订立契约,在一定的时候必须交给我审查某些细节,所以我掌握了他的一些情况,这些情况向我清楚说明,他用地产抵押筹款,已经负债累累,他的收入听来虽然为数不小,但是,就他这样人物的排场而言,那点儿钱实际上几乎等于零。在目前的情况下珀西瓦尔爵士确实急需现款,而他的律师对婚后财产契约中的那一条所作的按语只是毫不掩饰、贪欲毕露地说明了这一事实。

费尔利先生给我的复信到了,信写得十分紊乱,而且文不对题。如果将其译成明白易晓的英文,实际上所说的就是这个意思:"可否请亲爱的吉尔摩大发善心,不要为了一件将来或有可能发生的小事来打扰他的朋友和委托人?一个二十一岁的少妇,能死于一个四十五岁的丈夫之前,而且死时不留下子女吗?再者,在这烦恼的人世间,有什么能比平安与宁静更为宝贵的呢?如果有人愿用这两件上天赐予的幸福来换取一件尘世间微不足道的东西,比如,将来有可能得到的二万镑,这是不是一笔便宜交易呢?当然是便宜的。那么,咱们为什么不做这笔交易呢?"

我厌恶地扔了这封信。就在信飘落到地下的时候,有人敲我的房门,珀西瓦尔爵士的律师梅里曼先生进来了。在我们所干的这一行中,形形色色奸刁的律师很多,但是,我认为,其中最难对付的是脸上一味装笑、脚底下给你使绊子的那种人。最没办法和他打交道的是脑满肠肥、嬉皮赖脸、老是对你客气的那种人。而梅里曼先生就是属于这一类人。

"亲爱的吉尔摩先生好吗？"他喜气洋洋，又那样热和得像一盆火似的招呼我。"瞧您身体多么健康，先生，真叫人高兴呀。我刚才走过您门口，就想到要进来瞧瞧，也许您有什么话要和我谈吧。如果可能的话，就请您，就千万让咱们把那个小小的分歧在口头上解决了吧！您已经得到您委托人的回音了吗？"

"是呀。您得到您委托人的回音了吗？"

"亲爱的好先生！我倒希望他能给我个回音——我真希望他能卸了我的责任；可是他很固执，我的意思是说他拿定了主意，不肯让我卸了责任。'梅里曼，我一切都拜托您了。有关我的权益，您瞧该怎样办就怎样办吧，我本人不用管了，就请您办到底吧。'这就是两星期前珀西瓦尔爵士说的话，而现在我所能做到的，也无非是再让他重复这几句话。我可不是一个难说话的人，吉尔摩先生，这是您知道的。我个人私下向您保证，我倒情愿这会儿就取消了我那条批注。但是，既然珀西瓦尔爵士不肯自己管这件事，既然珀西瓦尔爵士执意要把他的权益全部交给我负责，那么，除了维护这些权益以外——我还有什么办法可想呢？我的手被捆住了——您没瞧见吗，亲爱的先生？——我的手被捆住了。"

"这意思就是说，您要坚持那一条批注，一个字也不改了？"

"是呀，他妈的真是麻烦事！我没有其他办法嘛。"他走到火炉跟前取暖，一面扯着他那条洪亮的嗓子高兴地哼一支小曲儿。"您的委托人怎么说呀？"他接着问，"请告诉我，您的那一方面怎么说呀？"

我不好意思把实情说给他听。我试图拖延时间，不，我不只是拖延时间。做律师的本能控制了我，我甚至想到要讨价还价。

"两万镑是一个相当大的数目，女方不能只有两天时间考虑就放弃了它，"我说。

"这话说得很对,"梅里曼先生回答,低下头瞧着他的皮鞋打主意。"说得有理,先生——说得十分有理!"

"如果能够取得妥协,既照顾到女家的权益,又照顾到男家的权益,这样也许就可以不至于使我的委托人感到十分惊讶,"我接下去说,"这么着吧,这么着吧!这件争持不下的事,总是可以协商的。你们最低的价是多少呢?"

"我们最低的价吗,"梅里曼先生说,"是一万九千九百九十九镑十九先令十一便士三法定①。哈哈哈!原谅我,吉尔摩先生。我老是爱说小笑话。"

"真够小的!"我说,"这笑话也只值那减去的一个法定。"

梅里曼先生乐了。听我反唇相讥时,他发出的笑声震动了整个屋子。我可不像他那么容易乐;我又谈到公事,最后结束了这次谈话。

"今儿是星期五,"我说,"让我们考虑到下星期二再作出最后答复。"

"没问题嘛,"梅里曼先生回答,"如果需要的话,亲爱的先生,再延长一些时间也可以。"他已经拿起帽子准备走了,但接着又停下来和我搭话。"想起来了,"他说,"您坎伯兰的委托人后来再没有打听出那个写匿名信的女人,对吗?"

"再没有打听出,"我回答,"你们没有找到什么线索吗?"

"还没有找到,"我这位同行说,"可是我们并不灰心。珀西瓦尔爵士怀疑有一个人把她藏了起来,我们正在监视那家伙。"

"您指的是那个陪她去坎伯兰的老太婆吧,"我说。

"根本不是她,先生,是另一个家伙,"梅里曼先生说。"我们还没能够抓住老太婆。我说的那家伙是个男的。我们已经在伦敦严密地监视着他,因为非常怀疑是他和首先帮助那个女人逃出疯人院一事有关。珀西瓦尔爵士打算立刻去查问他,但是我说:

---

① 法定,英国最小的铜币,值四分之一旧便士。

'可别这样做。你去查问他，那只会打草惊蛇——应当监视着他，等候时机。'我们要看这件事怎样发展下去。让这个女人留在外面很危险，吉尔摩先生；谁也不知道她还会惹出一些什么事来。再见啦，先生。希望下星期二能听到您的回音。"他满面春风地笑着走出去了。

和这位同行谈到后面的一半话时，我有些神思恍惚。一心只想到怎样订立财产契约，我就根本没去注意其他的事，等到只剩下一个人时，我才开始考虑下一步应当怎么办。

如果换了另一个委托人，即使我对上述办法感到非常不满，我尽可以按照他的吩咐办事，尽可以立刻放弃有关二万镑的那一条。然而，对费尔利小姐我可不能那样漠不关心地照章办事。我实在钟爱她，同时我感念她的父亲，像他对我那样深厚的恩情与友谊是其他任何人都不曾有过的，所以我为她订立财产契约时才会那样对待她，就好像自己并不是一个年老的独身汉，而像是在对待自己的亲生女儿，凡是涉及她的权益的事，我确实是下定决心，不惜个人的任何牺牲，为她尽一切力量。要不要再一次写信给费尔利先生呢？这件事根本不值得再去考虑，因为这只会让他再一次推脱了事。要不还是去会见他，去亲自劝告他，那也许还会有一点儿用。第二天是星期六。我决定买一张来回车票，拼着颠散了我这副老骨头也要到坎伯兰去一趟，希望能够劝得他回心转意，最后采取一个既公平合理又保持体面的办法。当然，希望是微弱的，但是，这样试过以后，我良心上就过得去了。在我的情况下，这样我也总算为我老友的独生女儿的权益尽了自己的力了。

星期六天气极佳，阳光灿烂，吹着西风。近来我又常常头昏脑涨，我的医生两年多以前就严重警告过我了，所以这时我决定先送走我的旅行袋，然后自己步行到尤斯顿广场火车站，借这机会稍许活动一下。我刚走上霍尔本路，一个在我旁边很快走过去的绅士停下来招呼我。他是哈特赖特先生。

要不是他首先招呼我,我肯定会错过了他。我几乎认不出他了,这个人改变得太厉害了。他脸色苍白,形容憔悴,而且举止匆忙,神情恍惚,我记得他在利默里奇庄园初次会见我时穿得很整齐,是上等人的打扮,可是这会儿却变得那么邋遢了,如果我的雇员中有谁是这副模样,那我真会为他感到难为情啊。

"您从坎伯兰回来很久了吗?"他问我,"最近我收到哈尔科姆小姐的来信。我知道有关珀西瓦尔·格莱德爵士的那件事已经被认为解释清楚了。就要举行婚礼了吗?您知道吗,吉尔摩先生?"

他话说得很急,把许多问题混杂在一起,显得那么奇特,那么凌乱,我简直不容易听懂。我认为,他和利默里奇庄园一家人萍水相逢,不管大家混得多么熟,他也没有资格过问人家的私事,所以我决定干脆不和他谈到费尔利小姐的婚事。

"时间到了就会知道的,哈特赖特先生,"我说,"时间到了就会知道的。只要咱们留心报上登的结婚新闻,大概总不会错过的。请原谅我不该注意一些小事,可是,很遗憾,您的情形好像不及咱们上次会见的时候。"

他唇边和眼角一阵紧张地牵动,我看了感到有点后悔,怪自己不该这样答复他,显得有什么事要瞒他。

"我没资格打听她结婚的事,"他沉痛地说,"我也得像其他人那样等将来看报了。再说,"我还没来得及向他道歉,他又接下去说,"最近我人不大舒服。我要到外地去走走,换一换环境和工作。承蒙哈尔科姆小姐美意推荐,她给我写的介绍信已被接受。去的地方很远,但是我不管那是什么地方,也不管那儿的天气怎样和需要在那儿待上多久。"他在左右来来往往的过路人当中说这些话时东张西望,露出一副疑惧的奇怪神情,好像担心其中有什么人在监视他似的。

"我希望您工作顺利,平安回来,"我说,接着,为了不要绝口不谈费尔利家的事情,又补充了两句:"我今天有事到利默里奇庄园去。哈尔科姆小姐和费尔利小姐现在都到约克郡看朋友去了。"

他眼睛里闪出了光,好像要回答什么话,但接着脸上又像刚才那样一阵紧张地抽搐。他拉住我的手,紧紧地握了握,没再说什么话,就在人群中消失了。虽然我和他只是新交,但是我在那里站了一会儿,几乎是带着惋惜的心情望着他的后影。干了我这一行,我对年轻人已有相当多的经验,单看某些外表的迹象,就可以知道他们是不是开始误入歧途,当我再朝火车站走去时,这里要很遗憾地说一句,我已经肯定哈特赖特先生将来会落到什么境地了。

4

我乘早车出发,抵达利默里奇庄园正是用晚餐的时候。庄园里冷落沉闷,使人感到难受。我本来以为,两位小姐不在家,会有好性子的魏茜太太陪我的,但是她因为感冒没能够出来。仆人见了我都很惊讶,他们做事错误百出,那副慌乱的情景叫人看了啼笑皆非。管膳的是老人,照说应当更为懂事,可是他竟会拿出一瓶冰冻的红葡萄酒。听说费尔利先生的健康情况仍旧是老样儿,我派仆人去通知他我来了,回话说他要明天早晨见我,还说我来得突兀,惊动了他,这要害得他心惊肉跳一个晚上。夜里,风一直惨厉地呼号着,四下里都像有什么东西破裂和坍倒,从空荡荡的屋子里到处传来奇怪的响声。我睡得很坏,第二天早晨起来独自早餐时心情十分恶劣。

十点钟,我被领到费尔利先生的起居室。他仍旧待在往常待的那间屋子里,坐在往常坐的那张椅子上,显得像往常那样身体和心情都很不好。我走进去时,他的听差正站在他面前,捧着一个和我办公桌一般长大的沉甸甸的镂版画册让他鉴赏。这个可怜的外国人十分卑顺地陪着苦笑,看来已经累得差点儿要倒下了,而他的主人却怡然自得地一页一页翻看着镂版画,用一只放大镜窥探隐藏在画中的美。

"你呀,我最好的老朋友呀,"费尔利先生说,他不看我,先懒洋洋地靠在椅背上,"你很好吗?难得有你趁我寂寞的时候来看我。亲爱的吉尔摩!"

我本来以为我一来他就会把听差打发走,但结果并不是如此。听差仍旧站在主人椅子前面托着沉重的镂版画直发抖,费尔利先生仍旧坐在那里,心安理得地转动他白皙的手指捏着的放大镜。

"我有一件非常重要的事要和您谈,"我说,"所以,请您原谅,我们最好是单独在一起。"

倒霉的听差不胜感激地望了我一眼。费尔利先生有气无力地重复了我最后的一句话"最好是单独在一起",十足地显露出无比惊讶的神情。

我可没好性子和他闲扯,我决定让他立刻明白我的意思。

"请打发那个人出去吧,"我说时指着听差。

费尔利先生拧起眉毛,噘着嘴,惊讶中露出了嘲笑。

"人?"他重复了一遍。"瞧你这个爱开玩笑的老吉尔摩,你管他叫人,这究竟是什么意思?他根本不是什么人。半小时前,我要看这些镂版画的时候,他可能是一个人;半小时后,我不要再看这些画的时候,他可能是一个人。这会儿他不过是一个画夹架子罢了。凭什么,吉尔摩,你要反对有一个画夹架子呀?"

"我就是反对。费尔利先生,我第三次要求我们单独在一起。"

由于我那种口气和态度,他没有别的办法,只好答应了我的要求。他看了看仆人,气恼地指了指身边的一张椅子。

"放下画,出去,"他说,"别把我看的地方弄乱了。你可曾把我看的地方弄乱?没给弄乱?你肯定没给弄乱吗?把我的手摇铃放在我容易拿到的地方了吗?放好了?那么,你为什么还不给我出去?"

听差出去了。费尔利先生在椅子里扭转身,用他的细麻纱手帕擦了擦放大镜,又斜过去恋恋不舍地欣赏了一下那册摊开着的镂版画。要一个人在这种情形下耐着性子是不容易的，然而我还是耐下了性子。

"为了维护令侄女和府上的权益，我费了很大的事到这儿来，"我说，"我想我多少有权利要求您对我的服务加以重视。"

"你别欺压我呀！"费尔利先生激动地说，无可奈何地往椅背上一靠，闭起了眼睛。"千万别欺压我。我身体不好呀。"

为了劳娜·费尔利的原故，我决不让他招得我发火。

"我来这儿的目的，"我接着说，"是要求您重新考虑您那封信，不要硬逼着我放弃令侄女应当享有的权益，放弃所有与她有关的人应当享有的权益。让我再一次，也是最后一次，把这件事向您说清楚。"

费尔利先生摇了摇头，可怜巴巴地叹了口气。

"你真狠心哪，吉尔摩，多么狠心哪，"他说。"好吧，就往下说吧。"

我向他逐条仔细地说清楚，从各个方面解释这件事情。我说话的时候，他一直靠在椅背上，闭起了眼睛。等我一席话说完，他才懒洋洋地睁开眼睛，从桌上拿起他那银嗅盐瓶，微露快感地嗅了嗅。

"好吉尔摩！"他一面说一面嗅着，"你这样太好啦！你这是在教我们怎样对任何人都要容忍呀！"

"我提出了明确的问题，您这就给出一个明确的答复吧，费尔利先生。我再向您说一遍，除了那笔钱的利息，珀西瓦尔·格莱德爵士没有任何权利可以获得其他财产。如果令侄女没留下子女，那笔钱的本金必须由她掌管，将来归回到她的娘家。只要您坚持，珀西瓦尔爵士就必须让步——我对您说，他必须让步，否则人家就会指责他卑鄙，认为他娶费尔利小姐完全是为了贪财。"

费尔利先生闹着玩儿似的把那个银嗅盐瓶向我摇了摇。

"亲爱的老吉尔摩呀，瞧你多么仇恨显贵人士和名门望族，对吗？瞧你多么厌恶格莱德，只因为他是一个从男爵。你是一个多么可怕的激进分子——啊，天哪，你是一个多么可怕的激进分子啊！"

激进分子！！！无论你怎样激怒我，我都能克制自己，但我是一辈子坚信正确的保守主义的，被人叫做激进分子，这我可忍受不了。我听了血液沸腾，一下子从椅子上站起，气得说不出话来。

"别这样惊天动地地大闹！最最尊贵的吉尔摩，我并不是存心得罪你。我本人的见解就是极端自由主义的，所以我认为自己就是一个激进分子。可不是。咱们俩是一对激进分子。请别动气。我是不会吵架的，我没那股精神。咱们别去谈这件事了，好吗？对。过来，瞧瞧这些可爱的镂版画吧。让我来教你怎样欣赏这些珠圆玉润的美丽线条。过来吧，好吉尔摩！"

听他这样语无伦次地胡扯，我总算能维持着面子，又恢复了镇定。等到再开始谈话时，我已经变得很冷静，能够恰如其分地用沉默的轻蔑去对待他那种无礼的态度。

"您以为我这样说是对珀西瓦尔·格莱德爵士存有偏见，"我说，"这您完全是误会了，先生。我只不过是感到遗憾，看到他把这件事毫无保留地交给他的律师去办，以致我们没法再去和他商量，但是我并未对他存有任何偏见。我刚才是这样说，对于任何与他处境相同的人，不论地位高低，我也会这样说。我所坚持的是一般公认的原则。如果您到这里附近的城镇里去请教任何一位有名望的律师，他作为一个陌生人对您所说的话，会和我作为一个朋友对您所说的话相同。他会告诉您，让一个未婚妻把钱财全部交给她要嫁的人，那是违反一切常规的。从普通的法律观点上来慎重考虑问题，无论在什么情况之下，他是不会同意把二万镑的权益在妻子去世时让给她丈夫的。"

"他真的会这样吗，吉尔摩？"费尔利先生说，"如果他也这样说，哪怕说得有一半像这样可怕，我也保证要摇铃召唤路易，吩咐立刻把他赶出这间屋子。"

"您这话不会使我动怒，费尔利先生——由于令侄女和她父亲的缘故,您不会使我动怒。在我离开这间屋子之前,必须由您肩负这次很丢脸地订立财产契约的全部责任。"

"不可以这样!——无论如何不可以这样!"费尔利先生说,"想一想吧,你的时间有多么宝贵,吉尔摩,可别这样浪费时间。如果能够的话,我是要和你争论的,可是我不能够呀——我没那么好的精神呀。你这是要和我过不去,和你自己过不去,和格莱德过不去,和劳娜过不去;可是——哦,我的天呀——这一切只是为了一件世上绝不可能发生的事。不,亲爱的朋友,为了平安和宁静,绝对不可以这样呀!"

"那么,意思就是说,您坚持您信里作出的决定啰。"

"是呀,对。真高兴咱们总算彼此了解了。再坐一会儿吧——千万请坐吧!"

我立刻向门口走去,费尔利先生无可奈何地摇了摇他的手铃。我走出去之前又回转身,最后一次对他说了一段话。

"将来无论出了什么事故,先生,"我说,"记住,我已经尽了我的责任,向您提出了警告。作为您府上的忠实朋友和仆人,我临走的时候告诉您:如果是我的女儿,她决不会根据您逼着我为费尔利小姐订立的那种契约嫁给任何人。"

我背后的房门开了,听差站在门口侍候着。

"路易,"费尔利先生说,"你送走了吉尔摩先生,再回来捧好了画给我看。叫他们在楼下给你准备一顿丰盛的午餐。吉尔摩,千万吩咐我那些懒畜生仆人给你准备一顿丰盛的午餐!"

我不屑回答他。转过身,我一句话也不说就离开了。下午两点钟有一班上行车,我乘那班车回了伦敦。

星期二,我送出了那份经过修改的契约书,这样一来,费尔利小姐亲口说她想使其受惠的那些人就完全被剥夺了继承权。我没有其他办法。即使我拒绝那样做,也会有另一个律师订立那份契约书。

我的任务完了。这家的故事,有我本人参与的那一部分就写到这里为止。此后即将出现的离奇故事会由另一些人执笔续写。我怀着忧郁和沉痛的心情结束了以上简短的叙述。我这里再怀着忧郁和沉痛的心情重复我在利默里奇庄园临别时说的几句话：如果是我的女儿，她决不会根据我被逼着为劳娜·费尔利订立的那种契约嫁给任何人。

(吉尔摩先生的叙述到此结束)

玛丽安·哈尔科姆继续叙述事情经过

（摘自本人的日记）

1

利默里奇庄园，十一月八日
· · · · · · ①

吉尔摩先生今天早晨辞别了我们。

他和劳娜谈话后，分明感到悲痛和惊讶，只是不肯直说出来。我们道别时，我看了他的面色和神态，担心那是因为劳娜无意中向他透露了秘密，让他知道了她的烦恼和我的焦虑。他走了以后，我的疑虑仍在不断地滋长，所以我不去和珀西瓦尔爵士骑马外出，径自到楼上劳娜的房间里。

我因为事前不曾及时觉察出劳娜已不幸地深深陷入情网，所以，等到发现后，就完全不知道应该如何处理这一棘手和可悲的事件。其实，我早就应该知道：那种温柔体贴，那种耐性，那种荣誉感，既然能使可怜的哈特赖特赢得我对他的真挚的同情与尊重，当然会对遇事敏感、天性豁达的劳娜成为一种无法抵御的吸引力。然而，在她没向我倾吐衷情之前，我竟然没猜想到，这一新近滋生的爱苗已经变得根深蒂固。我也曾指望，它会随着时间的推移与对琐事的分心而消失。然而我现在开始担心，它将永远留在她的心中，并且会影响她一辈子。一经发现自己曾在判断上铸了大错，我现在对所有的事都没有把握了。尽管珀西瓦尔爵士提出了最确凿的证明，但是我对他的事也不敢肯定了。我甚至要去和劳娜谈话时也拿不定主意了。就在今天早晨已经拉着那房门把手的时候，我仍在犹豫：这一次准备问的那些话，是不是应当向她提出呢?

我走进她的屋子,看见她正在很烦躁地来回踱步。她脸色绯红,神情激动,一见了我就立刻走向前,还没等我开口就抢先说话。

"我正要看你,"她说,"过来,让咱们沙发上坐吧。玛丽安!这种日子我再也过不下去了——我一定要结束了这件事。"

她的脸色过分地红,她的举动过分地激昂,她的声音过分地坚定。这时她一只手正握着哈特赖特的那个小画册——她每逢一个人的时候,就对着它出神的那个害人的画册。我轻轻地、但是坚定地把它从她手里拿过来,放在旁边一张桌上她看不见的地方。

"冷静地告诉我,亲爱的,你打算怎么样,"我说,"吉尔摩先生给你出了什么主意吗?"

她摇了摇头。"没有,我这会儿考虑的是另一件事。吉尔摩先生待我非常好,玛丽安,说出来也难为情,我让他感到很难过,我哭了。我对自己毫无办法——我控制不住自己。为了自己,为了咱们所有的人,我一定要鼓起勇气,结束了这件事。"

"你的意思是说,要鼓起勇气,要求解除婚约吗?"我问。

"不是的,"她不假思索地说,"要鼓起勇气,亲爱的,说出真话。"

她双臂钩住我的脖子,头轻轻地靠在我怀里。对面墙上挂着一幅她父亲的小画像。我向她俯下身,见她头靠着我胸口,眼睛正在望那幅画像。

"我绝不能要求解除我的婚约,"她接下去说。"将来不管结果如何,我反正是痛苦的。现在我所能做到的,玛丽安,就是不要因为想到我违反了自己的诺言、忘记了我父亲临终时的讲话,而感到更加痛苦。"

---

① 这里的省略,以及哈尔科姆小姐日记中其他删节之处,俱系不涉及费尔利小姐故事中与她有关人物的其他细节。——作者注

"那么,你打算怎样呢?"我问。

"亲自把真情实话说给珀西瓦尔·格莱德爵士听,"她回答,"如果他愿意,就让他解除婚约;那样解除婚约,不是由于我去求他,而是由于他知道了一切。"

"劳娜,你说的一切指的是什么呀?只要珀西瓦尔爵士知道你不愿意嫁给他,他心中就会有数了(他本人对我这样说过)。"

"既然这门亲事是我父亲给我定的,又经过我本人同意,这会儿我还能对他那样说吗?我原来是会守约的,那样也许不会幸福,但至少是差强人意的——"说到这里,她停下了,转过脸来对着我,然后把腮紧贴着我的脸,"我原来是会守约的,玛丽安,没想到我心里会有了另一种爱情,但是,我最初答应嫁给珀西瓦尔爵士的时候,是没有那种爱情的。"

"劳娜!你总不会向他坦白,这样贬低你的身份吧?"

"要是我隐瞒着他,不让他知道他有权知道的事,解除了婚约,那才真正是贬低了我的身份。"

"他根本就没权知道这件事!"

"不对,玛丽安,不对!我不应当欺骗任何人——尤其不应当欺骗我父亲把我许配给他、我自己曾经答应嫁给他的人。"她凑近我的嘴唇,吻了我。"我亲爱的,"她悄悄地说,"你太爱我了,太宠我了,所以你忘了:如果你处于我的地位,你也会像我这样的。我宁愿让珀西瓦尔爵士怀疑我的动机,误解我的行为,也不愿自己首先在思想上对他不忠实,然后,为了自己的利益,又十分卑鄙地隐瞒这件不忠实的事。"

我吓得推开了她。有生以来,我们俩第一次互换了一个地位:她完全变得主意坚定了,我完全显得犹豫不决了。我紧盯着那张年轻人的脸:苍白,安静,仿佛已将一切置之度外;我从那双瞅着我的可爱的眼睛里看出了那颗天真纯洁的心,于是,那些可怜的世俗的担心顾虑与一切反对理由,虽已到了我舌尖上,却又烟消云散。我默默地低垂了头。许多妇女,为了保持实际是无足轻重的自尊心，竟不惜进行欺骗，如果处于劳娜的地位，我也会为了那种自尊心进行欺骗啊。

"别生我的气，玛丽安，"她见我不开口，误会了我的意思。

我不去回答她，而是把她搂得更紧一些，我唯恐自己一说话就会哭出来。我这人是不轻易流泪的，几乎像男人一样，但一哭就会肝肠寸断似地气噎喉堵，吓坏了身边所有的人。

"为这件事，亲爱的，我已经考虑了许多天，"她接着说，一面不住地扭弄着我的头发，仍旧像小时候那样手指不停地动着（可怜的魏茜太太至今仍旧耐着性子教她，但怎么也改不好她这个习惯）。"我已经很认真地考虑了这件事，相信自己有勇气去做，因为良心告诉我，这样做是对的。让我明天对他说——当着你的面说，玛丽安。我不会说出什么不恰当的话，不会说出你我要为它感到羞耻的话，但是，哦，那样说了以后，我心里就可以舒坦了，就可以不必再这样苦恼地隐瞒着了！只要让我知道，让我感觉到，我本人并没欺骗；等他听完了我必须说的话，随他怎样对待我好了。"

她叹了一口气，又像刚才那样把头靠在我怀里。我想到这件事不知道会带来什么后果，疑虑就沉重地压在我心头，但是，我仍旧拿不定主意，只好说我愿意照着她的意思做。她谢了我，然后我们逐渐谈到另一些事。

我们一同晚餐，我从未见过她对珀西瓦尔爵士那么自在随便。那天晚上，她弹了琴，选了几支徒事炫耀技巧、单调并不好听的新鲜曲子。自从可怜的哈特赖特走了以后，她再没弹过他爱听的那几支莫扎特的优美的古老曲调。琴谱也不再放在乐谱架上了。她自己拿走了那琴谱，谁也不会把它找出来请她弹了。

我没有机会知道，她是否已经改变了今天早晨打定的主意，一直等到她向珀西瓦尔爵士道晚安的时候，我才从她的话中知道那主意并未改变。她很镇静地说，明天早餐后她要和他谈话，他可以在她的起居室里会见我们两人。他一听这话就变了颜色，轮到我和他握手时,我觉出他的手在微微哆嗦。他明明知道,明天早晨的会谈将决定他未来的命运。

像往常那样,我穿过我们两间卧室之间的房门,在劳娜入睡前向她道了晚安。我向她俯下身子吻她的时候,看见哈特赖特的那个小画册一半藏在她枕头底下,就在她小时候习惯藏她心爱的玩具的那个地方。我再也想不出什么话来对她说,只指了指那画册,摇了摇头。她伸出双手,捧住我的脸向下和她凑近,最后我们的嘴接触了。

"今儿晚上就让它留在那儿吧,"她悄声说,"也许明天是一个很伤心的日子,我要和它永别了。"

九日——今天早晨遇到的第一件事就使我不高兴,可怜的沃尔特·哈特赖特的信到了。这是他给我的复信,因为我上一封信中谈到珀西瓦尔爵士如何洗清了由于安妮·凯瑟里克的匿名信而背上的嫌疑。有关珀西瓦尔爵士的解释,他只写了寥寥数语,口气很沉痛,说他没资格发表意见,去谈论那些地位比他高的人。这话已经说得令人伤心了,但信中偶尔提到他自己的那些话更使我难受。他说虽然也在努力恢复从前的习惯和工作,但不是一天天感到更容易,而是一天天感到更困难了,他恳求我为他找一份工作,让他离开英国,改变一下环境,接触一些新人。我由于看到他信中最后一段话几乎大为震惊,所以更急于答应他的请求。

他先说没再遇见安妮·凯瑟里克,也没听到她的消息,接着就忽然把话岔开,用非常突兀的、神秘的口气暗示,自从回到伦敦,他就经常受到几个陌生人的监视和跟踪。他承认,暂时还不能够指明任何人来证实这件异常可疑的事,然而他又说,这一疑念正在日日夜夜地困扰着他。他的这些话吓倒了我,因为,看来对劳娜的痴情已经逐渐使他在精神上经受不起了。我准备立即去信伦敦给我母亲的几位有势力的朋友,请他们帮助他。在他生活中的这一危险关头,调换一下环境和工作也许真的可以挽救他吧。

我感到很宽慰，因为珀西瓦尔爵士派人来回话，说他不能和我们共进早餐。他已经在自己屋子里喝了咖啡，这会儿仍在忙着写信。如果方便的话，他希望十一点钟可以奉陪费尔利小姐和哈尔科姆小姐。

在听他传话来的片刻中，我紧盯着劳娜那张脸。我早晨到她屋子里的时候，就看到她镇定得那么奇怪，整个早餐时间她都是那样。甚至我和她一起坐在她屋子里沙发上等候珀西瓦尔爵士的时候，她仍能克制住自己。

"你别为我担心，玛丽安，"她满有把握地说，"和吉尔摩先生那样的老朋友在一起，或者，和你这样亲爱的姐姐在一起，我会很激动，但是，和珀西瓦尔·格莱德爵士在一起，我反而不会那样了。"

我听她这样讲时向她看了看，暗暗感到惊奇。多年以来，我们一向是亲密无间的，然而，她这种性格中潜伏的力量，在爱情不曾触动它之前，在痛苦不曾激发它之前，它始终不曾被我觉察出，甚至不曾被她本人觉察出。

壁炉架上的钟敲十一点，珀西瓦尔爵士敲了敲房门走进来。从他脸上的每一个部分都可以看出他正在克制着焦急与紧张。平时常常干扰着他的那种急促的干咳，这会儿好像更加不停地折磨着他。他在我们对面桌子旁边坐下，劳娜仍旧和我坐在一起。我留心看他们俩，两人中他的脸色更显苍白。

他先说了几句无关紧要的话，显然是要竭力保持他习惯的潇洒态度。然而他怎么也没法稳定说话的声音，没法隐藏眼光中惶惶不安的神情。肯定他自己也觉察出了这一点，因为他话刚说到一半就停下来，甚至不再试图掩饰他的窘态。

经过片刻死一般的沉寂，劳娜向他说话了。

"有一件对我们两人都非常重要的事，"她说，"我想要和您谈一谈，珀西瓦尔爵士。我姐姐也来了，因为有她在旁边可以增强我的信心，给我一些支持。对我所要说的话，她并未参加任何意见——我说的是我自己的想法,不是她的想法。我相信,在我开始之前,这一点总可以获得您的谅解吧?"

珀西瓦尔一鞠躬。到现在为止,劳娜的外表一直是十分镇定的,态度一直是非常大方的。她朝他看了看,他也朝她看了看。至少是在开始的时候,他们都急于要清楚地了解对方。

"我从玛丽安的口中听到,"她接着说,"我只需要向您提出解除婚约的要求,就可以获得您的同意。您传这句话给我,珀西瓦尔爵士,足见得您是有涵养的,也是很豁达的。我应当对这一提议表示非常感谢,但同时我应当告诉您,我不能接受这一提议。"

他那聚精会神的表情稍许缓和下来了。但是我看见他的一只脚仍在桌底下轻轻地、不停地踏那地毯,我觉得他内心中仍旧很焦急。

"我没忘记,"她说,"您向我求婚之前怎样先获得我父亲的允许。大概,您也没忘记我同意订婚的时候所说的话吧?当时我对您说,我之所以决定答应您,主要是由于我父亲的影响和忠告。我听从我父亲的指导,因为我永远认为:他是我顾问中最忠实的,是保护人和朋友中最好的、最爱我的。现在我已经失去他了,我只能爱慕和怀念他了,但是,我对这位已故的亲爱的朋友所怀的信心是永远也不会动摇的。现在我仍旧像以往一样衷心相信:他知道什么是最好的,他的愿望也应当是我的愿望。"

她的声音开始颤抖起来。她那活动不停的手指悄悄地移到我膝上,紧紧地握住我的一只手。又是一阵沉默,接着珀西瓦尔爵士说话了。

"我可否请问一句,"他说,"虽然我一向认为能受到信任是我最大的光荣和快乐,但是,从我的行为上看来,是不是我不配受到信任?"

"我认为您的行为是无可指责的,"她回答,"您始终对我很体贴、包涵。您应当受到我的信任,而在我看来更重要的是,您先受到了我父亲的信任,然后才获得我的信任。即使我要找一个理由来收回我的诺言,您也不让我能够有一个理由。我说以上的话,只是为了承认我对您应负的全部义务。我重视我应负的义务,我重视我已故的父亲,我重视我本人的诺言:这一切都不允许由我主动提出要改变我们的身份。要解除我们的婚约,这件事必须完全是由您,珀西瓦尔爵士,而不是由我提出要求和采取行动。"

他那紧张不安的、不住地踏着的那只脚突然停下,他急切地向桌子这面探过身来。

"由我采取行动?"他说。"我这一方面有什么理由要解除婚约?"

我听见她的呼吸更急促了,我觉出她的手变冷了。尽管她单独对我说过那些话,但是现在我开始为她担起心来。其实,我这种顾虑是不必要的。

"这个理由很难说给您听,"她回答,"我思想上起了一种变化,珀西瓦尔爵士,而这变化是十分严重的,所以,无论对您或对我来说,您都应当取消我们的婚约。"

他的脸又变得煞白,连嘴唇上的血色都消失了。他抬起原来放在桌上的手臂,把身体在椅子里略微扭转过去,用手托住了脑袋,所以这时我们只看见他的侧影。

"什么变化?"他问。说这话的声音我听了觉得难受,因为它含有一种痛苦地压制着的感情。

她费力地叹了口气,向我挨近一些,把肩膀紧靠着我。我觉出她在颤抖,于是我要代她说话。她警告地捏了我一把,拦住了我,然后又去对珀西瓦尔爵士说,但这一次并不去看他。

"我听人说,而且自己相信,"她说,"在所有的爱情中,最可贵和可靠的就是一个妇女对她丈夫的爱情。我们订婚的时候,我能够向您献出那种爱情,而您也能够赢得那种爱情。如果我承认现在已经不再是那个情形,珀西瓦尔爵士,您能原谅我,宽恕我吗?"

她不再往下讲,只等他答话,眼里涌出的几颗泪珠从她颊上慢慢地滚下。他一句话也不说。她刚才开始答话的时候，他移动了一下托着脑袋的那只手，这一来他的脸就被遮住了。我只看见桌子后面他的上半身。他纹丝不动。一只手托着脑袋，手指深深地插在头发里。那手指的动作是表示他抑制着忿怒呢，还是隐藏着悲哀呢，这很难说，因为我看不出那些手指是不是在哆嗦。在这片刻里，在这决定他和她的命运的片刻里，没有迹象，没有丝毫迹象泄露了他内心的秘密。

为了劳娜的原故，我决意迫使他表态。

"珀西瓦尔爵士！"我厉声插嘴，"我妹妹已经说了这么许多话，难道您就没有一句话可说了吗？依我看来，"我接下去说，这时我那倒霉的火性子又发作了，"任何一个活着的男人处于您的地位，也无权要她说得比这更多了。"

最后这一句脱口而出的话，给他打开了一条可以逃避我的路，于是他立即抓住了这一好机会。

"原谅我，哈尔科姆小姐，"他说时一只手仍旧遮着自己的脸，"原谅我提醒您一句：我并没要求拥有这种权利。"

我刚要直截了当地发挥几句，以便迫使他谈到他故意回避的正题，但劳娜又说话了，我只好不再开口。

"我希望以上痛苦地承认的那些话并没白说，"她接着讲下去。"我希望，您听了那些话以后，总会更相信我以下再要说的话吧？"

"对这一点请您放心。"他简短地回答，口气很是亲切，说时把手放在桌上，又向我们转过身来。刚才他外表上的变化现在都已消失。他只露出一副热烈期盼的神情；完全可以看出他是急于听她下面要说一些什么。

"我希望您能明白：我说这些话，并不是出于自私的动机，"她说，"如果您听了刚才那些话就和我断了关系，珀西瓦尔爵士，那您并不是让我和另一个人结婚，您只是许我终身不再出嫁。我对您所犯的过错，始终只限于思想方面。它决不能超出那个范围。我没有和——"说到这里，她犹豫了一下，不知道下面该用一个什么词，那片刻犹豫的慌乱神情看了叫人非常心痛。"我没有和那个人，"她又耐心和坚决地接下去说，"我现在第一次，也是最后一次向您提到的那个人，交换过一句话，我没有谈到我对他的感情，他也没有谈到他对我的感情，而以后也不可能再交谈一句话，他和我都不可能在这个世界上再有重逢的一天。我恳切地请求您不必再要我多说什么，请相信我以上对您说的那些话。那些话都是真实的，珀西瓦尔爵士，我认为，无论我自己感到多么痛苦，但是我的未婚夫有权要求听到那些话。我相信他会宽大地原谅我，相信他会为了自己的荣誉代我保守秘密。"

"您相信的这两件事对我都是神圣的，"他说，"都是神圣不可侵犯的。"

他这样回答以后，就不再言语，只朝她看着，好像是等着听下去。

"我要说的话都说完了，"她冷静地补充了一句，"我已经说得过多了，您凭这些话就可以解除您的婚约了。"

"您已经说得过多了，"他回答，"我凭这些话就认为一生中最大的事是信守我的婚约。"说到这里，他从椅子上站起，向她坐的地方走过去几步。

她蓦地闪开，吓得轻轻地喊了一声。她所说的每一句话都天真地让一个男人觉察出她是多么纯洁和真诚，而这个男人又是十分清楚地知道一个纯洁与真诚的妇女有多么宝贵。她将一切希望都寄托在自己高贵的行为上，殊不知这种行为足以毁灭她的一切希望。我一开始就为这种情形担心。如果她早先给我哪怕是一点儿机会，我就会及时阻止她的这种做法。现在，即使事情已经弄僵了，但是我仍旧在等候机会，准备抓住珀西瓦尔爵士的一句话，使他处于被动的地位。

"您要由我来退这门亲事，费尔利小姐，"他接下去说。"我可不会那样毫无心肝，不会退掉一个刚刚证明自己是妇女中最高贵的妇女。"

他说这话时显得亲切动人，热情洋溢，但同时口气又十分委婉，她抬起头，脸上浮现一丝红晕，突然情绪激动地看了看他。

"不！"她口气坚定地说，"她是妇女中最不幸的，如果她必须出嫁，但同时又缺乏爱情。"

"如果她的丈夫一心要赢得那份爱情，"他问道，"难道她将来就不会产生爱情吗？"

"绝对不会！"她回答，"如果您一定要履行我们的婚约，我只可以做您忠实的妻子，珀西瓦尔爵士，但是，我心里知道，我永远不会是真心爱您的妻子。"

她说这几句毫不畏怯的话时，神态十分优美，照说任何男子见了都不忍狠心拒绝她。我真想责怪珀西瓦尔爵士，然而，由于妇女心肠软，我又觉得他可怜。

"我对您的忠实和诚恳表示感谢，"他说。"对我说来，您能给与的最少的幸福，也要多于我能希望从其他妇女那里得到的最大的幸福。"

她左手仍旧握着我的手，但是右手却软弱无力地搭拉在一边。他轻轻地提起那只手，凑近唇边，只碰了碰，而不是吻了它，向我一鞠躬，然后，十分斯文小心，悄悄地走出了屋子。

他走后，她一动也不动，一句话不说——冷漠，静寂，她坐在我身旁，注视着地上。我知道这时候说什么都无济于事，于是我用一条胳膊勾住她，默默地把她紧搂向自己。我们就这样在一起待了一段漫长沉闷的时间——那样漫长，那样沉闷，到后来我感到难受了，于是向她轻轻地说话，希望不要一直僵在那里。

我的声音好像惊醒了她。她突然从我身边挣开，站了起来。

"我必须尽力服从命运，玛丽安，"她说，"新生活中有我应当做的艰苦的事，有一件事今天就要开始。"

她说完这句话，走到窗口靠墙那张她放绘画材料的小桌子跟前，很当心地把那些材料收在一起，放在她一个柜子抽屉里。她锁好抽屉，把钥匙递给我。

"我必须把凡是会使我想起他的东西都搬开了,"她说,"随你把这钥匙收在哪里吧——我永远不需要它了。"

我还没来得及答话,她已经转身走向书橱,从橱内拿出了那本里面有沃尔特·哈特赖特的画的画册。她恋恋不舍地捧着那本小册子,迟疑了一会儿,接着就把它举向唇边吻了吻。

"哦,劳娜!劳娜!"我说时并不是生她的气,也不是责怪她,只是声音里透出悲哀,心中充满悲哀。

"这是最后的一次了,玛丽安,"她为自己辩护。"我这是和它永别了。"

她把画册放在桌上,摘下了拢着她头发的梳子。头发美丽无比地披散在她肩背上,低垂到她腰底下。她理出其中长长的、细细的一绺,剪断了它,很当心地把它绕成一个圈儿,别在画册第一页的空页上。她刚把它别好,就赶紧合上画册,把它递到我手里。

"你和他通信,他也和你通信,"她说。"我在世的时候,如果他问到我,你永远对他说我很好,绝不要说我不幸福。不要使他难过,玛丽安——为了我的原故,不要使他难过。如果我先死了,答应我把他这本小画册,连同它里面我的头发,一起交给他。反正那时候我已经死了,即使你告诉他那是我亲手放在里面的,也不会有什么害处了,那时候你对他说——哦,玛丽安,你代我对他说我永远不能亲口对他说的那句话——说我爱他!"

她双臂搂住我的脖子,凑着我耳边悄悄说出了最后那一句话,说时流露出狂喜,我听了几乎心都碎了。她长时期以来强加给自己的克制,都在那最初也是最后一次情感奔放中被突破了。突然,她发狂般猛地挣脱了我,一头扑倒在沙发上,突然抽抽噎噎地哭得浑身直哆嗦。

我竭力安慰和劝解她,但是无论你怎样安慰劝解也没有用。我们就这样突然悲哀地结束了这难忘的一天。她这一阵哭泣平息下来以后,累得连话也说不出来了。中午前她蒙眬睡去;我摆开了那本画册,以免她醒来再看到它。后来,等她张开了眼睛再朝我看时,我不管心中多么乱腾,但仍让脸上保持镇定。我们谁也不再提到今天早晨的痛苦谈话。我们不再提到珀西瓦尔爵士的名字。在那天剩下来的时间里,我们谁也不再提到沃尔特·哈特赖特。

十日——今天早晨,我见她很镇定,已恢复正常状态,就向她重新提起昨天那个痛苦的问题,要她让我去跟珀西瓦尔爵士和费尔利先生谈一谈这件不幸的婚事,因为她跟他们谈话时,不能像我那样直率和强硬。我刚说到一半,她就委婉但是坚决地打断了我的话。

"我要让昨天的谈话决定这件事,"她说,"昨天的谈话已经决定了一切。这会儿再去谈它,已经为时过晚了。"

今天下午,珀西瓦尔爵士向我提到我们在劳娜屋子里所谈的事。他向我保证,说她那样绝对信任他,他听后深信她的清白和诚实,不论在当着她面的片刻里,或者是后来离开了她,他都绝对不曾存有那种卑微下贱的妒忌心。他虽然为这件不幸的私情深感惋惜,因为否则他就可以更顺利地赢得她的重视与关怀,但是他坚信,既然过去这件事一直不曾透露,将来无论情况可能发生什么变化,他也会永远保守秘密。这一点是他绝对相信的;为了最有力地证明这一点,他现在保证:他根本不想知道这件私情是不是新近发生的,也不想知道对方是什么样的人。由于他绝对相信费尔利小姐,所以,只要听她说出了她认为应当说的话,他于愿已足,根本不想再知道更多的情况。

他说完了这席话,等候在一旁望着我。我只意识到自己对他存有一种莫名其妙的偏见,意识到自己对他怀着一种不应有的猜疑,疑心他刚才所说的决不过问的问题,恰巧就是他指望我在一时感情冲动之下答复的问题,所以我有一种类似慌乱的感觉,对这方面的问题避而不谈。但同时我又决意不错过哪怕是最小的机会为劳娜尽力，我直截了当地说，我可惜他不能更加宽宏大量，我劝他索性解除了婚约。

这时候，他又一味地认错，说得我无言对答。他只请我注意两点区别，说什么：如果他让费尔利小姐回绝他，这只是一个要他服从对方的问题，但如果要他强迫着自己回绝费尔利小姐，那就无异于叫他自己去毁了他的一切希望。她昨天的行事更加强了他漫长的两年来始终不渝的爱慕，所以，此后再要他自动地去消除这种感情，那的确是他做不到的。我肯定会认为，他在自己崇拜的这个女人面前显得软弱、自私、无情，而他呢，对此也只好不加申辩，听凭我这样去想；同时，他只能向我提出一个问题：如果她为了明珠暗投这种不可告人之事因而将来永不出嫁，抑郁终身，这样，她能比嫁给一个拜倒在她足下的男人更幸福吗？在后一种情况下，过幸福生活的希望无论多么渺小，但至少那还是存在着一线希望，而在前一种情况下，正如她自己所说，那就根本毫无希望了。

当时我之所以回答他，并不是因为我有什么话可以说服他，主要是因为我这张女人的嘴必须找一些话回答他。事情十分明显，劳娜昨天采取的步骤，为他提供了可以利用的机会，而他呢，已经在利用这一机会了。昨天我就觉察出了这一点。现在只希望能够像他自己所说的那样：他之所以要这样做，确实是因为对劳娜一往情深。

今天晚上，在结束我的日记之前，我还要补写一笔：我今天为可怜的哈特赖特写了信给伦敦我母亲的两个老朋友——他们都是有权有势的人物。如果可以设法的话，我相信他们肯定会为他出力。除了对劳娜以外，我从来不曾像现在对沃尔特这样关心。自从他走后发生了这些事，我就更关心和同情他了。我希望我这样为他寻找出国的工作是对的，我十分恳切地希望这件事能成功。

十一日——珀西瓦尔爵士和费尔利先生谈话，叫我也去参加。

我看得出，费尔利先生知道"家里的麻烦事"（他居然这样形容他侄女的婚事）终于可以结束，感到如释重负。直到现在为止，我从来没想到要向他说明我的看法；但是后来见他又那样讨厌地装出一副病病歪歪的神气，说下一步最好就按照珀西瓦尔爵士的意思把婚期议定了，我就用最强烈的口气反对催促劳娜作出决定，尽性儿把费尔利先生的神经折磨了一个痛快。珀西瓦尔爵士立即向我保证，说他已经理解我何以竭力反对，还请我相信这主意不是他出的。费尔利先生向椅背上一靠，把眼睛一闭，说我们两人都很感情用事，接着又重复他的意见，但显得那样若无其事，就仿佛我和珀西瓦尔爵士并未说过一句反对的话。最后是，我直截了当地说，除非劳娜自己先谈起这件事，否则我拒绝向她提出。我说完这句话，立即走出了屋子。珀西瓦尔爵士露出极度尴尬和烦恼的样子。费尔利先生把懒得动弹的一条腿伸到他的丝绒脚凳上，说："好玛丽安！我真羡慕你有这样强健的神经系统！你可别使劲碰那扇门呀！"

我到了劳娜的房间里，才知道她曾经叫人去找我，但魏茜太太告诉她我在费尔利先生那里。这时她立即问我去那里干什么；我把经过情形全部告诉了她，并不掩饰我内心的烦恼。她的回答使我感到无比惊奇和痛苦；我再没有想到她会这样回答我。

"我叔叔的主意是对的，"她说。"我已经使你，使我周围的人受够了累，担足了心事。我就别再去惹更多的麻烦啦，玛丽安，就让珀西瓦尔爵士决定了吧。"

我和她力争，但怎么也不能改变她的主意。

"我必须信守我的婚约，"她回答，"我已经和我的旧生活斩断关系。那个倒霉的日子，并不会因为我把它推迟就可以不再来到。不会的，玛丽安！让我再说一遍，我叔叔的主意是对的。我已经使大伙受够了累，担足了心事，我就别再去招更多的麻烦啦。"

她一向是最柔顺的，但现在却由于已将一切置之度外，几乎可以说是对前途完全绝望，而变得一味地消极了。如果当时她极度激动,我这样疼爱她的人也许反而不会这么痛苦,万想不到她会变得这样冷漠麻木,一反常态啊。

十二日——早餐时珀西瓦尔爵士向我问到劳娜,我没办法,只好把她所说的话告诉了他。

我们正在谈话,她下了楼,也走了过来。当着珀西瓦尔爵士的面,她仍像和我在一起的时候那样冷静得很不正常。早餐后,珀西瓦尔爵士趁机和她单独在一个凹进去的窗座上谈了几句话。他们在一起总共不过二三分钟;分开后,她和魏茜太太离开了屋子,珀西瓦尔爵士走到我跟前。他说他刚才请劳娜随意选定婚期。对此她只表示了感谢,叫他把自己的意思告诉哈尔科姆小姐。

我再也无法耐着性子写下去了。无论是在这件事情上,或者是在所有其他事情上,不管我怎样设法进行阻止,珀西瓦尔爵士仍然达到了目的,而且占尽了便宜。不用说,他现在所要实现的希望,正是他初来这里时所要实现的希望;劳娜一旦认为必须结婚,准备牺牲自己,存了听天由命的想法,就显出一副冷漠、绝望、逆来顺受的神情。她割舍了那些会使她想起哈特赖特的小物件和纪念品,同时仿佛也失去了她全部温柔敏感的个性。我写这些日记的时候刚下午三点,珀西瓦尔爵士已经辞别了我们,高高兴兴,匆匆忙忙,像一个新郎那样,到汉普郡他的府邸里去准备迎接新娘了。除非是发生了什么非常意外的事,否则他们将于今年年底前在完全按照他意思选定的时间结婚。写到这里,我的手指火辣辣地痛了!

十三日——由于为劳娜的事着急,我一夜没好睡。天快亮的时候,我打定主意,想改变一下环境,使她精神恢复过来。如果我陪她离开利默里奇庄园,去到一些喜笑颜开的老朋友当中,她肯定不会再像现在这样麻木迟钝,遇事都没有反应了。经过一番考虑,我决定去信给住在约克郡的阿诺德家。她从小就认识这家人,他们都是朴实、热诚、好客的。我把信投进邮袋,然后告诉她我所作的安排。这时如果她表示反对,那反而会给我一种安慰。但是,不,她只说:"我愿意跟着你到任何地方去,玛丽安。也许,你的主意是对的吧;也许,换一个环境会对我有好处吧。"

十四日——我写了一封信给吉尔摩先生,说现在看来真的就要举行这令人懊丧的婚礼了,还提到我打算换一个环境,希望这样会给劳娜带来好处。现在我无心去叙述那些细节。好在我们到今年年底以前还有充分的时间去谈它们。

十五日——我收到三封信。第一封是阿诺德家寄来的,他们听说即将见到劳娜和我,都非常高兴。第二封是我托他为沃尔特·哈特赖特找工作的那位先生寄来的,说他恰巧碰上一个机会,已将我所托的事情办妥。第三封是沃尔特本人寄来的,他(这个可怜的人)说我让他有机会离开他的家、他的祖国、他的朋友,他要向我表示衷心感谢。私人组织的一支去中美洲发掘某些古城遗迹的考察队,看来将从利物浦出发。一位已经约好同行的绘图员,后来胆怯起来,在启程前夕退出了考察队,于是沃尔特就填补了他的空缺。他的聘期,从洪都拉斯登陆之日计算起,至少为期六个月,而如果发掘工作进行顺利,经费充裕,可以将聘期再延长一年。他在信中最后说,等到和考察队一起上了船,领港员离开了他们,那时候他还要给我一封道别的信。我只能热诚地希望和祈祷,他和我为这件事所出的力将会收到良好的效果。我一想到他采取这样严重的步骤,就感到惊愕。然而,考虑到他这样不幸的处境,我又怎能指望他,或者希望他留在故乡呢?

十六日——马车已经停在门口。我和劳娜今天动身到阿诺德家去了。

······

约克郡　波尔斯迪安别墅

二十三日——一星期以来,我们换了新的环境,到了这些善良的人们当中,她收到了良好的效果——虽然不及我所期望的那样好。我决定至少再在这里多住一星期。现在回利默里奇庄园没意思,还是等到绝对需要回去的时候再走吧。

二十四日——今天早晨的邮件带来了一条愁人的消息。去中美洲的考察队已于二十一日启航。我们离别了一位正直的人士;我们失去了一位忠实的朋友。沃尔特·哈特赖特离开英国了。

二十五日——昨天收到的是愁人的音信;今天获得的又是不祥的消息。珀西瓦尔·格莱德爵士去信给费尔利先生;于是费尔利先生写信通知劳娜和我,要我们立即回利默里奇庄园。

这是怎么一回事?难道,我们在外地的时候,婚期已经选定了不成?

2

利默里奇庄园

十一月二十七日——我预料到的事情实现了。婚期已订为十二月二十二日。

大约,就在我们到波尔斯迪安别墅去的第二天,珀西瓦尔爵士去信给费尔利先生,说他汉普郡房子的装修工程需比原先设想的多花很多时间。全部施工预算会尽早交给他;如果能够知道举行婚礼的确切日期,他和工人作具体安排时就可以更加方便。那样他也可以考虑一切与时间有关的问题,并且可以写信给一些朋友表示必要的歉意,因为他们曾经约好要在那个冬天去他家做客,而装修房屋期间当然无法接待客人。

费尔利先生在回信中请珀西瓦尔爵士自己选一个日子，他作为监护人愿意代为效劳，去征得费尔利小姐的同意。下一班的邮件带来了珀西瓦尔爵士的复信，他建议（仍旧是按照他最初的意思）将婚期安排在十二月的下半月里——是否可以选二十二日，或者二十四日，或者小姐和她的监护人认为更合适的某一天。既然当时小姐不在家，无法由她本人发表意见，她的监护人就代她作出了决定，在提出的日期中选了最早的那一天，也就是十二月二十二日，然后写信叫我们回利默里奇。

昨天费尔利先生单独和我谈话时说明了以上各点，而且十分精神地（对他说来是如此）要我今天就把这些事情谈妥。想到劳娜不曾授权给我，我无法拒绝这件事，只好答应去跟她说，但同时声明，我绝不能勉强她同意珀西瓦尔的主张。费尔利先生夸奖我"认真的态度非常好"，有如我们出去散步的时候他夸奖我"身体非常好"一样，到现在为止，他好像十分满意，因为他又一次把家长的责任从自己的肩上推到了我的肩上。

由于已经答应了他，今天早晨我就去把这些话转告了劳娜。自从珀西瓦尔爵士走后，她一直是那样奇怪地强作镇静，几乎可以说对一切无动于衷，但这时听到了我的话，也不禁为之震动。她脸色煞白，剧烈地颤抖起来。

"不能这么早呀！"她央告，"哦，玛丽安，不能这么早呀！"

哪怕她只作出些微的暗示，我已经明白她的意思。我站起来要走，准备立即为她的事去跟费尔利先生力争。

我刚拉着门把手，她就紧揪住我的衣服，拉住了我。

"让我去！"我说，"我一定要去跟你叔叔说，不能全都按照他和珀西瓦尔爵士的主意办。"

她沉痛地叹了口气，仍旧揪着我的衣服。

"不！"她声音微弱地说，"这太晚了，玛丽安，这已经太晚了！"

"一点儿也不晚，"我回答说，"时间问题是由咱们决定的问题——相信我,劳娜,咱们完全可以利用妇女的地位。"

说到这里,我掰开了她揪着我衣服的手,但这时她抽回双臂,搂住了我的腰,更紧地抱住我。

"这样只会给咱们招来更多麻烦,带来更多纠纷,"她说。"这样会使你和我叔叔更加不和,会让珀西瓦尔爵士再来埋怨——"

"这样只有更好!"我愤慨地大喊,"谁去理睬他的埋怨?难道你情愿自己伤心,让他高兴不成。世上没有一个男人值得我们妇女为他作出这样的牺牲。男人!他们破坏了我们的纯洁,害得我们不能安宁——他们强迫我们离开了自己慈祥的父母和友爱的姊妹——他们占有了我们的整个身体和灵魂,使我们的生活完全受他们的支配,好像把一只狗拴在它的窝里。他们最多又能给我们什么报酬呢?让我去,劳娜——想到这里,我要疯了!"

泪水——妇女在烦恼愤怒中表示软弱可怜的泪水——迷住了我的眼睛。她露出苦笑,把她的手捂在我的脸上,为我遮住了我无意中流露的软弱,因为她知道,软弱虽然是其他妇女常有的,但却是我最鄙视的。

"哦,玛丽安!"她说,"怎么你也哭了!如果我换了你的地位,如果我流下这些眼泪,你会对我说什么呀?任凭你多么友爱、勇敢、热心,你也改变不了迟早必然要发生的事啊。就让我叔叔照着他的意思去做吧。我情愿作出任何牺牲,只求别给咱们招来更多麻烦和气恼。答应我,玛丽安:我结婚后,你要和我住在一起。其他的事都不必谈了。"

但是我仍旧要谈。我忍住羞人的眼泪,眼泪不能使我感到舒畅,只会加深她的痛苦;我竭力冷静地向她说明解释。然而,没有用。她两次叫我重复我应允的话:她结婚后,我要和她住在一起。接着,她忽然提出了一个问题,使我一时忘了悲哀,忘了对她的同情。

"咱们在波尔斯迪安的时候,"她说,"你收到过一封信,玛丽安——"

她改变了口气,突然把眼光避开,把脸伏在我肩上,没把话问完,就吞吞吐吐地不再往下说:这一切很清楚地向我表明,她没问完的那句话指的是谁。

"我原来以为,劳娜,你和我永远不会再提到他了,"我温和地说。

"你收到他的信了吗?"她只顾问下去。

"收到了,"我回答,"既然你一定要知道这件事。"

"你打算再给他写信吗?"

我开始犹豫。我原来不敢告诉她:他已经离开英国,他这次走又是怎样由我设法促成的。但是,叫我如何回答呢?他去的那个地方,岂但几个月内,也许几年内也无法把信寄到。

"就算我准备再给他写信,"我终于挣出这么一句。"那又怎样呢,劳娜?"

她紧挨着我脖子的那张脸变得火热,她颤抖着的手臂把我搂得更紧了。

"别向他提到二十二日那个日期,"她悄声说。"答应我,玛丽安——请答应我,你下次写信给他,连我的名字都别提起。"

我答应了。没法用言语形容我答应时有多悲哀。她立刻从我腰里松开手臂,走到窗口,背对着我朝外面看。停了一会儿,她又说话了,但并不转过身,完全不让我看见她的脸。

"这会儿你到我叔叔屋子里去吗?"她问。"你就说,不论他认为怎样安排最合适我都同意。你尽管离开我吧,玛丽安。最好让我一个人静一会儿。"

我出去了。刚走到过道里我就想:如果举起一个手指就能把费尔利先生和珀西瓦尔·格莱德爵士远远打发到海角天边,那我会毫不犹豫地举起那个手指。① 这一次倒多亏了我那倒霉的火性

---

① "神的手指"象征他的威力,据说它举起时可以创造奇迹,驱除鬼魔,见《旧约·出埃及记》第 8 章,又见《新约·路加福音》第 11 章。

子帮忙。要不是因为怒火烧干了我的泪水,这时候我会完全无法控制自己,我会忍不住痛哭一场。一阵怒火中烧,我冲进了费尔利先生的屋子,声音尽量粗暴地向他大喊:"劳娜同意二十二日。"然后,也不等他回答,又冲了出来。我随手砰地碰上了那扇门,我要让费尔利先生的神经系统受伤,要让它当天一直无法恢复。

二十八日——从昨天起我就开始怀疑,把可怜的哈特赖特出国的事瞒过劳娜这一做法是不是适当,于是今天早晨我又读了他那封告别的信。

经过考虑,我仍旧认为这一做法是适当的。他信中提到去中美洲的考察队如何进行准备,这说明领队人知道这是一次冒险的长征。连我考虑到这一层都感到不安,换了她又会怎样呢?令人惋惜的是,想到他走了以后,万一有一天我们到了孤立无援的境地需要帮助,就少了一位可以信赖的朋友。更令人惋惜的是,知道他离开了我们会遇到种种危险:如恶劣的气候,蛮荒的异乡,凶悍的原住民等。如果没有迫切和绝对的需要,就把这些事告诉劳娜,那未免直率得不近人情了吧?

我有些拿不定主意,不知道是否应该立刻把那封信也给烧了,因为担心它有一天会落在坏人手里。信中不但提到了劳娜,说了那些只有写信人和我可以知道的话,而且一再重申他的疑虑(讲得那么确凿,那么离奇,又是那么惊人),说什么,自从离开利默里奇,他就被人暗中监视。他说曾看见两个面生的人在伦敦街头跟踪他,在利物浦围观考察队上船的人群当中注视他;他还言之凿凿地说,上船时他听见后面有人提到安妮·凯瑟里克的名字。这里我引几句他说的话:"这些事是有背景的,这些事肯定会导致什么后果。安妮·凯瑟里克的秘密还不曾查明。也许她永远不会再遇到我,但是,万一将来遇到了您,哈尔科姆小姐,您应当比我更好地利用那机会。我说这些话,因为我深深地这样相信——我恳求您记住我所说的话。"以上是他亲笔写的。要我忘了这些话是不可能的——凡是哈特赖特谈到有关安妮·凯瑟里克的事，我听了就会牢牢记住。然而，让我保留着这封信却很危险。只要碰到一件意外的事，它就会落到外人手中。可能我生病；可能我死了。还是立刻烧了它吧，这样可以少去为一件事担心。

信被烧了！他告别的信，可能是他给我的最后一封信，只在炉边上留下了一点黑色灰烬。这就是那个悲哀故事的结束吗？哦，不是结束——肯定，肯定它不会就这样结束了！

二十九日——婚礼的准备工作已经开始。裁缝已来听候她的吩咐。对所有与妇女终身大事有关的这些问题，劳娜都显得绝对地漠不关心、毫不在意。她把一切都交给了我和裁缝去办。如果是可怜的哈特赖特当上了从男爵，做了她父亲给她选定的未婚夫，那她的情景就会和现在完全两样啦！她就会变得遇事挑剔，而且是主意不定，即使手艺最巧的裁缝也很难使她满意啊！

三十日——我们每天都收到珀西瓦尔爵士的来信。最后的一条消息是，他府邸里的装修工程需要四个月到半年的时候才能大致结束。如果油漆匠、裱糊匠和家具商不但能把屋子装饰得华丽，而且能使生活过得幸福，那我一定会关心他们在劳娜未来住宅中的工作进展情形。但既然事实并非如此，所以，在珀西瓦尔爵士最后一封信中，只有新婚旅行一事使我不再像以前那样对他的一切筹划漠不关心。他说，因为劳娜身体娇弱，今年冬天又可能非常寒冷，所以要陪她一同去罗马，准备在意大利待到明年初夏。如果我们不同意这个办法，他就准备到伦敦去过冬，虽然那里没有自己的公馆，但他将尽力想办法找到设备最合适的寓所。

既然不考虑到我本人的感情（这是我应尽的责任，而且，我已尽了这项责任），我当然认为在这两个提议中应该采取第一个。但无论用哪一个办法，我跟劳娜势必分离。如果他们是出国，而不是留在伦敦，那分离的时间就要更久一些——这样虽然对我们不便,但对劳娜却很有益,因为她可以在气候温暖的地方过冬,而且,她生平第一次去世界上最有趣的国家旅行,单是新奇的见闻和兴奋的情绪,就可以大大地帮助她振作起精神,适应她的新生活。她是生性不喜欢在伦敦寻找那些世俗的娱乐和刺激的,那些活动只能加重这次不幸的婚事已经带给她的痛苦。简直无法用言语形容我如何为她的新生活的开始忧心忡忡;但是,如果她不是留在家里,而是出外旅行,那我多少还可以为她抱一些希望。

多么奇怪啊,现在再回过去看我最后记的这些日记,只觉得那样叙述劳娜的婚事,以及她和我分别时的情景,就好像是在叙述一件无可挽回的事情。每逢展望未来,我都显得冷漠麻木,口气已经是那么无情地冷静。但是,除此之外又有什么办法呢?现在日期已经离得这么近了。再过一个月,她就是他的劳娜,再不是我的劳娜了!是他的劳娜!我简直无法理解这两个字的涵义,我的头脑几乎变得迟钝糊涂了,我这样记述她的结婚,就好像是在记述她的丧事一样啊。

十二月一日——一个悲伤的,非常悲伤的日子;这一天里我再也没有心思去多写日记了。今天早晨我必须告诉她珀西瓦尔爵士有关新婚旅行的建议,由于没有勇气,我暂时搁下了这件事情。

可怜的孩子(她在许多方面仍旧是一个孩子),她满以为无论走到哪里都有我在一起,想到要去看佛罗伦萨、罗马和那不勒斯的奇景,几乎是兴高采烈。所以现在必须使她打破幻想,面对无情的现实时,我的一颗心差点儿碎了。我不得不对她说明,一个做丈夫的,不管以后如何,至少在刚结婚时是不能容忍另一个人(哪怕那是一个女人)争夺他妻子的爱情的。我不得不警告她:我以后能否永远住在她家,那完全要看我以一个严守他妻子的秘密的人的身份,在他们新婚时置身于他们之间,能否不引起珀西瓦尔爵士的妒忌和猜疑。我把那些世俗经验中的痛苦点点滴滴灌输到那天真纯洁的心灵中,同时我思想中那些美好的成分正在这件痛苦的任务前减退。现在一切都完了。她吸取了痛苦的、必然要受到的教训。她童年中的天真幻想已经消失，那是我亲手将它们打破的。由我来打破，这总要比让他打破更好——我只能这样自宽自解——由我来打破，这总要比让他打破更好啊。

于是我们采纳了第一个建议。新婚夫妇将去意大利；我将在珀西瓦尔爵士的允许下，等他们回到英国，安排如何和他们住在一起。换一句话说，有生以来第一次，我必须请求一个人照顾，而这人又是我最不愿意领他情的人。管它呢！为了劳娜，即使比这更难堪的事我也要做。

二日——重新翻看前面的日记，我发现，以前每提到珀西瓦尔爵士，我总要用一些轻蔑的词语。现在既然形势已经改观，我必须，而且也愿意消除我对他怀抱的偏见。我想不起，我最初怎么会有这种偏见。早先它肯定是没有的。

是不是因为劳娜不愿嫁他，所以才引起了我对他的反感呢？是不是因为哈特赖特那些全凭想象构成的偏见感染了我，我不知不觉地受了它们的影响呢？是不是因为安妮·凯瑟里克的信在我脑海中留下了疑窦，虽然珀西瓦尔作了解释，而且我已掌握事实的证明，但那些疑窦仍旧不能消失呢？我无法说明我的心情：只有一件事是肯定的，那就是，我有责任，现在倍加有责任不去胡乱怀疑和冤屈珀西瓦尔爵士。如果以前一向用贬抑的口气描写他，已经成为我的习惯，那么，现在我必须，也愿意终止这种不良的倾向，哪怕这样做时需要我在举行婚礼前停止记日记！我对自己感到非常不满——我今天不再写日记了。

· · · · · · ·

十二月十六日——整整两星期过去了；我一次也没打开这本日记簿。我已经很久不记日记，希望现在再记时，至少是提到珀西瓦尔爵士时，我在情绪上会比较健康愉快。

过去两星期中，没有什么值得记的事。衣服差不多都已制好；

新买的旅行箱已从伦敦运到。可怜的劳娜几乎整天不离开我；昨晚，我们俩都睡不着，她就走进房来，悄悄地钻到我被窝里和我谈心。"我就要和你分离了，玛丽安，"她说，"所以我要尽可能多和你待在一块儿。"

他们将在利默里奇村教堂举行婚礼；谢天谢地，邻近的人一个也不准备邀请来参加典礼。我们家老朋友阿诺德先生是唯一的客人，他将从波尔斯迪安赶来，代女方做劳娜的主婚人；劳娜的叔父身体太弱，现在这样严寒天气不敢出门。如果我不曾下定决心，要从今天起只看到我们前途的光明面，那么，逢到劳娜一生中这个最重要的时刻，看到没有一个男性亲属参加婚礼这种凄凉情景，我是会对她的未来感到非常忧郁和非常担心的。然而，我已排除一切忧郁与疑虑，也就是说，我不再把这一切写在我日记里了。

珀西瓦尔爵士明天到。他曾经表示，如果我们要按严格的礼法接待他，他就准备写信给我们村里的牧师，请让他婚前在利默里奇村短暂的时期内借住区教长的房子。考虑到目前的情况，费尔利先生和我都认为，我们根本无需拘守那些繁文缛节。在我们这一带荒野地方，在我们这所屋广人稀的住宅里，我们尽可不必计较其他地方人墨守的那些无聊的俗套。于是我去信给珀西瓦尔爵士，感谢他礼貌周到的建议，请他仍像往常那样下榻于利默里奇庄园他从前住的屋子里。

十七日——他今天到了，看来显得有点儿疲倦和焦急，但谈笑时仍像情绪极好。他带来了一份珍贵的礼物——一些珠宝，劳娜接受时态度落落大方，而且，至少在外表上显得十分镇定。我只从一个地方看出她在这考验的时刻为保持面子而花了极大的气力，那就是她突然表示不愿意身边没有别人。她不肯像平时那样回到自己屋子里，仿佛害怕到那里去。今天午饭后，我上楼戴好围巾帽准备出去散步，她就自动地要跟我一起去；晚饭前，她又敞开了我们两间屋子当中那扇门，让我们可以在换衣服的时候谈话。"总得让我有一些事情做，"她说，"总得让我和什么人在一起。别让我转念头，我现在就要做到这一点，玛丽安，别让我转念头。"

她这一可悲的改变，反而增强了她对珀西瓦尔爵士的吸引力。我看得出，他把这一切都往好里想。她脸上泛开了病态的红晕，眼中闪出了病态的光芒，而他却高兴地认为她又变得像从前一样美丽和精神了。今天晚餐时，她谈起话来又高兴又随便，但却显得那么虚伪，那么惊人地一反常态，我见了只想阻止她别往下说，只想带着她走开。珀西瓦尔爵士那份快乐和惊讶是无法形容的。我注意到，他刚来时那副焦虑的神情完全消失了；我甚至觉得他比他实际年龄整整年轻了十岁。

毫无疑问（然而由于一种莫名其妙的偏见，我以前竟然没注意到），毫无疑问，劳娜的未婚夫是一位非常漂亮的男人。首先，端正的五官是仪容的优点，而他有的就是这样的五官。无论男女，炯炯有神的褐色眼睛都具有极大的吸引力，而他有的就是这样的眼睛。甚至他那秃顶，由于只秃了近前额的一部分，这反比没秃的更好，因为它使脑门子向上展阔，给面部平添了一种聪明的神气。举止从容大方，处处精神饱满，而且机敏，随和，健谈：这一切无疑都是优点，而这些优点他肯定都是具备的。吉尔摩先生不知道劳娜的隐情，又怎能对她的悔婚不感到惊讶呢？不论换了什么人，他也会和我们这位忠实的老友抱有同感啊。如果这时有人要我明确地指出珀西瓦尔爵士的缺点，那我只能举出两个。一是他永远坐立不定和容易激动，这当然是由于精力异常旺盛的原故。二是他对仆人说话时非常急促暴躁，这大概也只是一种不好的习惯而已。不，我不能否认，也不愿否认珀西瓦尔爵士是非常漂亮、非常知趣的。瞧我终于写下了这一句！我很高兴，这说明我对他存的那点芥蒂已经消释了。

十八日——今天早晨感到消沉郁闷，于是由魏茜太太陪着劳娜，中午我独自出去很快地散散步，我近来很久没有这样散步了。我走的是荒原上通托德家角的那条干燥空阔的路。刚走了半小时，我非常惊讶，看见珀西瓦尔爵士正从农庄那面向我走来。他挥动着手杖走得很快，仍像往常那样扬起了头，猎衣迎风敞开着。我们刚彼此走近跟前，他没等我提问就抢着告诉我，说他曾去农庄上打听，托德先生和夫人在他上次来利默里奇后可曾获得安妮·凯瑟里克的消息。

"您肯定是听说他们没得到什么消息吧？"我问。

"毫无消息，"他回答。"我非常担心咱们此后再也打听不出她的下落了。您可知道，"他接下去说，直勾勾地盯着我的脸，"那位画家，那位哈特赖特先生，还能为我们提供一些情报吗？"

"他自从离开坎伯兰，就再没有看见她，也没有听到她的消息，"我回答。

"多么遗憾，"珀西瓦尔爵士说这话时像是表示失望，但是，说也奇怪，同时又好像露出宽慰的神情。"很难说这个可怜的女人没遭到不幸的事。我已经竭尽全力，想让她重新受到她迫切需要的照顾，可是，没用嘛，这真叫人感到说不出的烦恼。"

这时他真的显得很烦恼。我宽慰了他几句，然后，在归途中，我们谈到其他的事。我这次在荒原里和他偶然相遇，不是又发现了他的一个优良品质吗？在结婚前夕，本来可以陪着劳娜，那该是有趣得多，他却这样关心安妮·凯瑟里克，一路赶到托德家角去打听她的下落，这不正说明他多么不顾及自己只体贴别人吗？想到他做这些事只可能是出于慈善的动机，这就说明他心地特别忠厚，值得我们高度赞扬。可不是，我除了高度赞扬他，还有什么说的呢？

十九日——珀西瓦尔爵士的优良品质真是多得叫你发掘不尽。今天我试探着和他商量，说等他们回到英国后，我想和劳娜住在一起。我刚在这方面露出了一点意思，他就亲切地拉住我的手，说我这一建议正是他本人急于要向我提出的。他十分恳切地希望最好能有我去陪伴他的妻子；他请我相信，如果我肯像劳娜婚前那样跟她住在一起，那对他将是莫大的恩惠。

见他这样热情照顾我和劳娜，我就代表我们俩向他致谢，然后，我和他谈到新婚旅行的事，谈到将在罗马给劳娜介绍的英国朋友。他列举了今年冬天可能在国外遇到的一些友好。据我记得，他们都是英国人，其中只有一个例外，那就是福斯科伯爵。

听到了伯爵的名字，并且知道伯爵夫妇可能在大陆会见新娘新郎，我首次想到劳娜的婚事会带来显然是很好的影响。它可能愈合一家人一度不和留下的创伤。直到现在，由于极端恼恨已故的费尔利先生处理遗产不当，福斯科夫人仍旧不肯承认自己是劳娜的姑母。但是这一来她不能再赌气了。既然珀西瓦尔爵士和福斯科伯爵是多年的知交，他们的妻子就必须以礼相见。福斯科夫人没出阁前是我见到的一个最不讲理的妇女，她喜怒无常，遇事挑剔，虚荣到了荒谬可笑的程度。如果她丈夫能把她管教好了，那么我们全家人都要感谢他，我首先要感谢他。

我非常想认识这位伯爵。由于他是劳娜的丈夫最要好的朋友，我就对他十分感兴趣。劳娜和我以前都没见过他。有关他的事我只知道以下两点：许多年前，在罗马三圣山教堂的台阶上，有人企图抢劫和刺杀珀西瓦尔爵士，当时已经砍伤他的手，正要一刀刺进他的胸膛，就在那危险关头，多亏伯爵偶然来到，救他脱了险。我还记得，已故的费尔利先生无理反对他妹妹的婚事，伯爵曾就此事写给他一封措词极为委婉得体的信，但是，说来也惭愧，后来费尔利先生竟没给他答复。以上是我对珀西瓦尔爵士的这位朋友所了解的一切。我不知道，他会来英国吗？我不知道，我会喜欢他这个人吗？

我这里写着写着就陷入空想。让我回到清醒的现实中吧。可以肯定地说一句，珀西瓦尔爵士答应我这种非分的要求，允许我和他妻子住在一起,这不仅是出于一片好心,而且几乎是充满深情。我相信,只要我能够维持开始时的关系,以后劳娜的丈夫是不会对我不满的。我前面已经说过,他仪容俊美,讨人喜欢,对身世不幸的人满怀同情,对我表示好感。说真的,我几乎完全改变了原先的态度,已经成了珀西瓦尔爵士最要好的朋友。

二十日——我恨珀西瓦尔爵士!我全部否定了他好看的外表。我认为他明明是一个脾气暴躁、惹人厌恶、完全缺乏善意与同情的人。昨晚新夫妇的名片送到了。劳娜打开包裹,首次看见卡片上印的她将来的姓名。珀西瓦尔爵士狎昵地够过了她的肩头去瞧那名片,看到它上面已经把"费尔利小姐"改为"格莱德夫人",就露出十分讨厌的得意微笑,在她耳边悄悄说了几句什么。我不知道他说了些什么话(劳娜后来不肯对我讲),但是,当时我只见她脸色变得惨白,我以为她就要晕倒了。他不去理会她的脸变了色:他显得那么冷酷无情,根本没注意到他说的话给她带来了痛苦。一刹那间,我以前对他的一切反感又涌上心头,此后久久不能消散。这一来我对他变得比以前更加武断,偏见也更加深了。我的态度可以归结为三个字(这几个字我写时一挥而就!),这三个字是:我恨他!

二十一日——是不是在这些令人担心的日子里,种种焦心的事终于使我感到有点心绪不宁呢?前些日子,我还那样口气轻松地记着日记,天知道,写出了那些并非出自衷肠的话,现在再回过去看日记里写的,我真感到惊奇。

也许,最近一星期来,劳娜那种强烈的激动感染了我吧。如果真是这样,那么,狂热消逝后,我自然会有一种极其奇特的心情。从昨晚起,我总是不由自主地转到一个念头,希望还会发生一桩意外事故,最后阻止这件婚事。瞧我怎么会这样想入非非?这是间接由于我为劳娜的将来担心吗?或者,是由于婚期一天天临近，珀西瓦尔爵士越来越坐立不安，更加容易动怒，而我肯定注意到了这一切，于是就不知不觉地存有这样的想法呢？我无法解释。我只知道自己有这种想法（肯定是妇女在这种情况下最荒诞的想法吧？），然而，无论如何分析，我怎么也不能找出它的原因。

最后的这一天只使人感到混乱和苦恼。我还有什么心思去记日记呢？然而，我必须记日记。无论做什么事，总比被忧郁的思想纠缠着更好。

慈祥的魏茜太太，近来太不被人注意，已被我们忘怀，她自己没想到今儿一早就扰乱了大家的情绪。几个月来，她一直在偷着给她心爱的学生结一条防寒的设得兰围巾①——真想不到，像她这样年龄和习惯的妇女，竟能做出这样美丽的活计。礼物今天早晨拿出来了；这位自从劳娜幼年丧母后就一直怜爱她的老友和监护人，得意地把围巾披在她肩上，可怜的多情的劳娜，完全被感动得无法自持了。我还没来得及把她们俩安慰好，甚至没来得及擦干自己的眼泪，费尔利先生已经派人来唤我；为了举行婚礼的那一天能让他保持安静，他向我唠唠叨叨地数说了一大串他作出的安排。

"亲爱的劳娜"将接受他的贺礼——那是一只怪难看的戒指，上面嵌的不是什么宝石，而是她亲爱的叔父的头发，里边用法文镌有一句干巴巴的格言，赞美融洽的感情与永恒的友谊，"亲爱的劳娜"必须立刻从我手中接受这件情意深厚的礼物，这样，在她去见费尔利先生之前，可以有充分的时间恢复镇静。"亲爱的劳娜"将在那天傍晚和他进行短时间会晤，最好是不要情感激动。"亲爱的劳娜"第二天早晨将穿好她的结婚礼服再度和他进行短时间会晤，最好也不要情感激动。"亲爱的劳娜"将在临行前第三次见他

---

① 用苏格兰北面设得兰群岛出产的羊毛线编结的围巾。

一面,但是不必说出她是什么时候走,也不要流泪,以免惹他伤心——"亲爱的玛丽安,为了怜惜她,为了表示最亲切,最能体贴自家人,最能娴静可爱地克制自己,千万不要流泪!"看到费尔利先生这种卑鄙可耻的自私表现,我大为愤怒,要不是因为阿诺德先生从波尔斯迪安来到,需要我下楼去张罗一些事,我准会用他生平从未听过的最严酷粗野的话刺激他一下。

以后那一整天是无法形容的。我相信,一家人谁也不真正知道那一天是怎样度过的。琐碎的事纷至沓来,全都汇聚到一起,把大家都给闹昏了。一些衣服被忘记了,这时候又送来了;一些箱子,有的要捆扎,有的要打开,有的要重新捆扎;礼物有的是从远地寄到的,有的是从附近送来的;送礼的朋友有的是地位高贵的,有的是身份卑微的。我们都不必要地忙乱着;都紧张地期待着明天。珀西瓦尔爵士现在尤其是坐立不安,停留在一个地方的时间总不超过五分钟。他那急促的咳嗽更加困扰着他。他整天里跑出跑进,而且好像突然变得十分好奇,对那些为了一些小事来到庄园里的陌生人也要盘问几句。除了上述的纷扰,劳娜和我还时刻想到我们明天就要分离;再有那种扰人的恐惧,我们虽然谁都不肯表示出来,但随时都被它纠缠着,老是想到这件可恨的婚事可能已为她的一生铸成不可补救的大错,给我带来无法宽解的悲哀。我们多年来一向是亲密无间的,但现在第一次几乎是故意避而不看对方的脸;我们一致同意,整个傍晚不单独谈话。我不能再往下写了。不管将来还会有什么悲哀的遭遇,我总要把这个十二月二十一日看作是一生中最不愉快、最为愁苦的一天。

时间早已过午夜,我独个儿在自己屋子里记日记;我刚回来,方才我偷偷地去看了一次劳娜,她睡在从小就一直睡的那张精致的白漆小床上。

她躺在那里,没察觉我在看她——她是那样安详,比我所能期望的更为安详,但是并未睡着。借着通宵点燃的蜡烛的微光,我看见她眼睛半闭着：睫毛间留有闪亮的泪痕。我的小纪念物（只有那么一枚胸针）放在她床前的桌上，旁边摆的是她的祈祷书和她去任何地方都随身携带的父亲的小像。我等了一会儿，从她床头的枕后俯看下去，她睡在下面，一只手臂放在雪白的被单上，那么安稳，那么舒坦地呼吸着，连睡衣的褶边都一动不动——我等在那里望着她，记得以前曾无数次看见她这样睡着，想到以后再看不到她这样了，然后悄悄地回到我屋子里。我心爱的呀！虽然你是这么富有，这么美丽，然而，你连一个朋友也没有啊！唯一情愿为你献出自己宝贵生命的那个人如今不在了；这样一个风涛险恶的夜里，他正在可怕的大海上被巨浪颠簸着。你现在身边还有谁呢？没有父亲，没有兄长，没有其他人，只有这样一个无能为力、毫无用途的妇女在写这些悲伤的日记，在你近旁等候着天明，怀着无法减轻的悲哀、无法消释的疑虑。哦，她明天将把多么大的希望寄托在那个人身上啊！万一他辜负了她的希望呢；万一他欺侮她呢！——

十二月二十二日七点钟——这是一个嘈杂混乱的早晨。她刚起身，显得比昨天更安详和镇静，时间已经到了。

十点钟——她装扮好了。我们彼此吻别，互相保证不要气馁。我到自己房间里去了一会儿。一阵思想混乱，我只觉得脑海里仍旧萦绕着那个离奇的念头，希望还会发生一件意外事故，阻止这件婚事。是不是他的脑海里也萦绕着这个念头呢？我从窗里看见，他在门口几辆马车当中心神不安地走来走去。——瞧我怎么会写出这样愚蠢的话！婚事已成定局。再过不到半小时，我们就要去教堂了。

十一点钟——一切都完了。他们结婚了。

下午三点钟——他们走了！我哭得被泪水迷住了眼睛——我再也写不下去了——

．．．．．

〔故事的第一个时期到此结束〕

第二个时期

玛丽安·哈尔科姆继续叙述事情经过

1

● ● ● ● ● ●

汉普郡，黑水园府邸

一八五〇年六月十一日——六个月过去了——自从劳娜和我上次见面以来，已经过了漫长而寂寞的六个月。

我需要再等多少天呢？只需要再等一天！明天，十二日，旅游的人就要回到英国了。我简直不能想象自己有多么快乐；我简直不能相信，再过二十四小时，劳娜和我分离的最后一天就要结束了。

她和她丈夫在意大利度过整个冬天，已转赴蒂罗尔。他们这次回来，同行的还有福斯科伯爵夫妇，这两位旅伴打算住在伦敦附近，并准备在尚未选定自己的公馆之前，先在黑水园府邸度夏。只要劳娜能回来，我并不计较谁和她一起来这儿。只要珀西瓦尔爵士允许他妻子和我住在一起，哪怕他让其他客人住满了这幢房子也没关系。

现在我已经到了这里，安歇在黑水园府邸内；这是"珀西瓦尔·格莱德从男爵的建筑引人入胜的古老府邸"（这句话是我从地方志上看到的），也是老小姐玛丽安·哈尔科姆，我这一介平民将来常住的地方（这句话却是我现在妄加补充的），瞧我这会儿已经安坐在这个很舒适的小起居室里，旁边放着一杯茶，身边是我的全部财产，包括三口箱子和一个手提皮包。

我昨天从利默里奇庄园动身，因为前一天收到了劳娜从巴黎发出的那封可喜的信。我早先不能决定，应当到伦敦还是去汉普郡和她团聚；但是她在最后一封信里通知我，说珀西瓦尔爵士准备在南安普敦登岸，然后直接回到他的乡间府邸。他在国外的开销太大，如果去伦敦度完这一季，现在剩下的钱就不够他开销；所以，为了节俭，他决定在黑水园村深居简出，度过夏天和秋天。劳娜已经厌烦热闹刺激和经常迁移，听到丈夫要缩减开支，她也乐得过乡间的幽静生活。至于我，只要能够和她在一块儿，无论去哪里我都感到幸福。所以，我们虽然各有自己的想法，但基本上都对这一安排感到满意。

我昨晚在伦敦宿了一宵，今天有许多人去看我，托我一些事情，因而我耽搁了很久，直到天黑以后才抵达黑水园府邸。

到现在为止，根据我的模糊印象，这儿和利默里奇庄园恰巧形成鲜明的对照。

府邸建筑在一片荒寂的平地上，仿佛被许多树木掩蔽着，而在我这个北方人看来，它几乎是被树木堵塞住了。我只看见一个男仆来给我开门，一个礼貌十分周到的女管家给我引路，把我领到自己房间里，然后送来了茶点。我有一间很舒适的小会客室和卧房，位置在二楼一条长长的走道尽头。三楼上除了仆人住的地方，还有几个空房间；所有的起居室都在底层。当时我没看到其他房间，对整个府邸也一无所知，只听说府邸的一边耳房已有五百年的历史，以前府邸四周还围着一道壕堑，它之所以取名"黑水园"，是因为园内有一片池塘。

我进来时看见俯临府邸中央的那座塔楼上的钟，这时刚阴郁而低沉地敲打十一下。一条大狗明明被钟声惊醒，正在一个角落附近懒洋洋地嗥叫和打呵欠。我听见有人在楼下过道里走过，接着就是府门的铁闩发出铮铮响声。分明是仆人都去睡觉了。我现在也应当去睡吗？

不，我一点儿也不瞌睡。说什么瞌睡？我简直觉得永远不能再合上眼，一想到明天就要看见那可爱的脸，听到那熟悉的声音，我就兴奋得无法安静下来。如果能像一个男子汉那样，我会立刻吩咐牵出珀西瓦尔爵士的骏马,黑夜里纵辔疾驰,向东方迎接初升的朝阳——接连几个小时,不顾劳累与艰险,不停地长途狂奔,就像那著名的大盗驰赴约克①。然而,我只是一个女流,注定了这一生只好耐着性子遵守妇道人家的礼法,听从女管家的意见,用女性的斯文方式设法使自己安静下来。

阅读是不必谈了,因为我无法把思想集中在书本上,还是让我试试能否写得使自己困倦瞌睡起来吧。近来我又很久没记日记了。这会儿面对着新生活的开始,回想过去的六个月,自从劳娜结婚以来,在这段漫长、沉闷、空虚的时间里,看我还能记忆起一些什么人和事,记忆起一些什么遭遇和变化?

最使我念念不忘的是沃尔特·哈特赖特;他在已离开了我的那些朋友的一系列影子中属于最前面的一个。我收到他在考察队抵达洪都拉斯后寄来的一封短信,口气比以前愉快乐观了一些。又过了大约一个月到六个星期,我看到一份美国报纸上刊出的简讯,报道这些探险者正启程赴内地。据说最后看到他们都扛着步枪背着行李,进入一片险恶的原始森林。从此文明世界中就失去了他们的踪影。我再没收到他的信,再没在其他报刊上看到有关考察队的片断消息。

安妮·凯瑟里克和她女伴克莱门茨太太的命运和遭遇,也完全无法探悉,使人感到沮丧。此后再没听到她们的音讯。她们是否还在乡下,是仍旧活着还是已经死了:谁也不知道。连珀西瓦尔爵士的律师也完全绝望,最后吩咐不必再徒劳无益地去追查这两个逃亡者了。

我们好心的老友吉尔摩先生,在积极工作中遭到了不幸的打击。今年初春我们惊悉,有一天人们发现他晕倒在办公桌上,昏

---

① 英国大盗理查德·特平(1706—1739),通称狄克·特平,作案累累,最后在约克被处决。他骑着母马"黑贝丝"赴约克一事,成为民间流传的故事。

厥被诊断为中风。他长期以来一直抱怨头昏脑涨,医生警告他,如果继续像年轻人那样从早到晚工作,末了将会产生什么后果。结果是,现在医生断然嘱咐他至少脱离事务所一年,完全改变往常的生活习惯,必须在身心方面都获得休息。于是他的工作改由他的合伙人继续办理;目前他本人到德国去看望几个在那里经商的亲戚。这样,我们又失去了一位忠实的朋友和可靠的顾问——我恳切地希望,并且相信我们只是暂时失去了他。

可怜的魏茜太太和我结伴到了伦敦。劳娜和我都离开了利默里奇庄园,不能把她一人留在那里;于是我们作出安排,让她去和她那个在克拉彭开学校的未婚的妹妹住在一起。她准备今年秋天到这里来看她的学生(也可以说是她的养女)。我把这位好心肠的老奶奶安全送到目的地后,由她的亲属去照应,而她想到再过几个月就可以看到劳娜,也感到安心和快慰了。

至于费尔利先生,他看到我们这些妇女从家里走光了,只感到说不出的快慰,(我相信这话说得并不过分,)要说他舍不得他的侄女,那才是天大的笑话呢,从前他习惯于几个月也不见他侄女一次,至于他说看见我和魏茜太太离开时"心都差点儿碎了",那无异于是说看见我们一起走了,他不禁"心花怒放"(我敢这样说)。他最后想出的一件新奇玩意儿,是让两个摄影师不停地拍摄他所收藏的全部宝贝古董。一整套照片,将赠给卡莱尔机械学院,照片贴在最精致的硬板纸上,每幅下面都印着醒目的红字题词:"拉斐尔《圣母与圣婴》。弗雷德里克·费尔利先生珍藏。""蒂格拉斯·皮莱塞尔①时代铜币。弗雷德里克·费尔利先生珍藏。""伦勃朗镂版画中的稀世之珍。全欧著名的'污迹'版,即拓版工人在角上留有污迹的孤本版画。估价三百畿尼。弗雷德里克·费尔利先生珍藏。"许多附有题词的这一类照片,在我离开坎伯兰之前

---

① 蒂格拉斯·皮莱塞尔:6世纪新亚述帝国第二代国王帕尔(号称"亚述巨虎")的儿子。

即已制就，还有更多的需要续印。有了这种新的消遣，费尔利先生在未来的许多月内将其乐无穷；以前只有那一个听差跟着他吃苦，现在将有两个倒霉的摄影师一起去受罪了。

有关我经常想到的那些人和事，暂时就写到这儿为止。下面，有关我一心想念着的那个人，我又有什么可写的呢？我记这些日记时，一直念念不忘劳娜。今晚，在结束我的日记之前，我又能回忆起她六个月以来的一些什么事呢？

我只能根据她的来信记述；然而，对我们通信中所能谈到的最重要的那个问题，她每封信中都未加说明。

他待她好吗？她现在比结婚那天和我分离时快乐些了吗？我在每封信里都问到了这两点，而且多少是比较直接地问，有时用这种方式，有时又用另一种方式，但凡是有关这方面的问题，她都不给我答复，或者在答复时只当我问的是她的健康。她嘱咐我放心，说她身体很好；说她对旅行感到满意；说她有生以来第一次过冬没有感冒；但是，我在信中找不到一句话能够说明：她已经适应婚后生活，现在回想到十二月二十二日已不再那样痛苦地感到悔恨。她每次在信中提到她丈夫，都像是提到一个朋友，仿佛那个人只不过是和他们结伴旅行的，是单管安排途中一切事务的。"珀西瓦尔爵士"已安排好我们某天离开某地；"珀西瓦尔爵士"已决定走哪条路线。有时她单写"珀西瓦尔"，但这情形极少，他的名字十处有九处都是带有称号的。

我看不出他的习惯与见解在哪一点上改变和影响了她。一个活泼敏感的年轻妇女，通常在婚后无意中发生的那种精神上的变化，好像根本没在劳娜身上出现。她看到一切奇异景色，写出自己的思想与感受时，完全像是在给另一个人写信，叙述她和我一起旅行的情况，而不是她和她丈夫一起旅行的情况。我看不出，她曾在什么地方无意中流露出他们夫妻间有什么感情。即使她谈的不是她的旅行，而是对回英国后的想法，她也只是想到将来仍是我的妹妹，始终没理会到她已是珀西瓦尔爵士的妻子。在所有的来信中,她从不隐约地诉苦,使我担心她婚后的生活十分不快。我从我们的函札往返中得到的印象,谢天谢地,并未使我得出这种令人懊丧的结论。当我通过她的信件,把她过去作为我妹妹跟她现在作为别人的妻子相比较时,我所觉察出的,只是一种悲哀的麻痹,一种经常的冷漠。换一句话说,过去六个月里,写信给我的一直是劳娜·费尔利,根本不是格莱德夫人。

说也奇怪,她非但绝口不谈她丈夫的为人与行事,而且,在后来的几封信中,尽管间或提及福斯科伯爵,但几乎同样故意避免详谈她丈夫的这位挚友。

什么原故,没有说明,好像伯爵夫妇去年秋天突然改变了计划,没去珀西瓦尔爵士离开英国时希望他们前去的罗马,而是到了维也纳。他们直到春天才离开维也纳,然后一路游历到蒂罗尔,在那里和取道回国的新夫妇会齐。劳娜当即在信中谈到她和福斯科夫人会晤的情形,并且一再说她发现姑母变得比以前好多了——婚后再不像做闺女时那样了,不但安静得多,而且通情达理得多了——我在这里见到她时会不认得她了。然而,有关福斯科伯爵的事(我对他远比对他的妻子更感兴趣),劳娜那样守口如瓶,简直到了令人着恼的程度。她只说猜不透他的为人,不愿告诉我她的印象,还是让我见到他后谈出自己的看法吧。

我觉得这口气是对伯爵不大友好。劳娜比多数成年人更能完整地保持儿童根据直觉判断朋友的那种能力。如果我猜得对,如果她对福斯科伯爵的第一个印象确是不好,那么用不着先见过这位闻名已久的外国人,我就会跟着她怀疑,并且不再相信他。不过,还是耐心点儿吧,耐心点儿吧,这件尚未肯定的事,以及其他许多尚未肯定的事,总不会老是叫人纳闷的。最迟不超过明天,我所有的疑团都可以消释了。

钟已敲了十二下;我刚去敞开的窗口向外望了望,然后走回来写完我的日记。

这是一个沉寂、闷热、没有月光的夜晚。星星黯淡稀疏。四面都是挡着视线的树木，远远望去，是那么浓密和昏黑，好像围着一道巨大的石墙。蛙鸣声听来是那么微弱、渺远；巨钟早已敲完，但它的回声仍在闷热沉静的空气中回荡。我不知道，黑水园府邸白天是什么样儿？夜里我可不喜欢它。

十二日——这一天我探询并发现了不少事情——真没想到，有许多理由说明这是较有趣的一天。

当然，我首先是去参观这座府邸。

正屋是伊丽莎白女王①（那个被大伙过分推崇的女人）时代建造的。底层有两条极长的回廊，并排平列的顶盖很低，里面挂着样子怪可怕的列祖画像（每一幅我都想把它烧了），这样廊里边的屋子就更加阴暗了。据说回廊上层的房间都收拾得相当整齐，但是难得使用它们。给我当向导的那个礼貌周到的女管家要领我去看那些房间，但是她又体贴入微地说，担心我看了会嫌那地方太凌乱。我因为珍重自己的裙和袜，远胜于珍重国内所有伊丽莎白时代的卧室，唯恐弄脏了我漂亮干净的衣服，所以断然放弃了到积满尘垢的楼上去探奇寻胜的打算。女管家说："我觉得您的意见很对，小姐。"看来她认为已经很久没遇到像我这样非常懂事的女人了。

好吧，有关正房就写到这里为止吧。正房两边都附有耳房。左边（你走向正房时靠左的一边）半已圮废的耳房，建于十四世纪，它最初是一座独立的住宅。珀西瓦尔爵士外家的一位祖先（我记不得，也不去管他是哪一位），在上述伊丽莎白时代使其附属于正房，成为与正房垂直的一带耳房。女管家告诉我，凡是眼力好的鉴赏家都说"老耳房"内外建筑都很精美。我再一打听才知道，原来眼力好的鉴赏家要欣赏珀西瓦尔爵士的这座古代建筑，

---

① 伊丽莎白（1533—1603），英国女王（1558—1603年在位）。

首先必须将一切置之度外，不要害怕那些地方潮湿阴暗，而且有很多老鼠。一经知道了这情形，我就毫不犹豫地承认自己根本不是鉴赏家，建议我们还是像刚才对待伊丽莎白时代的卧室那样对待"老耳房"。女管家又一次说："我觉得您的意见很对，小姐。"又一次认为我异常懂事，毫不掩饰地对我流露出赞美的神情。

接着我们又去看右边一带耳房，那是乔治二世①时代为了补齐黑水园府邸这一虽然精美但尚不完整的建筑而增盖的。

这是府邸中供居住的部分，已为了劳娜将它里里外外重新修理装饰过。我住的两间房，以及所有其他上好的卧室，都在二层楼上；底层有一间会客室，一间餐厅，一间晨厅②，一间书房，还有给劳娜用的一间小巧精致的会客室：所有的房间都用华丽的新式陈设装潢得很漂亮，用精致考究的新式设备布置得非常优雅。房间完全不像我们利默里奇庄园里的那样宽大轩敞，但是看来都很舒适，是适合于居住的。早先，听到一些有关黑水园府邸的传闻，我非常害怕那些容易使人疲劳的老式椅子，阴暗的彩色玻璃窗，凌乱陈旧、发出霉气的帷幔，以及那些自己不知道什么是舒适（并且从不考虑到朋友们的方便）的人收集的各种破烂。现在我感到说不出的快慰，因为我看到十九世纪的新东西已经侵入我将要居住的这个陌生地方，从我们日常生活中赶走了那腐朽的"美好的古老时代"。

我闲荡了一整个早晨——部分时间在楼下屋子里，部分时间在外面那个大广场上，广场三面是房屋，另一面是护着府邸的高铁栅栏和大门。广场中央有一个四周石砌的大圆鱼池，池当中竖着一个铅制的寓言中的怪物。池里都是金鳞银鳍的鱼，周围是宽宽的一带我从来没在它上面走过的那种柔软的浅草。午饭前我一直在树阴一面的草地上愉快地闲步；饭后我戴了我那顶阔边草帽，

---

① 乔治二世（1683—1760），英国国王（1727—1760年在位）。
② 贵族或地主大住宅内专供晨间负暄的起居室。

独自在温暖可爱的阳光下出外漫游，观察附近的庭园。

我昨晚的印象是黑水园府邸的树木太多，现在白天里看时也确实是如此。住宅都被树木围住。它们多半是些小树，但种植得太密了。我怀疑，大概是在珀西瓦尔爵士之前，所有领地上的树木一度遭到毁灭性的砍伐，于是下一代的主人一怒之下，就急于用树木把空地尽快尽密地填补起来。我在正屋前面四下望了望，看见左边有个花园，于是朝它走过去，想在那里发现一些什么东西。

等到走近些一看，才知道那园子很小，收拾得也不大好。我退回来，打开围栅小门，到了一片枞树种植场上。

我沿着一条人工开辟的曲折有致的小径，在树林中走着；根据北方人的经验，我很快就知道自己正在走近一片长有石南的沙土地。在枞树林里走了大约半里多路，小径陡地拐了个弯，两边的树木突然到了尽头，我一下子已经站在一大片旷野地的边上，向下望去就是府邸因它得名的那片黑水湖。

我前面是一片向低处递降的沙地，有几座上面长着石南的小丘，它们稍许调剂了四外单调的景色。看来湖水从前一直涨到我现在所站的地方，但后来逐渐低落干涸，终于只剩下了不到原来三分之一的水面。我看到静止的淤水，在离我四分之一里的洼地里，被一些乱蓬蓬的芦苇和灯心草，以及一些小土堆阻隔成为许多池沼。但是，在我对面更远的岸上，树木又长得很浓密，挡住了人们的视线，并把黑魆魆的影子投在浅浅的淤水上。我向下面湖边走去，只见对岸泥土潮湿，长满了浓密的野草和愁人的柳林。空阔沙滩上阳光照射着的一边，水很清澈，但是在对岸，更深地隐蔽在土质松软的湖畔以及枝条怒生的丛树和干茎盘结的密林下面，那里的水就显得黑沉沉的，好像是有毒的。我走近湖另一边卑湿的地方，青蛙咯咯地叫着，水鼠在阴暗的湖边钻出钻进，好像是一些活动的影子。这里我看见一条旧船，一半沉在水中，一半露出水面，船身倾覆，已经朽烂，从树林空隙中透出微光，照在船只干燥的一面，一条蛇，怪样地蜷曲着身体，阴险地静伺不动，伏在那点儿阳光中取暖。不论远处或近处，同是一派凄凉衰败的忧郁景象；上面，夏天的天空中，辉煌灿烂的日光仿佛仅仅使它照射的地方显得更加萧瑟和阴森。我转身折回，登上长有石南的高地，稍许偏离了原来走的那条小径，朝一个简陋的旧木棚前面踱去，木棚就盖在枞树种植场边上，但我刚才只顾看那片湖水空阔荒漠的景色，竟没有注意到它。

我走近木棚，才知道那儿原先是个船库，分明是后来才被改成了简陋的凉亭，里面设了一条枞木长凳，摆了几个凳子和一张桌子。我走进去，坐下来缓口气，休息一会儿。

我在船库里还没待上一分钟，忽然发觉有什么东西在座位底下奇怪地响应着我急促的呼吸。我留心听了听，那是一种沉浊的倒气声，好像是从我座位下边发出的。我这人并不容易为一点小事激动，但是这一回却吓得跳了起来，我喊了一声，没听到回应，便重新鼓起勇气，向座位底下看去。

瞧那儿，无意中吓倒了我的东西就在那儿，那是一条可怜的小狗，一条大耳朵长毛黑花狗，蜷缩在顶里边的角落里。我望望小畜生，向它呼唤，它只微弱无力地呻吟，但是一动不动。我搬开板凳，更仔细地看它。可怜的小狗的眼光很快变得呆钝了，光泽雪白的半边身体上血迹斑斑。目睹一个柔弱无助的哑口畜生这样痛苦，肯定是世间最悲惨的情景。我把可怜的狗轻轻地搂在怀里，用我前面的衣襟当做临时吊床兜着它。就这样，尽可能不致触痛了它，尽快地把它带回到屋子里。

我看见走廊里没人，就立刻回到我的起居室里，用我的一条旧围巾给狗做了一个垫子，然后摇了摇铃。那个高大肥胖得无以复加的女仆来了，她那副憨痴的神情简直可以使圣徒失去耐性。一看见地下那个受了伤的畜生，她那张肥胖得不成样儿的脸上就堆满了笑。

"什么东西叫你看了这样好笑？"我气忿地问她，就好像她是我家里的仆人似的。"你知道这是谁的狗吗?"

"我不知道呀,小姐,我真的不知道呀。"她说到这里住了口,低下头去看了看狗受伤的一边身体,突然由于想到一件什么事而高兴起来,接着就快活得咯咯地笑,一面指着那伤口说:"这是巴克斯特干的,准是他干的。"

我非常恼火,恨不得给她一个耳刮子。"巴克斯特?"我说。"你管他叫巴克斯特的那个畜生又是谁?"

女仆又龇牙咧嘴,笑得更欢了。"我的天哪,小姐!巴克斯特就是管林子的人嘛;他看到野狗跑来,总是一下子就把它们毙了。这是管林子的责任嘛,小姐。大概,这条狗要死啦。它这儿被打中了,对吗?这是巴克斯特干的,准是他干的。是巴克斯特干的,小姐,这是巴克斯特的责任嘛。"

我恨得真希望巴克斯特枪打的不是这条狗,而是这个女仆。明知道不能指望这个顽冥不灵的家伙帮我减轻我脚底下小狗的痛苦,我就吩咐她唤女管家来。她完全像刚才进来时那样满脸堆着笑走了出去。随手关上门时,她还一边悄声自言自语:"是巴克斯特干的,这是巴克斯特的责任嘛——就是这么一回事。"

女管家是受过一些教育、比较懂事的人,她很细心,带上来一些牛奶和温水。一看见地上的狗,她就吃了一惊,脸色都变了。

"啊呀,我的天哪,"女管家叫了起来,"这准是凯瑟里克太太的狗!"

"谁的狗?"我十分惊讶地问。

"凯瑟里克太太的。也许您认识凯瑟里克太太吧,哈尔科姆小姐?"

"不认识。但是我听说过这个人。她住在这里吗?她打听到她女儿的消息了吗?"

"没打听到,哈尔科姆小姐。她就是上这儿来打听消息的。"

"什么时候?"

"就是昨天。她听人家传说,在我们附近看到一个和她女儿相像的人。我们这儿并没听到这种传说;我派人到村里去给她打听,那儿也不知道这件事。她肯定是带着这个可怜的小狗一起来的;她走的时候,我看见狗跟在她后面跑。这畜生大概是迷了路,走进了种植场,被枪打中了。您在哪儿找到它的,哈尔科姆小姐?"

"在临湖的那个旧木棚里。"

"啊,可不是,那地方就在种植场旁边,可怜的畜生大概死前要挣扎到最近可以隐蔽的地方,狗都是那样儿。您是不是可以用牛奶润湿它的嘴唇,哈尔科姆小姐,让我来把粘着创口的毛洗干净。我很担心这会儿已经太晚了,没用了。可是,我们不妨试试。"

凯瑟里克太太!女管家刚才提到这个名字,我就大吃一惊,这会儿它仍旧像回声在我耳边回荡。我们照护狗的时候,我又想起了沃尔特·哈特赖特叫我注意的那几句话。"万一将来安妮·凯瑟里克遇到了您,哈尔科姆小姐,您应当比我更好地利用那机会。"由于找到了被打伤的狗,我已经发现凯瑟里克来到黑水园府邸的事;由于知道了这件事,我还可能发现更多的情节。我决定尽可能利用现在碰上的机会,尽可能找到更多的线索。

"你是说凯瑟里克太太住在这儿附近什么地方吗?"我问。

"哦,不是的,"女管家说。"她住在韦尔明亨,到那儿去要穿过大半个郡,那地方离开这儿至少有二十五里路。"

"大概,你已经认识凯瑟里克太太多年了吧?"

"根本不是,哈尔科姆小姐,她昨儿到这儿来以前我没见过她。当然,我听人提到过她,因为听说珀西瓦尔爵士有一次行好事,把她女儿送去就医,凯瑟里克太太的行事很怪,但是样子很气派。她听说有人在这一带看到过她的女儿,但是这传说不可靠——至少我们都不知道这件事——她好像很失望。"

"我很关心凯瑟里克太太的事,"我接着说,想尽可能把话扯下去。"我要是早一些来,昨儿能见到她就好了。她在这儿待了一些时候吗?"

"是呀,"女管家说,"她待了一会儿。要不是我被叫开了,去回一位生客的话——那位先生来打听珀西瓦尔爵士什么时候可以回来——我想她还会多待上一会儿呢。她一听到女仆告诉我客人的来意,就立刻站起来走了。她道别的时候嘱咐我,不必告诉珀西瓦尔爵士她到这儿来过。我觉得这话说得很怪,尤其是对我这样一个负责管事的人说这话。"

我也觉得这话说得很怪。在利默里奇庄园的时候,珀西瓦尔爵士使我确信他和凯瑟里克太太彼此是可以绝对信任的。既然如此,那么为什么又要瞒着他,不让他知道她来黑水园府邸的事呢?

"也许,"我搭讪着说,因为看到女管家想知道我怎样解释凯瑟里克太太临别时说的那句话,"也许她认为,说出了她到这儿来过,会提醒珀西瓦尔爵士她失踪的女儿仍旧没找到,而这样只会给他增添无谓的烦恼吧。有关这件事,她谈得很多吗?"

"谈得很少,"女管家答道。"她主要是谈珀西瓦尔爵士的事,还问了许多话:他到什么地方去旅行呀,他的新太太是什么样的人呀。没能够在附近找到她女儿的下落,她好像并不太伤心,反而很气恼。'我就让她去吧,'记得她最后说,'大娘,我就让她丢了吧。'说完这句话,她紧接着就问到格莱德夫人;想知道夫人是不是长得漂亮、对人和蔼,是不是气派大方、身体健康、年纪很轻——啊呀!我早就知道它会这样完蛋。瞧呀,哈尔科姆小姐!可怜的畜生终于脱离苦难了!"

狗死了。就在女管家最后说到"气派大方、身体健康、年纪很轻"的时候,它发出了微弱的呜咽声,四条腿跟着痛苦地一阵抽搐。这个变化来得突兀惊人,一刹那间这畜生已经死在我们手底下了。

八点钟——我刚一个人在楼下吃完晚饭回来。从我窗子里望出去,落日正把荒野中的树梢染成火红。我又续写日记,这样可以使盼望旅游者归来的急躁心情平静下去。照我计算,他们这时候早就该到了。在使人昏昏欲睡的黄昏的沉静中,这宅院内是多么寂寥冷落啊!哦!再要过多少分钟我才可以听到车轮的声响,才可以跑下楼去投入劳娜的怀抱啊?

那个可怜的小狗!我真希望在黑水园府邸的第一天不要和死亡发生联系,尽管死的只是一个迷了路的畜生。

韦尔明亨——翻看一下我以前私下写的这些日记,我知道凯瑟里克太太住的地方叫韦尔明亨。我还保存着她的信,也就是珀西瓦尔爵士要我去信了解她那不幸的女儿的情况,她就此事答复我的那封信。将来有一天,只要候到一个好机会,我就要带着这封回信作为介绍,亲自去会见凯瑟里克太太,试试看我能不能从她那里打听到一些什么。我不明白,为什么她不愿意让珀西瓦尔爵士知道她来过这里;我根本不像女管家那样相信她的女儿安妮不在附近。在这种情形下,沃尔特·哈特赖特会有什么看法呢?可怜的好哈特赖特呀!我现在已开始感觉到需要他的诚恳的忠告和热心的帮助了。

真的,我听到了一些声音。是楼下一阵杂乱的脚步声吗?是呀!我听见了马蹄得得声;我听见了车轮转动声——

2

六月十五日——他们初到时的那阵骚乱已逐渐平息。旅游者归来,两天又已过去;在这段时间里,我们黑水园府邸里新的生活秩序已进入正常。现在我又可以多少像往常那样定下心来继续记日记了。

我想,首先需要记的是劳娜归来后我注意到的一个奇特的现象。

两个自己家里人,或者两个亲密的朋友,一旦分离,一个远渡重洋,一个留在本地,等到出外旅行的亲人或朋友归来,初次会面时,留在本地的亲人或朋友总会感到很尴尬。一个积极地接受了新的思想习惯，另一个消极地保留着旧的思想习惯，双方突然相遇，开始时最要好的亲人与最知己的朋友之间也仿佛失去了同情，突然体会到一种彼此都不曾料到也无法控制的生疏感。我和劳娜重逢时最初的一阵快乐逝去后，两人手握着手坐在一起，缓过了气，镇定下来，开始谈话，这时我就立刻觉出了，而她也觉出了这种生疏感。现在，我们又恢复了我们大部分旧的习惯，这种感觉已经部分淡薄，不久也许会完全消失。但是，既然我们又在一起生活，而这种感觉肯定已经影响了从前我对她的印象，所以我认为这里应当就此事提上一笔。

她认为我仍和从前一样，但是我发现她已经改变了。

不但容貌改变了，而且性格的某一方面也改变了。我不能断言她不及从前美，我只能说我觉得她不及从前美了。

其他的人，由于不会像我那样作今昔对比，不会用我的眼光观察她，也许认为她比从前更好看了。她的脸显得比以前更有血色，也更丰满和定型了，她的姿态好像更加稳重，一举一动都比出嫁前更沉着，也更娴雅了。然而，仔细看时，我就发现她缺了一些什么特点，那是劳娜·费尔利在快乐、天真的岁月中所具有，但我现在在格莱德夫人身上看不到的一些什么特点。从前，她脸上有着一种鲜艳、柔和、随时都在变化但永远不会消失的娇柔的美，那种媚态是你无法用言语形容的，或者，像可怜的哈特赖特常说的，也是你无法用画笔描绘的。而这一特点现在消失了。她那天晚上回来，在我们突然相会的那一阵激动下脸色曾经变白，我好像就在那一刹那里看到那种美淡淡地映现出来，但此后就再也看不到了。从她所有的来信中，我都没料到她在外表上会有改变。相反，看了那些信，我只以为，至少在容貌方面，她婚后是不会有改变的。也许，过去我误解了她信中所谈的话吧？也许，现在我看错了她的面貌吧？管它呢！她比以前美也好，不及以前美也好，反正过去六个月的分离只使我觉得她比以前更可爱了——无论如何，这总是她结婚的一个好处啊！

第二个变化,也就是我注意到她性格上的变化,但并未使我感到惊奇,因为,这一点我早已从她信中的口气里料到了。现在她回来了,但完全像我们在整个分别期间只能从信中了解对方时一样,我发现她仍旧不愿意仔细谈她的婚后生活。我只要一接近这个讳莫如深的话题,她就捂住我的嘴,她那种神情和举动使我深为感动地,几乎是痛苦地回忆起她的童年时代,回忆起那些一去不复返的幸福岁月,因为那时候我们之间是毫无秘密的。

"以后咱们在一块儿的时候,玛丽安,"她说,"只要对我的婚后生活听其自然,尽可能少去谈它想它,咱们就会更快乐,也更自在一些。我倒想要把凡是有关我的事都讲给你听,亲爱的,如果我的私事能够只讲到那里为止的话,"她接下去说,一面紧张地把我腰带上的扣子一会儿扣上,一会儿解开。"但是,它们是不可能只讲到那里为止的,它们总会牵涉到我丈夫的私事,既然现在已经结婚,我想,为了他的原故,为了你的原故,也为了我的原故,我最好是避免谈到那些事。我并不是说,讲了那些话就会使你难过,或者使我难过,我根本不是那个意思。但是——我要使自己高兴,因为你又来到了我身边;我要使你也高兴——"刚说到这里,她突然住了口,四面看了看我们在那儿谈话的那间屋子,也就是我的那间起居室。"啊!"她叫了一声,把双手一拍,因为认出了什么东西而愉快地笑了,"我又发现了一个老朋友!你的书橱,玛丽安——你的宝贝——小——椴木——旧书橱——我真高兴,你把它从利默里奇庄园搬来了!再有那把男人用的可怕的沉重的雨伞,你雨天出去总是带着它!再有,最重要的,这个可爱的吉普赛人的黑里俏的脸蛋儿,仍旧像从前那样对着我!坐在这儿真像又回到了家里。咱们还能使它更像自己家里吗?我要把我父亲的画像挂在你屋子里,不挂在我那里——我要把我所有从利默里奇庄园带来的小宝贝都放在这里——咱们每天都要在这四堵叫人感到亲切的墙壁当中消磨许多时光,哦,玛丽安!"她说时突然在我双膝跟前一只凳子上坐下,仰起头来急切地瞅着我的脸,

"答应我：你永远别结婚，别离开我。说这种话很自私，但是，你如果不出嫁，那要比现在好得多——除非——除非你爱你的丈夫——但是，除了我，你不会那样爱其他的人，对吗？"她又住了口，把我两只手交叉在膝上，然后把自己的脸伏在我手上。"你近来写了很多信，也收到了很多信吧？"她突然改变口气，放低了声音问。我明知道这句问话指的是什么，但是我认为自己有责任不去迎合她的意思。"你收到他的信了吗？"她接下去问，吻了吻仍把脸贴在它们上面的双手，想要哄着我宽恕她这样大胆直接提出的问题。"他身体好吗？快乐吗？仍旧工作吗？他已经定下心来了吗——已经把我忘了吗？"

她不应当问这些话。她应当记得，珀西瓦尔爵士那天早晨要她信守婚约，她把哈特赖特的画册永远交给我时是怎样表示决心的。可是，咳！世上哪有那么一位完人，他一经作出决定，会永远不失言反悔呢？世上哪有那么一位妇女，她一旦出于真挚的爱情，在心中树立了一个形象，此后又能真的摧毁它呢？虽然书里告诉我们，说是有这样超凡入圣的人，然而我们自己的经验又是怎样答复书里的话呢？

我之所以不去劝诫她，也许因为我真佩服这种大胆的坦率，想到如果是处于她的地位，其他妇女尽可以瞒着哪怕是自己最亲密的朋友；也许因为我扪心自问，想到如果处于她的地位，我也会提出同样的问题，怀抱同样的想法。我只能回答她说，近来我没写信给他，也没收到他的信，接着就转到其他不这样危险的话题上。

她回来后，我们第一次谈体己话时，有许多事使我感到难过。自从她结了婚，我们彼此间的关系已发生变化，我们有生以来首次遇到了一个谁都不能去谈的问题；我听了她勉强说出的一些话，就感到愁闷，相信他们夫妻间根本不是感情融洽和相互体谅的；我痛苦地发现，那件不幸的爱情（不管它是多么纯洁，多么无害）仍旧深深地在她心中留着影响，而这些发现当然会使任何一个像我这样关怀和爱怜她的妇女为之烦恼。

只有一件事可以减轻上述烦恼——这件事应当使我感到宽慰,而它也确实使我感到宽慰。她性格中所有的温柔娴雅,她天性中所有的深挚感情,所有使接近她的人都会喜欢她的那种魅力,又随着她回到了我身边。对其他的印象,我有时候还会有点怀疑。对最后这一最宝贵、最令人快慰的印象,随着每小时的消逝,我越来越肯定了。

现在让我从她转而谈到那一些和她同来的人吧。我首先当然注意到她的丈夫。这次珀西瓦尔爵士回来后,我可曾从他身上看出一些可以令人刮目相看的地方?

我不知道怎么说是好。自从回来以后,他好像一直为了一些琐事烦恼;而每逢这种时刻,他对谁都看不入眼。我觉得他比离开英国时更消瘦了。他那扰人的咳嗽和坐立不安的举动显然比以前加剧了。他的态度,至少是对我的态度,变得比往常生硬得多了。他回来的那天晚上,根本不像从前那样彬彬有礼,他没说欢迎的客气话,看到我时并没表示特别高兴,只是简慢地握了握手,急促地说了句"您好,哈尔科姆小姐,很高兴又见到您"。他好像把我看作黑水园府邸中必不可少的一件附属物,一经把我安顿在适当的地方就可以了事,此后就完全把我丢在脑后了。

多数人都会在自己家里露出他的某些特性,尽管这些特性他们在其他地方总是隐瞒着;珀西瓦尔爵士已表现出一种酷爱整齐的怪癖,这可是我的新发现,是我以前不曾在他身上觉察到的。如果我从书房里取了一本书,随手把它放在桌上,他就会跟了过来,把它归还原处。如果我从椅子里站起,仍让它放在我刚才坐的地方,他就会很当心地把它靠墙摆好。他从地毯上拾起偶尔落在那里的花朵,一面不高兴地向自己嘟哝,好像它们是一些炭碴,会烧坏了地毯;如果台布上有一条皱纹,或者饭桌上哪里缺了一把刀,他就会向仆人凶恶地咆哮,就仿佛他们侮慢了他似的。

我已经提到,他自从回来后就被一些烦恼的琐事困扰着。我注意到他表现得不及从前那样好,也许主要就是由于这些事情吧。我试图用这一理由向自己解释,因为我真希望不要因此就对未来灰心。无论什么人,离乡日久,刚回到家就遇到一些烦恼的事,当然要生气,而据我亲眼目睹,珀西瓦尔爵士确实遇到了这类恼人的事。

他们回来的那天晚上,女管家跟着我走到门厅里,迎接她男女主人和他们的客人。珀西瓦尔爵士一看见她就问最近有人来过吗。女管家回话时,提到了以前曾经向我提及的那件事,说有一位生客来打听主人什么时候回来。他立刻询问那人的姓名。没留下姓名。那位先生有什么事情?没提到有什么事情。那位先生是什么样子?女管家试着形容他,但是没法举出什么特征,可以使她的主人想出那位无名的客人是谁。珀西瓦尔爵士蹙起眉头,气忿地一跺脚,也不去理会别人,就径自走进了屋子。

我不明白他为什么会为了一件小事这样烦恼,然而,毫无疑问,他确实显得十分烦恼。

不管怎样,我最好还是不要轻易对他在自己家里的态度、语言和举动下结论,还是再过一个时期,先等他摆脱了目前分明使他在暗中感到不安的烦恼,不管这些烦恼属于什么性质。现在我要翻到下一页,暂时把劳娜的丈夫搁下不提。

接下去要谈的是两位客人:福斯科伯爵和伯爵夫人。我要先谈伯爵夫人,这样可以尽快给这女人作一番交代。

劳娜在给我的信中说,我遇见她姑母时会认不出她来,这确非过甚其辞。我还从来不曾见过一个妇女像福斯科夫人这样在婚后有这样大的变化。

从前当她是埃莉诺·费尔利时(那时三十七岁),她老是说狂妄自大的糊涂话,老是像虚荣愚蠢的妇女那样向长期受罪的男人进行种种无聊的挑剔,折磨着那些倒霉的家伙。如今做了福斯科夫人(现年四十三岁),她可以接连几小时不吭声,怪模怪样地僵坐在那儿。从前披在两颊的怪可笑的鬈发,现在改成了小排僵硬的、极短的鬈结儿,像我们看到的那种老式假发。头上戴了一顶朴素而庄严的帽子,她在我记忆中首次显得像一个正派妇女。现在再没有谁(当然,除了她的丈夫)看到以前大伙看到的那副样儿了(我指的是女性的锁骨与肩胛骨以上那部分的骨骼结构)。她穿一件纯黑或者灰色衣服,领子高高地裹着脖子(没出嫁的日子里,她看见别人这种打扮,会轻狂地大笑或者发出惊呼),一声不响地坐在角落里;她那双苍白干燥的手(干燥得连皮肤上的毛孔都像蒙了一层垩粉)不停地做着活计:或者是呆板无聊地刺绣,或者是没完没了地卷那些专为伯爵吸的烟卷儿。偶尔她也让那双冷漠的蓝眼睛离开活计,这时候一般总是注视着她的丈夫,我们只习惯在一条忠实的狗的眼光中看到那种默然恭顺的探询神气。我只一两次发现她那严冰冻结的外壳里边开始融化,那是伯爵向家里某一个妇女(包括女仆)说话,或者露出近似注意关心的神情时,她对那妇女表示出难以克制的狠毒的妒意。除了这一特殊情况外,她不论早晨、中午或者晚上,不论室内或者户外,不论晴天或者雨天,总是那么冷冰冰的像一座塑像,死板板的像用来雕刻塑像的石头。对一般人说来,她这种非常的转变肯定是件好事,因为这一来她就成了一个文静的、有礼的、不再干扰他人的妇女。至于实际上她究竟是变得更好了还是更坏了,那可是另一个问题了。我有一两次看见她抿紧的唇边突然有了异样的表情,听见她平静的声音里突然发生变化,当时我就怀疑,她这样克制着自己,是不是她性格中某些危险的成分现在被封闭住,而从前则是在自由表现中无害于人地散发出了呢。我这种想法很可能是完全错误的。然而,根据自己的印象,我仍旧认为那是对的。这只好让时间来证明了。

还有那位完成这一神妙的改造工作的魔术师,那位将这个一度骄纵的英国妇女驯服得连她自己的亲属都几乎无法认识的外国丈夫——我的意思是说,那位伯爵。那伯爵又是怎样一个人物呢?

这可以概括为一句话：他像是能驯服一切的人。如果他娶的不是一个女人，而是一头雌老虎，他会驯服了那头雌老虎。如果他娶的是我，我也会像他妻子那样给他卷烟卷儿，如果他朝我看上一眼，我也会不再开口了。

甚至在这本私人日记中，我几乎害怕坦白地说出：这人使我对他发生了兴趣，被他吸引，并且不得不喜欢他。他在短短两天之内已引起我的好感与重视。若问他怎样会创造出这一奇迹，那连我也说不上来。

使我十分惊讶的是，现在一想到了他，我就会多么清楚地看见他的形象！除了劳娜以外，其他的人，不论珀西瓦尔爵士，或者费尔利先生，或者沃尔特·哈特赖特，或者任何其他不在我身边但是被我想到了的人，形象都不及他那么清晰！我能听见他的声音，仿佛他这会儿正在对我说话。我记得他昨天怎样和我谈天，清晰得就像我这会儿听见了一样。叫我怎样形容他呢？他在容貌、习惯、娱乐方面都具有许多特点，如果这些特点是属于另一个人的，我就会用最粗鲁的语言去诋毁，或者用最无情的方式加以嘲笑。又是什么力量使我不能在这些方面对他进行诋毁或嘲笑呢？

比如，他长得非常胖。在这以前，我一向特别厌恶胖子。我老是讲，一般人认为身体异常胖与心肠异常好二者具有不可分割的关系，这无异于说：只有心肠好的人才会长得胖，或者，只要随便在一个人身上多添上几磅肉，就会直接使那个人的性格变得更好。为了驳斥这两种荒谬不经之谈，我总是引证一些肥胖的人，说明他们卑鄙、险恶、残酷的程度并不亚于他们那些最瘦弱的同胞。我总是问：亨利八世[①]是心肠好的人吗？教皇亚历山大六世[②]是性情善良的人吗？杀人犯曼宁先生和曼宁夫人[③]不都是长得很

---

① 亨利八世（1491—1547），英国国王（1509—1547年在位）。
② 亚历山大六世（1431—1503），1492至1503年任教皇。
③ 曼宁夫妇谋害奥康纳，于1849年被判死刑判决，是最轰动英国社会的一件谋杀案。

肥胖吗？一般被描写为全英国最残忍的雇佣的保姆，她们多数不也是全英国最肥胖的妇女吗？诸如此类的例子，现代的，古代的，本国的，外国的，上流社会的，下等社会的，还可以举出很多。尽管我竭力辨析这个问题，坚定地抱有以上看法，然而，现在见到了福斯科伯爵，他虽然胖得像亨利八世，但并没有由于身躯臃肿而惹人讨厌，反而在极短的时间内赢得了我的好感。这是多么不可思议的事啊！

是他那张脸赢得了我的好感吗？

可能是他那张脸。他在很大程度上长得极像伟大的拿破仑。他的五官和拿破仑的一样端正英俊；他的表情使人想起了这位伟大军人的威武沉着与刚毅坚定。这一明显的相似之处，肯定首先给我留下了深刻的印象；但除了面貌相似以外，他还有一些地方给我留下了更深刻的印象。大概，我现在试图探索的那股力量就潜藏在他眼睛里。那是我以前从未见过的最神秘莫测的灰色眼睛；它们有时候闪出一种冷静的、晶莹可爱的、令人无法抗拒的光芒，迫使我朝他看，但看时却又一种畏缩之感。他头上和脸上的其他部分也有奇怪的特征。比如，他的脸色就很特别，白里泛出灰黄，和他那深棕色的头发很不相称，我甚至怀疑他的头发是假的；虽然（珀西瓦尔爵士说）他已年近六旬，但是他的脸上没有一丝皱纹，全部刮得很干净，比我的脸更加光洁。他在我所见过的人当中显得很突出，在我看来，主要并不是由于这些面貌上的特点。目前我只能说，我之所以会一眼看出了他与众不同，那完全是因为他眼光中具有一种特殊的表情和特殊的力量。

在某种程度上，他的态度，以及他使用我国语言的才能，可能也赢得了我对他的尊重。他斯文有礼，听妇女谈话时露出喜悦与关心的神情；和妇女说话时声调中流露出一种神秘的柔和，不管怎样，反正谁也无法抗拒那种影响。在这方面，他使用英语的才能肯定也对他有帮助。我常听说，有许多意大利人在掌握我国强硬的北方语言方面显露了非凡的才能，但是，在见到福斯科伯爵之前,我从未想到一个外国人的英语竟能说得像他这样纯正。有时候,从伯爵的腔调中,你几乎没法觉察出他不是我们本国人;谈到流利程度,极少地道的英国人能像他那样一不重复二不打顿。他多少也会用外国人所造的那种句子,但是我还从来没听到他用错一个词语,或者在挑选字眼时迟疑过一下。

这个怪人的特点,哪怕是那些极细微的特点,都明显地含有离奇难解的矛盾成分。他虽然身体那么胖,年纪那么老,但是他的行动却轻捷得惊人。他在屋子里,安静得就像我们妇女一样。此外,虽然你一看上去就明知道他意志坚强,但他却像我们最柔弱的妇女那样神经质地敏感。他偶尔听到轻微的响声,就会像劳娜那样不由自主地感到吃惊。昨天珀西瓦尔爵士打一只大耳朵长毛狗,伯爵就哆嗦了一下,吓得躲开了;和他相比,我就感到自己不够慈悲和敏感,觉得很是惭愧。

讲到以上这件事,我就联想起他最古怪的一个特点,这特点我前面还没提到,那就是他爱好一些小动物。

他把一些小动物留在大陆,但是仍把一只鹦鹉、两只金丝雀和一窝小白鼠带到府邸里来。他亲自一一照料这些罕有的宠儿,还教会了这些小动物怎样出奇地喜爱他,怎样和他亲昵。那个对其他的人都十分阴险凶恶的鹦鹉,看来却是一心地爱他。他把鹦鹉从它的大笼子里一放出来,它就跳上他的膝头,用爪子抓着攀上他那肥大的身体,十分亲热地用它的冠蹭他灰黄色的双下巴颏。他只要一打开金丝雀的笼门,向它们唤上一声,那两个调驯了的漂亮小鸟就毫不畏惧地歇在他手上,他一吩咐它们"上楼",它们就依次登上他伸出的肥胖的手指,而一到了大拇指上,就扯直了嗓子快乐地歌唱。他的小白鼠住在他亲自设计编制的花漆铁丝小宝塔里。它们几乎和金丝雀一样驯服,而且也像金丝雀那样经常被放出来。它们白得像雪一样,在他身上爬来爬去,在他坎肩里钻出钻进,成双结对地蹲在他那宽阔的肩上。在所有的小动物中,他好像最怜爱他的小老鼠,老是对着它们笑,吻它们,还用种种爱称呼唤它们。如果一个英国人也有这种童稚的兴趣与娱乐，那他被成年人看见时，肯定会为此事感到很难为情，急忙为此事道歉。然而，这位伯爵在他自己粗大的身体和他娇小的动物奇怪的对比下，分明并不觉得有任何可笑之处。他会当着一群猎狐的英国人温柔地吻他的小白鼠，对着他的金丝雀叽叽喳喳学鸟语，而如果那些人大声笑他，他只会对这些野蛮人表示惋惜。

我记述这些事时，几乎觉得它们是不可信的，然而却确有其事，而且这个人，尽管钟爱他的鹦鹉时好像一个老处女，管理他的小白鼠时，每个小动作灵活得像拉手风琴的乐师，但是，一时兴起，他又能大胆地敞开思想谈话，他熟悉各国文字的书籍，他曾进入欧洲一大半国家首都的上流社会，他在文明世界的任何集会上都可以成为一位显要人物。这个调驯金丝雀的人，这个给小白鼠编制宝塔的人，又是当今一位第一流的实验化学家（这是珀西瓦尔爵士亲口对我说的），除了其他一些惊人的发明以外，他还研究出一种方法，可以僵化一具尸体，使它坚硬得像块云石，可以将它永远保存起来。这个肥胖的、懒得动弹的、已过中年的人，神经十分灵敏，偶尔听到一点声响就会惊起，看到家里一条狗被鞭子抽了就要躲开，他来到的第二天早晨到马房里去，把一只手放在一条拴着的猎狗头上，那畜生十分凶狠，连那喂它的马夫也远远躲开它。那一次伯爵夫人和我也去了，后来发生的一件事虽然历时很短，但我是不会忘记它的。

"当心那狗呀，爵爷，"马夫说，"它什么人都咬！"

"它咬人，我的朋友，"伯爵沉静地回答，"既然人家都怕它。咱们倒瞧瞧它会不会咬我。"说着他就伸出了十分钟前金丝雀曾歇在上面的那根黄里泛白的胖手指，揿在那个可怕的畜生的脑袋上，逼视着它的眼睛。"你们这些大狗都是胆小鬼，"他轻蔑地对狗说，他的脸和狗的脸相距只一寸。"你会咬死可怜的猫，你这个该死的胆小鬼。你会扑上去咬饥饿的乞丐，你这个该死的胆小鬼。只要谁被你冷不防吓倒了，只要谁怕你这个大身体，怕你这一口恶毒的白牙齿,怕你这个淌着口水想吸血的嘴,你就要向他扑上去。这会儿你可以把我吞了呀,你这个卑鄙可怜、欺软怕硬的家伙,可是,你连正眼都不敢对我看,因为我不怕你呀,你会再耍什么鬼主意?准备用你的牙齿在我脖子上试一试吗?呸!你才不敢呢!"他转过身对院子里几个吃惊的人大笑,而那狗却乖乖地爬回它窝里去了。"哎呀!瞧我这件漂亮的坎肩!"他懊丧地说,"我不该上这儿来的。干净漂亮的坎肩上沾了那畜生的口水。"这几句话道出了他另一个令人难解的怪癖。他像傻气十足的人爱穿好看的衣服,来黑水园府邸刚两天,他已换了四件上好的坎肩,都是浅色花哨的,连穿在他身上都显得很宽大。

除了性格上表现出的奇怪的矛盾,以及一般嗜好与活动中流露出的孩子气,同样引人注意的还有他在一些小事中显示出的机智。

我已经看出,他准备在旅居此地期间与我们融洽相处。他分明已经感到劳娜心中不喜欢他(经我追问,她也向我承认了这一点),但是他同时又发现她是热爱花儿的。她每次想要一个花束,他就把自己采摘整理、已经扎好了的赠给她,我觉得很有趣,见他总是那样狡猾地备下了双份花束,另一份花种完全相同,搭配得完全一样,不等到他那孤僻妒忌的妻子感到委屈,他已经去讨好她了。他怎样对待伯爵夫人(当着大伙的时候),那情景也很有趣。他向她鞠躬,习惯称呼她"我的天使",让他的金丝雀站在他手指上向她敬礼,唱歌给她听,她把烟卷儿送给他时,他吻她的手,还用一些小糖果作为回敬,从口袋中一只盒子里取出糖果,戏谑地放在她嘴里。他用来管制她的那根铁棍从来不当着众人拿出,永远藏在楼上,那是一根从不公开的棍子。

他向我献殷勤时用的方法又完全不同。他把我当男子对待,和我谈话时严肃认真,以此满足我的虚荣心。可不是!我离开他后,就明白了他的用意,我到了楼上自己房间里想起他时,就知道他是在取悦我的虚荣心,然而,我一到楼下,再和他在一起时,他又把我迷住了，我就像始终不曾明白他的用意似的，又去受他奉承了！他能够制服我，一如他能够制服他的妻子和劳娜，昨天制服了马房院子里的猎狗，随时都制服了珀西瓦尔爵士。"我的好珀西瓦尔！我多么爱听你这种粗俗的英国人的玩笑话啊！"——"我的好珀西瓦尔！我多么欣赏你这种健全的英国人的判断力啊！"每逢珀西瓦尔爵士嘲笑他那些娘儿们腔的兴趣和娱乐，他总是用这方式把那些最粗鲁的话轻轻地支吾过去，总是用教名称呼从男爵，拍拍他的肩膀，向他露出泰然自若的微笑，像一位慈父对待执拗的儿子那样毫不计较地宽容他。

我对这个奇特的人物实在感兴趣，终于去向珀西瓦尔爵士打听他的历史。

珀西瓦尔爵士也许是知道得很少，也许是不肯多告诉我。他和伯爵在罗马的初次会见已经事隔多年，当时那种惊险的场面我已在前面什么地方提到过。从那时起，他们俩就经常聚会，在伦敦，在巴黎，在维也纳——但是再不曾在意大利相会；说也奇怪，许多年来伯爵始终不曾进入故国国境。也许他是受到了什么政治迫害吧？不管怎样，看来他对故土仍是一往情深的，只要有本国人来到英国，他都不肯错过见到他们的机会。他那天晚上一到这里，就问最近的城镇离我们这儿有多远，我们可知道那里住有什么意大利人。他肯定是和大陆上的人通信的，因为他收到的信上贴有各种奇怪的邮票，今天早晨我看见早餐桌上放着一封他的信，上面盖了一颗很大的官印。也许他是在跟本国政府通信吧？可是，这又和我原来的想法不一致了，我本来还以为他可能是一个政治流亡者哩。

瞧我写了多少有关福斯科伯爵的事！可怜的好吉尔摩先生又要用他那一味讲求实际的口气问："这有什么意思呢？"我只能重复一遍：即使认识不久，我确实感到，我对伯爵的喜爱有一种既愿意又不愿意的奇怪之处。他好像已经控制了我，一如他显然已经控制了珀西瓦尔爵士。珀西瓦尔爵士对待他的胖朋友，虽然有时候会不客气，甚至很粗暴，然而，可以清楚地看出，他却害怕真的得罪了伯爵。我怀疑自己是否也害怕他。我肯定生平从未遇到过这样一个我自己唯恐与他为敌的人。这是因为我喜欢他呢，还是因为我害怕他呢？Chi sa？像福斯科伯爵用他本国语言说的。谁知道呢？

六月十六日——除了自己的感想与印象而外，今天还有一件事要记。来了一位客人，这人是劳娜和我完全不认识的，分明也是珀西瓦尔爵士完全不曾料到的。

我们都在法国式新窗子临阳台的那间屋子里进午餐，伯爵（除了寄宿学校里的女生，我从未见过有人那样狼吞虎咽地吃糕点）刚一本正经地要吃第四个果馅饼，把我们都逗乐了，这时仆人进来回话，说有客人到。

"梅里曼先生来了，珀西瓦尔爵士，他这就要见您。"

珀西瓦尔爵士吃了一惊，望了望仆人，露出气恼和慌张的神情。

"梅里曼先生！"他重复了一遍，仿佛以为自己听错了。

"是的，珀西瓦尔爵士，是梅里曼先生，从伦敦来。"

"他人呢？"

"在书房里，珀西瓦尔爵士。"

听到最后一句答话，他立即离开餐桌，也不向我们打个招呼，就匆匆忙忙走出了屋子。

"梅里曼先生是谁？"劳娜问我。

"我一点儿也不知道。"我只能这样回答。

这时伯爵已吃完他的第四个果馅饼，走到靠墙的一张茶几跟前去照护他那只凶恶的鹦鹉。接着他回到我们这边，肩上立着那只鸟。

"梅里曼先生是珀西瓦尔爵士的律师。"他安详地说。

珀西瓦尔爵士的律师。这已直截了当地回答了劳娜的问话，然而，在当时的情况下，并未说明全部问题。如果梅里曼先生是他的委托人特意找来的，那么他应召出城这件事该是毫不足奇的。但是，如果律师未经召唤就从伦敦赶到汉普郡，而且来到这儿又大大惊动了他的委托人，那么我们可以肯定地认为来访的律师带来了一条十分重要也十分意外的消息——这消息也许是极好的，也许是极坏的，但无论是属于哪一类，它总不会是普通性质的。

劳娜和我一句话不说，在餐桌上坐了一刻钟或更长的时间，心里七上八下地揣测，不知道发生了什么事情，都盼望珀西瓦尔爵士会很快回来。最后，看样子他不会回来了，于是我们站起身，准备离开那里。

伯爵仍像平时那样礼貌周到，他原来在角落里喂他的鹦鹉，这时仍让那只鸟歇在肩上，从那儿走上前给我们开门。劳娜和福斯科夫人先走出去。我刚要跟着她们往外走，还没绕过他身边，他就向我做了个手势，样子很古怪地跟我搭讪。

"是呀，"他仿佛正在冷静地答复我当时藏在心中尚未全部吐露的话，"是呀，哈尔科姆小姐，是出了什么事故。"

我刚要回答"我并没说这话"，那凶恶的鹦鹉便扇起那剪短了的翅膀，尖厉地一声叫喊，我立刻神经紧张到了极点，只想快点离开那间屋子。

我在楼梯口赶上了劳娜。真没想到，福斯科伯爵刚才脱口道破的不只是我的心事，也是劳娜的心事，这时她几乎是重复了他的话。她也悄悄对我说，害怕出了什么事故。

3

六月十六日——今晚临睡前，我要在这一天的日记里再写上几行。

珀西瓦尔爵士离开餐桌，到书房里去会见他的律师梅里曼先生，过了大约两小时，我独自离开自己的房间，准备到种植场去散步。我刚走到楼梯口,书房门开了,两位绅士走出来了。考虑到自己最好别在楼梯上出现,以免惊动了他们,我决定等他们穿过门厅后再下楼。这时他们谈话虽然放低了声音,但是话说得相当清晰,传到了我耳朵里。

"您尽管放心,珀西瓦尔爵士,"我听见律师说,"这件事格莱德夫人是完全能作主的。"

我已经转身,准备回自己屋子里去等一会儿,但是一听见一个陌生人提到劳娜的名字,我立刻停下了。应当说,这样偷听人家的话是非常错误的,也是极不光彩的,然而,在我们所有妇女中,如果道德原则和自己的感情,以及由感情而产生的利害关系相抵触,那时还有谁肯去拿空洞的道德原则来约束自己的行动呢?

我偷听了——如果再遇到类似情形,我还是要偷听——可不是,如果没有其他办法,我不惜把耳朵凑到钥匙洞口去听!

"手续您都明白了吗,珀西瓦尔爵士?"律师接着说,"要格莱德夫人当着一位证人——或者当着两位证人,如果您想特别周到的话——签好了名,然后用手指点着签的字说:'这是本人的签字,我愿履行契约。'如果能在一星期内办好这步手续,就可以十分顺利地作好安排,也就不必再为那件事担心啦。如果不能——"

"你说'如果不能'又是什么意思?"珀西瓦尔气呼呼地问。"既然必须这样办,它就一定要这样办。我向你保证,梅里曼。"

"那敢情好,珀西瓦尔爵士——那敢情好,不过,无论处理什么事情,都会遇到两种可能,我们做律师的喜欢大胆面对两种可能。万一遇到了什么特殊情况,不能作出那种安排,我想,是不是可以设法让对方接受三个月的期票。可是,那笔款子怎么办,如果期票到了期——"

"去他妈的期票!只有一个办法筹那笔款子,我再对你说一遍,会用那个办法筹到的。别就走呀,梅里曼,先喝一杯。"

"非常感谢,珀西瓦尔爵士,我要赶这班上行火车,一分钟也不能耽搁。一旦手续办齐，您就让我知道，好吗？您可别忘了我指出的要当心的事——"

"当然不会忘了。狗车①在门口等着你。我的马夫这就送你去火车站。本杰明，赶车加把劲！快上车。要是梅里曼先生误了火车，你就要丢了饭碗，坐稳了，梅里曼，如果你翻了车，相信魔鬼会救他的伙伴。"说完这几句告别词，从男爵转身回到他书房里。

我没听到许多话，但单凭传到耳朵里的这么一点儿我已经感到不安了。所谓"出了""什么事"，明明是严重的债务纠纷，而珀西瓦尔爵士必须依靠劳娜才能摆脱困境。一想到她被牵连到丈夫不可告人的麻烦事情里，我就十分忧愁，当然，事情的严重性不免会被夸大了，因为我对这些事情是外行，同时又不相信珀西瓦尔爵士，对他存有偏见。现在我不打算再出去，我立刻回到劳娜屋子里，把我听到的话告诉了她。

她听了我报告的坏消息，神色自若，这使我感到很奇怪。显然，有关她丈夫的性格以及他的债务纠纷，她所了解的要多于我迄今所猜到的。

"听到那个陌生人来看他，又不肯留下姓名，"她说，"我就害怕会有这种事。"

"那么，你猜想那个人是谁？"我问。

"他是珀西瓦尔的大债主，"她回答，"梅里曼先生今天来，就是为了他的事。"

"有关债务的事，你可有些了解？"

"不了解，详细情形我不知道。"

"不管是什么文件，劳娜，你在没看之前总不会签字吧？"

"当然不签，玛丽安。为了尽可能使咱们的日子过得舒适愉快，亲爱的，凡是能够帮助他的事，只要是诚实的，无害的，我

---

① 指一种单马拉的双轮轻便马车，最初座位下装有载猎狗的笼子，故名。

都情愿做。但是，我不能盲目地去做将来有一天可能会使咱们丢脸的事。这件事咱们暂时就别提了。瞧你戴上了帽子——要不，咱们到园地里去消磨这个下午好吗？"

离开了住房，我们朝最近有树荫的地方走去。

我们在住房前面穿过林间空地，看到福斯科伯爵不避六月里午后的烈日，在草地上慢腾腾地来回踱步。他戴了一顶环有紫色缎带的阔边草帽。肥大的身体上披着一件蓝色罩衫，胸前绣着白色花饰，原来可能是腰部的地方束了一条大红宽皮带。本色布的裤子上，足踝以上的地方，绣了更多白色花饰，脚底下趿着一双摩洛哥皮拖鞋。他正在唱《塞维勒的理发师》①中费加罗的那首名歌，只有意大利人的嗓子能唱得那么清脆圆润，他用手风琴自拉自唱，拉琴时得意忘形地举起了双臂，姿势优美地转动着脑袋，好像肥胖的圣塞茜莉亚②穿了男人的衣服在跳化装舞。"费加罗 quà！费加罗 là！费加罗 sù！费加罗 giù！"③伯爵一面唱一面展开双臂，洋洋得意地拉着手风琴，从手风琴的后面向我们鞠躬，那副轻盈优美的姿势活像二十岁的费加罗。

"相信我的话，劳娜，那个人对珀西瓦尔爵士的债务纠纷是知道底细的。"我说，这时我们在伯爵听不见的地方向他回礼。

"你怎么会有这种想法呢？"她问。

"否则他怎么能知道梅里曼先生是珀西瓦尔爵士的律师呢？"我回答。"再有，我跟着你走出餐室的时候，他没等我发问就告诉我，说'出了什么事故'。相信我的话吧，他比咱们知道得更多。"

"即使他知道得更多，你也别去向他打听。咱们可别把他当作自己人！"

"你好像是恨透了他，劳娜。他说了什么话，做了什么事，会

---

① 《塞维勒的理发师》是法国喜剧作家博马舍（1732—1799）所写的著名喜剧。剧中理发师费加罗生性愉快，博闻广识，凭其机智击败了医生霸尔多洛。
② 圣塞茜莉亚：3世纪基督教殉教圣徒，死后被尊为音乐守护神。
③ 意大利语："费加罗在这儿！费加罗在那儿！费加罗在上边！费加罗在下边！"

使你这样恨呀?"

"没什么,玛丽安。相反,我们回来的时候,他一路上对我殷勤周到,有几次,为了十分照顾我,他没让珀西瓦尔爵士发脾气。我之所以恨他,也许是因为他比我更能支配我的丈夫吧。也许是因为想到了必须由他来从中调解,这就伤了我的自尊心吧。我只知道,我就是恨他。"

那天和晚上其余的时间就那样很平静地过去了。伯爵和我下棋。头两盘他客气地让我赢了,后来,一看出我知道了他的意思,就先向我打了招呼,第三盘下了不到十分钟就把我将死了。整个晚上,珀西瓦尔爵士一次也没提到律师来访的事。但是,很奇怪,也许是由于那件事,也许是由于其他什么事,他的态度变得更好了。他对我们大家彬彬有礼,温和可亲,又像他当初在利默里奇庄园受考验的时候那样,他对妻子异样地小心温存,连对一切都无动于衷的福斯科夫人也注意到了,于是一本正经惊奇地瞅着他。这是什么原故呢?我想我只能猜测——恐怕劳娜也只能猜测——但我相信福斯科伯爵是心里明白的。我发现,整个晚上珀西瓦尔爵士不止一次地看着他的眼色行事。

六月十七日——这是多事的一天。衷心希望我不至于说:它也是灾难的一天。

早餐时,珀西瓦尔爵士仍像昨天那样一句不提我们为之悬心的神秘"安排"(按照那位律师的说法)。可是,一小时后,他忽然到晨厅里来找伯爵,当时我和他妻子都戴好了帽子,正在那里等候福斯科夫人一同出去。

"我们还以为他这就要来呢。"我说。

"是这么一回事,"珀西瓦尔爵士接着说,一面紧张地在屋子里走来走去,"我要福斯科和他夫人到书房里去一趟,只是为了做一个形式,我要你也去一会儿,劳娜。"他不再往下说了,仿佛这会儿才注意到我们都是散步的打扮。"你们刚回来吗?"他问,"还是正准备出去?"

"我们打算今儿早晨到湖边去,"劳娜说,"可是,如果你有别的事——"

"不,不,"他急忙回答,"我的事可以等一等。早餐或者午饭后都一样。一起到湖边去,对吗?这主意好。让咱们逛一个上午——我也加入。"

难道他这样一反常态,乐意改变他的计划,是为了与人方便吗?即使你误解了他这番话的意思,你也不会误解了他那种神情。显然,为了缓和自己的紧张,他只是想找一个借口,推迟一下他所说的要在书房里做的"形式"。我一得出这个必然的结论,心都冷了。

这时伯爵夫妇也来了。伯爵夫人拿着丈夫的绣花烟叶口袋和许多纸,准备没完没了地卷烟卷儿。爵爷仍像平时那样穿着罩衫,戴着草帽,拿着那个花花绿绿的小宝塔笼子,那里面是他心爱的小白鼠,他一会儿对它们笑,一会儿对我们笑,笑得那么亲切和蔼,使你不由得对他产生好感。

"请诸位原谅,"伯爵说,"我要把我这小小一家人,把我这些可怜、可爱、与人无害的小小乖宝贝耗子也带着,和咱们一块儿出去散步。屋子附近有狗,我能让狗欺负我可怜的白宝贝儿吗?啊,绝对不能呀!"

他慈爱地向宝塔铁丝笼网里的小白宝贝儿咂嘴。我们一起离开住宅,向湖边出发。

一到了种植场上,珀西瓦尔爵士就和我们走散了。每逢这种时刻,好像由于好动的脾气,他总是离开了他的伙伴,独个儿忙着给自己砍一些手杖。仿佛单从随意地砍劈中就能获得一种乐趣。他家里摆满了自己制的手杖,但没有一根会被用上两次。只要用过一次,他对它们的兴趣就消失了,他只想制作更多的手杖。

到了那个旧船库里,他又和我们会合。这里我要原原本本把大家坐定后进行的谈话记录下来。对我来说,那是一次重要的谈话,因为从此我对福斯科伯爵在我思想感情上施加的影响就存了戒心,决定将来要尽可能予以抵抗。

船库很大,足够容纳我们所有的人,但是珀西瓦尔爵士仍旧在外边用他的小斧头削光新制的手杖。我们三个妇女很宽绰地坐在那张大长凳上。劳娜做她的活计,福斯科夫人开始卷她的烟卷儿。我仍像往常一样什么活也不做。我的一双手一向是,并且将永远是跟男人的手一样笨拙。伯爵高高兴兴地搬过一只比他能坐的要小得多的凳子,试着在上面坐稳,背靠在棚的一边,于是棚板就被他压得叽叽喳喳响。他把宝塔笼子放在膝上,放出了小老鼠,让它们又像平时那样在他身上乱爬。那是一些样子天真可爱的小动物,但是,看到它们在人身上这样爬着,我不知怎的就会感到不舒服。这情景在我神经上引起一种毛骨悚然的反应,使我恐怖地想起那些在地牢中被这种动物公然肆无忌惮地折磨着的垂死的囚犯。

早晨刮着风,天上飘过朵朵浮云,空旷寂寥的湖水面上迅速地变幻着日照光影,景色显得倍加荒凉、阴森、忧郁。

"有人说那一带景色很美,"珀西瓦尔爵士用他没完全削好的手杖指向空阔的远方,"我说那是贵人领地上的污点。在我曾祖父时代,湖水一直淹到这儿。现在你们瞧瞧!所有的地方还不到四尺深,到处都成了泥坑和水塘。我的庄头儿(那个迷信的傻瓜),说他相信这片湖像黑海遭到了天罚。你的意思呢,福斯科?这里真像是一个谋杀人的好地方,你说对吗?"

"我的好珀西瓦尔,"伯爵不以为然,"你英国人的精明头脑怎么会想出这种话来?水这样浅,不能淹没尸体,到处又都是沙土,凶手会留下脚印。总而言之,我从未见过一个比这更不适合谋杀人的地方。"

"别胡扯啦!"珀西瓦尔爵士说,一面恶狠狠地削他的手杖,"你明知道我指的是什么。我指的是愁人的景色,凄凉的气氛。我的意思,如果存心要了解,你是能够了解的;如果不存心了解,我也不必费神向你解释。"

"为什么不解释呢,"伯爵问,"你的意思不是用两句话就可以说清楚吗?如果傻瓜要谋杀人,你这片湖是他会挑选的第一个地方。如果聪明人要谋杀人,你这片湖是他最不愿意挑选的地方。你是这个意思吗?如果是的,这就是现成的解释嘛。就这样解释吧,珀西瓦尔,这已经得到你的好福斯科的同意了。"

劳娜向伯爵看了一眼,脸上太明显地露出了厌恶神情。伯爵正忙着张罗他的小老鼠,没注意到她。

"把湖水的景色和像谋杀这样恐怖的事联系在一起,我真不愿意听,"她说,"如果伯爵一定要把凶手分成两类,我认为他在选词方面是很令人遗憾的。把他们形容为傻瓜,我觉得这只像是过分宽容他们了。而把他们形容为聪明人,我又觉得这在用词方面十分矛盾。我一向听说,真正聪明的人也是真正善良的人,他们对犯罪是深恶痛绝的。"

"亲爱的夫人,"伯爵说,"这可是精彩的格言,这些话我也曾看到习字帖上面写着。"他掌心里托起一只小白鼠,又那样怪模怪样地冲着它说话。"我又光又白的漂亮小家伙呀,"他说,"现在给你上一堂伦理课。一个真正聪明的小耗子,也是一只真正善良的小耗子。请告诉你的伙伴们吧,永远别再咬你笼子的铁丝网了。"

"要取笑一件事挺容易,"劳娜坚定地说,"但是,要向我举一个例子,说明一个聪明人曾经是一个大罪犯,福斯科伯爵,那就不大容易了。"

伯爵耸了耸他那宽大的肩膀,向劳娜十分亲切地笑了笑。

"一点儿不错!"他说,"傻瓜犯的罪,是那已破获的罪;聪明人犯的罪,是那未被破获的罪。所以,如果我能给您举一个例子,那就不可能是一个聪明人的例子。亲爱的格莱德夫人,您那健全的英国人的常识真叫我受不了。这一次可将了我的军,哈尔科姆小姐——您说对吗?"

"坚持你的立场,劳娜,"珀西瓦尔爵士刚才只管站在门口听着，这会儿嘲笑地说，"再告诉他：只要是犯了罪，就会被发现。让你再听一条习字帖上的道德格言，福斯科。犯了罪就会被发现。这可是胡说八道！"

"我相信这是真话。"劳娜沉着地说。

珀西瓦尔爵士纵声大笑；见他那样不顾一切地狂笑，我们大家都很惊讶，尤其是福斯科伯爵。

"我也相信。"我说这话为的是支持劳娜。

珀西瓦尔爵士刚才莫名其妙地被他妻子的话逗乐了，这会儿又莫名其妙地被我的话激怒了。他恶狠狠地把他新制的手杖在沙土上打了一下，从我们旁边走开了。

"可怜的好珀西瓦尔！"福斯科大喊，快活地瞧着他的背影，"他像英国人那样肝火旺。可是，亲爱的哈尔科姆小姐，亲爱的格莱德夫人，难道你们真的相信犯了罪就会被发现吗？再有你，我的天使，"他接着转过身去问他妻子，因为她直到现在还没开口，"你也是这样想的吗？"

"当着见多识广的人，"伯爵夫人回答，那种冷峻的责备口气是针对劳娜和我的，"我要先听听他们的指教，再敢发表自己的意见。"

"您真的是这样想的吗？"我说，"我记得，伯爵夫人，您从前是鼓吹女权的，言论自由也是妇女的一项权利呀。"

"你对这个问题怎样看法，伯爵？"福斯科夫人问，继续安静地卷她的烟卷儿，根本不去理会我的话。

伯爵回答之前若有所思，用肥胖的小指摸一只小白鼠。

"看来也真怪，"他说，"我们的社会怎么能这样轻易地耍一个小花招，就掩饰了它最严重的缺点，使大伙获得了安慰。他们为侦查罪案建立的机构，效率低得可怜，然而，只要虚构一条道德格言，说那机构是有效的，从此以后大伙就一起迷信那些假话。犯了罪就会败露：会败露吗？杀了人就会破获（又是一条道德格言）：会破获吗？去问问那些大城镇里的验尸官，格莱德夫人，真的是那个情形吗?去问问那些人寿保险公司的秘书,哈尔科姆小姐,真的是那个情形吗?单是在报纸上刊出的少数事例中,不就有已经发现被杀害的尸体,但是并没查获凶手的案件吗?用已经报道的案件的数目去乘平均每次不曾报道的案件的数目,用已经发现的尸体的数目去乘平均每次不曾发现的尸体的数目,你们又会得出什么结论?结论是:有愚蠢的罪犯,他们被查获了;也有聪明的罪犯,他们始终逍遥法外。为什么有的罪案没查出,有的罪案败露?这是警察与作案者二者之间的一场斗智。如果罪犯是粗暴无知的笨蛋,警察十次有九次获胜。如果罪犯是有主意、有教养、十分聪明的,警察十次有九次失败。如果警察赢了,你一般会知道全部的经过。如果警察输了,你一般什么也不会听到。根据一些不可靠的资料,你们竟然编出了宽慰人心的道德格言,说什么犯罪必然被查获!是呀——这说的都是你们知道的罪案。那么,还有其他的罪案呢?"

"说得非常对,说得十分好,"只听见珀西瓦尔爵士在船库门口大声说。他已经恢复镇静,我们听伯爵谈话时他回来了。

"可能部分是真的,"我说,"可能全部说得很好。但是我不明白,福斯科伯爵为什么要对罪犯在社会里占上风的情况这样津津乐道,珀西瓦尔爵士,您又为什么要这样为伯爵大声喝彩?"

"你听到了吗,福斯科?"珀西瓦尔爵士问。"还是听从我的忠告,和你的听众和解了吧。告诉她们,道德是好的——我可以向你担保,她们都是爱听这一类话的。"

伯爵憋住气不出声地笑着,坎肩里的两只小白鼠被他腹内的震撼惊动,慌乱地钻了出来,抢着逃回它们的笼子里。

"太太小姐们要向我谈道德了,我的好珀西瓦尔,"他说,"她们比我更有发言权,因为她们知道什么是道德,可我就不知道。"

"你们听见他说什么吗?"珀西瓦尔爵士说,"这不是骇人听闻的话吗?"

"说得对,"伯爵冷静地说。"我是一位世界公民,一生中遇到过各色各样的道德观，到了老年，都被它们闹糊涂了，不知道究竟哪一种是正确的，哪一种是错误的。这儿，在英国，奉行的是一种道德。那儿，在中国，奉行的是另一种道德。英国的某人说，我的道德是真正的道德。中国的某人说，我的道德是真正的道德。于是我对这一个说'很对'，对那一个说'不对'，可是仍弄不明白，究竟是穿马靴的人对呢，还是留辫子的人对呢。啊，美丽的小耗子！过来亲亲我吧。你对有道德的人又是怎样认识的呢，我的小宝贝儿？他是使你温暖、让你吃饱的人。这概念也很好嘛，至少它是容易理解的。"

"等一等，伯爵，"我打断了他的话，"就算您举的例证是对的吧，但英国肯定有一种道德，它是无可非议的，是中国所没有的。中国的皇帝会找出十分牵强的借口，杀死成百上千无辜的老百姓。我们英国决不会出现那种罪行——我们不会犯那样可怕的罪行——我们从心底里厌恶恣意屠杀。"

"完全对，玛丽安，"劳娜说。"你的意思很对，表达得也好。"

"请让伯爵谈下去吧，"福斯科夫人说，客气中透出冷峻。"你们这就会看到，年轻人，无论谈什么，他没有充分的理由是不会发言的。"

"谢谢你，我的天使，"伯爵回答，"要吃块糖吗？"他从口袋里取出一只漂亮的小嵌花盒子，给打开了放在桌上。"Chocolat à la Vanille[①]，"这位诡秘莫测的人物大声说，一面向四面鞠躬，把盒子里的糖摇得直响，"福斯科恭请赏光，向在座的夫人小姐致敬。"

"千万要谈下去，伯爵，"他妻子说，对我露出厌恶的神气。"我请你答复哈尔科姆小姐的话。"

"哈尔科姆小姐的话是没法答复的，"谦恭的意大利人说，"我的意思是，她说得很对。是呀！我同意她的说法。英国佬确实厌

---

① 法语，香草巧克力。

恶中国人的罪行。英国老先生找异邦人的碴儿十分灵活；可是老先生要发现自己人的错儿就十分迟钝了。再说，他自己的行为难道就真的比他所谴责的那些人的行为好得多吗？英国社会，哈尔科姆小姐，常常是罪恶的仇敌，但也常常是罪恶的帮凶。是呀！是呀！讲到罪行，不论是在这个国家里犯的也好，还是在其他国家里犯的也好，它对一个人和他周遭的人是有害的，但同样对那个人和他周遭的人又是有益的。一个大恶棍养活了他一家妻儿老小。他越是恶劣，你就越同情他的一家人。再说，他往往能养活自己。一个挥霍无度、老是借债度日的人，从他朋友那里得到的好处，要多于一个拘谨诚实、只是在万不得已的情况下才向朋友告贷的人。第一种人借钱时，朋友们毫不奇怪地借给他。另一种人借钱时，朋友们会大为惊讶，借钱给他时开始犹豫。难道恶棍先生到头来坐的监牢，会不及诚实先生到头来进的贫民习艺所舒适吗？约翰·霍华德①式的大善士，要救济受苦的人，总是访问人们由于罪恶而在那儿受苦的监狱，而不是访问他们由于道德而在那儿受苦的棚户。是哪一位英国诗人最广泛地赢得同情，轻易地招得大伙儿都去描绘他那悲惨的遭遇？是那位在生活道路上一开始就伪造签字、到后来自杀了事的可爱的年轻人，也就是你们那位亲爱的、浪漫的、有趣的诗人查特顿②。这里有两个饥寒交迫的穷苦女裁缝，照你们看来，其中哪一个生活得更幸福呢：是那个不受引诱、为人诚实的呢？还是那个经不起引诱，去从事偷窃的呢？诸位知道，由于偷窃，第二个女裁缝发了财——全国所有乐善好施的愉快的英国人都认识她——她因为破坏了戒条而摆脱了穷苦，否则，如果坚守戒条，她早就饿死了。这儿来，我的快乐的小耗子！喂！快点儿变！我这会儿把你变成一位高贵的小姐。

---

① 约翰·霍华德（1726—1790），英国人，平生致力于监狱改革与慈善事业。
② 托马斯·查特顿（1752—1770），英国诗人，一生穷愁潦倒，最后服毒自杀，其作品多数于死后发表。

喂，在我的大巴掌上站好了，我的亲爱的，听我说。如果你嫁给你爱的那个穷人，耗子，你的朋友当中就有一半人可怜你，一半人责备你。现在，相反，如果你为了金钱卖身给一个不爱你的人，你所有的朋友都会为你高兴，牧师会同意人间最卑鄙可怕的一笔交易，以后，如果礼貌周到，你请他用早餐，他还会在餐桌上不停地笑着凑趣儿。喂！快点儿变！还是再变成耗子，叽叽喳喳地叫吧。要是你再多当一会儿小姐，我就会听到你说：社会痛恨罪恶呀——而如果你那样说，耗子，我就要怀疑你的眼睛和耳朵对你是否真的顶用了。啊！我是一个坏人，格莱德夫人，对吗？这些话别人只是在心底里想，我却给说了出来，世上所有的人联成一气，都情愿用假面具掩盖真面目，可是我急躁地扯掉了厚厚的包皮，暴露了里面的骨头。趁我还没惹得你们更瞧不起我，就让我伸直了一双大象腿站起来吧——我要站起来，也出去散一会儿步。亲爱的女士们，像你们杰出的谢里登所说的：我去了，留待你们评价我这个人物吧。①"

他站起身，把笼子放在桌上，稍停了片刻，去开始数那里面的老鼠。"一个，两个，三个，四个——哎呀！"他一声叫喊，露出了恐惧的神情，"天哪，还有第五个呢，那个最小的，最白的，最可爱的，我小耗子当中的便雅悯②呢？"

劳娜和我都没好性子，谁也没法引我们发笑。伯爵显露了他性格中另一个特点的那种玩世不恭的油滑态度，只使我们望而生畏。但是，这样一个大男人，为了失落了这样一个小耗子而懊丧，那副滑稽模样确实使你忍俊不禁。我们都不由自主地大笑起来。后来，福斯科夫人带头站起身，以便使船库里空出一些地方，好让她丈夫在顶里边角落里寻找，于是我们也都站起来，跟着她往外走。

---

① 见英国作家谢里登（1751—1816）的喜剧《造谣学校》第二幕第一场。
② 雅各怜爱他最小的儿子便雅悯，故事见《旧约·创世记》。

我们还没走出三步,伯爵尖锐的眼睛已经发现那只逃走了的小老鼠在我们刚才坐的长凳底下。他拉开长凳,拾起小动物,接着就突然停下,跪在那儿全神贯注地瞅着膝前一块地方。

他再站起来时,一只手哆嗦得很厉害,几乎没法把老鼠放进笼子,他的一张脸整个都在蜡黄中微微泛出死灰色。

"珀西瓦尔!"他压低了声音说,"珀西瓦尔,你过来。"

珀西瓦尔爵士前十分钟里一直没注意到我们,他聚精会神地用手杖尖头在沙土上画一些数字,接着又把它们抹了。

"又是什么事?"他问,一面漫不经心地踱进船库。

"你没看见那儿有什么吗?"伯爵说时紧张地一只手揪住珀西瓦尔爵士的领口,另一只手指着靠近他刚找到老鼠的地方。

"我看见许多干的沙土,"珀西瓦尔爵士回答,"当中有一块脏东西。"

"不是什么脏东西,"伯爵低声说,另一只手突然把珀西瓦尔的领口攥得更紧,激动地摇撼着。"那是人血!"

尽管他话说得极轻,但是劳娜离得近,听见了最后的一句。她向我转过身,露出恐惧的神情。

"这可是胡扯,亲爱的,"我说,"不用惊慌。那不过是一个走失了的可怜的小狗的血。"

所有的人都露出惊讶的神情,把探询的眼光集中在我身上。

"您怎么会知道的?"珀西瓦尔爵士第一个问。

"你们从外国回来的那天,我在这儿发现了那只正要死的狗,"我回答,"可怜的畜生迷了路,跑到种植场上,被您的守林人开枪打中了。"

"哪家的狗?"珀西瓦尔爵士打听,"不是我家的吧?"

"你可曾想办法抢救那个可怜的小动物?"劳娜急切地问。"你肯定曾想办法救它的吧,玛丽安?"

"是呀,"我说,"管家和我都想尽了办法,可是,那狗受了重伤,在我们救护的时候死了。"

"哪家的狗？"珀西瓦尔爵士追问，微带恼怒地重复他的话。"是我家的吗？"

"不，不是您的。"

"那么是哪家的？管家知道吗？"

他一提到最后这个问题，我就想起了管家的话：凯瑟里克太太不愿让珀西瓦尔爵士知道她来过黑水园府邸；我明知道回答这问题必须慎重。但是，一时急于平息大家的惊慌，我不假思索地让话脱口而出，以致无法再收回它，因为那样反会引起猜疑，把事情弄得更僵。现在没别的办法，只好不计后果，立刻回答。

"是呀，"我说，"管家知道。她告诉我，那是凯瑟里克太太的狗。"

我说这话时站在门口，珀西瓦尔爵士和福斯科伯爵站在船库顶里边。但是我刚提到凯瑟里克太太，他就粗暴地推开了伯爵，走到外边露天地里面对着我。

"管家怎么会知道那是凯瑟里克太太的狗？"他显得十分关心，眉头蹙起，眼睛紧盯着我问，那模样使我又气恼又惊讶。

"她知道，"我冷冷地说，"因为凯瑟里克太太带着那条狗。"

"她带着那条狗？把它带到哪里去？"

"带到这儿来呀。"

"见鬼，凯瑟里克太太到这儿来干什么？"

他问这话时，那态度甚至比他的语言更令人气忿。我对他那样不顾一般礼貌表示不满，一句话也不说就离开了他。

我刚走，伯爵就以一副诱导的姿态把手搭在他肩上，用那圆润的嗓音插话，劝他冷静下来。

"我的好珀西瓦尔！好好地说嘛，好好地说嘛！"

珀西瓦尔气呼呼地转过身去看。伯爵只是赔着笑脸，一再劝他冷静下来。

"好好地说嘛，我的朋友，好好地说嘛！"

珀西瓦尔爵士迟疑了一下，跟随着我走了几步，使我十分惊讶的是，他向我道歉了。

"请您原谅，哈尔科姆小姐，"他说，"最近我人不大舒服，大概有点儿容易激动。我只想知道凯瑟里克太太为什么到这儿来。她是什么时候来的？只有管家一个人看到她吗？"

"据我所知，"我回答，"只有她一个人。"

伯爵又插话了。

"既然如此，为什么不去问管家呢？"他说，"珀西瓦尔，为什么不立刻去查明消息的来源呢？"

"说得对！"珀西瓦尔爵士说，"当然，首先要去问管家。我太笨了，竟然没想到。"说到这里，他立刻离开了我们，回宅第去了。

伯爵为什么要出面干涉，我起初不明白，但是珀西瓦尔爵士刚转身走开，我就看出来了，原来伯爵要问我许多有关凯瑟里克太太的事，以及她来黑水园府邸的原因，但当着他的朋友不便问。我尽量客气，也尽量简短地回答，因为我已决定不向福斯科伯爵谈出心里的话。可是劳娜却无意中帮着他从我口中套出了消息，她也向我打听，而这样一来我就必须回答她，否则就像是在不伦不类地为珀西瓦尔保密似的。结果呢，不到大约十分钟，有关凯瑟里克太太的事，以及她女儿安妮与我们发生奇怪联系的经过，从哈特赖特遇见她起，直到现在，凡是我所知道的伯爵都知道了。

从某一点看来，我的话对他所起的影响是很奇怪的。

虽然他和珀西瓦尔爵士十分亲密，并且看来和珀西瓦尔爵士的私事一般有着密切的关系，然而，有关安妮·凯瑟里克的真实情况，他肯定和我同样不明底细。于是我觉得，这个不幸的女人尚未被揭露的秘密现在倍加可疑了，因为我深信这件事的线索甚至被珀西瓦尔爵士瞒过了他最亲密的朋友。伯爵急切地听着我说的每一句话，那种十分好奇的表情是不可能被误解的。我知道好奇有多种，但是只有那种茫然吃惊的好奇是不容误解的：如果说我生平看过那种好奇的表情，那就是在伯爵脸上看到的。

我们大家就这样一问一答地穿过了种植场，一路闲步回来。一走近宅第，我们首先看到的就是它前面停着珀西瓦尔爵士的狗车，马已经套好，马夫穿着工作服候在旁边。从这一意料不到的情景看来，珀西瓦尔爵士对管家的盘问已经产生了重大后果。

"好一匹骏马，我的朋友，"伯爵十分亲热讨好地对马夫说，"你赶车出去吗？"

"我不去，爵爷，"那人回话时瞅着自己的工作外套，他明明是在猜测，这位外国绅士会不会把他穿的工作服当作了号衣。"我家老爷自己赶车。"

"啊！"伯爵说，"他会自己赶车？有你给他赶车，他何必自己费事呢。今儿他不会让这匹油光闪亮的骏马跑远路，累坏了它吧？"

"我不知道，爵爷，"那人回答。"可是您别瞧它是匹母马，爵爷。它倒是我们家马房里脚力最好的。它叫棕莫利，爵爷，它是永远跑不累的。珀西瓦尔爵爷平常总是让约克的艾萨克跑近路。"

"那么，你这匹油光闪亮、脚力好的棕莫利是跑远路的啰？"

"是呀，爵爷。"

"我有一个合乎逻辑的推断，哈尔科姆小姐，"伯爵灵活地旋转身，接着对我说。"珀西瓦尔爵士今儿要出远门了。"

我不答话。从管家口中所听到的，从我眼前所看到的，我自己会作出推断，但不愿意让福斯科伯爵知道我的想法。

珀西瓦尔爵士去坎伯兰的时候（我心里想），曾经为安妮的事很远地走到托德家角去向那家人打听。这一回到了汉普郡，他会不会又为安妮的事远远起到韦尔明亨去向凯瑟里克太太打听呢？

我们一起走进了屋子。大家穿过门厅的时候，珀西瓦尔爵士从书房里迎出来。看上去他面色苍白，样子匆忙紧张，但是，虽然如此，他向我们说话时还是那样彬彬有礼。

"很抱歉，我可要少陪了，"他首先开口，"要赶很远的路——有一件没法耽搁的事。我明儿就会赶早回来，可是，临走以前，我想办好今儿早晨谈的那个小小事务性的手续。劳娜,你到书房里来好吗?这件事不会花很多时间——只不过是做一个形式。伯爵夫人,我可以也麻烦您一下吗?福斯科,我要你和伯爵夫人给签字作证——没其他的事。这会儿就进来把它解决了吧。"

他拉开书房门,让他们往里走,自己跟了进去,然后轻轻地关上了门。

我待了片刻,独个儿站在门厅里,忧虑重重,一颗心狂跳着。后来我登上楼梯,慢腾腾地向楼上我房间走去。

4

六月十七日——我的手刚触到我的房门,只听见珀西瓦尔爵士在楼下唤我。

"我要请您再到楼下来,"他说,"这可不能怪我,哈尔科姆小姐,这要怪福斯科。他毫无理由地反对他太太做证人,要我请您和我们一起到书房里去。"

我立刻和珀西瓦尔爵士一起走进书房。劳娜等候在桌子旁边,心神不定地扭弄和转动着手里的那顶草帽。福斯科夫人坐在她旁边一张扶手椅里,不动声色,只顾赞赏自己的丈夫,这时候伯爵站在书房里另一头,正在摘去窗台上那些花茎上的枯叶。

我一走进房门,伯爵就朝我迎上来,向我解释。

"千万原谅我,哈尔科姆小姐,"他说。"您知道英国人把我那些老乡看成是什么样的人物吧?在好心肠的约翰牛[①]的心目中,我们意大利人都是生性阴险,叫人怀疑的。那么,就把我和我本国人看作是一路货色吧。我是一个阴险的意大利人,也是一个可疑的意大利人。好小姐,您也有这种想法,对吗?瞧,既然我是阴险的,又是可疑的,那么,现在我已经做了证人,我反对再让

---

① 英国人的绰号。

福斯科夫人也给格莱德夫人的签字作证。"

"他这样反对是毫无根据的，"珀西瓦尔爵士插嘴。"我已经向他解释：根据英国法律，福斯科夫人是可以和她丈夫同时为签字作证的。"

"我承认这一点，"伯爵接下去说。"英国法律说可以，但是，福斯科的良心说不可以。"他展开肥胖的手指，放在罩衫胸前，庄严地一鞠躬，好像要把他的良心作为一位显要人物介绍给我们大伙。"格莱德夫人要签的是一份什么文件，"他接下去说，"我既不知道，也不想知道。我要说的是：将来可能会出现某种情况，那时候珀西瓦尔爵士或者他的代表必须找这两个证人，在那种情况下，当然证人最好是代表两种完全独立的见解。但如果我妻子和我一同签字，那就不可能做到这一点，因为我们两人只有一个见解，而那又是我的见解。我不愿意将来有一天被人家当面指责，说福斯科夫人是由我逼着签了字，实际上不能算是证人。考虑到珀西瓦尔的利益，我提议用我的名字，作为丈夫方面最亲密的朋友，再用您的名字，哈尔科姆小姐，作为妻子方面最亲密的朋友。你们可以说我是一个诡辩家，一个专门注意细节的人，一个只在小处着眼、想到枝节问题、顾虑太多的人，但是，我希望你们考虑到我意大利人会被人怀疑，我意大利人的良心会感到不安，请你们原谅我。"他又一鞠躬，后退了几步，像刚才向我们介绍他的良心时那样，又彬彬有礼地带走了他的良心。

伯爵的顾虑可能是光明磊落的，也是很有道理的，然而，我看到他说这话时的那种神态，就更不愿意让自己卷入签字的事。要不是为了劳娜，我无论如何也不肯做证人。但是，看到她那副焦急的神情，我宁愿冒一切危险，决不能丢下她不管。

"我愿意留在这儿。"我说。"既然我没有什么可顾虑的，您可以让我当一个证人。"

珀西瓦尔爵士锐利的眼光朝我望了望，仿佛打算说什么。但是这时福斯科夫人从椅子里站起，引起了他的注意。她已经看见她丈夫在使眼色，这时显然准备按照他的吩咐离开那里。

"您不用走。"珀西瓦尔爵士说。

福斯科夫人又在请示，她又获得了指示，就是说，她还是应当走开，好让我们办事，接着她就坚决地走出去了。伯爵点燃了一枝烟，回到窗台的花跟前，向叶子上喷出小口的烟，那样儿好像是一心一意要熏死那些虫子。

这时珀西瓦尔爵士打开了一口书橱下面的柜锁，从里边取出一份直着折成许多叠的羊皮纸文件。他把它放在桌上，只翻开最后的一折，把其余的都揿在手底下。最后的一折上面露出一条空白，有几个地方粘了一些小封签。所有的字都被捂在他手底下折着的那一部分里。劳娜和我面面相觑。她脸色苍白，但是并没有迟疑恐惧的神情。

珀西瓦尔爵士蘸了墨水，把笔递给他妻子。

"把你的名字签在这儿，"他说时指着那个地方。"哈尔科姆小姐，您和福斯科等会儿签在那两个封签旁边。过来呀，福斯科！为签字作证，可不是这样向窗外呆看，对着那些花喷烟呀。"

伯爵扔了他的烟卷儿，走到桌子跟前我们当中，双手随便插在罩衫的大红腰带里，眼睛直勾勾地盯着珀西瓦尔爵士的脸。劳娜坐在她丈夫另一边，手里拿着笔，也瞅着他。他站在他们两人中间，我坐在他对面，他把那折叠着的羊皮纸文件紧揿在桌上，隔着桌子望着我，脸上那副又可疑又尴尬的奸险神情，看来不像是一位绅士在他自己家里，倒像是一个罪犯在法庭上。

"签在这儿，"他突然转身向劳娜重复了一句，又指着羊皮纸文件上那个地方。

"我要签的是什么？"她冷静地问。

"我没工夫向你解释，"他回答。"车在门口等着，我这就要走。再说，即使我有时间，你也听不懂。这完全是一份做形式的文件，里面都是法律名词，以及那一类的东西。好啦！好啦！把你的名字签好，让我们尽快结束了这件事。"

"我在签名之前，珀西瓦尔爵士，总要知道我签的是什么东西吧？"

"胡说！女人管这些事干什么？我再对你说：这种事你不会懂的。"

"无论如何，我总要试着去看懂它。吉尔摩先生要我无论做什么事，总得先向我说清楚，他的话我总听得懂。"

"可能他是这样。他给你当差，必须向你解释。我是你丈夫，不必向你解释。你打算叫我在这儿再耽搁多久？我再对你说一句，没时间读任何东西——车在门口等着。爽爽快快地说你是签还是不签？"

她仍旧拿着那枝笔，但是并不准备用它签字。

"既然签了字需要承诺一件事，"她说，"我总有权知道承诺的是什么吧？"

他举起了文件，气冲冲地把它向桌上一扔。

"说吧！"他说。"你一向是以说实话出名的。不必去管哈尔科姆小姐，不必去管福斯科——就明白地说出你是不相信我吧。"

伯爵从腰带里抽出一只手，搭在珀西瓦尔爵士肩上。珀西瓦尔爵士恼怒地摔开了那只手。伯爵泰然自若地又把手搭在他肩上。

"克制住你这倒霉的暴躁性子吧，珀西瓦尔，"他说，"格莱德夫人说得对。"

"说得对！"珀西瓦尔爵士大喊，"做妻子的不相信她丈夫，还说得对！"

"说我不相信你，这话是苛刻的，也是不公正的，"劳娜说。"问问玛丽安：在签字之前，我是不是应该知道这份文件要我承诺什么？"

"我不必请教哈尔科姆小姐，"珀西瓦尔爵士反驳，"哈尔科姆小姐与此事无关。"

我刚才一直没说话，这时仍不愿开口。但是，看到劳娜向我转过来的脸上那副痛苦的表情，再有她丈夫那种傲慢无礼的举动，我不得不为了她而立即在这需要的时刻发表我的意见。

"对不起,珀西瓦尔爵士,"我说,"作为签字证明人之一,我倒认为本人与此事有一些关系。我觉得劳娜反对的理由完全对,至于我本人,我必须让她首先了解您要她签的是什么文件,否则我不能承担为签字作证的责任。"

"这话说得真不顾情面呀!"珀西瓦尔爵士大喊,"下次您再到哪家去做客人,哈尔科姆小姐,我奉劝您别为了一件与您无关的事帮着人家的妻子去反对她的丈夫,以此报答人家对您的盛情款待。"

我蓦地站起,仿佛被他打了。如果我是一个男人,我就会一拳把他打倒在他自己的房门口,然后离开他的家,绝不再回到那里。然而,我只是一个妇女,再说,我是多么热爱他的妻子啊!

谢天谢地,多亏了那种忠诚的爱,我一句话没说,又坐了下来。我怎样忍受着痛苦,怎样克制着自己,她是知道的。她跑到我身边,眼泪直往下淌。"哦,玛丽安!"她悄声说,"如果我母亲还在,她也不能够比你待我更好!"

"过来签字!"珀西瓦尔爵士在桌子那一头大喊。

"我要不要签呢?"她凑近我耳边问。"如果你要我签,我就去签。"

"不要签,"我回答,"你做得完全正确,绝对不要签,除非是你先看了文件的内容。"

"过来签字!"他重复了一句,扯直了嗓子,忿怒到了极点。

伯爵一声不响,留心注视着劳娜和我,这时候第二次插话。

"珀西瓦尔!"他说。"我记住了这是在小姐太太们面前。最好请你也记住了这一点。"

珀西瓦尔爵士向他转过身,气得说不出话来。伯爵坚定的手慢慢地抓紧他的肩膀,这时只听见那坚定的声音冷静地重复说:"最好请你也记住了这一点。"

他们彼此对看了一眼。珀西瓦尔爵士慢慢地把肩膀从伯爵手底下挣开了，慢慢地把脸从伯爵眼光下避开了，倔强地低下头向桌上的文件望了一会儿，然后开始说话，那样儿不像是一个被说服了的人淡然丢开了一件事，而像是一个被驯服了的动物忍气吞声不敢反抗。

"我并不是要得罪谁，"他说，"可是我妻子这样倔强，连一位圣徒也没法容忍。我已经告诉她，说这只是一份做形式的文件——她还要知道一些什么呢？无论怎样说，反正一个妇女不应该这样冒犯她的丈夫。我最后再说一遍，格莱德夫人，你到底是签还是不签？"

劳娜回到他那边桌子跟前，又提起了笔。

"我很乐意签字，"她说，"但是你必须把我当作一个对事情负责的人。我毫不介意自己要作出的牺牲，只要这件事不影响其他人，不带来有害的后果——"

"谁说要你作出牺牲了？"他打断了她的话，克制着几乎又要爆发的狂怒。

"我不过是说，"她接着讲，"只要做得体面，我什么事都可以让步。即使我签一份文件，因为不知道它的性质而有所顾虑，你也不必对我这样严厉呀！对我的顾虑是这样认真，对福斯科伯爵的顾虑又是那样毫无所谓，我觉得这是很令人难堪的。"

这几句话虽然说得很婉转，但这样很不适宜地（然而却是十分自然地）暗示伯爵具有非凡的力量，能够支配她丈夫，这就立刻使珀西瓦尔爵士已经快要熄灭的怒火重新烧旺。

"顾虑！"他重复了一句。"你有顾虑！你现在再顾虑已经太晚了。你既然豁出了一切嫁给我，我还以为你再不会有任何顾虑了哩。"

他这几句话一出口，劳娜就扔下了笔，眼中露出我以前和她接触时从未见过的表情瞪着他，接着就扭转身背对着他，不再说一句话。

我们所有的人看着都沉默了，因为像这样痛心疾首、不顾一切、最强烈地表示轻蔑,一反她的常态,完全违背了她的性情。刚才她丈夫对她说的那些话,在粗暴蛮横的表面下肯定还隐藏着一些什么意思。那些话里还含有一种侮辱的成分,我虽然完全不理解,但是,即便是局外人也能看出,她脸上很清楚地留下了受辱的印迹。

伯爵不是局外人,他当然同样清楚地看出了这点。我离开自己的椅子,走到劳娜身边时,只听见伯爵压低了声音对珀西瓦尔爵士说:"瞧你这个傻子!"

我刚抢向前,劳娜已先朝门口走去,就在这时候,她丈夫又向她发话了。

"那么,你是肯定拒绝给我签字了?"可以听出他的口气已经改变,他意识到那不顾轻重的语言已经给自己造成严重的损害。

"刚才听了你对我说的话,"她坚定地回答,"在我没从头到尾看完那份文件上的每一行字以前,我拒绝签字。去吧,玛丽安,咱们在这儿待的时间太久了。"

"等一等!"伯爵不等珀西瓦尔爵士来得及再开口就赶紧插话,"等一等,格莱德夫人,我请求您!"

劳娜本来打算不去理他,自顾走出屋子,但是我拦住了她。

"别和伯爵做冤家!"我悄声说,"无论如何别和伯爵做冤家!"

她听从了我的话。我又关上门,我们一起站在门旁等着。珀西瓦尔爵士在桌边坐下,把一只胳膊肘撑在折叠着的文件上,紧握着拳头托着脑袋。伯爵站在我们中间——他主宰着我们面临的可怕的形势,正像他主宰着所有的一切。

"格莱德夫人,"他口气十分温和,但不像是在对我们说话,而像是对我们孤单无助的情况有感而发,"请原谅我大胆提个意见,请相信我说这话是出于对女主人最大的尊敬和关怀。"刚说到这里,他突然向珀西瓦尔爵士扭转了身。"你胳膊肘底下的这份东西,"他问,"一定要今儿签字吗?"

"我计划，也希望这样，"另一个阴沉地回答。"可是，你瞧，我怎么也扭不过格莱德夫人。"

"我直截了当地问你。你也直截了当地回答我。签字的事能推到明天吗——能，还是不能？"

"能，如果你要这样的话。"

"那么你干吗还在这儿浪费时间呢？把签字的事推迟到明天——推迟到你回来再说嘛。"

珀西瓦尔爵士抬起头，蹙起眉，咒骂了一句。

"我不喜欢你用这种口气和我谈话，"他说，"不管谁，用这种口气我都受不了。"

"我这样劝告你，是为了你好，"伯爵回答，轻蔑地露出了淡淡的微笑，"给你自己一些时间——也给格莱德夫人一些时间。你忘了你的车在门口等着吗？你觉得我的口气奇怪——啊？我想，它会使你觉得奇怪，因为只有能克制自己的人说话是这口气。我从前奉劝过你多少次了？次数多得连你也数不清。我说错过一次吗？倒请你给我举一个例。去吧！赶你的路去吧。签字的事可以等到明天。就让它等着吧——等到你回来再说吧。"

珀西瓦尔爵士犹豫了一下，看了看他的表。一经伯爵提醒，他今天既急于要劳娜签字，又急于自己去作一次秘密旅行，这两种思想正在斗争。他考虑了一下，然后从椅子里站起。

"你要驳倒我很容易，"他说，"因为这会儿我没工夫和你争论。我就照着你的话做吧，福斯科，并不是因为我愿意这样做，也不是因为我相信这样做更好，而是因为我没有更多的时间耽搁。"他停了一下，回过头恶狠狠地瞪了他妻子一眼。"我明天回来，如果你再不给我签字——"以下的话被他重新打开书橱下面的柜子去锁文件的声音盖住了。他从桌上抓起了他的帽子和手套就朝门口走去。劳娜和我后退了几步，让他走过去。"记住明天！"他对妻子说，接着就走出去了。

我们等着他穿过门厅驾车出发。伯爵见我们站在门旁边，朝

244

我们跟前走过来。

"您刚才看到的是珀西瓦尔脾气最坏的时候,哈尔科姆小姐,"他说,"因为是他的老朋友,所以我为他感到遗憾,感到惭愧。也正因为是他的老朋友,所以我向你们保证,他明儿再不会像今天这样很不体面地发脾气了。"

他说这话时,劳娜拉住我的手臂;听他说完了,她故意捏了它一下。一个妇女,自己站在一边,眼看着丈夫的男朋友在她家里一本正经地替丈夫赔不是,肯定会感到很难堪,现在她也不能例外。我客客气气地谢了伯爵,然后把她领了出去。可不是!我向伯爵道谢,因为我早已怀着说不出的无能与自卑感,意识到自己之所以还能留在黑水园府邸是由于他的关心,或者出于他的高兴,而现在看到珀西瓦尔爵士这样对待我,我就知道,如果失去了伯爵的支持,我就没有再留在这里的希望了。实际上,在劳娜最迫切需要的时刻,只有他的影响,也是一切影响中我最怕的那种影响,能让我和劳娜厮守在一起!

我们走进门厅,听见狗车的车轮碾过环形车道上的砂砾。珀西瓦尔爵士出发了。

"他这是上哪儿去呀,玛丽安?"劳娜悄声问,"现在他每玩一件新鲜花样,我对未来就好像有一种恐怖。你怀疑他有什么秘密吗?"

自从她经历了那天早晨的事件,我再不愿意把自己的疑虑告诉她。

"他的秘密我怎么会知道?"我含糊地说。

"我不晓得管家可知道吗?"她追问。

"肯定不知道,"我回答,"她准和咱们一样被蒙在鼓里。"

劳娜不信地摇了摇头。

"你没听到管家讲,据说有人在这一带看到了安妮·凯瑟里克吗?你看他会不会是找她去了?"

"我想你还是让自己安静下来,劳娜,这件事根本就别去想它；经过了今天的事，你最好也学我的样。到我屋子里去休息一下，让自己安静一点儿。"

我们一起靠窗口坐下，让带着清香的夏天的风吹在我们脸上。

"自从你这次为了我在楼下受委屈，玛丽安，"她说，"我见了你真不好意思。哦，亲爱的，我一想到这件事，几乎连心都碎了！我要他向你赔礼——我一定要做到这一点！"

"得啦！得啦！"我说，"别去提它啦。跟你作出可怕的牺牲相比，我受到这点儿屈辱又算得了什么！"

"你听到他对我说什么吗？"她十分愤慨地抢着接下去说。"你虽然听到那些话，但是你不会懂他的意思，你不会知道我为什么要丢下笔，背过身去不理他。"她突然激动地站起身，在屋子里来回地走。"我有许多事都瞒着你，玛丽安，因为怕使你难过，在我们新生活刚开始的时候就感到不高兴。你还不知道他是怎样对待我的。可是，现在必须让你知道了，因为你今天已经看到他怎样对待我了。你听到他嘲笑我不应当有顾虑，你听到他说我豁出了一切嫁给他。"她又坐下了，脸色绯红，手不停地在膝上扭着。"可是，这会儿我不能告诉你那件事，"她说，"如果这会儿对你说了，我会大哭一场，还是等到以后我比较冷静的时候吧，玛丽安。我这可怜的脑袋在痛，亲爱的，一直在痛。你的嗅盐瓶呢？还是和你谈谈你的事情吧。为了你，我真想给他签了字。我明天给他签了字好吗？我宁愿牺牲了自己，也不愿委屈了你。你已经帮着我反对他，如果我再拒绝签字，他就会把一切过错都推在你身上。咱们怎么办呢？唉，多么需要一个能帮助咱们、为咱们出主意的朋友啊！多么需要一个咱们可以信任的朋友啊！"

她沉痛地叹了口气。我从她脸上看出她正在想念哈特赖特——现在我能看得更清楚，因为，听了她最后的一句话，我也想起了他。她婚后刚六个月，我们已经需要哈特赖特像临别时所说的那样竭力帮助我们。我以前万万没想到我们会需要他的帮助啊！

"咱们必须自己想办法，"我说。"还是让咱们冷静地商量一下吧，劳娜，让咱们尽可能想一个最稳妥的主意吧。"

把她听到有关她丈夫负债的事和我听到他跟律师的谈话归在一起，我们必然地得出了这一结论，即书房里的文件是为了举债而订立的一份借据，而要达到珀西瓦尔爵士的目的，借据绝对需要由劳娜签字。

至于所订立的借据具有什么性质，如果劳娜糊里糊涂地签了字，她个人又会承担什么责任：对于这个问题，我们俩都远远缺乏应有的知识与经验。我个人深信，这份文件的不可告人的内容，肯定涉及一笔十分卑鄙恶劣、极尽欺诈之能事的交易。

我之所以得出这一结论，并不是因为珀西瓦尔爵士拒绝给人观看或向人解释那份文件，他之所以拒绝，很可能只是由于性子倔强，脾气骄横。我之所以怀疑他不诚实，是因为他到了黑水园府邸后，在言语和态度上发生了变化，而看到这一变化，我就深信他在利默里奇庄园受考验的整个时期里都在弄虚作假。他那样体贴入微，那样礼貌周到，很好地迎合了吉尔摩先生的老式观念，此外，他对劳娜那样谦恭，对我那样诚恳，对费尔利先生那样温和：这一切都是一个卑鄙、狡诈、冷酷的人所耍的手段，他一朝靠玩弄欺骗达到目的，就撕去了他的伪装，那一天在书房里公然暴露了他的真面目。我不必去谈这一发现使我为劳娜感到多么悲伤，因为这不是我能用任何语言来表达的。我现在谈到这件事，只是要说明我为什么作出决定：除非她先了解文件的内容，否则，不论后果如何，不能让她签字。

在这种情况下，明天要反对签字，我们就必须准备好一个理由，它要在法律基础上使珀西瓦尔爵士无法坚持己见，并使他怀疑我们两个妇女是和他同样熟悉商业上的契约和法律的。

经过了一番考虑，在束手无策的情况下，我决定写信给我们可以找到的、确信他会为我们细心策划的唯一的忠诚的人。那就是吉尔摩先生的合伙人基尔先生；自从我们那位老朋友因为身体不好退出了事务所，离开了伦敦，现在那事务所就由基尔先生主持。我向劳娜解释：吉尔摩先生曾经亲自向我推荐，说可以绝对相信他的合伙人诚实、精细、完全熟悉她的一切情况；经过她的完全同意，我立即坐下来写信。

我在给基尔先生的信中，首先据实说明了我们的处境，然后请他复信指导，我的信写得简单明白，他不可能误会和错解。同时我尽量把信写得很短，不让它在那些多余的谦辞和无谓的细节上纠缠。

我刚要在信封上写好地址，劳娜发现了我只顾忙着写信，就完全没注意到的一个难题。

"咱们怎么能及时收到复信呢？"她问，"你的信要明天早晨才能寄到伦敦，邮局要第二天早晨才能把复信送到这里呀。"

要克服这一困难，只有一个办法，那就是复信必须由律师事务所派一名专差送给我们。我把这一要求写在附言里，请送信的专差乘十一点钟的早车，午后一点二十分抵达我们村里的车站，这样最迟两点钟以前可以到黑水园府邸。要叫他来找我，不要回答其他任何人问题，要叫他把信递到我手里，不能交给其他任何人。

"万一珀西瓦尔爵士明天两点钟之前回来，"我对劳娜说，"最好的办法是：你带着你的书或者活计，整个早晨都到外边庭园里，在专差没把那封信送到之前，你别进屋子。我整个早晨都在这儿等着他，以防发生什么意外或者差错。按照这个办法，我希望，并且相信咱们不会遇到什么意外的事。这会儿咱们到楼下客厅里去吧。如果两个人关着门在这儿待得太久，那会引起人家怀疑的。"

"怀疑？"她重复了一句。"这会儿珀西瓦尔爵士又不在家，咱们会引起谁的怀疑呀？你的意思是指伯爵吗？"

"也许是的，劳娜。"

"你现在也开始像我一样讨厌他了，玛丽安。"

"不，不是讨厌他。讨厌多少含有轻视的成分，但是我在伯爵身上看不出有什么可以轻视的地方。"

"你总不会害怕他吧？"

"也许我害怕他——有点儿害怕他。"

"他今天出面干涉，给咱们帮了忙，你反而害怕他！"

"是呀。他那样出面干涉，要比珀西瓦尔爵士大发雷霆更加可怕。记住我在书房里对你说的。无论如何，劳娜，你别和伯爵做冤家！"

我们下了楼。劳娜走进客厅，我手里拿着信穿过门厅，准备把信投进我对面墙上挂的邮袋。

厅门敞开，我走过门口时，看见福斯科伯爵和他妻子正站在外边台阶上谈话，脸朝着我这面。

伯爵夫人匆匆忙忙走进门厅，问我可有空和她单独谈几分钟话。看到这样一个人对我提出这样一个要求，我觉得很奇怪，于是我把信投进了邮袋，回答说我很乐意奉陪。她钩住我的胳膊，显得异常亲昵，但不是把我领进一间空屋子，而是把我带到外边围着大鱼池子的那圈草地上。

我们在台阶上走过伯爵身旁时，他鞠躬微笑，接着立即走进屋子，随手带上厅门，但并未完全把它关拢。

伯爵夫人陪着我缓缓地围着鱼池散步。我以为她要告诉我什么异常秘密的话，但是，令人十分惊讶的是，她所谓要私下里和我谈话，只不过是礼貌很周到地为书房里发生的事向我表示同情。她丈夫已经把全部经过情形，以及珀西瓦尔爵士对我谈话时的傲慢态度一起告诉了她。她听了这些话十分震惊，并为我和劳娜感到难过，所以现在已经决定，如果再发生这类事，她就要离开府邸，对珀西瓦尔爵士的蛮横无理表示抗议。伯爵已经同意她这一决定，现在她希望我也同意。

我觉得十分奇怪，像福斯科夫人这样一向异常沉默的妇女，怎么会采取这一行动，尤其是，就在那天早晨，我们在船库里交谈时，双方唇枪舌剑地交换了那些尖锐的话。然而，一个长辈这样亲切有礼地来找我谈话，我完全有责任亲切有礼地回答她。因此，我也用她那种口气答话，然后，估计我们都已说完了需要说的，就打算回到屋子里。

然而福斯科夫人好像决心不放我走，使我感到无比惊奇的是，她还决心要继续谈下去。以前她一向是妇女中最为沉默的，可是现在滔滔不绝地用一些陈旧的废话来折磨我：谈到婚后生活，谈到珀西瓦尔爵士和劳娜，谈到她自己如何幸福，谈到已故的费尔利先生在她承受遗产一事上如何对待她，还谈到许多其他的事，让我围着鱼池子兜了半个多小时，使我感到十分厌烦。她是否已经觉察出这一点，我不知道，但是后来，像开始时的举动一样突然，她住了口，朝正屋门望了望，一下子又恢复了冷冰冰的神气，还不等我找脱身的借口，她已自动地撒开了我的手臂。

我一推开门走进门厅，就突然发现自己又面对着伯爵。他正把一封信投进邮袋。

他投了信，扣好邮袋，问福斯科夫人这会儿在哪里。我告诉了他，他立即朝厅门口走出去找他妻子，他和我说话时显得无精打采，我转过身去看他的背影，猜想他会不会是有病，或者情绪不好。

为什么我下一步会直接走到邮袋跟前，取出我的信，又向它看了看，隐约地感到一种疑虑；为什么我第二次看了信后立刻想到，为了更安全起见，需要把它重封一次：这一切都是神秘的，那道理也许太深奥，也许很浅近，但我是猜测不透的。大家知道，女人做事往往出于一时的冲动，连她们自己也无法解释，我只能设想：正是这种冲动促使我采取了这一无法理解的行动。

不管这样做究竟受了什么影响，反正回到自己房间里，准备重新封这信时，我认为幸亏是由于一时的冲动这样做了。我本来是像平时那样封的信：先弄湿涂了胶的封皮，然后把它向下面纸上揿牢，可是这会儿用手指揭它时，虽然已经整整过了三刻钟，但那信封并未粘紧,并不需要撕,一下子就被我揭开了。也许,我没把它封牢吧?也许,胶质有什么毛病吧?

再不就是——不!我一想到第三种可能,就感到一阵恶心。我真不愿意去想那件本身已经十分明显的事。

我对明天的事态发展几乎感到恐怖———一切要看我是否能够小心谨慎,是否能够克制自己。有两件需要当心的事,它们是我无论如何不能忘记的。我必须在外表上注意对伯爵保持友好;我必须留心律师事务所的专差什么时候给我送来回信。

5

六月十七日——晚餐时我们又聚在一起,福斯科伯爵又像平时那样显得兴致勃勃。他竭力逗我们乐,仿佛一心要我们忘掉那天午后书房里发生的事。他很生动地描绘他历次旅行中惊险的经历,以及在海外遇到的那些要人的趣事,他从欧洲各地的一些男女当中举例说明各国社会风俗习惯奇怪的差异,可笑地叙述他年轻时一些天真和愚笨的事,说他如何影响了一个二等意大利城镇里的时装,如何模仿法国小说为意大利的一份二流报纸写一些低劣的爱情故事:他一串串的话说得娓娓动听,很能直接和巧妙地迎合我们的兴趣与好奇心,劳娜和我听得出了神,而且,说来似乎很矛盾,我们也开始像福斯科夫人那样十分钦佩他。女人能抗拒男人的爱情,男人的声望,男人的仪表,男人的金钱,然而她们没法抗拒男人的一张嘴,只要那男人懂得怎样和她们谈话。

晚饭后,伯爵给我们留下的良好印象仍很鲜明,但这时他却悄悄地退到书房里看书去了。

劳娜要到外面去散一会儿步,欣赏漫长的黄昏垂尽时的景色。为了顾到一般礼貌,我们当然邀福斯科夫人同去,但这一次她显然已经被吩咐过,所以婉言谢绝了我们。"伯爵也许还需要更多烟卷儿,"她用道歉的口气说,"除了我,谁也不能做得让他满意。"

她说这话时,冷峻的蓝眼睛里几乎透出温暖——能令她的主人在吸烟中得到安慰,看来她对这份差事真感到骄傲啊!

单是我和劳娜两人走出去。

那是一个浓雾满天、空气闷热的黄昏。四周给人一种零落衰败之感,园子里的花朵已经萎谢,地上焦干,没有露水。我们从静静的树梢上望过去,西面天空呈现出一片苍白和淡黄,太阳在迷雾中蒙眬下沉。看来要有一场雨——随着黑夜的来临,雨就要降落了。

"咱们向哪一面去呢?"我问道。

"向湖那一面去吧,玛丽安,如果你高兴的话。"她回答。

"你好像非常喜欢那片凄凉的湖水,劳娜。"

"不,不是喜欢那片湖水,是喜欢它附近的景色。在这么一大片地方,只有那些沙地、石南、枞树会使我想起利默里奇村。但是,如果你高兴的话,咱们随便朝另一面去也可以。"

"在黑水园,我没有一处爱去的地方,亲爱的。我觉得哪儿都是一样。就让咱们往湖那面走吧——到了空阔的地方,咱们可以觉得比这儿凉快一些。"

我们静悄悄地穿过树阴密布的种植场。黄昏时空气闷塞得令人难受,所以一走到船库,我们都急于到里面去坐下休息一会儿。

白茫茫的雾低悬在湖水上空。对岸是一带浓密的褐色树木,排列在浓雾之上,好像一片低矮的树丛飘浮在半空中。沙地从我们的坐处层层下降,神秘地消失在浓雾的深处。四周寂静得可怕,听不到树叶的簌簌声,听不到林中的鸟啼声,也听不到隐秘的湖水浅处水禽的聒噪声。今天晚上,连青蛙的咯咯声都静息了。

"这儿十分荒凉阴森,"劳娜说。"但是在这儿咱们可以比在别的地方更安静。"

她沉静地说,一面心事重重地用凝滞的眼光瞅着浓雾中沙地以外的荒凉远景。我看出,她只顾想心事,并未觉察出这时已深深刻在我脑海中的寂寥的印象。

"我曾经答应告诉你我婚后生活的真实情况,玛丽安,免得你再猜测,"她开始说,"这是我第一次瞒着你,亲爱的,现在我决定不再瞒你了。我以前之所以不说出来,你总知道,那是为了你,部分也是为了我自己。一个女人把自己整个一生都赠给了他,而他恰巧就是所有人当中最不重视这一赠品的人,而现在你要这女人坦白地说出这一切,这对她是很难堪的。无论你待我多么好,对我多么忠实,但是,除非你也结了婚,玛丽安,更重要的是,除非你婚后过得幸福,否则你是不能深切地理解我的。"

我能回答她什么呢?我只好拉住她的手,眼睛含着无限深情紧瞅着她。

"以前,"她接下去说,"我常常听到你取笑自己的所谓'穷'!你常常闹着玩儿,祝贺我阔绰!哦,玛丽安,别再取笑我啦。为了你的穷感谢上帝吧——穷让你做了自己的主人,使你不至于像我这样命苦。"

听听一个年轻的妻子说出了这样悲哀的话!悲哀的是她冷静而坦率地说出了真实的话。单是我们一起在黑水园府邸度过的短短几天,已经足以向我说明,向任何人说明,她丈夫娶她为的是什么。

"听到我怎样很快就开始失望、感到痛苦,或者,甚至知道了更详细的情形,"她说,"你也不必为此难过。单让我自己记得这些事也就够了。只要告诉你我第一次,也是最后一次怎样向他表白心情,再用不着向你详细说明一切,你也可以知道他一向是怎样对待我的了。那一天,在罗马,我们一起骑马出去,参观了塞茜莉亚·梅特娜的坟。天气爽朗可爱,庄严的古迹看上去很美,我想到古代有一个丈夫由于爱而兴建了这样一座坟纪念他的妻子,一时我对我的丈夫也更充满了柔情。'你也会为我盖这样一座坟吗,珀西瓦尔?'我问他。'咱们结婚前,你说十分爱我,可是,打那时候起——'我再也说不下去了。玛丽安!他连看都不朝我看一眼哪！我拉下了面纱，心想，还是别让他看见了我含着一包眼泪。我还以为他没注意到，可是，他注意到了。他说：'走吧。'接着，一面扶我上马一面自个儿笑着。他上了马，我们一起离开了，他又大笑起来。'如果我给你盖一座坟，'他说，'那可得花你自己的钱呀。我不知道，塞茜莉亚·梅特娜是不是有一大笔财产，花的是不是她自己的钱。'我没回答——我正在面纱里哭，怎么能回答他呢？'咳，你们这些脸色苍白的女人都是多愁善感的，'他说。'你需要什么呀？需要听几句奉承和好听的话吗？还好，我今天早晨兴致还不错。我认为奉承和好听的话都已经说了。'男人根本不知道，他们对我们说的那些冷酷的话多么深刻地印在我们记忆里，多么沉痛地伤害了我们的心灵啊。我真想哭上一场，但是他那轻蔑的态度使我收干了眼泪，横下了一条心。打那时候起，玛丽安，我再也不禁止自己去想念沃尔特·哈特赖特了。我回忆我们俩私下恋爱的那些幸福的日子，从中给自己找一些安慰。除了这样，我还能找什么安慰呢？如果当时咱们在一起，你会在一旁指导我的。我知道那样是错误的，亲爱的，但是，告诉我，难道我那样犯错误就没有可以原谅我的理由了吗？"

我不得不把脸避开了她。"你别问我！"我说，"你受的这种苦我受过吗？我有什么资格来作出判断呢？"

"我总是想念他，"她继续说，放低了声音，跟我更挨近点儿，"珀西瓦尔晚上自己和朋友去看歌剧，丢下我一个人的时候，我总是想念他。我总是想象：如果上帝肯赐给我贫穷，如果我做了他的妻子，那我又是怎样一幅情景。我总是想象，他出外挣钱养家，我穿着整洁的廉价衣服在家里等他——我在家里为他做家务，而因为必须为他做家务，就更加爱他——我看见他很疲劳地回到家里，就帮他摘下帽子脱了大衣，玛丽安，晚饭时我就用我为他学着烧的小菜儿款待他。哦！我希望他永远不会感到孤单忧郁，不会也像我想念他梦见他那样想念我梦见我！"

她说到这些伤感的话，声音里又透出那已经消失的柔情，脸上又映现出已经消失的美丽。她的眼光又那样带着爱怜注视着我们前面那片衰败、凄凉、不祥的景象，仿佛在朦胧阴沉的天空中看到了坎伯兰那些令人感到亲切的小丘。

"别再去谈沃尔特啦，"我说，这时我总算勉强克制住自己。"哦，劳娜，现在就别去谈他，别惹得咱们这样痛苦啦！"

她站起身，亲切地看了看我。

"我宁愿永远别再提到他，"她回答，"也不愿让你有片刻感到难过。"

"这是为了你好呀，"我辩解，"我这样说，是为你着想呀。如果你丈夫听见你这样说——"

"如果他真听见我这样说，他也不会感到意外。"

她这样奇怪地回答时，在沉着与冷漠中显得无所谓。她那种异样的态度，几乎和回答的话同样使我感到惊奇。

"他不会感到意外！"我重复她的话，"劳娜！你知道自己在说什么吗？你可把我吓坏了！"

"这是实话，"她说，"这就是我今天要趁咱们在你房间里谈心的时候说给你听的。我在利默里奇已经向他坦白了一切，只隐瞒了一件事，玛丽安，你说那是可以隐瞒的。我就是没把那姓名告诉他，可是，他发现了。"

我听着她说这些话，自己一句也答不上来了。她最后的话毁灭了我仅存的一线希望。

"事情发生在罗马，"她接下去说，仍旧那样在沉着与冷漠中显得无所谓。"我们参加了一个招待英国客人的小型宴会，主人是珀西瓦尔爵士的朋友，玛克兰先生和夫人。玛克兰夫人以擅长绘画闻名，她推却不过几个客人的请求，最后拿出了她的画给我们看。我们都夸奖那些画，我不知道说了几句什么，引起了她对我的特别注意。'您肯定也画画儿吧？'她问。'我以前画过一个时期，'我回答，'可是后来放弃了。''如果您以前画过，'她说，'将来也许还会画的，如果您高兴再画的话，我想给您推荐一位教师。'我没答话,你知道那是为了什么原故,玛丽安,我试图把话题岔开。可是玛克兰夫人仍要往下谈。'我请过各式各样的教师,'她接着说,'但是,其中最好的、最聪明细心的是一位哈特赖特先生。如果有一天再画画,您不妨请这位教师试一试。他是一个年轻人——为人谦虚,正派——我相信您会喜欢他的。'你想象一下:她当着许多陌生客人,那些请来会见新夫妇的陌生客人,在大庭广众中对我说这些话!我竭力克制着自己,一句话不说,只低着头凑近那些画看。后来,大着胆再抬起头来,我遇到了我丈夫的眼光,从他的神情中可以看出,我的表情已经泄露了自己的秘密。'等我们回到英国,'他说时眼睛一直紧盯着我,'我们会去打听哈特赖特先生的。我也是这样想,玛克兰夫人,我相信格莱德夫人一定会喜欢他的。'他特别加重了最后一句话的语气。我听了脸涨得通红,一颗心急跳得好像要使我闭住了气。话谈到这儿为止。我们散得很早。他在乘车回旅馆途中一句话不说。他扶我下了车,仍像往常一样和我上了楼。但是,我们刚走进会客室,他就锁上了门,把我推到一张椅子里坐下,在我跟前一站,双手搭在我肩上。'自从你那天早晨在利默里奇庄园向我大胆吐露了那些话,'他说,'我就要找出那个家伙,今天晚上我在你脸上发现了他。那家伙就是你的图画教师,他叫哈特赖特。你要为这件事悔恨,他也要为这件事悔恨,你们要悔恨一辈子。现在,去睡吧,尽管在梦里去会见他,看我的马鞭在他肩上留下的痕迹吧。'现在,他向我发脾气,就含着讥笑,或者带着威胁,提到我当着你向他承认的那些话。我没法禁止他恶意歪曲我向他说的真心话。我没法使他相信我,没法使他不提起这件事。今天他说我是'豁出了一切嫁给他的',你听了就露出惊奇的神情。但是,如果下次他发脾气,再提到这样的话,你就不会感到惊奇了——哦,玛丽安!别这样!别这样!你这样叫我心里难受呀!"

这时我已将她搂在怀里,悔恨的剧痛使我双臂像钳子似的把她夹得更紧了。可不是！我悔恨。我在利默里奇庄园凉亭里说的那些无情的话伤了沃尔特的心，当时在他绝望中变得苍白的那张脸，这会儿又呈现在我眼前，向我无言地提出我难以忍受的谴责。是我亲自指出了那条路，让我妹妹所爱的人沿着它一步步远离开他的祖国和朋友。我挡在两个彼此相爱的青年人中间，把他们永远分隔开了，让他和她的一生都毁灭在我面前，从而给我所做的事留下了一个罪证。这件事是我做的，而我之所以这样做，却是为了珀西瓦尔·格莱德爵士。

为了珀西瓦尔·格莱德爵士。

我听见她在说什么，从她说话的声调中我知道那是在安慰我——安慰我这个实际上只配受到她无言的谴责的人！至于又经过了多久，方才克服了自己思想上揪心的痛苦，我就不知道了。我先是觉得她在吻我，然后，我的眼睛突然觉察到外界的现象，我知道自己正在茫然直瞅着前面湖水的远景。

"时候不早了，"我听见她悄声说，"走到种植场，天要黑了。"她摇摇我的手臂，重复了一句："玛丽安！走到种植场上，天要黑了。"

"让我再稍许等一会儿，"我说，"稍许等一会儿，让我安静一下。"

我仍旧不敢朝她看；我继续凝视着远方。

时间确是晚了。半空中那一带浓密的褐色树林已经在暮色四合中逐渐模糊，隐隐约约像是长长的一缕青烟。下边，湖水上空的雾已悄悄地扩展，向我们这面弥漫过来。空中仍像刚才那样静寂得没一丝声息，但它那恐怖的气氛已经消失，留下的只是宁静中庄严的神秘。

"咱们离住宅很远，"她悄声说。"还是回去吧。"

突然她沉默了，脸从我这面转向船库门口。

"玛丽安！"她说时抖得很厉害，"你没看见什么吗？瞧！"

"哪儿?"

"那底下,咱们下边。"

她用手一指。我顺着她的手望去,也看见了。

一个人影正在远处长有石南的荒地里移动。他穿过我们从船库里望出去的一带地方,沿着浓雾以外的外缘黑魆魆地溜过去。接着,它远远地在我们面前停下了——等了等——又向前溜;移动得很慢,后边和上空是白茫茫的雾——慢慢地,慢慢地,最后朝船库的一边闪了过去,我们再也看不见了。

今天傍晚的经历使我们感到很紧张。又过了几分钟,劳娜才想到要走种植场那条路,我决定陪她回去。

"那是个男的还是个女的?"我们最后走到黑暗潮湿的空地里,她压低了声音问。

"我看不清。"

"你猜那是个男的还是个女的?"

"好像是个女人。"

"恐怕那是个男人,披了件长斗篷。"

"可能是个男人。在这样昏暗的光线里没法看清楚。"

"等一等,玛丽安!我害怕——我看不出路来了。要是那个人跟踪咱们呢?"

"根本不可能,劳娜。其实用不着惊慌。湖岸边离村子不远,那儿白天黑夜都有人走过。奇怪的是,咱们早些时候没看到那儿有人。"

这时我们已走进种植场。四下里十分黑暗——黑暗得我们不大容易看清道路。我挽着劳娜,我们尽快地往家里赶。

我们还没走到一半路,她停下了,定要我跟着她一起停下。她在听什么。

"嘘,"她悄声说,"我听见后面有什么声响。"

"是枯树叶,"我安慰她,"或者,是根树枝从上面吹落下来。"

"现在是夏天,玛丽安,又没一丝风。听呀!"

我也听见了那声音——那像是轻微的脚步声，跟在我们后面。

"不管那是什么人，或者是什么东西，"我说，"咱们还是继续前进吧。再过一会儿，即使遇到什么紧急的事，反正已经离开住宅很近，人家可以听见咱们的声音了。"

我们飞快地向前赶——走得那样快，后来，当我们差不多走完了种植场，可以看见映出灯光的窗子时，劳娜连气都喘不过来了。

我等了一会儿，让她缓了口气。我们刚要继续前进，她又拉住我，向我做手势，叫我再听。我们都清楚地听见后面树林里漆黑深处有人沉重地长叹了一声。

"谁在那儿？"我喊了起来。

没人答应。

"谁在那儿？"我又问了一句。

一阵沉寂，紧接着我们又听见那轻微的脚步声，越来越轻，渐渐在黑暗中低沉下去，低沉下去——最后完全消失在一片寂静中。

我们急匆匆地从林中走向外面空阔的草地，然后迅速穿过草地，两人不再交换一句话，赶到了屋子里。

在门厅的灯光下，劳娜朝我望了望，她面色苍白，眼中露出恐怖。

"我差点儿吓死了，"她说，"那会是什么人呢？"

"咱们明儿再去猜吧，"我回答，"暂时不要对任何人说咱们听见和看到的。"

"为什么不要说？"

"因为沉默是安全的，咱们在这儿需要安全。"

我赶紧送劳娜上楼，在楼上等了一会儿，摘下我的帽子，抿平了头发，然后，假装找一本书，立刻先到书房里去打听。

伯爵坐在那里，安安静静地吸着烟看书，他的身体占满了全家最大的那张安乐椅，脚搁在一只小凳子上，衬衫领子敞开着，膝上横放着他的领带。福斯科夫人像个安静的孩子坐在他身旁一只凳子上,正在那里卷烟卷儿。夫妻俩都不可能在那天傍晚很迟的时候出去了,这会儿刚赶回来。我一看到他们那幅情景,就觉得已经达到了自己来书房的目的。

我一走进屋子,福斯科伯爵为了礼貌慌忙站起,系好了领带。

"您别费事,"我说,"我只是来拿一本书。"

"像我这样的倒霉胖子,都是怕热的,"伯爵正一本正经地摇着一把大绿扇子取凉。"我要是能和我的好太太对调一下就好了。这会儿她凉爽得像外面池子里的鱼。"

伯爵夫人听了丈夫的新奇比喻,气色变得更加温和了。"我是从来不嫌热的,哈尔科姆小姐,"她说这话时,那副谦虚的神情倒像一个妇女在承认自己具有某种优点。

"今天黄昏时候,您和格莱德夫人出去了吗?"伯爵问,这时我正装模作样地从架上取下一本书。

"是的,我们出去透透空气。"

"请问朝哪面去的呀?"

"到湖那面———一直走到那个船库。"

"啊?一直走到那个船库?"

平时他如果这样追根究底,那会使我感到气忿。但是今天晚上我反而高兴,因为这又证明他和他妻子都跟湖上那个神秘人影无关。

"大概,今天黄昏没再遇到什么意外的事吧?"他接下去问。

"没什么新的发现,像您上次发现受了伤的狗吧?"

他一双神秘莫测的灰色眼睛紧盯着我,那种冷峻、雪亮、令人无法抗拒的光芒总是迫使着我朝他看,但是看了又感到不安。每逢这种时刻,我就怀疑他是在窥探我的心事,说不出地觉得受到了一种压力,平时如此,现在当然也是这样。

"没遇到,"我简短地说,"没遇到什么意外的事,没什么新发现。"

我试图把眼光从他身上移开，然后走出屋子。说也奇怪，这时多亏福斯科夫人帮助，使他挪动了身体，首先转移了视线，否则我也许还不容易脱身哩。

"伯爵，您让哈尔科姆小姐一直站着哩，"她说。

我趁他转身给我端椅子的时候向他道了谢，找了个借口就溜走了。

一小时后，凑巧劳娜的女仆到她女主人的屋子里来，我就趁机提到晚上闷热，打算进一步探听那些仆人刚才在干什么。

"你们在楼下挺热吧？"我问。

"不，小姐，"女仆说，"我们一点儿也不热。"

"那么，你们大概是到树林里去的啰？"

"有人要去那儿，小姐。可是厨娘说还是端张椅子到厨房门外阴凉的天井里去坐的好，我们大家想了想，也都把椅子搬到那儿去了。"

现在只需查明女管家了。

"迈克尔森太太已经睡了吗？"我问。

"她大概还没去睡吧，小姐，"女仆笑着说。"应当说，迈克尔森太太这会儿不是将要去睡，是正在起身。"

"为什么？你这是什么意思？难道迈克尔森太太白天里在睡觉不成？"

"不是的，小姐，不完全是这样，不过，也差不多是这样。整个黄昏她一直在自己屋里的沙发上睡大觉。"

把我亲眼在书房里看到的和刚从劳娜女仆口中听到的搁在一起，看来只能得出一个结论。我们在湖边看到的那个人影不是福斯科夫人，也不是任何仆人。我们听见身后的脚步声，不是这府邸里任何人的脚步声。

那又会是什么人呢？

看来这是无法打听出来的。我甚至不能确定那是男人还是女人的影子。我只能说，猜想起来那是个女人的影子。

6

六月十八日——昨天黄昏我在船库里听了劳娜的一席话,夜深人静后悔恨的苦恼使我痛定思痛,久久不能入睡。

最后我点亮了蜡烛,翻阅以前的日记,看我在她铸成大错的婚事上究竟起了什么作用,而为了挽救她,当初实际上究竟又能尽什么力。看后我略微宽慰了些,因为事实说明,不管我做那些事时是多么盲目无知,但我却是出于最好的动机。一般说来,哭对我是有害的,然而昨天夜里的情形不同:哭后我觉得人舒坦了。今天早晨起来,我主意坚决,心也定了。不论珀西瓦尔爵士再说出什么话或采取什么行动,他再也不能激怒我,或者使我片刻忘记:为了劳娜的需要,为了劳娜的原故,我必须不顾一切屈辱与侮慢留在这里。

今天早晨,我们本来会对湖上看到的人影和种植场上听到的脚步声进行种种猜测,但后来却被劳娜感到十分不快的一件小事给搅忘了。她结婚前一天我送给她留作纪念的那个小胸针被她遗失了。我们昨天黄昏时出去,她戴了那个胸针,所以我们只能设想,那一定是从她的衣服上落下,或者是丢在船库里,或者是遗失在回来的路上了。已经派仆人去找过,但他们都空着手回来。现在劳娜又亲自去寻找了。不论找到也好,找不到也好,如果珀西瓦尔爵士在吉尔摩先生的合伙人把信交给我之前先回到家里,遗失了东西倒可以作为她出门的借口。

一点钟刚敲过。我正在考虑:是在这里等候从伦敦来的信使好呢,还是悄悄地走出去,在大门以外等候他好呢。

由于这一家的每个人和每件事都使我怀疑,我认为更好是采用第二个办法。伯爵倒不碍事,这会儿他在早餐室里。前十分钟我跑上楼时,还透过那扇门听见他在教他的金丝雀玩把戏:"出来,站在我小指头上,我的好宝贝儿!出来,跳上楼梯!一,二,三——向上跳! 三,二,一——向下跳! 一,二,三——啾啾啾,叫!"鸟儿又像往常那样欢腾着歌唱起来,伯爵向它们又是叽叽喳喳叫,又是吹口哨,好像他也是一只鸟儿似的。这时我的房门开着,我仍旧听到尖锐的歌唱声和口哨声。如果我决定悄悄地出去,不让人家注意到,这可是一个很好的时机。

四点钟——从记完以上日记到现在这三个小时内,黑水园府邸里的整个情况急转直下。是福是祸,我还不能,也不敢作出判断。

让我首先回到刚才停下的地方吧,否则我会在一阵思想混乱中把一些细节记错了。

再说,我按照原先的计划出去,准备在大门外迎接那个从伦敦送信来给我的使者。下楼时我没看见一个人。走过门厅时我听见伯爵仍在训练他的鸟儿。但是,穿过外面大院,我在福斯科夫人身边走过时,她正在做她喜爱的活动,围着大鱼池子一圈一圈地走着。我立刻放慢脚步,以免露出着急的样子,而且,为了小心,还问她午饭前要出去散步吗。她说还是留在附近的好,一面十分亲切地朝我笑,和颜悦色地点着头,然后朝门厅里走回去。我朝后面看时,见她关上了门,于是我推开了靠车房那一面的边门。

一刻钟内,我已经到了大门口。

外面的一条小路朝左陡转,向前一直延伸了大约一百码,然后又突然拐向右方,通往公路。于是我等候在两个拐角之间的一段路上,从大门口的一边和通火车站的道路的另一边都没法看见我,我就在那个地方来回踱步。根据我的表,我在那二十分钟内什么也没看见和听到,我两旁都被高高的树篱挡住了。最后传来一辆马车的声音,我向第二个拐角走过去,迎面从火车站驶来了一辆轻便马车。我招呼车夫停车。他依着我停下了,一个外表体面的人从窗子里伸出头来,看发生了什么事。

"对不起,"我说,"冒问一声,您是到黑水园府邸去的吗?"
"是的,女士。"

"是送信给一个人吗?"

"送一封信给哈尔科姆小姐,女士。"

"您可以把信交给我。我就是哈尔科姆小姐。"

那个人触了触他的帽子,赶紧下车,把信交给了我。

我立即拆开信看了。现在我把信的内容抄录如下,因为,为了小心起见,我认为最好是把原信毁掉。

"亲爱的女士:

"今晨收到您的信,为此我十分焦虑。让我尽量简单明了地作出答复。

"仔细研究了您的信件,并根据从结婚契约中我对格莱德夫人情况的了解,我遗憾地得出以下结论,即珀西瓦尔爵士现正计划挪用委托款项(亦即挪用格莱德夫人名下二万镑中的一部分),使格莱德夫人成为契约订立者之一,从而同意公开废弃委托,以后如果她提出控诉,即可用其签名予以反驳。除以上设想外,不可能以其他理由说明:为何需要格莱德夫人在目前的情况下履行任何性质的契约。

"如果格莱德夫人签署此类文件,亦即我认为属于上述性质的契约,她的代理人即可从她所有的二万镑中支付款项给珀西瓦尔爵士。如果所借款项未能偿还,如果格莱德夫人有了子女,其子女的财产将随借款的数额大小相应减少。更清楚地说一句:格莱德夫人绝对不会得知,此事对她尚未出世的子女可能是一种欺诈行为。

"既然情况如此严重,我建议格莱德夫人暂缓签字,其理由为:她需由我首先审阅这项契约,因为,我合伙人吉尔摩先生不在时,我是她的私人律师。采取这一措施是无可非议的,因为,凡属正当行为,照理它不难获得我的同意。

"诚恳地向您保证,我将继续及时向您提供一切需要的帮助或意见。

"女士，我是您忠实的仆人

威廉·基尔"

我满怀感激心情读着这一封情意深厚和见解精辟的信。它为劳娜反对签字提供了一个理由，对以前无法驳回的这件事现在我们已一清二楚了。我读信时，信使在旁边等我读完后对他的吩咐。

"请回去说：信里的意思我都明白了，非常感谢，"我说。"现在不需要写回信了。"

我手里展开着信说这些话，可就在这当儿，福斯科伯爵从通公路的那条小路上拐过来，就好像是从地下钻了出来，一下子已站在我面前。

他来得那么突兀，又是出现在我最意想不到他会来到的地方，我冷不防完全被吓倒了。信使向我说了声"再见"，又上了车。我对他一句话也说不出来，甚至他鞠躬时我都没有回礼。我知道自己已被人发现——而且偏偏又是被这个人发现——我完全僵在那里了。

"您现在回去吗，哈尔科姆小姐？"他问话时一点儿也不显出惊讶，甚至不去看一眼和我说话时驶走的马车。

我勉强镇定下来，点了点头。

"我也要回去，"他说，"让我陪着您走吧。让我搀着您好吗？您见了我，好像吓住了吗！"

我钩住他的手臂。神思刚清醒过来，我已在警告自己：不论付出多大代价，决不能和他做冤家。

"您见了我，好像吓住了吗！"他仍旧用镇静的口吻，但是纠缠不休地重复。

"伯爵，我刚才好像听到您和您的鸟儿在早餐室里吗，"我故作镇静，沉着地回答。

"是呀。可是，我那些有羽毛的孩子，亲爱的小姐，和其他的孩子太相像啦。有时候它们会闹脾气，今儿早晨就是这样。我正在把它们收进笼子，我太太走进来了，说她让您一个人散步去了。您是这样对她说的，对吗？"

"可不是。"

"您瞧，哈尔科姆小姐，我实在经不起您这种引诱，我真爱陪着您散步。瞧，像我这么大岁数的人，说实话总没什么害处吧？我连忙拿起帽子，就赶来陪您了。别瞧我福斯科是这样一个胖子，这总要比没一个人陪着您更好吧？咳，我又走错了路——失望地折回来，可是，瞧，我真喜出望外（我可以这样说一句吗？），我赶上了您。"

他满嘴是恭维我的话，我一无其他办法，只好竭力装作镇静。他根本不谈他在小路上看到的事，更不提到我仍拿在手里的信。看了他这种居心叵测的审慎态度，我更相信他曾经使用最不光彩的手段，趁我不防时探出了我的秘密，已经知道我为劳娜请教了律师；现在，一经证实我如何在暗中获得复信，他就完全达到了目的，而既然知道这样肯定会引起我的戒心，所以现在一心要祛除我的疑虑。在这种情况下，我也很乖巧，我并不去向他假惺惺地解释，然而，终究是女人的脾气，我虽然很顾忌他，但同时又觉得我搭在他臂上的一只手被他玷污了。

在住宅前面的环形车道上，我们遇见那辆被拉到马房去的狗车。珀西瓦尔爵士刚回到家。这时他走了出来，在二门口迎接我们。我们不必管他这次旅行的结果如何，反正他那暴戾的脾气并未缓和下来。

"啊！你们两位回来了，"他沉着脸说，"这是怎么回事：屋子里的人都走空了？格莱德夫人呢？"

我告诉他胸针遗失了，还说劳娜到种植场上寻找去了。

"什么胸针不胸针，"他气呼呼地咆哮，"叫她别忘了今天下午在书房里的约会。再过半小时我要见到她。"

我抽回了伯爵挽着的一只手，慢慢地走上台阶。伯爵向我很有气派地一鞠躬，然后满面春风地去和那位横眉怒目的主人谈话。

"告诉我，珀西瓦尔，"他说，"你这次旅行愉快吗？你那匹油光闪亮的漂亮棕莫利跑到家没累坏吗？"

"去他妈的棕莫利——也去他妈的这次旅行！我要吃饭了。"

"我先要和你谈上五分钟，珀西瓦尔，"伯爵答道。"就在这儿草地上，我的朋友，谈上五分钟。"

"谈什么？"

"谈一件跟你关系重大的事情。"

我穿过厅门时尽量地磨时间，听到他们这样一问一答，看见珀西瓦尔爵士迟疑不决，愠怒地把手插在口袋里。

"如果你故意惹我，再去谈你那些顾虑，"他说，"我可不要听你的。我要吃饭了。"

"到外面来和我谈吧，"伯爵重复，对他朋友所说的最粗鲁的话仍旧毫不介意。

珀西瓦尔爵士走下台阶。伯爵挽着他的手臂，领着他缓缓地走开了。所谓"事情"，我相信，指的就是签字。不用说，这会儿他们正在谈论我和劳娜。我十分焦急，感到慌乱难受。我们急需知道他们这会儿谈的是什么，这对我们两人都十分重要，然而他们说的话绝对不可能有一句传到我耳朵里。

我怀里藏着律师的信（这时哪怕把它锁起来我都不放心），从一间屋子里走到另一间屋子里，到后来紧张难受得差点儿要疯了。看样子劳娜一时不会回来，我打算出去找她。但是，经过一早晨的烦虑焦急，我已筋疲力尽，再说天气又是那么热，我完全支持不住了，虽然再一次挣到门口，但最后不得不回到休息室里，在靠得最近的一张沙发上躺下来歇息。

我正在让自己安静下来，门轻轻地推开，伯爵探头进来。

"千万请您原谅，哈尔科姆小姐，"他说，"我来打扰您，因为有一件好消息报告。您知道，珀西瓦尔总是那样主意不定——最后他又认为应该取消原议，签字的事可以暂时缓办了。我很高兴，从您脸上也可以看出,哈尔科姆小姐,这一来咱们都安心了。您告诉格莱德夫人这件好消息的时候,请代我向她表示最诚恳的敬意和祝贺。"

我还没来得及从惊讶中恢复过来,他已经走开了。毫无疑问,签字的事之所以会有这样不寻常的转变,是因为他施加了影响,而他干涉后之所以能取得一定的成功,又是因为他发现我昨天和伦敦进行了联系,今天已从那儿获得答复。

我虽然有以上的印象,但是,好像精神和肉体同样地疲乏,怎么也没法继续考虑情况不明的现在或危机四伏的未来。我再一次试图跑出去找劳娜,但是我脑袋眩晕,膝部哆嗦得站立不稳。虽然十分不愿意,但没办法,最后只好打消了出去的念头,又回到沙发上。

屋子里静悄悄的,我听到夏天的鸣虫在敞开的窗外低声浅唱,感到很舒适。我不由得合上眼皮,逐渐进入一种奇异的状态,它既不像是清醒着(因为我对四周发生的事一无所知),又不像是睡着(因为我觉出自己是在休息)。在这种状态下,我那活跃的思想开始自由奔放,而我那疲倦的身体则在静息,于是,恍惚中,或者幻想中(我也不知道应该管它叫什么),我看见了沃尔特·哈特赖特。我那天早晨起身后始终不曾想到他,劳娜也一句话不曾直接或间接向我提到他,然而,这会儿我却看见了他,清楚得就好像回复到了从前的时候,好像我们又一起在利默里奇庄园里。

我看见他在其他许多人当中,但那些人的脸我看不清楚。他们都躺在一座败落的大庙的台阶上。参天的热带树木(树干上绵延不绝地盘绕着浓密的藤蔓,枝叶空隙间隐约露出狰狞可怕的石像)围绕着那座庙宇,遮蔽了整个天空,给一群可怜的人笼罩上一片惨淡的阴影。白茫茫的瘴气悄悄从地面袅袅上升,一团团烟雾般向这些人弥漫过去,最后触到了他们,他们一个个都在躺着的地方僵死了。我看见沃尔特,感到又是怜惜又是害怕,禁不住要喊出声,我催他快逃。"回来吧,回来吧!"我说,"记住你答应她的话，答应我的话。回来吧，别让疫病传染给你，你会像其他的人那样死了！"

他朝我望了望，神情异常镇静。"等着瞧吧，"他说，"我会回来的。自从那天夜里我在公路上遇见了那个迷路的女人，我的一生就变成了冥冥中指定的一件工具。不论是在这片荒野中流浪也好，或者是回到故乡那儿欢迎我的亲友当中也好，我总是走在一条黑暗的路上，这条路将引着我，引着你，引着你和我所爱的人，你的妹妹，走向那神秘的因果报因将要应验的地方，走向那迟早总要达到的终点。等着瞧吧。瘟疫会传染其他的人，但是它会避开了我。"

我又看见他。他仍旧在那座森林里，他那些流浪的伙伴逐渐减少，现在已经寥寥无几。庙宇不见了，偶像消失了，此后再看到的是一些黑皮肤的矮人，他们阴险地埋伏在林中，手里张着弓，箭都上了弦。我又一次为沃尔特担心，大声警告他。他又一次向我转过身，脸上是不动神色的镇静。

"再要在黑暗的道路上前进一步，"他说。"等着瞧吧。箭会射倒其他的人，但是不会射中了我。"

我第三次看见他乘的那条船毁了，在荒凉的沙滩上搁浅了。几条载人超重的小船正从他身旁驶向彼岸，沉船上只剩下他一个人。我向他喊，叫他唤住末尾的一条小船，最后挣扎逃命。他带着镇静的神气看了看我，仍用坚定的声音回答我："还要在旅程中前进一步。等着瞧吧。大海会淹死其他的人，但是它不会淹死我。"

我最后一次看见他。他跪在一座白云石坟墓旁边，一个蒙着面纱的女人影影绰绰从坟底下出现，站在他身旁。他脸上原来异常镇静，这会儿显得异常悲哀。但是他的口气仍然是那么十分肯定。"路越来越黑暗了，"他说，"也越走越远了。死亡带走了善良的、美丽的、年轻的——但是它漏掉了我。毁灭了人的瘟疫，射倒了人的箭，淹没了人的大海，埋葬了爱情与希望的坟墓：我在旅程中逐步经历了这一切,我越来越走近终点了。"

我的心沉在言语无法形容的恐怖中,沉在泪水无法减轻的悲哀中。黑暗掩蔽了白云石坟墓旁边的参拜者——掩蔽了蒙着面纱从坟墓中出现的女人——掩蔽了在梦中看着这一切的我。我再看不到了,再听不见了。

我被搭在肩上的一只手惊醒。那是劳娜的手。

她跪倒在我沙发旁边。神情激动,脸色绯红,和我相对的眼光中流露出疯狂迷乱的神情。我一看见她,立刻吓得站起来。

"出了什么事?"我问,"什么事把你吓成这样?"

她回过头去望了望那扇半开着的门,把嘴唇凑近我耳边悄声说:

"玛丽安!——湖边的那个人影——昨儿晚上的脚步声——我刚才看见她了!我刚才和她谈话了!"

"我的天哪,是谁呀?"

"安妮·凯瑟里克。"

劳娜的慌张神情已使我惊讶,再加上我仍为梦里刚看到的景象感到凄惶,所以,她一说出那名字,我对突然获悉的事简直经受不住。我呆在地当中,一言不发紧张地瞪着她。

她一心想着那件事,竟没注意到她的答话给我带来的影响。"我看见安妮·凯瑟里克!我和安妮·凯瑟里克谈话了!"她又说了一遍,好像以为我没听清她的话。"哦,玛丽安,我有许多事要告诉你!去吧——咱们在这儿会被人撞见的——赶紧到我屋子里去。"

她急煎煎地说完这些话,拉住我的手,挽着我穿过书房,走到底层特为她设置的那间顶里边的屋子。除了她的贴身女仆,谁也不会突然到这里来找我们。她先把我推进房间,然后锁上房门,拉上里边的印花布窗帘。

我一时仍不能摆脱那种奇怪的麻木感觉。但是我越来越相信,并且已经深深感觉到,一些错综复杂的事情,一些早已威胁着她,早已威胁着我的事情,现在已突然紧紧地围困住了我们俩。我无法用言语表达我的感情,我甚至不大能够在意识中模糊地加以体会。"安妮·凯瑟里克!"我悄声自言自语,不知所措地重复说,"安妮·凯瑟里克!"

劳娜把我拉到房当中靠得最近的那张长椅上。"你瞧!"她说,"瞧这儿!"说到这里,她指了指她的胸口。

这时我才看见,那只遗失了的胸针又端端正正地别在那里了。亲眼看见了胸针,后来又亲手接触到了它,那种真实感仿佛使我混乱的思想开始稳定,并且使我的情绪镇静下来。

"你在哪儿找到了你的胸针?"这是我能向她说出的第一句话,我在重要关头竟提出了这样一个无关紧要的问题。

"是她找到的,玛丽安。"

"在哪里?"

"在船库里的地上。哦,我该从哪里说起呢——我该怎样对你说呢?她和我谈话的时候显得那样古怪——她看上去身体那样不舒服——她后来那样突然地离开了我——!"

她被纷乱的回忆所激动,声音随着提高了。我因为在这家里日日夜夜都被疑惧困扰着,所以这时立刻向她发出警告,像刚才一看到胸针就立刻向她提出问题一样。

"轻轻地说,"我说道。"窗子开着,它对着园子里的路。从头说起吧,劳娜。把你和那女人遇见的经过原原本本地告诉我吧。"

"要先关上窗吗?"

"不用关,可是,要轻点儿说,要记住,在你丈夫家里谈安妮·凯瑟里克很危险。你先在哪儿看见了她?"

"在船库里,玛丽安。你知道,我出去找我的胸针,沿着那条小路穿过种植场,一路上留心望着地下。就那样,经过很长时间,我到了船库;一走进那屋子我就跪在地上找。我正背对着进口寻找的时候,只听见后边一个陌生的声音轻轻地呼唤:'费尔利小姐。'"

"费尔利小姐!"

"可不是,唤的是我从前的称呼——我以为永远和我分开了的那个熟悉可爱的称呼。我跳了起来,并不是害怕,而是十分惊奇,因为那声音非常亲切柔和,它不可能使任何人感到害怕。瞧那儿,一个女人正站在门口瞧着我,我完全不记得从前曾经见过那张脸——"

"她是怎样打扮的?"

"她身上穿了一件整洁漂亮的白衣服,上边披了一条陈旧的深色狭条围巾。她戴的一顶褐色无边草帽和她那条围巾显得同样陈旧。我看到她身上的衣服和其他的打扮很不相称,就感到很奇怪,她知道我注意到了这点。'别去瞧我的帽子和围巾,'她气喘吁吁,急促地说,'只要有白色衣服穿,对其他的打扮我都可以不计较。尽情看我身上的衣服吧——我不会为它感到不好意思。'这话说得多么奇怪,你说对吗?还没等我向她解释,她已经伸出了一只手,我看见她手里托着我的胸针。我十分高兴和感激,走过去,靠她很近,向她表示谢意。'既然这样谢我,您可以答应我一件小事吗?'她问。'当然可以,'我回答,'无论什么事,只要是能做到的,我都可以答应。''那么,我把您的胸针找到了,就让我给你别上吧。'我真没料到她会提出这样一个请求,玛丽安,她说这话的时候显得异常急切,我一时不知道怎么办是好,不觉后退了一两步。'咳!'她说,'您母亲会让我别上这只胸针的。'她提到我母亲时,口气和神情中有着那么一种谴责的意味,这使我对自己的猜疑感到羞愧。我握住她托着胸针的手,轻轻地抬起了它,把它放在我胸口。'您认识我母亲吗?'我说。'那是很久以前的事了吧?我以前见过您吗?'她正在忙着别胸针的一双手停下,紧紧抵住了我的胸口。'您不记得,在利默里奇村一个春光明媚的日子,'她说,'您母亲在去学校的那条小路上走,两个小姑娘一面一个伴着她吗?打那时候起,我其他什么事情都不高兴去想,只记得这一件事。您是那两个小姑娘当中的一个,我是其中的另一个。那时候聪明漂亮的费尔利小姐和呆板可怜的安妮·凯瑟里克可要比现在更亲近啊！'——"

"她向你报了姓名，劳娜，你记得她吗？"

"记得的，我记得你在利默里奇庄园曾向我问起安妮·凯瑟里克，你还说从前大伙都说她长得像我。"

"这件事你是怎么想起的，劳娜？"

"是她使我想起的。她靠近了我，我朝她看的时候，突然想到我和她长得很像！她的脸苍白，瘦削，显得疲倦，但是我看上去吃了一惊，就好像我生过一场大病，在镜子里看见了自己的脸。这一发现，不知道什么原故，使我十分震动，有一会儿工夫我对她完全说不出话来。"

"你不说话，她是不是像动气了？"

"恐怕她是动气了。'您的脸不像您母亲，'她说，'心也不像她。您母亲的那张脸是黑糁糁的，您母亲的那颗心，费尔利小姐，是天使的心。''真的，我对您怀着一片好意，'我说，'但是可能我不会恰当地把它表现出来。为什么您管我叫费尔利小姐呀——？''因为我爱姓费尔利的人，恨姓格莱德的人，'说到这里，她突然愤怒得像发了狂。在这以前，我根本没看到她有疯癫的迹象，可是这时候我仿佛在她眼光中看出了疯癫。'我还以为您不知道我已经结了婚呢，'我说，我想起了她在利默里奇村写给我的那封荒唐的信，同时试图使她安静下来。她沉痛地叹了口气，从我身边走开了。'不知道您已经结了婚？'她重复了一句。'我到这儿来，就是因为您结了婚。我到这儿来，就是为了要在阴间会见您母亲之前给您想一个补救的办法。'她身子逐渐往后退，最后到了船库外面，接着就四下里注视和留心听了一会儿。等到再转身向我说话时，她不是走进来，而是站在原来的地方，眼睛向里边瞧着我，手叉在两边门框上。'昨儿晚上您在湖边看见我了吗？'她问。'您在树林里听见我在后面跟着吗？我已经等了整整几天，想要单独和您谈一下——这一次我丢下了我唯一的朋友，让那朋友为我担心害怕——我冒着险,不顾再被关进疯人院——一切都是为了您,费尔利小姐,一切都是为了您呀.'她的话使我感到惊慌,玛丽安,但是她说话时有一种口气使我从心底里可怜她。我相信我的怜悯是真诚的,因为我胆子大起来,叫这可怜的人到船库里去坐在我身边。"

"她这样做了吗?"

"没有。她摇了摇头,说必须继续站在那儿望风,当心有外人突然来到。她一直守在门口,手叉在两边门框上,一会儿突然向里边探进来向我说几句话,一会儿突然向后退回去四面张望。'昨儿天黑前我到这儿来了,'她说,'听见您和那位一道来的小姐谈话。我听见您向她谈您丈夫的事。我听见您说:没法使他相信您,没法使他不提起那件事。啊!我明白这些话的意思了,因为,听的时候,我的良心向我说明了一切。我为什么要让您嫁给了他呢!咳,都是因为我害怕——瞧我那疯狂的、可怜的、该死的恐惧心理啊!——'她用那条旧围巾捂住了脸,在围巾里边哭边嘟哝。她会不会伤心绝望得失去了理智,不能控制自己,最后连我也没法对付她呢:我害怕起来了。'请冷静点儿,'我说,'告诉我,您当初又怎么可能阻止我结婚呢!'她揭去蒙在脸上的围巾,茫然瞪着我。'当时我应该有足够的勇气留在利默里奇村里,'她回答,'我根本不该被他要去那里的消息吓走。我该先警告您,设法挽救您,就不会像现在这样木已成舟了。为什么我只有给你写那封信的勇气呢?为什么我的动机是为了您好,但结果反而害了您呢?都是因为我害怕呀——我那疯狂的、可怜的、该死的恐惧心理啊!'她重复这句话,又用她那条旧围巾的一头捂住了脸。她那副样子真可怕呀,她那些话真可怕呀。"

"她一再谈到害怕,劳娜,你肯定要问她怕什么吧?"

"我问了。"

"她又是怎样回答的呢?"

"她反过来问我,如果有人曾经把我关进疯人院,将来还有可能再关我进去,我是不是害怕那个人?我说:'现在您还害怕吗?如果现在还害怕,那您肯定不会来这儿了吧?''不害怕了,'她说,'我现在不害怕了。'我问她为什么不害怕。她突然向船库里探进身子说:'您猜不出什么原故吗?'我摇摇头。'瞧瞧我是一副什么样儿,'她接着说。我告诉她,看到她满脸病容,神情十分忧郁,我感到很难受。这时她第一次露出笑容。'满脸病容,'她重复了一句,'我都快死了。您知道我现在为什么不害怕他了吗。您相信我要在天堂里和您母亲会见了吗?如果我见了她,她会宽恕我吗?'我十分震惊,一时没话可以回答。'我老是在思考这件事,'她继续说,'躲开您丈夫的时候,生病的时候,我都在思考。思考到最后,我只好到这儿来了——我要设法补救——我要尽力消除我以前造成的一切危害。'我再三恳求她向我说明这些话的意思,她仍旧那样茫然地瞪着我。'我能消除那危害吗?'她主意不定地自言自语。'您是有朋友帮助的。所以,如果您掌握了他的秘密,他就会害怕您,就不敢像对待我这样来对待您。既然害怕您和您的朋友,那么,为了保全自己,他就不得不好好地待您。如果他好好地待您,如果我能说这是由于我的功劳——'我急巴巴地往下听,可是刚说到这儿,她停下了。"

"你催她往下说吗?"

"我催了,但是她又从我身边退开,把脸和胳膊贴在船库的一边门框上。'咳!'她满怀柔情但是透出一种可怕的、疯狂的口气说,'咳,要是能把我和您母亲合葬在一起,那该有多么好啊!要是天使吹响号角,坟墓里的死人都复活的时候,我能在她身边醒过来,那该有多么好啊!'——玛丽安呀!我听了浑身直哆嗦,她的话太可怕了。'但是,这是没希望的了,'她一面说,一面微微移动了一下身体,又朝我望了一眼,'像我这样一个可怜的陌生人,这是没希望的了。我不会安息在那个云石十字架下面,尽管为了她的原故,我亲手洗它,洗得那么雪白干净。不行!不行!不能靠人家开恩,只有靠神的恩惠才能够被带到她跟前,那儿恶人不再折磨你,疲倦的人获得安息。'她说这些话时显得安静而又悲哀,在绝望中沉重地叹了口气,接着又停顿了一会儿。她脸上露出迷惘和烦恼的神情,好像是在思索,好像是在苦苦地思索。'我刚才说什么啦?'她停了一会儿问。'一想到您母亲,其他的事我都忘了。我刚才在说什么呀?我刚才在说什么呀?'我竭力亲切和温存地提醒她。'啊,对了,对了,'她说,仍旧是那一副迷惘和困惑的神情。'您是没法对付那个凶恶的丈夫的。可不是。我一定要达到来这儿的目的——我一定要补救我当初由于害怕说话而给您带来的损害。''您要告诉我的究竟是什么?'我问。'就是您狠心的丈夫怕人知道的那件秘密,'她回答。'有一次我威胁他,说要揭发他的秘密,就把他吓倒了。您要是威胁他,说要揭发他的秘密,也会把他吓倒的。'她的脸色沉下来,凝视着的眼睛里闪出严厉愤怒的光芒。她开始迷迷糊糊地、毫无表情地向我挥手。'我母亲知道那件秘密,'她说,'为了那件秘密,我母亲毁了她自己半辈子。后来,我长大成人了,有一天她对我透露了一些底细。第二天,您丈夫就——'"

"说呀!说呀!接下去说呀。她告诉你什么有关你丈夫的事呀?"

"刚谈到这儿,玛丽安,她又不说了——"

"她再没说下去?"

"她急着留心倾听什么。'嘘!'她悄声说,一面仍向我挥手。'嘘!'她挪向门口一边,慢慢地,悄悄地,一步一步地,最后我看见,她在船库门外消失了。"

"你准是跟上去啰?"

"可不是,我十分着急,就大着胆站起来去追她。我刚赶到门口,她突然又从船库的一边绕了过来。'那件秘密,'我压低了声音对她说——'等一等,告诉我那件秘密!'她拉住我的胳膊,疯狂和恐怖的眼光瞪着我。'现在不行,'她说,'附近有人——有人在监视咱们。明天这时候来——您一个人来——注意——您一个人。'她粗鲁地把我推进船库,我再没看见她了。"

"咳,劳娜,劳娜,又错过了一个机会!要是我在你身边,咱们就不会让她跑了。你看见她是朝哪个方向消失的?"

"左边,地面下降、树林最浓密的那一边。"

"你又跑出去了吗?你在后面唤她了吗?"

"叫我怎么唤呢?我吓得动都不能动,话都说不出了。"

"可是,等到你能动的时候——等到你走出去的时候——?"

"我就跑到这儿来把事情的经过告诉你。"

"你在种植场上看见什么人,听见什么人的声音吗?"

"没有,我经过种植场的时候,那儿好像是一片静悄悄的。"

我考虑了一下。所说的那个在暗中偷听谈话的,是实有其人呢,还只是安妮·凯瑟里克心情激动时幻想的人物呢?这就无法肯定了。只有一件事很明确,那就是我们这方面的发现又功败垂成——除非安妮·凯瑟里克明天准时到船库赴约,否则这件事是彻底失败了,无可挽回地失败了。

"你肯定把一切经过都说给我听了吗?包括所说的每一句话?"我问。

"我想是的,"她回答。"我的记忆力不及你,玛丽安。可是这一次我的印象非常深,我对那些事非常关心,所以不大可能有什么重要的被我漏掉了。"

"亲爱的劳娜,凡是有关安妮·凯瑟里克的事,哪怕是琐碎的细节也是重要的。你再想想看。她是不是无意中提到了她现在住在哪儿?"

"我记不起了。"

"她没有提到一个陪她一同前来的朋友——一个叫克莱门茨太太的女人吗?"

"哦,提到的!提到的!我给忘了。她告诉我,克莱门茨太太执意要陪她到湖边,好照看好了她,还再三叮嘱她不要大胆独个儿到这附近来。"

"有关克莱门茨太太的事,她只说了这些吗?"

"是的,只说了这些。"

"她没向你谈到离开托德家角躲在什么地方吗?"

"没谈到——这一点我很肯定。"

"也没谈到她后来住在什么地方吗?也没谈到她生的是什么病吗?"

"没谈到,玛丽安,一句也没谈到。告诉我,请你告诉我,你对这件事有什么想法?我不知道该怎样考虑问题,不知道下一步该怎么办。"

"亲爱的,你必须这样做:你明天要准时到船库去赴约。现在还不可能判断,你和那个女人下一次的会见有多大的利害关系。这次不能再让你独个儿去了。我要离得相当近,跟在你后面。我不会让任何人看见,但是,万一发生什么事,我总是跟在听得见你声音的地方。安妮·凯瑟里克已经逃过了沃尔特·哈特赖特,现在又逃过了你。但是,无论再发生什么事情,反正不能让她逃过了我。"

劳娜的一双眼睛留心窥探我的心事。

"你相信,"她说,"我丈夫是害怕人家知道这件秘密吗?会不会,玛丽安,这只是安妮·凯瑟里克的幻想呢?会不会,她只是为了怀旧的原故,要来看看我,要和我谈话呢?她的神态非常古怪——我几乎怀疑她所说的话。你完全相信她的话吗?"

"我其他都不相信,劳娜,只相信我亲眼目睹的你丈夫的举动。根据他的行事来判断安妮·凯瑟里克的话,我相信是有一件秘密。"

我不再多说什么,立刻站起身离开了那间屋子。如果我们再一起谈下去,我就会向她吐露当时困扰着我的那些思想,而那些思想一经被她知道后,是对她有害的。她虽然已将我从一场噩梦中惊醒,但它那阴暗愁郁的影子却笼罩着她的通篇叙述留在我脑海中的每一个新鲜印象。我感到预兆不祥的未来已向我临近,它使我在极度的恐惧下不寒而栗，使我不能不相信，在已经困迫着我们的一系列复杂事件中存在着一种无法窥测的天机。我想象到哈特赖特，就像看见他道别时那样清晰，就像在梦中看见他的影子那样清晰，于是，我也开始怀疑，我们是不是正在盲目地走向一个指定的、无法避免的终点。

我让劳娜独个儿上楼，自己走到外面，在住宅附近的小路上四面察看。一想到安妮·凯瑟里克离开劳娜时的情景，我就暗中着急，想要知道福斯科伯爵那天下午在干些什么，同时私下猜测，珀西瓦尔爵士几小时前刚回来，他独自出门的结果怎样。

我四下里寻找他们，但什么也没发现，于是回到住宅里，走进底屋的各个房间。房间里都没有人。我又到外面门厅里，再上楼去找劳娜。我穿过走道，经过福斯科夫人的房间时，她开了门，我止住脚步，看她会不会告诉我珀西瓦尔爵士在哪里。可不是，一个多小时以前，她在窗口看见他们俩。伯爵仍旧是老习惯，他亲切地抬起头来看她，而且关照她（像平时那样一丝不苟，面面俱到），说他要和他朋友一同去远足。

远足！根据我平时的观察，他们俩从来不曾为这种事一同出去过。珀西瓦尔爵士除了骑马而外，不爱好其他任何运动，而伯爵（除了在礼节上陪我走路以外）则是什么运动都不喜欢。

等我再回到劳娜那里，我才知道，原来我不在的时候，她已想起即将签署契约的事，但刚才我们只顾谈论她会见安妮·凯瑟里克的经过，就忘了谈这个问题。我看见她时，她第一句话就表示惊讶：真出人意料，珀西瓦尔爵士怎么没来唤她到书房里去。

"你在这个问题上可以放心了，"我说。"至少咱们暂时都不必为这件事伤脑筋了。珀西瓦尔爵士已经改变计划——把签字的事推迟了。"

"推迟了？"劳娜惊讶地重复，"这是谁告诉你的？"

"是福斯科伯爵对我说的。我相信，你丈夫这次突然改变主意，都亏了伯爵的干涉。"

"看来不可能嘛，玛丽安。如果按照咱们的猜想，珀西瓦尔爵士要我签字是为了急需借钱，那么这件事怎么可以推迟呢？"

"劳娜，我想这个疑问咱们现在就可以解释。你忘了珀西瓦尔爵士和那个律师一起走过门厅，我听到他们俩的谈话吗？"

"没忘记，可是我不记得——"

"我记得。当时提出了两个办法。一个办法是要你在文件上签字。另一个办法是开三个月的期票拖延时间。现在明明是采取了第二个办法，所以，在未来一段时间里，咱们尽可以不必为珀西瓦尔爵士的债务烦心了。"

"哦，玛丽安，这件事听来好得叫人没法相信！"

"是吗，亲爱的？不久前你还在夸奖我的好记性，可是这会儿又像在怀疑它了。我去把我的日记取来，让你瞧瞧我是对了还是错了。"

我立刻取来了我的日记簿。

我们翻到前面有关律师来访的一条，发现那两个办法我记得完全正确。我的记忆这一次仍像往常一样可靠，我和劳娜几乎一致感到十分快慰。在我们目前这种危机四伏、动荡不安的情况下，我们将来的某些利害关系说不定有赖于我写日记的规则性，有赖于我写日记时记忆的可靠性。

我从劳娜的神态中觉察出：不但我想到了这一点，连她也想到了这一点。无论如何，这只是一件小事，我甚至不好意思把它记下，因为它好像无情地暴露了我们可怜的处境。我们确实已经到了孤立无援的境地，因此，哪怕是发现我的记忆力可靠，我们也会高兴得像发现了一位新朋友一样啊！

晚饭铃一响，我们就分开了。铃声刚息，珀西瓦尔爵士和伯爵已散完步回来。后来我们听见这位主人正在向仆役大发雷霆，因为饭开晚了五分钟，接着，又像往常那样，他的客人出面调解，劝他不要发火，叫他为了礼貌关系要安静下来。

• • • • • • • •

傍晚就那样度过。没发生什么意外的事。但是我在珀西瓦尔爵士和伯爵的举动中注意到一些特别的地方,因此临睡前一直提心吊胆,想到安妮·凯瑟里克的问题,以及明天会见她后的结果。

这时我对珀西瓦尔爵士那副样子实际上已经心中有数,知道他最虚伪的(因此也是最恶毒的)就是他那彬彬有礼的外表。和他的朋友远足回来,他的态度,尤其是对他妻子的态度变好了。劳娜暗中觉得奇怪,我却暗中感到惊慌,因为他用教名称呼她,问她最近可曾收到她叔父的信,打听魏茜太太什么时候应邀来黑水园,还处处低声下气地向她献殷勤,几乎令人想起他在利默里奇庄园求亲时那种讨厌的模样。总之那是一个不好的象征,后来我更觉得那是一个不祥的兆头,因为晚饭后他在休息室内假装睡着,以为劳娜和我都没有猜疑,于是一双眼睛就奸险地盯着我们俩。我始终不曾怀疑他突然独自出门是到韦尔明亨去找凯瑟里克太太,但是,根据今天晚上的观察,我更担心他这次出门并没白跑,他肯定已经获得我们尚未掌握的情报。如果我知道可以在什么地方找到安妮·凯瑟里克,明天天一亮我就要去警告她。

珀西瓦尔爵士今晚虽然装出了那副模样,但可惜我对它已经太熟悉,相反,伯爵的那种表现我却从来不曾见过,今晚我首次看到他是多愁善感的,而且我相信,这种感情确是出自他的内心,而不是他逢场作戏装扮出的。

比如,他显得那么安静而沉郁,眼光和语音都表示出一种克制着的感情。他身上是一件以前没见他穿过的最华丽的背心(他那最花哨的服饰与最强烈的感情之间好像具有一种内在的联系),是用淡海绿色缎子制的,四周很精致地镶着银丝花边。他那抑低了的声音听来十分柔和,他跟我或劳娜谈话时在微笑中若有所思,露出了慈祥的怜爱神情。晚饭时,他妻子对他的那些小殷勤表示感谢,他就在桌子底下捏她的手。他还和她碰杯。"祝你健康快乐,我的天使!"他说这话时炯炯闪亮的眼中脉脉传情,晚餐他几乎没吃什么,他老是叹息,而每逢他的朋友嘲笑他时,他就说:"我的好珀西瓦尔呀!"饭后,他拉住劳娜的手,问是不是可以"让他一聆雅奏"。她十分惊讶,但终于答应了。他在琴旁坐下,表链像一条金色的蛇在他海绿色背心腆出的地方蜷曲着。他的大脑袋懒洋洋地歪向一边,两个黄里泛白的手指轻轻地打着拍子。他十分赞赏那音乐,慈祥地夸奖劳娜的指法——不像可怜的哈特赖特那样纯粹为欣赏醉人的乐声而赞美,他由于修养与训练,不但理解乐曲的优点,而且理解演奏技巧的优点。暮色渐浓,他要求暂时不要点灯,以免破坏了那可爱的朦胧光影的美。我为了避免看见他,正站在远处的窗口,但是他踏着轻悄得可怕的脚步走过来,要我和他一同反对点灯。如果当时有一盏能够烧死了他的灯,我真会亲自赶到楼下厨房里把它取来。

"诸位肯定喜欢英国的这种柔和而颤动的夕阳吧?"他温和地说。"啊!我喜欢这种夕阳。我生来就喜欢高贵的、伟大的、美好的、天国的风吹净了的东西:像这样一个黄昏中所见到的一切。对我来说,大自然有这样永不消逝的美,这样永不消逝的柔情啊!可是,我是一个胖老头子:有一些适合于您说的话,哈尔科姆小姐,一到了我嘴里就变得滑稽可笑了。伤感时被人嘲笑,好像我的灵魂和我的身体都是又老朽又蠢笨的,这是多么令人难堪啊。瞧那些树枝上即将消失的光影有多么美啊,亲爱的小姐!它是不是也打动了您的心,就像打动了我的心一样?"

他不再往下说,望了望我,背诵了但丁描写黄昏的名句,柔和悦耳的音调给无比优美的诗句增添了一种独有的魅力。

"咳!"他刚朗诵完高贵的意大利诗句,突然大喊起来,"瞧我这个傻老头儿把大伙都闹厌烦啦!还是让咱们关闭了自己的心灵之窗,回到现实世界里来吧。珀西瓦尔!我现在准许把灯拿进来了。格莱德夫人,哈尔科姆小姐,埃莉诺我的好太太:你们哪位肯赏光和我玩一盘多米诺①?"

他脸朝着大家说话,但一双眼睛却在瞟劳娜。

劳娜和我一样怕得罪他,当即接受了他的请求。这一点我当时怎么也做不到。我是绝不肯和他玩牌的。在逐渐朦胧的暮霭中,他那双眼睛好像窥探到了我的灵魂深处。他的声音沿着我浑身每一根神经震荡,我感到一会儿热,一会儿冷。我梦里那些神秘可怖的景象整个黄昏不时困扰着我,这会儿更沉重地压在我心头,使我感到一种难以忍受的凶兆,一种无法形容的恐惧。我又看见那座白色的坟,那个蒙着面纱的女人从哈特赖特旁的坟里出现。我为劳娜担心,思虑像心底深处涌出的泉水,痛苦(我从未体会过的那种痛苦)的水积满在我心头。她走向牌桌经过我身边时,我拉住她的手吻了她,仿佛我们那天晚上就要永别了。我趁大家都惊讶地呆瞪着我时,跑出了那扇临园地的落地窗——跑到黑暗中,要逃避他们,甚至要逃避自己。

那天晚上我们散得比平时更晚。将近午夜,阵风震撼着树林,低沉凄凉的风声打破了夏日的寂静。我们突然感到空中散发着凉意,但是伯爵首先注意到那悄悄掀起的风。他给我点蜡烛的时候停了下来,举起一只手做出警告的样子——

"听呀!"他说,"明儿要变天了。"

7

六月十九日——昨天的事警告了我,叫我迟早准备好应付最坏的局势。今天一天还没有过完,但最坏的事情已经来到。

我和劳娜很精细地计算了时间,最后估计安妮·凯瑟里克昨天是午后两点半钟到达船库的,因此我作出安排,要劳娜在今天

---

① 多米诺是一种骨牌游戏。

午餐时只露一下面，一有机会就悄悄出去，把我留下来掩人耳目，然后我再尽快地和稳妥地跟随她去，按照以上办法行事，如果我们不遭到什么挫折，她可以在两点半钟以前到达船库，而我（也离开了餐桌）则在三点钟以前到达种植场上一个安全的地方。

昨晚的风已经向我们作了预报，今天早晨天果然变了。我起床时下着大雨，一直下到十二点钟——现在乌云散去，露出蓝天，阳光又照射出来，幸亏下午是晴天。

我一直急于知道珀西瓦尔爵士和伯爵这天上午要做些什么，尤其关心珀西瓦尔爵士，因为他一吃完早餐就离开了我们，也不顾下着雨，就一个人出去了。他既不告诉我们上哪儿去，也不说什么时候回来。我们只见他穿着长筒靴和雨衣匆匆地在早餐厅的窗外走过去——有关他的事，我们只知道这些。

伯爵上午一直安安静静地待在室内，有时候在书房里坐着，有时候在休息室里的钢琴前弹几支小曲，哼着歌儿。从他的外表看来，他仍旧显得那么多愁善感。他不大开口，容易感伤，遇到一点儿小事就要吃力地唉声叹气（只有胖子才会那样唉声叹气）。

午饭时珀西瓦尔爵士没回来。伯爵占了他朋友的位子，无精打采地吃下了大半个水果馅饼，喝了整整一罐子鲜奶油，然后向我们说明这种吃法的好处。"喜欢吃甜食，"他口气最柔和、态度最亲切地说，"是妇女和儿童们天真的嗜好。我喜欢和他们有同样的嗜好——亲爱的女士们，这种共同之处也会把咱们团结在一起。"

劳娜十分钟后离开了餐桌。我很想跟着她一起走。但是，如果我们一同出去，那就会引起人家猜疑，更坏的是，如果安妮·凯瑟里克看见劳娜由一个陌生人陪着，我们就很可能从此失去她的信任，而且此后再也无法恢复。

因此我竭力耐着性子，一直等到仆人进来收拾餐桌。然后我才走出屋子，住宅内外都看不出有珀西瓦尔爵士回来的迹象。我离开伯爵时，他唇间半吐出含着的一块糖，凶狠的鹦鹉正攀上他的背心去叼那糖,而福斯科夫人则坐在她丈夫对面,聚精会神地望着他和他鸟儿的动作,就好像生平从未见过这种情景似的。在去种植场的途中,我一直当心别被人从餐厅的窗子里看见。但是,没人看见我,也没人尾随我。那时我的表指着两点三刻。

一进树林,我就加快步伐,最后在种植场上走完了一半以上的路。我从那里开始把步子放慢了,小心翼翼地前进,但是没看到一个人的踪影,也没听见一个人的声音。我一步一步走到了可以看见船库后壁的地方——我停下了——留心地听——接着再朝前走,最后接近它的后壁,这时无论有什么人在那里面谈话,我肯定都可以听见。然而,仍旧是一片岑寂——不论远近,仍旧哪儿也看不出像是有人的样子。

绕过船库后边,先朝一面走出去几步,再朝另一面走出去几步,都没发现人影,最后我大着胆走到它正前面,直接朝里望去。里面是空的。

我喊"劳娜!"——先是轻轻地喊,后来越喊越响。没人应声,也没人出现。看来湖边和种植场附近只有我一个人。

我的心开始狂跳,但是我的主意却很坚定,我先在船库里面,然后在它前面一片地上搜寻踪迹,看劳娜究竟是否来过这里。船库里面不像有她来过的样子,但是我在它外面发现了她的踪迹,沙地上留下了脚印。

我发现两个人的脚印——一种是大脚印,那像是男人的;另一种是小脚印,我把自己的脚伸进去试了试大小,相信那一定是劳娜的。脚印是那样乱七八糟地布满在船库正前面的地上。紧靠近船库一边,在伸出的屋檐底下,我发现沙土上有一个洞,那肯定是什么人挖的。我只看了它一下,就立刻转身顺着脚印走,沿着它指引的方向尽远地一路找过去。

从船库左边,我随着那些脚印沿着树林的边缘前进,估计走了大约二三百码,那儿沙地上没有脚印了。我猜想所跟踪的人一定是在这里进了种植场,于是也走了进去。起初我找不到路,但是后来在林中发现一条依稀可辨的小径，于是沿着它向前走。这样我就朝村子的方向走了一段路，最后在另一条小径交叉的地方停下了。第二条小径长满荆棘。我站在那儿朝地上看，一时不知道走哪条路是好；正在观望时，我看见一枝荆棘上钩着女式围巾上的一缕碎穗儿。经过仔细察看，我确定那是从劳娜围巾上扯下来的，于是立即顺着第二条小径走去。走完小径，最后到了住宅后边，我放了心，因为可以断定劳娜已经由于某种原因绕这条路在我之前回来了。我穿过天井和厨房走进去。经过仆役的下房，我第一个遇见的是管家迈克尔森太太。

"你知道，"我问，"格莱德夫人散完步回来了吗？"

"夫人刚和珀西瓦尔爵士一同回来，"管家说。"我担心发生了什么很悲惨的事，哈尔科姆小姐。"

我的心都冷了。"你意思是说出了事故？"我声音微弱地说。

"不是，不是——多谢上帝！没出事故。可是，夫人一路哭着跑到楼上自己屋子里，珀西瓦尔爵士吩咐我辞退范妮，叫她立刻就走。"

范妮是劳娜的贴身女仆，这个和顺可爱的姑娘已经服侍劳娜多年，她的忠诚是这个宅门内我们俩唯一可以信赖的。

"范妮呢？"我问。

"在我屋子里，哈尔科姆小姐。姑娘太激动了，我叫她在那里坐一会儿，让她冷静下来。"

我走到迈克尔森太太的屋子里，看见范妮正坐在角落里，哭得很伤心，旁边放的是她的箱子。

她根本无法向我解释为什么突然被辞退了。珀西瓦尔爵士不是早一个月通知她，而是吩咐她领了一个月的工资以后立刻离开。没提出任何理由，也没说她做错了什么事。不许她向女主人求情，甚至不许她去说一句告别的话。走时不得向任何人道别或说明这件事，她必须立即离开。

我亲切地安慰了这个可怜的女仆，问她那天晚上打算歇在哪里。她说准备去住村里的那家小客栈,那家老板娘是一个正派妇女,黑水园府内的仆役都认识她。范妮打算第二天一早就离开那儿,回坎伯兰去投靠她的朋友,不打算在伦敦停留,因为那儿她人地生疏。

我立刻想到,范妮这次走可以很稳妥地为我们带信到伦敦和利默里奇庄园,这机会对我们可能是很难得的。于是我说她当天晚上就会从我或她女主人那里得到消息,叫她相信现在离开我们只是暂时的困难,我们会尽力帮助她的。说完了这些话,我和她握了握手,就上楼去了。

要进劳娜的屋子,首先得打开她前室临过道的门。我推了推那扇门,它反锁起来了。

我敲门时,来开门的正是我那天发现受伤的狗后所看到的那个顽冥不灵、惹得我发火的愚笨臃肿的女仆。那天事后我才知道她叫玛格丽特·波切尔,是整个宅门里最笨拙、肮脏、倔强的女仆。

她一开门,就快步走到门槛跟前,呆呆地站在那里,咧开嘴对着我笑。

"你为什么挡在这儿?"我说。"你没看见我要进去吗?"

"啊,可是不许你进去。"她回答时笑得更欢了。

"你怎么胆敢对我这样说话?马上给我站开!"

她把胳膊和粗大通红的手向两边伸开,拦住了门,向我慢慢地点着那颗木瓜脑袋。

"是主人的命令。"她说时又点了点头。

我竭力克制自己,警告自己不要和她争论,同时提醒自己,有话必须去跟她主人谈。我转过身去不理睬她,立刻下楼去找她主人。我曾经打定主意,不论珀西瓦尔爵士怎样得罪我,我都要耐着性子,但现在我完全忘了,说来也惭愧,仿佛我根本没这样下过决心似的。在这家受了这么多苦,憋了这么多气,我这会儿感到很痛快,能这样发一发脾气确实很痛快。

休息室和早餐室里都没人。我一直走进书房，只见珀西瓦尔爵士、伯爵和福斯科夫人都在那里。他们三人靠近一起站着，珀西瓦尔爵士手里拿着一小张纸。我推开了门，只听到伯爵对他说："不可以——千万不可以。"

我一直走到他跟前，直瞪着他的脸。

"我是不是应当这样理解，珀西瓦尔爵士：你妻子的房间是牢房，你的女仆是看守牢房的禁子？"我问他。

"对，你就是应当这样理解，"他回答。"要当心，别让我的禁子看守两个人——要当心，别让你的房间也变成牢房。"

"你要当心，你是怎样在对待你的妻子，你是怎样在威胁我，"我一腔怒火都发作了。"英国有法律保障妇女不受虐待和侮辱。如果你损伤了劳娜一根头发，如果你胆敢妨害我的自由，我无论如何要依法起诉。"

他不回答我，却向伯爵转过身去。

"我怎样对你说来着？"他问，"现在你还有什么说的？"

"仍旧像我刚才所说的，"伯爵答道，"不可以。"

我虽然在盛怒之下，但仍能觉察出他那双沉着、冷峻的灰色眼睛正盯着我的脸。他一说完这句话，就把眼光从我这面转过去，别有用意地望了望他妻子。福斯科夫人立刻走近我身边，还没等到我和珀西瓦尔爵士来得及开口，就站在那儿向珀西瓦尔爵士提出抗议。

"请听我说几句话，"她仍旧那样语气爽朗、冷漠无情地说。"我应当感谢您的招待，珀西瓦尔爵士，但是现在要辞谢您的盛情了。我可不能待在一个像今天对待您夫人和哈尔科姆小姐这样对待妇女的人家！"

珀西瓦尔爵士后退了一步，一声不响地瞪着她。他好像被刚听到的话（他分明知道，我也分明知道，那是福斯科夫人未经她丈夫同意决不敢说的话）吓呆了。伯爵站在一旁，用十分热情赞赏的眼光瞧着他妻子。

"瞧她多么了不起!"他自言自语,然后走近她身旁,挽住她的手。"我听你差遣,埃莉诺,"他接着说,那副安详端庄的神态是我以前从未在他身上看到的。"如蒙哈尔科姆小姐赏脸,肯接受绵力,我也要听她差遣。"

"真该死!你这是什么意思?"珀西瓦尔爵士大喊,这时伯爵和他妻子正悄悄地向门口走去。

"往常是我说的话算数,但是这一次是我太太说的话算数,"神秘莫测的意大利人说。"我们俩这一次换了个位置,珀西瓦尔爵士,福斯科夫人代表了我的意思。"

珀西瓦尔爵士把手里的纸揉成一团,又咒骂了一句,然后抢到他前头,在他和房门之间站住。

"那就悉听尊便吧,"他抑制住忿怒,压低了声音,好像是在窃窃私语。"就悉听尊便吧——看以后会怎样。"这几句话一说完,他就离开了屋子。

福斯科夫人用探询的目光望了望她丈夫。"他走得很突然,"她说。"这是什么意思?"

"意思是,由于你我合作,这个全英国最暴躁的人清醒过来了,"伯爵回答,"意思是,哈尔科姆小姐,格莱德夫人可以不必再受到粗暴无礼的对待,您可以不必再受到不可宽恕的侮慢了。请允许我赞美您在这紧要关头采取的行动,表现的勇气。"

"衷心地赞美。"福斯科夫人提了一句。

"衷心地赞美。"伯爵应了一句。

我已经失去刚才忿怒抵抗侮辱与损害时那股力量的支持。我只是急于要去看劳娜,极想知道船库里发生的事:这些念头对我形成了难以承受的压力。我试图故作镇静,也用伯爵和他妻子对我说话的口气去和他们交谈。然而话到唇边我没法说出口——我急促地喘着气——我静悄悄地、急煎煎地盯着那扇门。伯爵理解了我的急切心情,他开了门走出去,然后随手把门拉上了。就在这时候,珀西瓦尔爵士踏着沉重的步子走下了楼。我听见他们两人在外面低声谈话,福斯科夫人又像她习惯的那样,很镇静地安慰着我,说她为我们感到高兴,说她和她丈夫现在可以不必因为珀西瓦尔爵士的举动而离开黑水园府邸了。她的话还没说完,外面的悄语声已随着静息,房门开了,伯爵朝里面瞧瞧。

"哈尔科姆小姐,"他说,"我告诉您一件令人高兴的事,格莱德夫人又恢复了女主人的地位。我认为,这件好消息如果由我来转告您,可能要比由珀西瓦尔爵士直接告诉您更为合适,所以,我特地回来说一下。"

"瞧他多么周到!"福斯科夫人按照伯爵的样子,学着伯爵的口吻,回赠了一句奉承话。他微笑着一鞠躬,仿佛听到一个客气的陌生人一本正经的夸奖,然后退后一步,让我先走出去。

珀西瓦尔爵士正站在门厅里。我赶忙朝楼梯口走去,这时只听见他不耐烦地唤伯爵从书房里出来。

"你还在那儿等什么?"他说,"我有话要和你谈。"

"可是我要单独思考一会儿,"另一个回答,"等晚些时候再谈吧,珀西瓦尔,等晚些时候再谈吧。"

他和他的朋友都没多说什么。我上了楼,沿着过道跑过去。在匆忙和激动中我忘了关前室的门,但是一走进卧室我就把卧室门关上了。

劳娜正独自坐在屋子顶里边,她疲乏地把胳膊放在桌上,脸伏在手上。一看见我她就跳起来,快活得喊了一声。

"您怎么能够到这儿来的?"她问,"是谁让你来的?不是珀西瓦尔爵士吧?"

我急于要听她告诉我事情的经过,来不及回答她,只想到要向她提问题。但是她那样急着要知道楼下发生的事,使我无法拒绝她。她只顾重复地问。"当然是伯爵,"我急躁地回答。"在这个家里谁能有这种势力?"

她做了一个表示轻蔑的手势,不让我再往下说。

"别去谈他了,"她大声说。"伯爵是世上最卑鄙的家伙!伯爵是下流无耻的奸细!"

我们谁都没来得及往下说,就被轻轻敲卧房门的声音吓了一跳。

那时我还没坐下,于是先去看那是谁。我一开门,面前站的是福斯科夫人,手里拿着我的一块手绢儿。

"您把它落在楼下了,哈尔科姆小姐,"她说,"我想还是给您送来吧。我去自己屋子里,经过这儿。"

她的脸是天然白皙的,但现在变成了死灰色,我一看就吃了一惊。她的手平时一直是很稳健的,但现在颤抖得厉害;她一双眼睛恶狠狠地从我身旁向敞开的门里望进去,直瞪着劳娜。

她是在敲门前先偷听的呀!我从她惨白的脸上看出来,我从她颤抖的手上看出来,我从她对劳娜的眼光中看出来。

她稍等了一会,然后默默地从我面前转过身,慢慢地走开了。

我又关上了门。"咳,劳娜!劳娜!你管伯爵叫奸细,这一来咱们可坏了事啦!"

"如果你像我一样知道那些事,玛丽安,你也会这样称呼他。安妮·凯瑟里克说的是实话。昨天真的有一个人在种植场监视着我们,那个人——"

"你肯定他就是伯爵吗?"

"完全肯定。他给珀西瓦尔爵士当奸细——他给珀西瓦尔爵士通风报信——他叫珀西瓦尔爵士整个早晨守候着我和安妮·凯瑟里克。"

"安妮·凯瑟里克被发现了吗?你在湖边看见她了吗?"

"没看见。她脱险了,因为她没有走近那地方。我到了船库,那儿一个人也没有。"

"那么后来呢?那么后来呢?"

"我走进去,等了几分钟。但是我坐不定,所以又站起来,来回踱了几圈。我走出去,看见沙土上,就在船库前面的地上,有一些印迹。我弯下身去仔细看,发现沙土上画了几个大字母。拼成的一个字是LOOK①。"

"后来你就刨平了沙土,在沙里挖了个洞?"

"你怎么会知道的,玛丽安?"

"你走后我跟到船库,看见了那个洞。你说下去呀——说下去呀!"

"再说,我刨掉了面上的沙土,立刻发现底下埋了一张纸,纸上写了一些字,后边有安妮·凯瑟里克签名的开头字母。"

"那字条呢?"

"被珀西瓦尔爵士从我手里抢走了。"

"你还记得写的是些什么吗?你能给我背出来吗?"

"大意我还记得,玛丽安。字条写得很短。你会逐字逐句记住的。"

"咱们且别谈下去,你先试试把那大意说给我听。"

她说了。我把她背出的句子照原样写在下面。它们是这样写的:——

"昨天咱们被一个又高又胖的老头儿看见,所以我只好赶快逃走了。他追我的时候跑不快,让我在树林里逃掉了。今天我不敢再冒险在同一时间来这儿。现在我写了这张字条,告诉你经过情形,然后在早晨六点钟把它埋在沙土里。咱们下次谈您那坏男人的秘密,必须在安全的情况下谈,否则就别去谈,请耐心吧。我保证您还会见到我,而且在不久的将来就会见到。——A.C.②"

这里提到的"又高又胖的老头儿"(这句话劳娜相信她对我重述得一字不差),已明确地说出那个不速之客是谁。我回想起,前一天我曾经当着伯爵的面告诉珀西瓦尔爵士,说劳娜到船库去找她的胸针。伯爵是最爱管闲事的,很可能,他在休息室里告诉我珀西瓦尔爵士改变了主意,紧接着就到了劳娜那儿,叫她别再为

---

① 英文,"看"。
② Anne Catherick(安妮·凯瑟里克)签名的开头字母。

签字的事烦心。如果是这样的话，那么，当他刚走到船库附近，他就被安妮·凯瑟里克发现了。肯定是他看见了她仓皇离开劳娜时形迹可疑，就试图追踪，但没能赶上。她们俩的谈话，不可能被他听见。将住宅与湖之间的距离，以及他在休息室内离开我的时间，跟劳娜和安妮·凯瑟里克两人谈话的时间相比较，我们至少可以证实这一点。

一经得出以上的结论，我下一步最急于知道的就是：福斯科伯爵向珀西瓦尔爵士通风报信后，珀西瓦尔爵士发现了什么。

"你怎么会让那字条被抢走了呢？"我问。"你在沙土里找到字条，把它怎样了？"

"我看了一遍，"她回答，"就拿着它走进了船库，坐下来再看第二遍。我正在看，纸上闪过了一个影子。我抬头一望，只见珀西瓦尔爵士站在门口注视着我。"

"你可曾想办法把字条藏起来？"

"我想办法藏，但是他拦住了我。'你用不着藏了，'他说。'我已经看过了。'我没办法，只好望着他，一句话也说不出。'你明白了吗？'他接着说，'我已经看过了。两小时前我把它从沙里挖出来，后来再用沙土掩盖好，重新在上面写了那个字，故意让这信落在你手里。你现在再也赖不掉了。昨儿你偷偷地会见安妮·凯瑟里克，这会儿手里又拿着她的信。我还没拿住她，但是已经捉住了你。把信给我。'他走到我跟前——那儿只有我和他两个人，玛丽安——叫我有什么办法呢？我把信给了他。"

"你给了他信，他说什么了？"

"起初他不说什么。他拉住我的胳膊，把我拖出船库，四面望了望，好像害怕被人看见或听见了。接着他就更紧地攥住我的胳膊，小声问我：'昨天安妮·凯瑟里克对你说什么了？我一定要知道从头到尾的每一句话。'"

"你告诉他了吗？"

"那儿只有我和他两个人，玛丽安——他那凶狠的手扭伤了我的胳膊——叫我有什么办法呢?"

"你胳膊上还留有伤痕吗?让我看。"

"你看它干什么?"

"我要看,劳娜,因为,从今天起,我们的忍耐必须结束,我们的反抗必须开始。那伤痕就是打击他的武器。现在让我看,将来有一天我也许要为它作证。"

"哦,玛丽安,你别这样,你别这样说话!我现在不痛了!"

"让我看!"

她让我看了伤痕。对着这些伤痕,我欲哭无泪,顾不到悲伤,顾不到颤抖。人家说,我们妇女要么比男人更加善良,要么比他们更加狠毒。有些妇女会在诱惑下变得更加狠毒,如果当时我也受到这样的诱惑,那可真得感谢上帝!他妻子没能从我脸上窥出我的心事。这个温柔、天真、多情的人只当我是为她害怕和难受,此外就再没有别的想法了。

"别把这件事看得太严重了,玛丽安,"她拉下了袖子,不大介意地说。"现在我不痛了。"

"为了你的原故,亲爱的,我要尽可能冷静地对待这件事。——好吧!好吧!那么,你就把安妮·凯瑟里克对你说的那些话,把你对我说的那些话,一起告诉他了吗?"

"是呀,一起告诉他了。他逼着我说——那儿只有我和他两个人——我没法瞒他呀。"

"你告诉完了,他说了什么吗?"

"他看了看我,大声冷笑起来。'我一定要你把所有的事都交代清楚,'他说,'听见了吗?——所有的事。'我正色对他说,一切我所知道的都已经告诉他了。'你没有!'他驳我,'你只肯告诉我这一些,你还知道更多的。不肯说吗?非叫你说不可!如果不能在这儿逼着你说出来,我到了家里一定要逼着你说出来。'他拉着我走上种植场上一条陌生的小路——在那条小路上不可能碰到你——一路上他不再说什么,最后我们到了可以看见住宅的地方。

这时候他又停下来,说:'如果我再给你一个机会,你肯利用那机会吗?你肯放明白点儿,把所有的事一起向我交代清楚吗?'我只能重复刚才说的话。他骂我倔强,接着又朝前走,把我押回到家里。'你别想能够欺骗我,'他说,'你只肯告诉我这一些,可是你还知道更多的事。我会叫你把秘密说出来,我还要叫你那个姐姐也把秘密说出来。不能再让你们俩搞阴谋惹是非。除非你把真话全部说出来,否则就不许你再和她见面。早上、中午、晚上:都看守着你,直到你说出了全部真话。'我怎么解释他也不理。他把我一直带到楼上我房间里。范妮坐在那儿给我做活计,他立刻赶她走。'我决不能让你也伙同着搞阴谋,'他说,'你今天就给我滚。你太太如果需要仆人,她得用我挑的。'我被他推进里间屋子,锁在了里面——他派那个粗笨的女人在外面监视我——玛丽安!他那副神气和口吻就像是一个疯子。也许你不可能理解——可他就是那样。"

"我很能理解,劳娜。他确实是疯了——做了昧心的事,他恐怖得发了疯。听了你说的那些话,我现在完全相信,安妮·凯瑟里克昨天离开你的时候,你刚要发现一件能致你那坏丈夫死命的秘密,可是他却以为你已经发现了它。不论你怎样说和怎样做,你都不能消除他犯罪心理对你的怀疑,都不能使他欺诈的本性相信你的真话。我这样说,亲爱的,并不是要吓唬你。我这样说,是要你看清自己的处境,要你相信:趁现在咱们还有机会的时候,我迫切需要为保护咱们而采取一切行动。今天是由于福斯科伯爵出面干涉,我才能够到这儿来;但是明天他可能不再干涉了。珀西瓦尔爵士已经辞掉了范妮,因为她是个机灵的女仆,并且对你很忠心;他已经挑了一个女仆代替她,这个女仆是根本不会为你设想的,她顽冥不灵,就像院子里的一条看家狗。很难说他下一步还会采取什么粗暴的手段,咱们必须及时利用一切现有的机会想办法。"

"咱们又有什么办法呢,玛丽安?唉,但愿能够离开这个地方,永远别再看见它。"

"听我说,亲爱的——你要这样想:只要有我跟你在一起,你就不是孤单的。"

"我要这样想——我是在这样想嘛。你照顾我的时候,可别忘了可怜的范妮。她也需要帮助和安慰。"

"我不会忘记她。我来这儿之前,先去看了她;我已经约好,今儿晚上要去看她。信投在黑水园府邸的邮袋里靠不住——为了你的原故,我今天要写两封信,它们只能由范妮递送。"

"什么信?"

"第一封信,劳娜,我要写给吉尔摩先生的合伙人,他曾经答应在紧要关头帮助咱们。我虽然不懂法律,但是相信法律能保护一个妇女不致受到那恶棍今天给你的伤害。我不准备细谈安妮·凯瑟里克的事,因为我没有可靠的消息可以告诉他。但是律师必须知道你手臂上受的伤,你在这间屋子里遭到的粗暴待遇——必须让他知道这一切,否则我今儿晚上就没法睡觉!"

"可是,必须考虑到这件事会被张扬出去,玛丽安!"

"我就是要让它张扬出去。珀西瓦尔爵士比你有更多害怕的理由。此外别无其他办法,只有让他顾虑到这件事会被张扬出去,才可以使他就范。"

我说着站起了身,但是劳娜央求我别离开她。

"你会使他铤而走险,"她说,"那样咱们的处境就要危险多了。"

我认为这几句话也有道理,不禁感到泄气。但是我不愿向她承认这一点。在目前可怕的情况下,我们已经没有别的办法和希望,只能冒最大的危险了。我委婉地向她说出了这意思。她沉痛地叹了口气——也不和我争辩。她只向我打听要写的第二封信。问那封信准备写给谁。

"写给费尔利先生,"我说。"你叔父在男人当中是你最近的亲属,也是一家之长。他有必要,也有责任过问这件事。"

劳娜伤心地摇了摇头。

"是的,是的,"我接下去说,"你叔父这个人软弱、自私、庸俗,这一切我都知道。然而,他究竟和珀西瓦尔·格莱德爵士不同,再说,他身边也没有福斯科伯爵这样的朋友。我并不指望他疼爱体贴你我。但是,为了使自己尽量懒散和贪图安逸,他什么事都做得出。我只要把他开导一番,让他知道,只有现在出面干涉,往后才能省去无法避免的烦恼和不能推卸的责任,那样他就会为了自己而行动起来。我知道怎样对付他,劳娜,我有过一些经验。"

"只要你能使他同意我回利默里奇庄园,和你一起安安静静地在那儿待一段时间,玛丽安,我简直可以像结婚前那样幸福了!"

听了这话,我又产生了一个念头。是不是可以迫使珀西瓦尔爵士在两条出路中选择一条:或者是为了妻子的原故受到法律制裁而身败名裂,或者是让妻子在探望她叔父的借口下安静地离开他一个时期?如果那样的话,他会不会接受后一个办法?不大可能,也许根本不可能。然而,不管这一尝试成功的希望看来有多么渺茫,但它肯定是值得一试的。在想不出更好办法的无可奈何的情况下,我决定要试它一下。

"我要让你叔父知道你刚才表示的希望,"我说,"我还要为这件事去请教律师。情况也许会好转——我希望它会好转。"

我一边说一边又站了起来,劳娜又留我坐下。

"别走,"她心神不定地说。"我的文具就在那个桌子上。你可以在这里写。"

这时,即使考虑到了她的利害关系,我仍十分不忍拒绝她的请求。但是我们俩在一起的时间已经很久了。我们能否再见,这完全要看我们能否避免人家的怀疑。现在我应当不露声色地到那些坏人当中去,也许这时候他们正想到了我们,正在楼下谈论我们。我向劳娜说明了这一迫切需要,后来她也认清了这一点。

"我再过一小时,或者不到一小时就回来,亲爱的,"我说。

"最坏的事今天已经过去。安心吧,不用害怕啦。"

"钥匙在锁眼里吗,玛丽安?我可以把门反锁上吗?"

"好的,钥匙在锁眼里。把门锁上吧;我没上楼以前,不论谁来也别去开门。"

我吻了她,然后离开了。我走出去,听见钥匙在锁眼里转动,知道这扇门已由她控制,便放心了。

8

六月十九日——我刚走到楼梯口,就从劳娜锁门的事情想到了自己也应采取的预防措施:锁上我的门,一离开屋子就把钥匙带在身边。我的日记和其他记录都已收在抽屉里,但我的文具却在外面。文具中有一枚图章,上面刻的是两只鸽子从同一只杯子里喝水的普通图案,此外还有几张吸墨纸,上面留下了昨晚写的最后几行日记的印迹。我现在会遇事猜疑,胡思乱想,认为连这样无足轻重的东西都需要看管好,否则会有危险——我不在的时候,甚至锁好的抽屉都好像不够安全,除非采取更稳妥的办法,不让别人走近那抽屉。

看来不像有人趁我和劳娜谈话的时候到屋子里来过。我曾经吩咐仆人不要整理我的文具,它们仍像往常那样乱糟糟地摊在桌上。在这方面,只有一件事引起了我的注意,那就是图章跟铅笔和火漆端端正正地放在盘子里。我散漫成性,一向不把它放在那里,而且不记得曾经把它放在那里。然而,由于我回忆不起原先是把它放在别的什么地方,猜想这一次我是否会无意中恰巧把它放在了适当的地方,再说这一天发生的事已经够我心烦的,所以我还是不必再为这样一件小事去伤脑筋吧。我锁上门,把钥匙放进口袋,就到楼下去了。

福斯科夫人独自在门厅里望着那晴雨表。

"雨没停,"她说,"恐怕还有得下哩。"

她样子很沉静，又是那副习惯的表情和习惯的脸色。但是她指着晴雨表标度盘的那只手仍在哆嗦。

她会不会已经告诉她丈夫，说偷听到劳娜在我面前骂他是"奸细"呢？我非常疑心她已经告诉了他；我不禁为这件事可能导致的后果感到恐惧（尤其因为这种恐惧十分迷离恍惚，因而感到更加难受）；妇女们通常都会彼此注意到种种足以说明真相的琐事，所以我也深信福斯科夫人虽然表面上装得彬彬有礼，但是在那一万镑遗产问题上仍然对这位代人受过的侄女耿耿于怀——这些想法一起涌上我的心头，促使我试图运用自己的影响与力量为劳娜说项，希望她所犯的错误能得到宽恕。

"是不是可以请您原谅，福斯科夫人，让我很冒昧地向您谈一件十分不愉快的事？"

她双手交叉在胸前，严肃地一鞠躬，但一句话不向我说，始终不把眼光从我身上移开。

"您费神给我送去那块手绢的时候，"我接着说，"我非常担心您无意中听到了劳娜说的一些话，那些话我不愿意向您重复，也不试图为它辩解。我只希望您并未重视这件事，没在伯爵面前提起它。"

"我根本不重视这件事，"福斯科夫人说，口气又尖锐又突兀。"但是，"她接下去说时已立刻恢复了冷峻的神气，"对我的丈夫，哪怕是极小的事我也不会瞒着他。他刚才注意到我不高兴，我只能告诉他那是为了什么，老实对您说，哈尔科姆小姐，我已经告诉他了。"

这样的回答我早已料到，然而，她一说出口，我浑身都冷了。

"让我恳切地请求您，福斯科夫人——让我恳切地请求伯爵——要考虑到我妹妹的恶劣处境。说那些话的时候，她因为受了丈夫的侮辱和不公平待遇而感到很痛苦，说那些冒失话的时候，她情绪很不正常。我是否可以希望你们二位宽宏大量，原谅了她？"

"当然可以,"只听见伯爵在我背后冷静地说。他手里拿着一本书,迈着悄没声儿的步子,偷偷地从书房里走近我们身旁。

"格莱德夫人说那些有欠考虑的话,"他接着说,"她冤枉了我,使我感到很难受,但是,这件事已经得到我的宽恕。咱们以后别再提它啦,哈尔科姆小姐;从现在起,让咱们都消除芥蒂,一起忘了这件事吧。"

"您非常宽大,"我说,"您给我的宽慰是无法用言语来形容的——"

我还要往下说,但是他一双眼睛盯着我,那掩藏着一切心事的奸笑死板地固定在他那宽阔、光滑的脸上。我不信任他神秘莫测的虚伪,我为自己不惜降低身份去讨好他和他妻子而感到羞愧,这使我心烦意乱,以致下面的话已到唇边却说不出口,我就那样默默地站在那儿。

"千万请您别往下说啦,哈尔科姆小姐——我真感到惊奇,您何必用这么多的话来解释它呢。"说完这些客套话,他拉住了我的手——咳,我多么鄙视自己啊!咳,即使想到我这样委曲求全是为了劳娜,我也不能因此获得丝毫的宽慰啊——他抓住我的手,凑近他那恶毒的唇边。以前我从来不曾体会到他是这样可怕。那种看来是无害的亲昵态度,使我的血都冷了,我仿佛受到一个男人给我的最令人难堪的侮辱。然而,我不让他看出我那厌恶心情——我勉强赔着笑——我一向极度鄙视别的妇女的欺诈行径,但这时却像她们当中最卑贱的一样虚伪,像这时正在吻我手的犹大①一样虚伪。

如果他继续紧盯着我的脸,当时我就再也无法含羞忍辱地克制自己了(我无法克制自己,因为我毕竟是一个有自尊心的人)。就在他拉住我手的时候,他妻子的悍妒迫使他不得不把注意力从我身上转移开,从而解了我的围。她那冷峻的蓝眼睛闪出光芒,

---

① 犹大出卖耶稣时,先亲吻他,祭司长见此暗号,当即捉拿了耶稣。

呆板苍白的面颊上泛出红晕,一刹那间她显得比实际年龄年轻多了。

"伯爵!"她说,"英国妇女不会理解你这种外国式的礼貌。"

"请原谅,我的天使!可是这位世界上最尊贵可爱的英国妇女会理解的。"说完这话,他松开了我的手,转而轻轻地把他妻子的一只手举到唇边。

我跑上楼,躲进自己的房间。这时只剩下了我一个人,如果有充裕的时间去思考,我一定会感到很痛苦。但是,我没时间去思考。幸亏这时只想到如何采取行动,所以我才能保持沉静和勇气。

需要写信给律师和费尔利先生,于是我毫不犹豫,立即坐下来写信。

并没有多种办法会使我在选择时踌躇不决——首先,除了我自己而外,实际上再没有其他可以依赖的人。附近既无珀西瓦尔爵士的友好,又无他的亲戚,可以让我去找他们出来主持公道。一些人家跟他关系十分冷淡,另一些住在附近、地位和他相等的人家又和他相处得极坏。我们两个妇女,既无父亲又无弟兄可以到这里来支持我们。现在更没有其他办法:要么就是写这两封毫无把握的信,要么就是偷逃出黑水园府邸,但这样一来劳娜和我就要承担责任,而且将来也无法再和解了。再说,如果采取后一个办法,我们就要立刻自己冒险。所以必须先试试写信的办法,于是,我写信了。

我没向律师提到安妮·凯瑟里克的事,因为(这一点我已经向劳娜说过)那问题牵涉到一件我们至今仍无法解释的秘密,所以现在向律师去谈它也毫无用处。我还是让收信人把珀西瓦尔爵士可耻的行为解释为另一件银钱方面的纠纷;我只请教他,如果劳娜的丈夫禁止她暂时离开黑水园府邸,不许她和我一起去利默里奇庄园,为了保护劳娜,是不是可以向他提出控诉。有关后一种安排,我请律师去向费尔利先生了解一切详情,我向他保证,我写这信曾由劳娜授权,最后以她的名义请求律师尽一切力量尽快采取行动。

我下一步是写信给费尔利先生。我用曾经向劳娜说过的话打动他,因为那些话最有可能使他行动起来;我附了一份给律师的信,让他知道这件事的性质有多么严重;我说明:除非采取让我们回到利默里奇庄园去的这一折衷办法,否则劳娜目前遭受的危险和痛苦在不久的将来不但会影响她本人,肯定还会连累她叔父。

我写好了两封信,用火漆封好,写上姓名地址,然后把信带到劳娜房间里,让她知道信已写好。

"有人来打扰过你吗?"她一开门我就问她。

"没人来敲门,"她回说。"但是我听见有人走进外间屋子里。"

"是男人还是女人?"

"是女人。我听见她衣服窸窸窣窣地响。"

"像绸衣服窸窸窣窣地响吗?"

"是的,像绸衣服。"

那分明是福斯科夫人在外面监视。她一个人干的坏事并不可怕。但她作为丈夫的驯服工具,可能干的坏事却是十分可怕的,是不容忽视的。

"等你不再听到外间屋子里衣服窸窸窣窣响的时候,那声音是怎样消失的?"我追问,"你可曾听到它沿着你的墙外面,沿着走道一路响过去吗?"

"是的。我屏息凝神留心地听,的确是那样。"

"是朝哪一面过去的?"

"朝你屋子那一面。"

我又想了一下。我没听到那声音。但那时我正在聚精会神地写信;我写字一向下笔很重,鹅毛笔总是在纸上嚓嚓地响。更可能是福斯科夫人听见了我鹅毛笔的嚓嚓声,而不是我听见了她衣服的窸窣声。这又说明(如果我要找一个理由来说明),为什么我不敢把我写的信投在门厅中的邮袋里。

劳娜看见我在想心事。"真是困难重重!"她沮丧地说,"困难重重,而且险象环生!"

"不会有什么危险,"我回答,"也许有点儿困难。我正在考虑怎样用最安全的方法把两封信交到范妮手里。"

"那么,你真的把信都写好了吗?哦,玛丽安,可别冒险呀——千万别冒险呀!"

"不,不——不用害怕。让我想一想——现在几点钟了?"

那时刚五点三刻。我还来得及赶往村里的客栈,然后在晚饭前回来。如果等到晚上,那我就再没有机会安全地离开住宅了。

"让钥匙插在锁眼里,劳娜,"我说,"用不着为我担心。如果听见有谁问我,你就隔着门应他,说我出去散步了。"

"你什么时候回来?"

"晚饭前一定回来。鼓起勇气来吧,亲爱的。明儿这时候你就有一个精明可靠的人来帮助你了。除了吉尔摩先生,他的合伙人算得上是咱们最忠实的朋友。"

我刚独自走开,稍微考虑了一下,就决定:在换上散步服装之前,必须首先去了解一下楼下的情况。我还不知道珀西瓦尔爵士是在家里还是已经出去了。

听见金丝雀在书房里唱歌,闻到烟味儿从没关上的门里飘出来,我立刻知道伯爵在什么地方。我走过门口时回头望了望,觉得很奇怪,看见他正十分殷勤地向女管家显示他的鸟儿有多么听指挥。肯定是他特意邀女管家去看那些鸟儿,因为她绝不会自己想到要去书房。此人的每一个细小动作实际上都有他的目的。他现在这样做的目的又何在呢?

这会儿已经不是探询他的动机的时候。我的下一步是去找福斯科夫人,我发现她又在做她喜爱的活动,围着那鱼池子绕圈儿。

她不久前曾经为了我大发醋劲,现在我有点儿拿不准她会怎样对待我。但是,她的丈夫已经在后来的一段时间里驯服了她;这会儿她又像往常那样很有礼貌地和我谈话。我之所以向她打招呼，只是要探听她是否知道珀西瓦尔爵士的动向。我试着间接地提到他；双方经过一番试探，她终于说出珀西瓦尔爵士已经出门。

"他骑的是哪一匹马？"我漫不经心地问。

"什么马也没骑，"她回答，"是两小时前步行出去的。据我了解，他是要再去打听那个叫安妮·凯瑟里克的女人。他好像非常急于要知道她的下落。您知道她的疯病危险吗，哈尔科姆小姐？"

"我不知道，伯爵夫人。"

"您这会儿进屋子里去吗？"

"可不是，该进去了。大概就要换衣服吃晚饭了吧。"

我们一起走进屋子。福斯科夫人安闲地踱进书房，然后关上了门。我立刻去取帽子和围巾。如果我要去客栈里看范妮，而且要赶在晚饭前回来，现在每一分钟都是宝贵的。

我再穿过门厅，那里阒无一人，书房里的鸟鸣声也静息了。我不能再停下来打听。我只能安慰自己，相信一路上不会有什么障碍，然后把两封信藏好在口袋里，离开了府邸。

我已经想到，在去村里的路上可能遇到珀西瓦尔爵士。但如果对付的只是他一个人，我相信自己不致于惊慌失措。一个对自己的机智有把握的妇女，总能跟一个对自己的脾气没把握的男人打上一个平手。我并不像害怕伯爵那样害怕珀西瓦尔爵士。由于已经知道他这次为了什么事出去，我非但不慌张，反而更镇定了。他一心急于追踪安妮·凯瑟里克，这样劳娜和我就有希望暂时不至于受到他的迫害。现在，为了安妮的原故，同时也是为了我的原故，我热烈地希望和祈祷她免遭毒手。

我不顾炎热，快步前进，最后到达通往村子的那条横路；我不时回头望望，看看可有人尾随我。

一路上，除了背后一辆乡间运货的空马车，我没看见其他东西。隆隆的车轮声很震耳，我看到那车也是去村里的，就停下了，好让它在一边驶过，以免再听到那刺耳的车轮声。当我更加留心地注视马车时，车夫正在前面那匹马的旁边，我好像不时看见有一个人的脚紧跟在车后。我刚走过的那段路很窄,后面的马车蹭着两边的树枝,所以我只好等它驶过去,才能确定自己是否看真切了。显然,我是看错了,因为马车从旁边驶过,它后面的路上是空的。

我到了客栈,一路上没遇到珀西瓦尔爵士,也没有其他发现;我很高兴,因为看见老板娘对待范妮很周到。有一间小会客室可以让这女仆在里面坐,不致在酒吧间里受打扰,楼上还有一间干净卧室供她独自使用。她一看见我又哭起来;瞧这可怜的人儿,这也难怪她,她说一想到被撵出来就非常难过,好像她是犯了什么不可饶恕的过错似的,但实际上谁也没理由指责她——甚至赶走她的主人也没理由怪罪她。

"你要忍耐着点儿,范妮,"我说,"你太太和我永远信任你,我们决不会让你的名誉受到损害。现在,听我说。我自己没时间,有一件重要的事要托你去办。我希望你保存好了这两封信。一封贴了邮票的,你明儿一到伦敦就把它投在邮筒里。另一封给费尔利先生的,你一回到家就亲自给送去。把两封信带在身上,别让任何人拿去了。它们对你太太是关系非常重大的。"

范妮把两封信揣在怀里。"我会照着您的吩咐去做,小姐,"她说,"现在我把它们藏好在这儿。"

"你明儿早晨要准时赶到火车站,"我接着说,"见到了利默里奇庄园的女管家,代我向她问好,说我已经雇用了你,将来格莱德夫人会叫你回去的。咱们会比你想象的更早再见面。所以,鼓起兴致来,别误了七点钟的车。"

"谢谢您,小姐——多谢您照顾。又听到了您的声音,我的胆子也大了。请代我向太太回一声儿,就说我临走前已经把所有的东西安排妥当。哦,天哪!天哪!今儿晚饭前谁给她换装呀?一想到这,小姐,我真是连心都碎了。"

我回到家,还只剩下一刻钟时间,可以让我收拾好了去吃饭,并在下楼之前向劳娜说一两句话。

"信已经交给范妮,"我在门口悄悄地告诉她,"你准备和我们一起吃饭吗?"

"哦,不,不——我不去!"

"刚才有什么事情吗?有人打扰你了吗?"

"有的——就是刚才——珀西瓦尔爵士——"

"他进来过了吗?"

"没有,他在外面摇门,吓了我一跳。我问:'是谁?''你应当知道,'他回答.'你能趁早回心转意,把那些话都向我交代清楚吗?你必须交代!我迟早要叫你招了出来。你知道安妮·凯瑟里克现在在哪里!''真的,真的,'我说,'我真的不知道。''你知道!'他应声说。'我要砸烂了你那倔强的脑袋——你可得当心点儿!——我能叫你招出来!'说完这些话他就走了——他走了还不到五分钟,玛丽安。"

他没找到安妮!今天这一夜我们可以太平无事——他还没找到她。

"你这会儿到楼下去吗,玛丽安?晚上你要再来呀。"

"好的,好的。万一我来得晚点儿,你不用着急——我必须当心,不要太早就离开了,惹得他们不高兴。"

晚饭铃响了,我赶快走了。

珀西瓦尔爵士搀着福斯科夫人,伯爵搀着我,一起走进餐厅。伯爵热得面红耳赤,不像他习惯的那样打扮得一丝不苟、齐齐整整。他会不会是在晚饭前也出去过,很迟才赶回来的呢?或者,他只是比平时更加怕热呢?

不管是由于什么原因,肯定是有一些烦恼或焦急的事在使他伤脑筋,即使是擅长弄虚作假,他也不能完全掩饰自己的情绪。整个晚饭时间,他几乎和珀西瓦尔爵士一样沉默寡言;他还不时地瞧他妻子,那鬼鬼祟祟、忐忑不安的神情我以前从来不曾在他脸上看到。只有一项社交上的礼数,他仿佛仍能沉住气,像往常那样很周到地遵循，那就是始终对我很殷勤客气。我还不能发现他究竟存有什么阴险恶毒的用心，但是，不管他在打什么坏主意，他总是彬彬有礼，总是对劳娜低声下气，总是（不惜任何代价）约束着珀西瓦尔爵士笨拙粗暴的行动：这一切是他自从到了府邸以来，为了达到他的目的，一向坚定不移地运用的手段。那一天在书房里拿出了那份契约，他第一次出面帮助我们时，我已开始怀疑，现在我更看透了这一点。

福斯科夫人和我起身离开座位，伯爵也站了起来，陪我们一起到休息室去。

"你为什么要走？"珀西瓦尔爵士问——"我说的是你，福斯科。"

"我要走，因为我已经吃饱喝足，"伯爵回答。"请原谅我外国人的习惯，珀西瓦尔，不但进来的时候要陪着女士们，出去的时候也要陪着她们。"

"别胡说啦！再来杯红葡萄酒，总不会醉死了你。学英国人的样再坐下来。我要喝着酒和你安静地谈上半个钟点。"

"我非常乐意和你安静地谈一谈，珀西瓦尔，但不是现在谈，不是喝着酒谈。等到再晚一些的时候吧，对不起——等到再晚一些的时候吧。"

"瞧你多么有礼貌！"珀西瓦尔爵士说时又露出那股蛮横劲儿。"天哪，这样对待主人，瞧你多么有礼貌！"

晚饭时，我几次看见他心神不定地瞟伯爵，还注意到伯爵故意留心着不去看他。看到这种情景，再看到主人急于喝着酒安静地谈一会儿话，而客人却怎么也不肯再坐下，我就回想起，那天早些时候珀西瓦尔爵士曾经要他的朋友离开书房去和他谈话，但没获得对方同意。第一次是下午要私下里谈一次话，伯爵给推托开了，第二次是在晚饭桌上提出要求，伯爵又给推托开了。不管他们是要谈一些什么，分明珀西瓦尔爵士认为那是个严重的问题，而且（单从伯爵显然不愿轻易去谈这一点看来），可能伯爵认为那是一个危险的问题。

我心里这样思忖,一面跟大家从餐厅走向休息室。虽然珀西瓦尔爵士忿忿地责怪他朋友不该丢下了他,但这并未产生丝毫影响。伯爵倔强地陪着我们去喝茶——在屋子里待了一两分钟——又去到外面门厅里——拿着邮袋走回来。那时候正八点,黑水园府邸里总是这时候送走信件。

"您有信寄出去吗,哈尔科姆小姐?"他拿着邮袋走近我跟前问。

我看见这时正在给茶加糖的福斯科夫人停下了,她手里拿着糖钳子,留神听我回答。

"没有信,伯爵,谢谢您。今天没信。"

他把邮袋递给了当时正在屋子里的仆人,然后在钢琴跟前坐下,弹那首轻松活泼的那不勒斯街头歌曲《我的卡罗琳娜》,一连弹了两遍。他的妻子,平时举动最是不慌不忙的,这会儿拌和起糖来却和我一样地快,两分钟内就喝完了一杯茶,然后赶快悄悄地走出了屋子。

我站起身,准备跟出去——一来因为我疑心她会上楼去干对不起劳娜的事;二来因为我决意不单独和她丈夫待在一间屋子里。

我还没走到门口,伯爵就唤住了我,请我给他一杯茶。我把茶递给了他,又企图走出去。他又唤住了我——这一次是请我到钢琴跟前去,接着就突然向我提出了一个音乐方面的问题,还说这问题和他祖国的荣誉有关。

我再三声明自己对音乐一窍不通,缺乏欣赏音乐的能力,但他不听我解释,反而更加热情激动地央求我,使我没法再拒绝他。"英国人和德国人(他气忿忿地说)老是骂意大利人不能创作更高贵的乐曲。我们老是谈我们的圣乐①,他们老是谈他们的交响乐。难道我们忘了,难道他们也忘了我们那位不朽的朋友和同胞,

---

① 以《圣经》故事为主题的清唱剧,亦称神剧。

那位罗西尼①吗?《摩西在埃及》不就是一首庄严的圣乐吗?它并不是在音乐室内冷冷清清地歌唱的,而是在舞台上演出的。《威廉·退尔》的前奏曲不就是以另一名称出现的交响乐吗?我可曾听过《摩西在埃及》吗?如果我曾经一遍又一遍地听了这首歌曲,我能说人间有比这更庄严神圣,比这更堂皇伟大的吗?"——也不等我插一句嘴,表示同意或者反对,他就这样扯下去,一直紧盯着我的脸,一面开始雷鸣般弹奏钢琴,嗓音洪亮、热情激昂地合着琴声歌唱,只是偶尔停下来,粗声恶气地向我报道一些乐曲的名称:"《埃及人在黑暗瘟疫中的合唱曲》,哈尔科姆小姐!——《摩西拿着法版唱的吟诵调》——《以色列人渡红海祷词》。嗳呀呀!嗳呀呀!这有多么神圣呀?这有多么庄严呀?"钢琴在他强有力的手底下颤抖;茶杯在桌上震响,他那洪亮宽阔的嗓子高唱出不同的音调,一只沉重的脚在地上打着拍子。

在他边唱边弹琴时流露出的狂喜中,在他注意音乐给我的影响时表现出的得意神情中,都有着那么一种可怕的成分,一种激烈凶狠的成分,我听着听着就逐渐退缩到了门口。最后,不是靠自己的推脱,而是亏了珀西瓦尔爵士的打岔,我才能离开了那儿。珀西瓦尔爵士打开餐厅门,气呼呼地大喊,问"这样该死地吵闹"是怎么一回事。伯爵立刻从琴跟前站起。"嗳呀!珀西瓦尔这一来呀,"他说,"一切优美悦耳的音乐都完蛋了。哈尔科姆小姐,音乐女神灰溜溜地离开咱们了;我这个胖子老行吟诗人只好到外面空地上去发泄我的热情了!"他大摇大摆走上阳台,双手往口袋里一插,又在花园里低声唱起《摩西的吟诵调》来。

我听见珀西瓦尔爵士从餐厅的窗口唤他,但是他并不理会:他好像拿定了主意不去听他的。他们的"安静的谈话"已经一再推延,现在看来还要延迟,一直要等到伯爵完全乐意和高兴的

---

① 罗西尼(1792—1868),意大利作曲家,写有圣乐《摩西在埃及》、歌剧《威廉·退尔》等。

时候。

伯爵等他妻子走后,在休息室里差不多把我耽搁了半个小时。他妻子上哪儿去了呢?她在这段时间里做了一些什么呢?

我上楼去打听,但是什么也没有发现;我去问劳娜,她说什么都没听到。刚才没人去打扰她:不论是前室里,或者是过道里,都没再听到丝绸衣服轻微的窸窣声。

那时是八点四十分。我先去自己房间里取了日记簿,再回来陪着劳娜,我一会儿写几行日记,一会儿停下来和她谈上几句。没有人走近我们那儿,也没有发生什么事情。我们在一块儿一直待到十点钟。这时我站起身,最后说了几句安慰她的话,向她道了晚安。我们约好明天一早我就来看她,然后她锁上了门。

临睡前我再要补写上几行日记,于是,离开了劳娜,我在这恼人的一天里最后一次去楼下休息室,我的目的只是为了要到那儿去露一露面,找一个借口,说我要比平时早一个钟点睡觉。

珀西瓦尔爵士、伯爵和伯爵夫人都坐在那里。珀西瓦尔爵士在一张安乐椅上打哈欠;伯爵在看书;福斯科夫人摇着扇子。说也奇怪,这会儿她的一张脸却热得通红。平时她是从来不怕热的,今天晚上她肯定是很怕热。

"您往常不像这样嘛,伯爵夫人,恐怕您是不大舒服吧?"我说。

"我正要问您这句话,"她回答,"看上去您的面色很苍白,亲爱的。"

亲爱的!她是第一次这样亲热地称呼我呀!说这话时她脸上还闪出了傲慢的笑容。

"我是老毛病,又头痛得厉害,"我冷冷地回答。

"啊,原来是这样呀!大概,是缺少运动吧?您就是需要在晚饭前散步。"她讲到"散步"时,奇怪地加重了语气。难道我出去时被她看见了不成?不去管她是否看见。好在那两封信已经很稳妥地交到范妮手里了。

"来抽一会儿烟吧,福斯科,"珀西瓦尔爵士说时站起身,又心神不定地瞟了他朋友一眼。

"好的,珀西瓦尔,等到女士们都安歇了以后,"伯爵回答。

"对不起,伯爵夫人,我可要向您告退了,"我说,"像我这样的头痛,只有睡觉可以恢复。"

我离开了大伙。我和那女人握手时,她又露出那种傲慢的笑容。珀西瓦尔爵士并没注意到我。他正在不耐烦地瞪着福斯科夫人,但她丝毫不像有和我一起走的意思。伯爵看着书,自己在发笑。他和珀西瓦尔爵士的安静的谈话又被推迟了,这一次是受到伯爵夫人的阻碍。

9

六月十九日——我一锁上门,坐在自己屋子里,就打开了这本日记簿,准备把今天有待记下的一部分事情续写下去。

我手里拿着笔,回忆前十二小时里发生的事,已经过了十分钟或者更多的时间,但仍旧在那里呆坐着。最后,我动笔记述时,发现以前从来不曾像现在这样难以下笔。我虽然竭力要把思想集中在记叙的事情上,但是思想总是涣散,反而很奇怪地纠缠在珀西瓦尔爵士和伯爵身上;我虽然试图把全部注意力集中在日记上,但想来想去总摆脱不开他们俩的秘密谈话——一次曾被推迟了整整一天、这会儿将在夜深人静中举行的谈话。

这样心神恍惚,我就怎么也想不起从早晨到现在的事情,后来,没有办法,我只好合上日记簿,暂时把它摆开一会儿。

我打开卧室通起居室的门,走了出去,随手把门关好,以免穿堂风吹灭了梳妆台上的蜡烛。起居室的窗子敞开着,我懒洋洋地探出身子,看那夜色。

外面静悄悄的一片漆黑。看不见月亮和星星。沉寂窒闷的空气中微微散发着雨水的气息,我把手伸出窗外。没有下雨。雨只是临近了,尚未到来。

我就那样在窗台上靠了将近一刻钟,茫然地望着外面的一片黑暗,除了偶尔传来仆役的谈话声,或者楼下远处的关门声,就什么都听不见了。

我百无聊赖,刚要离开窗口回到卧室,再试着去写完那没记好的日记,忽然闻到黑夜室闷的空气中飘来的香烟气味。接着我就看见一小点红色火星从住宅远处的一片漆黑中向我这边移近。我听不见脚步声,只看见那一点火星。它在夜色中移动,经过我站在它前面的那扇窗户,然后在我卧室窗子对面停下了——卧室里梳妆台上我还留着那枝亮着的蜡烛。

火星一动不动地停留了一会儿,然后又朝来的方向退回去。我目送着它的移动,这时又看见第二个火星,比第一个略大一些,从远处过来。两个火星在黑暗中会聚到一起。我记得谁是吸香烟的,谁是吸雪茄的,于是立刻推断:是伯爵先走了出来,在我窗底下窥探偷听,后来珀西瓦尔爵士也过来了。他们俩一定是在草地上散步——否则,如果是在砂砾路上,我即使听不见伯爵轻微的脚步声,也准会听见珀西瓦尔爵士沉重的脚步声。

我静悄悄地等候在窗口,因为相信他们谁都看不见我在黑暗的屋子里。

"怎么一回事?"我听见珀西瓦尔爵士低声问。"你为什么不进去坐坐?"

"我要看看那窗子里还有光吗。"伯爵悄声回答。

"那里有光关你什么事?"

"那说明她还没睡。她很机灵,会疑心咱们有什么事情,而且她很大胆,一有机会就会下楼来偷听咱们的谈话。要耐心呀,珀西瓦尔——要耐心呀。"

"胡扯!你老是谈耐心。"

"我这就要和你谈另一些事了。我的好朋友,你虽然在自己家里,但是就像在悬崖边上一样;你只要再给那两个女人一个机会,她们准会把你推了下去!"

"你究竟是什么意思?"

"我这就和你细谈,珀西瓦尔,但是,先要等那窗子里的光灭了,先要等我去看看书房两边的房间,再去看看那楼梯。"

他们慢慢地走远了,以下的谈话(声音一直是很低的)听不见了。不必去管它。单是听到了这一些,我就决定要像伯爵所说的那样机灵大胆。那两点红色火星尚未在黑暗中消失,我已打定主意:等那两个人坐下来谈话时,必须有人去偷听他们,而且,不管伯爵怎样加意提防,必须由我去偷听。做这件事时,要无愧于心、十分大胆,必须有一个动机,而那个动机我倒是有的。劳娜的荣誉——劳娜的幸福——甚至劳娜的生命——都要靠我今晚有着灵敏的耳朵,有着可靠的记忆力。

我刚才听见伯爵说,他和珀西瓦尔爵士谈话之前,先要查看书房两边的房间,还要查看那座楼梯,他的这些打算已充分向我说明,这是准备在书房里谈话。我一得出这一结论,就考虑到如何破坏他的防范计策,也就是如何不必去冒下楼的危险,但照样可以偷听他和珀西瓦尔爵士的谈话。

我有一次曾经偶尔提到楼下房间的布局:房间从檐板到地下的法式窗①开出去是一道长廊。长廊上面是平坦的顶板;雨水由管子从顶板上引到一些水槽里,供宅内使用。铺有铅皮的狭窄廊顶,沿着几间卧室一直引伸过去,离窗台底下大概还不到三尺,上面,隔着相当距离,摆着一溜儿花盆,而靠廊檐外边则是一道铁栏杆,那是为了装饰,同时也是为了防止大风把花盆吹落下去。

我现在想的办法是:从我的起居室窗口跨到外面廊檐上,一路悄悄地爬过去,最后到达紧临书房窗子上边的地方,然后在花盆之间俯下身,把耳朵凑近靠外边的栏杆。如果今晚珀西瓦尔爵士和伯爵仍像我多次晚上看到的那样坐在那里抽烟,椅子紧靠近

---

① 一种落地长窗,兼作门用。

敞开的窗户，脚伸在廊下锌皮花园凳子上，那么，只要他们谈话比耳语声略高（我根据经验知道，长谈是不可能一直低声耳语的），我就一定可以听见。如果今晚他们故意坐在屋子顶里边，那我就很可能听不大清楚，或者完全听不见，而在那种情况下，我就必须冒更大的危险，想办法下楼去用计取胜了。

在这情急无奈的关头，我虽然已经横下了一条心，但仍旧殷切地希望，最好是不必采用这最后应急的一招。我所有的勇气，只不过是一个妇女所有的勇气；当我想到要在夜深人静时下楼，走近珀西瓦尔爵士和伯爵的地方，我几乎胆怯了。

我轻轻地走回卧室，首先尝试到廊檐上去那个比较安全的办法。

我绝对需要换去全身的衣服，这有很多原因。首先，我脱了绸长衣，因为在寂静的深夜里，它发出的轻微声息都会让人家发现我。接着，我卸下十分累赘的白色长裙，换了一条深色的法兰绒裙子，在外面罩了一件黑色旅行斗篷，并把帽兜罩在头上。如果仍穿平时的晚装，我至少要占三个男人的地位。现在穿上这样一身衣服，如果再把它们紧裹在身上，无论哪个男人也不能比我更轻便地穿过那最狭窄的地方了。由于廊顶上面一边是花盆，另一边是墙和窗，当中只留下那么一点儿空隙，所以考虑到以上这一点是十分重要的。要是我把什么东西撞落下去，要是发出了一点儿响声，谁知道那会招来什么后果？

我先把火柴放好在蜡烛旁边，然后吹灭了蜡烛，摸黑走到起居室里。我先锁上卧室门，再锁上起居室的门，然后悄悄地跨出窗子，小心翼翼地把脚踏在铺铅皮的廊檐上。

我的两间屋子位置在我们大家住的那一带新边房里边的尽头；要到达紧临书房上边那个地方，我必须先经过五个窗子。第一个窗子里是一间客房，里面是空着的。第二个和第三个窗子里是劳娜的房间。第四个窗子里是珀西瓦尔爵士的房间。第五个窗子里是伯爵夫人的房间。其他几个我无须经过的窗子，里面分别是伯爵的化妆室、浴室，以及第二间空着的客房。

听不见任何声音——我刚在廊顶上站定，只见夜色中四下茫茫一片黑暗，除了福斯科夫人窗子外面那儿，书房上边，也就是我要去的那个地方——就在那儿，我看见了一丝亮光！伯爵夫人还没睡。

现在要后退已为时过晚，现在已没有时间让我犹豫。我决心不顾一切危险向前进，但愿能凭谨慎的动作和黑夜的掩护确保自己的安全。"为了劳娜的原故！"我心里想，一面在廊檐上迈出第一步，一只手裹紧了斗篷，另一只手摸索着墙壁。宁可让身体紧蹭那墙壁，不要冒险让脚在另一面撞上了几寸以内的花盆。

我走过了客房的黑暗的窗子，每前进一步，都先让脚在铺铅皮的廊檐上试探一下，然后才敢让全身的重量落在它上面。我走过了劳娜房间的暗沉沉的窗子（"愿上帝保佑她，今夜守护着她！"），我走过了珀西瓦尔爵士房间的黑魆魆的窗子。然后，我停了一下，跪了下去，用手撑着，就那样在廊檐和有光亮的窗子之间那一段低墙的掩蔽下爬着前进。

我大胆抬起头向窗子里望，看见只有上边的气窗开着，里面已经拉上窗帘，我这样望时，看见福斯科夫人的影子在白晃晃的窗帘里面掠过，然后又慢慢地移回来。到现在为止，她不可能已经听见我的声音，否则，即使是她不敢打开窗子看，但那影子肯定会在窗帘后面停下。

我先摸了摸两边的花盆，确定了它们的位置，然后侧着身子靠在廊檐栏杆上。花盆之间的空隙仅容我在那里坐下。我轻轻地把头倚在栏杆上，左边香喷喷的花和叶子刚巧碰到我的面颊。

我首先听到的是从楼下连续传来三扇门开启或者关闭的声音（很可能是关门的声音）——不用说，一扇是通门厅的门，另两扇是书房两边屋子的门，因为伯爵曾经说过，他一定要去查看那些地方。我首先看到的是那红色的火星，它又从下面的长廊里飘到外面的夜色中，一直移到我窗底下，在那儿停留了一会儿，然后又回到原处。

"该死，瞧你这样横不是竖不是的！你到底什么时候才能坐定下来呀？"从我下边传来了珀西瓦尔爵士的怒吼声。

"嗳呀！多么热的天呀！"伯爵说，疲倦地喘着气。

他这句话刚说完，花园椅子就在廊檐下边瓷砖地上发出咕喳声——这可是令人欣慰的声音，因为这说明他们准备像往常一样坐在紧靠着窗户的地方。到现在为止，情况一直是对我有利的。他们在椅子里坐定了，塔楼上的钟敲了十一点三刻，我听见福斯科夫人在打呵欠，看见她的影子又在白晃晃的窗帘后边移过去。

就在这时候，珀西瓦尔爵士和伯爵开始在下面谈话，不时把声音放得比一般略低，但始终不曾像耳语那样轻。在这种离奇和惊险的情况下，看见福斯科夫人的窗子里亮着，我就克制不住恐惧，起初感到很难沉住气，几乎无法保持镇静，怎么也不能集中全部注意力去听下面的谈话。接连几分钟，我只能约略领会谈话的内容。我听得懂伯爵说的是：只有他妻子的那扇窗里有亮光；现在楼下已经没有其他的人；他们这会儿不必担心发生意外，两人尽可以畅谈一番。珀西瓦尔爵士在答话中，一味地责怪他朋友不该整天不理会他的要求，不关心他的利害。于是伯爵就为自己辩解，说他一心在考虑着另一些令人烦恼和焦急的问题，必须等到确保不会有人打扰或者偷听时，他们才能细谈那些事。"咱们的事正面临一个严重的危险关头，珀西瓦尔，"他说，"既然要决定将来的办法，那咱们就必须在今天夜里秘密地作出决定。"

我刚集中了注意力，首先逐字听清楚的就是伯爵以上的这句话。从这时开始，除了其间的一些停顿与打岔，我一直屏住气息，全神贯注地听他们的谈话，逐字逐句地听下去。

"危险关头！"珀西瓦尔爵士重复了一句。"老实对你说，比你想象的更糟。"

"从你近两天来的举动中，我就料到了，"另一个冷冷地回答。"可是，等一等。在没谈到我所不知道的情况以前，先让咱们明确一下我所知道的情况。在我提议你对将来的事应当怎样处理之前，先让咱们看看我对过去的事是不是了解得很全面。"

"让我先去取一些白兰地和水。你也来点儿。"

"谢谢你，珀西瓦尔。请你给我一点儿凉水，一个匙子，再来一盆糖。Eau sucré e[①]，我的朋友，其他什么都不要。"

"这么大年纪还喝糖水！——喏！去拌和你那该死的污水吧。你们这些外国佬都是这样。"

"听我说，珀西瓦尔，先让我根据我所了解的情况把咱们的处境摆一摆清楚，然后你再评一评我说的可对。你我一起从大陆来到这里，咱们俩的情况就非常拮据——"

"说得简短点儿！我需要几千，你需要几百——如果缺这笔钱，咱们俩肯定都要完蛋。情况就是这样。随你作出什么结论都行。往下说吧。"

"说得对，珀西瓦尔，用你精确的英语来说，你需要几千，我需要几百，而要筹到这笔你需要的款子（数目略大一点儿，就可以把我那为数可怜的几百也包括在内），你只有靠你太太去借。在咱们来英国的途中，我是怎样谈到你太太的？咱们到了这里，我亲眼看到了哈尔科姆小姐是个什么样的人，我又是怎样对你说来着？"

"我怎么会知道呢？我以为你谈来谈去总是那一套废话。"

"我曾经这样说过：到现在为止，我的朋友，人的聪明头脑只发明了两种制服妇女的办法。一个办法是一拳打倒她，但是一般采取这个办法的都是粗暴的下等人，而有教养的高尚人士是绝对不屑于采用它的。另一个办法（它要花费更多的时间，做起来也困难得多，然而效果却并不比第一种差），那就是绝对不要为了一个妇女而感情冲动。这道理适用于动物，适用于儿童，也适用于妇女，因为妇女只是一些长大成人的儿童。只有镇定的决心，才

---

① 法语，糖水。

能使动物、儿童、妇女一个个都俯首贴耳。如果他们一旦打败了他们主人这种高超的本领，他们就会压倒了他。如果他们始终不能挫折这种本领，主人就制服了他们。我对你说过：如果要你太太在银钱上帮助你，你千万要记住这条简单的道理。我对你说过：特别是当着你太太的那位姐姐哈尔科姆小姐的时候，你更要记住这条道理。你可曾记住呢？在咱们面临的种种复杂的情况下，你一次也没有记住呀。你太太和她姐姐每次一招惹了你，你立刻被她们激怒了。由于你那火暴性子，你没能使你太太在契约上签字，失去了已经可以到手的现款，促使哈尔科姆小姐第一次写信给律师——"

"第一次？她又写信了？"

"可不是，她今儿又写了。"

一张椅子倒在游廊的地上——它砰的一声倒下去，好像是被踢倒的。

幸亏伯爵的话激怒了珀西瓦尔爵士。因为，一听说我的行动又被发现，我就一下子惊起，靠在它上面的那道栏杆又咯吱响了一声。难道他跟踪我到客栈里去了不成？我对他说没有信投进邮袋，他是不是那时候就猜出了我已经把信交给范妮了呢？即使是那样，他又怎么会看到那些信呢，那些信我亲手直接交给了女仆，她藏在怀里了呀？

"总算你的运道好，"我听见伯爵接着说，"有我在你府上，你一造成危害我就把它排除了。总算你运道好，你今天盛怒之下，说要把哈尔科姆小姐关起来，就像你那么糊涂地关起你太太那样，亏得我说：不行。你的眼睛哪儿去了呀？你见到哈尔科姆小姐，竟然会看不出她像男人那样有远见和决断力吗？有了她那样的妇女做朋友呀，我可以把全世界的人都不放在眼里。有了她那样的妇女做敌人呀，尽管凭了我全部的智力和经验——尽管我福斯科像你一再对我说的'狡猾得像魔鬼'，但是，用你们的英国话来说，我就要像在鸡蛋壳上走路了！这位人间尤物——让我举起这杯糖水祝她健康——这位人间尤物,由于她的爱和勇气,坚定得就像一座崖石一样,阻挡在咱们俩和你那位软弱可怜、黄头发的漂亮太太中间——瞧这位了不起的妇女,我虽然为了你我的利害关系反对她,但同时又衷心地赞美她,而你却把她逼得急了,就仿佛她并不比其他妇女更精明更胆大似的。珀西瓦尔呀!珀西瓦尔呀!你应当失败的,再说,你已经失败了。"

静默了一会儿。我把这恶棍说我的话记录下来,因为要牢记住这些话,希望有朝一日能当面揭发,拿这些话一句一句地回敬他。

后来,又是珀西瓦尔爵士首先打破沉默。

"好,好,随你怎样恫吓和痛骂吧,"他气呼呼地说,"麻烦事还不仅限于钱的方面。如果你和我同样知道了那些情况,你也会主张采取强硬手段对付那些女人。"

"咱们等会儿再去谈那第二件麻烦事,"伯爵回答。"随你怎样把自己搅糊涂,珀西瓦尔,但是你可别把我也搅糊涂。首先还是要解决钱的问题。听了我刚才的话,现在你知道自己顽固了吗?我是不是已经使你觉悟到你的火气不会对你有帮助呢?或者,需要我从头说起(也像你那样用你喜欢的直截了当的英语来说),再向你'恫吓和痛骂'几句呢?"

"呸!埋怨我挺容易。还是说一说应当怎样办吧——这可要更困难一些。"

"是吗?嘻!应当这样办:从今天夜里起,一切事你都不用管,将来都由我包办。这会儿我是在和一个讲求实际的英国人谈话吗?哈哈。怎么样?珀西瓦尔,你认为这样好吗?"

"如果我把一切都交给了你,你又打算怎么办呢?"

"首先回答我。你是不是打算交给我?"

"就算交给你吧——那又怎样呢?"

"这里首先要提几个问题,珀西瓦尔。我必须等一等,首先要尽量多知道一些可能出现的机会,以后才可以见机行事。时间紧迫了。我已经对你说过，哈尔科姆小姐今天已经第二次写信给律师了。"

"你是怎样发现的？她说了一些什么？"

"如果告诉你那些事，珀西瓦尔，咱们又要把话绕回去了。现在只需要让你知道，这件事已经被我发现——就是因为发现了这件事，所以我才那样烦恼着急，今儿一直不让你接近我。现在让我重温一下你的事情吧——这些事情我有好一晌没和你谈了。因为没有你太太的签字，你筹那笔钱就只好开三个月的期票——代价是那么高，我这个穷光蛋外国人一想到这一点连寒毛都竖起来了！将来那些期票到了期，除了靠你太太帮助，难道真的就没别的办法偿付了吗？"

"毫无办法。"

"怎么！你银行里没存款了吗？"

"只剩下几百，可是我缺的是几千。"

"没别的抵押品可以让你借钱了吗？"

"什么也没有了。"

"目前你从你太太那儿拿到手的实际上有多少？"

"只有她那两万镑的利息——那仅够日常开销。"

"你还可以指望从你太太方面得到什么？"

"每年三千镑的收入，那要等她叔父死了。"

"那是一大笔财产呀，珀西瓦尔。这位叔父是个什么样的人？年纪老吗？"

"不——既不年老，也不年轻。"

"是一位性情和蔼、手中撒漫的人吗？结婚了吗？不——好像听我太太说过，他还没结婚。"

"当然没结婚。如果已经结婚，有了儿子，格莱德夫人就不可能再继承他的遗产了。我告诉你他是个什么样的人。他是个自私自利的混蛋，老是唉声叹气，啰里啰嗦，向走近他的人哭诉自己身体不好，惹得人人都讨厌他。"

"那样的人是会活得很久的,珀西瓦尔,而且,就像跟你过不去似的,他会在你最意料不到的时候结了婚。我的朋友,我对你享受一年三千镑的机会并不抱多大希望。除此以外,从你太太方面就没别的收入了吗?"

"没有了。"

"完全没有了?"

"完全没有了——除非是她死了。"

"啊!除非是她死了。"

又是一阵沉默。伯爵从游廊里走到外边的砂砾路上。我这是从他说话声音里听出来的。"终于下雨了,"我听见他说。实际上雨已经在下了。我的斗篷湿成那样儿,说明密集的雨点已经落了一会儿工夫。

伯爵回到游廊底下,因为我听见他又坐下时椅子被压得咯吱咯吱响。

"嗯,珀西瓦尔,"他说,"那么,如果格莱德夫人死了,那时候你可以得到多少呀?"

"如果她没留下子女——"

"她可能留下吗?"

"绝对不可能留下——"

"那么,怎样呢?"

"嗯,那么,我就可以得到她那二万镑。"

"立即可以支付?"

"立即可以支付。"

又是一阵沉默。他们的话音刚落,窗帘上又映出福斯科夫人的影子。这一次影子不是移过去,而是一动不动地在那里停留了一会儿。我看见她的手指悄悄地绕过窗帘的角,把它向一边拉开。她那张模糊暗白的脸在窗里出现,眼光一直朝我上空望过去。我从头到脚裹在我的黑色斗篷里一动不动。淋湿了我的雨很快就拍溅在窗玻璃上,玻璃模糊了,她什么也看不清了。"又下雨了!"

我听见她在自言自语。她放下窗帘——我又舒畅地呼吸了。

我下面的谈话继续进行,这一次是伯爵开的头。

"珀西瓦尔!你舍得你太太吗?"

"福斯科!你这话问得太直率了。"

"我是个直率的人嘛;我要再问一遍。"

"妈的你这样盯着我干吗?"

"你不回答我吗?那么,好吧,我们假定说你太太死在这夏天结束以前——"

"别去谈这个,福斯科!"

"我们假定说你太太死在——"

"对你说,别去谈这个!"

"假如那样的话,你就赚进了两万镑,你就损失了——"

"我就损失了享受每年三千镑的机会。"

"渺茫的机会啊,珀西瓦尔——只是一个渺茫的机会啊。可是,你眼下就需要钱呀。在你的情况下,要赚进的是肯定的,所损失的是未可知的。"

"别单单谈我,也谈谈你自个儿呀。我需要的那些钱,其中有一部分就是为你借的。谈到赚进,我妻子一死就会有一万镑落到你太太口袋里。你虽然这样精明,怎么好像很轻易地忘了福斯科夫人应继承的遗产呀。别这样紧瞅着我!我不喜欢你这样!看见你这副样儿,听了你这些问题,说真的,我毛骨悚然了!"

"你的毛骨?难道英文'毛骨'的意思是'良心'不成?现在谈到你太太的死,只不过是谈一种可能性罢了。为什么我不可以谈它呢?那些给你起草契约和遗嘱的大律师,都对你直言不讳地谈到死的事嘛。难道律师也使你毛骨悚然不成?为什么我就会使你这样呢?我今儿晚上是要澄清你的情况,以免存有误解,而我现在已经做到了这一点。你目前的情况是:如果你太太活着,你就要凭她在文件上签的字偿付那些期票。如果你太太死了,你就可以利用她的死偿付那些期票。"

他说这话时，福斯科夫人屋子里的蜡烛熄了，现在整个二楼陷入一片黑暗。

"随你去唠叨吧！随你去唠叨吧！"珀西瓦尔爵士咕哝。"人家听你这样说，还以为我妻子已经在契约上签了字哩。"

"那件事你已经交给我办了，"伯爵应声说，"我还有两个多月的时间去应付那件事。暂时就请你别再去谈它啦。将来期票到了期，你就会知道我的'唠叨'是不是有点儿意思了。再说，珀西瓦尔，有关银钱的事今儿晚上就谈到这儿为止，如果你要和我谈第二件麻烦事，我可以洗耳恭听，这件事和咱们的小小债务纠纷缠在一起，害得你变了一个人，差点儿我认不出你来了。谈吧，我的朋友——再有，请原谅，我要让讲究滋味的贵国人吃惊，我要再调一杯糖水。"

"叫我谈那件事，这话说起来倒很轻巧，"珀西瓦尔回答，他的口气从来没像现在这样斯文客气，"但是打哪儿谈起可不容易。"

"要我提醒你吗？"伯爵出主意。"要我给你那件麻烦的秘密题一个名称吗？可不可以管它叫'安妮·凯瑟里克的秘密'？"

"喂，福斯科，你我相识已久，如果说以前你曾经有一两次帮助我摆脱了困难，那么，在银钱方面，我也曾尽最大的努力报答过你。咱们双方都多次为了交情作出自我牺牲，但是，我们当然也都有自己的秘密瞒着对方，对吗？"

"你就有一件秘密瞒着我，珀西瓦尔。黑水园府邸里有一件家庭的隐私，最近这几天里，除了你知道，别人也开始觉察到了。"

"好吧，就算是这样吧。既然这件事与你无关，你就不必对它好奇，对吗？"

"怎么，看来我又是对这件事好奇了？"

"是的，看来是这样。"

"原来你有这样的看法呀！那么，是我脸上泄露了真情吗？一个人到了我这个岁数，仍旧保有脸上泄露真情的习惯，这说明他有着多么了不起的美好品德啊！这么着，格莱德，让咱们彼此都把话说明了吧！是你的这件秘密找上了我，并不是我去找它。就算是我好奇吧——你是不是要我这位老朋友别再过问你的秘密，永远让你自己保守着它？"

"是的——我就是要你这样。"

"那么，我的好奇就到此为止。从现在起它就在我头脑里消失了。"

"你真的会这样呀？"

"你凭什么不相信我？"

"凭以往的经验，福斯科，我领教过你那种拐弯抹角的说法；说不定你最后还是会把秘密从我嘴里套了去。"

下边的椅子又突然咔嚓一声响——我觉得身子底下格子细工的廊柱从顶到底震动了一下。原来是伯爵跳起身，忿怒时一拳捶在柱子上。

"珀西瓦尔！珀西瓦尔！"他激动地大声说，"你是这样的不了解我吗？凭以往的交情，你竟然一点儿不了解我的为人吗？我是一个老派人物呀！只要有机会，我能做出品德最高贵的行为。不幸的是，我一生中很少遇到这种机会。友谊在我心目中是高贵的呀！你的家庭隐私向我露出了苗子，难道这是我的错吗？我为什么说自己好奇呢？瞧你这个可怜的肤浅的英国佬，这是因为我要夸大自我克制的能力呀。如果高兴的话，我能易如反掌地叫你说出自己的秘密——你是知道我有这种本领的。可是，你却担心我不够朋友，而对我说来，友谊的责任是神圣的呀。你明白了吗！我的卑鄙的好奇心要被我践踏在脚底下。我的崇高的情操要使我驾临在好奇心之上。你要承认我具有崇高的情操，珀西瓦尔！你要在这方面向我学习，珀西瓦尔！和我握手吧——我宽恕了你。"

说到最后几句，他声音开始颤抖——颤抖得厉害，好像真的是在落泪！

珀西瓦尔爵士惶惑无主地赶忙赔不是。但是伯爵表示器量大，不要听他的。

"不必了!"他说。"我的朋友伤了我的感情无需道歉,我会宽恕他的。老实告诉我,你需要我帮助吗?"

"需要,非常需要。"

"你能在要求我帮助的同时不泄露你的秘密吗?"

"我至少可以试一试。"

"那么,你就试一试吧。"

"嗯,是这么一回事:今天我对你说过,我已经想尽了方法去找安妮·凯瑟里克,结果还是失败了。"

"是呀,你对我说过。"

"福斯科!如果不能找到她,我这个人就毁了。"

"啊!情形有这么严重吗?"

一小道光从廊底下闪出来,照在砂砾路上。伯爵端出了屋子顶里边的那盏灯,要借光亮看清楚他的朋友。

"可不是!"他说。"这一次是你的一张脸泄露了真情。真的很严重——和银钱问题同样严重。"

"比那问题更加严重。说真的,和我现在坐在这儿一样真实,要比那问题更加严重!"

灯光又消失了,谈话继续进行。

"我给你看过那封信,安妮·凯瑟里克藏在沙土里给我妻子的那封信,"珀西瓦尔爵士接着说。"信里的话并没有夸大,福斯科——她确实知道那件秘密。"

"你还是尽量少和我谈到那件秘密,珀西瓦尔。她是从你口中知道的吗?"

"不是,是从她母亲口中知道的。"

"两个女人知道了你的隐情——糟了,糟了,糟了,我的朋友!在咱们继续谈下去之前,先让我提一个问题。我现在对你把她女儿关进疯人院的动机已经十分清楚,但是我对她逃出来的情形还不大明白。你可怀疑那些看守她的人故意睁一只眼闭一只眼,因为受了你哪一个仇人给他们的好处?"

"那不会。因为她是院里最守规矩的一个病人，所以医院里那些人就像傻子似的相信了她。她那疯癫的程度恰好可以被关进疯人院，她那清醒的程度又恰好可以让她逃出来把我毁了——要是你能理解这一点就好了！"

"我很能理解这一点。那么，珀西瓦尔，你这就谈一谈关键问题吧，我要心中有数，才能知道怎样去办。目前你的危险在哪里？"

"安妮·凯瑟里克就在这附近，正在和格莱德夫人互通消息——情况十分明显，危险就在这里。凡是看了她埋在沙土里的信的人，凭我妻子怎样抵赖，谁能不相信她已经知道了那件秘密？"

"慢着，珀西瓦尔。即使格莱德夫人知道了那件秘密，她肯定也知道那是你名誉攸关的一件秘密。作为你妻子，考虑到自己的利害，她肯定会保守那件秘密吧？"

"她会那样吗？我这就说给你听了吧。假使她有丝毫怜惜我的意思，她可能会想到她的利害关系。然而，倒霉的是，我正妨碍着另一个人。她在嫁我之前，先爱上了那个人——而且现在仍旧爱他——那是一个下等流氓，一个叫哈特赖特的画师。"

"我的好朋友！这又有什么值得奇怪的？女人都会和别的男人恋爱嘛。谁是第一名赢得一个女人的爱的？根据我一生的经验，我就从来没遇到过一个第一名的人。第二名，有时候遇到。第三名，第四名，第五名，常常遇到。第一名，从来没遇到！当然，这种人也有，但是我就从来不曾遇到。"

"等一等！我还没谈完哩。疯人院里的人追安妮·凯瑟里克的时候，一开头帮她逃走的你猜是谁？是哈特赖特。在坎伯兰再次见到她的你猜是谁？是哈特赖特。两次他都是单独和她谈话。等一等！别给我打岔。这个恶棍迷恋着我妻子，我妻子也迷恋着他。他知道那件秘密，她也知道那件秘密。只要有一天让他们俩重逢，她为了自己的利益，他也为了自己的利益，他们就会利用所知道的事来毁了我。"

"安静,珀西瓦尔——安静!难道你就没想到格莱德夫人是个正派女人吗?"

"去他妈的格莱德夫人的正派!我对她什么都不相信,只相信她的钱。你现在明白这情形了吧?她一个人也许使不出坏,但是,如果她和那个流氓哈特赖特——"

"啊,啊,我明白了。那么哈特赖特先生呢?"

"出国去了。如果他要保全他那臭皮贱骨头,我劝他还是别赶回来的好。"

"你肯定他是在国外吗?"

"肯定。他一离开了坎伯兰,我就派人去监视他,一直到他乘的那条船开走了。哦,我是一直很当心的,这一点我能向你保证!当时安妮·凯瑟里克和利默里奇附近农庄上一家人住在一起。她逃开了我以后,我亲自上那儿去打听,相信那些人确实不知道她的下落。我写信给她母亲,叫她照着指定的格式复了封信给哈尔科姆小姐,这样人家就不会疑心我禁闭她是怀有恶意。为了追踪她,我也不知道花了多少钱。可是,尽管如此,她又在这里出现,而且从我自己的庄园里逃掉了!我怎么知道:会不会还有什么人看见了她?还有什么人和她谈过话?那个在暗中活动的恶棍哈特赖特,可能趁我不防备的时候回来,可能明天就利用她——"

"他不能,珀西瓦尔!只要有我在这儿,只要那女人还在附近,我保证,不等哈特赖特先生来到——哪怕他来到也好——咱们准能逮住她。我有数了!对,对,我有数了!现在首先需要找到安妮·凯瑟里克,对其他的事你尽可以放心。你太太在这儿,在你的支配下;哈尔科姆小姐是和她分不开的,所以也在你的支配下;而哈特赖特先生又在国外。目前咱们要考虑的就是你这个神出鬼没的安妮。你已经打听过了吗?"

"打听过了。我去看过她母亲;我找遍了那个村子,但是一点儿线索也没找到。"

"她母亲可靠吗?"

"可靠的。"

"她以前泄露了你的秘密哩。"

"她以后再不会了。"

"为什么不会？莫不是因为，保守这件秘密，不但和你的利害有关，也和她本人的利害有关吗？"

"是的——有重大的关系。"

"我听了这话为你高兴，珀西瓦尔。不要灰心，我的朋友。有关咱们的银钱问题，我对你说过，我有充分的时间去应付。明天可以由我去找安妮·凯瑟里克，我会比你更有办法。在咱们临睡前，我还要提出最后一个问题。"

"什么问题？"

"是这样一个问题。我到船库去告诉格莱德夫人，说她签字的小纠纷已经解决，一到那儿碰巧看见一个陌生女人离开了你太太，那行径非常可疑。但是，不巧我没能走近跟前看清楚那女人的脸。我很想知道怎样可以认出咱们那位神出鬼没的安妮。她是什么样儿？"

"什么样儿？嗨！我可以用一句话向你说清楚。她就像我妻子有病时候那副样儿。"

椅子咔嚓一声响，柱子又震动了一下。伯爵再度站起身——这一次他是吃了一惊。

"什么！！！"他急着说。

"你想象一下，我妻子刚生完一场大病，神思有点儿恍惚——你看到她那模样活脱就是一个安妮·凯瑟里克，"珀西瓦尔爵士回答。

"她们俩有血缘关系？"

"什么关系也没有。"

"可是长得这样相像？"

"是呀，长得这样相像。你笑什么？"

没听见答话，没一点儿声音。伯爵准是悄没声儿憋着一口气在笑。

"你笑什么?"珀西瓦尔爵士又问。

"也许是在笑我自己想入非非吧,我的好朋友。请原谅我意大利人的幽默感——我不是来自首先上演潘奇①的那个有名的国家吗?好啦,好啦,好啦,如果遇到安妮·凯瑟里克,我能认出她了——那么,今晚就谈到这里吧。你放心好了,珀西瓦尔。去睡吧,我的孩子,去舒舒坦坦地睡吧。等到天一亮,咱们的时机一到,瞧我怎样把事情给你办好。我的计划都在这个大脑袋里准备好了。你会偿付那些期票,也会找到安妮·凯瑟里克:我向你担保,你会一切顺利!我是不是你最值得珍惜的朋友?刚才你还婉转地提到钱的事,怀疑是不是值得把那笔钱借给我?以后呀,无论做什么,可别再伤我的感情了。要在这方面了解我,珀西瓦尔!要在这方面向我学习,珀西瓦尔!我再一次宽恕你、我再一次和你握手。晚安!"

他们没再说什么。我听见伯爵关好了书房门。我听见珀西瓦尔爵士闩上了百叶窗。雨一直下个不停。我僵在那里不动,只觉得寒气彻骨。初次试着移动时,我累得只好停下了。第二次再试时,我才在湿漉漉的廊檐上跪下来。

我爬到墙跟前,扒着墙站起,往后望过去,看见伯爵化妆室窗子里的烛光亮了。这时我那一度低沉的勇气又逐渐恢复,我眼光紧盯着他的窗,沿着墙一步一步往回走。

我手搭在我屋子的窗台上,钟敲一点一刻。大概我回来时一路没被人发现,因为没看见任何可疑的东西,没听到任何可疑的声响。

---

① 潘奇原称"潘奇因内洛",为意大利木偶戏中一个矮胖驼背的丑角。在英国木偶戏《潘奇和朱迪》中,潘奇是一个鹰鼻驼背的丑人,他妻子朱迪是一个形状滑稽的女人。

10

· · · · · · · · ·

六月二十日——八点钟。爽朗的空中阳光灿烂。我一直没走近床跟前——我始终没合上十分困倦但是毫无睡意的眼睛。昨晚我从那扇窗里看外面的夜色,这会儿我又从那扇窗里看晨间寂静的晴空。

我在凭感觉计算,自从隐藏在这间屋子里到现在,已经过了多少小时,那几个小时漫长得就像几个星期一样。

时间实际上是那么短促,然而我却觉得它是那么漫长——从那时起,记得我在黑暗中坐在这地板上,浑身湿透,四肢麻木,寒冷彻骨,瞧我这个无用的、孤单的、狼狈的人啊。

我几乎不知道自己是在什么时候恢复了精神。我几乎不知道自己是在什么时候一路摸索到卧室里,点亮了蜡烛,寻找干衣服(奇怪,起初我不知道该到哪里去找)穿上取暖。我记得怎样做这些事,但是不记得是什么时候做的。

让我回忆一下:那冷冽和麻木的感觉是什么时候消失的?那活跃的热力是什么时候恢复的?

那肯定是在日出之前吧?可不是,当时我听见钟敲三点。我记得,那时我思想豁然开朗,同时全身又暖和有力,精神兴奋起来。我记得,我怎样决心要克制自己,要耐着性子一小时又一小时地等候下去,等到机会一到,就要让劳娜离开这可怕的地方,当心不要被他们立刻发现,不要遭到他们追捕。我记得怎样开始深信:那两个人的谈话不但可以使我们有理由离开这个人家,同时还可以供我们用作抵抗他们的武器。我回想起,当时我是怎样决心要趁我可以利用时间,趁我的印象还清晰,把那些话一字不漏地记录下来;这一切我都记得很真切,那时我的头脑还没糊涂。日出前,我怎样带着笔、纸、墨水从卧室里走到这儿,怎样在敞开的窗口坐下,在空气流通的地方让自己凉快,怎样趁宅门里的人都没起来之前，赶着在这段紧迫的时间里不停地写，越写越快，越写越热，越写越精神抖擞，我十分清楚地回想起：最初是在烛光下开始写，直到今天在阳光照耀下写到前一页结束！

为什么我仍旧坐在这里？为什么我不顾眼睛疲劳、头部发烧，仍旧要继续写？为什么不躺下来休息，让销蚀着我的高烧在睡眠中降低下去？

我不敢这样做。我非常害怕。我害怕灼肤的高烧。我害怕我脑袋这样闷胀疼痛。如果这会儿躺下了，我怎么知道自己还会恢复知觉，再有力气起来？

哦，那雨呀，那雨呀——昨晚冻坏了我的那场残酷的雨呀！

· · · · · · · · · ·

九点钟。敲的是九点，还是八点？大概，是九点吧？我又开始颤抖——在夏日的晴空中浑身颤抖。我是坐在这儿睡着了吗？我不知道自己做了些什么！

哦，天哪！难道我真的要病倒了不成？

病倒，在这个时刻病倒！

我的脑袋——我非常担心我的脑袋。我还能够写，但是，一行行的字挤到了一起。我还看得出这些字。"劳娜"——我还能够写"劳娜"，我看出我在写这字。是八点还是九点——是什么时候了？

这么冷，这么冷——哦，昨晚那一场雨呀！——再有那敲钟的声音，钟敲的次数叫我数不清，它在我脑子里不停地敲着——

· · · · · · · · · ·

注

〔日记写到这里，字迹再也无法辨认了。以下两三行中只有一些不完整的字，其间还夹杂着墨水留下的污斑和笔尖钩纸时溅下的墨点。纸上最后的字样，看上去有些像格莱德夫人名字的头两个字母L和A①。

日记的下一页上是另一个人写的字。那是一个男子的笔迹：粗大，有力，端正而整齐；注的日期是"六月二十一日"。内容如下：——〕

一位挚友的后记

由于我们这位人间尤物哈尔科姆小姐生了病，我就有机会在精神上获得一次意想不到的享受。

我的意思是说，我阅读了这部有趣的日记（我刚把它读完）。

日记共有几百页。我可以毫不夸张地说一句：每一页你看后都为之倾倒，感到兴奋、愉快。

对于我这样一位感情丰富的人，说以上这些话时我怀有难以形容的喜悦。

真是一位令人钦佩的女郎！

我说的是哈尔科姆小姐。

真是一项艰巨无比的工作！

我指的是写这部日记。

可不是！这些记录令人叹为观止。我在它里面看到了机智的表现，审慎的态度，惊人的记忆力，对人物的精确观察，叙事的优美笔调，令人陶醉的女性的奔放热情：这一切无法形容地使我更加崇拜这位非凡的人物，崇拜这位高贵的玛丽安。她描写我的性格，神妙到了极点。我衷心承认她的描绘是真实的。我感觉到，肯定是因为我给她留下了深刻的印象，所以她才会用那丰富多彩、强劲有力的笔调把我刻画得淋漓尽致。我再一次表示惋惜，由于为无情的形势所迫，我们的利害彼此相左，以致大家互相对立。如果是在更幸运的情况下，那我会和哈尔科姆小姐多么要好啊——哈尔科姆小姐又会和我多么要好啊。

由于我是富有感情的，所以我相信自己以上所写的都是绝对

---

① LAURA（劳娜）的头两个字母。

真实的。

由于被这些感情所鼓舞,我就不再只考虑到个人的得失了。我以最客观的态度证明,这位机智超群的妇女窃听我和珀西瓦尔的密谈时,她所采取的策略是第一流的。再有,她从头到尾记录谈话时,那种惊人的精确程度也是了不起的。

由于受到这些感情的影响,我就自告奋勇,向那个给她看病的愚蠢的医生说,我精通化学,熟悉医学和催眠术可供利用的那些比较奥妙的方法。然而,直到现在,他仍旧拒绝我的协助。瞧这个愚昧无知的家伙!

最后,由于感情的冲动,我写下了以上的话——那些表示感谢、富有同情、充满慈爱的话。我合上了日记簿。我是一位守规矩的人,所以将日记簿(由我妻子)放回到物主桌上原来的地方。还有一些事急待我去处理。我一定要趁此良机,谋求重大成果。成功的广阔远景正在我眼前展开。在履行自己的命运所决定的事情时,我甚至对自己的镇定态度感到惊奇。现在我只能低首下心,进行赞扬。我怀着敬意与深情,将颂词献给哈尔科姆小姐。

我希望她恢复健康。

我对她为她妹妹制定的每一项计划的必然失败表示惋惜。同时我要请她相信,她之所以失败,并不是由于我从她日记中获悉了那些底细。获悉了那些底细后,我只是更加坚信自己早先安排的行动计划是正确的。我之所以感谢这些日记,只是因为它们激发了我性格中最高尚的感情——此外再没有其他原因了。

对于一位具有同样感情的人,以上简单的声明已足以说明一切,并为一切辩解。

哈尔科姆小姐是一位具有同样感情的人。

怀着这样的信心,我在下面签署:

福斯科

利默里奇庄园主人弗雷德里克·费尔利先生继续叙述事情经过 ①

我一生中极大的不幸是:谁都不肯让我安静。

凭什么——我问每一个人——凭什么单要来打扰我呀?谁也不答复这个问题;谁也不让我安静。亲戚,朋友,生人,都串通一气来折磨我。我招谁惹谁了?我问自己,我问我的仆人路易,每天要问上五十遍——我招谁惹谁了?我们两人谁也说不上来。真是怪事!

最近找上门来的一件麻烦事,是缠着要我写这篇证明材料。像我这样神经衰弱的可怜人,能写证明材料吗?我理直气壮地提出反对理由,于是他们就对我说,我侄女遭到了什么十分严重的事故,那是在我知道的情况下发生的,所以应该由我来证明那些情况。他们威胁我,如果我不尽力照办,就会招来十分严重的后果,单说想到了这一些后果,就能把我吓瘫了。其实,也不必恫吓我。可怜的虚弱身体和麻烦的家庭纠纷已经把我拖垮了,我已经失去反抗能力了。既然他们一定要这样办,那么就随他们无理地欺侮我吧,我立刻依了他们。我将竭力回忆所能记得的一切(但是,我可要提出抗议),叙述我能描写的一切(我也要提出抗议),至于我记不起的和写不出的,那必须由路易代我回忆和补充。他是个笨驴,而我又是个病人:我们两人可能造成种种错误。做这种事多么有失身份!

他们要我回忆日期。我的天哪!我生平从来不做这种事——现在叫我从哪儿回忆起呢?

我去问路易。他倒不像我以前想象的那样是个十足的笨驴。他记得事情发生的日期,最多相差一两个星期——而我记得那个人的名字。日期是六月底或者七月初；名字（我认为那是一个十分恶俗的名字）是范妮。

六月底或者七月初那一天，我仍像通常一样斜靠在那里，我四面摆的是各种艺术珍品，都是我搜集来培养附近那些野蛮人的审美力的。也就是说，我四周摆的是那些图画、版画和古钱币等的照片，那是我准备将来捐赠（我的意思是说捐赠那些照片，如果拙劣的英国文字能让我用来表达意思的话）给卡莱尔（多么可怕的地名）的学会，以便培养那些会员的审美力的（对一位有教养的人来说，他们都是些哥特人和凡达尔人[②]）。也许大家会猜想，当一位有身份的人正在为他本国人大力造福的时候，人们总不至于再拿那些私人纠纷和家庭琐事去无情地干扰他了吧。现在让我告诉诸位，在我这件事情上，他们完全猜错啦。

不管怎么样，反正我是斜靠在那儿，四周摆着我的艺术珍品，正需要有一个安静的早晨。可就在我需要有一个安静的早晨的时候，路易撞进来了。我当然要问：我又没摇铃，他跑来干什么，这不是活见鬼吗。我是难得这样骂人的——这习惯有失绅士风度——但是路易听了却咧嘴一笑，于是我认为，就凭他这样笑我也应该骂他，这是完全合乎情理的。不管怎样吧，我就那样骂了。

根据我的观察，这种严厉的态度每每能使下等人恢复理智。现在它就使路易恢复了他的理智。总算难为他：他不再咧嘴笑了，回说外面有个女仆要见我。他还说（他像一般仆人那样讨厌，最爱多嘴）她名叫范妮。

"范妮是谁？"

"格莱德夫人的贴身女仆，老爷。"

"格莱德夫人的女仆找我干什么？"

[①] 费尔利先生的证明材料，以及后面其他几篇证明，其撰写与汇集经过将在以后章节内加以说明。

[②] 3世纪至5世纪，蹂躏罗马帝国的野蛮民族。

"有封信,老爷——"

"给收下。"

"她不肯交给别人,单要交给您,老爷。"

"是谁写来的?"

"哈尔科姆小姐,老爷。"

一听见哈尔科姆小姐,我立刻让步了。我已经习惯对哈尔科姆小姐让步。根据经验,我知道这才是息事宁人的办法。这一次我又让步了。亲爱的玛丽安!

"传格莱德夫人的女仆进来,路易。慢着!她的鞋吱吱喳喳响吗?"

这个问题我必须提出。吱吱喳喳响的鞋老是搅得我整天心神不宁。我已经横下了一条心去见那女仆,但是我还是不能横下一条心让那女仆打扰我。即使是我的耐性,它也有个限度。

路易明确地保证她的鞋没问题。我挥了挥手。他把她带了进来。这里是否需要我说明:她为了表示难为情,所以抿紧了嘴用鼻子出气呢?这一点即使你不向那些专门研究下等妇女性情的人说明,他们也会知道。

这里我也要为那个女仆说句公道话。她的鞋的确不吱吱喳喳响。但是,为什么女仆都会手上出汗?为什么她们都有着肥大的鼻子和死板的腮帮子?为什么她们的脸都那样粗糙难看,尤其是眼梢那儿?我身体不好,对无论什么问题都不能费神思考,但是我要请那些身体好的专家学者们研究一下。我们怎么没有看到女仆当中有不同的类型的呢?

"你给我捎来了一封哈尔科姆小姐的信吗?给放在桌上,别碰乱了那儿的东西。哈尔科姆小姐好吗?"

"回您的话,很好,老爷。"

"那么格莱德夫人呢?"

我没听见女仆答话。她那张脸显得更粗糙难看了;我以为她是开始哭了。我明明看见她眼底下有一些湿漉漉的东西。那是眼泪还是汗呀？路易（我刚才问过他）相信那是眼泪。他属于她同一阶层；他应当最了解她。那么，我们就假定那是眼泪吧。

除非是经过艺术加工，很巧妙地使眼泪变得不像是真的，否则我绝对厌恶眼泪。科学把眼泪描写成为一种"分泌"。据我理解，分泌可能是健康的，也可能是不健康的，但是，从感情的观点上说，我就看不出人们对分泌的兴趣何在。也许，由于我本人的分泌已经完全失常，所以我在这问题上存有一点偏见吧。不管怎样，这一次我的举动是极有分寸的，是合情合理的。我闭起了眼睛对路易说——

"你倒试试看把她要说的话解释清楚。"

路易试了，女仆也试了。结果是他们都把对方搅糊涂了，老实说，倒把我逗乐了。我心里想，遇到情绪不好的时候，倒可以再叫他们来一次。刚才我把这个主意讲给路易听了。说也奇怪，他听了很不痛快。瞧这个可怜虫！

我侄女的女仆说明了她为何流泪，我的瑞士听差用英语转述了一遍，现在肯定不需要我再去重复那些话了吧？对这件事我实在无能为力。也许，我能够说出我的印象和感想。这样是不是也行呢？请给我一个肯定的答复。

我好像记得，她开始（通过路易）告诉我，她主人辞退了她，不要她侍候女主人了。（请注意，这女用人的话通篇语无伦次。她被辞退了，难道这是我的错吗？）她被辞出来，就到一家客栈里去过夜。（那客栈又不是我开的，跟我谈那客栈干什么？）在六七点钟的时候，哈尔科姆小姐去跟她送别，交给她两封信，一封是给我的，另一封是给伦敦的一位先生的（我又不是伦敦的先生——那个该死的伦敦先生！）；她很当心，把两封信藏在了怀里（她的怀里和我有什么关系？）；哈尔科姆小姐走后，她非常不高兴；一直到临睡前，始终无心饮食；后来，将近九点，她想到要喝杯茶（起初不快活，后来又想喝茶，她这样愚鲁无知，主意不定，难道也应当怪我不成？）；她正在烧水壶（我是完全照路易的原话写的，他说他明白那意思，要向我解释，但是我当然阻止了他）——她正在烧水壶，门开了，她吓成一团儿（又是她的原话，这一次不但是我，连路易听了也莫名其妙），看见伯爵夫人来到客栈的客厅里。这里我引用我侄女的女仆对我妹妹的尊称时，倒觉得挺有意思。我这位可怜的好妹妹，这位毫无风趣的妇女，嫁的是一个外国人。再说，门开了，伯爵夫人走进了客厅，女仆吓成一团。多么离奇古怪的事！

我真的需要休息一会儿了，否则再也没法往下写了。我闭着眼睛仰靠了几分钟，路易洒了点儿科隆香水，让我疼痛可怜的太阳穴舒畅一些，我才能继续写下去。

伯爵夫人——

不行。我虽然能继续写，但是坐不住。以下我只能仰靠着口授了。路易虽然口音怪难听的，但是他懂得文字，能够代写。这可方便多了！

伯爵夫人向范妮说明她为什么突然跑到客栈去，原来哈尔科姆小姐匆忙中忘了一两件事，她是捎口信去给范妮的。女仆当时急着要听她捎去的口信，但是伯爵夫人好像并不急于说出来（瞧我妹妹就是那样惹人讨厌！），一定要等范妮先喝了茶。夫人对下人十分体贴（完全不像我妹妹从前那样儿），她说："可怜的孩子，我知道你准是需要喝茶了。咱们可以等一等再去谈那口信。这么着，索性让你省点儿事，我来把茶准备好，和你一起喝一杯。"我记得，女仆对我说以上的话时很激动。总而言之，伯爵夫人一定要自己去准备茶，并且装得那么谦卑，简直到了可笑的程度，她甚至自己端起了一杯茶，硬要女仆喝另一杯。女仆喝了茶，接着，据她本人说，当场发生了一件严重的事，她五分钟后昏迷过去了，生平第一次昏倒了。这里我引的仍是她的原话。路易相信，她说这些话的时候分泌了更多眼泪。我可不能这样说。因为我已经无力再坚持往下听，我闭上了眼睛。

我前面谈到哪儿啦？啊，对了——她跟着伯爵夫人喝了一杯茶，就昏迷过去：如果我是她的医生，我也许会对这种事感兴趣，但是，既然不是干那一行的，我听了只有厌烦的份儿。过了半个钟点，她醒过来时，已经到了沙发上，身边只有那老板娘一个人。伯爵夫人因为时间太晚，不能在客栈里久待，趁她要醒的时候就走了，老板娘为人很好，扶她上楼去睡了。

她等到人一走尽，就去摸摸怀里（很遗憾，我需要第二次提到她的"怀里"），发现那两封信纹丝未动，但是不知怎的都被揉皱了。半夜里她头晕，但是第二天早晨好了，可以上路了。她把寄给那个讨厌的陌生人（那位伦敦的先生）的信投进邮筒，这会儿又照着吩咐的话把另一封信交给我。她以上说的都是实话，她虽然不能怪自己故意疏忽，但是心里却感到十分不安，所以急于向我讨主意。这时候路易好像看到那分泌又出现了。也许它们是出现了，然而这时候更重要的事情是：我失去了耐性，张开了眼睛，出面干涉了。

"这到底是怎么回事？"我问。

我侄女的这个糊涂女仆瞠目结舌，站在那里。

"试着给我解释一下，"我对我的听差说，"给我翻译一下，路易。"

路易试着给我解释和翻译。然而结果是他立刻被搅得昏天黑地，好像陷进了无底洞，而那女仆也跟着他陷了进去。说真的，我从来没这样乐过。于是我让他们留在洞底里逗我乐。一直等到他们不再招笑了，我才想办法拉他们上来。

不用说，经过盘问，我逐渐明白了女仆话中的意思。

我这才知道，原来她不放心的是：因为发生了刚才向我说的那一串事，她没能听到哈尔科姆小姐托伯爵夫人捎去的口信。她担心那些口信可能对女主人关系重大。她很想深夜去黑水园府邸打听，但又害怕珀西瓦尔爵士；她打算第二天在客栈里候着，但哈尔科姆小姐又曾经吩咐她无论如何不要误了第二天的早车。她非常着急，唯恐她不幸昏迷的事会再招来一件不幸的事：她的女主人会以为她疏忽失职。所以她来向我求教：是不是应当写封信给哈尔科姆小姐，一来向她解释，请求宽恕，二来请趁早来信告诉她那些口信。我写以上这段十分沉闷的文字，实在不能怪我。这都是他们吩咐我写的。看来也真莫名其妙，有些人更感兴趣的并不是我对我侄女的女仆所说的那些话，而是我侄女的女仆对我所说的那些话。瞧这件事够多么荒唐滑稽！

"如果您能教我一个更好的办法，老爷，那我可太感谢您啦。"女仆说。

"你别多管闲事，"我把自己常说的这句话应用到这个听我说话的人身上。"我这人就是一向不多管闲事。好啦。话完了吗？"

"既然您认为我不可以随便写信，老爷，那我当然不敢多事。可是我真想尽心尽力地侍候好了太太——"

凡是下等人，都不懂得怎样在适当的时候离开一间屋子。他们必须由那些比他们更高贵的人帮助解决这一困难。我认为这会儿该是我帮助女仆离开的时候了。于是我用了两个恰如其分的字帮助她：

"再见！"

瞧这个古怪的女仆，也不知道她身体外面还是里边的什么东西突然吱喳响起来。当时路易正望着她（我可没去瞧她），说那是她行屈膝礼时发出的吱喳声。多么古怪！是她的鞋，是她的紧身褡，还是她的骨头在响？路易相信，那是她的紧身褡。真是怪事！

人一走尽后，我就打了个盹——我实在需要睡一会儿了。等到醒过来，我才注意到亲爱的玛丽安的信。只要我早先对信的内容哪怕是猜到了一丁点儿影子，我肯定不敢拆开它。不幸的是，我根本没有猜到。我看了那封信。它立刻惹得我烦恼了一整天。

像我这样生性最随和的人，实在是世间少有的——我对所有的人都迁就，对任何事都不动气。然而，前面已经说过，我的耐性也有它的限度。我摊开了玛丽安的信，感觉到，当然要感觉到，我是一个受了伤害的人。

这里我要发表一点感想。当然，这些感想也是和现在所谈的非常严重的事件有关的，否则我也不会在这里提到它们了。

在我看来，无论在哪一个社会阶层中，人类丑恶的自私都不及在已婚者对待独身者的态度中表现得那么明显生动，令人难堪。只要是你早先过分地虑事周到、克制自己，不愿给国内已经过分庞大的人口再增添一户人家，那么，你那些已婚的朋友，那些不像你一样虑事周到、克制自己的人，就会怀着报复的心理，把你选为他们倾吐婚后烦恼的对象，指定为他们所有的子女的朋友。丈夫和妻子畅谈他们婚后的烦恼，而单身汉和老处女只有耐心聆听的份儿。就以我为例吧。我一向虑事周到，至今仍旧独身；我那可怜的哥哥菲利普很轻率地结了婚。他临死时怎样呢？他把他女儿交给了我。他女儿是个可爱的姑娘。但监护她却是一项可怕的责任。为什么要把这项责任强加在我肩上呢？因为，既然是一个无辜的单身汉，我就负有责任分担我已婚的亲属的烦恼嘛。我全心全意地履行了我哥哥应尽的责任。我经受了无数的麻烦与困难，让我的侄女嫁给了她父亲所许配的人。她跟她丈夫不和，引起了不愉快的纠纷。她又是怎样对付这些不愉快的纠纷呢？她把这些纠纷转嫁给了我。为什么转嫁给了我呢？因为，既然是一个无辜的单身汉，我就有责任分担我已婚的亲属的烦恼嘛。可怜的单身汉啊！可叹的人情世故啊！

不用说，玛丽安的来信对我是个威胁。所有的人都威胁着我。只要我稍微犹豫不决，不敢让利默里奇庄园变成我侄女的庇护所，那么，各色各样的恐怖都会落在我这个可怜虫的头上。然而，尽管如此，我仍旧犹豫不决。

我上面已经说过，为了息事宁人，以前我遇事总对亲爱的玛丽安让步。然而这一次，由于她的主张实在深欠考虑，可能带来严重后果，我不由得踌躇起来。我如果把利默里奇庄园变成格莱德夫人的庇护所，怎能担保珀西瓦尔·格莱德爵士不会跟随她来到这里，因为我留下了他妻子而向我大发雷霆呢？我看出这一办法会招来无穷麻烦，所以决定还是试着路儿去办。于是我写信给亲爱的玛丽安，请她（因为她没丈夫为她作主）先自己来这里和我谈一谈这件事。如果她能解答我的疑问，使我完全放心，那我就可以保证热忱欢迎我们亲爱的劳娜，否则这件事是办不到的。

不用说，当时我也想到，这样拖延时间会使玛丽安大发雷霆，她会使劲把房门砰地一声关上。但是，如果采取另一个办法，那又会使珀西瓦尔爵士大发雷霆，他也会使劲把房门砰地一声关上。而如果这两个人当中非有一个前来大发脾气和砰地关上房门，我宁愿来的是玛丽安，因为我对她已经习惯了。这样一想，我立刻寄出了复信。无论如何，这样我就拖延了时间——我的天哪！哪怕是能拖延时间也是好的啊。

我每次精疲力竭时（我可曾谈到，玛丽安的信已经使我精疲力竭了？），总需要休息三天才能起来。我也太一厢情愿了——瞧我还指望有三天安静的日子哩。当然，我没能指望到。

第三天我收到一个素昧生平的人寄来的一封荒唐透顶的信。此人自称是我们家的法律顾问（指的是我们那位宝贝老顽固吉尔摩）的代理事务的合伙人，说他最近从邮局收到一封信，外面是哈尔科姆小姐的笔迹。他拆开信封时吃了一惊，发现里面只有一张白纸。这情形引起了他的疑心（这位会动脑筋的律师，竟然怀疑信被人偷走了），他立刻写信给哈尔科姆小姐，但没收到复信。在困惑的情况下，他不像头脑清醒的人那样听任事态自然发展，而是采取了第二个荒谬的举动，来给我添麻烦，写信来问我可知道这件事。这真是活见鬼，我怎么会知道呀？为什么这样自找麻烦不算，还要来给我找麻烦？我在回信中表达了这个意思。那是我写得最尖锐的一封信。自从给沃尔特·哈特赖特先生那个十分讨厌的家伙写了解聘信以来，我还不曾写过比那措词更为犀利的信。

我的信产生了效果，此后我再没收到那个律师的信。

这件事也许并不十分奇怪。但另一件事确实令人纳罕，那就是：玛丽安此后再没来信，而且不像是会亲自来了。她这样出人意料地不再露面，对我是一件极好的事。我感到很快慰，猜想起来（我当然会这样猜想），大概我的已婚亲属又和好如初了吧。过了五天安静自在、独享清福的生活，我完全恢复了。第六天，我觉得精神很好，就把我的摄影师唤来，叫他重新为我的艺术品拍摄准备捐赠的照相，以便像我前面提到的那样用来培养附近那些野蛮人的兴趣。我刚吩咐他到工作室里去，刚开始玩赏我那些钱币，路易突然拿着一张名片进来了。

"又是女仆吗？"我问，"我不见她。我身体不好，这会儿见女仆不合适。就说我不在家。"

"这一次是位绅士，老爷。"

来的是位绅士，当然要另眼看待。我去瞧那名片。

我的天哪！原来是我那讨厌的妹妹的外国丈夫。是福斯科伯爵呀。

需要我说明：看到来客的名片，我首先想到了什么吗？当然无需说明。我妹妹嫁的是一个外国人，所以，凡是头脑清楚的人都只会产生同一个念头：伯爵肯定是向我借钱来了。

"路易，"我说，"如果给他五先令，你看能把他打发走吗？"

路易露出很诧异的神气。而且，我异常吃惊的是，他说我妹妹的外国丈夫衣冠楚楚，看来很是得意。听到这种情况，我最初的想法就有了一些转变。这时候我料定了伯爵是因为自己夫妻间有什么纠纷不能解决，所以，像其他亲属一样，又把那些麻烦事一起推到我身上来了。

"他说有什么事吗？"我问。

"福斯科伯爵说，他上这儿来，老爷，是因为哈尔科姆小姐没法离开黑水园府邸。"

这分明又有麻烦事了。并不像我所猜想的是他自己的事，而是亲爱的玛丽安的事。反正是麻烦事。我的天哪！

"请他进来吧，"我无可奈何地说。

伯爵一走进来就吓了我一大跳。他身材那样魁梧，我看了直发抖，我肯定他会使地板震动，会把我的艺术品都碰翻了。可是，他并没这样。他穿着漂亮的夏季服装，带着迷人的微笑，态度安详镇静，讨人欢喜。我对他的第一个印象就非常好。尽管承认以上这一点会说明我缺乏鉴别人的能力（只要看下面的事就可以知道了），但是我这人生性坦率，所以仍旧要承认这一点。

"请允许我自我介绍，费尔利先生，"他说，"我是从黑水园府邸来的，很荣幸地说，我就是福斯科夫人的夫婿。我之所以这样直率地提一句，为的是请您别把我当外人招待。我恳求您别费神——我恳求您不用动。"

"多谢您照顾，"我回答，"要是我精神好，能站起来就好了。很高兴能在利默里奇见到您。就请椅子上坐吧。"

"我担心您今天身体很不舒服哩，"伯爵说。

"一向是这样啊，"我说，"我这人只不过是一束神经，装扮得像个人样儿罢了。"

"我从前研究过好多门科学，"这位富有同情心的人说。"其中有一门就是有关神经的高深学问。我可以提一个建议，一个既十分简单又非常有意义的建议吗？您可否让我调节一下您屋子里的光线？"

"当然可以——不过请您当心，别让那光照在我身上。"

他走到窗口。他和亲爱的玛丽安形成多么鲜明的对照啊！一举一动，多么顾念着别人啊！

"光线是最不可缺少的东西，"他说话的口气亲切悦耳，病人听了觉得很舒坦。"光线不但给人刺激，还能起到补养和维护的作用。您不能缺少它，就像不能缺少花儿一样，费尔利先生。请看。这儿，您坐的地方，我关上百叶窗，让您安静。那儿，您不坐的地方，我拉起窗帘，让振奋精神的阳光照射进来。如果阳光照射在身上您受不了，那么就单让它照在您屋子里。阁下，阳光有如上天的伟大意旨。接受上天的意旨，必须自己作出安排。您接受阳光,也是如此。"

我觉得这话颇有说服力,而且说这话的很体贴人。我听信了他的话——至少是在他谈到光线的时候,我确实听信了他的话。

"您瞧,我感到很为难,"他说时回到他的座位上,"说真的,费尔利先生,您瞧,我当着您的面感到很为难。"

"这话我听了确实很惊讶。请问这是为了什么?"

"阁下,我走进了这间屋子(瞧您坐在这里,身体这样不舒服),看到您四周摆着这些精美的艺术品,我能不觉察出:您是一位敏感的人,是一位永远富有同情心的人吗?请告诉我:我能不这样想吗?"

如果我有力气在椅子里坐直了,我肯定要向他鞠躬。因为我没力气,我只好笑着表示感谢。反正这也是一样,因为我们俩已经彼此了解了。

"请听我是怎样想法的,"伯爵接下去说,"瞧我坐在这儿,自己是一个心细和敏感的人,面对着的也是一位心细和敏感的人。我现在明知道,由于必须提到一些性质十分悲哀的家事,就会伤害那些敏感的心情。而那又必然会带来什么后果呢?刚才我已经向您说过。我感到很为难哪。"

是不是从这时候起,我开始怀疑他要变得讨人厌了呢?我相信是从这时候起。

"是不是绝对需要去提那些不愉快的事呢?"我问,"用我们浅显的英语说,福斯科伯爵,是不是可以把它们'摆开'了?"

伯爵神情十分严肃,他叹了口气,摇了摇头。

"我真的必须听吗?"

他把肩膀一耸(自从他走进屋子,这是他做出的第一个外国人的姿势),露出咄咄逼人的精明神气望了望我。我的本能告诉我,最好还是闭上眼睛。于是我顺从了我的本能。

"请慢慢地说,"我央求他,"是谁死了吗?"

"谁死了!"伯爵用外国人那种不必要的激动口气大喊。"费尔利先生！您贵国人士的这种镇静态度吓倒了我。老天爷，我说了什么话，做了什么事，会使您想到我是来报丧的？"

"请原谅，"我回答。"您并没说什么，也没做什么。每次遇到这种烦恼的情况，我照例要为最坏的事作准备。据说，这样迎头应付打击，就可以减轻它的威力和什么的。当然，听到没有死人，我感到说不出的快慰。那么，是谁病了吗？"

我张开眼睛，向他望了望。难道他进来的时候，脸就是这样很黄的吗？还是前一两分钟里变得这样黄了？我实在拿它不准，我又不能问路易，因为当时他不在屋子里。

"是谁病了吗？"我又问了一句，这时注意到我国人士的镇静态度给他的影响好像仍旧没消除。

"这就是我带来的一部分坏消息，费尔利先生。可不是。有人病了。"

"真的，我很难过。是谁病了？"

"我非常痛心，是哈尔科姆小姐病了。也许，您多少已经预感到有这样的事情发生了吧？看到哈尔科姆小姐没按照您的意思到这儿来，又没寄来第二封信，您又是心痛又是着急，也许已经担心她生病了吧？"

我也相信自己又是心痛又是着急，在一个时期里确实是那样忧愁担心来着，只是这会儿可怜我竟然完全想不起那是什么时候的事了。但是，我要承认这一点，因为对自己应当有一句说一句嘛。我很惊讶。亲爱的玛丽安那样强健，真不像是会生病的人，我只能猜想她是发生了什么意外事故。从马上摔下来了，在楼梯上脚踏空了。或是诸如此类的事。

"病情严重吗？"我问。

"确实很严重，"他回答。"我只能希望它不危险。哈尔科姆小姐不幸被一场大雨淋湿。受的风寒很重，现在出现了最坏的后果：她发高烧了。"

一听到"高烧"两个字，同时想起这会儿和我谈话的讨厌家伙刚从黑水园府邸里来,我差点儿当场昏了过去。

"老天爷!"我说,"这病是传染性的吗?"

"目前还不是,"他回答,那副泰然自若的神情叫人看了厌恶。"它会变成传染性的——但是我离开黑水园府邸的时候,还没出现什么难治的并发症。对这件事我非常关心,费尔利先生——我曾经尽力协助,经常看护病人,观察病情——请相信我的保证:我上次看到她的时候,高烧是非传染性的。"

相信他的保证!我生平最不相信任何人的保证。他向我赌咒发誓我也不会相信。瞧他脸色这么黄,谁能相信他的话。他那副样儿活脱就是西印度群岛传染病的化身。这样一个大胖子,他随身可以带来成吨的伤寒病菌,可以用猩红热病菌给他走过的这条地毯染上颜色。在紧急情况下我会很快拿定主意,我立刻决定打发他走。

"请您原谅一个病人,"我说,"无论是谈什么,只要时间一长,我就会感到难受。是否可以请问一声:您来这儿究竟是为了什么事?"

我迫切地希望,这句十分露骨的话一出口,就会使他狼狈不堪——使他张皇失措——使他只好赔礼道歉——总而言之,使他离开这间屋子。可是,真没想到,这句话反而使他坐定在椅子里。他更显得一本正经,准备无话不谈。他举起了两个可怕的手指,又咄咄逼人地向我露出一副精明的神气。这叫我有什么办法?我又没力气和他争吵。你们可以想象一下我当时的处境。那是能用语言形容的吗?我想那是不能的啊。

"我来这儿的目的,"他接下去说,我没法阻止他,"就像我的指头表明的,一共有两个。第一,我怀着十分惋惜的心情,来证实珀西瓦尔爵士和格莱德夫人之间不幸发生了失和的事。我是珀西瓦尔爵士最老的朋友;我内人和格莱德夫人有着亲属关系;我曾经亲眼目睹黑水园府邸里发生的种种事情。凭以上三点,我,在地位上有资格,在关系上够密切,才会满怀同情来和您谈这件事。阁下,您是格莱德夫人府上的一家之长,现在我向您报告,哈尔科姆小姐在她给您的信里所说的一切都千真万确。我可以证实:只有采用这位有见识的小姐所提出的办法,您才可以保全面子。暂时把他们夫妻分开,是和平解决这场纠纷的唯一办法。现在暂时让他们分开,等到所有招惹气恼的原因都消除了,那时候我,这会儿向您报告这件事的人,就要负责把珀西瓦尔爵士开导明白。格莱德夫人是无辜的,格莱德夫人是受了伤害的,但是——现在请听我是怎样想的!——正是由于这个原故(谈到这里,连我也为此事感到惭愧),她一天待在丈夫家里,一天就会招来气恼的事。除了您府上,再没有其他适合于她待的地方。我请求您把她接回来!"

说得倒轻巧呀。现在他们夫妻间发生争吵,好像是英国南方下着一场冰雹,而这个衣服褶缝里满都是高烧病菌的人却邀我从英国北部赶到那儿去吃雹子呀。我要愤慨地阐明我的观点,说出以上的想法。伯爵却不慌不忙地屈起了一个可怕的手指,仍旧伸着另一个指头,接着说下去——那情景就仿佛是驾着一辆车在我身上碾过,甚至没像一般车夫那样当心地吆喝一声就把我撞倒了。

"再请您留心听听我是怎样想的,"他又接下去说,"您已经听我谈了第一个目的。我到府上来的第二个目的是,要处理哈尔科姆小姐因为生病而不能亲自处理的事。由于我富有经验,所以黑水园府邸里的人遇到什么困难的问题,都要来和我商量,有关您这次在给哈尔科姆小姐信中谈到的那个大家关心的问题,他们也来向我讨主意。我立刻理解到(因为我和您的想法一致嘛),您为什么在答应邀格莱德夫人前来之前,要让哈尔科姆小姐先来这儿。您不肯贸然把一位太太接来,您要事先确定做丈夫的不会来接她回来,阁下,这一想法完全正确。我同意您的想法。我还同意:有一些需要说明的话,由于牵涉到了这些困难,不适宜于在信上商量。单说我情愿亲自到府上来(虽然这对我很不方便),这件事本身就足以证明我以下要说的是实话。我要说的是:我福斯科要比哈尔科姆小姐更了解珀西瓦尔爵士,我可以用我的信誉向您担保,他太太住在这儿的期间,他不会到府上来,不会和府上发生任何关系。他现在要处理的那些事很棘手。就让格莱德夫人离开他,让他可以有行动的自由吧。我向您保证,他将利用有行动自由的机会,在可以分身的时候尽早再去大陆。这情况您已经十分清楚了吗?好的,很清楚了。那么,您要向我提出问题吗?如果有问题,我可以在这里答复。问吧,费尔利先生——请您问吧,尽量地问吧。"

他不管我是否愿意听,已经谈了这么许多话;看来,很可能,他不管我是否愿意听,还要谈更多的话,所以,完全出于自卫,我婉言谢绝了他善意的要求。

"非常感谢,"我回答,"我这就要死了。病得像我这样,我一向都只有接受一切的份儿。这一次也就让我这样吧。我们俩已经彼此很了解了。可不是。说真的,对您美意的调停非常感谢。要是有一天我身体好起来,要是有一天我再有机会会见——"

他站起来了。我以为他要走了。不。他还要谈下去;还要扩散传染病毒——而且是在我房间里;记住了:是在我的房间里啊!

"等一等,"他说,"临走之前,我还有几句话要说。向您告别的时候,我还要请您注意一件十分必要的事。是这样一件事,阁下!您决不可以等到哈尔科姆小姐病好了以后才去接格莱德夫人。现在护理哈尔科姆小姐的有医生,有黑水园府邸的女管家,还有一位经验丰富的看护——对这三个人的能力和责任心,我可以用自己的性命担保,这是我要让您知道的。我还要让您知道一件事:格莱德夫人因为担心她姐姐的病,已经影响了自己的情绪和健康,现在她已经完全不能服侍病人了。她和她先生之间的关系,也变得一天比一天更加恶劣和危险了。如果再让她留在黑水园府邸里,那非但不会使她姐姐早日恢复健康,反而会使您受到批评,而为了家庭神圣的利害关系,这种危险是咱们都必须避免的。我衷心劝告，您应当立刻写信给格莱德夫人，接她回来，以免承担耽误了这件事的重大责任。只要您尽了这项责任，这项亲属无可推诿的光荣责任，以后无论再出什么事故，谁也不能责怪您了。我是根据自己丰富的经验说这些话；我是像一个要好的朋友那样提出这样的忠告。您接受吗——接受，还是不接受？"

我朝他瞪了一眼（仅仅是朝他瞪了一眼），脸上处处表示出：我对他那自信的态度感到惊奇，正在决定摇铃唤路易来请他出去。说来他们也许不信，然而当时的情况确是如此：好像我的表情并未对他产生丝毫影响。他真是生来就麻木不仁的——明明是生来就麻木不仁的。

"您拿不定主意吗？"他说，"费尔利先生！我能理解您为什么这样拿不定主意！您是因为不赞成——瞧，阁下，我也有同样的想法，所以我看透了您的心事！——您是因为格莱德夫人身体不好，精神欠佳，所以不赞成她一个人长途跋涉，从汉普郡赶到这儿来。您知道她的贴身女仆已经被辞退了，现在黑水园府邸又没有一个合适的仆人可以陪她上路，她要从英国那一头赶到这一头。还有一件事您也不赞成，那就是来这儿的时候要经过伦敦，她中途不能很舒适地停下来休息，而由于人地生疏，她又不能找到一个舒适的旅馆。瞧，我能一下子说出以上两个您不赞成的理由，但是我同时又可以一下子把这两个理由都给推翻了。请您最后一次留心听听我的想法。和珀西瓦尔爵士一同来英国的时候，我就想到要定居在伦敦附近。这一设想最近终于圆满地实现了。我在一个叫圣约翰林的地区租下了一所有家具的小房子，租赁期是六个月。先请您记住这一点，再请您注意我现在提出的办法。格莱德夫人前往伦敦（那段路程很短）——我会亲自去车站把她接到舍下（也就是她姑母家里），让她休息过夜——等她精神恢复以后，我再送她到火车站——等她抵达此地，她的贴身女仆（这会儿在您府上）就到车厢门口去接她。这样，舒适问题考虑到了，规矩习惯问题考虑到了，而您的责任——对一位需要招待、安慰和保护的可怜的夫人应尽的责任——也就可以全部很容易地、很顺当地尽到了。为了贵家族的神圣的利害关系,阁下,我恳切地请求您协助我所作的努力。我今天为这位不幸受到伤害的夫人请命,正式敦促您写一封信,由我去转交给她,欢迎她到您府上来(并将受到热诚的招待),同时欢迎她到舍下去(并将受到热诚的招待)。"

他把那只可怕的手向我挥了挥——他在那带有传染病菌的胸口拍了拍——他像发表演说似的对我大放厥词,就仿佛我是卧病在众议院里似的。现在必须断然采取不顾一切的手段了。再说,现在必须唤路易来,给这间屋子烟熏消毒,预防传染了。

就在这样紧急的困难关头,我想到了一个主意——可以说是一个一举两得的绝妙主意。为了结束伯爵没完没了的啰嗦,为了解决格莱德夫人没完没了的麻烦事,我决定答应这个可恨的外国佬的请求,立刻把这封信写了。这样的邀请完全不会有被接受的危险,因为,只要玛丽安还在卧病,劳娜就绝对不会同意离开黑水园府邸。像这样对我有利和可喜的一重障碍,竟然没被这位爱管闲事的、精明过人的伯爵注意到,这是难以想象的——然而,他确是没注意到。我生怕他有更多的时间考虑,会发现了这一点,于是,在极大程度的刺激下,我挣扎着坐好,抢过了(真的是"抢过了")我身边的笔和纸,好像是一个办公室里的低级职员,飞快地写完了这封信。"最亲爱的劳娜:请随便什么时候来吧。路过伦敦,可以在你姑母家过夜。听到亲爱的玛丽安生病,我十分忧虑。你亲爱的叔父。"我隔开远远地把信递给了伯爵——我又倒在椅子里——我说:"请原谅——这下子我可完全累坏了,再也不能动了。您下楼去休息,去用便饭好吗?向大家问好。再见啦。"

他又发表了一通谈话——真是一个完全不知道疲劳的人。我闭起了眼睛;我尽可能少去听他的谈话。然而,尽管试图充耳不闻,结果我仍不免听进了许多。我这位唠叨没完的妹夫,为我们这次谈话取得的成果向自己祝贺,也向我祝贺;他又谈了许多他的同情心和我的同情心；他为我衰弱的身体表示惋惜；他要给我开一张药方；他叫我无论如何别忘了他刚才谈到的光线的重要性；他接受了我的殷勤邀请，准备去休息和进午餐；他说我两三天内就可以盼望格莱德夫人来到；他请我不要单为了这次分离而感到不快，而是应当想到将来后会有期；他又说了一大堆话，那些话幸而我当时没去留心听，所以如今也就全都忘了。我只听到他那表示同情的声音逐渐远离开了我，然而，尽管他身体那样肥大，我却始终没听见他的脚步声。他具有一种消极的美德，那就是举动毫无声响。我不知道他什么时候开了门，什么时候关上了它。经过一阵岑寂，我又大胆地张开眼睛——这时他已经走了。

我摇铃唤路易，然后到浴室里去。他给我在水里加了些香醋，让我洗了个温水浴，再给我的书房好好地熏了一次：这些显然是必要的预防措施，我当然要一一加以采用。我很高兴，这些措施收到了效益。我按照老习惯睡了午觉。我醒来感到很凉爽。

我首先是打听伯爵的去向。难道他真的离开了我们？可不是，他搭下午的火车走了。他吃了午饭吗？吃了，那么他吃了些什么呢？吃的都是果馅饼和奶油。多么奇怪的人物啊！多么了不起的胃口啊！

还需要我谈什么吗？我想，不需要了吧。我已经尽心竭力完成了他们交给我的任务。至于此后发生的那些骇人听闻的事，幸而它们不是发生在我所在的地方。我千万请大家别狠下心肠，甚至把那些事也归罪于我。我已经尽了自己的力量。我不能为一件完全无法预见的惨祸负责。这件事沉重地打击了我；我为这件事受到的痛苦是任何其他人不曾受到过的。我的听差路易（他虽然愚昧无知，但对我确是忠心耿耿）就相信，我永远不能把这件事排遣开。现在他看见我一面口授，一面用手绢儿擦眼泪。我还要为自己说一句公道话：这不是我的错，我的力量已经耗尽，我的心已经破碎。还需要我说什么呢？

黑水园府邸女管家伊莱札·迈克尔森太太继续叙述事情经过

1

有人要求我,根据我所知道的一切,将哈尔科姆小姐患病的经过,以及格莱德夫人离开黑水园府邸的情形,写出一份简明的材料。

请我写这份材料,据说是要我证明一件事实。身为一位英国教会牧师的遗孀(由于不幸的遭遇,无奈只得出外帮人家了),我一向学会把事实与真理放在首位来考虑问题。所以我同意了这一要求,否则,由于不愿与不愉快的家庭纠纷发生牵连,这件事我是不会轻易接受的。

事情发生的时候我没作记录,因此不能一天不差地把日期说得很准;但是我相信,如果说哈尔科姆小姐是六月的下半月或者最后十天里得了重病,那准没错。在黑水园府邸,早餐一向开得很迟——有时候要迟到十点,从来不会早于九点半。现在我要谈的那一天早晨,哈尔科姆小姐(她平时总是第一个下楼)没来用早餐。主人等候了一刻钟,就派女仆头儿去看,可是女仆头儿吓得丧魂落魄地从房间里跑出来了。我在楼梯上撞见了她,就立刻赶到哈尔科姆小姐屋子里,打听出了什么事故。可怜的小姐已不能向我说话。她神志不清,四肢火热,手里握着一支笔,正在屋子里来回走动。

格莱德夫人(如今我已经不在珀西瓦尔爵士府上管家,因此对我以前的女主人称某某夫人,而不再管她叫"我的太太",我想这总不算失礼吧)第一个从自己卧室里走进来。她十分惊慌烦躁,什么事都不会照料。随后福斯科伯爵和他夫人也立刻赶上了楼,他们俩不但态度亲切,也很能出力。伯爵夫人帮着我把哈尔科姆小姐送上床安睡。伯爵留在起居室里,讨去了我的药箱,为哈尔科姆小姐调配了药,还给她制了冷罨头部的清凉剂,这样就不至于在医生没到之前耽误了时间。他打发马夫骑马到最近的橡树山庄去请行医的道森先生。

道森先生一小时内就到了。附近一带人家都知道这位已经上了年纪、相当有地位的医生。一听到他说病情十分严重,我们都吓慌了。

伯爵大人很和气地跟道森先生谈话,坦率而得体地发表了自己的看法。道森先生可不大客气,他问伯爵这是不是一位医生的意见,而当他听到发表意见的并不是一位专业医生,仅仅是一个研究医学的人,他就说他不习惯和业余医学家商量问题。性情十分温和文雅的伯爵,笑嘻嘻地离开了屋子。他临出门之前对我说,这一天如果有事要找他,可以到湖边的船库里去找。我不知道他上那儿去干什么。然而他确实是去了,并且整天留在那里,直到下午七点,也就是开晚饭的时候才回来。也许他是要自己做一个榜样,叫大家都尽可能让屋子里保持清静吧。他的性格就是这样。他是一位最体贴人家的贵族。

那天夜里,哈尔科姆小姐的情况很不好:她的体温一会儿升高一会儿降低,凌晨病情非但没有好转,反而更坏了。因为无法在附近找到一个合适的看护来照应病人,伯爵夫人和我就负起了这项责任,轮流守着她。格莱德夫人很不懂事,硬要和我们一起熬夜。她情绪太紧张,身体又虚弱,为了哈尔科姆小姐的病一味地烦躁,不能镇静下来。这样她只会急坏了自己的身体,并不能给人家一点儿切实的帮助。虽然像她这样温和可亲的太太你找不出第二个,但是她会哭,又害怕,而由于这两个缺点,她就完全不适合于担任护理工作。

珀西瓦尔爵士和伯爵早晨来探望病人。

珀西瓦尔爵士（据我猜想，那是因为看到哈尔科姆小姐生病，知道他太太伤心，所以为此感到烦恼吧）显得神情恍惚，心神不定。相反，伯爵仍旧那样镇静，而且兴致很好。他一手拿着一顶草帽，一手拿着一本书，我听见他对珀西瓦尔爵士说，这会儿又要出去，到湖边去用功看书。"咱们还是让屋子里保持安静吧，"他说。"现在哈尔科姆小姐不舒服，我的朋友，让咱们各走各的路。我用功看书的时候喜欢一个人静静的。再见啦，迈克尔森太太。"

珀西瓦尔爵士离开我的时候，可不像这样殷勤有礼，他对人不大客气——也许应当说遇事不大冷静。把我当作落了难的上等妇女看待的，整个宅门里就只有伯爵一个人。他一举一动都显出是一位地道的贵族；他对每一个人都体贴入微。就连那个侍候格莱德夫人的女仆（名叫范妮），也没被他忘了。珀西瓦尔爵士赶走了她，伯爵（当时正在给我看他那些可爱的小鸟儿）就表示十分同情，急于知道：她后来怎样了，那天离开了黑水园府邸准备上哪儿去，等等。单是在这些细小的关注上，就可以看出一个出身贵族的人的种种优点。我认为应当让大伙知道这些可以如实反映伯爵为人的细节，因为，据我知道，有些人对他的人品批评得过分地严厉了。一位贵族能尊重一个落难的上等人家妇女，能像慈父般关心一个卑微的女仆的遭遇，这就说明他的高尚的原则和感情是不容怀疑的。我这不是在发表什么意见，我只是提供一些事实。我生平的为人处世之道是：不去批评他人，以免他人批评我。我亲爱的丈夫发表过一篇十分精彩的讲道词，它讨论的就是这个题目。我经常读它——那篇讲道词载在我新寡时教友捐款刊印的一本集子里——每次把它重读一遍，我总会在精神上获得更多的教益和启发。

哈尔科姆小姐的病情并未好转；第二天晚上比头一天晚上更坏了。道森先生一直在给她诊断。护理的责任仍由伯爵夫人和我两人分担；虽然我们俩都劝格莱德夫人去休息，但她坚持要和我们一起熬夜。"我无论如何要守在玛丽安的床前，"她老是这样回答。"不管我病倒也好,不病倒也好,反正我的眼睛不能离开她。"

将近晌午,我到楼下去处理一些日常事务。一小时后,回病房时,我看见伯爵(他第三次一早就出了门)喜形于色,走进了门厅。就在这当儿,珀西瓦尔爵士从书房门里探出头来,急煎煎地对他高贵的朋友说了这么一句:

"找到她了吗?"

伯爵肥大的脸上堆满了恬静的笑容,但是他并不答话。这时珀西瓦尔回过头来,注意到我正走向楼梯口,就恶狠狠地瞪了我一眼。

"进来,把事情经过说给我听听,"他对伯爵说,"瞧,只要家里有女人,少不了总有她们一会儿上楼一会儿下楼。"

"我的好珀西瓦尔,"伯爵和蔼地说,"迈克尔森太太有事情要料理嘛。你应当像我一样衷心地赞扬她任务完成得出色才是!病人的情形怎么样了,迈克尔森太太?"

"没有好转,爵爷,我真着急。"

"多么糟心——真叫人糟心啊!"伯爵说,"您好像很疲劳了,迈克尔森太太。现在必须找一个人来帮助您和我太太做护理工作。也许我在这方面有办法出点儿力。福斯科夫人明后天有事去伦敦。她准备一早动身,当天夜里赶回;她可以带一位能力和品性都极为可靠的看护来,这位看护现在正闲着没事,可以来接替您。我太太知道这个人是可以信任的。在她没来之前,请您别在大夫面前提到她,因为,凡是我荐来的人,他都会歧视。等她到了这儿,她会凭自己的表现来证明一切;那时候道森先生没有理由可以推托,少不得只好雇用她了。格莱德夫人也会谅解的。请代我向格莱德夫人问候。"

我对伯爵这种无微不至的关怀表示感谢。珀西瓦尔爵士打断了我的话,他唤他的贵友(我很不好意思说,他在这里用了一个很粗俗的词儿)快些到书房里去,别叫他老在那儿等候。

我向楼上走去。瞧我们都是一些容易犯错误的可怜人啊;一个妇女,不论怎样坚持原则,她总不能永远提高警惕,抵抗无聊的好奇心的引诱。说来也惭愧,无聊的好奇心这一次竟然战胜了我的原则:我很想打听清楚珀西瓦尔爵士在书房门口向他高贵的朋友所提的问题。伯爵那天早晨在黑水园是出去用功看书吗?他会找到了什么人呢?从珀西瓦尔爵士的问话中,可以听出那是一个女的。我倒不是怀疑伯爵会有什么不规矩的行为,因为我十分了解他的为人。我只是向自己提出了这个问题:他找到那个女人了吗?

再说,那天夜里一切照常,哈尔科姆小姐并没有一点儿好转的现象。第二天她好像稍许好了一点儿。第三天,据我所知,伯爵夫人没向任何人提起她为什么出门,就搭早车到伦敦去了,她高贵的丈夫仍像往常那样殷勤周到,亲自送她到火车站去。

现在只剩下我一个人看护哈尔科姆小姐,而由于她妹妹坚决不肯离开病床,看来我很可能接着就要看护这位格莱德夫人了。

那天只有一件事情相当重要,那就是医生和伯爵又一次很不愉快地发生了冲突。

伯爵从车站回来后,就到哈尔科姆小姐的起居室里去探问情况。我从卧室里出来回话,当时道森先生和格莱德夫人都在病人身旁。伯爵向我提出了许多有关疗法和症状的问题。我告诉他,医生采用的是所谓"生理盐水"疗法;而症状则是:寒热间歇的时候,病人明明显得更加虚弱。我刚谈到最后这几点,道森先生就从卧室里走出来了。

"早晨好,先生,"伯爵态度十分谦恭,高贵的气派中透露出令人无法抗拒的坚决神情,走过去拦住了医生;"我很担心,大概您发现今天病情并没有什么好转吧?"

"我发现病情已有显著的好转,"道森先生回答。

"您仍旧要用您那退热的疗法吗?"伯爵接着问。

"我仍旧要用被我的医疗经验证明是正确的疗法,"道森先生说。

"既然谈到医疗经验这个大题目,请允许我向您提一个问题,"伯爵说,"我不敢妄自发表意见,我只冒昧地请问一下。您住的地方,先生,离开伦敦和巴黎那些巨大的科学活动中心很远。您可曾听说,要减轻寒热的消耗作用,可以合理和适当地让病人服用白兰地、葡萄酒、阿摩尼亚、奎宁,增强虚弱的病人的体力吗?这种疗法您听说过吗?这种最高医学权威的新学说您听说过吗——到底听说过还是没听说过?"

"如果一位专业医生问我这些话,我会很高兴地回答他,"医生说,一面开门准备走出去。"因为您不是一位专业医生,所以我谢绝回答您。"

伯爵真像一位虔诚的基督徒,被人粗暴无礼地一巴掌打在脸上,会立刻把另一边的脸送上去,他极其和气地说了句:"再见,道森先生。"

如果先夫生前有幸,结识了这位伯爵,他们俩会多么互相敬重啊!

那天夜里伯爵夫人乘最后一班车回来,带来了在伦敦请的一位看护。她告诉我这人是吕贝尔夫人。单看吕贝尔夫人那一副外表,听她那一口不纯粹的英语,我就知道她是一个外国人。

我早已养成一种对外国人宽容的态度。他们没咱们福气,不像咱们得天独厚,他们多数是在天主教谬误的信念下培养长大的。再说,我待人接物的准则和以前我亲爱的丈夫相同(请参看已故神学硕士塞缪尔·迈克尔森牧师文集中讲道词第二十九篇),一向是:己所不欲,勿施于人。而根据这两点来考虑一切,我就不愿意说出吕贝尔夫人给我的印象:她矮小精瘦,神情狡猾,年纪在五十上下,有着黑白混血儿那种深棕色皮肤,以及一双警惕的浅灰色眼睛。同时,基于以上所举的原因,我也不愿意提到我对她的服装的看法:虽然它们是最素净的黑绸制的,但用的却是昂贵得很不相称的料子,而对她这样年龄和地位的人来说,那种花哨的式样也是不必要的。我不喜欢人家用这些话批评我,因此我也不应当用这些话批评吕贝尔夫人。这里我只要提一句:她的态度也许并不是冷淡得可厌,而只是异常地安静和腼腆;她留心窥探别人的时候很多,和别人说话的时候极少,也许这不但是由于生性谦虚谨慎,而且是由于自己在黑水园府邸的地位还不大明确的原故吧。尽管我很客气地邀她到我屋子里去吃夜宵,但是她坚决不肯(这种举动也许显得古怪,但是,总还不至于使人怀疑她吧?)。

因为伯爵已经特意提出(瞧他多么宽宏大量!),所以一定要等到第二天早晨医生看过和同意后,吕贝尔夫人才可以担任护理工作。那天晚上仍由我陪夜。看来格莱德夫人很不高兴雇用这位新看护来服侍哈尔科姆小姐。像她这样有教养的太太,竟会对外国人十分小器,这使我感到很惊奇。于是我大着胆子说:"太太,咱们应当记得,不要轻易判断地位比咱们低的人,尤其是那些外国人。"格莱德夫人好像没理会我的话。她只叹了口气,吻了吻被单上哈尔科姆小姐的一只手。这种举动是很不妥当的,在病房中,你最好别去刺激病人。然而可怜的格莱德夫人不懂得怎样看护病人——我遗憾地说,她什么事都不懂。

第二天清晨,吕贝尔夫人被唤到起居室里,以便医生经过那里进卧室的时候看了她可以表示同意。

我离开了格莱德夫人和当时正睡熟的哈尔科姆小姐,怀着一片好意,走到吕贝尔夫人那儿去,叫她不用担心她的地位,不必感到紧张不安。但是,看来她并没存这种想法。她好像胸有成竹,已相信道森先生会同意用她;她很安静地坐在那里向窗外眺望,那模样明明是在享受乡间的新鲜空气。也许有人认为这种举动表示了自大和自信。我可要说一句更公平的话,我认为这说明她具有特别坚强的意志。

这次医生没来找我们,反而唤我去看他。我觉得这种违反常规的做法很奇怪,但是吕贝尔夫人对此好像并不介意。我走开的时候，她仍旧很安闲地望着窗外，在那里静悄悄地享受乡间的新鲜空气。

道森先生独自在早餐室里等候我。

"有关这个新来的看护呀，迈克尔森太太，"医生说。

"怎么样，先生？"

"我知道她是那个外国胖老头儿的老婆从伦敦带来的，那个外国胖老头儿一直和我纠缠不清。迈克尔森太太，那个外国胖老头儿是个骗子。"

这话说得太不礼貌了。我听了当然大为震惊。

"您可知道，先生，"我说，"您现在谈到的是位贵族吗？"

"呸！有爵位的骗子又不止他一个。他们都是一些伯爵——去他们的！"

"如果他不是一位很有地位的贵族（当然，我不是指英国贵族），先生，他就不会做珀西瓦尔·格莱德爵士的朋友了。"

"好吧，迈克尔森太太，您对他爱怎样称呼就怎样称呼吧；现在还是让咱们来谈谈那个看护吧。我已经表示反对雇用她。"

"连见都没见过她，先生？"

"是呀，连见都没见过她。可能她是所有看护中最好的，但她不是我推荐的。我已经向这家主人珀西瓦尔爵士表示反对。他不以为然。他说我所能推荐的也是从伦敦来的陌生人；他认为，既然他太太的姑母已经费了不少事从伦敦把这女人带来，就应当让她试一试。他这话也有几分道理，我不能一口回绝了他。但是我订下了这样的条件：如果我有理由对她表示不满，她就得立刻离开这里。作为一位医生，我多少有权提出这项意见，而珀西瓦尔爵士也接受了它。现在，迈克尔森太太，我知道您是可靠的；头两天里，我要您密切注意这个看护，除了我开的药，当心别让她给哈尔科姆小姐服其他的药。您的那一位贵族，一心要让我的病人试他那些江湖医生的疗法（其中包括催眠术）；他老婆带来的这个看护，也许很乐意帮助他。您明白了吗？那么，很好，现在咱们可以上楼去了。看护在那儿吗？她进入病房之前，我要关照她几句话。"

我们发现吕贝尔夫人仍旧那样一片闲情逸致地坐在窗口。我把她介绍给道森先生的时候，不论医生怀疑的目光，或是犀利的问话，看来一点儿也没使她发慌。她结结巴巴地说着英语，但是从容不迫地回答了他的问题；尽管他竭力想难倒她，但是她对一切与她职责有关的事并无不清楚的。毫无疑问，正像我上面所说的，这根本不是由于什么自大和自信，而是由于具有坚强的意志力。

我们一起走进卧室。

吕贝尔夫人很留心地望了望病人，向格莱德夫人行了个屈膝礼，把屋子里的一两件小东西摆摆好，然后静悄悄地坐在一个角落里听候差遣。夫人看见来了这样一个陌生看护，露出了吃惊和烦恼的神气。大家都没说什么，唯恐惊动了仍旧睡熟的哈尔科姆小姐，只有医生悄声问了一句昨天夜里的情况。我轻轻地回答："大致和以前一样，"接着道森先生就走了出去。格莱德夫人跟了出去，我猜那是去谈有关吕贝尔夫人的事。这时我主意已定，认为这个不声不响的外国人是能胜任的。她头脑很灵活，并且肯定熟悉自己的工作。到现在为止，看来我服侍病人并不一定能比她服侍得更好。

我记住了道森先生的嘱咐，在此后三四天里不时严密地监视着吕贝尔夫人。我一再突然地悄悄走进房间，但是从未发现她有什么可疑的举动。格莱德夫人和我一样留心注视着她，也没发现什么差错。我从未发觉药瓶被调换的迹象；我从未看到吕贝尔夫人和伯爵谈话，也不曾看到伯爵和她谈话。她总是小心谨慎地、无微不至地看护着哈尔科姆小姐。这位可怜的小姐，一阵子倦怠无力，昏昏沉沉地睡着，一阵子热度上升，几乎神志昏迷。在上述的情况下，吕贝尔夫人从来不冒冒失失地突然走近床前去惊动她。荣誉应当归于有功者（不论她是外国人还是英国人），所以我这里要公公道道地夸奖吕贝尔夫人几句。但是，她过分拘谨，她太沉默寡言，从不请教熟悉护理工作的人；除了以上的缺点，她确是一位很好的看护，格莱德夫人和道森先生都找不出一点碴儿可以对她表示不满。

府内发生的第二件大事，是伯爵暂时出门，有事到伦敦去了。他是（我记得是）吕贝尔夫人来后的第四天早晨走的；临行之前，他当着我的面十分严肃地向格莱德夫人谈到哈尔科姆小姐的事。

"您可以再让道森先生治疗几天，"他说，"但是，如果这几天里情况仍旧不见好转，您还是去请教伦敦的医生吧，到了那时候，这个倔强的医生也不能不同意另请高明了。宁愿开罪道森先生，可得保住哈尔科姆小姐。我说这番话是很严肃的，我以我的名誉担保，而且是发自我的内心。"

伯爵说时显得十分激动和恳切。但是可怜的格莱德夫人已经完全精神恍惚，好像很害怕他。她浑身哆嗦着让他自行道别，一句话也没对他说。伯爵走了以后，她才转过身来对我说："哦，迈克尔森太太，为了我姐姐，我心都碎了，没一个朋友可以给我出主意啊！您认为道森先生的医法不对吗？今儿早晨他还对我说，用不着害怕，用不着另请大夫。"

"我虽然敬重道森先生，"我回答，"但是，如果处于您的地位，我可要记住伯爵的忠告。"

格莱德夫人突然避开了我，露出了绝望的神情，我真不明白这是怎么一回事。

"他的忠告！"她自言自语，"我的天哪——他的忠告！"

根据我的回忆，伯爵离开黑水园府邸将近一个星期。

伯爵走后，珀西瓦尔爵士在许多场合都显得心情不好，再加上病人未愈，家宅不宁，我觉得他愁得好像变了一个人。有时候，连我都看得出，他好像坐立不安：一会儿走出一会儿走进，在园地里到处蹀来蹀去。他来探听哈尔科姆小姐和他太太（他分明对他太太日益衰弱的身体十分焦急）的情况时，关怀到了极点。我相信，他变得比以前心慈多了。如果这时候他身边有一位好心肠的牧师朋友——像我已故的好丈夫那样的人——那他在道德品行方面的进步也许会是令人鼓舞的。我因为在幸福的婚后岁月中有过切身的体验，所以有关这一类的事情是不会说错的。

现在楼下只有伯爵夫人可以和珀西瓦尔爵士作伴，但是我觉得伯爵夫人不大理会珀西瓦尔爵士。或者，也许是珀西瓦尔爵士不大理会她。外人甚至会怀疑，这是因为只剩下了他们俩，所以他们故意彼此回避。这当然是不可能的。然而，再看当时的情况又是怎样呢，尽管护理的责任已全部交给了吕贝尔夫人，但是伯爵夫人总是很早就吃了晚饭，不等天黑就到楼上去了。珀西瓦尔爵士独自进晚餐，有一次我听到威廉（男仆）说，他主人的饭量减少了一半，但酒量却增加了一倍。我对仆人说出这样无礼的话并未加以重视。当时我只训斥了他几句，但是这里我要声明，如果下次再听他这样说，那我可要责罚他了。

此后几天里，我们都觉得哈尔科姆小姐的病情的确像是好转了一些。我们又恢复了对道森先生的信心。道森先生似乎对他的疗法蛮有把握；格莱德夫人和他谈到这件事时，他向夫人保证，只要自己有一点不放心，他就会去请一位医生来会诊。

我们几个人当中，只有伯爵夫人好像听了这话仍旧不能宽慰。她背后对我说道森先生的话并不可靠，她仍旧为哈尔科姆小姐的病情焦虑，正在急切盼望她丈夫回来，好听听他的意见。根据伯爵来信，他三天后就要回来。他在出门的这些日子里，跟伯爵夫人每天早晨都有信札往返。不但在这方面，即便是在所有其他方面，我们都可以看出他们俩是一对模范夫妻。

第三天傍晚，我感到十分忧虑，因为注意到哈尔科姆小姐的病情发生了变化。吕贝尔夫人也注意到了。我们没向格莱德夫人提到这事，她疲劳过度，当时正在起居室里的沙发上酣睡。

道森先生那天傍晚来得比平时稍迟。我注意到，他一看见病人，脸色就变了，他试图掩饰他的心情，然而我看出他是惊慌了。他派人到家里取来了他的药箱，在屋子里做了消毒工作，亲自招呼我们在府邸内给他备下了床铺。"是不是寒热转成传染病了？"我悄声问他。"恐怕是的，"他回答，"明天早晨我们就可以知道得更确切了。"

依照道森先生的吩咐，我们没让格莱德夫人知道病情恶化的事。为了格莱德夫人的身体着想，道森先生断然禁止她那天夜里和我们一起待在病人的卧室里。她不答应——那情景怪可怜的——但是医师有权做主，结果还是依了道森先生。

第二天早晨，十一点钟，一名男仆被派往伦敦捎信给首都的一位医生，并奉命由他陪着这位新请的医生搭最早一班车回来。送信人走后刚半小时，伯爵就回到了黑水园府邸。

伯爵夫人立即自己担着干系领伯爵去探望病人。我认为她这种做法并不违礼。伯爵是一位已有家室的人，岁数已经那么大，足以充当哈尔科姆小姐的父亲；再说，他探望哈尔科姆小姐的时候，又有格莱德夫人的姑母这位女眷在跟前。虽然道森先生仍旧反对他进屋子；但是，我冷眼旁观，医生这一次由于自己慌乱无主，并未认真加以阻拦。

这位可怜的小姐病势很重，已经认不出身边的人。她好像把自己的朋友错当作敌人了。伯爵走近她床前时，她那双以前一直不停地向屋子里茫然四顾的眼睛这会儿直勾勾地紧盯着他的脸，恐怖地呆瞪着，那模样我到死也不会忘记。伯爵在她身边坐下，诊了诊她的脉，摸了摸她的太阳穴，向她仔细地端详了一阵，然后朝医生转过身去，露出一副又是恼怒又是轻蔑的神情，这一来道森先生激动得连话都说不出，气忿和惊慌得脸色煞白，可不是，一时间他就那样脸色煞白，站在那里一言不发。

接着，伯爵朝我看来。

"病是什么时候转变的？"他问。

我把时刻告诉了他。

"后来,格莱德夫人还留在屋子里吗?"

我回答说她不在。医生前一天晚上就绝对禁止她进入病房,今天早晨也吩咐过。

"您和吕贝尔夫人都明白这病的严重性了吗?"他接着问。

我回答说我们都明白了,听说这病是传染性的。他不等我往下说,就打断了我的话。

"这是伤寒。"他说。

就在我们这样一问一答的一会儿工夫里,道森先生恢复了镇静,又像他习惯的那样口气很坚定地对伯爵说话。

"这不是伤寒,"他斩钉截铁地说。"我抗议你来干涉,先生。这里,除了我以外,谁也无权提问题。我已经尽了一切力量,已经尽了我的责任——"

伯爵不说什么话,只向床上指了指,这样一来就打断了道森先生的抗议。道森先生仿佛觉得这是对他自我表白能力的一种无言的驳斥,于是更加忿怒了。

"对你说,我已经尽了我的责任,"他重复了一句。"现在已经去伦敦请一位医生。我要和他诊断这种寒热的性质,但是我不和别人商量。我坚持你应当离开这间屋子。"

"我走进这间屋子,先生,是为了神圣的人道主义,"伯爵说。"而且,如果请的这位医生来迟了,为了同样的原故,我还要再走进这间屋子。我再一次警告你,寒热已经转变成伤寒,对病情这次不幸的恶化,应当归罪于你的医疗方法。如果这位小姐不幸死了,我要出庭作证,证明死亡事件是由于你的无知和固执造成的。"

道森先生还没来得及回答,伯爵还没离开我们,这时候通起居室的门开了,只见格莱德夫人站在门口。

"我要进来,我一定要进来,"她说,口气异常坚决。

伯爵并不去阻拦她,却自己到起居室去,让她走了进来。在一般情况下,他绝对不会忘记伤寒有传染的危险,绝对需要迫使格莱德夫人当心自己的身体,然而,当时在那一阵惊慌中,他显然忽略了这一点。

我感到惊奇的是,这时候道森先生反而更加镇定了。夫人刚朝床那面走去,道森先生就拦住了她。"我实在感到遗憾,我实在感到难过,"他说,"病人的寒热恐怕是传染性的。在我还没能诊断之前,请您仍旧别走进这间屋子。"

她勉强支持了一会儿,后来突然垂下手臂,向前扑倒。她晕过去了。伯爵夫人和我把她从医生身边搀起,扶到她自己的屋子里。伯爵走在我们之前,然后候在过道里,一直等到我出来告诉他,说我们已经把她救醒了。

我回到医生那里,说格莱德夫人有话要立刻对他说。于是他就去宽慰她,说新请的医生再过几小时就会到来。那几个小时过得很慢。珀西瓦尔爵士和伯爵都在楼下等候着,不时派人来探听消息。最后,五六点钟的时候,我们总算放下心来,医生到了。

他是一位比道森先生年轻的人,神情严肃,而且显得很果断。我不知道他对以前的治疗有什么看法,但是我奇怪的是,他向我和吕贝尔夫人提了许多问题,却很少去问道森先生,而且在检查道森先生的病人时,好像也不太留心去听他的话。根据这方面的观察,我开始怀疑,伯爵对这病的诊断从一开始就是正确的;道森先生等了一会儿,最后才问到请这位伦敦医生前来判断的那个重要问题,当然,他这一问更证实了我的想法。

"您认为这是什么热病?"他问。

"是伤寒,"医生回答,"毫无疑问,这是伤寒。"

那个冷静的外国人,吕贝尔夫人,这时把两只瘦削的棕色的手交叉在胸口,朝我露出了意味深长的笑。如果当时伯爵在屋子里,听到自己的看法被认为是正确的,他那满意的表情大概也不过如此吧。

医生嘱咐我们看护病人时应注意的事项,说他五天后再来诊视,然后离开了我们,去和道森先生单独商量。他对哈尔科姆小姐的病是否有痊愈的希望一事不肯发表意见，他只说，在这个阶段，还无法判断病是不是可以治好。

大家提心吊胆地度过了那五天。

福斯科伯爵夫人和我轮流接替吕贝尔夫人值班；哈尔科姆小姐的情况越来越坏，需要我们悉心看护。那些日子真难过。格莱德夫人一反常态地打起了精神（道森先生说得对，她只是由于对她姐姐担心焦急、经常紧张而勉强硬撑着），显出了坚强的意志与决心，这是我绝对没有料到的。她定要每天到病房里来亲眼看哈尔科姆小姐两三次；说如果医生同意她这样做，她可以保证不太靠近病床。道森先生不得已，勉强答应了这一要求；我想，这是因为他知道和她争论是无济于事的。于是，她每天都来，总是以克制的精神严守自己的诺言，我见她这样受着痛苦煎熬，就感到非常伤心（因为这情景使我想起了我丈夫一病不起时我所体验到的那种惨痛），所以，无论如何，请别叫我多去描写这方面的情况了。我更高兴叙述的是，道森先生和伯爵再没有发生争吵。伯爵总是派人来探问，他本人则始终和珀西瓦尔爵士留在楼下。

第五天医生又来了，他给了我们一线希望。他说，从病开始转变为伤寒后的第十天，也许是决定病人生死的关键日子，他约定那一天将第三次前来诊视。这段时期仍像以前一样度过了——只是伯爵有一天早晨又去伦敦，但当天夜里就回来了。

第十天，多谢上苍慈悲保佑，从此我们宅门里的人可以不必再焦急和惊慌了。医生很有把握地向我们保证，说哈尔科姆小姐已脱离险境。"现在她不再需要医生，只要有人当心看护她一个时期就行了，而据我看来，这些条件是具备的。"以上这些话是他亲口说的。那天晚上，我读了我丈夫那篇感人最深的讲道词《论病体的康复》，记得（在心灵方面）我以前读时从来不曾像这一次获得这么多的快乐和教益。

听到了这样的好消息，说来也够惨的，可怜的格莱德夫人竟然无法支持。她那过分虚弱的身体已经经受不住强烈的刺激；一两天后，她已衰弱得不能走出房间。道森先生只能劝她好好地调养静息，以后再调换一下环境。幸而她的情况并未变得更严重，就在她躺在屋子里的第二天，伯爵和医生之间又发生了冲突，这一次他们吵得很厉害，最后是道森先生不辞而别。

当时我不在场，但是后来听说，那次是为了要使高烧后身体虚弱的哈尔科姆小姐早日恢复健康，谈到应该让她进多少营养，在这个问题上引起了争执。既然现在病人已经脱离险境，道森先生就更加不愿意听一个外行人出主意，而伯爵（我猜不出这是什么原故）也不像以前那样心平气和地克制自己，反而一再嘲笑医生，说就是由于他的误诊，所以热病才会转变为伤寒。这件不幸的事闹到最后，道森先生就告到了珀西瓦尔爵士面前，提出了警告（好在现在即使他离开，也不会给哈尔科姆小姐带来危险了）：如果不立即阻止伯爵的干涉，他就不能再留在黑水园府邸里诊视病人。珀西瓦尔爵士答复的话（虽然不是故意地不客气），只能使事情闹得更僵，于是，受到福斯科伯爵无礼对待的道森先生，在极端忿怒之下，当时就离开了府邸，第二天早晨就送来了诊费账单。

这样一来，我们现在就没医生照看病人了。虽然实际上并无必要再请医生（因为医生已经说过，哈尔科姆小姐只需要有人照料护理就行了），但是，如果当时有人来征求我的意见，我仍认为需要另请一位医生，哪怕是为了做做形式也是好的。

有关这件事，珀西瓦尔爵士好像持有不同的看法。他说，万一哈尔科姆小姐的病有复发的现象，到那时候再去请医生也不迟。暂时，如果出现了什么小问题，我们尽可以和伯爵商量；现在哈尔科姆小姐仍旧身体虚弱，神经过敏，我们不必让生人到病床前打扰她。不用说，他这方面的考虑也颇有道理，然而我总有点儿担心。同时，我还感到很不安，因为我们把医生不来的事瞒过了格莱德夫人，这种做法是不妥当的。我承认这种欺骗行为是出自善意，因为她现在不能再为了另一些事烦心。然而，这毕竟是一种欺骗行为；既然如此，对我这样一个坚持原则的人，无论怎么说，这件事总不是正大光明的吧。

就在那一天，又发生了一件令人困惑不解的事，这件事完全出乎我的意外，使我已经忐忑不安的心情变得更加沉重了。

我被唤到书房里去见珀西瓦尔爵士。走进去的时候，我看见伯爵和珀西瓦尔爵士在一起，但伯爵立刻站起身来走开，只留下我们两个人。珀西瓦尔爵士很客气地叫我坐下，接着，我大为惊讶，他对我说出了这样一席话：——

"我要和你谈一件事，迈克尔森太太，这件事我前些日子里就已经决定，要不是因为家里有病人和那些烦恼的事，我早就要和你谈了。说得简单些，由于许多原因，我要立刻遣散家里所有的仆人——当然，你仍旧留下来管事。一旦格莱德夫人和哈尔科姆小姐能够上路，她们都需要改变一下环境。在这之前，我的朋友福斯科伯爵和伯爵夫人就要先离开我们，搬到伦敦郊区去住。为了尽量节省开支，我当然不再接待其他客人。我并不是在责怪你，但是我家里的费用实在太大。简单地说，我要把马卖了，立即遣散所有的仆人。你知道，我做事是从来不拖泥带水的，我要在明天这时候就把宅里一伙无用的人全都打发走。"

我听了他这些话，完全吓呆了。

"您的意思是，珀西瓦尔爵士：不必让我早一个月发出通知，现在就把我管的上房里的仆人一起给辞了吗？"我问。

"当然是这个意思。我们也许再过不到一个月就都要离开这儿了；既然没主人可以服侍，我不能把一些仆人留在这儿闲待着。"

"那么，你们还没离开这儿的时候，珀西瓦尔爵士，谁来烧饭呢？"

"玛格丽特·波切尔会烧烧煮煮的，就把她留下吧。又不准备办宴会请客，我还要厨子干吗？"

"您提到的这个仆人,是宅门里最笨的,珀西瓦尔爵士——"

"就用她,我关照你;此外再从村里找一个女人来,让她做清洁工作,干完了活回去。我每星期的用费要减少,必须立刻减少。我找你来,不是要你提什么反对意见,迈克尔森太太——我找你来,是要你执行我的节约计划。明天就把上房里所有那些懒惰的仆人都打发走,单留下波切尔,她力气大得像匹马,我们就让她像马一样干活吧。"

"请原谅我提醒您一句,珀西瓦尔爵士,仆人们明天走,既然他们不是早一个月得到通知,就得多领一个月工钱。"

"就让他们多领一些工钱吧!多发一个月工钱,可以省了下房里那些人一个月的浪费和吃喝。"

最后这句话,对我的管理家务是极大的诬蔑。但是我有强烈的自尊心,所以不屑于在这种粗暴的指责下为自己辩护。我只是因为心地忠厚,考虑到了哈尔科姆小姐和格莱德夫人没人照应,我现在撒手一走会给她们带来极大不便,所以当时没有辞去。我立即站了起来。如果让谈话再延长一会儿,连我自己也要觉得那太有失身份了。

"既然您这样吩咐,珀西瓦尔爵士,那我就再没什么可说的了,一定按照您的指示去办。"我一面说,一面敬而远之地向他一鞠躬,然后走出了屋子。

第二天,仆人们全都散了。珀西瓦尔爵士自己去辞掉了马夫和管马房的,他们只留下一匹马,把其余的都带到伦敦去了。宅门内所有当差的,屋里的和屋外的,现在只剩下了我、玛格丽特·波切尔和一个花匠;花匠住在他自己的村舍里,现在还需要他照管马房里留下的一匹马。

整个府邸里出现了这样奇怪和冷落的场面,女主人在她屋子里病着,哈尔科姆小姐仍像一个仰人照看的小孩儿,医生一怒之下走了:面对着这种情形,难怪我会精神不振,再也不能像往常那样保持镇静了。我的情绪很坏。我只希望可怜的太太小姐恢复健康；我只希望离开黑水园府邸。

2

接着又发生了一件事，这件事性质十分离奇，要不是因为我坚持原则，最恨异教徒这方面的恶习，那我当时不但会感到惊讶，而且会变得迷信。说也奇怪，我总感到心神不定，觉得这家人有什么地方不大对头，我刚想到要离开黑水园，接着就真的离开了那儿。虽然那只是暂时的离开，但是，在我看来，那种偶然的巧合也是很不寻常的。

我是在下述的情况下离开那里的。

仆人们都走了以后，过了一两天，我又被唤去见珀西瓦尔爵士。令人欣慰的是，虽然在管理家务方面遭到无辜的诬蔑，但我还是能尽力坚持以德报怨的原则，仍旧毫不怠慢地、恭恭敬敬地应了他的召唤。我对一般人通常具有的那种劣根性进行了思想斗争，终于克服了私人的感情。我是习惯于严格克制自己的，这一次我又作出了自我牺牲。

我又看到珀西瓦尔爵士和福斯科伯爵坐在一起。这一次谈话时，伯爵一直留在旁边，帮着珀西瓦尔爵士发表意见。

我们都希望哈尔科姆小姐和格莱德夫人改变一下环境，可以早日恢复健康，原来这一次唤我去就是为了谈这件事。珀西瓦尔爵士说，夫人和小姐也许要去坎伯兰的利默里奇庄园过秋天（弗雷德里克·费尔利先生接她们去）。但是，他主张她们去那里之前先在托尔奎①住一晌，那儿温暖的气候对她们有好处，而福斯科伯爵也赞成这个办法（此后就由伯爵一个人谈了下去）。所以，现在最要紧的是给她们在那里租一所很舒适和方便的住宅，而最困难的是找不到一个有经验的人去为她们挑选需要的房子。在这迫

---

① 托尔奎是英国德文郡的海港，在伦敦西南约二百英里，气候温和，为休养胜地。

切的情况下,伯爵就代表珀西瓦尔爵士问我肯不肯为她们尽力,亲自到托尔奎去一趟。

凡是处于我那种地位的人,对以上的提议当然不能断然加以拒绝。

我只能坦率地向他们提出,现在除了玛格丽特·波切尔之外,上房里再没有其他仆人,如果我离开黑水园府邸,将会对大家很不方便。但是珀西瓦尔爵士和伯爵说,为了病人着想,他们都情愿受点儿委屈。我接着又赔着小心给他们出主意,问是不是可以去信托托尔奎当地的房纤子,但是他们提醒我,如果不先看房子就把它租下,那是不妥当的。他们还告诉我,考虑到格莱德夫人目前的情况,伯爵夫人不能离开她侄女(否则她会自己去德文郡),而珀西瓦尔爵士和伯爵又需要共同处理一些事务,因此只好留在黑水园。总而言之,他们把困难给我分析得很清楚,如果我不去办这件事,就更无其他人可托。在这种情况下,我只能回珀西瓦尔爵士说,我情愿为哈尔科姆小姐和格莱德夫人效劳。

于是安排好,我第二天早晨动身,准备花一两天时间去看托尔奎当地所有最合适的房屋,然后尽快赶回来复命。伯爵给我写了一份摘要,列举了我去找的房子必须具备的条件,珀西瓦尔爵士又给我写了一张条子,说明最多能出到什么价钱。

我看了这些指示,心想无论去哪个英格兰温泉地也找不到一所符合这些条件的房子。再说,即便是碰巧能够找到,不论赁期长短,人家也决不肯按照我出的价将其出租。我委婉地向两位先生指出了这些困难,但是珀西瓦尔爵士(这次是他回答我)似乎并未加以理会。我不是来讨论问题的。我不能多说什么,但是我深信,这次我要办的事困难重重,一开始就知道它是没希望成功的。

我动身之前,先去看看哈尔科姆小姐的情况可好。

一看到她脸上那副焦急不安的痛苦表情,我就担心她刚开始恢复时心情仍然很乱。但是她肯定是比我意料的更迅速地强壮起来,她已经能向格莱德夫人问好,说她正在很快地复原,请夫人不要因为急于起来又累倒了。我托吕贝尔夫人好好地照看她,吕贝尔夫人仍旧那样静悄悄的,从来不理会宅内其他的人。临行前我去叩格莱德夫人的房门,当时伯爵夫人正在屋内陪她,出来对我说,夫人仍旧很虚弱,精神也不好。我的马车在珀西瓦尔爵士和伯爵身旁驶过,他们正在通大门口的路上散步。我向他们鞠了一躬,离开了府邸,那时下房里冷冷清清,只剩下玛格丽特·波切尔一个人。

打那时起,大概无论什么人都会像我那样感觉到:上述的情况不仅是不正常的,几乎是可疑的。然而,这里我还要声明一句:处于必须听人家支配的地位,除了那样去做,我是别无他法的。

我去托尔奎办这件事,结果完全不出我所预料。走遍了整个市区,也找不到我要租的那种房子;即使我发现了那种房子,但允许我出的租价又太低了。因此我回到黑水园,向当时正在门口接我的珀西瓦尔爵士回话,说我白跑了一趟。他好像心事重重,正在考虑什么别的事情,并不注意我这次出差的失败,而我一听到他开头的几句话,已经心中有数:就在我出门的短短一段时间里,府内又发生了一件很不寻常的变化。

福斯科伯爵和夫人已经离开黑水园府邸,住到他们圣约翰林的新房子里去了。

珀西瓦尔爵士没让我知道他们为什么突然离开,他只告诉我,伯爵曾经特意嘱咐代他向我道别。我问珀西瓦尔爵士,伯爵夫人走后可有人照顾格莱德夫人,他说有玛格丽特侍候,他还说,已经去村里雇来了一个女人,在楼下打杂。

让一个打杂的仆人充当格莱德夫人的贴身女仆,竟然做出了这样公然违反礼数的事情,他的话真使我吃惊。我立即跑上楼,在卧室门口碰上了玛格丽特。她没什么事可做(这还用说吗);她的女主人今天早晨精神很好,已经可以起床。我接着就向她打听哈尔科姆小姐的情况,但是她爱理不理地、粗声恶气地回答我,最后我仍旧没听明白她的意思。我也不愿意再往下问，因为那样只会被她顶撞上几句。处于我那种地位，当时我最好还是立刻到格莱德夫人的屋子里去。

我看到夫人最近几天的确是在逐渐复原。她虽然仍旧显得很虚弱和紧张，但是已经可以不用人扶着自己起来在屋子里缓缓行走，除了轻微的疲劳，并没有其他不适的感觉。那天早晨她有点儿不放心哈尔科姆小姐，因为没人谈起她的情况。我认为这好像应当怪吕贝尔夫人过于疏忽，但是我没说什么，只顾留下来帮着夫人穿好衣服。等她装扮好了，我们就一起走出屋子，去探望哈尔科姆小姐。

我们看见珀西瓦尔爵士在过道里，于是立即停下了。他好像是故意的在那里等候我们。

"你们到哪儿去？"他问格莱德夫人。

"到玛丽安屋子里去。"她回答。

"你们不必白跑这一趟了，"珀西瓦尔爵士说，"我这就告诉你们，她不在那儿了。"

"她不在那儿了？"

"不在那儿了。昨天早晨就由福斯科和他太太一起陪同她走了。"

格莱德夫人身体还不大健壮，经不住这句意想不到的话给她带来的震惊。她脸色变得惨白可怕，背靠着墙，哑口无言地瞪着她丈夫。

我也十分吃惊，不知道该说什么是好。我问珀西瓦尔爵士：他说哈尔科姆小姐已经离开黑水园，这话可是真的。

"当然是真的。"他回答。

"她那样的身体，珀西瓦尔爵士！也没向格莱德夫人提到这件事！"

他还没来得及回答，夫人已稍微清醒了一点，开始说话。

"这不可能！"她从墙边向前迈出一两步，恐怖地大喊起来。

"医生哪里去了？玛丽安走的时候道森先生哪里去了？"

"已经不需要道森先生了，他已经不在这儿了，"珀西瓦尔爵士说。"道森先生是自己走的，单凭这一点就可以证明，她身体已经很结实，可以上路了。你这样瞪着我干吗？如果你不相信她已经走了，那么就自己去看吧。你可以打开她的房门，打开所有其他的房门。"

她照着他的话做，我跟在她后面。哈尔科姆小姐屋子里没有别人，只有玛格丽特·波切尔在那儿忙着拾掇屋子。后来我们向那几间客房和化妆室里看看，那儿也都没人。珀西瓦尔爵士仍在过道里等候我们。我们离开最后一间察看过的屋子，格莱德夫人悄声说："你别走开呀，迈克尔森太太！看在上帝分上，你别把我丢下呀！"我还没来得及答话，她已经走到过道里对她丈夫说：

"这是怎么回事，珀西瓦尔爵士？我一定要……我请求你告诉我：这是怎么回事？"

"是这么回事，"他回答，"昨天早晨，哈尔科姆小姐已经有力气起床，她自己装扮好了，一定要趁福斯科去伦敦之便跟他一同去。"

"去伦敦？"

"是呀——再打那儿去利默里奇。"

格莱德夫人向我转过身来。

"你上次看见过哈尔科姆小姐，"她说，"现在老实告诉我，迈克尔森太太，你认为她那样儿可以上路吗？"

"我认为还不可以，夫人。"

珀西瓦尔爵士原来是侧身站着，这时也立刻向我转过了身。

"你临走之前，"他说，"是不是对看护说过：哈尔科姆小姐看样子比以前强健多了？"

"我是这样说过，珀西瓦尔爵士。"

我刚回了这句话，他又转过身去对夫人说：

"你把迈克尔森太太两次说的话好好地比较一下，"他说，"对一件十分明白的事,你应当清醒一些。如果她还没全好,不能出门,你以为我们有谁会担这风险让她上路?有三个得力的人照看着她——福斯科,你姑母,还有吕贝尔夫人也特为这事一同前去。昨天他们包了一节车厢;因为怕她吃力,还给她设了个铺位。今天福斯科就和吕贝尔夫人亲自陪她去坎伯兰——"

"为什么让玛丽安到利默里奇去,把我一个人留在这里?"夫人打断了珀西瓦尔爵士的话。

"因为你叔父要先见了你姐姐,然后再接你去,"他回答。"你忘了你姐姐刚病的时候,你叔父写给她的那封信吗?我给你看过,你自己看过了,总应当记得。"

"这我记得。"

"你既然记得,那么现在她离开了这儿,你又有什么大惊小怪的?你想回利默里奇,她就按照你叔父所说的先去为你征求同意。"

可怜的格莱德夫人含着一包眼泪。

"玛丽安从来没有像这一次这样,"她说,"不向我道别就走了。"

"这一次她倒是有意要向你道别的,"珀西瓦尔爵士回说,"但是她为她自己和你设想。她知道你不会放她走,她知道你会哭哭啼啼,惹得她伤心。你还有什么疑问吗?如果有,还是到楼下餐厅里去和我谈吧。这些讨厌的事闹得人都烦死了。我要喝酒去了。"

他突然离开了我们。

在这一次离奇的谈话中,他的神情举止一反常态。他有时候几乎和他太太显得一样紧张不安。我万万没有想到,他的身体是这样外强中干,他的情绪会这样容易激动。

我竭力劝格莱德夫人回到她屋子里去,但是她不听。她仍旧站在过道里,那神情很像一个惊魂未定的人。

"我姐姐出了什么事啦!"她说。

"您要知道,夫人,哈尔科姆小姐有着多么惊人的毅力,"我提醒她。"在她的情况下,其他妇女无法做到的事她能做到。我希望,并且相信不会出什么事——真的,我相信。"

"我一定要跟着玛丽安去!"夫人说,仍旧是那一副丧魂落魄的神情。"我一定要到她去的地方;我一定要亲眼看看她是不是平安无事。喂,你跟我一起到楼下去找珀西瓦尔爵士。"

我犹豫不决,唯恐这一去会被认为是在干涉人家的私事。我试着向夫人解释我的顾虑,但是她不理我。她紧攥着我的手臂,硬叫我和她一起下楼;直到我推开餐厅的门时,她仍旧用仅剩下的那一点儿力气紧揪着我。

珀西瓦尔爵士面对着一瓶酒坐在餐桌跟前。我们走进去,他正把一杯酒举到唇边,一口气给干了。我看见他放下酒杯气忿忿地瞪着我,就向他道歉,说不该很冒昧地走进餐厅。

"你们以为这里藏着什么秘密吗?"他突然大喊,"没有秘密——没有见不得人的事;没有瞒着你们或任何人的事。"他恶狠狠地大声说完了这些奇怪的话,又给自己斟满一杯酒,然后问格莱德夫人有什么事。

"既然我姐姐都可以上路,那我也可以上路,"夫人用前所未有的坚定口气说。"我来这儿请你原谅,我不放心玛丽安,让我这就去找她,搭今天下午的车去。"

"你必须等到明天,"珀西瓦尔爵士回答,"如果明天没接到拒绝的信,你才可以去。但是我想你不大可能接到拒绝的信——所以,让我写封信给福斯科,今天晚上寄出去。"

他说最后这句话时,并不去看格莱德夫人,只把他的杯子举向日光,瞧着杯里的酒。可不是,在谈话中他始终没朝她看一眼。真奇怪,凭他这样高贵的身份,竟然会这样不讲礼貌,这确实使人十分痛心。

"你为什么要写信给福斯科伯爵?"她十分惊讶地问。

"告诉他你乘中午班火车,"珀西瓦尔爵士说。"你到了伦敦,他可以在车站接你,然后送你到圣约翰林你姑母那儿过夜。"

格莱德夫人挽着我胳膊的那只手哆嗦得厉害——什么原故,我想象不出。

"不用福斯科伯爵接我,"她说。"我不要在伦敦过夜。"

"你必须在那儿过夜。你不能一天走完全程到坎伯兰。你必须在伦敦休息一夜——我不让你一个人去住旅馆。福斯科向你叔父建议,让你路过那儿去他家里住,你叔父也同意了。喏!这是他给你的信。我今儿早晨要送上来给你看的,可是忘了。你读一读这封信,看费尔利先生是怎样对你说的。"

格莱德夫人看了一下那封信,接着就把它递给了我。

"你给读一读,"她有气无力地说。"不知道怎么回事,我看不下去。"

那是总共只写了四行字的一张便条——写得那么简短,那么潦草,我看了觉得很奇怪。如果我没记错的话,信里写的是这么几句:——

最亲爱的劳娜:请随便什么时候来吧。路过伦敦,可以在你姑母家过夜。听到亲爱的玛丽安生病,我十分忧虑。
你亲爱的叔父
弗雷德里克·费尔利

"我还是别去那儿的好——我还是别在伦敦过夜的好,"那封信虽然很短,但我还没来得及把它读完,夫人已经急不暇待地喊了起来。"别写信给福斯科伯爵!千万别写信给他!"

珀西瓦尔爵士又从瓶里斟满一杯酒,但是笨手笨脚地一下子碰翻了它,酒都泼在桌上。"我的眼睛好像越来越不行了,"他自言自语,用奇怪的沙哑声嘟哝着。接着,慢慢地摆好了杯子,他又斟满了酒,又一口气喝干了。看了他那副模样,担心他酒性发作,我害怕起来。

"请别写信给福斯科伯爵!"格莱德夫人更急切地反对。

"我倒要知道,为什么不要写信?"珀西瓦尔爵士突然暴跳如雷地大喊,我们两人都大吃一惊。"除了你叔父亲自给你选定的你姑母家里,伦敦哪里还有更合适的地方?你倒问问迈克尔森太太。"

这样的安排,肯定是正当合理的,对此我不可能提出反对意见。尽管我在其他方面都同情格莱德夫人,但是在她无缘无故地厌恶福斯科伯爵这一点上却不能同情她。我从未见过这样一个有身份的太太如此心胸狭窄地歧视外国人。不管是她叔父写来信也好,或者是珀西瓦尔爵士表示很不耐烦也好,好像都对她丝毫不起作用。她仍旧反对在伦敦过夜;她仍旧央求她丈夫不要写信给伯爵。

"别再啰嗦了!"珀西瓦尔爵士说时粗鲁地背过身去。"既然你不知道怎样最好地为自己考虑,那就必须由别人为你考虑。现在已经安排停当;这件事就谈到这里为止。你只需要像哈尔科姆小姐那样——"

"玛丽安?"夫人困惑不解地重复。"玛丽安在福斯科伯爵家里过夜?"

"是的,在福斯科伯爵家里过夜。她旅途中需要休息,昨儿晚上就睡在那里。你应当像她那样,照着你叔父的嘱咐去做。你旅途中需要休息,明儿晚上也应当像你姐姐那样睡在福斯科家里。别给我增添太多麻烦!别惹起了我的性子,干脆就不让你去!"

他一下子站起身来,突然走到玻璃门外的阳台上。

"夫人请听我说,"我悄声提醒她,"咱们是不是最好别等珀西瓦尔爵士又进来?恐怕他已经醉了。"

她茫然露出疲乏的神情,同意离开那间屋子。

我们一经安全地上了楼,我就竭力劝慰夫人。我提醒她,费尔利先生写给她和哈尔科姆小姐的信,确实赞同现在这一做法,这件事迟早势在必行。她同意了我的看法,甚至也承认写那两封信完全符合她叔父特殊的性格,然而,无论我怎样解释,她仍旧为哈尔科姆小姐担心,对路过伦敦在伯爵家过夜一事怀着莫名其妙的恐惧。我认为应当消除格莱德夫人对伯爵的歧视心理,于是抱着应有的宽容态度,不亢不卑地向她进行解释。

"请夫人原谅我大胆多嘴,"我最后说,"经书说:'凭着他们的果子,就可以认出他们来。'① 自从哈尔科姆小姐病了,伯爵就经常热情地照看她。我认为,单凭这一点,咱们就该信任他、敬重他。虽然伯爵也曾和道森先生发生严重的误会,但那完全是由于他十分关心哈尔科姆小姐的原故。"

"什么误会?"夫人问,突然露出了注意的神情。

于是我谈到道森先生怎样在那种不愉快的情况下拒绝继续诊疗——我之所以急于说出这些,是因为不喜欢珀西瓦尔爵士当着我的面把以前发生的那些事瞒过了格莱德夫人。

夫人一下子惊慌起来,那模样显然比刚才没听到这话时更加激动。

"坏啦!比我想象的还要坏!"她说,一面六神无主地在屋子里走来走去。"伯爵因为知道道森先生绝对不会同意玛丽安上路,他就故意得罪医生,好让他离开这里。"

"唉,夫人呀!夫人呀!"我不愿意再听下去了。

"迈克尔森太太!"她激动地接着说,"无论你们怎样解释,我也不能相信我姐姐会自愿去那个人家里,落到他的手里。我太害怕他了,不管珀西瓦尔爵士怎样说,不管我叔父信上怎样写,单是为自己设想,我是怎么也不会上他家去吃饭睡觉的。但是,由于为玛丽安担心害怕,我反而有勇气要跟着她到任何地方去——甚至跟着她到福斯科伯爵家里去。"

这时候我认为应当提醒她:据珀西瓦尔爵士说,哈尔科姆小姐已经到坎伯兰去了。

---

① 引自《圣经·马太福音》第7章第16节。

"我怕的是另一件事！"夫人回答。"我怕的是她仍旧在那个人的家里。如果我这是出于过虑——如果她真的已经到了利默里奇——那么我决定明儿晚上不在福斯科伯爵家里住。除了我姐姐外，我只有一个最亲爱的朋友住在伦敦附近。你听我谈到过，你听哈尔科姆小姐谈到过魏茜太太吗？我打算写封信去，安排在她家过一夜。我不知道到她那儿去应该怎样走法——我不知道怎样才能躲开伯爵——但是，如果我姐姐已经去坎伯兰，那我怎么也要想办法逃到那儿去。现在我要麻烦你做一件事：珀西瓦尔爵士就要写信给福斯科伯爵了，你今儿晚上一定要把我给魏茜太太的信寄到伦敦。我有理由不相信楼下个邮袋。你肯为我保守秘密，在这件事情上帮我一次忙吗？也许，这是我最后一次要求你照顾我。"

我开始犹豫——我觉得这件事十分离奇——我甚至担心夫人近来忧愁痛苦，头脑有点儿糊涂了。但是，最后我仍旧担着干系答应下来。如果这封信不是写给像魏茜太太这样一个我所熟知的人，而是写给一个陌生人，那我是会拒绝她的要求的。感谢上帝——后来我回想到了当时的事——感谢上帝，我幸亏没拒绝格莱德夫人最后那一天在黑水园府邸内希望我为她办的那件事。

信写好了，交给了我。那天傍晚我亲自把它投在村中的邮袋里。

那一天，我们后来再没有看到珀西瓦尔爵士。

我依照格莱德夫人的意思睡在她隔壁房间里，让通两间屋子的门开着。我也喜欢身边有个伴，因为冷落空洞的府邸里有一种离奇可怖的气氛。夫人睡得很迟，她一直在阅读和烧毁一些信件，把抽屉和柜子里她喜爱的那些小玩艺都搬了出来，那情景好像是不准备再回到黑水园府邸来了。最后她安歇了，但睡得很坏；她几次在睡梦中哭——有一次哭得声音很大，把自己惊醒了。至于做了一些什么梦，那她可不肯告诉我。也许，处于我的地位，我也没资格指望她告诉我。现在这些事已经变得无关紧要了。我为她感到难过——无论如何,我真的从心底里为她感到难过。

第二天,天气晴朗。珀西瓦尔爵士早餐后上楼来对我们说,十一点三刻马车将等候在门口,二十分钟后开往伦敦的火车将停靠我们镇上的车站。他对格莱德夫人说,有事要出去一趟,但是接着又说,希望能在她动身前赶回来。万一他被什么意外的事耽搁了,就由我陪夫人去车站,叫我无论如何要让她准时赶上车。珀西瓦尔爵士吩咐这些话时,在屋子里来回地走,显得十分忙乱。不论他走到哪里,夫人都目不转睛地盯着他。但是他始终没朝夫人看一眼。

直到他吩咐完了,夫人才开始说话;这时他走向门口,夫人拦住他,伸出了手。

"我再也见不着你了,"她神情很不寻常地说,"现在是我们分别的时候了——也许,我们永别了。你能宽恕我吗,珀西瓦尔,像我真心地宽恕你一样?"

他的整个面孔都变得惨白可怕,光秃的脑门子上冒出大颗的汗珠。"我还要回来哪。"他说,接着就向门口走去,神色那样匆忙,就好像被他妻子道别的话给吓跑了。

我从来就不喜欢珀西瓦尔爵士的为人,但是没像现在这样:看到他离开格莱德夫人时那副情景,我甚至想到自己做他家的事和吃他家的饭是可耻的。我想说几句富有基督教义的话,来宽慰这位可怜的夫人,但是,看到她丈夫随手关上门,她在后面望着时脸上的那副表情,我又改变了主意,不再说什么了。

指定的时间到了,马车在大门口停下了。夫人说得对:珀西瓦尔爵士没回来。我一直等到最后一分钟,但结果是白等了。

我虽然并未承担任何无可推卸的责任,然而总感到心里不安。"夫人,您这次去伦敦,"马车驶出大门时我说,"是自己的意思吗?"

"与其像现在这样提心吊胆,"她回答,"我宁愿去任何地方。"

我听了这话,几乎也像她一样开始为哈尔科姆小姐焦急不安起来。我说，如果到伦敦后一切顺利，请她写一封简短的信给我。她回答说："我一定写，迈克尔森太太。"她答应写信后，我见她沉默无语，心事重重，就说："每个人都有自己的烦恼啊，夫人。"她没回答，好像只顾想心事，并不理会我的话。"夫人，您昨儿晚上恐怕睡得不好吧，"我停了一会儿说。"是呀，"她说，"我做噩梦了。""是吗，夫人？"我以为她要告诉我她做的梦了，但是她没说什么，接下去她只问了我一句话。"你亲自把那封给魏茜太太的信寄出去了吗？""寄出去了，夫人。"

"是昨儿珀西瓦尔爵士说，福斯科伯爵要在伦敦终点站接我吗？""是这样说的，夫人。"

她听我这样回答，也不说什么，只沉重地叹了口气。

我们到达车站时，离火车进站只差两分钟。给我们驾车去的花匠照管着行李，我去买了车票。火车的汽笛声响了，我赶到站台上夫人跟前。这时她显得很奇怪，一手捂住胸口。那模样仿佛是突然经受不住一阵痛楚或恐怖。

"我真希望有你陪着我一同去啊！"她说这话时我把车票递给她，她急切地紧拉着我的胳膊。

如果时间来得及，如果前一天我的心情也像当时那样，那我是会作好安排，陪她一同去的，即使那样一来珀西瓦尔爵士会立即把我辞退，我也不在乎。但是，她直到最后一刻才表示了这一愿望，为时太晚了，我已经来不及照着她的意思办了。我没向她解释，但她好像也理解这一点，所以并未再次要我陪她同去。火车靠站台停下了。她把一件礼物赠给花匠的孩子，恳挚而亲切地握了握我的手，然后登上了车。

"你非常照顾我和我姐姐，"她说，"我们俩在举目无亲的时候受到你的照顾。我终身不忘，永远感激你。再见，上帝保佑你！"

她说这番话时，那口气和神情好像是在生离死别，我的眼睛被泪水迷住了。

"再见啦，夫人，"我说时把她扶进车厢，一面竭力安慰她：

"过两天再见；别了，祝您快乐！"

她摇了摇头，在车厢中坐下时哆嗦了一下。管车的关上了车门。"你相信梦吗？"她在窗里小声儿对我说。"昨儿夜里我做的那些梦，可是以前从来没做过的。这会儿想起了它们我还害怕。"我没来得及回答，汽笛声响，火车开动了。我最后看到她那张苍白无神的脸隔着窗玻璃显得那么黯然神伤。她挥了挥手，此后我再没有见到过她了。

就在那天下午，将近五点钟，我忙完了那些家务事，稍许得了一点儿空闲，就独个儿坐在自己屋子里，读一卷我丈夫的讲道词，这样可以使心情安定一下。我从来不曾像现在这样只觉得神思恍惚，无法把注意力集中在那些发扬圣教、鼓舞人心的文句上。真没想到，这次和格莱德夫人的告别会这样严重地扰乱了我的情绪，最后我推开了书，到外面花园里去散散步。因为知道珀西瓦尔爵士还没回来，所以我不妨到园地里走走。

绕过屋子的拐角，眼前展开了花园的景物，这时候我大吃一惊，看见一个我不认识的人在花园里漫步。那是一个女人——她正背对着我很悠闲地沿小径走着，她在采花。

我向她走过去，她听见我的脚步声，扭转了身。

我不觉毛骨悚然。花园里这个刚才没被我认出的女人竟然是吕贝尔夫人！

我挪不动脚了，说不出话来了。她手里拿着花儿，像平时一样泰然自若地向我走过来。

"什么事，大娘？"她若无其事地问。

"是你在这儿呀！"我气喘吁吁地说。"没到伦敦去！没到坎伯兰去！"

吕贝尔夫人露出轻蔑的冷笑，闻了闻她的花朵。

"当然没去，"她说，"我压根儿就没离开过黑水园。"

我喘息定了，又大着胆问：

"哈尔科姆小姐呢？"

这一次吕贝尔夫人对我毫无虚伪地笑了笑,接着就这样回答我:

"哈尔科姆小姐也没离开黑水园,大娘。"

我听到这样奇怪的答话吃了一惊,立刻想起我和格莱德夫人分别时的情景。我并不是说自己感到内疚,但是当时我想:如果能在四小时前知道现在所知道的事,哪怕舍弃了多年辛劳换来的积蓄我也心甘情愿。

吕贝尔夫人候在一边,不慌不忙地整理着她那束花,仿佛在等待我说什么。

我无话可说。我想到格莱德夫人那样身体虚弱、精神萎靡,我非常担心她一旦知道了我发现的事将会受到多么沉重的打击。在那片刻间,我为了两位可怜的太太小姐吓得说不出话来。最后还是吕贝尔夫人从花束上抬起头来朝旁边看了一眼,说:"瞧,珀西瓦尔爵士骑完马回来了,大娘。"

就在她看见珀西瓦尔爵士的同时,我也看见了他。他向我们这面走来,一路上用他的马鞭恶狠狠地抽那些花儿。后来,当他已经走近,可以看清我的脸时,他止住了步,用马鞭在他的皮靴上抽了一下,一阵粗声粗气地狂笑,吓得那些鸟儿都从他身旁的树上飞了。

"喂,迈克尔森太太,"他说,"终于被你发现了,对吗?"

我没答话。他向吕贝尔夫人转过身去。

"你是什么时候在花园里露面的?"

"大约半小时前,爵爷。是您说的,只要格莱德夫人一去伦敦,我就可以随意走动了。"

"完全对。我并不是怪你,我只不过问一声。"他沉默了一会儿,接着又对我说:"你是信不过这件事,对吗?"他讥诮地说。"那么好!跟我来,你自己去看看吧。"

他引着路绕到了屋子正前面。我跟在他后边,吕贝尔夫人又跟在我后边。走进铁门,他停下了,用马鞭指了指边房中央那无人居住的部分。

"喏,那儿!"他说,"上二楼看去。你知道那些伊丽莎白时代的老卧室吗?哈尔科姆小姐这会儿正安安稳稳地睡在一间最精致的屋子里,领她进去吧,吕贝尔夫人(你钥匙带了吗?),领迈克尔森太太进去,让她亲眼瞧瞧,可以知道这一次不是骗她。"

经过了我们离开花园后的那一两分钟,再听他对我说这些话的口气,我稍许恢复了镇静。如果我生来就是服侍人家的,那真不知道我在这一关键时刻会作出什么样的举动。但是,无论在感情方面,或是在信念和教养方面,我都是一位上等妇女,所以我对自己应当做的事是毫不含糊的。无论考虑到对自己应尽的责任,或是对格莱德夫人应尽的责任,我都不能再留下来侍候这样一个人,这样一个一再玩弄卑鄙手段、无耻地欺骗了我们的人。

"请允许我单独和您谈一谈,珀西瓦尔爵士,"我说。"等谈完了话,我再跟这个人到哈尔科姆小姐的屋子里去。"

我微微扭转头看了吕贝尔夫人一眼,她傲慢地闻了闻她那束花,然后十分装模作样地向门口走去。

"哼,"珀西瓦尔爵士厉声说,"你要谈什么?"

"我想回您,爵爷,我要辞去我现在黑水园府里的职务。"以上是我当时说的原话。我决定开门见山地向他讲明我要辞去这个工作。

他十分阴沉地瞪了我一眼,恶狠狠地把两只手向骑装口袋里一插。

"为什么?"他问。"为什么?我倒要知道。"

"我没有资格对府里发生的事谈自己的看法,珀西瓦尔爵士。我不敢那样冒昧。我只想说:如果再在您府上当差,那无论对格莱德夫人还是对我自己都是不负责的。"

"你站在这里风言风语地向我说这些话,难道这又是对我负责不成?"他的火性子爆发了。"我知道你指的是什么。我哄格莱德夫人,毫无恶意,那只是为了她好,可是你却根据你那阴险卑鄙的想法来看待这一件事。格莱德夫人必须立刻换一个环境，这对她的健康是必要的——同时，你和我都明明知道，如果告诉她哈尔科姆小姐还留在这里，那她是决不肯走的。哄她只是为了她好——不管谁知道了这件事，我都不在乎。你尽管走好了——像你这样的管家有的是，要多少有多少。你要走就走吧——可是，离开了我这儿，你休想造谣诬蔑我和我做的事。你要说实话，只许说实话，否则你就要吃苦头！你亲自去瞧瞧哈尔科姆小姐，看她搬到了另一间屋子里，是不是同样被照顾得很好。记得医生亲自嘱咐过，格莱德夫人应当尽早调换环境。要把这一切记牢——瞧你敢说我的坏话，诬蔑我做的事！"

他来回走动，把马鞭在空中乱挥，凶神恶煞地一口气说出了以上这番话。

不管他对我怎样好说歹说，怎样装腔作势，我始终不改变自己的看法，只觉得他的言行可耻：前一天当着我的面扯谎，又恶毒地欺骗了格莱德夫人，拆散了她和她姐姐，也不顾她为哈尔科姆小姐急得差点儿发了疯，就那样平白无故地把她送到伦敦去。当然，我只把这些话藏在心里，不再向他多说什么，以免激怒了他；然而我的主意是坚定不移的。说话委婉一些，可以避免一场暴怒，于是，轮到我答话时，我勉强克制着感情。

"在您府上当差的时候，珀西瓦尔爵士，"我说，"我要严守自己的本分，不应当打听您做某些事情的动机。不再在您府上当差的时候，我要明白自己的身份，不应当去谈那些与我无关的事情——"

"你打算什么时候走？"他很不礼貌地打断了我的话，"别以为我非留下你不可；别以为我会把你离开这儿的事放在心上。要知道，我处理这件事，自始至终，完全合情合理，光明正大。你打算什么时候走？"

"我希望趁您一有方便的时候就走，珀西瓦尔爵士。"

"我的方便和这件事无关。明儿早晨我就要长期离开这里；今天晚上我可以结清你的工钱。如果要顾到别人的方便，那么你还是考虑一下哈尔科姆小姐的方便吧。今天吕贝尔夫人的护理工作期满，她有事晚上要去伦敦。如果你现在就走，这里就没一个人照护哈尔科姆小姐了。"

我想这情况无需我多加解释：哈尔科姆小姐，像格莱德夫人一样，正处于危难之中，我不能把她一个人扔下了不管。我首先问清楚了珀西瓦尔爵士，知道我一接下吕贝尔夫人的工作，她肯定要立即离开这里；此外，我获得了他的同意，可以请道森先生前来继续调护他的病人。这样，我就同意留在黑水园府邸，一直等到哈尔科姆小姐不再需要我服侍时再走。最后我们谈妥：我应当在临走前一个星期里先通知珀西瓦尔爵士的律师，由他作出必要的安排，雇用接替我的人。这件事只用了简短几句话就商量定了。谈话刚结束，珀西瓦尔爵士突然转身就走，让我自己去找吕贝尔夫人。这个古怪的外国人一直心安理得地坐在门口台阶上，等着我跟她一起到哈尔科姆小姐的屋子里去。

我还没向边房走过去一半路，这时已经朝另一方向走开了的珀西瓦尔爵士突然止步，唤我回去。

"为什么你要辞去工作？"他问。

刚才我们谈了那样一席话，这会儿他又提出这样一个不寻常的问题，我一时简直不知道如何回答是好。

"你听着！我不知道你为什么要走，"他接着说。"我想，等再找到一户人家的时候，你总需要说明因为什么离开我这儿。那么，因为什么呢？因为主人家都走了，对吗？是这个原因吗？"

"对这样的解释，珀西瓦尔爵士，我不可能有其他不同的意见——"

"很好！我就是要知道这个。将来如果有人来向我了解你，这就是你亲口所说的原因。你是因为主人家走了，所以离开了这里。"

我还没来得及再说什么，他又转过身子，赶快走到外面去了。

他的举动和言词同样奇怪。说真的，他使我感到惊讶。

我走到门口吕贝尔夫人跟前，这时连她都等候得不耐烦了。

"总算谈完啦！"她说时耸了耸她那外国人的瘦削的肩膀。然后，她引着路走进屋子里住人的一边，登上楼梯，在过道尽头用她的钥匙开了通向那些伊丽莎白时代的古老房间的一扇门。我在黑水园府邸里时，那扇门是从来不开的，但由于曾经多次从屋子的另一面进去，所以我对那些房间倒很熟悉。吕贝尔夫人在古老的回廊上第三个门前停下，把房门钥匙，以及通过道门的钥匙，一起交给了我，说我进了那间屋子就可以看到哈尔科姆小姐了。走进去之前，我想到应当通知她，她的护理工作已经结束。于是我向她说明，此后服侍这位生病的小姐的事将完全由我来接替。

"这可好，大娘，"吕贝尔夫人说，"我正急着要走。"

"今儿就走吗？"我要问个明白。

"现在既然有你来接替，大娘，那我半小时后就离开这儿。多蒙珀西瓦尔爵士照顾，我随时可以差遣花匠，还可以使用那辆马车。我再过半小时就叫他送我去火车站。我的行李早已事先打点好了。再见啦，大娘。"

她很灵活地行了个屈膝礼，然后沿着回廊走过去，一路上高兴地挥动手里的那束花，合着拍子哼一支小曲儿。谢天谢地，我此后总算再没见到吕贝尔夫人。

我走进屋子时，哈尔科姆小姐正在酣睡。我很焦虑地看了看她，只见她躺在一张阴惨惨的老式高床上。从各方面观察，她的情况确实不比我上次所见到的更坏。应当承认，我看不出有什么对她护理不周到的迹象。屋子里阴暗、凄凉、灰尘仆仆，但是窗子敞开着（它下面是那冷冷清清的后院），让新鲜空气流通，凡是可以把那地方收拾得更为舒适的办法都采用了。珀西瓦尔爵士的欺骗行为单害苦了可怜的格莱德夫人。至于对不起哈尔科姆小姐的地方，根据我的看法，就是他或者吕贝尔夫人不应该把她隐藏起来。

我仍让病着的小姐沉沉酣睡，自己悄悄地退出来，吩咐花匠去请医生。我叫他把吕贝尔夫人送到火车站后，顺便到道森先生那里去一趟，替我捎个口信，请他来找我。我相信，他听到了我的邀请会来的；而且相信，只要知道福斯科伯爵已经离开，他就会留在这儿的。

过了一会儿，花匠回来，说他把吕贝尔夫人送到车站后，就顺路到道森先生家去了。医生传话给我，说他身体不爽，但是尽可能第二天早晨来。

花匠捎来口信后就打算走，但是我拦住了他，要他天黑之前再来，晚上在一间空卧室里守夜，万一我需要，可以听到我的呼唤。他立刻明白了我的意思，知道我不愿独个儿通宵待在荒凉的府邸里最冷落的地方，于是我们约好，他八九点钟来。

他准时来到，应当说幸亏我采取了这一预防措施。午夜前，珀西瓦尔爵士奇怪的火性子突然爆发，真把人给吓坏了，要不是花匠立刻在那里应他，我真不敢想象会出什么事故。

几乎整个下午和傍晚，他一直心神不定、神情紧张地在室内和户外走来走去，我猜想他很可能是午餐时独自喝了过量的酒吧。不管那是由于什么缘故，反正我那天晚上临睡前沿着回廊来回走的时候，只听见他在新边房内忿怒地吆喝。花匠赶到他那里去，我关上了通过道的门，尽可能不让闹声惊动了哈尔科姆小姐。整整过了半个小时，花匠才回来。他说主人已经完全神志不清——并不像我所猜想的是由于酒性发作，而是由于被一种无法理解的惊慌和狂怒控制住。花匠看见他一个人在门厅里来回地走，一面暴跳如雷地咒骂，说他不要独自在这囚牢似的家里再多待一分钟，说他要半夜里立刻启程。花匠刚要走近他身边，就被他咒骂和恫吓着撵出来，只好赶紧备好马车。过了一刻，珀西瓦尔爵士已经到了院子里，他跳上马车，用鞭子抽得那匹马飞奔了出去，就那样自己赶着车走了，月光下只见他面如死灰。花匠听见他唤看门人起来开门，又是吆喝又是咒骂——大门开了，听见车轮又在寂静的黑夜里一路剧烈地震响着——此后的事就不知道了。

也许是第二天,也许是又过了一两天,我记不大清了,离府邸最近的诺尔斯伯里镇上那家老客栈里的马夫从那里把车赶了回来。马夫说,珀西瓦尔爵士曾经在那里留宿,然后乘火车走了——至于去往哪里,他就说不上来了。此后我再没从珀西瓦尔爵士那里,或者从其他人那里获得有关他行踪的消息;直到现在,我甚至不知道他仍在英国还是已经出国。自从那一次他像个逃犯似的从自己家里赶车上路以后,我就再没和他见过面;我虔诚地祈祷,但愿我再也别见到他了。

这家人的悲惨故事与我有关的部分,写到这里也就快完了。

根据要求,我这篇证明材料无需涉及那些细节,无需描写哈尔科姆小姐此后如何清醒过来,她发现我坐在她床边时又如何和我谈话等。这里我只需要说明:她不知道自己怎样被人从原来待的地方搬到了府邸内无人住的场所。当时她正昏昏沉沉地酣睡,也不知道这是自然入睡,还是被麻醉了过去。那天我已经去托尔奎,府邸内的其他仆人都已走光,只剩下玛格丽特·波切尔(她没活干的时候,除了吃喝就是睡大觉),要偷偷地把哈尔科姆小姐从宅内一个地方移到另一个地方,这当然是轻而易举的事。那几天里,吕贝尔夫人也和病人一起被隔离了,但是她备有食物,以及所有其他的必需品,这样就不必生火,照样可以把汤水等烧好(这是后来我去看那间屋子时发现的)。哈尔科姆小姐当然要向她打听,可是她不回答,但是,在其他方面,她并没冷落或疏忽了哈尔科姆小姐。我之所以毫不亏心地指责吕贝尔夫人行为可耻,只是因为她可耻地参与了一个卑鄙的骗局。

这里用不着我详细叙述(这样可以使我感到轻松一些):当哈尔科姆小姐获悉格莱德夫人离开的消息,此后不久又在黑水园府邸内听到比这凄惨得多的噩耗时,她是如何反应的。在让她知道这两件事之前,我都尽可能体贴而小心地让她在思想上有所准备;

尤其是第二件事情发生时,道森先生恰巧不大舒服,我去请他,他过了几天才来,但他给了我不少指导。那是一些悲惨的日子,这会儿我想起或写到它们时仍旧伤心不已。我用一些宣扬神恩的宝贵教义宽慰哈尔科姆小姐,虽然她一时不能领会,但是我希望,并且相信她结果还是接受了我的好意。此后一直等到她体力已经恢复,我才离开了她。我和她出了那悲惨的府邸,乘上同一班火车。我们在伦敦依依不舍地道了别。我留在艾斯林顿一个亲戚家里;她继续前进,到坎伯兰费尔利先生的庄园去了。

在结束这篇惨痛的证明材料之前,我还需要补充几行。而我之所以这样做,只是出于一种责任感。

首先我要补充的是:我本人深信,上述事件,完全不能责怪福斯科伯爵。据我所知,有人怀疑伯爵的为人,甚至在这方面作出惊人的解释。然而,我却始终深信伯爵的清白无辜。如果说他曾经协同珀西瓦尔爵士派我去托尔奎,那只是因为他这个外国人对一切都很陌生,受了蒙蔽,这件事可不能怪他。如果说是他把吕贝尔夫人引荐到黑水园府邸,而这个外国人十分卑鄙,帮着这家主人实现了他设计的骗局,那么这件事只能说是伯爵的不幸,而不能说是他的错误。从道义观点出发,我要向那些对伯爵的行事妄加指责的人提出抗议。

其次,我应当为自己记不清楚格莱德夫人离开黑水园府邸去伦敦的日期一事表示遗憾。我听说,确定那次可悲的旅程的日期至关重要,而我也曾竭力回忆。但是,我怎么也想不起来了。现在我只记得那是在七月的下半月里。我们都知道,除非是早先就记下来,否则经过一个时期,再要确定某一个过去的日子,那是很困难的。在我的情况下,由于格莱德夫人临走的那段时期里有着种种纷乱扰人的事,所以我就更难回忆了。我真希望当时留下了记录,我真希望能够很清楚地记得那个日期,清楚得就像我记得可怜的夫人最后在车窗里露出的那张忧郁的脸一样。

从几篇证明材料看故事的下文

1 福斯科伯爵府内的厨娘赫斯特·平霍恩提供的证明材料

（摘自她的口头陈述）

真对不起，我从来没学过读书写字。我这辈子一直就是个辛勤劳动的妇女，也是个品行端正的妇女。我知道说谎是有罪的，是不道德的；所以这一次我一点儿也不能含糊。凡是知道的我就说；我请记录这些话的先生写的时候可要把我说得不通顺的地方改正过来，要原谅我不是一个读书人。

今年夏天，我的事吹了（那可不是我的错儿）；我听说，圣约翰林区林苑路五号要雇一个普通厨娘，我就去试了。那家男主人姓福斯科。女主人是位英国太太。男的是伯爵，女的是伯爵夫人。我去上工，那儿已经有了一个打杂的女仆。她不大干净利落，可是人倒不坏。宅门里就我和她两个仆人。

我们的男主人和女主人来得比我们晚。他们一到，就在楼下吩咐我们，说有人要从乡下来了。

来的是女主人的侄女，二楼后面的卧室已经给她预备下了。女主人告诉我，说格莱德夫人（这是她侄女的称呼）身体不好，所以我烧菜的时候要当心点儿。我记得，她就在那天要到——可是，无论如何请别相信我这个记性呀。真对不起，要问我一个月里的哪一天，那可是白搭。除了星期天，其他的日子我都不去理会；我是劳动妇女，不是读书人嘛。我只知道格莱德夫人到了；她这一到呀，可把我们大伙儿吓坏啦。我不知道主人是怎样把她领来的,那时候我正忙着干活儿。但是我相信他是下午把她领来的,是女仆给他们开的门,把他们领进了客厅。女仆在厨房里和我待了没一会儿,就听见楼上一阵乱腾,客厅里的铃响得像发了疯,女主人喊我们去帮忙。

我们一起跑上楼,看见那位夫人正躺在沙发上,脸色煞白,手紧攥着,脑袋耷拉在一边。女主人说她是忽然受了惊;男主人告诉我们,说她是发了抽筋的毛病。我对附近地方比其他人稍微熟悉一些;就跑到最近的地方去找医生。最近的地方有古德赖克和加斯合开的诊所,我听说他们在圣约翰林区一带还挺红。古德赖克先生在诊所里,他马上让我陪着来了。

刚来到的时候,他简直没办法。那位可怜的不幸的夫人,一阵又一阵地抽筋——这样连续发病,到后来她疲软极了,像个刚落地的孩子似的完全要由人家摆布了。这时候我们把她抱上了床。古德赖克先生回家去取药,过了大约不到一刻钟又来了。除了药品,他还带来了一个样子像喇叭似的红木空筒儿,他等了一会儿,把空筒的一头放在夫人的心口,另一头凑近自己的耳朵,留心地听起来。

他听完了,就去和那时候正在屋子里的女主人谈话。"病情非常严重,"他说,"我建议您马上写信通知格莱德夫人的朋友。"女主人问他:"是心脏病吗?"他说:"是的,是一种极危险的心脏病。"他详细说明他的看法,那些话我没法听懂。但是我知道他最后说的是:恐怕他和其他医生都不可能治好这毛病。

女主人听到这坏消息,反而比男主人显得镇定。男主人是一个大胖子,一个古里古怪的老头儿;他养了一些鸟儿和白老鼠,常常对着它们说话,就好像它们是许多乖巧的小孩儿似的。看来他对这件事十分伤心。他说:"哎呀!可怜的格莱德夫人呀!可怜的好格莱德夫人呀!"接着就摇摇摆摆地来回走着,一面使劲扭他那双胖手,他那模样哪里像是一个绅士,倒像是一个演戏的。女主人刚问了医生一句话:"可有希望把夫人治好?"男主人至少整整提出了五十个问题,老实说,他叫我们厌烦死了——等到最后安静下来了,他就走到后面小园子里,采了一些草花儿,叫我拿到楼上去,把病房里陈设得漂亮一些。好像这样就可以把病治好似的。我看他有时候准是有点儿傻气。但是,他并不是一个坏主人;他对人宽厚,说起话来特别客气,总是那样嘻嘻哈哈、油嘴滑舌的。我觉得他可要比女主人好多啦。女主人是一个刻薄的女人,从来没见过像她那样刻薄的女人。

快到夜里,夫人的精神好了点儿。经过多次抽筋,有一阵子她已经完全累坏,手脚都不能动了,对人也一句话说不出了。这会儿她又开始在床上动弹,四面瞧瞧屋子里我们这些人。她没生病的时候准是一位漂亮的夫人,她有着浅色的头发、蓝色的眼睛和其他可爱的地方。她整夜都睡不安静——至少,我听到单独陪她的太太是这样说的。我只临睡前有一次走进屋子,恐怕有什么事要使唤我,那时候看见她正在自言自语,七颠八倒地说胡话。她好像很想和一个什么人说话,可是那个人不知道哪儿去了。起初我听不出那个人的姓,接着,我正在听的时候,男主人来敲门,又送来了他那些草花儿,免不了又那样啰里啰唆、没完没了地问了许多话。

我第二天一早走进屋子,夫人又只剩下一丝两气,像昏迷一般睡熟了。古德赖克先生陪着他的合伙人加斯先生来会诊。他们都说她休息的时候绝对不能受到打扰。他们在屋子里的另一头问了女主人许多话,探听病人以前的健康情况:是谁看护她的病的,她是不是长期在精神上受到很大的刺激。我记得女主人对最后一个问题回答"是的"。这时候古德赖克先生就望了望加斯先生,摇了摇头;加斯先生也望了望古德赖克先生,摇了摇头。他们好像都认为这种刺激可能和夫人的心脏病有关。看上去她非常虚弱,可怜的人呀!已经一丝没两气了,说真的,已经一丝没两气了。

就在那天上午的晚一些时候,夫人清醒过来,情况忽然有了转变,仿佛好了许多。当时他们不让我进去看她,另一个女仆也没进去,因为怕生人惊动了她。我知道她病情好转,那是听男主人说的。他对这件事非常高兴,他戴上了那顶卷边的大白帽子准备出去,在花园里朝厨房窗子里张望。

"我的好厨娘太太,"他说,"格莱德夫人好点儿了。我比较心定了,我准备迈开我这两条大肥腿,在夏天的太阳底下溜达一会儿了。要我给你定购点儿什么吗,要我在菜场上给你买点儿什么吗,厨娘太太?你在厨房里做什么呀?是在做晚饭吃的美味果酱馅饼吗?要让饼上多一些脆皮,多一些透酥的脆皮,亲爱的,让美味的饼到了嘴里又松又脆。"瞧他老是那样儿,已经六十开外,还是爱吃油酥点心。想想看,有多么怪!

上午医生又来了,他也看到格莱德夫人醒后好了一些。他不许我们跟她说话;即使她想跟我们说话,我们也不可以搭腔,第一要让她保持安静,要劝她尽量多睡。我看见她的时候,她好像总是不愿意说话——除了上一天夜里,可是那时候我听不懂她说些什么——她好像太虚弱了。古德赖克先生不像我们家男主人那样对她乐观。他下楼的时候,只说下午五点钟再来,其他什么话也没说。

差不多就在那个时候(那时候男主人还没回来),卧室里的铃没命地响起来,女主人跑到过道里叫我去请古德赖克先生,说夫人晕过去了。我戴上软帽和围巾,说也凑巧,医生在约定的时刻自己来了。

我把他请进去,陪他上了楼。"格莱德夫人起初仍旧是那样儿,"女主人在门口迎着他说,"可是她醒过来,露出了奇怪的恍惚神气,朝四面望了望,这时候我只听到她有气无力地叫了一声,接着就昏过去了。"医生走近床跟前,向病人俯下身子。一看见她那副样儿,医生就突然显得十分严肃,把手搭在她心口。

女主人直勾勾地瞪着古德赖克先生的脸。"不会是死了吧!"她压低了声音说,浑身直哆嗦。

"死了,"医生说,口气十分镇定和严肃。"死了。我昨儿检查她的心脏,就担心她会突然出事。"听他这样说,女主人就从床跟前后退了一步,又浑身哆嗦起来。"死了!"她小声儿自言自语,

"死得这样突然！死得这样快！伯爵听了会怎样说呢？"古德赖克先生劝她下楼去安静一会儿。"您已经整整陪了一夜了，"他说，"您神经太紧张了。这个人，"他指的是我，"可以让这个人留在屋子里，我去找一个需要的帮手。"女主人依照他的话做了。"我得让伯爵有个思想准备，"她说，"我得让伯爵有个思想准备，当心别吓着他。"说完她就浑身哆嗦着离开了我们，走出去了。

"你家主人是个外侨，"女主人走开后，古德赖克先生对我说。"他懂得怎样报死亡吗？""这个我可说不准，"我回答，"大概，他不懂吧。"医生想了一下，接着说："一般我是不管这种事的，但是，如果我去报了死亡，就可以让你们家省一些麻烦。再过半小时，我要经过区办事处，进去一趟并不费事。告诉你主人，就说这件事由我去办了。""是啦，大夫，"我说，"多亏您费神想到，谢谢您啦。"他说："我这就派一个妥当的人来，你暂时留在这儿没关系吗？""没关系，大夫，"我说，"我可以守着这位可怜的夫人，一直等到那个人来。大概，咱们已经尽了人事了，大夫，没别的办法了吧？""没办法了，"他说，"在我医治之前，她肯定已经病得很重了；你们请我来的时候，这病已经是没法治的了。"我说："咳，天哪！咱们迟早都有这一天呀，您说对吗，大夫？"他听了没答话，好像不高兴多谈什么。他只说了一句"再见"就走了。

打那时起我就守在床跟前，一直等到古德赖克先生按照他约好的派了一个人来。那人叫简·古尔德。我看她那样子像是一个蛮有身份的女人。她别的话不谈，只说知道找她来是为了什么，从前她曾经多次装殓过死人。

我不知道男主人刚听到这消息是什么反应，因为当时我不在场。等到我看见他的时候，他那样儿明明像是受了很大的打击。他静悄悄地坐在屋子角落里，一双胖手搭在宽大的膝上，脑袋低垂着，眼睛愣怔地瞪着，他那神情不像是十分悲伤，倒像是被这件事吓糊涂了。女主人料理一切殡殓的事。丧事花的钱可真不少，特别是那口棺材，漂亮极了。听说死去的夫人的丈夫在国外。女主人（夫人的姑妈）和她乡下（好像是坎伯兰吧）的朋友作了安排，让夫人和她母亲合葬在那里。这儿我再重复一句：丧礼的每一件事都办得很风光，男主人还亲自下乡去送殡。瞧他服了重丧，那样子多么威严：表情严肃，踏着缓慢的步子，戴着那顶宽边帽——瞧他有多么神气！

最后，我必须回答人家向我提出的这几个问题：——

（1）我和我的伙伴都没看到男主人给格莱德夫人服什么药。

（2）我知道，并且相信，他从来没单独和格莱德夫人留在一间屋子里。

（3）女主人告诉我，夫人一来到就突然受了惊；她为什么会受惊，我可不知道。女主人没向我和我的伙伴说明。

上面的话写好后曾向我宣读。我没有需要补充或删节的地方。身为基督教信徒，我宣誓以上所说属实。

（签名）赫斯特·平霍恩　画押

2　医师的证明

本医师曾为格莱德夫人（年二十一岁）进行治疗。末次诊期为一八五〇年七月二十五日星期四。夫人当天病死于圣约翰林区林苑路五号。致死原因为动脉瘤症。患病经历时期不详。特此证明。此致上述死亡事件发生地点所属分区户籍登记办事处。

（签名）艾尔弗雷德·古德赖克
资历：英国皇家外科医学会会员
　　　领有药剂师协会特许证
住址：圣约翰林区克罗伊登花园
　　　路 12 号

3 简·古尔德的证明

本人受古德赖克先生召唤,曾前往以上证明书中所开地点,对病殁于该地某夫人遗体进行适当与必要处理。出殡前,本人曾守护遗体,进行装殓,目睹遗体装殓妥当,棺木运出前封钉严密。直至移柩后,应付费用收讫,本人始离开该宅。如需对我进行了解,请向古德赖克先生询问。他可证明我所陈述的一切属实。

(签名)简·古尔德

4 碑 文

纪念劳娜·格莱德夫人,汉普郡黑水园府邸珀西瓦尔·格莱德从男爵之妻,本教区利默里奇庄园已故菲利普·费尔利先生之女。生于一八二九年三月二十七日;一八四九年十二月二十二日结婚;卒于一八五〇年七月二十五日。

5 沃尔特·哈特赖特的叙述

一八五〇年初夏,我和劫后余生的伙伴们离开中美洲的蛮荒和森林取道回国。我们到达海岸边,在那里搭了一艘赴英国的船。船在墨西哥湾沉没,我是少数在海上幸免于难者之一,那是我第三次死里逃生。疫病的传染,印第安人的袭击,波涛的肆虐:死神三次迫近我,但三次都被我躲开了。

沉船上的幸免者,被一艘开往利物浦的美国船救起。一八五〇年十月十三日,海船泊靠码头。我们那天下午很晚的时候登了岸,我当天夜里回到伦敦。

这里我不准备追述背井离乡后的流浪生涯与历险经过。有关我离开故乡和亲友去历险的动机,前面已经说明。经过这次自我选择的流放，我终于回来了，正像我所祈望和相信的那样回来了，但是，我已变成另一个人了。我的性格在新的生活中受到锻炼。在极端困苦与危险中，有如在一所严格的学校中，我已学会使自己的意志变得更加刚强、思想变得更加坚定，而且知道一切都要依靠自己的力量了。出去的时候，我是要逃避我未来的现实。回来的时候，我已像一个人应该做到的那样，要面对我未来的现实。

我知道，要面对未来的现实，就必须克制自己的感情。我已摆脱过去最深刻的痛苦，然而我并未忘怀那值得回忆的时期里心底的温情与悲愁。我并未忘怀一生中那次无法挽救的失望，看来我只是学会了如何忍受失望给我留下的痛苦。当船把我带走，我向英国投出最后一瞥时，我只想念着劳娜·费尔利。当船把我送回来，我在晨曦中看见那亲切的海岸时，我仍只想念着劳娜·费尔利。

我的笔一写到往日的这个姓名，我的心就想到往日的爱情。我仍旧把她写作劳娜·费尔利。想到她的时候，我不能用她丈夫的姓；谈到她的时候，我也不能用她丈夫的姓。

我这是在重叙往事，所以我无需另作解释。既然我仍有毅力与勇气写，那么现在就让我继续写下去吧。

一到第二天早晨，我第一件渴望要做的事就是去见我母亲和妹妹。离家许多月来，她们一直没法获得我的音讯，现在知道了我的归来，她们一定惊喜交集，我觉得有必要让她们对此有个思想准备。于是，一清早我就发了封信到汉普斯特德村舍；一小时后我自己也跟着出发了。

经过团聚时的一阵激动，逐渐恢复了往常那种安静的气氛，这时我从母亲的表情中知道她心底里隐藏着一件十分烦恼的事。她亲切地看着我时，焦虑的眼神中不但流露出慈爱，更含有悲哀；她亲切地、缓缓地紧握住我的手时，我从她那温柔的手上觉出了她的怜惜心情。我们之间一向是毫无隐瞒的。她知道我一生的希望遭到毁灭——她知道我为什么离开了她。我这时要故作镇静地问她：可曾收到哈尔科姆小姐给我的信吗？有什么关于她妹妹的消息可以让我知道的吗？这些话已经到了唇边，但是，一看到母亲那副神情，我再也没勇气哪怕是很婉转地向她提出问题。最后我才吞吞吐吐地说：

"你是有什么话要和我谈吧？"

坐在我对面的妹妹，这时突然站起身，也不解释一句，就离开了屋子。

我母亲在沙发上向我挨近一些，双臂搂住我的脖子。亲热的手臂开始颤抖，泪水很快地从那诚挚、慈祥的脸上淌下来。

"沃尔特！"她压低了声音说："亲爱的！我为你心里难受。哦，我的孩子！我的孩子！要记住，现在我还活着呀！"

我一头倒在她怀里。她在以上几句话中，已经道出一切。

· · · · · · ·

那是我回家后的第三天早晨——十月十六日早晨。

头几天里，我一直和她们待在村舍里；她们见我回来都很快乐，我竭力不要使她们也像我一样感到痛苦。我要尽一切力量在打击下重新振作，要看破一切，接受我的命运，要让我的巨大悲哀在心中化为柔情，而不是变成失望。然而，一切努力都是徒劳的。泪水怎么也不能医好我痛楚的眼睛，我妹妹的同情和我母亲的慈爱怎么也不能给我带来安慰。

就在那第三天的早晨，我向她们倾吐了心底的话。早在我母亲告诉我她的死讯的那天我就急于想说的话，现在终于脱口而出。

"让我独个儿出去几天吧，"我说。"让我再去看看第一次遇见她的那个地方，让我跪在她安息的那个坟墓旁边为她祈祷吧：那样，我心里也许可以好受一些。"

我登上旅程——我去看劳娜·费尔利的坟。

那是一个静谧的秋日的下午，我在冷落的车站下了车，独自徒步沿着那条熟悉的公路走去。夕阳从稀薄的白云中发出微弱的光芒；空中温暖而岑寂，奄忽将尽的季节给荒凉宁静的乡间笼罩着一层愁郁的气氛。

我走到了荒原上；我重又登上小丘顶；我沿着小径向前望：远处是花园里那些熟悉的树木，清晰地延伸过去的半圆形车道，利默里奇庄园的白色高墙。种种奇遇与变化，过去许多个月的流浪生活与惊险经历：一切在我脑海中逐渐暗淡了。仿佛我昨天还走在这片芳香宜人的土地上！我幻想中看到她来迎接我，那顶小草帽在阳光下遮着她的脸，一身朴素的衣服在风中飘动，手里拿着那本里面夹满了图画的写生簿。

哦，死神，你带来了痛苦！哦，坟墓，你取得了胜利！

我向一旁转过身去；我下边谷地里是那所凄凉的灰色教堂，我曾在那里等候白衣女人的那条走廊，环绕着静悄悄的墓地的那些小丘，汨汨流过石床的那条清凉的小溪。那儿，是上面竖立着漂亮的白云石十字架的坟——现在坟底下埋的是母女俩。

我向那座坟走近。我又越过低矮的石头墙阶，踏上那片神圣的土地，脱下了帽子。那是神圣的，因为它埋藏着温柔与善良；那是神圣的，因为它引起了我的崇敬与悲哀。

我在竖立着十字架的座基前站定，我看见它靠近我的一面上新錾的碑文——那些刻画分明、冷酷无情的黑字概括了她的一生。我试图读那碑文，我读到"纪念劳娜——"。那双柔和的蓝眼睛泪水模糊，娟好的头部疲乏地低垂着，她在那几句天真的道别话里央求我离开她：哦，要是最后的回忆能比这愉快一些，那该有多好啊；我曾经带着这回忆离开了她，我又带着这回忆来到了她的坟上！

我试图再次读那碑文。我看见最后面是她去世的日期；而那前面是——

那前面，云石上刻着几行字，其中有一个人的姓，那姓搅乱了我对她的怀念。我绕到坟的另一边，那上面没有文字可看——没有世间的邪恶把她和我的精神分隔开。

我在坟前跪下。我放下双手，头枕在宽阔的白石上，闭起了疲倦的眼睛，不去看四周的尘土，不去看上空的天光。我要让她回到我身旁。哦，亲爱的！亲爱的！现在我的心灵可以和你交谈了！又像那天一样，咱们彼此道别——又像那天一样，我握着你那可爱的手——又像那天一样，我的眼睛最后一次看着你。亲爱的！亲爱的！

· · · · · · · · ·

时光流逝；寂静像浓重的夜色般笼罩着一切。

经过片刻奇妙的宁静，最初听到一阵轻微的窸窣声，仿佛微风飘过坟地上的小草。我听见窸窣声向我缓缓移近，后来觉得那声音改变了——变得像是向前迈进的脚步声——最后脚步声静息了。

我抬起头来看。

夕阳即将西沉。浮云已经飘散，小丘上映出柔和的斜照。死亡的幽谷中，白日垂尽时是那么阴冷、明净、寂寥。

在我前面远处的坟地里，在阴冷明净的残辉中，我看见两个女人并排站着。她们正在朝坟墓这面看，向我这面看。

那是两个女人。

她们向前走近几步，又停了下来。她们蒙着面纱，我看不见她们的脸。她们止住步，其中一个揭起她的面纱。在寂寥的斜阳中，我看见了玛丽安·哈尔科姆的一张脸。

那张脸改变了，仿佛已经经历了多少岁月！一双露出疯狂的大眼睛，带着奇怪的恐怖紧盯着我。那脸憔悴消瘦得可怜。它上面好像刻画着痛苦、恐惧与悲哀。

我从坟前向她走过去一步。她一动也不动——一句话也不说。

她身旁那个蒙着面纱的女人气息微弱地喊了一声。我止住步。这时我已神魂飘荡,一种无法形容的恐怖控制了我的全身。

蒙着面纱的女人离开她的伙伴,慢慢地朝我走来。玛丽安·哈尔科姆独自留在原地,她开始说话了。那声音我仍旧记得——那声音没有改变,像那恐怖的眼睛和消瘦的脸一样没有改变。

"我这是在梦里呀!我这是在梦里呀!"可怕的静寂中,我听见她悄悄说出了这么两句。接着她就跪倒在地,向上空举起紧握着的双手。"天父呀!让他坚强吧。天父呀!在他需要的时刻,帮助他吧。"

另一个女人继续向前走;缓缓地,默默地向前走。我盯着她——盯着她,从那时起只顾盯着她。

为我祈祷的人的声音开始颤抖,逐渐低沉,但接着又突然升高,她恐怖地叫唤,拼命地叫我避开。

但是,那蒙着面纱的女人已经控制了我的全身与灵魂。她在坟的另一边停下了。她和我面对面站着,当中隔着那块墓碑。她靠近了座基另一面上的碑文。她的衣服触到了那些黑色字体。

叫喊的声音更近了,而且越来越激动地提高了。"遮住你的脸!别去朝她看!哦,上帝救救他吧——!"

那女人揭开了她的面纱。

"纪念劳娜·格莱德夫人——"

劳娜·格莱德夫人这时正站在碑文旁边,正站在坟头上瞧着我。

[故事的第二个时期到此结束]

第三个时期

沃尔特·哈特赖特继续叙述事情经过

1

我展开了新的一页。我又过了一星期,才重新开始叙述事情的经过。

我所略过了的这段时期里的事情,只好不再补记它了。一想起这个时期,我的情绪就会消沉,我的思想就会开始混乱。这种情形是绝不容许的,因为我这写故事的人应当引导你们读者。这种情形是绝不容许的,因为在我的笔下,整篇离奇曲折的故事的线索应当是从头到尾丝毫不紊的。

生活突然改观——生活的整个目标被重新树立;它的希望与恐惧,它的斗争,它的兴趣,它的牺牲:整个儿一下子都被纳入一个新的轨道——这就是我所面临的形势,有如登上山顶,眼前突然呈现出一片新的景色。我上次的叙述,是在利默里奇村教堂旁宁静的阴影中结束的;一星期后的现在,我的叙述是在一条喧闹的伦敦街道上重新开始的。

人烟稠密的贫民区里有一条街。街旁有一幢房子,它的底层开了一家小小的报纸店;二楼和三楼则作为备有家具的最简陋的住房出租。

我用化名租下了这两层楼房。我住上面一层,一间屋子当工作室,另一间当卧房。下面一层由两位女眷住,也是用同一化名租下的,她们算是我的姐妹。我在几份廉价期刊上刊登一些图画和木刻,就靠这维持生活。对外就说我的两个姐妹在做一些针线活帮助我贴补家用。我们租赁了寒碜的住房,我们从事微贱的职业，我们假报关系，我们隐姓埋名：这一切都是为了要让自己隐没在伦敦的茫茫人海中。现在我们已经被摈斥于那些过公开生活的人的行列之外。我是一个默默无闻的人，不被一般人注意，没有保护人支持或朋友帮助。玛丽安·哈尔科姆变成了我的姐姐，她不辞辛劳，操持家务。那些熟悉我们的人都认为，在一桩荒唐大胆的欺骗行为中，我们俩既是盲从者，又是主谋者。人们猜想，这是疯人安妮·凯瑟里克谎称自己为已故的格莱德夫人，企图冒名顶替，僭据她的地位，而我们则是她的同谋者。

这就是我们所处的地位。这就是我们三人此后在本文许多篇幅中出现时已经改变了的情况。

根据文明社会中一切公认的惯例，在理智与法律的观点上，在亲戚和朋友们的心目中，"劳娜·格莱德夫人"已经和她母亲合葬在利默里奇村的墓地里。她在世的时候就已经从活人当中被排除了；对她的姐姐来说，对我来说，菲利普·费尔利的女儿和珀西瓦尔·格莱德的妻子仍旧活着，然而对社会上所有其他的人来说，她已经死亡。她叔父相信她死了，不再承认她了；庄园里的仆人们相信她死了，再也认不出她来了；官府里的人相信她死了，已将她的财产留给她的丈夫和姑母了；我母亲和妹妹也都相信她死了，相信我是受了一个有野心的大胆女人的蒙蔽，中了一个骗局的毒；因此，在社会上，在道义上，在法律上：她都是一个已死的人了。

然而，她仍旧活着！在穷苦中活着，在隐蔽中活着。依靠一个可怜的画师活着，这画师要为她进行斗争，要为她在活人的世界中赢回她的地位。

既然我也知道安妮·凯瑟里克的面貌和她相似，那么，她初次向我露面时，难道我就不曾怀疑她是假的吗？自从她在记录她死亡的碑文旁边揭开她的面纱时起，我始终就不曾对她有过丝毫怀疑。

那天，夕阳尚未西坠，对她闭门不纳的老家尚未在我们眼前消失，我们两人都记起了在利默里奇庄园道别时我所说的话；我刚重新提起，她就记了起来。"如果有一天，我能献出我的整个心灵和全部生命，给你带来片刻的快乐，或者为您消除片刻的烦恼，那时候您能想到我这个曾经教过您绘画的可怜的教师吗？"她虽然已经记不清楚此后一个时期里的愁苦与恐惧，然而仍旧记得我那几句话，于是天真地，信任地，可怜地把她的头伏在说过这番话的人怀里。在那片刻中，我听到她唤我的名字，听到她说："尽管他们要使我忘了一切，沃尔特，但是我始终记得玛丽安，我始终记得你，"而也就是在那片刻中，早已向她献出了爱情的我，更情愿献出自己的生命，而且应当为能够向她献出自己的生命而感谢上苍。可不是！那个时刻已经到来。千里迢迢，穿越过森林和蛮荒，许多体力比我更强壮的伙伴都死在我身旁，三次遭到死神的威胁，三次死里逃生，那只手，那只将人们从黑暗道路上引向未来的手，现在已引着我接近那个时刻。瞧她孤苦伶仃，被剥夺了一切，受到痛苦的折磨，可怜地变了模样，容光黯淡了，头脑糊涂了；在社会上没有她的地位了，活人中没有她的名分了，然而，这样一来，我愿先向她保证要献出一切，要献出我的整个心灵和全部生命，现在倒成为无可非议的事了。由于遭到了不幸，由于丧失了亲友，她终于成为我的人！既然是我的人，我就要支持她，保护她，鼓舞她，恢复她的一切。既然是我的人，我就要像父兄一样爱护她，看重她。既然是我的人，我就要为她昭雪，就要不顾一切危险和牺牲，去和那些有地位权势的人进行力量悬殊的较量，去跟那些有恃无恐的骗子和防卫周密的胜利者进行长期不懈的斗争，不怕损害了我的名誉，不怕丧失了我的朋友，不怕危及我的生命。

2

我的处境已经解释清楚；我的动机也已交代明白。接下去我就要谈玛丽安和劳娜的经历了。

我叙述她们俩的事时,不准备用她们本人的原话(因为那些话常常不免是纠缠不清的),而是要经过一番仔细删节,使故事简单明了,我之所以这样写,不但是为了要供自己参考,而且是为了要供我的法律顾问参考。因此,对一些错综复杂的情节,都将最迅速而清楚地予以说明。

玛丽安的故事,将从黑水园府邸女管家交代结束的地方开始。

有关格莱德夫人离开她丈夫家的事,以及这件事的详细经过情形,都由女管家告诉了哈尔科姆小姐。又过了几天(究竟是多少天,迈克尔森太太不能确定,因为她没作记录),收到了福斯科夫人来信,说格莱德夫人在福斯科伯爵家中突然病殁。信中并没提到去世的日期,只是叫迈克尔森太太自己斟酌处理:或者把此事立刻通知哈尔科姆小姐,或者等小姐身体壮健一些再告诉她。

迈克尔森太太去和道森先生商量了一下(他因为自己也生了病,所以不能重去黑水园府邸出诊),然后遵照医嘱,当着医生的面,可能就在信到的那天,也可能是在第二天,把这件事告诉了哈尔科姆小姐。格莱德夫人突然病故的噩耗对她姐姐产生了什么影响,这里无须详述。现在需要说的是,此后又过了三个多星期,哈尔科姆小姐一直不能上路。最后她才由女管家陪同启程赴伦敦。她们在伦敦分了手;迈克尔森太太事先已将她的住址告诉了哈尔科姆小姐,将来如果有事可以通信。

哈尔科姆小姐一经辞别了女管家,就到吉尔摩和基尔两位先生合开的律师事务所去,找吉尔摩先生外出期间的代理人基尔先生。她告诉了基尔先生自己认为不可让其他任何人(包括迈克尔森太太)知道的事:她怀疑格莱德夫人死得不明不白。基尔先生早就热情表示愿意为哈尔科姆小姐效劳,这时立刻从事调查,而这种调查必须是尽可能在案件的复杂性与危险性的条件下进行。

现在不妨先将这方面的经过全部交代清楚,然后再继续叙述故事的发展:福斯科伯爵一获悉基尔先生受了哈尔科姆小姐的委托，要搜集她还不知道的那些有关格莱德夫人病逝的细节，他就乐意为基尔先生提供一切便利。他让基尔先生跟古德赖克医生以及两名仆人取得联系。基尔先生无法断定格莱德夫人离开黑水园的确切日期，他认为一切只好根据医生和仆役的证明，以及福斯科伯爵和他妻子自动提供的陈述。他只能这样设想，即哈尔科姆小姐由于她妹妹逝世而过分悲痛，以致作出这样十分错误的判断；于是他写信给她，说他认为她上次面谈的那些惊人的猜疑毫无事实根据。于是，吉尔摩先生的合伙人进行的调查就这样开始，也就这样结束了。

就在这时候，哈尔科姆小姐返回利默里奇庄园，又在那里，在她力所能及的范围内，获得了一些资料。

费尔利先生先是收到他妹妹福斯科夫人给侄女报丧的信，信里也没有任何明确的日期。他同意他妹妹的主张，准备让死者和她母亲合葬在利默里奇村的墓地里。福斯科伯爵将遗体护送到坎伯兰，并参加了七月三十日在利默里奇村举行的葬礼。为了表示敬意，村里和附近的居民都去送殡。第二天，在坟台的一面刻了碑文（据说那是由死者的姑母拟稿，经叔父费尔利先生审定的）。

出殡的那一天和落葬后的第二天，福斯科伯爵留在利默里奇庄园做客，但是遵从费尔利先生的意思，没去会见这位庄园主人。他们只用信笺互相传话，福斯科伯爵在信中让费尔利先生知道了侄女最后生病和去世的详情。除了已经知道的一些事而外，信中并无任何新的内容，但是，信的附言中却有一段引人注意的话。谈的是有关安妮·凯瑟里克的事。

以下是这一段话的大意：——

伯爵在附言中首先告诉费尔利先生，经过追踪，终于在黑水园附近找到了安妮·凯瑟里克（有关她的详情，一俟哈尔科姆小姐抵达利默里奇，就可以知道了），再度把她送进了以前从看守中逃出来的那个医院。

以上是附言中的第一部分。接着就在第二部分中警告费尔利先生，说安妮·凯瑟里克因为长期脱离护理，现在精神病发作得更厉害了，她以前就疯狂地仇恨和猜疑珀西瓦尔·格莱德爵士，这种很显著的狂想病现在非但没有痊愈，反而以一种新的形式表现出来。近来这个不幸的女人一想到珀西瓦尔爵士，就存心要为难和损害他，她冒称自己是已故的爵士夫人，妄图以此在病人和护士中抬高自己的身份；她之所以会想到这样冒名顶替，显然是由于有一次偷偷地会见了格莱德夫人，在会见中发现自己和已故的夫人长得异常相似。她以后绝不可能再逃出疯人院，但是至少有可能设法写信去打扰已故的格莱德夫人的亲属；如果发生了这类事件，就要请费尔利先生事先准备好如何对待那些信件。

哈尔科姆小姐到了利默里奇庄园，看到了附言中的这些话。她还接收了格莱德夫人生前穿的衣服，以及她随身带到姑母家的其他一些东西。这些东西都是由福斯科夫人很细心地收集齐了，给送到坎伯兰的。

以上是哈尔科姆小姐于九月上旬去利默里奇时的情况。

此后不久她又病了，已经很衰弱的身体再也经不起现在遭到的精神上的打击了。一个月后，身体稍微恢复，她仍旧疑心她妹妹的死并不像传说中的那样。在这一段时期里，她没听到珀西瓦尔·格莱德爵士的消息，但是收到了福斯科夫人的几封信，夫人和她丈夫都向她致以最亲切的问候。哈尔科姆小姐没答复这些信，却派人暗中监视他们圣约翰林区的住宅，以及宅内那些人的行动。

没有发现任何疑点。接着她又去暗中侦察吕贝尔夫人，结果也毫无所获。吕贝尔夫人是大约六个月前和她丈夫到达伦敦的。他们夫妇来自里昂①，在莱斯特广场附近租了一所房子，准备把它装修成寄宿舍，接待大批来英国参观一八五一年开幕的展览会的外国人。附近居民都看不出这对夫妇有什么不好的地方。他们都是安分守己的侨民；到现在为止，他们一直循规蹈矩，按时交纳

---

① 里昂是法国的一个省会。

房租捐税等。最后是调查珀西瓦尔·格莱德爵士的动态。知道他住在巴黎，在一些英法朋友的小圈子里过着安闲的生活。

所有这些尝试都失败后，哈尔科姆小姐仍不死心，她下一步决定到当时她估计是安妮·凯瑟里克再度被禁锢的疯人院去。以前她就对这个女人十分好奇，现在当然更加注意她了：第一，她要知道有关安妮·凯瑟里克企图冒充格莱德夫人的传说究竟是否属实；第二，如果那是真的，她要亲自去探听清楚，这个可怜的女人这样骗人又是出于什么动机。

虽然福斯科伯爵在给费尔利先生的信中没有提到疯人院的地址，但是这一重大的忽略并未给哈尔科姆小姐造成任何困难。安妮·凯瑟里克在利默里奇遇见哈特赖特先生的时候，曾经把疯人院的地点告诉了他；而当时哈尔科姆小姐就根据自己从哈特赖特先生口中听到的话，把那地点以及谈话的其他内容一一记在日记里了。于是她去查了那天的日记，抄下了那个地址，随身带好伯爵给费尔利先生的信，作为一种也许对她有用的证明，然后在十月十一日那天独自出发，首途去那疯人院。

十一日她在伦敦过夜。原来她打算在格莱德夫人的老教师家里留宿，但是魏茜太太一看见去世的学生的最亲近的人，在激动下十分悲痛，哈尔科姆小姐很体恤她，再不肯留在她那儿，最后是住到魏茜太太已婚的妹妹所介绍的附近一家上等寄宿舍里去了。第二天她去伦敦北面不远的那所疯人院。

她立即被领进去见院长。

起先院长好像坚决反对她探望病人。但是她给他看了福斯科伯爵信中的附言，说她就是附言中所提到的"哈尔科姆小姐"，是已故格莱德夫人的近亲，当然是由于家庭的某些原因，很想亲自看一看安妮·凯瑟里克怎样冒充她已故的妹妹，要知道这种狂想症发展到了什么程度，这时候院长的口气和态度就变得缓和了，他不再反对了。也许他感觉到：如果在这种情况下继续拒绝，那非但显得不礼貌，而且会引起误会，使人认为院内的情况是经不起有地位的外界人士调查的。

哈尔科姆小姐本人的印象是，院长并不知道珀西瓦尔爵士和伯爵的秘密。单说院长同意她探望病人，看来这件事本身就是一个证明，何况他还随口说出了一个同谋者绝对不会吐露的某些情况，那肯定又是一个证明。

比如，谈话一开始，院长就告诉哈尔科姆小姐，说安妮·凯瑟里克被送回院里时，是由福斯科伯爵在七月二十七日那天陪同前来的，随身带着必需的命令和证明文件；伯爵还出示了珀西瓦尔·格莱德爵士亲笔签字的说明和指示。院长承认，他重新接受这个住院病人的时候，注意到了她的外貌有些改变。当然，根据他对精神病患者的经验，像这样的改变并不缺乏先例。不论疯人的外表或内心，常常会在某一个时期变得和另一个时期里不同；对疯病来说，病情由好转坏，或者由坏转好，都必然有一种倾向会在病人的容貌上反映出一些变化。他考虑到这些可能性，还考虑到安妮·凯瑟里克的狂想病在形式上有了改变，这肯定也会在她的态度和表情上反映出来。然而，有时候他仍会对他的病人在逃走之前和回来以后的某些差异疑惑不解。那些差异是十分细微的，是你无法形容的。当然，他不能够说出，她是在哪一点上绝对地改变了：不论是身高或者体形和肤色，不论是头发或者眼睛的颜色，以至她的面形等；那种改变他只能感觉到，但不能看出来。总而言之，这件病例一开始就是一个谜，现在它又添了一个令人难解的疑团。

谈话丝毫也不曾使哈尔科姆小姐联想到此后发生的事情。然而，谈话却给她留下了非常强烈的印象。她变得十分紧张，又过了一会儿才恢复镇静，然后随同院长到疯人院禁锢病人的地方去。

经过询问，知道所要看的安妮·凯瑟里克当时正在疯人院所辟的园地里散步。一个看护自告奋勇领哈尔科姆小姐到那里去；院长暂时留在屋子里处理一个病人需要他解决的问题，答应等一会儿就到园地里来招待他的客人。

看护把哈尔科姆小姐引到疯人院内远离开正屋、布置得很精致的一片园地里,向四面望了望,然后拐上一条上面铺了草皮、两边灌木成荫的小径。沿着小径前进了大约一半路程,看见两个女人正向这面走来。看护指了指她们,说:"小姐,那就是安妮·凯瑟里克,她有看守人陪着,看守人会答复您提出的一切问题。"说完了这话,看护就离开了她,回到屋子里值班去了。

哈尔科姆小姐从这面走过去,两个女人从那面走过来。双方相距十来步的时候,一个女人停顿了一下,急切地向这位陌生女客望了望,摔脱了看护紧拉着她的那只手,紧接着就扑到哈尔科姆小姐怀里。就在那一刹那,哈尔科姆小姐认出了她妹妹——认出了"已死的"活人。

此后采取的措施之所以能够成功,那是由于幸而当时身边只有那一个看护,没有别人。看护是一个年轻人,她当时十分吃惊,以致起初不能进行阻拦;而等到能够阻拦时,她又急需全力照顾哈尔科姆小姐,因为哈尔科姆小姐发现了这件事,受到巨大的震动,一时已完全无法支持,几乎要昏厥过去。在新鲜空气中和阴凉树荫下休息了几分钟,多少是亏了她天生的毅力和勇气,想到为了落难的妹妹必须恢复镇静,她又控制住了自己。

看护允许她和病人单独谈话,但讲好了她们两人必须待在她能看见的地方。这时已经来不及问话——哈尔科姆小姐抓紧时间指点了这位不幸的夫人几句话,教她必须控制感情,还向她保证,说只要能做到这一点,她就可以很快被救出来。想到了遵从姐姐的指导可以逃出疯人院,格莱德夫人就安静下来,而且知道应当如何见机行事。接着,哈尔科姆小姐就回到看护跟前,把口袋里所有的钱(三个金镑)一起塞在她手里,问在什么时候和什么地方可以和她单独谈话。

看护起初吃了一惊,露出怀疑的神气。但是哈尔科姆小姐说,只需要问她几句话,可是这时候因为太激动了没法问,又说绝对无意引诱她玩忽职守,看护这才收下她的钱,约好第二天三点钟见面。那时候她可以趁病人们刚吃完饭悄悄出来半小时,在北面那堵遮着疯人院园地的高墙外边僻静地方和她会晤。哈尔科姆小姐赶快表示同意,再低声告诉她妹妹,叫她第二天听消息,这时院长已经走到她们跟前。她注意到客人的激动神情,哈尔科姆小姐替自己解释,说那是因为刚看见安妮·凯瑟里克时受了一点儿惊。后来,她尽快地告辞走了,也就是说,她刚能鼓起勇气狠着心肠丢下了她可怜的妹妹,就离开了那里。

一经恢复了思考能力,稍微计划了一下,哈尔科姆小姐就相信,如果使用任何其他法律手段去鉴定格莱德夫人,救她出来,即使能够成功,那也需要拖延时日,而那样就会毁了她妹妹的头脑,尤其是因为在经受了种种恐怖以后,现在她的头脑已经受到摧残。等哈尔科姆小姐回到伦敦时,她已定下计策,准备偷偷地利用看护救出格莱德夫人。

她立刻赶到她的证券经纪人那里,把她所有的积蓄都变换成现款,总共是七百镑不到一点。她打定主意,为了让她妹妹获得自由,如果需要的话,她不惜用尽自己的最后一文钱。第二天她就随身带着所有的钞票,赶到疯人院墙外约会的地方。

看护已经等候在那里。哈尔科姆小姐很小心地谈到这件事情之前,先提出了许多问题。除了其他一些情况,她还探听清楚了:从前照看真安妮·凯瑟里克的那个护士,因为应对病人的逃亡负责(其实那件事并不是她的过错),终于被解雇了。如果这个假安妮·凯瑟里克再逃出去,那么现在和她谈话的这个看护就会受到同样的处罚,但这个看护特别希望能够保住自己的职位。她已经订婚,她和未婚夫都指望能共同攒下二三百镑,以后用来做买卖。看护的工资很优厚;她只要省吃俭用,两年后就可以用她的小小一部分积蓄凑足那笔需要的本钱。

一听到这个暗示,哈尔科姆小姐就开始讲价钱。她说假安妮·凯瑟里克是她的近亲,不幸被错关进了疯人院,看护如果肯帮助她们重新团聚,她就是在做一件功德无量的好事。那女人还没来得及反对，哈尔科姆小姐已经从皮夹子里取出了四张一百镑的钞票，说这是给她承担风险和失去职位的补偿。

看护十分怀疑和惊讶，一时拿不定主意。哈尔科姆小姐坚决继续劝诱。

"你这是在做一件好事，"她重复这一点，"你这是在帮助一个深受迫害的不幸的女人。这是给你结婚用的报酬。只要你把她安安稳稳地带到这儿来交给我，我就在领走她之前把这四张钞票交在你手里。"

"您能给我出一封信，说明情由吗？"那女人问，"如果我那一位问我这钱是哪儿来的，我可以给他看。"

"我会把那信写好并签上名带来，"哈尔科姆小姐回答。

"那我就冒一次险吧。"看护说。

"什么时候？"

"明天。"

她们匆忙约好，决定哈尔科姆小姐第二天一早再去那里，在树林里等候，不要被人看见——但始终要靠近北面墙脚下那块地方。看护不能确定什么时刻来，为了慎重起见，她必须耐心等候，见机行事。一经这样约定，她们就分手了。

第二天早晨十点钟前，哈尔科姆小姐带着她许诺的那封信和应付的钞票到了那个地方。等候了一个半小时多。最后，看护挽着格莱德夫人的胳膊，很快地绕过墙角来了。她们一见面，哈尔科姆小姐就把钞票和信一起递在看护手里——姊妹俩团圆了。

看护事先设想得很周到，她用自己的头巾帽、面纱和围巾把格莱德夫人装扮好。哈尔科姆小姐只耽搁了看护一会儿工夫，教她如何在疯人院发现病人逃走时把追赶的人引向错误的方向。她应该回到院里，先对其他看护说，安妮·凯瑟里克近来一直在打听从伦敦去汉普郡的道路；然后，直到这件事再也瞒不过人的时候，才发出警报，说安妮失踪了。打听去汉普郡的事一经传到院长耳朵里，他就会联想到他的病人患有狂想病，老是要冒充格莱德夫人，因此她是回黑水园去了，于是他们最初很可能会朝那个方向追。

看护答应按计行事——她之所以更乐意这样做，那是因为：如果留在疯人院内，至少表面上看来她与此事无关，而这样就不至于招来比失去职位更严重的后果。于是她立刻回疯人院，而哈尔科姆小姐则毫不息慢，立即带着她妹妹回伦敦。就在那天下午，她们搭了去卡莱尔的火车，当天夜里就顺顺当当地到达利默里奇庄园。

在最后一段旅程中，车厢里只剩下她们俩，这时候哈尔科姆小姐就听她妹妹根据纷乱模糊的回忆叙说往事。这样听到的可怕的阴谋故事，都是零碎的，不连贯的，甚至前后不符。然而，尽管这部分交代十分不完整，我仍需在此先把它记录下来，方才可以接着写第二天在利默里奇庄园里发生的事。

格莱德夫人所回忆的她离开黑水园后的那些事，是从抵达西南铁路伦敦终点站时开始的。她事先没记录哪一天上路。现在要由她或者迈克尔森太太提供证明来确定那个重要的日期，那是毫无希望的了。

火车进了站，格莱德夫人看见福斯科伯爵在那里等候她。管车的一开门，伯爵就走到车厢门口。那班火车特别挤，取行李的那一阵工夫非常混乱。福斯科伯爵带来的一个人取了格莱德夫人的行李。行李上标有她的姓名。她单独和伯爵乘上马车，当时她没留意那辆车是什么样的。

离开车站，她首先问到哈尔科姆小姐。伯爵告诉她，哈尔科姆小姐暂时还没去坎伯兰；因为后来经过考虑，他认为不休息几天就让她走这么远的路是不够慎重的。

格莱德夫人接着又问她姐姐是否还在伯爵家里。伯爵回答的话她已记不清楚，在这方面她只留下了一个清晰的印象：伯爵说当时是领她去看哈尔科姆小姐。格莱德夫人对伦敦这个地方不熟，当时不知道他们的车经过的是一些什么路。但是马车始终没离开大街，没经过花园或树林。最后马车停在一条小街上，在一个广场后面——广场上人很多，有一些店铺和公共建筑。根据这些回忆（格莱德夫人相信自己不会记错），福斯科伯爵肯定不是把她送到圣约翰林郊区他自己家里。

他们走进一幢房子，上了楼，也许是二楼，也许是三楼，到了一间后房里，行李被很当心地搬了进去。先是一个女仆开了门；一个黑胡子男人，那模样分明是个外国人，在门厅里迎着他们，十分客气地领着他们上了楼。经格莱德夫人询问，伯爵说哈尔科姆小姐在屋子里，他这就去通知，说她妹妹到了。接着他和那外国人走开了，把她一个人留在那间屋子里。那是一间陈设得很简陋的起居室，从窗子里望出去是后院。

那儿非常幽静，没有人上下楼的脚步声——她只听见几个男子在楼下屋子里扯着粗嗓子叽里咕噜地说什么。她在那儿待了不多一会儿，伯爵回来了，说哈尔科姆小姐正在休息，暂时不便惊动她。他走进房间时有一位绅士（一个英国人）陪同，向她介绍那是他的朋友。

经过这一次不伦不类的介绍（格莱德夫人无论怎样回忆也记不起介绍时曾提到姓名），她和那个陌生人就被留在屋子里。陌生人十分客气，但是她感到惊讶和慌乱的是，他问了一些有关她的奇怪的问题，并且问的时候还怪模怪样地朝她看。他待了不久便走了出去，过了一两分钟，又走进来另一个陌生人（也是英国人）。这个人自我介绍，说他是福斯科伯爵的另一位朋友，他也十分古怪地瞅着她，还向她提了一些奇怪的问题——据她回忆，他们始终没用她的姓称呼她；停了一会儿，他也像第一个人那样走开了。这时她十分害怕，同时很不放心她姐姐，于是想到要跑下楼去，找她在这幢房子里看到的唯一的妇女（那个看门的女仆）保护和帮助。

她刚从椅子里站起，伯爵又走进了屋子。

伯爵一进来，她就急着问再要等多久才可以见到她姐姐。起先伯爵支吾其词，但是被催得紧了，他显然迫不得已承认，哈尔科姆小姐身体并不像他刚才所说的那样很好。他这样回答时，格莱德夫人被他的口气和神态吓坏了，实际上她刚才和那两个陌生人在一起时已经感到不安，这一来更加焦急，所以头脑眩晕得支持不住，不得不讨一杯水喝。伯爵在门口唤人取水，再叫送嗅盐瓶来。水和嗅盐都由那个样子像外国人的大胡子送来了。格莱德夫人一喝水，晕得更厉害了，那水的味道很奇特；于是她赶紧从福斯科伯爵手中接过了那瓶嗅盐去闻。她立刻头昏眼花。伯爵接住了从她手中落下的盐瓶；她恍惚中最后的印象是，伯爵又把那瓶盐凑近了她的鼻子。

打这时候起，她的回忆就是混杂，零乱，荒诞不经的了。

她本人的印象是：那天傍晚她清醒过来了；后来她离开了那家人家；她到了魏茜太太家里（像她早先在黑水园府邸所计划的那样）；她在那里吃茶点；她在那里过夜。至于她是在什么时候，在什么情况下，由什么人陪同着离开福斯科伯爵送她去的那一家，那她完全说不清了。但是她坚持说去过魏茜太太家；更奇怪的是，她说是吕贝尔夫人帮着她脱了衣服，服侍她睡下的！她记不清在魏茜太太家谈了一些什么，除了魏茜太太以外还看到了其他什么人，而吕贝尔夫人又是怎么会到那儿去服侍她的。

有关第二天早晨发生的事，她那回忆就更是迷离恍惚了。

只模模糊糊地记得，她和福斯科伯爵一同乘车出去（至于几点钟出去，她就说不上来了），又由吕贝尔夫人做女伴陪着。但是她不能确定，她是什么时候，又是为什么离开了魏茜太太家；她也不知道，马车是朝哪一个方向驶去，她是在什么地方下了车，是不是一路上都由伯爵和吕贝尔夫人陪着。她那悲惨的故事叙述到此就结束了，以下就是整个一片空白。她再也说不出哪怕是最模糊的印象，也不知道那是过了一天还是几天，后来她突然清醒，已经到了一个陌生地方，那里四周都是她陌生的妇女。

那地方就是疯人院。那里她首次听到人家管她叫安妮·凯瑟里克;那里出现了阴谋故事中最惊人的事,她亲眼看见自己身上穿的是安妮·凯瑟里克的衣服。在疯人院里,头一天晚上给她脱衣服的时候,看护就让她看每一件衬衣上的标记,而且毫无气恼和责备的意思说:"瞧瞧你衣服上面自己的姓名,别再跟我们纠缠不清,说什么你是格莱德夫人。夫人已经死了,已经埋葬了;可你还是这样生龙活虎的呀。瞧瞧你的衣服!瞧瞧这用不褪色墨水印的标记;再有我们院里保存着你从前所有的东西,它们上面也都清楚地印着安妮·凯瑟里克!"可不是,她们俩到了利默里奇庄园的那天晚上,哈尔科姆小姐检查她妹妹的衬衣时看到了那标记。

在去坎伯兰的途中,经过仔细盘问,从格莱德夫人口中得知的就是以上这些回忆,它们全部是迷离恍惚的,有些甚至是前后矛盾的。此后哈尔科姆小姐就避开一切有关疯人院的事不问,因为,如果再去提那些事,她显然会受不了那种精神折磨。疯人院院长自己说,她是七月二十七日入院的。从那天起到十月十五日(她被救出来的那天),她一直被禁锢着,人们异口同声地说她是安妮·凯瑟里克,一直矢口否认她是精神健全的人。她本来就心理比较敏感,体质比较脆弱,再经过这样的荼毒,受到的创伤当然很深。受到这样摧残以后,谁也不能在心理上不发生变化。

她们十五日晚上很迟的时候抵达利默里奇庄园,哈尔科姆小姐考虑得很周到,决定等第二天再证明格莱德夫人的身份。

第二天早晨,她第一件事就是去费尔利先生房间里,先是很小心地让他作好思想准备,最后才详细说出事情的发生经过。费尔利先生开始是一阵震惊,接着就气忿地说哈尔科姆小姐是受了安妮·凯瑟里克的愚弄。他要哈尔科姆小姐读一读福斯科伯爵的信,想一想从前说过安妮·凯瑟里克和他已故的侄女长得相似的那些话;他断然拒绝接见一个疯女人,说一分钟也不能见她;如果让这样一个女人到他家里来,那对他将是一件奇耻大辱。

哈尔科姆小姐从屋子里跑了出去,但是,第一阵怒火平息后,经过考虑,她相信,单说从一般人道主义出发,费尔利先生也会接见他侄女，总不至于把她当陌生人闭门不纳；于是，也不先通知一声，她就领着格莱德夫人去他屋子里。守在房门口的仆人不让她们入内，但是哈尔科姆小姐强行闯过去，搀着她妹妹一同去见费尔利先生。

此后的情景，虽然只持续了几分钟，却凄惨得令人无法形容——后来，连哈尔科姆小姐也避而不谈这件事情。这里只消叙述几句就够了：费尔利先生斩钉截铁地宣布，说他不认识当时带进他房间的女人，说这女人在容貌和神态上没一点地方能使他怀疑他侄女没被埋葬在利默里奇村的墓地里；说如果当天不把这女人从他家里赶走，他就要去请求法律保护。

即便是以最坏的眼光看问题，考虑到费尔利先生是自私的，懒惰的，一向麻木不仁的，你也绝不可能想象到他会那样卑鄙下流，甚至暗中虽已认出他胞兄的女儿，但表面上却加以否认。哈尔科姆小姐很通情达理，她认为这是由于他受了成见和恐惧的影响，所以再不能正确地分辨真伪，她只能将当时发生的事归之于这一原因。但是，后来她再去试验那些仆人，发现连他们也都拿不准，也都不知道带去给他们看的这位夫人是他们的小姐还是安妮·凯瑟里克，因为他们都听说安妮·凯瑟里克和他们的小姐长得相似，而这情形就必然使人得出一个可悲的结论，即，经过疯人院的禁锢，格莱德夫人在容貌和神态上的变化远比哈尔科姆小姐以前所想象的更为严重。强行将捏造的死亡加在她身上的恶毒骗局，甚至在她出生的老家里，在那些曾经与她一起生活过的人当中，也无法被揭穿了。

要不是情况那样紧迫，当时自可不必认为毫无希望辨明这件事情而放弃一切努力。

比如，离开了利默里奇庄园的贴身侍女范妮，恰巧再过两天就会回来；她以前和她女主人在一起的时间较多，要比其他仆人对她更为忠诚，很有可能她会辨认出来。此外，格莱德夫人还可以悄悄地藏在庄园中，或者住在村子里，一直等到她的健康稍许恢复了，她的精神又变得比较镇定了。而等到她的记忆又变得可靠时，她当然就能十分确凿和熟悉地提到过去的一些人与事，那是任何冒充她的骗子都学不像的，那样，即便是她的面貌不能证实她的身份，但经过那一段时间，她亲口说的话最后总能作为更可靠的证据证实她本人的。

然而，由于她当时是在那种特殊情况下恢复自由的，所以绝对不能采用以上种种办法。从疯人院出来追赶的人，只是暂时被骗往汉普郡，他们下一步肯定就要来坎伯兰。奉命追捕逃亡者的人随时都可以来到利默里奇庄园；而从费尔利先生现在这种心情来看，他一定会立即运用他在本乡的势力和权威，对那些人进行协助。因此，以最普通的眼光考虑格莱德夫人的安全问题，哈尔科姆小姐不得不放弃了为她证明的努力，立即让她离开现在所有其他的人都对她十分危险的地方，离开她自己家园附近的地方。

看来第一个最妥当和安全的办法就是立刻回到伦敦。一到了那个大都市里，她们就可以最迅速可靠地躲得无影无踪。于是，也来不及再作什么准备，更无需和任何人依依惜别，就在那个值得纪念的十六日下午，哈尔科姆小姐鼓起了她妹妹最后的勇气，临别时也没一个人向她们道声珍重，两人就永远离开利默里奇庄园，孤零零地踏上征途。

她们已经绕过那座俯瞰墓地的小丘，这时候格莱德夫人定要回去最后看一眼她母亲的坟。哈尔科姆小姐试图打消她的念头，可是当时怎么劝说也无用。她主意很坚定。她那双昏暗的眼睛里突然射出火花，在掩蔽着的面纱后面闪亮，她那憔悴的手指，刚才柔弱无力地握着亲人的手臂，这时越攥越紧。我凭心灵虔信，那是上帝的手为她们指出了一条回头路，于是，就在那庄严的片刻间，芸芸众生中受苦受难最深的一个在指点下看见了那条路。

她们回转身走向墓地，而这就决定了我们三人的命运。

3

以上是追叙过去的事——追叙直到那时为止我们所知道的事。

听了这些事,我自然而然地得出两个结论。第一,我隐约看出了这个阴谋的性质:主谋者如何等待时机,如何利用形势,确保干了这一大胆和复杂的罪恶勾当后可以逍遥法外。尽管某些细节对我们仍然是一个谜,但是他们恶毒地利用白衣女人和格莱德夫人的相貌相似,这一点是毫无疑问的。他们明明是把安妮·凯瑟里克带到了福斯科伯爵家里,冒充了格莱德夫人;明明是把格莱德夫人送进了疯人院,顶替了那已死的女人——这件李代桃僵的事做得很狡猾,以致一些不明真相的人(当然也包括那位医生和两名仆人,很可能还包括疯人院院长)都成了罪案的同谋者。

第一个结论,必然导致第二个结论。我们三人再也别指望福斯科伯爵和珀西瓦尔爵士会放过了我们。由于阴谋得逞,那两个家伙已经净到手三万镑———一个得了二万镑,另一个由他妻子转手得了一万镑。既然享受到这些利益,以及其他好处,他们就要尽一切力量使这件事永不败露;而既然要找到受他们迫害的人隐藏的地方,迫使她离开她仅有的朋友(玛丽安·哈尔科姆和我),他们就要搜遍每一个角落,情愿付出任何高昂的代价,不惜尝试一切阴险的手段。

由于意识到这巨大的危险,这每时每刻都会临近我们的危险,我就留心去找一个可以让我们隐蔽的地方。最后我选择了伦敦的最东头,因为那儿闲着没事在街上溜达着看热闹的人最少。我选择了附近穷苦人家最稠密的地方,因为我们周围的男女越是需要为生活艰苦挣扎,就越少时间,也越少闲情去注意那些偶然从外地来到他们那儿的人。这些都是最合我理想的优越条件;此外,我们住的那个地方还有一个同等重要的好处。我们可以靠我双手日常的劳动维持简朴的生活,可以省下我们手头的每一文钱,用来达到我们的目标,也就是达到我自始至终,一心一意要洗清冤屈,伸张正义的那个目标。

一星期后,玛丽安·哈尔科姆和我已经作出决定,对我们的新生活作了安排。

那幢房子里没有其他住户,所以我们出入都不必穿过那家店铺。至少是在目前,我作出了以下的规定:即除非有我陪同,否则玛丽安和劳娜都不到门外去;我不在家的时候,凭他外来的是谁,不管他用什么借口,一律不准进入她们的屋子。一经这样约定以后,我就去找一个现在业务很发达、从前我就认识的木版雕刻师朋友,托他为我找工作,同时告诉他,由于某种原因,我希望不要发表自己的姓名。

他立刻联想到这是因为我欠了债,于是像一般人那样对我表示了同情,然后答应尽力帮助我。我也不去纠正他的误会,只接受了他给我的工作。他知道我是经验丰富、工作勤勉可靠的。他需要的就是工作认真,手艺娴熟,好在这些都是我具备的条件;我的收入虽然微薄,但已够维持日常开销。我们在这方面一有保障后,玛丽安·哈尔科姆和我就把自己手里所有的钱都凑到一起。她的财产还剩下二三百镑,而我离开英国前顶掉了我的画师营业所得到的钱也相当于这个数目。我们俩的钱凑在一起总共有四百多镑。我决定这就开始进行秘密侦查工作,如果找不到别人协助,就准备自己单独干下去,于是我把一小笔财产存在银行里,以便用来支付侦查工作的费用。我们认真计算着每周开销的每一文钱;除非是为了劳娜的利益,为了劳娜的缘故,否则我们绝不动用那小笔存款。

如果当时我们敢让陌生人接近,家务事原可以由一个仆人来做,但是第一天玛丽安·哈尔科姆就把家务事当作她的本分接受下来。"凡是其他妇女的一双手能从早干到晚的活,"她说,"我这双手也能学会。"她伸出手时那双手在哆嗦。她卷起了为了安全而穿上的朴素寒碜的衣服的袖子,瘦削的手臂说明了她过去所受的痛苦,但是她的热情像扑不灭的火似的在燃烧。她朝我看时,我只见饱含着的泪水迷住了她的眼睛，慢慢地从颊上流了下来。她又像以前那样精神振奋，一下子挥去了眼泪，微笑中露出以前那种高兴时的神情。"你别为我的勇气担心，沃尔特，"她为自己辩解，"现在不是我在哭，是我那部分软弱的性格在哭。即使我不能战胜软弱的性格，家务劳动也会战胜了它。"后来她信守了她的诺言——傍晚我们会见时，她已取得胜利，正坐下来休息。她那双神情镇定的乌黑大眼睛瞅着我，像过去那样乐观地、坚定地闪出了光芒。"我并没有垮下来，"她说，"对我应当承担的一份工作你尽可以放心。"我还没来得及答话，她又悄声接着说："而且，对我应当承担的那部分危险，你也尽可以放心。等到那个时刻一到，你可要记住这点！"

等到那个时刻一到，我确实记住了这点。

早在十月底，我们已将日常生活程序安排停当；我们三人在隐蔽的地方完全与外界隔绝，仿佛我们所住的房子是一个荒岛，周围千千万万的同胞与纵横交错的街道形成了一片渺无边际的大海。我现在可以有一些闲暇去考虑将来应当采取什么行动计划，在即将与珀西瓦尔爵士和伯爵进行的斗争中，一开始应当怎样最稳妥地把自己武装起来。

我已经不再指望：凭我认得出劳娜，或者凭玛丽安认得出劳娜，就可以证明她的身份。因为，假如我们对劳娜的热爱程度比现在略差一点，假如那热爱在我们心中形成的直觉不是远比一切理智的判断更为可靠，不是远比一切观察能力更为敏锐的话，那么，初见到劳娜时，就连我们也不敢一下子就断定那是她本人。

令人感到担心，甚至陷入绝望的是，由于过去的恐怖与折磨在外貌上所形成的变化，现在看上去她和安妮·凯瑟里克更加相像了。我叙述自己在利默里奇庄园的事情时，曾经就我对她们俩的观察作过说明：虽然一般看上去她们一模一样，但如果仔细地加以比较，仍然可以看出许多重要的差异。在那些日子里，如果她们俩并排站着让人家看，绝对不会有谁会把她们闹混了，不会像人们对双胞胎那样常常认错了，然而现在我可不敢这样说了。以前我也曾责怪自己不该哪怕是偶然无意中把劳娜·费尔利同痛苦与折磨联系在一起，但现在痛苦与折磨已经在她年轻美丽的脸上留下了污迹，而那些致命的相似之处，那些我从前所看到的，看到时只是在想象中觉得可怕的，现在却活生生地呈现在我眼前了。陌生人，相识者，甚至那些不能够像我们看得同样仔细的朋友们，如果在她离开疯人院的那一天看见了她，也会不相信她就是他们以前见过的劳娜·费尔利，而如果他们怀疑的话，那也是情有可原的。

剩下的唯一办法，最初我认为可以采用的办法，就是要她去回忆任何冒充者都不熟悉的那些人与事——但是，我们近来的试验证明，这办法也是毫无希望的。每一次玛丽安和我向她小心地进行试探，每一次我们试着用一些办法增强她那衰退的记忆力，以便逐渐恢复她那受过震惊的记忆力时，我们总是又一次看出这种做法很危险，因为它会使她回想起过去那些烦恼和恐怖的事。

有关那些往事，我们只敢鼓励她回忆其中的一部分：回忆我刚到利默里奇庄园教她绘画的幸福日子里那些家庭琐事。有一天，我给她看那幅凉亭写生，也就是我们那天早晨分别时她赠给我，此后我一直带在身边的那幅画。我们见她从那画上回忆起一些事，于是我们的希望也随着复活了。此后，以前结伴散步和驱车出游的情景，也逐渐在她记忆中亲切地重新映现出来，这时她那疲乏无神的可怜的眼睛就瞅着玛丽安和我，首次露出感兴趣的神情和恍惚若有所思的眼光，从那时起，我们就鼓励她保持这种兴趣。我给她买了一盒颜料，一本写生簿，类似我们那天早晨初次会晤时我看见她手里拿的那本旧写生簿。又像以前那样（哦，天哪，又能像以前那样了!），每次从工作中抽出一些闲暇，在伦敦暗淡的灯光下，在伦敦简陋的屋子里，我坐在她身旁，指正那颤抖不稳的笔路，扶好那衰弱无力的手。一天又一天，我逐渐提高了她新生的兴趣，到后来这兴趣在她茫然的意识中固定下来，到后来她能想到绘画，谈到绘画，并且耐心地自己练习绘画，在我的鼓励下稍微感到了一点天真的乐趣，对自己的进步越来越觉得高兴，这就渐渐地恢复了昔日那种已经逝去的生活与已经逝去的幸福。

我们用这简单的方法，慢慢地帮着她恢复记忆力；在晴朗的日子里，我们一左一右搀着她出外散步，在附近幽静的旧城广场上不会遇到什么能使她受到惊扰的事物；我们从银行存款中匀出了几镑，买了一些她需要的葡萄酒、美味的菜肴、滋补的食物；傍晚，我们陪着她玩孩子们喜爱的纸牌游戏，给她看我从木版雕刻师雇主那里借来的贴满版画的剪贴簿；通过以上这些方法，以及类似的其他细微的关心，我们使她逐渐安定下来。由于这样经常地体贴她，悉心地爱护她，我们都十分乐观，希望一切都会好转。但是，如果一定要狠着心不让她一个人静静地休养，反而要她去接触一些陌生人，或者那些并不比陌生人熟悉许多的朋友——从而唤起我们一直小心翼翼不让她重温的那些痛苦的回忆——这一切，即使是为她着想，我们也不敢尝试。无论我们需要作出多大牺牲，需要焦急揪心地拖延多久，但只要那些困难是人力能够克服的，我们就必须在不要让她知道和不必由她出力的情况下为她洗清冤屈。

一经这样作出决定，我们接着就需要打好主意，第一步应当冒什么危险，一开始又应当从哪里着手。

和玛丽安商量之后，我决定第一步要尽量搜集更多的材料，然后去请教基尔先生（我们知道他这人是可以信任的），首先要向他讨教的是，我们究竟能不能依法起诉。为了劳娜的缘故，只要还存在一线希望，可以获得任何可靠的助力，增强我们所处的地位，我决不肯赤手空拳应敌，拿她的整个命运去冒险。

我需要掌握的第一部分材料，是玛丽安·哈尔科姆在黑水园府邸里所记的日记。日记中有一些涉及我说过的话，她认为我最好不要去看。因此，由她读原文给我听，我趁她读时摘下需要的材料。我们只能晚上迟一些睡,挤出时间来做这项工作。为这事花了三个晚上,我终于掌握了玛丽安告诉我的一切。

第二步是:我要在谨防引起怀疑的前提下,尽量从其他人那里获得更多的证明材料,我亲自去看魏茜太太,要查明劳娜在她家过夜一事是否属实。调查这件事时,我考虑到魏茜太太的高龄和衰弱的身体,同时,也像以后去其他几个地方进行调查时一样,为了慎重起见,我隐瞒了我们的真实情况,并且总是很当心地称劳娜为"已故格莱德夫人"。

魏茜太太对我的调查所作的答复,证实了我以前担心的事。劳娜确实写了信去,说要在老友家中寄宿,但是后来根本没去那里。

从这件事例中可以看出,而且我担心在其他事例中也是如此,她思想混乱,曾经把一些自己打算要做的事想象成为实际已经做过的事。这种不自觉的自相矛盾,虽然很容易给解释清楚,然而却可能导致严重的后果。这是我们刚开始就遭到的挫折,是证明材料中对我们极为不利的一个因素。

接着我就索阅劳娜从黑水园府邸寄给魏茜太太的信,我看到的信没有信封,信封已扔进字纸篓,早被毁掉了。信上没写日期——甚至没注明星期几。它上面只写了这么几行:"最亲爱的魏茜太太:我现在十分愁苦烦恼,可能明天晚上要来您府上借宿。信中我不能告诉您详情,因为写信时十分害怕被人发现,一点也不能集中思想。请在家中等候我。我要吻您一千次,把所有的事告诉您。爱您的劳娜。"这几行字有什么用呢?它们毫无用处。

从魏茜太太家回来后,我教玛丽安怎样写一封信给迈克尔森太太(也像我那样谨慎地写)。玛丽安可以对福斯科伯爵的行为泛泛地表示怀疑,要求女管家为我们写一份简明材料,据实叙述事情的经过。回信一星期后才到。我们等候回信的时候,我去找了圣约翰林区的医生,说我受了哈尔科姆小姐的委托,要尽量多搜集一些有关她妹妹病死的材料,因为基尔先生没有时间做这项工作。多亏古德赖克先生协助，我领到了一份死亡证明，还会见了那个盛殓尸体的女人（简·古尔德）。通过这个人的介绍，我又接触了那个女仆赫斯特·平霍恩。她前不久因为和女主人吵嘴而辞去了工作，现在和古尔德太太的几个熟人住在附近地方。就这样，我掌握了女管家、医生、简·古尔德和赫斯特·平霍恩等人的证明材料，原文都已在前面发表。

一经具备这些文件所提供的更多证明，我认为自己已有充分准备，可以去和基尔先生商谈了，于是玛丽安写信去为我作了介绍，并约定我为谈一件私事去会见他的日期。

那天清晨，我有充分的时间和平常一样陪着劳娜出去散步，然后看着她安安静静地坐下来绘画。当我站起来准备离开屋子时，她抬起头朝我看看，露出前此未有的焦虑神情；她又显得像从前那样心神不定，手指不停地摸弄着桌上的画笔和铅笔。

"你总不会厌烦我吧？"她说。"不会因为厌烦我，所以要走开吧？我一定要表现得更好——我一定要把身体养好。你还像从前那样喜欢我吗，沃尔特？瞧我现在这样苍白消瘦，学起画来又是这样迟钝。"

她说起话来像个小孩，像小孩那样向我暴露她的思想。我停留了几分钟——停下来对她说，我觉得她比以前更加可爱了。"快让身体复原吧，"我鼓舞新近在她意识中出现的希望，"为了玛丽安和我，快让身体复原吧。"

"可不是，"她自言自语，又开始绘画，"我一定要努力，瞧他们俩这样喜欢我。"接着她忽然又抬起头来看我。"别去得时间太久了！没你在旁边帮助，沃尔特，我画不下去。"

"我很快就会回来，亲爱的——很快就回来看你画得怎样了。"

我的声音不禁微微颤抖。我强迫着自己离开了屋子。现在我仍旧需要克制着自己；在这一天里，自制力对我仍旧是需要的。

我开了门，向玛丽安做了个手势，叫她跟随我走到楼梯口。我觉得，只要自己一旦在街上公开露面，那迟早会发生一些事情，必须让她对此有所准备。

"我大概几小时内就会回来,"我说,"我不在家的时候,你仍旧要像往常一样当心,别让任何人进来。万一发生什么事——"

"会发生什么事?"她急忙打断了我的话,"对我说明白,沃尔特,有什么危险——我好知道怎样应付。"

"有一桩危险,"我回答,"那就是珀西瓦尔·格莱德爵士可能听到劳娜逃走的消息,已经赶回伦敦。你知道,我离开英国之前,他曾经监视我;现在虽然我不认得他,但他可能认得我。"

她把一只手搭在我肩上,一言不发,只焦急地瞅着我。我看出她理解我们面临的严重危险。

"珀西瓦尔爵士本人,或者他雇用的密探,"我说,"不大可能这么快又在伦敦发现了我。但是,仍有可能发生一些意外的事。如果我遇到这类事,今晚回不来,你不必惊慌;如果劳娜问起,你可以给我想个最好的理由回答她。只要有一点怀疑自己受到监视,我就会非常当心,不让密探跟踪我到这儿来。不管我可能会耽搁多久,玛丽安,你要相信我会回来,一点儿也不用害怕。"

"一点儿不害怕!"她坚定地回答,"你不用因为只有一个妇女帮助你,沃尔特,就感到懊恼。"她略微停顿一下,又让我耽搁了一会儿。"当心!"接着她焦急地紧握着我的手说——"要当心!"

我辞别了她,去开始为侦查工作铺平道路——那是一条阴暗崎岖的道路,它的起点将从律师的门口开始。

4

我去法院胡同吉尔摩与基尔联合事务所,一路上没发生什么重大的事。

就在我的名片被递进去给基尔先生的那会儿工夫,我忽然想起了一件深悔早先没考虑到的事。根据我从玛丽安的日记中获得的那些材料,我相信福斯科伯爵已经偷看了她在黑水园府邸写给基尔先生的第一封信,并由他妻子截下了第二封信。因此,他已经知道了律师事务所的地址,而这就必然会联想到:劳娜逃出疯人院后,如果玛丽安需要找人出主意帮忙,她会再去请教基尔先生。在这种情况下,法院胡同的事务所将成为他和珀西瓦尔爵士首先需要监视的地方;如果他们选择的密探仍旧是我离开英国前跟踪我的人,很可能他们今天就会知道我回国的事。刚才我只想到会在街上被他们认出来的一般可能,但是直到现在才考虑到与事务所有关的特殊危险。现在已经为时过晚,再来不及补救这一不幸的疏忽,只懊悔不曾事先和律师安排一个私下会晤的地方。当时我只能这样决定:离开法院胡同时要当心,无论如何不能直接回家。

我等候了几分钟,然后被领进基尔先生的私室。他是一个面色白皙、身体消瘦的人,样子沉着冷静,目光锐利逼人,说话声音非常低沉,脸上毫不流露情感,好像他对陌生人不会轻易表示同情,他那职业性的安详态度根本不容易被人搅乱。要达到我的目的,看来不大可能找到一个比他更适合于协助我的人。只要他肯作出决定,那决定对我们有利,我们就有把握打赢这场官司。

"在开始谈我这次前来求教的事情之前,"我说,"我必须先让您知道,基尔先生,这件事无论我怎样简短地叙述,它也得占您一些时间。"

"谈哈尔科姆小姐的事,完全可以占用我的时间,"他回答。"凡是涉及她的权益的事,我在公私方面都可以代表我的合伙人。我的合伙人暂停执行业务的时候,曾经这样吩咐过我。"

"请问吉尔摩先生现在在英国吗?"

"不在英国,他和他的亲戚住在德国。他身体已经好一些了,但是,什么时候回来,现在还不能确定。"

我们刚开始寒暄时,他就在面前一些文件中寻找什么,这会儿他从里面取出了一封密封的信。我以为他要交给我了,但是他显然改变了主意,又把信摊在桌上,然后在椅子里坐好,静静地等着我说话。

我不多费时间去扯开场白,就直接谈到正题,把前文所述的那些事全都告诉他了。

他虽然是位老练的律师,但是在震惊之下也失去他那职业性的镇定。我还没全部说完,他已经无法掩饰惊疑的神情,几次要打断我的话。但是我只顾说下去,而且刚把话说完,就单刀直入地提出了那个重要问题:

"您是什么看法,基尔先生?"

他非常慎重,没恢复镇定前不肯答复。

"在发表自己的看法之前,"他说,"我必须先提几个问题,澄清某些疑点。"

他提出了问题,一些表示怀疑和不相信的尖锐问题,这时他明明认为我这人是想入非非,如果不是哈尔科姆小姐曾经向他介绍,他甚至会疑心我是在玩弄一个狡猾的骗局。

"您相信我说的是实话吗,基尔先生?"等他盘问完了我这样说。

"只要您本人相信那些是事实,我就肯定您说的是实话。"他回答。"我十分尊敬哈尔科姆小姐。因此完全有理由尊敬她相信可以参与这类事的一位绅士。再说,为了礼貌关系,为了避免争论,我甚至可以进一步承认:对哈尔科姆小姐和您来说,格莱德夫人仍旧活着这件事已被证实。但是,您到我这儿来的目的是为了知道合乎法理的观点。而作为一个律师,单说作为一个律师,我有责任指出,哈特赖特先生,您提不出丝毫证据。"

"您这话说得未免太重了,基尔先生。"

"我还要说得清楚一些。有关格莱德夫人死亡的证明,看来是明确的,是完备的。有她姑母的陈述,证明她到了福斯科伯爵家里,她发了病,她死了。有医生的诊断书,证明她是死了,并说明她是在正常情况下死的。利默里奇村里的殡葬是事实,坟墓上的碑文是凭证。您现在要把这一切都推翻。可是,您能提供什么事实为您的一方辩解，证明那已死和埋葬了的人不是格莱德夫人呢？再让我们全部审查一下您陈述中的要点，看看它们说明了一些什么。哈尔科姆小姐到了一所私人开办的疯人院里，在那里遇见了一个女病人。据说，一个名叫安妮·凯瑟里克的女人，长得和格莱德夫人异常相像，一度曾经从疯人院里逃出去；据说，今年七月里被收进疯人院的那个人，是用安妮·凯瑟里克的名字被送回去的；据说，送她回去的那位绅士曾经警告费尔利先生，说她发疯的时候会冒充他已故的侄女；据说，她在疯人院内确实一再声称自己是格莱德夫人（但那里的人都不相信她的话）。这些都是事实。您有什么证据可以驳倒这些事实？哈尔科姆小姐认那个女人是妹妹，但是此后的一连串事实已否定和驳倒了这种想法。哈尔科姆小姐可曾向疯人院院长证明她的确认出了妹妹的身份，然后采取符合法律手续的方式让她出院吗？没有，她是秘密买通了一个护士，让她逃了出来。而当这个病人以这种违法的方式出了院，被带去见费尔利先生的时候，费尔利先生认出她来了吗？他可曾对他侄女的死有过丝毫怀疑吗？没有。仆人们认出她来了吗？没有。她被留在附近地方，以便证明自己的身份，并进一步经受检验吗？没有；她被悄悄地带往伦敦。就在那时候，您也认出了她——然而您并不是她的亲属，甚至不是她家的旧交。仆人们否定了您的看法；费尔利先生否定了哈尔科姆小姐的看法；而所谓'格莱德夫人'的话又前后矛盾。她说她在伦敦的某一家过夜。您的证明里又说她没有去过那家；而您自己也承认，由于她头脑不清楚，您不能让她在任何情况下经受询问，为自己进行辩解。为了节省时间，我这里就不去谈其他琐碎细节了；现在请问，如果这件案子送到法院里去审理——进行审讯的陪审团要求一切应以合理的证据作为判案依据，那么，您的证据呢？"

我只好先等自己恢复了镇静，然后再回答他的话。这是一个局外人首次根据他的观点向我谈劳娜和玛丽安的事情经过——首次如实反映了我们所遇到的种种可怕的障碍。

"毫无疑问，"我说，"您所说的事实，在证明中好像对我们很不利，但是——"

"但是您却认为那些事实一经过您的说明，都可以被推翻了，"基尔先生打断了我的话。"让我把这方面的经验说给您听听吧。如果一个英国陪审团面临选择，或者是受理表面上是显而易见的事实，或者是听信真情需要解释的长篇说明，这时候它一向是不去倾听说明，而是相信事实。比如说，格莱德夫人宣称（为了避免争论，我就这样称呼您所说的那位夫人吧），她曾经在某家人家过夜，而结果证明她并没有在那家过夜。您解释这件事的时候，说明了她的精神状态，从而得出了一个形而上学的结论。我并不是说这个结论是错误的——我只是说，陪审团宁可相信她说话自相矛盾这一事实，不愿接受您为这自相矛盾的现象所作的任何解释。"

"但是，难道就不可以，"我仍旧坚持己见，"凭了耐心和努力，找到更多的证明吗？哈尔科姆小姐和我还有几百镑——"

他再也不能完全掩饰怜悯的神气，他朝我看了看，摇了摇头。

"现在就从您自己的观点来考虑这个问题吧，哈特赖特先生，"他说。"如果您对珀西瓦尔·格莱德爵士和福斯科伯爵的那种看法是正确的（要知道，我本人并不同意那种看法），那么，如果您要收集新的证明，他们就会用一切可以想象得到的办法跟你为难。在诉讼活动中设置重重障碍，对审讯程序的每一个步骤都强词夺理地进行阻挠——等到我们花完了不是几百镑，而是几千镑，到最后很可能还是输掉了官司。那些根据相貌相似来确定身份的问题，它们本身就是最难判断的——即使不牵涉到我们现在所讨论的案件中这样复杂的关系，它们也是最难解决的。对于现在这样一件离奇的案件，我实在看不出有什么办法。即使埋葬在利默里奇村墓地里的那个人不是格莱德夫人，但是照您所说，她活着的时候和格莱德夫人十分相像，那么，即使办妥手续，请求官府核准，发坟起尸，我们仍旧得不出什么结果。总而言之，没办法打赢这场官司,哈特赖特先生——肯定没办法,没办法打赢这场官司。"

然而我坚决相信有办法打赢这场官司;而由于具有坚强的信心,我就改变了争论的焦点,再一次请问他。

"除了确定身份的证明以外,还有其他可以提出的证明吗?"我问。

"在您谈到的情况下,再没有其他可以提出的证明了,"他答道。"在所有的证明中,最简单和最可靠的,是根据日期的比较对照得出的证明,但是,据我了解,这种证明您已经是没法发现的了。如果您能证明医生证明书上的日期和格莱德夫人去伦敦的日期不符,那情形就完全改观了;那我就会第一个说:让咱们起诉吧。"

"那日期还是可以发现的,基尔先生。"

"有朝一日被发现,哈特赖特先生,您就能打赢官司了。如果您现在就有办法发现,请告诉我,让咱们商量一下,看我能给您出点什么主意。"

我考虑了一下。女管家不能帮助我们;劳娜不能帮助我们;玛丽安不能帮助我们。很可能,知道那日期的只有珀西瓦尔爵士和伯爵两人。

"目前我还想不出一个办法,来确定那日期,"我说,"因为,除了福斯科伯爵和珀西瓦尔·格莱德爵士,我再想不出有谁肯定知道那日期。"

基尔先生那张始终保持镇静、聚精会神的脸首次放松,现出笑容。

"我想,您既然对那两位先生的行为抱有那种看法,"他说,"大概也就别想指望从他们那里得到帮助了吧?如果他们伙同一气,凭阴谋弄到手一大笔钱,他们是无论如何不会说出那日期的吧。"

"他们会被强迫着说出来,基尔先生。"

"被谁强迫着?"

"被我。"

我们两人都立起身。他比刚才露出了更为好奇的神情,紧盯着我的脸。我看出,他对我有点儿困惑不解了。

"您主意很坚定,"他说,"对这件诉讼您肯定有私人的动机,但是我不便问您。如果您将来提出诉讼,我将尽力为您效劳。同时,因为诉讼的事总会牵涉到钱财的问题,所以我必须提醒您:即使最后能证实格莱德夫人仍旧活着,我看您也没希望收回她的财产。那个外国人很可能在我们提出诉讼之前就已经离开了这个国家,而珀西瓦尔爵士又欠了一身债,被债务逼得很紧,无论他有多少钱,那些钱也都落到债主手里了。您当然知道——"

我立即打断了他的话。

"请您别和我谈格莱德夫人钱财的事,"我说,"我过去不知道,现在仍旧不知道有关格莱德夫人钱财的事——我只知道她已经丧失了她的全部财产。您以为我热衷于这件事,是出于自私的动机,您有这种想法,也难怪您。但是我希望您相信,我的动机永远像现在一样,完全是出于正义——"

他试图阻止我,要向我解释。但是,大概是由于恼恨他不该对我怀疑,所以我不等他往下解释就这样直率地说。

"我为格莱德夫人效劳,"我说,"不会抱有贪财的目的,不会想到私人的利益。她自己出生的老家不再认她,把她赶出来——她母亲的坟墓上刻下了有关她死亡的谎话,可是应当对这件事负责的两个家伙现在都逍遥法外。她的家族必须当着所有参加假葬礼的人重新接她回去。她的家长必须当着大伙吩咐把那句谎话从墓碑上抹掉。那两个家伙虽然能够逃避法律制裁,但是必须向我低头认罪。为了实现这一目的,我已经准备献出我的生命。虽然我是赤手空拳,但是,只要有上帝保佑,我一定能完成这项任务。"

他退到他的桌子跟前,不再说什么。从他脸上明明可以看出,他认为我已经坠入幻想,失去理智,再规劝我也是无济于事的了。

"就让咱们保留自己的意见吧,基尔先生,"我说,"那么只有等将来的事实来为咱们作鉴定了。我非常感谢您这样费神听取我的陈述。您已经向我说明,要采取法律制裁的办法,那绝不是我们力所能及的事。我们不能提供具有法律效力的证明;我们也没有足够的钱支付诉讼费用。单说能够知道这一点,至少对我们也是有益的。"

我鞠了一躬,然后走向门口。这时他唤我回去,递给我刚进来时看见他放在桌子一边的那封信。

"这信是前几天寄到的,"他说。"可否请您带回去?同时请您转告哈尔科姆小姐,我非常遗憾,到现在为止还没能为她尽一点儿力。而我所提的意见,恐怕是她和您同样不高兴听的。"

他说这话时,我瞧了瞧那封信。信封上写的是:"法院胡同吉尔摩与基尔律师事务所转哈尔科姆小姐收"。我完全看不出那是谁写的。

走出屋子时,我提出了最后一个问题。

"您知道珀西瓦尔·格莱德爵士还在巴黎吗?"我问。

"他已经回伦敦了,"基尔先生回答。"昨天我遇见他的律师,至少那律师是这样对我说的。"

听完这句答话,我走了出去。

离开事务所,我当心着不要停下来四面观看,以免引起人们注意。我走向霍尔本北面一个最冷清的大广场,接着就突然停下了,转过身去看后面那一条长长的人行道。

广场拐角上有两个人,这时也停下了,他们正在交头接耳地谈话。我考虑了一下,开始向回走,准备从他们身边经过。我走近他们时,一个人躲开了我,从广场拐角那儿拐上一条马路。另一个人仍旧站在原地。我经过他身边时朝他看了一眼,立刻认出他就是我离开英国前监视我的那个人。

如果任性的话,当时我大概会先去找那个人谈话,最后是把他一拳打倒。然而我必须考虑后果。只要我当众做出什么理亏的事，我就会被珀西瓦尔爵士捉住把柄。现在别无他法，只有以诈术对付诈术了。于是我拐上了第二个人所走的那条路，经过一个门洞子时，看见他正在那里伺候着。我以前没见过这个人，我高兴的是，如果以后再遇到什么麻烦，我就可以认出他的面貌了。一经认清了他，我又朝北走，最后到了新大街。我在街上向西一拐（那两个人一直跟踪着我），最后在我知道的一个离马车招呼站不远的地方停下，指望有一辆空着的双轮快车经过那里。过了几分钟，果然有一辆马车驶过。我跳上车，吩咐车夫快去海德公园。我后面的密探没等上第二辆快车。我看见他们正向街对面飞奔，跑着在我后边追赶，最后才在路上（或者停车站上）碰上了一辆空车。但是我早已抢在他们前头，等到我唤住车夫，走下马车时，已经看不见他们的踪影了。我穿过海德公园，在空旷的地方确悉已经无人追赶。过了好几个小时，我才取道回家，那时天已经黑了。

我看见玛丽安一个人在那间小起居室里等候我。她答应劳娜，等我一回来就让我看她的画儿，然后哄着她去睡了。那幅模糊不清的可怜的小画，虽然本身毫无价值，但是它的含义却很令人感动，这时被很当心地用两本书斜支在那里，我们仅可使用的一支蜡烛闪着微光，尽其最大的功能照亮了它。我坐下来看了那幅画，然后悄声告诉玛丽安刚才发生的事。我们和邻室之间只隔着一层薄板，几乎可以听见劳娜的鼾声，我们说话时如果声音稍高，就会惊动了她。

我向玛丽安叙述我和基尔先生会谈的经过时，她始终保持镇静。但是，我接着告诉她。怎样离开律师事务所后被那两人跟踪，怎样获悉珀西瓦尔爵士已经回来，这时她就露出焦急的神情。

"多么坏的消息，沃尔特，"她说，"再没比这更坏的消息了。

你没别的事要告诉我吗?"

"我还有一件东西要交给你,"我回答,一面递给她基尔先生托带的那封信。

她看了看地址,立刻认出那笔迹。

"你认识写信的人吗?"我问。

"我还能不认识他,"她回答。"写这封信的就是福斯科伯爵。"

说完这话,她拆开了那封信。读着读着,她的脸就涨红了。后来,她眼中闪出了怒火,递过信来叫我看。

信的内容如下:

"我写这封信,高贵的玛丽安,是出于尊重与爱,既尊重您,也尊重我,为了要您保持镇静,这里让我说几句安慰您的话:

"您什么也不用害怕!

"请运用您天赋的才智,永远销声匿迹吧。敬爱的小姐,您就别再冒险抛头露面啦。与世无争的态度是高贵的,那么,就请您抱这种态度吧。家庭中安详宁静的气氛永远是可爱的,那么,就请您享受这种气氛吧。生活中的风暴不会侵犯世外桃源中的安乐窝,那么,您就在那里住下吧,亲爱的小姐,就住在那个安乐窝里吧。

"如果照着我这些话做,我就保证您什么都不用害怕。再不会有灾难来损伤您的感情——您那些感情和我自己的感情一样,有多么宝贵啊。您不会受到伤害;您那可爱的伴侣不会受到追踪。她已经在您心中找到了新的避难所。多么珍贵的避难所啊!我羡慕她,就让她隐藏在那里吧。

"在我暂时停止享受和您谈话的乐趣之前,在我结束这封充满热情的信之前,出于慈父般的关切与怜爱,我最后再一次发出警告:——

"到此为止,别再前进一步;别招惹麻烦;别威胁别人。请不要迫使我采取行动——我这人是说话算数的——只是为了您的缘故,我才会心甘情愿地处于被动的地位,不尽情发挥我的威力,运用我的计谋。如果您的朋友当中有大胆冒失的，那么，就请遏制一下他们可怜的热情吧。如果哈特赖特先生回到了英国，您不要和他联系。我走我的路，珀西瓦尔紧跟着我走。有朝一日哈特赖特先生阻碍了我。他就要完蛋。"

信末的签名只有开头的一个字母F[①]，它周围画了一个花样繁复的圈儿。我十分鄙夷地把信扔在桌上。

"他这是要你害怕，但他明明是自己害怕了，"我说。

她究竟是一个妇女，不能和我一样对待这封信。信中侮慢亲昵的口气使她再也不能克制自己。她隔着桌子望着我，把握紧的拳头放在膝上，脸上和眼中又闪出刚才那种一触即发的愤怒火花。

"沃尔特！"她说，"有朝一日那两个家伙落在你手里，如果那时候必须饶恕其中的一个，你可别饶了伯爵。"

"让我把他这封信藏好，玛丽安，等到那一天，它可以提醒我。"

她留心瞅着我，看我把那封信收在我的皮夹子里。

"等到那一天！"她重复我的话，"你谈到将来，能这样有把握吗？今儿在吉尔摩先生的事务所里听到了那些话，后来又遇到了那些事，你还能这样有把握吗？"

"谈到时间，我不把今儿计算在内，玛丽安。今儿我只是在争取另一个人的帮助。我要打明儿计算起——"

"为什么要打明儿计算起？"

"因为打明儿起我要亲自动手了。"

"怎样动手呢？"

"我要搭第一班火车去黑水园。希望当晚就赶回来。"

"去黑水园？"

"是的，我离开基尔先生那里，已经有充分的时间进行思考。

[①] Fosco（福斯科）开头的一个字母。

他的看法有一点和我的相同。咱们必须追查到底，必须确定劳娜上路的那个日期，必须揭露阴谋中那个唯一的薄弱环节，也许，要能证明她仍旧活着，唯一的希望就是发现那个日期。"

"你的意思是，"玛丽安说，"要发现劳娜是在医生证明书上写的死亡日期以后离开黑水园的？"

"一点不错。"

"你怎么会想到，可能是在那个日期以后呢？劳娜自己不能告诉咱们她到伦敦的日期。"

"可是疯人院院长告诉你，说她是七月二十七日被送进医院的。我不相信，福斯科伯爵能把她留在伦敦超过一夜的时间，而始终不让她觉察出四周发生的事情。这样看来，她一定是在七月二十六日上路，一定是在医生证明书上她的死亡日期的后一天到达伦敦的。如果能够获得有关那日期的证明，咱们就可以控告珀西瓦尔爵士和伯爵，就能打赢这场官司。"

"哦，哦——我明白了！可是，咱们又怎样才能获得那证明呢？"

"从迈克尔森太太提供的材料中，我想到有两个办法可以试试。第一个办法是：去问那位医生道森先生，因为他一定知道，劳娜离开府邸后，他是什么时候再去黑水园府邸出诊的。第二个办法是：到珀西瓦尔爵士那天夜里独个儿去的那家客栈里打听。咱们知道，他是在劳娜走后几小时离开府邸去那儿的；那样一打听，咱们就能确定那日期了。这些办法至少是值得一试的——我决定明儿就去试一试。"

"如果这一次失败了（瞧我现在老是往坏里想，沃尔特，可是，如果咱们真的遭到挫折，到那时候我又会往好里去想了），如果黑水园那儿没人能帮你忙，那又怎么办呢？"

"可是伦敦有两个人能帮我忙，而且必须帮我忙——那就是珀西瓦尔爵士和伯爵。不做亏心事的人很可能忘了那日期，但是他们是干那罪恶勾当的，他们一定知道那日期。如果在各方面都遭到失败，那我就要逼着他们两个人，或者其中一个人，依着我的意思招认一切。"

我一说到这里，玛丽安脸上就充分显露了女性的本能。

"那要从伯爵开始！"玛丽安急切地压低了声音说。"为了我，要从伯爵开始。"

"为了劳娜，咱们必须从最有希望成功的一步开始，"我回答。

她脸上的红晕又淡下去，她忧郁地摇摇头。

"是呀，你的话对——"她说，"我刚才那样说是可耻的。我要更有耐心，沃尔特，现在我已经比从前快乐的日子里更能克制自己了。但是，我还是带有一点老脾气——一想到伯爵，那老脾气就是会复发！"

"审判迟早会轮到他的，"我说。"但是，要知道，暂时咱们还不能在他生活中抓到什么把柄。"我稍微沉默了一会儿，让她恢复了镇静，然后把我的话说到了点子上——

"玛丽安！咱们都知道，珀西瓦尔爵士的生活中倒有一个可以抓住的把柄——"

"你指的是那件秘密？"

"是的，就是那件秘密。那是咱们唯一可以稳稳地抓住他的把柄。要迫使他不能再保全自己；要公开暴露他的罪行，再没其他办法，只有在这方面着手。为什么珀西瓦尔爵士谋害劳娜的时候会对伯爵言听计从，这除了谋财，还有另一个动机。你听到他对伯爵说，他相信妻子所知道的事能毁了他吗？你听到他说，只要安妮·凯瑟里克的秘密一暴露，他就要完蛋吗？"

"是呀！是呀！我听到。"

"所以，玛丽安，如果咱们所有其他的办法全都失败了，我就要去探听出那件秘密。我仍旧摆脱不掉迷信思想。我又要说，白衣女人仍旧在支配着我们三个人的生活。生活旅程的终点已被指定；咱们正被招引着向它移近——安妮·凯瑟里克虽然已被埋在坟墓里，但她仍旧向咱们指点着那一条路！"

5

现在立刻就谈我首先去汉普郡进行调查的经过。

我一早离开伦敦,所以上午就到了道森先生家里。我抱着上述目的前往,但我们会谈的结果并不令人满意。

道森先生出诊簿里当然登记了第二次去黑水园府邸给哈尔科姆小姐治病的日期。然而,如果没有迈克尔森太太帮助他回忆,他仍不能从这个日期准确地倒着往回推算,而我已经知道,迈克尔森太太是无法帮助他回忆的。她已经记不起(在类似的情况下,又有谁记得起呢?),格莱德夫人走后又过了多少天,医生才又去诊疗他的病人。她几乎肯定是在格莱德夫人走后第二天将这件事告诉了哈尔科姆小姐。但是她不能确定那"第二天"是哪一天,因此也就不能确定格莱德夫人是哪一天去伦敦的。她也无法约略估计女主人走后又过了多久才接到福斯科夫人那封没注明日期的信。最后,仿佛上述的重重困难还不够多似的,当时医生本人又生了病,黑水园府邸的花匠给他捎去迈克尔森太太的口信时,他没像往常那样记下那是该月的第几天或星期几。

已经没希望从道森先生那里获得帮助了,但我决定再试一试,看是否能确定珀西瓦尔爵士到达诺尔斯伯里镇的时间。

看来一切都是命中注定的!我到了诺尔斯伯里镇,那家客栈已经关闭,墙上贴了一些招贴。听说,自从通了火车,客栈的生意就清淡下来。车站附近新开的旅馆抢走了那家老客栈(我们知道,珀西瓦尔爵士就是在那里过夜的)的生意,它大约两个月前就关闭了。老板带着全部财产和用具离开了该镇,至于他去到哪里,那我就无法确悉了。我问了四个人,他们谈到老板离开诺尔斯伯里镇后的计划和动向,但说法各有不同。

这时离最后一班火车开往伦敦还有几小时。于是我离开诺尔斯伯里镇车站,乘了一辆轻便马车赶回黑水园,准备去向那花匠和守门人打听。如果他们也不能帮我忙,那我暂时就没有其他办法，只好回城里去了。

我在离开黑水园府邸一里路的地方，向车夫问清了方向，然后打发走了马车，自己朝府邸走去。

我从公路拐上一条小道。看见一个人拿着一只毛毡提包，在我前面匆忙走向府邸的门房，这人长得很矮小，穿着一身陈旧的黑衣服，戴着一顶特大的帽子。照我看来，他大概是律师事务所里的一名雇员；我立刻停下，让我离他更远一些。他没听见我的声音，也不朝后面看一眼，径自走得无影无踪。稍停，我走进府邸大门，仍看不见他，他分明已经走进屋子里了。

门房里是两个女人。其中一个是年老的；这时想起了玛丽安形容的话，我立刻认出另一个是玛格丽特·波切尔。

我首先问珀西瓦尔爵士是否在府里；她们说不在，我接着就问他是什么时候离开的。两个女人都只能告诉我他是夏天走的，我没法从玛格丽特·波切尔口中问出什么话来，她只会傻笑着摇头。年老的女人头脑比较清楚；我用话套她，她终于说出珀西瓦尔爵士是怎样走的，走时又是怎样惊动了她。她记得主人怎样把她从床上唤起，怎样大声咒骂，把她吓坏了——至于这件事发生在哪一天，她老实承认已经"完全想不起了"。

离开门房，我看见花匠正在离开不远的地方干活。我刚招呼他的时候，他怀疑地瞪着我，但是后来我提到了迈克尔森太太，而且我对他很和气，所以他就很乐意和我谈话了。这里用不着再去详述我和他的谈话——这次谈话和我打听日期的其他几次尝试同样以失败告终。花匠只知道他主人是在夜间赶着车走的，是在"七月里的某一天，也许是那个月的最后两星期里，也许是最后的十天里——"此外，他什么都不知道了。

我们谈话的时候，我看见那个穿黑衣服戴大帽子的人从屋子里走出来，站在离我们不远的地方注视着我们。

刚才我已经怀疑这个人到黑水园府邸来的目的。现在花匠不能（也许是不愿）告诉我这个人是谁，我就更加怀疑了，为了打破这一疑团,我决定去和他攀谈。作为一个陌生人,这时我所能提出的最简单的问题就是打听府邸是否接待参观的来宾。于是我立刻向那人走去,这样问他。

从他的神态中就可以明显地看出,他知道我是谁,并且现在故意要激怒我,以便引起一场争吵。当时要不是我决意克制着自己,他单凭那十分傲慢无礼的答话就可以达到自己的目的。但是我耐着性子,对他彬彬有礼地道歉,说我无意中多有冒犯(但他说那是"侵入私宅"),然后离开了园地。事实上,我完全没有猜错。我离开基尔先生事务所的时候,就有人认出了我,而且明明已经通知了珀西瓦尔·格莱德爵士,于是这个穿黑衣服的人就被派到了黑水园,因为预料到我会去府邸或附近一带地方调查。他只要能抓住一点把柄,就会向我提出控诉,而地方长官就会插手,这样肯定会为我的侦查工作设置障碍,至少可以把我同玛丽安和劳娜隔离开几天。

我已准备好自己从黑水园到火车站的路上受到监视,就像前一天我在伦敦遇到的情形那样。但是当时我无法觉察出,这一次是不是有人跟踪我。穿黑衣服的人可能有他跟踪我的办法,只是我无法察觉,不论是在去火车站的路上,还是在傍晚抵达伦敦终点站的时候,我确实都没有看见他。我徒步走回家去;在抵达家门之前,一直留心着走附近最冷清的街道,而且一再回过头去看后面空阔的地方。这是我最初在中美洲荒野里为了预防遭到暗算而学会的策略,没想到现在,在文明的伦敦中心,我却抱着同样的目的和更大的戒心,又一次运用了它。

我不在家的时候,玛丽安并未受到什么惊扰。这时她急切地问我事情进行得是否顺利。见我谈到调查工作迄今尚无成果,但是我却显得毫不在意,她不禁表示惊讶。

事实是,调查的失败丝毫也没有使我感到沮丧。我进行这方面的工作,只是把它们当作应当履行的任务,并未对它们抱很大希望。当时我几乎有一种类似快慰的心情,因为我知道这场斗争即将成为我与珀西瓦尔·格莱德爵士的一次较量。我那高贵的动机中已杂有复仇的欲望，老实说，一想到要为劳娜恢复身份，最可靠的办法（也是唯一的办法）是步步紧逼这个娶她为妻的恶棍，我就会感到一种满足。

虽然我承认自己个性不够坚强，不能禁止复仇的本能影响了我的意志，然而我仍可以于心无愧地为自己说几句公道话：对于我和劳娜的未来关系，我并未存有任何卑鄙的念头；我从来不曾想到，有朝一日珀西瓦尔爵士被我制伏，我就要迫使他向我作出让步，私下里了结这桩公案。我从来没对自己说："如果能够成功，我就要使她丈夫无法再把她从我手中夺走。"因为，只要一看到她，我就不能怀着这种念头去考虑未来的问题。只要一看到她已经可怜地变得不像从前那样了，我就只会想到要爱护她，像她的父兄一样爱护她，说真的，是从内心深处爱护她。现在，我只希望她早日恢复健康。只要她又强壮了，又快乐了，只要她又能像从前那样看着我，又能像从前那样和我谈话，我就会喜出望外，心满意足了。

我写以上这一段话，并非出于无聊的自我标榜。读者们尽可以根据以下即将叙述的事情评论我的为人。但是，在这以前，我也不妨把自己的优缺点好好地掂量一下。

从汉普郡回来后的第二天早晨，我把玛丽安领到楼上我的工作室里，向她说明当时我已经考虑成熟的计划，即准备如何抓住珀西瓦尔·格莱德爵士生活中唯一有懈可击的要害。

要探明他的隐情，就必须发现我们至今尚无法猜透的那件有关白衣女人的秘密。在这方面，我们首先可以向安妮·凯瑟里克的母亲寻求帮助，至于凯瑟里克太太是否肯在这方面吐露什么隐情或者采取什么行动，那又要看我是否能够先从克莱门茨太太那里获悉某些有关当地的情况和家事的底蕴。经过仔细考虑这一问题，我开始相信，如果要重新开始调查，我们首先需要跟安妮·凯瑟里克的忠实朋友和保护人取得联系。

当时最大的困难是,如何找到克莱门茨太太。

多亏玛丽安头脑敏捷,她立刻为我必须解决的这一难题想出了一个最简单的好办法。她的主意是:写一封信到利默里奇庄园附近的农庄(托德家角),打听克莱门茨太太在过去几个月内可曾有信寄给托德太太。克莱门茨太太和安妮被拆散的情形我们无从得知,但是这件事一旦发生之后,克莱门茨太太肯定会想到要向失踪的女人最爱去的一带地方,也就是利默里奇庄园附近,打听她的下落。我立刻看出,由于玛丽安提供了这一线索,我们对成功有了希望,于是她当天就给托德太太去信。

趁我们等候回音的时候,我又从玛丽安那里获得她所知道的一切有关珀西瓦尔爵士的家庭情况和早年生活的材料。在这方面,她所提供的也只限于一些传闻。然而,她相信所谈的一小部分材料是可靠的。

珀西瓦尔爵士是独生子。他父亲费利克斯·格莱德爵士,由于一种痛苦而又不治的先天性缺陷,从早年起就避免参加一切社交活动,他唯一的兴趣是欣赏音乐,他的妻子和他兴趣相同,据说是一位很有造诣的音乐家。他年轻时就继承了黑水园的产业。夫妻俩住进了继承的庄园,并不和附近居民接近,也没人敢诱导他们放弃孤僻的习惯——除了那位倒霉的教区长。

教区长并不是怀有恶意,他只是由于过分热心,结果却掀起了一场轩然大波。他听说费利克斯爵士离开学校时,在宗教上是一个无神论者,在政治上几乎是一个造反者,于是,他就真心实意地看问题,认为自己完全有责任邀这位庄园主去教区教堂里听他宣讲大道理。费利克斯爵士对教区长这番出于善意但是不讲策略的干涉大发雷霆,甚至公然粗暴地侮辱了教区长,以致附近人家都写信去府里愤怒地抗议,连黑水园领地的佃户们也大胆而强烈地发表了他们的意见。从男爵对乡村生活根本不感兴趣,对他的领地和当地居民毫不留恋,于是宣布再也不受黑水园的人干扰,随即离开了那个地方。

在伦敦住了一个很短的时期,他和妻子就移居大陆,再也不回英国。他们有时候侨居法国,有时候侨居德国——永远是深居简出,因为生理上的缺陷已使他产生了一种病态心理,所以这种生活方式对费利克斯爵士是必要的。他们的儿子珀西瓦尔出生在国外,受教于家庭教师。双亲中母亲首先去世。过后几年,父亲也亡故了,那可能是在一八二五年,也可能是在一八二六年。在这之前,珀西瓦尔爵士还年轻时,他有一两次回到英国,但直到父亲去世以后,他才结识了已故菲利普·费尔利先生。不久他们就变得十分亲密,但是在那些日子里,珀西瓦尔爵士还很少去利默里奇庄园(也许根本就没去过那里)。弗雷德里克·费尔利先生也许曾经在菲利普·费尔利先生的朋友当中见过他一两次,但是那时候也许还不大了解他(或者始终就不了解他),在费尔利家,劳娜的父亲是珀西瓦尔爵士唯一熟悉的朋友。

以上是我能从玛丽安那里获得的全部材料。这些材料对我现在的目的毫无用途,然而我仍旧把它们很仔细地摘录下来,希望它们将来也许会变得很重要。

托德太太的回信到了(按照我们指定的地点:寄到离我们住处不远的一个邮局里),我去取了回来,迄今一直为我们掣肘的形势,从现在开始变得对我们有利了。托德太太在信中提供了我们所寻求的第一项资料。

看来正像我们所猜测的,克莱门茨太太曾经去信托德家角,首先为她和安妮突然离开她朋友的农庄(我在利默里奇墓地里遇见白衣女人的第二天早晨)表示了歉意,然后把安妮失踪的事通知了托德太太,并请她在附近一带打听,看失踪的女人是否又会流浪到利默里奇村。在提出这些请求的时候,克莱门茨太太还很细心地注明了她的永久通信地址,现在托德太太就把那地址转告了玛丽安。那地址就在伦敦,从我们的住处前往,半小时即可到达。

打铁必须趁热：我决定按照这句成语行事。我第二天早晨出发，去见克莱门茨太太。这是我在侦查工作中迈出的第一步。现在我孤注一掷、非干不可的那件事，就从此开始。

6

根据托德太太所说的地址，我在格雷法学院路附近一条相当整洁的街上找到了那所公寓。

我敲了门，克莱门茨太太亲自出来开了。她问我是干什么的，看来已经不认识我了。我向她重述了我和白衣女人在利默里奇村墓地里谈话后见到她的情形，说时特别提醒她，我就是（像安妮·凯瑟里克自己所说的）安妮逃出疯人院被追捕时那个帮助她脱险的人。当时我只有用这方法赢得克莱门茨太太的信任。果然，我一提到这件事情，她就想起了以往的经过，随即把我让进客厅，急着要知道我是否带来了有关安妮的消息。

如果我告诉她全部经过，那必然会涉及有关阴谋的细节，而向一个局外人谈那些细节是很危险的。我还必须十分当心，不要让她对此事怀抱幻想，于是向她说明，这次前来只是为了查明应对安妮失踪一事负责的人。为了自己将来不致受到良心的谴责，我又补充说，对是否可以找到她一事我并不抱任何希望；说我相信我们已经不可能再见到她了；我之所以关心这件事，主要是为了惩罚两个人，因为我怀疑这两人拐走了安妮，而且他们还使我和我的一些好友受到严重的伤害。一经把这几点解释清楚，我就让克莱门茨太太自己作出判断：我们是否共同关心这件事情（不论我们抱着什么不同的动机），她是否愿意协助我去进行这项工作，向我提供她所掌握的有关材料。

开始时这个可怜的妇人听得糊涂了，在激动下不大理解我的意思。她只能说，为了报答我对安妮的盛情厚谊，她乐意告诉我所有的事。但是她和生客谈话时不能很快找到一个头绪，所以问我应当从哪里谈起。

根据我的经验,要使一个不习惯于整理思想的人谈话,最困难的就是要她叙述一件久远以前发生的、需要进行回忆的事。我先请克莱门茨太太告诉我她离开利默里奇村以后发生的事,然后我很当心地试着提出问题,让她逐步地谈到安妮的失踪。

以下就是我这样探听后获悉的内容:——

克莱门茨太太和安妮离开了托德家角农庄,当天抵达德比;为了安妮的原故,她们在那里待了一星期。接着她们就到了伦敦,在当时克莱门茨太太所租的公寓里住了大约一个多月,后来,由于住宅和房东方面的某些原因,她们不得不搬家。她们每次出去,安妮总是害怕在伦敦市内和附近地方被人发现,克莱门茨太太也逐渐顾虑到了这一点,于是决定搬往英格兰的一个最偏僻的地方,即林肯郡的格里姆斯比镇,那是她已故丈夫早年住的地方。丈夫的亲族在镇上都很有地位,他们一向待克莱门茨太太很好,所以她认为最好是到那儿去住,遇事可以有丈夫的朋友帮着她出主意。再说,安妮坚决不肯回到韦尔明亨她母亲家里,因为她是在那里被送进疯人院的,而且珀西瓦尔爵士肯定会到那里去,再一次找到她。她的反对具有充分的理由,克莱门茨太太认为很难驳回她。

在格里姆斯比镇首次发现了安妮的严重病症。报上刊出了格莱德夫人结婚的新闻,安妮一看到就发病了。

请来的那位医生立刻发现她患的是严重的心脏病。她病了很长一个时期,身体变得十分虚弱,后来病情虽然逐渐减轻,但间或仍有反复。因此,第二年上半年她们一直留在格里姆斯比镇;按说她们还会在那里住上很久,但是这时安妮突然决定要到汉普郡去私下会见格莱德夫人。

克莱门茨太太竭力反对她为了这样一件莫名其妙的事去冒险。安妮也无法解释自己的动机,只说她相信自己离死期已近,还有一件心事,无论冒多大的危险,也要去和格莱德夫人密谈一次。

她对这件事已经拿定主意，说如果克莱门茨太太不愿意陪她上路，她就要单独去汉普郡。医生听了这情形，认为坚决反对很可能使她发病，甚至会对她有生命危险；克莱门茨太太接受了医生的忠告，虽然又一次预感到会有麻烦和危险，但在万不得已的情况下也只好依着安妮·凯瑟里克的意思做了。

在从伦敦去汉普郡的途中，克莱门茨太太发现，有一个同路人对黑水园附近的情况很熟，可以让她知道当地所有的路途远近。她从谈话中获悉，如果要让居住的地方远离珀西瓦尔爵士的府邸，以免发生什么危险，她们最好是住在一个叫桑登的大村庄里。那村庄和黑水园府邸相距三四里，所以安妮每次到湖边去，来回要走很多路。

在桑登村的头几天里，没人发现她们。她们住在离村庄不远的农舍里，房东是一个很规矩的寡妇，有一间卧室出租；由于克莱门茨太太千叮咛万嘱咐，至少在头一个星期里，房东把她们的事瞒得很紧。克莱门茨太太也曾竭力劝安妮别去见格莱德夫人，而是先写一封信给她。但是因为上次寄到利默里奇庄园的匿名信提出的警告没能起作用，所以这次安妮决意单独走一趟，坚持要亲自去和格莱德夫人谈话。

但是，安妮每次到湖边去，克莱门茨太太总是在暗中尾随着她，只是不敢走近船库，所以没看到那里发生的事。安妮从附近危险的地方回来，每天走的路太多，再加上情绪本来就很激动，以致身心方面都感到困乏，终于带来了克莱门茨太太长期来一直担心的后果。安妮的心脏痼疾，以及在格里姆斯比镇出现的其他病症，这时又复发了，于是她只好在农舍中卧床静养。

在这危急关头，克莱门茨太太凭经验知道，首先需要让安妮的焦急心情平静下去；为此，这位善良的妇人第二天就亲自前往湖边，看是否能够找到格莱德夫人（据安妮说，夫人每天总要出来散步，一直走到船库那儿），然后邀她悄悄到桑登村附近农舍里去一趟。走到种植场外边，克莱门茨太太遇到的不是格莱德夫人，而是一位年龄相当老的绅士,他身材高大,手里拿着一本书——那就是福斯科伯爵。

伯爵首先很仔细地向她打量了一阵,然后问她是不是要在那里找什么人;她还没来得及答话,伯爵就接着说,他是为了替格莱德夫人捎一个口信,正在那里等候一个人,不知道面前的这一位是不是他要与之联系的。

克莱门茨太太一听这话,立即向他说明来意,并请他把那口信告诉她,好让安妮安心。伯爵毫不犹豫,慨然答应了她的要求。他说那口信十分重要。格莱德夫人请安妮和她的好友立即赶回伦敦,因为她确信,如果她们再在黑水园附近多待一些时候,珀西瓦尔爵士就会发现她们。格莱德夫人本人日内也要去伦敦;如果克莱门茨太太和安妮先去那里,让她知道那里的住址,她们在两星期或更短的时间内就可以得到她的回音,并和她见面。伯爵还说,他原来打算当面警告安妮,只是怕安妮看到一个陌生人去和她谈话会受惊。

那时克莱门茨太太非常慌乱和焦急,当即回答说,她巴不得能将安妮平安地送回伦敦,可是目前没法让她离开附近危险的地方,因为她正卧病在床。伯爵问克莱门茨太太曾否去请医生;听到克莱门茨太太说,因为害怕村里人知道她们的来历,至今还不敢这样做,伯爵说他本人就是医生,如果克莱门茨太太愿意,他可以和她一同去,看是否能为安妮想点儿办法。克莱门茨太太千恩万谢地接受了他的好意(她当然相信伯爵,因为连格莱德夫人都把她的秘密口信托给了他),和他一同前去农舍。

他们到达那里的时候,安妮正在酣睡。伯爵一看见她就大吃一惊(显然是由于看见她和格莱德夫人长得相像而感到惊奇)。可怜的克莱门茨太太还以为他是看见安妮病重而吃惊哩。他不让克莱门茨太太吵醒了安妮——他只看了看她,轻轻地诊了诊她的脉,问了克莱门茨太太几句有关病情的话。桑登是一个相当大的村庄,那里有一个杂货铺和一家药房,于是伯爵就到那里去开了药方,配好了药。他亲自把药带回来给克莱门茨太太，说那是一种强烈的兴奋剂，安妮服后肯定可以起床，去伦敦时不致感到劳累，因为那段路程只需要走几个小时。当天和第二天，病人都应当在指定的时间服药。到了第三天，她就好上路了；伯爵和克莱门茨太太约好了在黑水园火车站碰头，他将送她们乘中午班的火车。如果到了约定的时间不见她们前去，他就可以假定安妮的病势变得更为严重，那他就会立刻到农舍去看她。

后来并没发生这类意外的事。

安妮服了兴奋剂，效果异常好，再加上听克莱门茨太太说不久可以在伦敦见到格莱德夫人，她就更感到安慰了。她们准时到达火车站（在汉普郡待了总共不到一星期）。伯爵已等候着她们，当时正在和一位中年以上的夫人谈话，看来那位夫人也是乘那班火车去伦敦的。他很客气地招呼她们，亲自送她们上车，并请克莱门茨太太别忘记把她的地址寄给格莱德夫人。中年以上的夫人，没和她们坐在同一节车厢里，她们也没看见她抵达伦敦终点站后去往哪里。克莱门茨太太住进幽静地区的一所上等公寓，然后按照约定的做法写信把住址告诉了格莱德夫人。

过了大约两个多星期，她仍没收到复信。

就在两个多星期后，一位夫人（就是她们在火车站看见的那一位）乘着马车来到，说她是格莱德夫人派来的，格莱德夫人当时在伦敦一家旅馆里等着见克莱门茨太太，要约一个时间会晤安妮。克莱门茨太太当然表示乐意去（安妮当时在场，也劝她去），尤其是因为她这次前去最多只需要离开寓所半个小时。于是她和那位中年以上的夫人（那分明是福斯科夫人）乘那辆马车走了。车刚走了一段路，还没到那家旅馆，那位夫人就吩咐把车停在一家店铺门口，请克莱门茨太太稍等一会儿，因为刚才她忘了买一件东西。此后，她再也没回来。

克莱门茨太太等了一阵，惊慌起来，就吩咐车夫赶车回她的寓所。等她回到那里，离开总共不过半小时多一点儿，安妮失踪了。

她向公寓里的人打听，最后只从一个女仆口中得到一点消息。女仆给一个街上来的小孩开了门，小孩留下一封信给"住在三楼的年轻女人"（三楼指克莱门茨太太所住的地方）。女仆送去信，然后走下楼，五分钟后看见安妮戴着头巾帽系着围巾开前门出去了。那封信大概是被她带走了，因为此后再没有找到，也就无法知道它是怎样把她骗走的。但诱骗的借口肯定很富有迷惑性，否则她在伦敦决不会自动地一个人离开寓所。克莱门茨太太要不是凭经验对这一点感到很放心，那她哪怕是短短半小时也无论如何不肯乘车外出的。

等到清醒过来，克莱门茨太太自然首先想到要去疯人院打听，担心安妮又被送回到那里了。

她以前曾经从安妮口中获悉疯人院的地址，所以第二天就赶到了那里。她得到的答复是：并没有这样一个人被送回来（她去打听时，很可能是在假安妮·凯瑟里克被关进去的前一两天）。她于是去信韦尔明亨普凯瑟里克太太，问她可曾看到她女儿，或者听到她的消息，但回信说不知道。收到了那封信后，她再没有其他办法可想了，完全不知道应当再向什么地方打听或者采取什么措施了。从那时起直到现在，她一点儿也不知道安妮失踪的原因和她最后的遭遇。

7

到目前为止，从克莱门茨太太口中获得的材料虽然为我提供了某些前所未闻的事实，但只能让我初步有了一点儿头绪罢了。

先劝安妮·凯瑟里克去伦敦，再把她和克莱门茨太太拆散：显然，这都是福斯科伯爵和伯爵夫人玩弄的一系列骗术。这一对夫妇的所作所为，就其性质而言，是否应受法律制裁，那是将来值得考虑的问题。但现在我要达到自己的目的，必须朝另一方向前进。我这次来看克莱门茨太太，首要的目的是至少要初步侦查出珀西瓦尔爵士的秘密，然而，在这方面，她至今什么也没谈到，没能使我向那重要的目的迈进一步。我认为，除了要让她谈现在所记得的一些事情，更有必要让她回忆过去的一些人与事，于是我就间接地向着这一目标把话扯下去。

"我真希望能够为您效劳，能够减轻这件不幸的事给您带来的悲哀，"我说。"但是，现在我只能对您的痛苦表示深切的同情。瞧，即使安妮是您的亲生女儿，克莱门茨太太，您也不能比现在这样待她更慈爱，更不惜为她作出牺牲。"

"这算不了什么，先生，"克莱门茨太太毫不在意地说。"这个可怜的小东西对我好得就像我亲生的孩子一样。我在她小的时候就带她，先生，亲手把她带大，可是，要把她拉扯大也不是一件容易事呀。我给她做第一批小衣服，我教她怎样学步，要不是曾经那样带过她，现在失去了她我也不会这样伤心了。我老是说，这是上帝因为我没有孩子，送来安慰我的呀。现在，她没了，我老是想到过去的情景，虽然自己已经这么大年纪，我仍旧忍不住要哭她——真的，我忍不住就要哭她啊，先生！"

我沉默了片刻，让克莱门茨太太安静下来。我长期以来盼望的那一线微光，这时虽然仍旧离开很远，是不是已经开始在这位善良的妇女对安妮早年的回忆中向我闪烁着呢？

"您是在安妮出生以前就认识凯瑟里克太太的吗？"我问。

"在她出世前不久，先生——大约不到四个月。那时候我常常和凯瑟里克太太见面，但是彼此并不十分熟悉。"

她这样答话时，声音好像已经稳定了一些。尽管她的许多回忆可能使她感到很痛苦，但是，我看得出，刚才让她谈了好半天、如今仍旧使她感到十分悲哀的事，这会儿再让她重叙已经淡漠了的过去的烦恼，这就使她的情绪不知不觉地缓和下来了。

"那时候您和凯瑟里克太太是街坊吗？"我竭力鼓励她回忆。

"是呀，先生——是老韦尔明亨的街坊。"

"老韦尔明亨?这样说来,汉普郡有两个叫韦尔明亨的地方吗?"

"是呀,先生,那时候,二十三年前,是有两个同名的地方。人们在大约二里路以外,离河更近更方便一些的地点,建了一个新镇,那时候老韦尔明亨只是一个村庄,它不久就荒废了。新镇就是现在人们管它叫韦尔明亨的那个地方,但是新镇的教区教堂仍旧是那个老教堂。它孤零零地留在原来的地方,可是四周的房屋都被拆毁了,或者变成废墟了。我这辈子见了不少世面。在我那个时代,老韦尔明亨是一个美丽可爱的地方。"

"您结婚前就住在那地方吗,克莱门茨太太?"

"不,先生,我是诺福克人。我丈夫也不是那地方人。我刚才已经对您说过,他是从格里姆斯比镇去的,他原先在那里见习。但是他有朋友在南方,所以听到有一个机会,就到南安普敦去工作了。待遇并不好,但是他储蓄了一些钱,够一个生活简单的人退休以后过日子,后来他就在老韦尔明亨定居。我嫁了他就和他一同去到那里。当时我们两人年纪都已不轻,但是生活却过得很幸福,要比我们的街坊凯瑟里克先生夫妇更幸福,他是又过了一两年才和他妻子一同去老韦尔明亨的。"

"在这以前您丈夫就认识他们了吗?"

"认识凯瑟里克,先生,但是不认识他妻子。我们俩都从未见过他妻子。凯瑟里克依靠一位绅士的力量,当上了韦尔明亨的教会文书,所以才会在我们邻近住下了。他带来了他新婚的妻子,我们不久就听说,她原来是南安普敦附近瓦内克府里的一名上房女仆。凯瑟里克为了娶她,费了不少力气,因为她的架子很大。他一再求婚,都遭到拒绝,最后只好放弃。可是等到他已经放弃,看来也真是莫名其妙,她却前倨后恭,反而自己跑去迁就他。我那可怜的丈夫一再说,现在该让这女人吸取教训了。但是凯瑟里克太爱她,不忍心那样使她难堪,再说,不论婚前还是婚后,他从来就没约束过她。他是一个容易激动的人,老是过分地让情感冷一阵热一阵地支配着自己，即使他娶的是一个更好的妻子，他也会像宠爱凯瑟里克太太那样把她宠坏了。我不愿说任何人的坏话，先生，但是我不能不说这女人毫无心肝，十分任性，她又爱听无聊的奉承，爱穿漂亮的衣服，尽管凯瑟里克先生一直待她那么好，但是她甚至连表面上也不高兴向他表示应有的尊敬。他们刚来和我们做街坊的时候，我丈夫就说，看来事情要坏呀，结果呢，他的话应验了。他们在附近住了还不满四个月，家里就传出一件可怕的丑闻，夫妻俩就不幸地被拆散了。论这件事，两个人都有错儿——我恐怕那两个人都同样有错儿。"

"您的意思是说丈夫和妻子？"

"哦，不是的，先生！我说的不是凯瑟里克——我们只有可怜他的份儿。我说的是他妻子和那个人——"

"是闹出丑事来的那个人？"

"可不是，先生。照说，一位出身高贵有教养的绅士应该给人们做更好的榜样才对。您是熟悉他的，先生——我那可怜的安妮呀，对他更是太熟悉了。"

"难道他就是珀西瓦尔·格莱德爵士吗？"

"是呀，就是珀西瓦尔·格莱德爵士。"

我的心急跳起来——瞧我还以为自己已经抓住了那条线索哩。这样看来，对这件离奇曲折、至今使人坠入迷雾中的事，我知道的实在太少了！

"那时候珀西瓦尔爵士就住在你们邻近吗？"我问。

"不是的，先生。他刚从外地来，我们都不认识他。他父亲在外国去世不久。我记得他还戴着孝。当时绅士们都爱到我们河边钓鱼，他就在那河边一家小客栈里住下了（那家客栈后来被拆掉了）。他刚来的时候，大伙都没注意他，因为绅士们从英国各地来到我们那条河上钓鱼，那是一件很平常的事。"

"安妮出生之前，他就在村子里露面了吗？"

"是呀，先生。安妮是一八二七年六月里生的，记得他是那年四月底或者五月初来的。"

"他刚来的时候,你们都不认识他吗?那么,凯瑟里克太太和邻近其他人一样,也不认识他啰?"

"起初我们也是这样想来着,先生。但是等到那件丑事一闹出来,谁也不相信他们俩是不相识的。那件事我记得十分清楚,就好像是昨儿刚发生的。一天夜里,凯瑟里克在我们花园里小路上抓了一把沙砾,扔到我们窗玻璃上,把我们惊醒了。我听见他唤我丈夫,一定要他下楼去谈一谈。他们俩在走廊里谈了很久。我丈夫回到楼上,浑身直哆嗦。接着他就坐在床边对我说:'莉齐!我一再告诉你,那婆娘是个坏人——我总说她迟早有一天要出乱子,恐怕呀,我说的那一天到了。凯瑟里克发现他妻子的抽屉里藏了许多花边手帕、两只贵重的戒指、一只带链儿的新金表——这些东西只有富贵人家的妇女才会有——但是他妻子不肯说出那是从哪儿来的。''他疑心那是她偷来的吗?'我问。'不。'他说,'偷窃当然已经够坏了。但是现在的事要比那更坏,她没机会偷那些东西;即使有机会,她也不是一个偷东西的女人。它们是送的礼物,莉齐——表里面刻了她本人姓名开头的字母——凯瑟里克还看到她和那个戴孝的绅士珀西瓦尔·格莱德爵士偷偷地谈话,那情景对一个已婚的妇女是不应当有的。你且别提这件事——我叫凯瑟里克今天夜里不要声张。叫他闭紧了嘴,可是要张大了眼睛,竖起了耳朵,暂且候它一两天,等到十分有把握的时候再说。''这肯定是你们俩误会了,'我说,'凯瑟里克太太在这儿过着这么又舒适又体面的生活,她会对珀西瓦尔·格莱德爵士这样一个萍水相逢的陌生人有意思,这是不近情理的。''咳,你以为那个人对她是陌生人呀?'我丈夫说,'你忘了凯瑟里克的妻子是怎样嫁给他的吗。起初凯瑟里克向她求婚,她三番两次地拒绝,但后来反而自动地迁就他。以前就有过像她这样的坏女人,莉齐,她们是利用那些爱上她们的老实男人,来保全自己的名誉,我非常担心这个凯瑟里克太太就是这样一个最坏的女人。瞧着吧,'我丈夫说，'咱们不久就会看到的。'可不是，刚过了两天，我们就真的看到了。"

克莱门茨太太且不往下说，她沉默了一会儿。但即便是在那短促的片刻中，我已经开始怀疑：根据自以为已经掌握的这条线索，我就能够揭破那离奇曲折的秘密吗？难道这篇有关男人的欺骗行为和女人的脆弱本性的普通的、十分普通的故事，就是珀西瓦尔·格莱德爵士一直为之提心吊胆的那个秘密的关键吗？

"再说，先生，凯瑟里克听从了我丈夫的劝告，准备暂且等候一个时期，"克莱门茨太太继续谈下去，"正像我刚才对您说的，他用不着再等多久。第二天他就发现了他妻子和珀西瓦尔爵士在教堂法衣室①里很亲密地悄声谈话。他们俩都以为人家再也不会到法衣室附近去找他们，但是，不管怎样想法，他们终于在那儿被发现了。珀西瓦尔爵士明明是受了惊，显得很狼狈，就欲盖弥彰地为自己辩解，可怜的凯瑟里克（我已经对您说过，他这个人容易激动），受了耻辱，忍不住忿怒，就动手打了珀西瓦尔爵士。但是他敌不过那个侮辱了他的人（说来也叫人难受），反而挨了一顿毒打，最后邻近的人听到吵闹声赶去，拉开了他们。这些事都发生在傍晚前，等到天快黑我丈夫到凯瑟里克家去时，他已经出走，谁也不知道他上哪儿去了。从此以后，村里再没人见到他。他已经完全明白了妻子要嫁他的恶毒用心，尤其是经过了和珀西瓦尔爵士的那场冲突，他感到自己所受的委屈和耻辱太大了。教区长在报上登了启事，催他回去，劝他不要放弃自己的职位，抛下自己的朋友。但是，凯瑟里克再也没脸去见他的街坊，再也不能淡忘他的耻辱：人家都说他过分地心高气傲，我却认为他太重感情了，先生。他离开英国后，我丈夫收到他一封信，知道他已经在美洲定居，生活得挺好，后来我丈夫又收到他第二封信。据我所知，现在他仍旧健在，但是我们家乡所有的人，尤其是他那

---

① 教堂内储藏法衣和圣器的地方。

恶毒的妻子，大概再也不会见到他了。"

"珀西瓦尔爵士后来怎样了？"我追问。"他仍旧留在村子附近吗？"

"他才不会留在那儿哩，先生。那地方他再也待不下去了。丑事传扬出来的那天夜里，人家听见他和凯瑟里克太太大吵大闹，第二天早晨他就离开了那儿。"

"那么，既然村里人都知道了她的丑事，凯瑟里克太太当然不会留在村里啰？"

"她倒是留下了，先生。她这人泼悍无情，根本不把街坊们的议论放在心上。上自牧师起，她对所有的人公开宣布：她完全是由于可怕的误会受了害，任随哪个造谣生事的人也不能把罪名强加给她，迫使她离开那村子。我住在老韦尔明亨的时候，她一直待在那儿，我离开那儿的时候，也就是修建新镇的时候，一些体面的街坊都搬到新镇上去，她又搬到了那里，就好像决心要和大伙住在一起，要尽情丢他们的脸似的。现在她仍旧住在那儿，并且要永远待下去，要反抗所有的人，一直待到死。"

"可是，这许多年来，她又是怎样生活的呢？"我问，"她丈夫愿意帮助她吗，他有这能力吗？"

"他不但有这能力，而且愿意帮助她，先生，"克莱门茨太太说。"他给我丈夫的第二封信里说，她名义上是他妻子，是他家里人，不管她有多么坏，他总不能让她像个乞丐饿死在街头。他可以为她提供少量的赡养费，让她每季在伦敦某地支取。"

"她接受了赡养费吗？"

"她一文钱也不接受，先生。她说，哪怕是活到一百岁，她也不会去领凯瑟里克一点儿情。后来她的确信守了自己的誓言。我那可怜的好丈夫去世后，我承受了他所有的东西，其中有凯瑟里克写来的那封信，于是我就去对她说，需要钱的时候可以告诉我。'哪怕是让全英国的人都知道我需要钱，'她说，'我也不会把这件事告诉凯瑟里克和他的朋友。这就是我的回答，如果他再来信，你就用这话去答复他吧。'"

"您看她本人手里有钱吗?"

"即使有钱,也非常少啊,先生。听人家传说,而且这些传说恐怕还很可靠,她的生活费都是由珀西瓦尔·格莱德爵士私下供给的。"

听完她最后的答话,我沉默了一会儿,开始考虑话中的含意。如果我刚才所听到的情节全部可信,那么,现在显而易见,我并未找到一条发现这个秘密的直接或间接的途径。在追求我的目标的过程中,我又一次遭到明明是最令人沮丧的失败。

然而,她所叙述的情节中,有一点使我怀疑以上这些话是否全部可信,同时使我联想到其中是否还会有其他隐情。

我没法解释,为什么教会文书的坏妻子自愿在自己声名狼藉的地方度她的晚年。据这女人说,她之所以采取这种奇怪的做法,只是为了要以实际行动表明她的清白,然而这种说法并不能使我感到满意。据我设想,更合情合理和接近事实的解释是:她之所以这样做,并不像她所说的那样是完全出于本意。而如果我的这一设想是对的,那么最可能迫使她留在韦尔明亨的人又能是谁呢?毫无疑问,是供给她生活费的那个人。她拒绝了自己丈夫的津贴,她没有足够的储蓄,她是一个孤苦伶仃、身败名裂的女人:在这种情况下,她要获得帮助,除了像人们传说的那样去依靠珀西瓦尔·格莱德爵士,她还能依靠谁呢?

根据以上的设想进一步推论,同时牢牢记住了凯瑟里克太太肯定知道秘密这一点,以此作为我的思想指导,我就很容易地理解到,那是因为珀西瓦尔爵士要把她留在韦尔明亨,因为,将她留在那里,她那恶劣的名声肯定会把她和附近的女伴隔离开,使她没有机会偶然在无意中向一些好奇的知心朋友谈起那件要隐瞒的事。那么,要隐瞒的又是一件什么事呢?它不可能是珀西瓦尔爵士和凯瑟里克太太那件丑事所涉及的不光彩的关系,因为那件事邻近的人早已知道了。也不可能是害怕人们疑心珀西瓦尔爵士是安妮的父亲，因为韦尔明亨的人反正会那样怀疑的。如果我也像别人那样全部相信以上所说的表面可疑的现象，如果我也像凯瑟里克先生和他所有的邻居那样只从表面看问题，那么，在我所听到的这些话中，又有哪一点会使人联想到珀西瓦尔爵士和凯瑟里克太太之间多年来一直隐瞒着一件十分严重的秘密呢？

然而，毫无疑问，要发现那件秘密，我们必须在教会文书的妻子和那位"戴孝的绅士"的幽会中，在他们亲密的低声细语中去寻找线索。

在这个问题上，会不会表面的现象向人们指着一个地方，而那始终不曾被人怀疑到的真情却隐藏在另一个地方呢？凯瑟里克太太再三说，一个可怕的误会害了她，莫非这是一句真话不成？或者，就假定那是一句假话吧，但认为珀西瓦尔爵士和她共同犯罪，这会不会是一种出于误会的想法？有没有这种可能，即珀西瓦尔爵士是故意引人怀疑一件他所不曾做过的事，而其目的则是为了要使人不致怀疑到另一件他实际上做过的事呢？如果我能在这方面找到一条线索就好了，因为，那件秘密虽然深深地隐藏在我刚才听到的、看来是茫无头绪的故事中，但能发现它的那个关键就在这里呀。

于是，我下一步再提问题，就是要确定凯瑟里克先生是否错怪了他妻子的不正当行为。听了克莱门茨太太的回答，我在这一点上已经不可能再存有疑问。已经有最明确的事实，证明凯瑟里克太太在出嫁之前就和什么人有了不名誉的勾当，然后，为了挽救自己的名誉，她才结了婚。推算一下时间与地点（这里我就不必详细地叙述它们了），我绝对相信，凯瑟里克先生的女儿虽然姓的是他的姓，但实际上并不是他的孩子。

我下一步要探明珀西瓦尔爵士究竟是不是安妮的父亲，但我在这方面遇到了更大的困难。要弄清这个问题，除了检验他们两人面貌是否相似以外，我再想不出其他的办法了。

"珀西瓦尔爵士在你们村里的时候,您大概常常见到他吧?"我问。

"是呀,先生,常常见到他,"克莱门茨太太回答。

"您可曾注意到,安妮长得像他吗?"

"一点儿也不像他,先生。"

"那么像她母亲啰?"

"也不像她母亲,先生。凯瑟里克太太是黑皮肤,圆脸。"

既不像她母亲,又不像那可能是她父亲的人。我知道检验面貌是否相似并不能提供绝对可靠的证明,但是,相反,根据这种检验,也不能得出全盘否定的结论。如果能够发现一些与珀西瓦尔爵士和凯瑟里克来老韦尔明亨之前的生活有关的确凿事实,那样是不是可以充实这一方面的证据呢?此后再提问题时,我就记住了这一点。

"珀西瓦尔爵士刚来到你们附近的时候,"我说,"您知道他是打哪儿来的吗?"

"不知道,先生。有人说他是从黑水园村来的,也有人说他是从苏格兰来的——但是,究竟是从哪儿来的,谁也不知道。"

"凯瑟里克太太即将结婚之前,还在瓦内克府里当用人吗?"

"是呀,先生。"

"她在那儿待的时间很久吗?"

"大约三四年吧,先生;究竟是几年,我不能肯定。"

"您听说那时候瓦内克府的主人是谁吗?"

"听说过,先生。他是唐索恩少校。"

"凯瑟里克先生,再有您认识的其他人,可曾听说珀西瓦尔爵士是唐索恩少校的朋友,或者曾在瓦内克府附近看见过珀西瓦尔爵士吗?"

"据我所知,凯瑟里克从来没看见过他,我所认识的其他人也没看见过他。"

我记录了唐索恩少校的姓名住址,也许这个人仍旧活着,万一将来需要找他，这些资料还是有用的。这时我已经绝对不同意一般人的看法，不像他们那样认为珀西瓦尔爵士就是安妮的父亲，我已经确信，他和凯瑟里克太太幽会的隐情与这女人玷污了她丈夫的名誉一事完全无关。我一时想不出再提什么问题来证实我的这一看法，我只能引着克莱门茨太太去谈安妮的幼年生活，一面留心地听，看是否能从她偶尔的谈话中获得需要的证据。

"我还没听您谈过，"我说，"这个在罪恶和苦难中出生的孩子怎么会交给您照顾的，克莱门茨太太。"

"因为没人照管这个无依无靠的可怜的小东西嘛，先生，"克莱门茨太太回答，"看来，自从她出生的那一天起，恶毒的母亲就开始仇恨她，好像一切的不幸都应当怪这可怜的孩子似的！我为孩子感到很难受，就要求把她领来，像爱护亲生女儿一样带大她。"

"打那时候起，安妮就一直由您带了吗？"

"也不是一直由我带，先生。凯瑟里克太太常常凭了一时高兴来接孩子回去，好像因为我要带这孩子，她就故意这样惹我不高兴。但是，她那样使性子，并不能持久。可怜的小安妮每次总是又被送了回来，而每次回来后，都感到很快乐，虽然在我家里过的也是沉闷的生活，不像其他的孩子那样有伙伴们一起玩得很高兴。有一回她母亲把她带到利默里奇村去，那一次我们分离的时间最长。我丈夫恰巧那时去世，在那些痛苦的日子里，我觉得安妮不住在我家里也好。那年她大约是十岁或十一岁，可怜的孩子读书很笨，性情也不像其他孩子那样开朗——但是小姑娘长得十分标致。我在家乡一直等到她母亲送她回来，然后提议带她到伦敦去，因为，先生，自从我丈夫故世后，我就不愿意再在老韦尔明亨待下去，触景生情，那地方变得很凄凉了。"

"凯瑟里克太太同意您提出的办法吗？"

"她不同意，先生。她从北方回来后，变得更冷酷无情了。可不是，人家早就说，她那次出去之前先要得到珀西瓦尔爵士的许可；还说，她去利默里奇村服侍她已经病危的姐姐，只是因为听说那个可怜的女人攒了一些钱，可是结果发现她留下的那点儿钱还不够付丧葬费。很可能凯瑟里克太太为了这件事感到很懊丧，但是，不管为了什么吧，反正她不许我带走孩子。好像是故意要拆散我们，以为这样就可以使我们俩痛苦似的。当时我只能悄悄地嘱咐安妮，将来如果遇到什么困难，可以去找我。但是，又过了好几年，她始终没机会来看我。可怜的孩子，我一直没再见到她，直到那天夜里她从疯人院里逃来了。"

"您可知道，克莱门茨太太，为什么珀西瓦尔·格莱德爵士要把她关起来吗？"

"我从安妮本人口中知道了一点儿底细，先生。这个可怜的孩子常常伤心地谈起这件事。她说她母亲给珀西瓦尔爵士隐瞒着一件什么秘密，就在我离开汉普郡，又过了很久的时候，有一天她母亲把那秘密泄露给了她，珀西瓦尔爵士一知道这件事，就把她关起来了。但是，后来我每次问到她，她始终说不出那是一件什么事。她一总儿能告诉我的是：她母亲只要性子一上来，就可以把珀西瓦尔爵士给毁了。可能凯瑟里克太太总共只向她透露了这么一点儿。我几乎可以肯定：我总能够从安妮口中探听出全部情况，如果她真的知道这件事的详情，像她自己所说的那样，而不是很可能出于她的幻想，瞧这个可怜的孩子。"

我也不止一次地想到了这一点。我曾经对玛丽安表示过我的怀疑：当劳娜和安妮·凯瑟里克在船库里被福斯科伯爵惊散的时候，劳娜是不是真的即将发现一些重要的情况呢。安妮自以为完全知道了这件秘密，其实只不过是听到她母亲无意中在她面前泄露的几句话，而她就妄加猜测，这情形确实是与安妮的精神病态完全符合的。假如是这样，珀西瓦尔爵士由于做贼心虚，当然会产生误会，以为安妮已经从她母亲那里知道了一切，正像后来他同样误会，坚信他妻子已经从安妮那里知道了一切。

时间过得很快，一晃已是一个上午。即使再在那儿待下去，我也未必能从克莱门茨太太口中获得更多对我有用的材料。此刻我已经发现了一些与凯瑟里克太太有关的当地的情况和家事的底蕴，而且我已经从这些需要搜集的材料中作出全新的结论，它们对于我将来要采取的行动可能会有极大的帮助。于是我站起身来告辞，感谢克莱门茨太太热心为我提供情况。

"大概，您觉得我这个人太爱寻根究底了吧，"我说，"我提出了这么些问题，多数人是不高兴回答的。"

"您随便来问什么，先生，我都热烈欢迎，"克莱门茨太太回答。说到这里，她沉默下来，忧郁地瞧着我。"我倒很希望，"可怜的女人说，"您能多告诉我一些有关安妮的事，先生。您刚来的时候，我好像从您的神情中看出，您是能告诉我的。现在我甚至连她是死了还是活着都不知道，您真没法想象，这叫人有多么难受啊。只要能够知道确实的消息，我会感到舒服一些的。您刚才说，咱们不能再指望见到她了。您可知道，先生，真的您可知道，难道是上帝的旨意把她召去了吗？"

她这样询问，使我感到很为难，如果我仍旧拒绝回答，那我这人将是十分卑鄙和残酷的。

"恐怕这件事已经是无可怀疑的了，"我慢慢地说，"我完全相信，她在这尘世中的烦恼已经结束了。"

可怜的女人立刻在她的椅子里颓然坐下，捂住了她的脸。"哦，先生，"她说，"这件事您怎么会知道的？这件事是谁告诉您的？"

"谁也没告诉我，克莱门茨太太。但是我有相信这件事的理由——我向您保证，一等到能说明的时候，您就可以知道那些理由了。我确实知道，她在那最后的一刻并不是没人照看的——因为不用再过多久您就会知道，她已经被安葬在乡下一个幽静的墓地里，即使您自己为她办后事，您也不能选择一个比那更幽静的地方了。"

"死了！"克莱门茨太太说，"她这么年轻就死了，反而让我来听到这消息啊！从前，是我给她做第一批小衣服的；是我教她学步的。她第一次是向我唤妈妈的,如今,我还在,她却被召走了。先生,是您说,"可怜的女人一面说一面拿开了捂着脸的手帕,开始朝我看,"是您说,她被很好地安葬了吗?如果她是我的亲生女儿,丧事也不过办得像那样风光吗?"

我向她保证,说确实是这个情形。听了我的答复,她好像露出一种莫名其妙的满意神情,获得任何更好的理由所不能带给她的安慰。"如果安妮不是被很好地安葬了,"她真情流露地说,"那我可要伤心死了。可是,您又是怎样知道的呢,先生?是谁告诉您的?"我再一次请她等待,说将来我会将全部详情告诉她。"也许,再过一两天,等您安静下来了,我一定再来看您,"我说,"因为我还有一件事要请求您。"

"可别为了我的原故耽误了这件事,先生,"克莱门茨太太说,"只要我能尽力,您就别顾到这件事会招我哭。您如果有什么话要对我说,先生,现在就说了吧。"

"我只要向您提一个问题,"我说,"我只想知道凯瑟里克太太在韦尔明亨的地址。"

克莱门茨太太听了我的要求大吃一惊,一时间好像把安妮的噩耗都给忘了。她突然止住泪,茫然无主地坐在那里,惊慌地瞪着我。

"我的天哪,先生!"她说,"您要去看凯瑟里克太太?为了什么?"

"为了要探听这件事,克莱门茨太太,"我回答,"为了要知道她和珀西瓦尔·格莱德爵士那几次幽会的秘密。除了您告诉我的有关那个女人过去的行为,以及那个男人过去和她的关系,还有一些您和您的街坊都没怀疑到的事情。他们两人之间还隐瞒着一件我们谁都不知道的秘密,我现在要去看凯瑟里克太太,一定要把那秘密探听出来。"

"您可得再考虑考虑呀,先生,"克莱门茨太太一面说一面急着站起身,把一只手搭在我臂上。"她是个可怕的女人——您不是像我那样了解她。可要再考虑考虑呀。"

"我相信,您这样警告我是出于好意,克莱门茨太太。但是,我已经下定决心,不管后果如何,非去看这个女人不可。"

克莱门茨太太焦急地紧瞅着我。

"我知道您已经下定决心,先生,"她说。"我这就把那地址告诉您。"

我把地址记在我的笔记簿里,然后和她握手道别。

"您不久就会得到我的信息,"我说,"您不久就会全部知道我答应告诉您的那些事。"

克莱门茨太太叹了口气,半信半疑地摇了摇头。

"有时候,老太婆的忠告还是值得听的,先生,"她说,"去韦尔明亨之前,您可得再考虑考虑呀!"

8

我会晤克莱门茨太太后回到家里,看到劳娜神情上的变化感到惊讶。

经过苦难长期的惨痛折磨,她始终没被压倒,一直显得那么温柔和耐心,可是现在她好像突然支持不住了。任凭玛丽安怎样竭力安慰她和逗她开心也是枉然,她坐在那里,把一幅不高兴画完的画扔在桌子一边,固执的眼光低垂着,手指不停地在膝上活动,一会儿扭紧,一会儿又松开。我一走进屋子,玛丽安就站起身,默默地露出担心的神情,等待了一会儿,留心看劳娜见我进去时会不会抬起头来,然后悄声对我说:"试试看,看你能不能使她振作起精神,"说完这话,她离开了屋子。

我在那张空椅子上坐下,接着就轻轻地掰开她那动弹不停的、柔弱可怜的指头,握住她的双手。

"你在想些什么呀,劳娜?告诉我,亲爱的——试着告诉我你在想些什么。"

她犹豫了一会儿，然后抬起眼睛来看我，"我就是没法鼓起兴致来，"她说，"我老是会这样想——"说到这里，她住了口，稍许向前探出了身体，把头靠在我肩上，那副沉默可怕、无可奈何的神情使我感到痛心。

"试着说给我听，"我亲切地重复，"试着告诉我你为什么不高兴。"

"我成了一个废物——成了你们俩沉重的包袱，"她回答，厌倦和失望地叹了口气。"你工作挣钱，沃尔特，玛丽安做你的帮手。为什么我就这么无能？到后来，你会更喜欢玛丽安的——你会这样的，因为，瞧我这么无用！哦，你们不要，千万不要把我当小孩儿看待！"

我托起她的头，理了理披拂在她脸上的乱发，然后吻了吻她——瞧我这朵可怜的、萎谢了的花儿！瞧我这个不幸的、受苦难的妹妹！"你能够帮助我们，劳娜，"我说，"就打今儿开始吧，亲爱的。"

她瞅着我，露出热烈、紧张、渴望的神情；看到我这几句话使她对新生活又充满希望，我激动得颤抖起来。

我站起身。整理好她的绘画材料。重新把它们放在她面前。

"你瞧，我靠画画儿挣钱，"我说。"现在你已经下了这么多的功夫，已经有了这么大的进步，你也可以开始画画儿挣钱了。试试看，尽你的力量把这小幅画画好。等你一画好，我就给送去，那个收购我的画的人会买它的。以后把你自己挣的钱都收藏在你自己的钱包里，那时候玛丽安就会像来找我那样常常来找你要钱了。想一想，你会给我们多么大的帮助呀，你不久就会很快乐，劳娜，以后幸福的日子长着哩。"

她露出急切的神情，笑得脸上容光焕发。接着，笑容还没有消失，她已重新拿起刚才扔开了的铅笔，这时她几乎又显得像当年的劳娜一样了。

我完全理解她的心理：她在无意中对她姐姐和我的生活与工

作表示了关切,这说明她的意志力已开始变得坚强。我把经过情形告诉了玛丽安,她和我一样,也认为劳娜这是渴望能在生活中占一席相当的地位,能在她自己和我们心目中显得更为重要——于是,从那天开始,我们就体贴入微地设法让她保持这一新形成的好强心理,认为只要存有这种心理,那光明与幸福的生活也许就离我们不远了。她所有的那些画,有的已经画好,有的尚未完稿,都交给了我。玛丽安从我手里接过去,很小心地藏起来,我每星期都从我挣的钱里匀出一部分,把它交给劳娜,作为人家收买她的图画所付的钱,实际上她那些拙劣的、幼稚的、毫无价值的画都是由我买下的。要这样善意地哄骗她,有时候也不大容易,她会那样得意洋洋地拿出她的钱袋,支付我们的开销,还一本正经地估计,那一星期里究竟是我还是她挣的钱更多。现在,我仍旧保留着那些藏着的图画,它们是我最珍贵的宝藏,是我喜欢保留着的可爱的回忆,是我过去苦难中的伴侣,我心坎里永远不会少了它们,我感情上永远不会忘了它们。

这里,我是不是丢下了正经的不谈,又把话题扯开了呢?我是不是只顾盼望故事中尚未谈到的更为幸福的未来呢?可不是吗。那么现在还是让我言归正传,再去叙述我的心灵在经常紧张和极度孤寂中为生存而备受折磨、充满疑惧的那些日子吧。瞧我叙述故事的时候竟会停下来休息了一会儿。但是,如果阅读到这里,诸位也利用这机会停下来稍许休息一会儿,那么,这点时间也许并不是被浪费了的吧。

我趁便单独和玛丽安谈了一次话,告诉她那天早晨调查的结果。她听到我要去韦尔明亨,好像同意克莱门茨太太的想法。

"沃尔特,"她说,"看来你现在掌握的材料还很少,肯定没有希望使凯瑟里克太太相信你吧?你为了达到目的,在尚未用尽其他更安全也更简单的方法之前,就先采取这些极端的措施,难道这是明智的吗?你曾经对我说过,只有珀西瓦尔爵士和伯爵两人知道劳娜上路的确切日期,可是,你忘了,当时我也忘了,还有第三个人肯定知道——我的意思是说吕贝尔夫人。如果咱们逼着她说出实话,这不是要比逼着珀西瓦尔爵士招认一切更加容易,也更少危险吗?"

"也许更加容易,"我回答,"但是咱们还不十分了解吕贝尔夫人在这件阴谋中所扮演的角色和得到的好处,因此咱们也就不能确切地知道,这个日期在她的印象中是不是也像对珀西瓦尔爵士和伯爵那样肯定是很深刻的。再说现在已经太晚,咱们必须争分夺秒,趁早发现珀西瓦尔爵士生活中可以抓住的要害,不能再在吕贝尔夫人身上多花时间。玛丽安,你是不是把我再去汉普郡这件事看得过分危险?或者,你是不是担心我终究不是珀西瓦尔·格莱德爵士的对手?"

"我认为他不是你的对手,"她满怀信心地回答,"因为他这次和你较量,没那个阴险的伯爵帮助他。"

"你怎么会得出这样的结论呢?"我感到有些惊奇。

"因为我知道,珀西瓦尔爵士这个人刚愎自用,不肯一直受制于伯爵,"她回答,"我相信,这次他一定要单独对付你——正像他早先在黑水园那样遇事都要自作主张。珀西瓦尔爵士不要伯爵插手的日子,就是他输给你的日子。但是,到了那时候,伯爵因为本人的利益直接受到威胁,沃尔特,就会不顾一切地向你反扑。"

"咱们可以先缴下了他的武器,"我说,"我可以利用从克莱门茨太太那里听到的一些材料向他进攻,除此以外,还有一些材料也许可以帮助咱们打赢这场官司。从迈克尔森太太那几段证明材料里可以看到,出于某些需要,伯爵曾经去和费尔利先生进行商谈,而他做这件事的时候,也可能留下了一些破绽。我这次出门后,玛丽安,你可以写一封信给费尔利先生,叫他回信详细说明伯爵和他会谈的经过,并问他那次可曾听到什么有关他侄女的消息。你对他说,如果他表示不愿自动提供这些证明材料,咱们迟早有一天会逼着他非写不可。"

"这封信我就去写,沃尔特。但是,你真的决定要去韦尔明亨吗?"

"我无论如何要去一趟。我要利用明后天,把下星期的家用都给张罗好了,大后天就去汉普郡。"

到了第三天,我已经作好上路的准备。

我这次出门可能要在外地逗留一个时期,因此我和玛丽安约好每天通信——当然,为了慎重起见,大家都使用化名。我只要按时收到她的信,就可以放心,知道家中一切平安无事。如果有一天早晨没收到信,那我就一定乘头班车赶回伦敦。为了使劳娜对我这次出门感到放心,我对她说,这次下乡去是为她和我的图画找新买主。我临走的时候,她显得很高兴,正在专心做她自己的事。玛丽安跟着我下了楼,一直走到街门口。

"瞧,你走了,我们真不放心,"我们俩站在走道里,她悄声对我说。"要知道,一切希望都寄托在你的平安归来上了。如果你这次出门发生了什么意外——如果你遇见了珀西瓦尔爵士——"

"你怎么会想到我遇见他呀?"我问。

"我也不知道——我只是这样担心害怕,胡思乱想,但是又说不出什么缘故。如果你觉得可笑,沃尔特,那你就尽管笑吧——可是,看在上帝分上,如果遇见了那个人,你可千万别意气用事!"

"不用担心,玛丽安,我保证克制自己。"

说完这些话,我们就分手了。

我踏着轻快的步伐走向火车站。我心中闪耀着新的希望。我相信这一次旅程不会徒劳无功。那是一个晴朗而凉爽的早晨。我情绪紧张,意志坚定,只觉得全身充满活力。

我穿过车站站台,向两面察看聚集在那儿的人当中有没有我认识的,这时我开始琢磨:如果这次出发去汉普郡之前,先乔装打扮一下,那样是不是对我更为有利。但是,这种想法使我感到一阵厌恶——单是乔装打扮本身就像奸细密探的行为一样卑鄙——因此,我刚产生这一念头,紧接着就抛开了它,不屑再去考虑它了。再说,这种做法是否有效,也很值得怀疑。如果我在家中试行这个办法,那迟早会被房东发现,立刻引起他的怀疑。如果我在外面试行这个办法,那些熟人不管我是否乔装,照样会在无意中认出了我,开始对我注意和猜疑,而这种情况正是我要竭力加以避免的。既然到现在为止我一直用本人的身份出现,那么我决定以后仍用本人的身份出现吧。

午后,时间还很早,火车已将我送到了韦尔明亨。

哪怕是阿拉伯沙漠中那样一片荒瘠,哪怕是巴勒斯坦废墟中那样景象凄凉,也不见得会比一个英国乡镇在新辟初建中或盛极而衰时更为萧条难看吧?我一面这样问自己,一面走过韦尔明亨镇上那些在整洁中透出荒凉、寒碜而又呆板的街道。商人在冷落的店铺中注视着我;树叶在尚未铺好的蛾眉路和广场上,有如在不毛的荒野中,奄奄低垂着;死沉沉的空屋子在徒劳地等待人们用生气去活跃它们——我所看到的每一个生物,我所遇到的每一样东西,都好像这样不约而同地回答我;阿拉伯的沙漠,比不上我们文明世界荒凉啊;巴勒斯坦的废墟,比不上我们现代建筑忧郁啊!

我一路打听去镇上凯瑟里克太太住地的路途,最后到了那里,到了一个四面都是小平房的广场上。广场当中用廉价铁丝网围着一小片浅草。草地角落里站着一个半老的保姆和两个小孩,他们正望着一只拴在草地上的瘦山羊。两个过路人,在屋子一边人行道上谈话;一个懒洋洋的孩子,在另一边人行道上牵着一只懒洋洋的狗。我听见,远处有人在无精打采地弹钢琴,近处有人在断断续续地敲 头。这就是我走进广场时所看到的当地人的生活动态与所听见的声音。

我立刻走向第十三号凯瑟里克太太所住的那一家,也不先考虑一下进去后最好应当怎样介绍自己,就去敲那扇门。现在,最重要的事就是要见到凯瑟里克太太。然后，要根据我的观察作出判断，决定用什么最安全而又简易的办法达到我这次访问的目的。

一个愁眉苦脸的中年女仆开了门。我把名片递给她，说我要见凯瑟里克太太。名片被送进前面一间客厅，女仆又带着口信走出来，问我有什么事。

"请你进去说，我的事和凯瑟里克太太的女儿有关。"我回答。一时间我只能想出这样最好的理由来说明我访问的目的。

女仆又回到客厅里，接着再走出来，这一次她带着一副愁闷和惊讶的神气请我进去。

我走进一间小屋子，墙上糊着恶俗的大花样墙纸。椅子，桌子，碗橱，沙发：一切呈现出那种廉价家具的晦暗色泽。屋子中央是一张最大的桌子，就在桌子正当中那块红黄二色相间的毛毯上，摆着一本装潢漂亮的《圣经》；桌旁，紧靠窗口，坐着一个已过中年的妇人，戴着一顶黑色网帽，穿着一件黑色缎袍，手上是一副鼠灰色连指手套，膝上摆着一个针线盒，脚跟前蜷卧着一条气喘吁吁、泪眼模糊的老狗。妇人的铁灰色头发，一缕缕浓密地垂在面颊两边，乌黑的眼睛带着凶狠、冷酷、挑衅的神情向前直瞪着。她有着宽大的面颊、显出拗劲的长下巴、颜色苍白但仍然肉感的厚嘴唇。她的身材粗壮结实，神情在稳重中显得咄咄逼人。这就是凯瑟里克太太。

"你来这儿，是要跟我谈我女儿的事，"我还没来得及向她开口，她已经这样对我说。"那么，就把你要谈的直对我说了吧。"

她说话的口气和她眼睛的表情同样是那么凶狠、冷酷、咄咄逼人。她指了指一张椅子，我坐了下来，她向我上上下下留心地打量。我看出来，要对付这样一个女人，只有一个办法，那就是用与她同样的口气谈话，从谈话一开始就站在与她同等的地位对待她。

"你知道你女儿失踪的事了吗？"我问。

"这件事我全部知道了。"

"你可曾预感到:祸不单行,她失踪后会死了吗?"

"预感到了。你来这儿,就是为了向我报告她的死讯吗?"

"是的。"

"为什么?"

她提出这一奇怪的问题时,面色、口气、神情都丝毫没有改变。假如我告诉她死的是外面草地上的那只山羊,她也不能显得比这更无动于衷。

"为什么?"我重复她的话。"你是问我:为什么要来报告你女儿的死讯?"

"是呀。你为什么要对我或者对她这样关心?你怎么会知道我女儿的事?"

"是这么回事。她从疯人院里逃出来的那天晚上,我遇到她,帮助她逃到安全的地方。"

"你犯了一个大错。"

"我听她母亲说这种话,感到很遗憾。"

"她母亲就是要这样说。你怎么会知道她死了?"

"现在我还不能说出怎么知道这件事,但是我确实知道这件事。"

"你能说出你是怎么知道我的住址吗?"

"当然能。我是从克莱门茨太太那儿知道的。"

"瞧克莱门茨太太这个笨女人。是她叫你到这儿来的吗?"

"她没叫我来。"

"那么我再要问一句:你为什么要到这儿来?"

既然她一定要我答复,我就用最简单的方式回答。

"我到这儿来,"我说,"因为照我猜想,安妮·凯瑟里克的母亲一定很关心她,想知道她是仍旧活着还是已经死了。"

"原来是这么一回事,"凯瑟里克太太说,她的神情显得更沉着了。"没有其他用意吗?"

我犹豫了一下。对这问题一时不容易想出一个适当的答复。

"如果你没有其他用意,"她接下去说,一面从容不迫地脱下那副鼠灰色连指手套,把它们卷了起来,"就让我对你的访问表示感谢,说我不再留你啦。如果你愿意说明这消息是怎样得来的,那它会使我更感到满意。但是,无论如何,听到这消息,我总应当为她服丧才对。你瞧,我在服装上用不着作多大改变,只要换了这副手套,我就是全身黑的了。"

她在袍子口袋里掏了一阵,取出一副镶黑边的连指手套,露出极冷酷和镇定的神气把它们戴上了,然后沉静地把双手交叉在膝上。

"我该向你说再见了,"她说。

她那冷漠傲慢的神气激怒了我,于是我索性坦白承认,我这次前来的目的还没实现。

"我来这儿是有其他的用意。"我说。

"啊!我早就料到了,"凯瑟里克太太说。

"你女儿的死——"

"她是怎样死的?"

"是发心脏病死的。"

"原来是这样。说下去吧。"

"有人利用你女儿的死,使一个对我最亲近的人遭到严重的损害。我知道两个人和这件事有关。其中的一个就是珀西瓦尔·格莱德爵士。"

"一点不错!"

我留心观察她突然听到这名字会不会惊慌失措。但是她泰然自若,那凶狠、傲慢、冷酷的眼睛始终没眨巴一下。

"你也许会觉得奇怪,"我接下去说,"为什么你女儿的死会被利用来损害另一个人。"

"不,"凯瑟里克太太说,"我一点儿也不觉得奇怪。这好像是你的事。你很关心我的事。我并不关心你的事。"

"那么,你也许要问,"我毫不放松,"为什么我要来和你谈这件事。"

"是呀,我就是要问你这个。"

"我来和你谈这件事,因为我决心要使珀西瓦尔·格莱德爵士为他的罪行受到惩罚。"

"你那决心又和我有什么关系?"

"你听我说。我需要详细了解珀西瓦尔爵士过去生活中的一些事。你知道那些事,所以我来找你。"

"你指的是什么事?"

"是发生在老韦尔明亨的那些事;那时候,也就是你女儿将要出生的时候,你丈夫在那儿当教区执事。"

我终于冲破了这女人为她的隐私设置的重重难以逾越的障碍,触及了她的要害。我只见她眼睛里燃着怒火,我清楚地看到她那双手不停地动弹,但接着又松开了手指,开始机械地拂平膝上的衣服。

"你知道的是些什么?"她问。

"是克莱门茨太太所能告诉我的一切。"我回答。

她那神情坚定的方脸一下子涨得通红,动弹不停的手一下子僵住了,我原来以为她会在狂怒下失去防范。然而并不如此,她克制住一时激起的愤怒,身体在椅子里向后一靠,双臂交叉在宽阔的胸前,厚嘴唇边流露出狰狞的讥笑,眼睛仍那样镇定自若地瞪着我。

"啊!现在我开始全部明白了,"她说时只在蓄意讥嘲的口气与神态中流露出勉强抑制着的愤怒。"因为你对珀西瓦尔·格莱德爵士有仇,所以我就必须帮助你报仇,我就必须原原本本告诉你一切有关我和珀西瓦尔爵士的事,对吗?说呀,真是这样吗?你这是在刺探我的私事。你以为:你现在对付的是一个不幸的女人,这女人是在众人的勉强宽容下苟且偷生;因为害怕你会使镇上的人轻视她,她就会心甘情愿做你吩咐的任何事情。我看透了你,看透了你一相情愿的打算——我看透了!真叫我好笑啊。哈哈哈！"

她沉默了片刻，把合在胸前的双臂抱得紧紧的，向自己大笑——那是冷酷与愤怒的笑。

"你还不知道，我在这儿怎样生活了下来，我又在这儿做了一些什么，你这个姓什么的先生，"她接着说，"让我先说给你听了，再摇铃请你出去。我刚来到这儿的时候，是一个受了冤枉的女人。我刚来到这儿的时候，已经名誉扫地，我决心要把它恢复过来。多少年来，我一直要恢复我的名誉——现在，我终于达到了我的目的。我已经公开和那些有身份的人站在平等地位。如果现在人家再要说我什么坏话，那他们也只好偷偷地去说；他们不能公开地说，也不敢公开地说。现在我在这镇上有很高的地位，你无法触犯我。连牧师都向我鞠躬。啊哈，这可是你来这儿的时候没料到的吧！你到教堂里去打听打听，那儿的人就会让你知道，凯瑟里克太太占有跟别人同样好的座位，她一向准时付清她的房租。你到镇公所去瞧瞧，那儿摆着一份呼吁书；那是有身份的居民写的，要求禁止马戏团到镇上来演出，因为有伤风化——可不是，有伤我们镇上的风化！我今儿早晨就在那份呼吁书上签了名。你到书店里去瞧瞧，牧师星期三晚上的讲道词，《为正义辩护》，正在募款印行，那捐款簿上就有我的名字。上次我们听布施讲道的时候，医生的老婆只在盘子里放了一先令，我放了半克朗①。教堂保管员索沃德先生向我鞠躬。十年前他还对药剂师皮郎说，要让我跟在大车后面，一路被鞭子抽打着滚出镇去。你的妈还活着吗？她桌上有比我这本更漂亮的《圣经》吗？她那儿的零售商也像对我这样巴结她吗？她的收入永远够她用吗？我的收入就永远够我用。啊，瞧那就是牧师，这会儿正从广场上走过来！瞧呀，你这个姓什么的先生——请瞧呀！"

她一下子站起身，活泼得像个年轻人，赶到了窗口，等着牧

---

① 克朗是英国银币，1克朗合5先令。

师走过，一本正经地向他鞠躬。牧师礼貌周到地抬了抬他的帽子，然后一路向前走去。凯瑟里克太太回到她的椅子上，露出比刚才更冷酷的讥笑瞅着我。

"瞧呀！"她说，"看到了这个情景，你对一个名誉扫地的女人还有什么说的？现在你又在怎样打算？"

看她采取这样奇特的方式来表白自己，列举了这样不寻常的事实根据来说明自己在镇上的地位，我一时感到很困惑，惊讶得说不出话来。然而，这一切并没使我的决心动摇，我准备再发动一次她无法招架的攻势。只要这女人对我激起的满腔怒火无法平息，对自己那种凶悍的脾气失去控制，她仍有可能吐露出某些底细，而我就可以从中抓住一些线索。

"现在你又是在怎样打算？"她又问了一句。

"我完全和我刚来的时候一样打算。"我回答，"我并不怀疑你在镇上争取到的地位，即使能够，我也不愿意侵犯你的地位。我之所以到这儿来，是因为确实知道，珀西瓦尔·格莱德爵士不但是我的仇人，也是你的仇人。如果说我恨他，那么你也恨他。你尽可以否认这一点，你尽可以不相信我，你尽可以像刚才那样对我大发脾气；但是，只要你还有一点儿受了损害的感觉，那么，在所有的英国妇女当中，应当首先由你来帮着我毁了那个人。"

"你自己去毁了他，"她说，"再到这儿来听我对你说些什么。"

她说这些话的时候，比刚才更加急促、凶狠、充满仇恨。我激起了洞中一条蟒蛇多年来的仇恨，但这只是一刹那的现象。像一条潜伏的爬虫朝我猛扑，她丑恶地向我坐的地方探出了身子；像一条潜伏的爬虫突然消失，她立刻又在椅子里坐定。

"你不相信我吗？"我说。

"不相信。"

"你害怕吗？"

"我这模样像是害怕吗？"

"你是害怕珀西瓦尔·格莱德爵士。"

"我害怕他呀？"

她的脸涨红了，她的手又开始活动，不停地拂平她的衣服。这时我向她步步进逼，不让她有片刻躲闪的机会。

"珀西瓦尔爵士在社会上地位很高，"我说，"也难怪你害怕他。珀西瓦尔爵士是一位煊赫一时的人物——一位从男爵——拥有上好的庄地——出身名门望族——"

这时她使我感到无比地惊讶，她突然纵声狂笑。

"可不是，"她用最辛辣而又坚定的口气讥笑地重复我的话。

"一位从男爵——拥有上好的庄地——出身名门望族。说得对，一点儿不错！名门望族——尤其是他母亲那一方面。"

现在再没有时间玩味她突然脱口而出的这几句话，我只意识到，等我一离开这里，就应当仔细揣摩一下这些话的含意。

"我并不打算在这儿和你辩论家系问题，"我说，"我对珀西瓦尔爵士的母亲的事一无所知——"

"你对珀西瓦尔爵士本人的事知道得也同样地少。"她突然打断了我的话。

"在这一点上，我劝你别说得太有把握了，"我反驳她。"我知道一些有关他的事，我还疑心更多其他的事。"

"你疑心什么事？"

"我还是先告诉你我不疑心的事。我不疑心他是安妮的父亲。"

她一下子跳起来，逼近我跟前，恶狠狠地瞪着我。

"你怎么敢对我谈到安妮的父亲！你怎么敢说：谁是安妮的父亲，谁不是她父亲！"她勃然大怒，一脸的肉不停地抽搐，声音激动得直颤抖。

"你和珀西瓦尔爵士之间的秘密，并不是那件秘密，"我丝毫也不放松。"笼罩着珀西瓦尔爵士整个生活的那个神秘事件，并不是从你女儿的出生开始的，也不会因为你女儿的死亡消失了。"

她倒退了一步。"给我离开这儿！"她说，凶狠地指着房门。

"你心里根本就没想到那孩子，他也没想到她，"我接下去说，决意要逼得她走投无路。"你去赴那些秘密约会,你丈夫发现你和他在教堂法衣室里悄悄谈话,当时你们并不是在偷偷摸摸地谈情说爱。"

我这些话一出口,她指着房门的那只手立刻垂下,脸上忿怒的红晕随着消失。我看得出,她身上发生了变化——我看得出,这个冷酷、坚强、大胆、沉着的女人,不管怎样决心故作镇定,也禁不住吓得发抖,因为我说出了那最后五个字:"教堂法衣室"。

大约有一两分钟,我们站在那里,默默地对视着。接着,我先开口。

"你仍旧不相信我吗?"我问。

她一时无法恢复脸上消失了的血色,但是,当她再回答我的话时,她的声音已变得坚定,她又露出那副挑衅的神情。

"我就是不相信你。"她说。

"你仍旧要我离开这儿吗?"

"是的。离开这儿——再也别来了。"

我向门口走过去,等候了一下,然后开了门,再回过头去看她。

"我也许会得到一些你意料不到的有关珀西瓦尔爵士的消息,要让你知道,"我说,"到那时候,我还要上这儿来。"

"我不期望听到任何有关珀西瓦尔爵士的消息,除非是——"

她不再往下说了,苍白的脸变得阴沉了,然后,像猫一般,她悄悄地移动轻巧的脚步,偷偷地回到她的椅子跟前。

"除非是他死的消息,"她说着又坐下了,这时冷酷的唇边闪出讥讽的笑,镇定的眼光中隐藏着仇恨。

我开了房门走出去,她向我迅速地瞥了一眼——随着冷酷的笑,她的嘴唇慢慢地张开了——她正在暗中异常阴险地注视我,从头到脚打量我——她整个脸上显出一副无法形容的期待神情。她是不是在暗自盘算:我这个年轻人究竟有多大的闯劲?感到受了损害时,能激发出什么样的力量?需要时,又能将自己克制到什么程度？她是不是在考虑：一旦珀西瓦尔爵士和我相遇，以上这些因素会给我多大影响？因为明知道她是在这样考虑这些问题，所以我离开她时连普通道别的话都没说。双方都不再讲什么，我走出了屋子。

我打开外间的门，看见刚才走过去的那个牧师从广场上回来，又要经过这所房子。我站在门口台阶上等着他走过去，同时转身朝那客厅的窗子里窥望。

凯瑟里克太太在那冷落地方的寂静中听见牧师的脚步声移近，又去站在窗口等候他。这个女人虽然被我那样激怒，但是她在强烈的感情冲动下，丝毫也没忽略了对自己多年来努力争取到的社会地位的关心。瞧，我离开她还不到一分钟，她又站在那里，故意地等候着，这样，牧师出于一般礼貌，就不得不再一次向她致意。他又抬了抬他的帽子。我看见窗子里面那张冷酷可怕的脸露出温和的神情，映出骄傲得意的光彩；我看见那个戴着阴森森黑色帽子的脑袋毕恭毕敬地低下来还礼。当着我的面，这牧师一天里已经两次向她鞠躬！

9

我离开那里时心里想，虽然凯瑟里克太太不肯与我合作，但是她无意中却帮助我向前迈进了一步。我刚要拐向广场外面，忽然听见后面有人关门。

我回过头去一看，只见一家门口台阶上站着一个穿黑衣服的小矮子，不用说，那是凯瑟里克太太寓所靠我这面的隔壁一家。那人毫不怠慢，早已准备好要去的方向。他急速向我站的拐角这面走来。我认出他就是律师事务所的那个雇员。记得我去黑水园的时候，他曾经先一步赶到那里；后来我问他是否可以参观那府邸时，他又试图寻衅，要和我吵闹。

我停留在那里，要看他这一次是否准备走近我跟前和我攀谈。

使我感到惊奇的是,他一句话也不说,继续急速朝前走,甚至走过我身旁时都没朝我看一眼。他所采取的行动完全出乎我的意料,因此激起了我的好奇,也可以说是引起了我的疑心,我决定继续留心监视他,要知道他这会儿究竟是在干什么。于是,也不顾被他发现,就跟着他走过去。他始终不回头看,一直引着我穿过街道,走向火车站。

那时火车刚要开动,两三个迟到的旅客正挤在售票处的小窗口。我走到他们身边,清清楚楚听到律师事务所的雇员要买一张去黑水园站的车票。我断定他确是搭那班火车走,然后我自己就离开了车站。

我对刚才耳闻目睹的情况,只能作出一种解释。毫无疑问,我看见那个人离开了凯瑟里克太太紧隔壁的那一家。大概他是珀西瓦尔爵士派去住在那里的,因为见我这样进行侦查,预料我迟早要到那里去找凯瑟里克太太。刚才他肯定看见我进去了又出来,于是就匆忙搭第一班火车赶往黑水园去报告,因为珀西瓦尔爵士(显然已经知道我所采取的行动)当然要赶往那里去,这样,万一我到了汉普郡,他就可以及时在当地等候着对付我。看来,不用再过多少天,很可能我就要和他交锋了。

不管这些事必然会带来什么后果,我仍然要继续追求既定的目标,决不半途而废,决不在珀西瓦尔爵士或其他任何人面前退却。我在伦敦的时候,觉得自己的责任很重,因为必须随时留心我的行动,以防被人发现了劳娜隐藏的地方,可是现在到了汉普郡,我感到轻松多了。在韦尔明亨,我可以自由自在地行动,即使我偶尔在什么地方有所疏忽,那立即招来的后果也只不过是影响我本人而已。

我离开火车站时,严冬的暮色正开始降临。看来天黑后要在这样人地生疏的附近一带继续进行侦察,是没有希望取得成功的了。于是,我到最近的一家旅馆,叫了一客饭,订了一个房间。一切就绪以后,我就写信给玛丽安,说这次旅程平安顺当,看来颇有成功的希望。我出门的时候,曾经嘱咐她把第一封信(也就是我明天早晨将收到的信)寄到"韦尔明亨邮局",现在我请她把第二天的信也寄往那里。如果信到时我已离开当地,那将来只需要通知邮局局长,就可以毫不费事地领到那封信。

时间已经不早,旅馆餐室里静悄悄的。我可以像在自己家里一样,不受任何干扰,回忆那天下午所做的事。就寝之前,我先从头到尾重温了我和凯瑟里克太太那次不寻常的会谈,并利用现在悠闲的时间核实我那天早些时候匆忙中得出的结论。

老韦尔明亨教堂法衣室,变成了我的思路的出发点,我从那儿开始,慢慢地回想我所听到的凯瑟里克太太的全部谈话,以及我所看到的凯瑟里克太太的一切举动。

克莱门茨太太第一次向我提到教堂法衣室的附近一带,我就想到,珀西瓦尔爵士和教区执事的妻子幽会,单单选择这样一个地方,这件事十分离奇,也很令人费解。正是由于我早已有了这一成见,所以我才会不假思索,向凯瑟里克太太提到了"教堂法衣室"——当时,我谈话的当儿,也只是忽然想到了整个事情经过的一个特殊的细节而已。我原以为她听了这话最多显出慌乱或表示愤怒,但是,这几个字一说出口,竟然会把她吓得失魂落魄,这可是完全出乎我意料的。我很久以前就在猜想,珀西瓦尔爵士的秘密中隐藏着一件凯瑟里克太太所知道的严重罪行,但此后这一想法被我抛开了。现在,这女人突然表现的恐怖,使我直接或间接地联想到这罪行和教堂法衣室有关,使我深信,她不仅是这件罪案的见证人,而且肯定是这件罪案的同谋犯。

这件罪案又会是什么性质的呢?毫无疑问,它除了具有其危险的一面,更有其可耻的一面,否则,凯瑟里克太太听我提到珀西瓦尔爵士的地位和权势,就不会那样重复我说的话,不会那样毫不掩饰地表示轻蔑。这样看来,它既是一件危险的罪案,又是一件可耻的罪案,她参与了这件事,而这件事又是和教堂法衣室有关的。

接着，经过进一步思考，我的想法有了新的发展。

凯瑟里克太太对珀西瓦尔爵士公然表示轻蔑，那分明还涉及他母亲的事。她提到珀西瓦尔爵士是出身名门望族——尤其是他母亲方面的时候，表示了最恶毒的讥嘲。这又意味着什么呢？看来这只可能有两种解释：或者是因为他母亲出身微贱，或者是因为他母亲名誉上有什么污点，而那件事瞒过了所有的人，只有凯瑟里克太太和珀西瓦尔爵士两人知道。要检验第一种解释的可靠性，我必须查看珀西瓦尔爵士的母亲的结婚登记簿，以便确切地知道她娘家的姓氏和家系，这样才能开始作进一步的调查。

另一方面，如果我所假想的第二种解释是正确的，那么她名誉上的污点又会是什么呢？记得玛丽安曾经对我谈到有关珀西瓦尔爵士的父母亲的事，以及他们俩所过的那种孤独得令人犯疑的生活，这时我不禁问自己：他母亲会不会根本就没结过婚呢？在这一问题上，结婚登记簿至少可以为我提供书面证明，确定我的怀疑是否有事实根据。可是，到哪里去查结婚登记簿呢？这时候我记起了自己以前作出的结论，于是我顺着原来的思路去推想，以前我曾这样想到，隐藏罪行的所在地是老韦尔明亨的教堂法衣室；现在我又想到，登记簿也在那个地方。

以上就是我和凯瑟里克太太会晤的结果；以上就是我的全部想法，这些想法一致集中到了一点，这一点决定了我明天的行动方向。

那天早晨，层云密布，天色阴沉，但是没下雨。我把旅行袋留在旅馆里，等需要的时候再去取它，先问清楚了路，然后徒步出发，去老韦尔明亨教堂。

大约需要走两里多路，一路上地势逐渐增高。

最高的地方**矗**立着一所教堂；由于经历了悠久的岁月，它已相当陈旧，两边都筑有厚实笨重的扶壁，前面是一个样子怪难看的方楼塔。法衣室连接在教堂后边，另有通外面的门，看上去也是那么陈旧。在建筑物四周，间或还可以看到原来村庄的遗迹，克莱门茨太太曾经对我说，她丈夫从前就住在那村庄里，但后来有身份的居民都离开那儿，搬到新建的镇上去了。空下的房子，有的已被拆除，只剩下外面的墙壁，有的已随着岁月的流逝而朽败，此外有几所房子里面还住着人，但那些人显然都是很穷苦的。景色很是凄凉，然而，讲到凄凉的程度，即使是这里废墟中最难看的地方，也显得比我刚才离开的新镇更好一些。这里，四外展开了褐色的原野，令人心旷神怡的远景可以供你观赏；这里，树木虽然叶子已经脱落，但至少使景色显得不太单调，还可以让你向往夏季的浓荫。

我离开教堂的后面，绕过几间已经拆毁的小屋，想要找一个人问讯，怎样去教区执事住的地方，而就在这时候，我看见两个人从一堵墙后边溜出来，慢慢地跟在我后面。两个人当中较高的一个，对我说来是陌生的，他体格魁梧，满脸横肉，打扮得像猎场看守人。另一个就是我在伦敦离开基尔先生事务所那天跟踪我的两个人其中之一。当时我特别留神注意这家伙，所以这次肯定不会认错了他。

他和他的伙伴并不打算和我搭话，都跟我保持着相当的距离，然而他们到这教堂附近来的动机是明显的。完全不出我的预料，珀西瓦尔爵士已经考虑到我要到这里来。他昨晚接到了我去看凯瑟里克太太的报告，预料我要到老韦尔明亨来，所以派这两个人在教堂附近监视我。现在他采取这样监视我的计划，证明我的侦察方向终于选择对了。

我从教堂附近向前走，到了一所有人居住的房屋前面，房子旁边是一片菜园，一个工人正在菜园里干活。他指点我怎样去教区执事的住所，那是一所相距不远的小屋，孤零零地坐落在人已走空了的村庄的边上。教区执事在家里，这会儿正在穿他的大衣。这个快乐而和蔼的老人，老是扯着大嗓门把话说个没完，他很瞧不起自己所住的地方（我不久就看出了这一点），同时又因为自己以去过伦敦闻名而沾沾自喜。

"您幸亏来得这么早，先生，"老人听我道出来意后说。"再晚十几分钟，我就要离开这儿了。我要去办理一些教区里的事，先生。对于我这么大年纪的人，这可是一段相当长的路程。可是，感谢上帝保佑，我的腿劲儿仍旧不错！一个人只要一双腿不服老，他还有许多活儿可以干。您也是这样想的吧，先生？"

他边说边从火炉后面一个钩子上取下了他的钥匙，顺手锁上了小屋子的门。

"没人在家给我看门，"教区执事说时露出毫无家室之累的愉快神情。"现在我的老伴儿已经躺在那面墓地里了，我的孩子都已经成家了。这是一个荒凉的地方，您说对吗，先生？可这是一个大的教区——除了我，这儿的工作谁也对付不了。这只有靠学问，我在这方面还有一点儿，而且，还不止一点儿。我能说女王的英语①（愿上帝保佑女王！），这儿多数人都没有这本领。我想，您是打伦敦来的吧，先生？大约二十五年前，我也去过伦敦。请问，最近那儿有什么消息吗？"

就这样一路闲扯，他把我领到了那教堂法衣室。我四面瞧瞧，看那两个密探是不是还在附近。这时四下里已经不见他们的踪影。大概，一经发现我去找教区执事，他们就隐藏到了什么地方，可以从容自如地监视我下一步的行动。

教堂法衣室的门是用坚固的老橡木制的，门上钉满了很粗的钉子，教区执事把沉甸甸的大钥匙插进门锁时，他那副神情就像是早已知道要遇到一件困难而又不大有把握能克服那困难。

"我现在只好领您打这一面进去，先生，"他说，"因为通教堂的那扇门从法衣室里面反闩上了。否则，咱们倒可以打教堂那面进去。像这样闹别扭的锁也真少有。它这么大，简直可以用来锁牢房门；瞧它老是会被咬住，应当换上一把新的。这件事我至

---

① "国王的英语"或"女王的英语"，指纯正的英语。

少已经向教堂保管员提了五十多次——他老是说：'这件事让我来办，'可是他至今也没办。咳，这是一个没人过问的地方。它不能和伦敦相比，您说对吗，先生？天知道，我们这儿的人都在睡大觉！我们就是不能随着时代前进。"

他用钥匙又是扭又是转，沉重的锁终于屈服，他打开了门。

法衣室要比我单看外面所想象的大一些。那是一间陈旧的屋子，装椽子的天花板很低，室内光线暗淡，显得阴森森的，并散发着一股霉味。屋子两边，靠近隔壁教堂里边尽头的地方排列着一些沉重的木柜，它们都已蛀坏，由于年久而开裂了。在一口柜子的里边角落里，钩子上挂着几件法衣，可以看见它们露出的底部像乱糟糟的一堆帷幔。法衣下边的地板上摆着三口粗木板箱，箱盖半开半掩，成束的稻草从裂口隙缝里向四面髭了出来。箱子后边的一个角落里堆着积满灰尘的纸张，有的很大，像建筑师的图样那样卷着，有的像是账单和信件，松松地捆成几叠。以前这间屋子，还有旁边的一扇小窗透亮儿，但后来那扇窗子被砖头堵住，现在改在屋顶上开了一扇天窗。这里空气窒闷，透出霉湿味，而由于关闭了通教堂的那扇门，屋子里就更加闷气了。那扇门也是用厚实的橡木制的，上下都从法衣室里面反闩着。

"照说，我们可以把这地方收拾得整齐一些，您说对吗，先生？"快乐的教区执事说，"可是，在这个没人过问的地方，你又有什么办法呢？喏，这儿，单瞧瞧这些粗木板箱。它们在这儿等候运往伦敦——已经等候了一年多了，现在仍旧在这儿堆得满地都是，只要是还钉牢着没散开呀，它们会永远堆在这儿。我说给您听这是什么原故，先生，刚才已经讲过，这里不比伦敦呀。我们这儿的人都在睡大觉。天知道，我们就是不能随着时代前进！"

"这些粗木板箱里是一些什么？"我问。

"是一些讲道坛上的木刻，圣坛上的嵌板，风琴坛上的画像，"教区执事说。"还有十二使徒的木刻画像，连鼻子眼睛都不齐全了。它们破破烂烂，都被虫蛀坏了，边儿上都残缺破损了。跟陶器一样,一碰就碎,先生,它们即使不比这座教堂更老,至少也是同样地老了。"

"为什么要把它们运往伦敦?是送去修补吗?"

"可不是,先生,是送去修补;至于那些没法修补的,就准备用上好木料复制。可是,我的天呀,经费不够,它们只好留在这儿等候捐款,结果呢,没人捐钱。这都是一年前的事,先生。为了讨论这件事,六位绅士在新镇上旅馆里一起设宴。他们发表演说,通过决议,个人签了名,还印发了上千份的宣言书。那是冠冕堂皇的宣言书,先生,上面用红墨水写满了哥特式花体字,说什么,如果不修复教堂,不整理好那些名贵雕刻,那将是一件丢脸的事。您瞧那儿就是一些没发完的宣言书、建筑师的图样、估价单、全部来往信件,大伙儿意见不能统一,最后争吵起来,现在这些东西都被堆在那粗木箱后面。起初,也收到了一些零星捐款——但是,你怎么能指望用那点儿钱把这些东西运到伦敦呢?您瞧,那点儿钱只够用来包装破碎的雕刻,支付印刷和估价费用,此外一个钱也不剩了。情形就像我刚才所说的那样。我们没别的地方可以堆放这些东西——新镇上谁也不肯为我们腾出空房——我们是在一个没人过问的地方嘛——所以,这法衣室里才会这样乱七八糟——有谁来管它呢?——我倒要请问一声。"

我急于要查结婚登记簿,很不愿意再引这位老人多谈话。我先向他表示同意,说没人能帮着把这法衣室收拾得比较整齐,然后提议,我们可以开始办事,别再耽搁时间。

"嗳呀,嗳呀,可不是,那结婚登记簿,"教区执事一面说一面从口袋里掏出一小串钥匙。"您要查多久以前的,先生?"

我和玛丽安谈到珀西瓦尔爵士和劳娜的婚事时,她曾经告诉我他的年龄。那时她说珀西瓦尔爵士已经四十五岁。从那年龄倒算回去,再加上我听到这件事以后又过去的一年时间,估计他应当是出生于一八〇四年,在结婚登记簿里我必须从那一年查起,才不至于漏掉了结婚日期。

"我要从一八〇四年查起,"我说。

"从那一年往前查还是往后查呀,先生?"他问。"是向我们现在顺着查下来,还是倒着查上去呀?"

"从一八〇四年倒着查上去。"

他打开一口柜子(外面边儿上挂有法衣的那口柜子),捧出了一本棕色皮封面亮灿灿的大簿子。我看到收藏登记簿的地方那样不牢靠,感到很惊讶。柜门由于年久已经翘棱开裂,而那锁又是一把极普通也极小的锁。我可以用手里的手杖毫不费事地撬开了它。

"您认为这地方藏结婚登记簿够安全吗?"我问,"像这样重要的登记簿,不用说,总应当很当心地藏在一口铁保险箱里,用更好的锁给锁上吧?"

"瞧,多么奇怪!"教区执事刚打开登记簿,又把它合上了,高兴得"叭"地在簿面上拍了一下。"这正是多年前(瞧那时候我还是个小伙子哩)我那位老校长常说的一句话嘛。'为什么不把登记簿(他说的就是我手底下这本登记簿),为什么不把它藏在一口保险箱里?'这句话我听他说了不止一次,他说了上百次。那时候他是一位律师,先生,同时担任这里教区委员会文书。他是一位高尚的、热心的老绅士,也是我看到的人当中办事最仔细认真的人。他生前在诺尔斯伯里镇的律师事务所里为这本登记簿备了一个副本,经常按时把这里新登上记的一笔不漏过到他那副本上。您真难想象啊,每一季度里,他总要在约定的日期来一两次,骑着他那匹老白马来这教堂,亲自把这儿的登记簿和他那个副本一笔笔地核对。'我怎么知道(他老是这样说),我怎么知道,这个法衣室里的登记簿不会被人偷了或者毁了呢?为什么不把它藏在一口铁保险箱里呢?为什么别人不像我这样当心着它呢?万一有一天发生了什么意外,登记簿丢了,到那时候呀,教区里的人就会知道我那副本有多么宝贵啦。'说完这话,他总是吸上一撮鼻烟,神气活现地向四面看看。啊!像他那样的办事精神,如今可不容易找到了。即使您到伦敦，也找不到一个像他那样的人了。您说的是哪年呀，先生？是一八〇几呀？"

"一八〇四。"我回答，一面心里想，在查完登记簿之前，我可决不再给这老人谈话的机会了。

教区执事戴上他的眼镜，去翻那登记簿，每翻上三页，就很当心地把指头在唇边舐一舐湿。"喏，找到了，先生，"他说时又高兴地在展开的簿子上拍了一下。"这儿就是您要查的那一年。"

因为不知道珀西瓦尔爵士是哪一年出生的，所以我开始从那一年的上半年查起。簿子里按照老式方法登记，每一个月的记录，一开始写在新的一页上，结尾后的空白地方用墨水画了一条对角线。

我查到一八〇四年的一月，没找到那条结婚登记，然后再倒查上去，查完了整个一八〇三年的十二月——查完了整个十一月和十月——查完了——

不！九月没全部查完。就在那一年的那一个月里，我找到了那条结婚登记。

我仔细看那条记录。它写在一页的最下边，而由于那里所余的空白不够，就更紧密地写在比前一条结婚登记所占的更为狭窄的地方。我特别注意到它前面的一条结婚登记，因为结婚的那位新郎的教名和我相同。紧接着它后面的另一条结婚登记（记在下一页的顶上边），其引人注意之处又有所不同，它占了更宽的地方，记的是两弟兄在同一天结婚。看来费利克斯·格莱德爵士的结婚登记毫无特殊之处，只是被更紧密地写在一页下面很狭的地方。他妻子方面的资料也只是一般性的。有关她的说明是："塞茜莉亚·简·埃尔斯特，住诺尔斯伯里镇园景村，为已故帕特里克·埃尔斯特先生（原籍巴思①）之独生女。"

我把这些细节一一摘录在笔记簿里，记的时候想到下一步准

---

① 城名，在英格兰西南部、为疗养胜地，以温泉著名。

备采取的步骤还没把握,就感到很失望。前一刻钟里我还认为已经掌握了发现秘密的关键,可是这会儿看来,发现这秘密的希望是更加渺茫了。

我这次到法衣室来,对这件无法解释的神秘事件获得了什么启发吗?可以说一无所获。我要查明珀西瓦尔爵士的母亲是否名声可疑,在这方面取得了什么进展吗?我虽然查明了一件事,但结果反而证明她的名誉是无可怀疑的。在这样扑朔迷离的情况下,我开始感到对这件事更没有把握,感到处理这件事有了更多的困难和阻碍。我下一步又该怎么办呢?看来,目前只有一个办法。我可以开始对"诺尔斯伯里镇的埃尔斯特小姐"进行调查,看这样是否有可能发现凯瑟里克太太蔑视珀西瓦尔爵士的母亲的秘密,从而进一步达到我调查的主要目的。

"您找到要查的资料了吗,先生?"他看见我合上了结婚登记簿时问。

"找到了,"我回答,"但是还有一些事要打听。我想,一八〇三年主持这教堂的那位牧师已经不在了吧?"

"不在了,先生,他早在我来这儿的前三四年就去世了,那还是一八二七年的事。我之所以来这儿工作,先生,"我这位谈锋甚健的老先生只管把话扯下去,"是因为原先的一位教区执事走了。听说他是被妻子逼得离家出走的——如今他妻子还在,就住在那面新镇上。这件事的真相我也不明白,我只知道自己是怎样担任了这一职务。是汪斯布罗先生推荐我来的——他就是我刚才对您谈到的那位老校长的儿子。他是一位十分潇洒、很有风趣的人;他喜欢打猎,还养猎狗什么的。他和他父亲一样,也是这里的教区委员会文书。"

"刚才您不是对我说,您以前的校长住在诺尔斯伯里镇上吗?"我问,想起了我这位爱饶舌的朋友打开登记簿前曾向我长篇大论地谈他母校那位遇事认真的校长的故事。

"可不是吗,可不是谈到他的吗,先生,"教区执事回答。"从前老汪斯布罗先生住在诺尔斯伯里镇上,现在小汪斯布罗先生仍住在那镇上。"

"您刚才说,他和他父亲一样,也是教区委员会文书。我不大清楚,这教区委员会文书是一个什么职位?"

"您会不知道呀,先生?亏你还是打伦敦来的哩!您瞧,每个教区教堂都有一位教区委员会文书和一位教区执事。当教区执事的都像我这样的人(不过我要比多数人具有更渊博的学识,这可不是我自吹自擂)。当教区委员会文书的一般都是律师,瞧,如果有什么和教区委员会有关的工作,那总是由律师去办理。在伦敦,同样是这个情形。那儿的每个教区教堂都有它的教区委员会文书,我可以向您保证,那文书还肯定是一位律师。"

"那么,小汪斯布罗先生大概也是一位律师啰?"

"当然是的,先生!他是一位律师,他就在诺尔斯伯里镇高街上,在从前他父亲的老事务所里办公。提到那事务所呀,我也不知道出出进进了多少次,从前我总是看见那位老先生,出去办事的时候骑着他那匹白马慢慢地跑,沿路东张西望,向所有的人点头!可不是,他真受人欢迎!哪怕是到伦敦去,他也是吃得开的!"

"从这儿到诺尔斯伯里镇有多少路?"

"老长的一段路,先生,"教区执事说,露出乡下人赶路时特有的那种对距离的夸大想法,以及对困难的敏锐感觉。"告诉您,差不多有五里路!"

那还是上午很早的时候。时间尽够我步行到诺尔斯伯里,再回到韦尔明亨;现在要找一个人帮我调查珀西瓦尔爵士的母亲婚前的品行和身份,镇上大概再没有比本地律师更为合适的了。一经决定立即步行到诺尔斯伯里,我就首先走出了法衣室。

"多谢您哪,先生,"教区执事说,我把一点儿钱塞在他手里。"真的您就这样一路步行到诺尔斯伯里,再走回来吗?行!您的腿劲也不坏——真福气,对吗?就是这条路,您不会走迷了的。我真希望和您一同走一趟——能在这样一个鬼不生蛋的地方遇到伦敦来的绅士，真是一件痛快事。可以听到许多新闻。再见啦，先生，再一次谢谢您。"

我们分了手。已经从教堂那里走出了一段路，我再回过头去看看，看见那两个人又在路那头出现，这时又多了一个人，他就是我前一天晚上跟踪他到火车站的那个穿黑衣服的矮子。

三个人站在一起谈了一会儿，然后分开了。穿黑衣服的独自向韦尔明亨方向走去——另两个人仍留在那里，分明是要等我一开始向前走就跟踪我。

我继续向前走，不让这两个家伙看出我是在特别注意他们。这时他们并没使我感到不快——相反地，他们重新燃起了我已濒破灭的希望。刚才由于发现了结婚的证明，我在惊讶中就忘了第一次看见有人守在教堂法衣室附近时自己所作的结论。现在他们再一次在这里出现，这就提醒了我这一点：珀西瓦尔爵士已经预料到，我一经会见凯瑟里克太太，下一步就要到老韦尔明亨教堂——否则他就不会派他的密探到这儿来等候我了。这样看来，法衣室里虽然表面上平静正常，但是深处却有一些蹊跷：那结婚登记簿里还藏有一些我没发现的东西。

10

一经走远，已看不见教堂，我就加紧脚步向诺尔斯伯里镇迈进。

那条路大半是笔直平坦的。我每次回过头去顺着它朝后望，都看见那两个密探不即不离地尾随着我。一路上他们多半和我保持着相当的距离。有一两次他们加快了步伐，似乎要赶上我，但是接着就停下来，彼此商量一会儿，又恢复了原来的距离。显然他们抱有某种目的，但好像又拿不定主意，或者，对达到这一目标的最好办法仍不能取得一致意见。我猜不准他们要使什么诡计，只是十分担心，怕在去诺尔斯伯里镇的途中遭到什么意外。可不是，担心的事终于发生。

我刚走到一带冷落的地方，离前面一个急拐弯只剩下一段路，根据时间推算，我以为离那镇已经不远，这时我突然听见紧靠近我身后边两个人的脚步声。

我还没来得及回头看，其中的一个（那个在伦敦跟踪我的）已经急速在我左边擦过去，并且用肩头猛撞了我一下。刚才他和他的同伙趁我没有觉察，从老韦尔明亨一路在后跟踪，已经激怒了我，我这时就很不应该地用空着的手蓦地一下推开了这家伙。他立刻大声呼救。他的同伙，那个穿猎场看守人衣服的大个子，扑到了我右边，紧接着两个流氓就在大路当中一左一右紧揪住我。

幸而，我明白这是他们设下的圈套，而且已经懊恼地想到自己落进了圈套，所以我克制住自己，没把事情弄得更糟，没和两个人进行无益的较量，因为，我赤手空拳，单是其中的一个我大概也没法对付。我本来打算摔开他们，但是接着就克制住这一任性的举动，我环首四顾，看看附近是否找得到一个人出来评理。

这时有一个工人在附近空地上干活，他肯定亲眼目睹了事情的全部经过。我唤他和我们一起去镇上。他摇摇头，表示坚决不肯，然后朝公路后边一个农舍走过去。同时，紧揪着我的两个人声称，他们要控告我打了人。这时我已经变得冷静和聪明，不再去反抗他们。"撒开手，别揪着我胳膊，"我说，"我跟你们到镇上去。"穿猎场看守人衣服的那一个粗暴地拒绝了我。但是另一个较矮的很机灵，他考虑到事态的后果，反对他的同伴不必要地动手行凶。他向那个人做了个手势，接着我就被松开双臂，在他们俩当中继续向前走去。

我们走到公路拐角，那地方已靠近诺尔斯伯里镇边缘。一个当地警察正沿着路旁小道走过。两个人立刻去找他。他回答说，这时候法院推事正在镇公所审理案件，我们最好立刻去找他。

我们到了镇公所。书记正式传讯，受理了那两个人对我提出的控诉,一般在这种情形下,控诉习惯上总是夸大其词,并且是与事实不符的。法院推事(他是脾气暴躁、专以运用权力为乐的那种人)查问,大路上或者附近一带有谁亲眼目睹了打人的事,原告承认那个工人当时在空地里,这使我感到十分惊奇。但是,此后一听法院推事接下去说的话,我就明白了他们承认这件事情的目的。推事立刻拘留了我,要我提出见证人,同时准许我取保候审,随传随到,这必须有人为我作保。如果镇上有人认识我,那我只需要交纳保释金,就可以获释,然而我在这里人地生疏,所以必须找一个人负责为我作保。

这时我已洞悉他们的全部诡计。按照他们的安排,是要把我扣押在那个镇上,而我由于在那里完全人地生疏,就没有交保获释的希望。拘留到推事下次开庭时为期只有三天。但是,在我被拘禁的那段时间里,珀西瓦尔爵士就可以不择手段挫败我的下一步行动,完全不用担心受到我的阻挠,而这样也许就可以使他的罪行永远不会败露。三天过后,原告的控诉肯定会撤回,那时也就根本无需什么见证人出庭了。

看到我下一步的行动受到这种恶作剧的阻挠(这种手段本身虽然十分卑劣不足挂齿,然而它可能带来的后果却是非常严重、令人沮丧的),我在那一阵愤怒,几乎可以说是绝望之下,起初完全失去了思考能力,一时想不出一个最好的办法来摆脱当时的困境。我真愚蠢,当时竟会索取纸笔,准备私下里把我的真实情况告诉法院推事。可不是,我已经提起笔来写了几行,接着方才觉察这种做法是不够慎重的,也是毫无希望的。说来也惭愧,我几乎已被烦恼折磨倒了,但最后我推开了纸笔,想出了一个珀西瓦尔爵士大概不会料到,在几小时内获得自由的办法。我决定把自己的处境通知那位住在橡树场的道森先生。

读者们也许还记得,我第一次在黑水园府邸附近进行调查时,曾经去过这位先生所住的地方,带给他哈尔科姆小姐所写的介绍信,信中再三托他大力照顾我。现在我通知道森先生时,就提到了这封信，并且像上次告诉他的那样，谈到我所打听的事件的复杂性与危险性。我没让他知道劳娜的真实情况，只说我出来办理的这件事，对私人的利害有着重大影响，并且是与哈尔科姆小姐有关。讲到为何来到诺尔斯伯里镇时，我仍采取了审慎态度，只说我是受了医生所熟悉的一位女士的重托，上次在他家里曾蒙他殷勤招待，现在我处于孤独无援的境地，探问是否可以请他帮助。

我获得堂上的允许，可以雇一个送信人立刻带着我的信乘车出发，立刻去把医生接来。橡树场位于黑水园偏近诺尔斯伯里镇的一面。雇来送信的人说，他能在四十分钟内赶到那里，然后再花四十分钟时间把道森先生接来。我吩咐他，万一医生不在家，那么，无论他到哪里，一定要把他找到。然后，我竭力耐着性子，同时满怀希望，坐下来等候这一行动的结果。那时还不到下午一点半，送信人已经出发。三点半前，他陪着医生来了。道森先生及时帮助了我，他那样热心，那样周到，但他却认为那只是应尽的责任，这使我深受感动。保释的必要手续一经提出，立刻被接受了。那天下午四点以前我又成为一个自由人，在诺尔斯伯里镇街上和这位善良的老医生热烈地握手。

道森先生殷勤地邀我和他一起去橡树场，要我在那里过夜。我只好回答说，现在的时间不能由我支配，还说，让我过几天再去拜访他，我将向他重申谢意，并向他说明我认为他应当知道、但目前我还不能透露的一切。我们彼此依依不舍地分了手，我立刻取道去高街汪斯布罗先生的事务所。

现在时间十分重要了。

我交保获释的消息，肯定在今天天晚之前就要传到珀西瓦尔爵士那里。如果我不能在此后几小时内做出他最害怕的事情，完全把他制伏，我就可能前功尽弃，以后永远无法重新获胜。这个人是一向不择手段的，他在本地拥有势力，而我暗中进行的侦查工作又对他的罪行暴露构成了巨大危险：这一切都在警告我，要我加紧进行彻底的追查，一分钟也不能浪费。刚才我很好地利用了等候道森先生的时间仔细思考。早些时候那位唠叨的老教区执事的部分谈话使我感到厌烦，但是，现在重新回忆时，我却在那些话中发现了新的意义，我脑海中隐隐闪过了先前在法衣室里未曾触及的疑念。我原先去诺尔斯伯里镇的目的，只是要找汪斯布罗先生，调查珀西瓦尔爵士的母亲的事。但我现在去那里的目的，则是要查看老韦尔明亨教堂里的结婚登记簿的副本。

我去找汪斯布罗先生的时候，他正在事务所里。

他是一个生性愉快、态度安详、脸色红润的人（与其说像一位律师，倒不如说像一位乡绅）；听了我的来意，他好像觉得惊奇，同时也深感兴趣。他只听说过他父亲抄的结婚登记簿副本，但是根本没见过它。至今还没有人来问到这个副本，它肯定是和那些自从他父亲去世后就一直不曾动过的其他文件一起收藏在保险室里。真可惜（汪斯布罗先生说）老先生没能活到今天，听见终于有人要看他那宝贵的抄本。如果现在知道了这件事，那他就会更加热衷于这一癖好了。可是，我又是怎样知道这个副本的呢？是听镇上人说的吗？

我竭力支吾其辞，避免回答这一问题。在这侦查阶段中，总以尽量小心谨慎为妥，最好别让汪斯布罗先生过早地知道了我已经查过结婚登记簿的正本。因此，我说这次来是在调查一些家庭事务，但时间很紧，很有必要节省每一分钟。我急于要将某些细节的记录当天寄往伦敦，如果能看一看结婚登记簿的副本（费用当然按规定照付），我就可以搜齐需要的材料，省得再去一趟老韦尔明亨。我还说，如果以后需要一份正本抄样，我将请汪斯布罗先生的事务所为我提供那份文件。

听了这番说明，他同意取出副本。他盼咐一个雇员到保险室里去；稍停，那本簿子被取出来了。它和法衣室里的登记簿大小完全一样，唯一不同之处是它装订得更精致一些。我把它捧过去放在一张空着的写字台上。这时我的手在颤抖——我不敢径自打开那簿子，我知道需要克制着自己，不可以让屋子里的人看出我激动的心情。

我先翻到前面的空页,它上面写的几行字已经墨迹黯淡。那几行字是:——

"韦尔明亨教区教堂结婚登记簿副本。在我指导下抄录,录后由我逐条与正本核对无误。(签名):教区委员会文书罗伯特·汪斯布罗。"在这条说明下边,是另一个人的笔迹写的这样一行:"自一八〇〇年一月一日至一八一五年六月三十日。"

我翻到了一八〇三年九月份。我找出了一个和我教名相同的人的结婚登记。我也找到了两弟兄同一天结婚的登记。再看,在这两条登记之间,在那一页的最下边——?

什么也没有!教堂结婚登记簿里记录的费利克斯·格莱德爵士与塞茜莉亚·简·埃尔斯特的婚事,连个影子也没有!

我的心猛地一震,跳得好像要憋住我的呼吸。我再看一遍——唯恐我的眼睛靠不住。不,一点儿不错!那儿没有那一条结婚登记。各条登记,副本上的和正本上的,占据完全相同的地位。上一页的最后一条,记的是和我同教名的那个人的结婚。它下面留出了一条空行——这地方之所以空着,显然是因为它太狭窄,不够填写那两弟兄的结婚登记,所以在副本和正本中,这一条都被记在下一页的顶上边。那一条空行,泄露了全部真相!在教堂的结婚登记簿里,从一八〇三年起,多次在举行婚礼后登记时,这地方肯定都是空着的,直到一八二七年珀西瓦尔爵士来到老韦尔明亨,才被补进了新的一条。他在老韦尔明亨的结婚登记簿上伪造了记录;我无意中在诺尔斯伯里镇的副本上发现了他的罪行。

我的脑袋发晕;我扶稳了写字台,以防自己栽倒。这个亡命之徒曾经引起我种种怀疑,但我所怀疑的一件也不是事实。他根本就不是什么珀西瓦尔·格莱德爵士,他和他那领地上最穷苦的工人一样,完全无权承袭从男爵的封号和黑水园府邸;这种事可是我从未想到的。我一度也曾猜想,他可能是安妮·凯瑟里克的父亲；我也曾猜想，他可能做过安妮·凯瑟里克的丈夫；但是，无论怎样想入非非，我再也没猜到他真正犯下的罪行。

他作案时采取的手段是这样卑鄙，他犯罪时悍然不顾一切的情节是这样严重，而一旦破获，后果又是这样令人可怖：这一切吓倒了我。他过着那种野兽般惶惶不安的苦恼生活；他在绝望中表现得那样反复无常，时而下流无耻，假冒伪善，时而不顾一切，使用暴力；他那样心虚意怯，疯狂地不信任他人，单是因为疑心安妮·凯瑟里克和他妻子发现了他那可怕的秘密，他就把一个关进疯人院，不惜对另一个策划恶毒的阴谋；然而，现在看来，这一切又有什么值得奇怪的呢？一旦发现了那件秘密，在旧时代里也许要绞死了他，而如今仍可能要判他一个终身流放。一旦发现了那秘密，即便受骗受害的人肯让他逍遥法外，但是免不了要一下子剥夺掉了他所窃取的名号、爵位、财产，以及全部上流社会的地位。这就是他那件秘密，这也是我的秘密！只要我一句话出口，他就要永远丧失那房屋、地产、从男爵的封号；只要我一句话出口，他就要浪迹天涯，隐姓埋名，成为一个流离失所、穷苦无依的人！这人的整个前途都悬在我的嘴角边上，而他本人现在肯定也和我同样看清了这一点！

一想到这一点，我的主意更加坚定了。我必须对每一个极小的行动都小心谨慎，因为这影响到比我个人更为重要的利害关系。珀西瓦尔爵士不惜使用一切阴谋诡计来对付我。在他这样危险与绝望的情况下，他会铤而走险，会毫不畏缩地去干任何罪恶勾当，可以说，只要能够挽救自己，他就会不择一切手段。

我考虑了一下。首先我需要把所发现的一切写成一份书面证明，万一自己不幸遭到什么意外，就可以把证明收在珀西瓦尔爵士无法将其弄到手的地方。藏在汪斯布罗先生的保险室里的结婚登记簿副本，肯定很安全。但是，我亲眼看到，藏在教堂法衣室里的正本就很不可靠。

在这紧急关头，我决定再去找那教区执事，再到那教堂去一趟，必须趁我那天晚上就寝之前，把需要的记录从结婚登记簿里摘录下来。当时我还不知道，单由我誊录的文件不能作为证明，必须具备一份符合一定法律手续的抄本。因为不知道这些细节，只想到绝不要泄露了目前行动的秘密，我不曾去细问汪斯布罗先生，否则我就会知道那些必要的细节了。我只急着要赶回老韦尔明亨。汪斯布罗先生注意到了我紧张不安的脸色与神态，但我竭力解释，把规定的手续费放在桌上，约好了一两天后就写信给他，然后离开了律师事务所，这时我头脑昏沉，热血沸腾，脉搏急跳。

天正在暗下来。我忽然想到可能再一次在大路上被人追踪，遭到袭击。我带的一枝手杖很细，它不大适合于，或者根本就不能用于防卫。于是，离开诺尔斯伯里镇之前，我先去镇上买了一根乡下人走野路用的那种又粗又短、一头很重的棍子。带了这样简陋的武器，如果有一个人打算阻拦我，我就可以用这个对付他。如果不止一个人攻击我，我就拔腿逃跑，对此我是有把握的。我以前在学校里以快跑著名，而后来在中美洲的历险中对此道也不乏锻炼。

我踏着轻快的步伐离开了那镇，一路在大道当中走着。

那时天空中飘着蒙蒙细雨，在前一半路程中我无法确定是否有人跟踪我。但是，到了后一半路程中，估计大约离教堂还有两里路时，我看见一个人在雨里从我身旁跑上前去，接着就听见路旁空场外边的一扇门突然关上了。我继续一直向前奔，手里准备好那根棍，耳朵留心地听，眼睛在细雨和黑暗中睁得大大的。我向前跑了不到一百码，右边树篱跟前传来了窸窣声，三个人跳到了大路上。

我一下子闪开到路旁人行道上。前面的两个人一时刹不住步子，冲上前来。第三个人快得像闪电一样。他止住步，偏过身，挥动他的手杖打我。那一下子没瞄准，也打得不重。它落在我肩上，我回过去对着他脑袋狠狠地就是一棍子。他向后一个踉跄，接着就撞在那两个朝我冲过来的人身上。这一下子我就有了一个先起步的机会。我从他们身边闪过,然后又在大路当中尽快地飞奔。

那两个没受伤的人继续追我。他们俩都是能跑的;那段路很平整;在最初五分钟或更多的时间里,我觉得自己跑得并不比他们快。这样在黑暗中跑长路很危险。我只能勉强看出两旁树篱的模糊阴影;只要在路上无意中碰到一个绊脚石,那我肯定会摔倒在地。不久我感到地势在改变:跑过了一个拐角,路面开始上升了;过了一程子,它又下降了。跑下坡路时,那两个人逐渐逼近了我,但跑上坡路时,我就开始把他们抛在后面。我听见他们那快速、均匀、沉重的脚步声变得更轻了,根据那声音判断,我已经超出他们相当远了,可以向那些空场地跑过去,这样他们就很可能在黑暗中错过了。于是我拐向人行道,这时不是凭视觉,而是凭猜测跑向树篱间偶尔出现的一个缺口。原来,那里是一扇关闭着的门。我翻进去,到了一片空场上,背对着公路的一面继续不停地向前跑。我听见那两个人在门外不停步地跑了过去,稍停又听见其中的一个在唤另一个回去。不管他们怎样吧,反正他们已经看不见我的影子,听不见我的声音了。我在空场上继续一直向前,跑到场地的尽头,在那里停了一会儿,缓过了一口气。

现在不能再冒险回到公路上了,但是,无论如何,我一定要在当天晚上赶到老韦尔明亨。

没月亮也没星星可以帮助我确定方向。我只知道,离开诺尔斯伯里镇的时候,风雨是从我背后吹打过来的,现在,如果继续让风雨在后面吹打着,肯定不会完全走错了方向。

按照这个主意前进,我穿过了野地,除了偶尔碰上一些树篱、沟渠和小树林,不得不稍许改变一下我的路线,我没遇到其他什么更大的障碍,最后到了一座小丘附近,前边的路面很陡地降低下去。我走到底下一片平地上,从树篱的一个缺口里挤出去,到了一条小路上。刚才离开公路时我曾经向右拐,现在我又向左拐,以为这样可以矫正偏差了的路线。沿着那条泥泞曲折的小路走了十来分钟,我看见一所小屋,它的一扇窗里闪出灯光。临小路的园门敞开着,我立刻走进去问路。

我还没来得及敲里边那扇门,它突然打开了,一个人手里提着点亮的灯从里面跑出来。他一看见我就站住,并举起灯来。我们彼此一看清对方,都大吃一惊。在那一阵乱跑中,我已绕过村子,最后到了它的另一端。我已回到老韦尔明亨,提着灯的不是别人,正是我那天早晨新认识的教区执事。

真奇怪,在我上次看见他以后的这一段时间里,他好像已经奇怪地变了样。他显得那样惊慌——他那张血色很好的脸涨得通红——我听了他开口第一句话,完全莫名其妙。

"钥匙呢?"他问,"是您拿走的吗?"

"什么钥匙?"我反问,"我这会儿刚打诺尔斯伯里镇来。您说的是什么钥匙?"

"法衣室的钥匙呀。上帝救救我们,保佑我们吧!这可叫我怎么办呀?钥匙不见了!听明白了吗?"老人叫喊,激动地向我摇摆着那盏灯,"钥匙不见了!"

"怎么不见的?什么时候不见的?谁会拿走了它们?"

"我不知道呀,"教区执事说,黑暗中瞪大了眼睛,疯狂地东张西望。"我刚回来。早晨我对您说过,今儿要整整忙一天——后来,我锁上了门,关好了窗——可是,现在它开了,那扇窗开了。瞧呀!有人打那儿进去,偷走了钥匙。"

他向玻璃窗那面转过身,让我看它怎样敞开着。他挥转了一下提灯,灯门松开,风立刻把蜡烛吹灭了。

"再去点亮灯,"我说,"咱们一起去法衣室。快去!快去!"

我催着他走进屋子。我早已十分担心的那个阴谋,可能使我迄今所占有的优势随着一起丧失的那个阴谋,这时也许正在进行。我急着要去教堂;教区执事进去点灯的那会儿工夫,我怎么也耐不住闲待在那里。我走了出去,沿着花园小径到了外边路上。

我刚前进了十来步,一个人从教堂那面走近我跟前。他一遇到我，就恭恭敬敬地向我打招呼。我看不出他的脸，但从声音里可以知道他完全是个陌生人。

"是您吗，珀西瓦尔爵士——"他还要往下问。

我没等他说完就打断了他的话。

"你黑暗里认错人了，"我说，"我不是珀西瓦尔爵士。"

那人立刻后退了一步。

"我还以为是我家主人呢。"他惶惑地嘟哝。

"你是在这儿接你家主人吗？"

"他吩咐我在这条路上等着。"

他答了这句话，又转身走开了。我回过头去看那小屋，只见教区执事提着重新点亮的灯走出来。我挽着老人的胳膊，催他更快地走。我们沿着小路匆忙前进，在刚才招呼我的那个人身旁擦过。借着提灯的光，我勉强看出他是个没穿号服的仆人。

"他是谁呀？"教区执事悄声问。"他知道钥匙的下落吗？"

"咱们别停下来问，"我回答。"咱们先去法衣室。"

即使是在白天，也要走到小路的尽头才能看见教堂。我们从路尽头登上通往教堂的斜坡时，一个村里的小孩（一个小男孩）注意到了我们提的灯，他走到我们跟前，认出了教区执事。

"听我说，先生，"男孩纠缠不休地揪着教区执事的衣服。"有人到那上面教堂里去了。我听见那个人把自己反锁在门里面——我听见那个人在擦火柴。"

教区执事浑身战抖，沉重无力地倚靠在我身上。

"赶快！赶快！"我催促他。"咱们还来得及。不管那是什么人，咱们一定要逮住他。提好了灯，快跟我来。"

我飞快地登上小丘。在夜空的衬托下，我首先辨出的是教堂尖塔的模糊黑影。我转到一旁，向法衣室那面绕过去，这时只听见紧靠着身后传来沉重的脚步声。那仆人已经跟着我们走向教堂高处。"我没有歹意，"他看见我朝他转过身时说，"我在找我家主人。"从他说话的口气中，明明可以听出他是害怕。我不去理他，继续向前走。

我刚拐过弯,可以望见法衣室,就看见那屋顶上的天窗从里面照得灿烂通明。在昏暗无星的天空下,室内射出耀眼的光芒。

我急忙穿过墓地,向法衣室门口赶去。

我一走近门口,就在黑夜的潮湿空气中闻到从里面喷出来一股奇怪气味。我听见里面什么东西碎裂的声音——看见上面的光越照越亮——一片玻璃裂开了——我跑到门前,用手去推。法衣室里起火了!

一看见这情景,我还没来得及移动脚步,没来得及换一口气,就被里面一个人沉重地撞在门上的声音吓呆了。我只听见钥匙在锁眼里使劲地转动,听见那人在里面发出尖厉可怖的喊声,狂呼救命。

尾随着我的那个仆人浑身哆嗦,向后摇晃,接着就跪倒在地。"哦,我的天哪!"他说,"那是珀西瓦尔爵士呀!"

他刚说完这句话,教区执事已经赶到我们跟前,而就在这当儿,又听见钥匙在锁眼里最后一次转动,发出咔嚓声。

"求主可怜他的灵魂!"老人说。"他这是死定了。他让钥匙卡住了。"

我冲到门跟前。多少星期以来,那个我一心向往着的目标,那个决定我一切的目标,这会儿一下子从我的意念中消失了。这个人的罪行给别人带来了残酷的损害,他狠毒地破坏了人家的爱情、清白、幸福,我也曾暗中发誓,要让他受到罪有应得的可怕的审判;然而,我所念念不忘的这一切,现在都像梦影般从我记忆中消失。我其他的一切都不记得了,只记得那可怕的情景。我其他的一切都不去想了,只是随着人性的自然冲动,想到不要让他遭到可怕的横死。

"去试试开另一扇门!"我大喊。"去试试开通教堂的那扇门!这锁卡住了。再多浪费一分钟开这锁,你就完了。"

刚才钥匙最后转动了一次,此后就再听不见呼救声了。现在已经没有任何声音,可以说明他是否活着了。我只听见火苗更急地烧得哔哔剥剥响,上面天窗玻璃发出刺耳的碎裂声。

我扭转身去看那两个跟我同来的人。仆人已经站起来,提起了灯,这时正茫然朝着那扇门把灯高举着。他好像已经完全被吓糊涂,像条狗似的紧跟着我走来走去。教区执事蹲在一座坟台上,一面哆嗦一面伤心地哭。我在那片刻中看出,他们俩都束手无策了。

几乎不知道自己在做什么,只是凭着偶尔的冲动,我一把抓住那仆人,把他推到法衣室墙跟前。"弯下腰!"我说,"紧趴着这石头墙。我要从你身上爬上屋顶——我要砸碎天窗,给他一些新鲜空气!"

仆人浑身颤抖,但是他紧趴着墙。我踏上他的背,口里叼着我那根棍子,双手攀住胸墙,立刻登上屋顶。我去砸那天窗,一下子就把已经开裂和松动的玻璃砸碎。火像一头野兽蹿出了它的洞。如果当时风不是凑巧从我的地方向另一面吹着,可能我当场就全完了。我蹲在屋顶上,烟夹着火焰腾涌到我的上空。在闪烁的火光中,我可以看见:仆人仰起了他的脸,在墙下边茫然无主地向上直瞪着眼——教区执事在坟台上站起,绝望地扭着他的双手——村内为数不多的居民,形容憔悴的男人和惊慌失措的妇女,都紧挤在墓地的那一边——所有的人都在那可怕的红色闪光中,在那令人窒息的黑色烟雾里,时而显现,时而隐没。而我脚底下的这个人,这个正在窒息、燃烧、走向死亡的人,虽然离开大家这么近,但是我们竟然毫无办法挽救他!

一想到这一点,我几乎愤怒欲狂。我手扳着屋檐往下降,跳落在地上。

"教堂的钥匙!"我向教区执事大喊。"咱们一定要从那一面试试——只要打开里面那扇门,咱们还是可以把他救出来的。"

"没办法呀,没办法呀,没办法呀!"老人叫喊。"没希望了呀!教堂的钥匙和法衣室的钥匙串在一个圈儿上,它们都在那里面呀！咳，先生，他没救了，这会儿他已经烧成灰了！"

"镇上的人会看见起火，"只听见一个人在我后面说。"镇上有一台救火机。他们会来抢救教堂。"

我唤那个人（因为见他仍旧保持着清醒的头脑），叫他过来跟我说话。救火机到达这里，至少还需要一刻钟。想到我们在整个这段时间里袖手旁观，我觉得这太可怕了，我无法忍受这个情景。这时我并不是凭理智推断，而只是任意忍想，相信法衣室里的这个已经注定毁灭的可怜虫，也许还没烧死，只是昏倒在地。如果打开了那扇门，我们是不是能把他救出来？我知道那大锁有多么坚固，我知道那钉满钉子的橡木门有多么厚实，我知道用普通方法去开这扇门毫无希望。可是，教堂附近那些拆毁了的小屋里，肯定还留下了屋梁吧？我们是不是可以搬一根来，像撞车那样用它把这扇门砸开？

这主意冒上了我的心头，就好像火焰冒出了那砸碎了的天窗。我去找那个首先谈到镇上有救火机的人。"你们手边有鹤嘴锄吗？"有，他们有鹤嘴锄。"还有斧头、锯子和几根绳吗？"有！有！有！我手里提着灯，在一群人当中跑过去。"谁帮助我，每人给五先令！"一听我这句话，他们立刻活跃了。人穷苦时贪财，有如饥饿时贪食，他们一下子都兴奋得骚动起来。"如果哪儿有手提灯，你们俩再去给我找几个来！你们俩再去给我找几把鹤嘴锄和一些工具来！其余的都跟我一起去找屋梁！"他们都发出欢呼，尖厉刺耳、声嘶力竭地喊着。妇女和小孩迅速朝两边退开了。我们大伙拥到墓地里一条小路上，跑到第一间空房子跟前。这时人都跑空了，只剩下了教区执事，这位可怜的老教区执事站在一块平坦的墓碑上，哽哽咽咽地痛哭那教堂。仆人仍紧跟着我，当我们推推搡搡走进空屋时，他把他那神色惊惶、颜色苍白的脸紧凑在我肩上。地下零乱地横着一些从顶板上拆下的椽子，但是，它们太轻了。一根屋梁横架在我们上空，但我们的胳膊和鹤嘴锄可以触到它，它牢牢地嵌在破旧的墙壁里，天花板和地板都已被拆掉,上面的屋顶豁开一个大缺口,露出了天空。我们立即开始凿毁屋梁两头的墙壁。天哪,瞧它多么牢固啊,墙砖和灰泥多么难拆啊!我们又是砸,又是拉,又是拆。屋梁的一头松开了,大块的砖头跟着它一起塌下了。那些挤在门口瞧着我们的妇女尖叫了一声,男人们跟着一声吆喝,两个人摔倒了,但是没受伤。大伙齐心协力,又拉了一阵,梁的两头都脱落了。我们抬起屋梁,吩咐门口的人让开路。这会儿就动手!这会儿就去冲那扇门!瞧那火焰正腾向天空,旺得更加耀眼,把我们都照亮了!大伙沿着坟地里小路沉着地前进,沉着地抬着屋梁去冲那扇门。一,二,三,撞啊。人们又发出欢呼。我们已经使它摇动了,即使那锁不能被冲坏,但那铰链是抵挡不住的。再用屋梁来它一下子!一,二,三,撞啊。门松动了!这时潜伏在里面的火焰从门的四周缝隙里向我们迸射出来。再来一次,最后一次猛撞!门轰的一声向里倒去。四周一下子悄然无声,我们所有的人都凝神屏息,看望着什么东西。我们在找那尸体。灼脸的热气迫使我们后退:我们什么也没看见——上面,下面,整个屋子里,什么都没有,只看见一片熊熊烈火。

"他哪儿去啦?"仆人悄声问,呆呆地瞅着火焰。

"他都化成灰了,"教区执事说。"登记簿都化成灰了——咳,先生们!眼看教堂也要化成灰了。"

这时只有他们俩说话。后来,他们也不开口了,除了那火焰像沸腾般发出哔剥声,四下里是一片沉寂。

听呀!

从远处传来粗粝的辚辚声,接着就是马儿狂奔时那种空洞的蹄声,接着就是低沉的吼声,这时几百人一起吵吵嚷嚷,喧哗声掩盖了一切。救火机终于赶到。

我身边的人一起离开了失火的地方,急忙向小丘顶上跑去。老教区执事也要跟着其他人一起去,但他已精疲力竭。这时我看见他紧靠着一块墓碑。"抢救教堂呀!"他力竭声嘶地喊,好像救火员能听见他的声音似的。

"抢救教堂呀!"

只有那仆人始终一动不动。他站在那里,仍旧那样直瞪着眼,茫然无主地紧盯着那火。我过去和他说话,摇摇他的胳膊。他已没有反应。他只悄声重复了一句:"他哪儿去啦?"

十分钟后,救火机已经安装好;从教堂后面一口井里抽出了水,水龙带被牵到法衣室门口。如果现在谁要我帮忙,那我可无能为力了。我的意志力已经消失——我的力气已经用尽——我那些杂乱的思潮突然令人吃惊地全部平息,因为我现在知道他已经死了。我站在那里,不知所措,毫无办法,两眼睁睁,只顾望着那燃烧着的屋子。

我看见火焰被慢慢地扑灭了。灿烂的火光变得暗淡了,一团团白色的气雾向上升腾,透过气雾,可以看见地板上一堆堆通红的、乌黑的余烬在冒烟。四周静默了一会儿——后来,挡在门口的那些救火员和警察一起走上前——后来,我听见他们在低声商量什么——后来,两个人离开大伙,穿过人群,走到外面墓地里。人群呆呆地向两边退开,让他们走过去。

过了一会儿,人群掀起一阵很大的骚动,两旁排列着人的通道慢慢地扩展开。两个人抬着空屋子里的一扇门,沿着通道走回来。他们把那扇门抬到法衣室门口,然后走了进去。警察又从两边挡住了进口;有人从人群中三三两两偷偷地走过去,站在警察背后,想要首先看到里面的情景。另一些人候在近旁,想要首先听到什么消息。这些人当中有妇女,也有小孩。

消息开始从法衣室内传到人群当中——点点滴滴,它们慢慢地从一个人口中传到另一个人口中,最后传到了我站在那儿的地方。我听见那些问答的话低沉地、急切地在我四周一再重复着。

"他们找到他了吗?""找到了。"——"在哪儿?""抵在门上面;脸扑在地下。"——"哪扇门?""通教堂的那扇门。他脑袋抵着门;他脸扑在下面。"——"他脸被烧坏了吗?""没烧坏。""烧坏了。""不,那是烤焦了,不是烧坏了;对你说,他脸扑在下面。"——"他是谁呀?""有人说他是位侯爷。""不,不是侯爷。是个什么爵士;爵士就是勋爵。""从男爵也称爵士。""不是的。""是的,是这样称呼的。"——"他要到那里面去干什么呀?""没好事,这还用说吗。"——"他是存心来干这件事的吗?"——"是存心来烧死自己的吗?"——"我不是说他要烧死自己,我是说他要烧了法衣室。"——"他样子可怕吗?""真可怕呀!"——"可是,你说的不是他那张脸吧?""不,不,可怕的倒不是那张脸。"——"没人认识他吗?""有一个人说他认识。"——"是谁呀?""他们说那是一个听差。可是他已经吓糊涂了,警察不相信他的话。"——"还有什么人知道他是谁吗?""嘘——!"

一位警官发出响亮的嘘声,我周围的低语声静息下来。

"抢救他的那位先生在哪儿?"只听见警官问。

"在这儿,先生,他在这儿!"几十张脸急切地紧挤在我周围,几十支胳膊急切地分开了人群。警官手里提着灯走到我跟前。

"请这边来,先生,"他安静地说。

我一时说不出话来;他拉住我的手臂,我不知道应该怎样拒绝他。我试图解释,说这死者生前我不曾见过;现在找我这样一个与他素昧平生的人,是没法认出他的。这些话已到唇边,但是我说不出口。当时我已失去勇气,只无可奈何地一语不发。

"您认识他吗,先生?"

这时我正站在一圈人当中。三个人站在我跟前,把手提灯低垂近地面。他们的眼光中,以及别人的眼光中,都露出期待的神情,默默地紧盯着我的脸。我知道放在我脚跟前的是什么;我知道他们为什么把手提灯那样低垂近地面。

"您能认出他吗,先生?"

我的眼光慢慢地垂下。起初我只看见一幅粗帆布,看不见灯光下其他的东西。在一片可怕的寂静中,可以听出雨水滴落在帆布上。我顺着帆布向前望;就在那尽头,就在那黄色灯光下,僵硬的,狞狰的,乌黑的——那是他一张死人的脸。

就这样,第一次,也是最后一次,我看见他了。就这样,凭上帝的意旨,我终于和他相见了。

11

由于十分关心这件对当地有影响的事,验尸官和镇上的一些官吏都急于进行庭审调查。于是定于第二天下午开庭。作为协助查清这一案件的见证人之一,我当然要被传讯。

第二天早晨,我的第一件事就是到邮局去,问我所等候的玛丽安的信可曾寄到。无论情况发生什么特殊变化,都不会减轻我离开伦敦后的极度悬念。只有早班信件能使我放心,知道我走后没发生不幸事故,所以这信息是我一天开始时最关心的东西。

令人欣慰的是,玛丽安的信已经寄到,在邮局里等着我去领取。

没发生任何意外——和我离开时一样,她们俩都很安好。劳娜向我问候,叫我早一天告诉她归期。她姐姐还为这句话作了补充说明,说这是因为她已经在私房钱里攒了"将近一金镑",可以备一顿饭菜,在我归来的那天举行庆祝。在晴朗的清晨,我读着这些亲切的家庭琐事,但同时对昨晚发生的恐怖事件记忆犹新。看完这封信,我首先考虑到的是,千万不能让劳娜突然获悉真实情况。我立即写信给玛丽安,把我以上所述的事告诉了她;我报道这些消息时,尽量说得很缓和,并且警告她:我不在家时,别让劳娜无意中从报上看到这一类的新闻。如果换了其他不像玛丽安这样勇敢和可靠的妇女,那我是不敢这样毫不隐讳地把全部真相都告诉她的。正是由于以往对玛丽安很了解,所以我就像相信自己一样相信她。

这封信当然写得很长。一直到我要去出庭受讯前才写好。

审讯中不免遇到了一些特殊的复杂情况和困难问题。除了要查明死者遇难的情况，还要解答一些极需说明的问题，其中包括：起火的原因，钥匙的失窃，以及起火时法衣室里怎么会出现了一个陌生人等。前一天，连死者的身份还不能确定。虽然仆人说他认识他主人，但警察看了他那副可怜的样儿，不能相信他的陈述是可靠的。幸而法庭头一天晚上就派人去诺尔斯伯里镇，传讯几个熟悉珀西瓦尔·格莱德爵士面貌的见证人，今天一早又和黑水园府邸进行了联系。由于事先采取了以上这些措施，所以验尸官和陪审团终于确定了死者的身份，并认为仆人的陈述属实；后来检查了死者所戴的表，更进一步证实了一些新发现的事实与可靠的见证人所提供的证明。表里面刻有珀西瓦尔·格莱德爵士的姓名和纹章。

下一步要查明的，是有关失火的事。

第一批被传讯的见证人中有仆人和我，再有那个听见有人在法衣室里擦火柴的孩子。孩子提供证明时，说得很清楚，但是仆人精神受到刺激，现在尚未恢复，他对案件的侦查显然毫无帮助，所以法庭最后把他带下去了。

令人宽慰的是，查问我的时间不长。我以前不认识死者；从来不曾见过他；也不知道他来到老韦尔明亨的事；发现尸体时，我又不在法衣室里。我能提供的全部证明是：我怎样在教区执事的门口停下来问路，我怎样听到教区执事丢了钥匙，我怎样陪他去教堂，准备尽力帮助他，我怎样看见那里起了火，我怎样听见一个陌生人在法衣室里怎么也打不开门锁，我怎样出于人道主义，竭力抢救那个人。法庭问那些以前认识死者的见证人能不能解释：他怎么会很奇怪地被认为偷了钥匙，又怎么会到了起火的房间里。验尸官当然认为，我既对附近情况一无所知，又和珀西瓦尔·格莱德爵士素昧平生，那么，在这两个问题上，我是没有资格提供任何证明的了。

受讯结束后，看来我对自己必须采取的行动是明确的。我认为不必自动地说明本人的想法，这是因为：第一，如果我那样说明本人的想法，它实际上对了解案情毫无裨益，现在一切可以证实我的揣测的证据，都已随着登记簿一起烧毁；第二，我不能很清楚地说明我的想法，说明我那缺乏证明的想法，除非是我把那阴谋全部揭露出来，而那种做法，毫无疑问，对验尸官和陪审员的心理所产生的影响，将与以前我对基尔先生所造成的影响相同，那是不会令人满意的。

然而，事过境迁，现在我再也不必存有以上的顾虑了，这里不妨把我的想法随便谈出来吧。在我继续叙述其他情节之前，就先让我简单地谈一谈我本人的想法，来解释以下这些现象：钥匙是怎样被偷的，火灾是怎样引起的，那个人又是怎样死的。

我相信，听到了我交保获释的消息，珀西瓦尔爵士迫于无奈，就只好采取他的最后一招了。一个办法，是试图在公路上袭击我；另一个办法，更可靠的办法，是消灭他的一切罪证，毁掉他在结婚登记簿里伪造记录的那一页。只要我无法交出从正本中摘出的登记，去和诺尔斯伯里镇的副本互相对照，我就不能提供这一条其他人都无法获得的证明，也就不能以暴露真相致他于死命来威胁他了。为了达到挫败我的目的，他只需要神不知鬼不觉地潜入法衣室，撕掉登记簿里的那一页，然后，像他偷偷地走进去那样，再偷偷地溜出来。

根据以上的设想，我们就不难理解，他为什么要一直等到天黑方才动手，又为什么要趁教区执事不在的时候去窃取钥匙。为了要找到需要的那一本登记簿，他不得不擦亮火柴，而由于小心谨慎，像一般人那样，他就反锁上门，以防爱管闲事的人，或者我（如果那时我凑巧走到附近）撞了进去。

我根本不相信，他会故意纵火焚烧法衣室，使登记簿的被毁看上去像是一场火灾造成的结果。因为，无论如何，法衣室起火后仍有及时获得抢救的可能，登记簿也有保全下来的可能，只要考虑到这一点，他就会立即打消了上述意图。记得法衣室里有那么许多易燃物（麦秸、纸张、粗板箱、干燥的木头、虫蛀了的旧柜等），照我看来，这一切易燃物说明那场火很可能是他的火柴或者提灯偶尔引起的。

在这种情况下，他的第一个动机肯定是试图扑灭那火焰，而一经失败，他的第二个动机（因为他不知道那锁有毛病）肯定是要从进来的那扇门逃走。我唤他的时候，火肯定已经延烧到通教堂的门，门两旁都排列着木柜，而近处又放着其他易燃物品。很可能，等到试图从里边那扇门逃走时，他已经受不了关闭在屋子里的火和烟。他肯定是昏倒了，肯定是倒在人们后来发现他的那个地方了，而这时候我正爬上屋顶，去砸那天窗。即使我们后来能进入教堂，从那一面打开另一扇门，但经过那一阵耽搁，他也完蛋了。等到那时，他已没救了，早就没救了。那样，我们只能让火延烧进教堂，教堂和法衣室肯定将同归于尽，而现在教堂总算被保全下来了。我毫不怀疑，别的人也不会怀疑：我们还没到达那所空房子，使大劲拉下那木梁时，他早就死了。

照我看来，这样的解释，还是比较更接近我们所见到的事实。当时事情的发生，经过的情形，正像我所描写的那样。他的尸体的发现，经过的情形，也正像我所叙述的那样。

二次庭审被延期一天，因为到现在为止，法庭仍无法说明这神秘的案情。

最后作出安排，将传讯更多的见证人，通知死者在伦敦的律师出庭。此外还指定了一位医生，负责检查那仆人，因为看来现在仆人的精神状态不适宜于提供任何见证。他只是恍恍惚惚地说，起火的那天夜里，主人吩咐他在小路上等着，他确信死者是他主人，其余的事他一无所知。

我个人的想法是，仆人那一天先听主人使唤（但他不知道那是在进行犯罪活动），去打听教区执事是不是在家，后来又听主人吩咐，在教堂附近等候着（但是他在那里看不见法衣室），这样，如果我在公路上幸免袭击，后来和珀西瓦尔爵士发生冲突，他就可以帮助主人对付我。这里必须补充一句,即法庭始终不曾取得仆人的口供,可以证实我以上的想法。医生在诊断书中声称,仆人的脑筋已经受到极大的刺激;所以,后来在延期举行的审讯中,也并没能从他口中获得任何令人满意的证词;据我所知,他的脑筋可能一直到现在也没有恢复正常。

由于经历了以上一系列事变,我回到韦尔明亨的旅馆时已经身心交瘁,不但觉得软弱,也感到愁闷。我不耐烦去听当地人闲谈有关审讯的新闻,不愿意在咖啡室里答复他们那些琐碎无聊的问话。我吃完了一顿简陋的晚饭,回到那间租金低廉的顶楼里,希望不再受到干扰,可以静静地去想念劳娜和玛丽安。

如果手头较宽裕的话,我那天晚上会回一趟伦敦,再去看看那两张可爱的脸,获得一些安慰。然而,我可能被传唤,出席延期举行的庭审,而取保候审的限期一到,我还要去诺尔斯伯里镇出庭应诉。我们所余无几的那点儿钱已经花费了不少,一想到渺茫的未来(如今显得比以往更加渺茫的未来),我就害怕白白地花光了我们的钱,即使一张二等来回火车票所费无几,我也不愿随意把钱这样花了。

第二天,初审刚结束的第二天,时间可以由我自己支配。我又一早到邮局去取玛丽安按时给我的报告。像往常一样,信已经在那儿等候我去领取,信里通篇的口气都是愉快的。我欣慰地读了信,然后怀着整天舒畅的心情,准备到老韦尔明亨去,要在晨光中看一看火后的余烬。

我一到那地方,瞧那变化有多么大啊!

在我们这个难以理解的人世间,细小的事与严重的事总是手拉着手一起走过所有的道路。世间的某些情景,仿佛对一切都在表示讥嘲,甚至对人类的巨大灾难也不屑一顾。我走到教堂附近,只有那片被人践踏得乱糟糟的墓地留下的可怕痕迹,可以说明失了火和死了人。法衣室门口已用粗木板筑起一道围子。木板上已画了一些拙劣的漫画,村里的孩子打闹着,叫喊着,正在争夺地位最好的洞孔,以便朝那里面张望。就在我听到有人被关在起火的屋子里呼救的那个地方,就在吓昏了的仆人跪倒的那个地方,一群闹哄哄的鸡正在你争我夺,拣雨后的蛆虫;我脚跟前那块地方,也就是停放那扇门和门上那可怕的东西的地方,现在给一个工人摆好了他的午餐,午餐盛在一个外面用布兜着的黄色盆子里,由他那条忠实的狗看守着,狗见我走近跟前,就怒声吠叫。老教区执事无精打采地望着那刚开始缓慢进行的修理工程,这会儿只顾去谈他怎样遭到了这件意外事故,怎样准备逃避自己应负的责任。一个村妇(记得我们拉下屋梁时,她那张苍白的脸露出了恐怖)正在和另一个妇女(记得当时她显出那么一副茫然的神情)在一个旧洗衣盆跟前嘻嘻哈哈地聊天。在芸芸众生中,有什么了不起的事啊!哪怕是名噪一时的所罗门①,说穿了也只是一个凡人,他那王袍的褶缝中和皇宫内院的角落里,也同样藏着污垢啊。

我离开了那地方,再一次想到,现在珀西瓦尔爵士一死,我要为劳娜恢复身份的希望就全部破灭了。他完了,而我曾经全力以赴,一心希望达到那个唯一目标的机会也跟着他完了。

然而,我是不是能用比这更现实的观点,来看待我的失败呢?

假如珀西瓦尔爵士仍旧活着,不同的形势会不会导致另一种结局呢?既然我已经发现,珀西瓦尔爵士窃取他人的权益是他罪行的要害,那么,为了劳娜的原故,我能不能利用这一发现,把它作为一种交换的商品呢?我能不能提出条件,要用我的保密去换取他的招供,不顾为他保密后必然会使合法的继承人丧失了他的财产,使正当的享有者丧失了他的封号呢?这种事是我不可能做到的!如果珀西瓦尔爵士仍旧活着,我就不可能利用我所殷切期望的发现(因为当时我仍旧不知道那件秘密的真实性质),就

---

① 所罗门(公元前993—953),古以色列王,以智慧著称,在位时国势鼎盛,其事迹散见于《圣经·旧约》。

不可能按照我的意思，为这一发现进行保密或加以公布，以此作为恢复劳娜权益的交换条件。按照一般诚实公正的准则行事，我肯定要立即去寻找那个被剥夺了继承权的陌生人；我肯定要放弃那已经获得的胜利，立即毫无保留地把我的发现交给那个陌生人；那时我肯定又会遭到种种困难，仍旧难以达到我生活中最大的目标，我完全会像现在这样，仍旧必须下定决心，去克服那些困难！

我回到韦尔明亨时，心情已经安静下来，感到比以前更加沉着，也更加坚定了。

在去旅馆的途中，我经过广场尽头凯瑟里克太太住的地方。我是不是应当再去那儿见她一面呢？不。珀西瓦尔爵士的死讯是她最盼望听到的消息，它肯定早已传到了她那里。那天早晨，当地的报纸已经报道了审讯的全部经过，我再没有其他新鲜的事可以告知她了。以前我很想逗她谈话，但现在对此已不再那样感兴趣了。"我不期望听到任何有关珀西瓦尔爵士的消息，除非是他死的消息，"我记得，她说这话时，脸上阴沉沉地显示出仇恨。我记得，她说完这些话，和我分别时，那样瞅着我，眼中隐隐地流露出关心的神情。由于一种隐藏在自己内心深处的真正的本能，我现在一想到要再去看她，就感到厌恶，于是我离开广场，直接回到了旅馆里。

几小时后，我正在咖啡室里休息，侍者把一封信递给我。信封上写着我的姓名；我打听后才知道，那是暮色四合刚要点灯的时候，一个女人给留在酒吧间里的。那女人什么话也没说，侍者还没来得及询问她，甚至还没注意到她是谁，她已经走了。

我拆开信封。信上既未注日期也无署名，那些字显然是故意写得要使人认不出那是谁写的。然而，还没读完第一句，我已经知道写信的人是谁了：她是凯瑟里克太太。

以下是信的内容——现在我逐字逐句，完全照原文誊下。

凯瑟里克太太继续叙述事情经过

先生：您说要再来看我，但是结果没来。没关系；现在告诉您，我已经知道那消息了。您离开我的时候，可曾注意到我的表情很特别吗？当时我心里想的是：他毁灭的日子是否终于到来了呢？您是不是那个为促成此事而被选出的代理人呢？您就是那代理人，而且，现在您已经促成了这件事。

我听说，您心肠很软，竟然试图救出他的性命。如果当时您成功了，那我就要把您当敌人看待了。现在既然您失败了，那我又要把您当朋友看待了。由于您进行追查，他就吓得趁黑夜进入法衣室；虽然您不知道，并且不是出于本意，但是，由于您进行追查，您就为我报了二十三年的冤仇和怨恨。谢谢您啦，先生，虽然您并不要我致谢。

我很感谢为我完成了这项工作的人。那么，我又怎样报答他呢？如果我还是一个年轻女人，那我就会说："过来吧！搂住我的腰吧。如果高兴的话，你就吻我吧。"那时我会十分喜欢您，甚至会像我说的这样做，而您也会接受我的美意的——二十年前呀，先生，您会这样做的！然而，现在我已经是个老太婆了。好吧！至少我能满足您的好奇心，就让我在这方面报答您吧。您上次来看我的时候，急于想知道我的一些私事，但是，这些私事，如果没有我的帮助，凭您多么精明也打听不出；这些私事直到现在您仍旧不能查明。可是，这会儿您就可以查明这些事情了，您的好奇心这就可以得到满足了。我将不怕任何麻烦，一定要使您感到满意，我尊敬的年轻朋友！

我想，早在一九二七年，您还是个小孩儿吧？那时候我是个漂亮女人，家住在老韦尔明亨。我嫁了一个大伙都瞧不起的笨蛋。

后来我又很荣幸地认识了（别去管我是怎样认识的）一位绅士（别去管他是谁）。这里我不指名道姓地称呼他。凭什么我要那样称呼他呢？那又不是他自己的姓。他从来就不曾有过一个姓：现在您已经和我同样清楚地知道那件事了。

为了更能说明问题，现在还是让我告诉您他是怎样骗取了我的欢心吧。我这人生来就有贵妇人的那些爱好，而他呢，就投我所好，那就是说，他恭维我，还送我礼物。没一个女人能拒绝奉承和礼物——尤其是礼物，如果它们恰巧是她所要的。他十分精明，看出了这一点——多数的男人都是这样嘛。他当然要求我为他做一些事作为回报——所有的男人都是这样嘛。您倒猜猜他要我做什么事？那是一件完全无足轻重的事。他只要我趁我丈夫不注意的时候，把法衣室的房门钥匙和它里面柜子的钥匙交给他。我问他为什么要我偷偷地给他那些钥匙，他当然不肯对我说真话。其实，他不必多费心思编造谎话，因为我也不会相信他说的话。但是，我喜欢他送我礼物，我要他送我更多礼物。于是，我就不让丈夫知道，为他弄到了钥匙，同时，又不让他知道，去悄悄监视他的行动。一次，两次，一共监视了他四次，第四次我发现了他的秘密。

我这人从来不多管别人家的闲事，我当然也不会去管他为自己在结婚登记簿里多添上一条记录的事。

当然，我知道做这种事是不应该的，但是，只要那件事对我没有坏处，我就根本不必把它张扬出去，这是第一个好理由。当时我还没有一只带链条的表，这是第二个更好的理由；再说，他前一天刚答应送我一只在伦敦买的表，这是第三个最好的理由。如果当时我知道法律会怎样看待这类性质的犯罪，又会怎样惩罚这种罪行，那我就要好好地考虑自己的安全，及时揭发他的罪行了。然而，当时我什么都不知道，一心只想得到那只金表。我只坚持一个条件：要他向我吐露秘密，把一切都告诉我。我当时一心只想知道他的隐情，就像现在您要知道我的隐情一样。他答应了我的条件。那么,他为什么要我做这件事呢?您马上就会知道了。

长话短说,以下这些事,就是我从他那里打听来的。他并不像我现在告诉您这样心甘情愿地把全部事实都告诉我。有时候是靠套他的话,有时候是靠提出问题;我就是这样从他那里听来的。我决心要知道全部真相,后来,我相信确实知道了一切。

有关他父母亲之间的真正关系,他在母亲去世之前知道得并不比其他人更多。后来,他父亲坦白了这件事,并且答应要尽力为儿子想办法。但是,他直到死的时候,什么也不曾做到,连一份遗嘱也没立下。做儿子的很聪明(可谁能责怪他呢?),他为自己筹划了一切。他立即回到英国,接管了财产。谁也不会怀疑他,谁也不会不承认他。他父母以前一直像夫妻般共同生活——在那些少数认识他们的人当中,谁也没想到他们会有其他的关系。如果这件事的真相暴露了,有权继承遗产的人是一个远房亲属,那亲属根本没想到自己会继承产业,何况父亲死的时候,这人又远在国外。当时他没遇到任何困难,就那样名正言顺地接管了产业。但是,他当然不能抵押财产借钱。如果他要抵押财产,那必须具备两个条件。第一,必须提供他自己的出生证;第二,必须提供他父母的结婚证明。自己的出生证很容易弄到手,因为他出生在国外,有现成的正式证书。但另一件事可难办了——为了解决那个困难,他到老韦尔明亨来了。

要不是因为考虑到了以下的问题,他会去诺尔斯伯里镇的。

他母亲在刚遇见他父亲之前,就住在那镇上,当时她名义上是一位闺女,但实际上是一个有夫之妇,原来她已经在爱尔兰结过婚,前夫虐待她,后来索性带着另一个女人走了。我现在让您知道的这件事,是有根有据的,是费利克斯爵士告诉他儿子的。他说,正是由于这个原故,所以他不曾结婚。也许您会觉得奇怪:既然儿子知道他的父母亲是在诺尔斯伯里镇上相识的,人们很可能会想到他们是在那地方结婚的,那么他为什么不在那地方教堂的结婚登记簿里做手脚呢？原因是，一八二七年他去接管财产的时候，一八〇三年（根据他的出生证，他的父母应当是在这一年结婚的）主持诺尔斯伯里镇教堂的牧师仍旧活着。由于这一尴尬的情况，他就不得不到我们这一带来打主意了。我们这一带不存在这种危险，我们教堂的前任牧师几年前已经死了。

老韦尔明亨和诺尔斯伯里镇，同样是适合于他达到目的的地方。早先他父亲曾经把他母亲从诺尔斯伯里镇接出来，一起住在离我们村子不远河边上的一所小屋里。那时人们都知道他独身时就过着孤僻的生活，以为他结了婚仍旧过着那种孤僻的生活，所以并不感到奇怪。要不是因为他的长相丑陋，他和妻子过的那种离群索居的生活是会引起人们猜疑的，然而，因为他长得难看，要绝对躲开别人，掩蔽自己丑陋的畸形，大家对此也就不以为奇了。进入黑水园府邸之前，他一直住在我们附近。已经二十三四年过去了，这时牧师也死了，还有谁会说：他的婚事不会像他生活中其他的事那样隐秘，他的婚礼不会是在老韦尔明亨教堂里举行的呢？

由于我以上告诉您的这些原因，儿子就认为应当选择我们附近这个最稳妥的地方，偷偷地为自己的权益作出补救办法了。但是，还有一件事您听了也许会感到惊奇，原来，促使他果真在结婚登记簿里伪造记录的，却是一个临时想到的念头，那念头是他后来想到的。

他最初只是打算撕掉那一页（推断上去，应当是登记结婚年月的那一页），先偷偷地毁了它，然后再回到伦敦，叫律师为他准备一份父亲结婚后应有的证明，当然，他同时要装得像没事人儿一样，只告诉他们被撕去的那一页上面的日期。谁也不能单凭了这一点，就说他的父母亲没结过婚。在这种情形下，姑且不管人家会不会以此作为借口，拒绝借钱给他（他认为他们是肯借的），但无论如何，如果有人问到他是否有资格承受封号和产业时，至少他已经准备好怎样答复他们了。

但是，等到偷看那结婚登记簿时，他发现一八〇三年那一页的底下留有一行空白，那儿之所以空着，看来是因为地方太窄，不够写另一条很长的登记，所以另一条被记在下一页的顶端了。这一个机会的发现，改变了他的全部计划。他从来不曾期望，甚至没有料到，会有这样一个好机会，于是，像您现在已经知道的，他抓住了这个机会。要和他出生的日期完全对口，那空白应当是留在登记簿中的七月份里。可是它却留在九月份里了。然而，在这种情形之下，万一有人提出疑问，那也不难答复。他只要说自己是七个月出生的孩子就行了。

他把这些经过说给我听的时候，瞧我也真傻，我竟然有些同情和可怜他，而现在您可以看出，这一点正是他早已料到的。我觉得他的遭遇很不幸。他父母没结婚，这不是他的错，也不是他父母的错。即使是一个考虑事情比我更周到，不像我那样贪图带链条金表的妇女，她也会原谅他的。不管怎么说吧，反正我没声张，就那样隐瞒了他做的事。

有时候他把墨水配成适当的颜色（用了我一些罐子和瓶子，一次又一次地调和），后来，有时候还练习书法。他终于把这件事做成功了，他使他母亲死后又变成一位体面的妇女了！到那时为止，我不能否认他对我很讲信用。他不惜重价，给我买了表和链条；两样东西都很精致贵重。我至今还保存着它们，再说，那表还走得很准。

您那天说，克莱门茨太太已经告诉您她所知道的一切。既然如此，这里我就不再去谈那件闹得满城风雨的丑闻了，我是那件事的受害者，但是，绝对可以向您保证，我是无辜的受害者。您肯定和我同样知道，发现了我跟那位漂亮绅士悄悄相会，在一起偷偷谈话，我丈夫会有什么想法。但是，您还不知道，后来我和那位绅士之间又发生了什么事情。现在再谈下去，您瞧瞧他是怎样对待我的。

我看到情形不对，就去找他谈话，我首先说："替我说句公道话吧，洗清我名誉上的污点吧，你知道我是冤枉的呀。我并不要求你向我丈夫说明事情的全部真相，我只要求你用绅士的荣誉向他担保，说我并没有像他所想象的那样犯了错误，他是误会了。你至少要为我这样辩白清楚，要知道我是给你出过力的呀。"他几句话直截了当地驳回了我。他很爽快地对我说，他就是要引起我丈夫和所有邻居们的误会，因为这样一来，他们就肯定不会再去怀疑到那件事的真相了。我这人也是有气性的，就对他说，我要亲自去向他们说明。他回答得很简单，也很扼要。如果我把真相说出来，他虽然毁了，但我肯定也跟着毁了。

可不是！事情就是坏到了那个地步。他欺骗我，没让我知道帮他做那件事有那么危险。他利用我的无知；他用礼物引诱我；他还用自己的身世骗取我的同情；结果是他使我当了他的同案犯。他很冷静地承认了这一切，最后才告诉我，说他所犯的罪和伙同他犯罪的人会受到多么可怕的惩罚。在那些日子里，法律可不像现在我听到的这样宽大。不单是杀了人才会被处绞刑；女犯人也不像如今一时失足的妇女那样受到宽大的待遇。老实说，我当时的确是被他吓倒了——这个卑鄙的骗子！这个懦弱的恶棍！现在您总明白我是多么仇恨他了吧？您总明白，为什么你逼死了他，我会这样不厌其烦，同时不胜感激，一心要满足你这位对我有功的年轻人的好奇心了吧？

好，继续往下说吧。他也不愿意把我逼得走投无路，他没那么傻。招急了我呀，我可不是好惹的女人，他知道这一点，于是就很聪明地抚慰我，提出了善后的办法。

由于为他尽过力，所以我应当得到一些报酬（听听他说得有多么好）；由于受到了损失，我应当得到一些补偿（听听他说得有多么客气）。他很情愿让我每年享受优厚的养老金（瞧这个慷慨大方的流氓！），每季度支付给我，但是有两个条件。第一，为了他，同时也是为了我自己的利害关系，我要矢口不谈那件秘密。第二，必须首先让他知道，事先获得他的允许，否则我不能离开韦尔明亨。在附近一带，和我女伴们谈话的时候，我不可凭一时冲动，谈到那个危险的话题。他要随时知道我在自己附近一带什么地方。第二个条件很难遵守，然而，我接受了它。

叫我有什么办法呢？我无依无靠，同时，就要出世的孩子还会给我带来更大的累赘。叫我有什么办法呢？去求那个已经闹得我声名狼藉、后来一走了事的混蛋丈夫吗？叫我那样做，我宁可是死了的好。再说，那笔养老金确实很优厚。比一比那些朝我瞪白眼的女人，我的收入更多，住的是很好的房子，铺的是更好的地毯。在我这一带地方，人家都认为花布衣服是体面的装饰，可我身上穿的是绸缎。

于是我接受了他的条件，竭力遵守并且试着适应这些条件，为的是要争取到和我那些体面的邻居平等的地位。经过相当长的时期，像你看到的那样，我终于赢得了这一切。那么，打那时起到现在，许多年来，我又是怎样为他（同时也是为我）保守着那件秘密呢？我那已死的女儿安妮是不是真的从我口中获悉真情，也保守着那件秘密呢？大概，您非常想要知道这两个问题的答案吧？好！我感谢您，不拒绝您的任何要求。让我这就答复您的问题，接下去写另一页。但是，有一件事要请您原谅，哈特赖特先生，请原谅我首先向您表示惊奇，我不知道您为什么要这样关心我已死的女儿。对此我很难理解。如果您关心她的事，很想详细知道她的早年生活，那我只好请您去问克莱门茨太太了，因为她在这方面知道的比我更多。说实话，我并不太喜欢我那已死的女儿，这一点请您谅解。她始终是我的烦恼，尤其是因为她有一个缺点，她的头脑一直不大清楚。您是喜欢坦白的，我希望这样谈会使您感到满意。

这里没必要再拿许多陈旧的琐事来干扰您。需要说的是：我遵守了双方谈妥的条件，而作为交换的报酬，我享受了每季支付的优厚的津贴。

有时候我也离开本地，短时期变换一下环境，但是每一次都必须事先征求我的管制者的同意，而一般呢，也总能获得他的许可。我已经对您说过，他不会把我逼得太紧，他没那么蠢。他知道，即使不是为了他，只是为了我本人的原故，我在保密方面总是相当可靠的。离开这里，走得最远的一次旅程，是去利默里奇探望我病危的异父姐姐。听说她攒了一些钱，我为了自己的利益着想，准备在这方面动动脑筋（万一发生了什么意外，我的养老金被停止支付了呢）。然而，结果是白费气力，我什么也没弄到手，因为她一个钱也没有。

那一次到北方，我是带着安妮一起去的。对那孩子，我往往是好一阵子歹一阵子，而在这种情况下，我常常是嫉妒克莱门茨太太对她的影响。我根本不喜欢克莱门茨太太。她是一个头脑空虚、无精打采的可怜女人，也就是我们称之为天生讨人厌的那种女人。为了使她难堪，我时常故意带走了安妮。我在坎伯兰护理病人的时候，因为无法安置我女儿，就把她送进利默里奇的村校。庄园女主人费尔利太太真可笑（这个其貌不扬的女人，把英国第一美男子迷得娶了她），竟会十分钟爱我女儿。结果是，我女儿在学校里什么也没学到，反而在利默里奇庄园里被骄纵坏了。那儿的人，除教了她一些古怪的想法，还让她产生了一个荒唐的念头：老是要穿白衣服。我喜欢花哨，最恨白色，所以决定一回家就要打消她这怪念头。

说也奇怪，我女儿开始对我坚决反抗。她那头脑里一经有了个念头，像一般智力低劣的人那样，就会十分固执地死缠着那个念头不放。我们争吵得很厉害，大概克莱门茨太太看了很不高兴，所以提议把安妮带到伦敦去和她一起住。如果当时克莱门茨太太不护着我女儿，主张让她穿白衣服，那我是会同意她们去的。但是，我坚决不许我女儿穿白衣服，更不喜欢克莱门茨太太站在她一边反对我，我就说：不行，一定不行，坚决不行。结果我女儿留下了，但是这样一来，就引起了第一场牵涉到那件秘密的激烈争吵。

那场争吵发生在上述事件过了很久的时候。那时候我已经在新镇上定居多年，人们渐渐地淡忘了我的丑恶名声，我慢慢地在那些体面的居民当中赢得了自己的地位。在这方面，身边的女儿给了我很大帮助。她那天真无邪的性情和爱穿白衣服的怪癖，引起了一些人的同情。因此我也就不再反对她喜爱白颜色了。随着时间的推移，一些人肯定会为了她的原故而同情我的。可不是，结果确是这样。我记得，就是打那时候起，我在教堂里选了两个最好的座儿；我记得，坐了那位子以后，牧师就开始向我鞠躬了。

再说，在这种情形之下，我一天早晨收到了那位高贵绅士（现在他已经死了）的回信，因为我曾去信通知他：根据协议，我要离开镇子，稍微调换一下环境。

照我猜想，收到了我的信，他那流氓无赖的脾气一定大大发作，因为在回信中，他用最粗野傲慢的话拒绝了我，以致我完全无法控制自己的情感，当着我女儿的面骂了他，说他是"下流骗子，我只要一开口，泄露了他的秘密，就能毁了他的一生"。此外我再没说其他有关他的话，因为，这几句话刚一出口，一看见我女儿的那张脸，看见她正急切地、好奇地紧瞅着我，我就清醒过来。我立即吩咐她离开那间屋子，叫她等我冷静后再进来。

这里不妨告诉您，后来回想起自己愚蠢的举动，我的心情是难受的。那一年里，安妮变得比以往更痴呆古怪了，我一想到，她会在镇上重复我所说的话，而如果有一个喜欢追根究底的人去盘问她，她再把那些话牵扯到他的身上，可能导致某些后果，这时我就感到十分恐怖。我为自己担心，怕他会做出什么事来，然而，最担心害怕的也无过于此而已。万没想到，第二天就发生了那样的事。

第二天，我事先没获得任何通知，他就来看我了。

从他的第一句话和他说话的口气中，就可以清楚地听出，毫无疑问，他已经懊悔不该那样傲慢无礼地驳回我的请求，现在是憋着一肚子气，试图趁事情没闹僵之前赶来进行补救。他看见我女儿和我一起在屋子里（自从前一天发生了那件事，我不敢再让她离开我了），就吩咐她走开。他们两一向相处得不好，这时候他不敢向我出气，就把气发泄在她身上。

"离开我们，"他侧转了头瞪着她。她也侧转了她的头瞪着眼坐在那里，好像不愿意走开。"你听见了吗？"他大声咆哮，"离开这屋子。""你对我说话，可要客气一些，"她涨红了脸说。"把这个白痴赶出去，"他朝着我说。她一向有她自己的古怪想法，很看重自己的身份，"白痴"这个词立刻激怒了她。我还没来得及阻止，她已经气冲冲地走到他跟前。"你这就向我道歉，"她说，"否则我就要叫你吃苦头。我要说出你的秘密。我只要一开口，就能毁了你的一生。"就是我说的那些话！——她一字没改地重复了我前一天所说的话。当着他的面重复了一遍，就好像那些话是她所说的。我把她往屋子外面推，他坐在那里一言不发，脸白得像我写信的这张纸。等到他恢复了冷静——

别再去提它啦！像我这样有身份的妇女，我怎能写下他冷静下来后说出的那些话。握着这支笔的是一位教友，一位捐款印行星期三讲道词《为正义辩护》的教友：我怎能用这支笔去写那些下流话？您还是自己想象一下全英国最下流的恶棍狂怒时咒骂的话吧，咱们还是把这件事一笔带过了，瞧它是怎样结束的吧。

您这会儿大概已经猜到，结果是：为了确保自己的安全，他坚决要把她关起来。

我试图进行挽救。我对他说，安妮根本不知道这件事的底细，因为我只字不曾提到它，她只是鹦鹉学舌地重复了从我口中听到的话。我还解释：只是由于对他痛恨，她就假装出知道了一件自己实际上并不知道的事；只是由于听了他刚才那样骂她，她就要恐吓和激怒他；而我呢，不该说出那几句话，它们正好为她提供了一个恶作剧的好机会。我向他列举了她的其他一些古怪举动，提到了他也知道的那些痴呆人的荒诞想法，但是，我怎么说也没用，怎么赌咒发誓也不能使他相信，他一口咬定我泄露了他的全部秘密。简单一句话，他什么都不听，一定要把她关起来。

在这种情形下，我尽了我做母亲的责任。"可不能进穷人住的疯人院，"我说，"我不能送她进穷人住的疯人院。既然你要这样办，那么就把她送进一所私人开办的吧。我们有母女之情，我还要保持我在镇上的名声；我只能同意进一所像我那些有身份的邻居送有病的家属去住的那种私人医院。"以上就是我当时所说的。回想到已经尽了自己的责任，我感到问心无愧了。我虽然不太钟爱我那已死的女儿，但是我还是相当重视她的身份。多亏我主意拿得稳，我的孩子总算没沾上穷苦的污点。

我达到了我的目的（这一点总算更容易地做到了，因为有不少私人开的疯人院），这里我不得不承认，这样把她关起来，也有它的好处。第一，她得到极好的照顾，受到大家闺秀应有的待遇（这一点我当然要说给镇上的人听）。第二，幸而把她从韦尔明亨送走，否则她会在镇上重复我不当心说出的话，引起人们的猜疑和追究。

禁闭的事只招来一件麻烦，但那是无关紧要的。她说"知道秘密"，只是一句夸大了的话，但被禁闭后就形成了固定的幻觉。她最初说那话，只是对得罪了她的人表示忿恨，但后来她就很狡猾地看出这些话很能吓倒他，并且很机警地发现，自己被囚禁的事是由他插手的。结果是，她进疯人院的时候，对那个人忿怒得完全像发了狂一样，当护士们安慰她时，她一开口就说：她之所以被关起来，是由于知道了他的秘密，只要时机一到，她就要说出那个秘密毁了他。

您那次无意中帮她逃走的时候，也许她对您说了同样的话。她肯定还会把这些话告诉那个不幸的女人，那个嫁了我们这位温柔体贴的、没合法名义①的绅士，最近死了的女人（这是我今年

---

① 指私生子。

夏天听到的)。如果当时您或者那位倒霉的夫人仔细盘问我女儿,一定要她解释清楚这些话的意思,那你们就会看到她突然失去常态,显得茫然无主、惊慌失措,你们就会发现我以上所写的全部是实话。她知道有着一件秘密——她知道谁和这件秘密有关——她知道这件秘密一旦暴露,受害的又是谁;可是,除此以外,尽管她装出了一副煞有介事的神气,尽管她向一些不明真相的人信口开河,然而,直到临死,其余的事她什么也不知道啊。

现在我满足了您的好奇心了吗?无论如何,在这方面我已经尽了自己的力。有关我本人和我女儿的事,我确实再没有其他可以奉告的了。她这样住进了疯人院,我总算尽了对她应负的一切重大责任。记得有一次,那个人叫我照着他指定的格式写一封信,答复一位哈尔科姆小姐的询问,说明我女儿被关起来的情况,这位小姐非常想了解这件事,她肯定是听到哪一个惯说谎的人造了我许多谣言。再说,后来有一次听到误传有人看见我逃走了的女儿,我就亲自到那附近一带去打听,想方设法去追查,以防她闹出乱子……好,够了,现在听了上面所说的一切,您对于这方面的经过,以及其他类似的琐事,大概已经不大感兴趣了。

信写到这里,我一直对您抱着最友好的态度。但是,在结束之前,我必须在这里补充几句话,向您提出最强烈的抗议和谴责。

上次和我会见时,您曾很冒昧地向我提到我已故女儿的父亲是谁,仿佛那种关系是值得怀疑似的。您那种说法十分无礼,非常有失绅士的身份!如果我们再次相见,请记住,我不允许谁触犯我的名誉,决不允许谁用任何轻率的谈话玷污韦尔明亨的道德风尚(这里引我牧师朋友爱用的一个词儿)。如果您胆敢怀疑我丈夫不是安妮的父亲,那您就是十分粗鲁地侮辱了我。如果您在这个问题上曾经怀有,并且现在仍旧怀有一种邪恶的好奇心,那么,为您本人的利益着想,我劝您永远打消了这个好奇心。不管在另一个世界上是怎样,但是,哈特赖特先生,在这个世界上,那种好奇心是永远也不会获得满足的。

看了我以上所说的,您也许认为有必要写一封向我赔礼道歉的信。那么,您就写吧,我愿意接受您的道歉。以后如果您希望约见我,我会更加宽容,会同意接见您。按照现在的境况,我只能请您吃茶点,但这并不是说,由于发生了那些事情,我的境况就不及从前了。记得我对您说过,我的生活一向过得很宽裕,我近二十年来已经储蓄了不少钱,下半世可以过得很舒适。我无意离开韦尔明亨。在这镇上,我还要争取做一两件事,将我的地位提得更高一些。您看到牧师向我鞠躬了。这位牧师已经结婚,但是他那老婆并不是很懂礼貌的。我还要参加多加会①,我一定要叫这位牧师的老婆也向我鞠躬。

如果大驾光临,我们的谈话必须限于一般的话题,这一点可得请您谅解。如果想要把这封信作为一个把柄,那可是办不到的,因为,我写完这信,就不再承认它是我写的了。虽然我知道证据都已被火烧毁,但是我相信小心谨慎总没错儿。

为此,我在信里没提到任何人的姓名,在信末也不准备签上自己的名:通篇的字都故意写得叫人认不出是谁的笔迹。我现在还要亲自去投这封信,同时要防人家根据这封信追踪到我家里。您当然没理由责怪我采取这些预防措施,因为这并不妨碍我为了表示领您的盛情而向您提供一切资料。我吃茶点的时间是五点半,我的奶油吐司可是不等候人的。

---

① 多加会是一个妇女慈善团体,该会会员缝制衣服,周济贫民。多加为《圣经》故事人物,见《圣经·使徒行传》第9章。

沃尔特·哈特赖特继续叙述事情经过

1

看完了凯瑟里克太太的这封怪信，我忍不住要撕毁了它。信中通篇流露出冷酷无耻的邪恶心情，表达了一种狠毒的想法，试图将一件不该由我负责的灾祸强行归罪于我，我曾经不顾生命危险去救人脱险，而她却说什么那样引起的后果应由我负责；我对这一切感到十分厌恶，已经准备撕那信了，但是转念一想，觉得还是应当暂时等一等，不要急着把它毁了。

我之所以考虑到这一点，完全不是为了要利用这信追究珀西瓦尔爵士的某些疑点。信中提供的有关这个人的事，只证实了我早已得出的结论。

这人犯罪的经过，一如我早些时候所设想到的；凯瑟里克太太始终没提到诺尔斯伯里镇的结婚登记簿副本，这就更使我相信，珀西瓦尔爵士肯定不知道有着这个副本，更不会想到它有被发现的可能。现在我对伪造登记的事已不再感兴趣，我之所以要保留着这封信，只是为了将来要利用它，去查明至今仍使我感到困惑的最后一件秘密：安妮·凯瑟里克的父亲究竟是谁。她母亲在这信里无意中漏出了一两句话，将来等我办完了更为迫切重要的事，有闲暇去追查另一项尚待收集的证据时，这几句话也许会对我有用。现在我虽然还没能找到那项证据，但并不因此灰心，我仍渴望能发现它，仍很想查明现在长眠在费尔利太太墓中的那个可怜人的父亲是谁。

因此，我把那信封了起来，很小心地藏在我皮夹子里，准备等时机一到，再去看它。

第二天是我在汉普郡的最后一天。等到我在诺尔斯伯里镇法官的传讯下再次出庭，出席了延期进行的一次庭审，当天下午或晚上我就可以乘火车回伦敦了。

仍像往常一样，我早晨的第一件事是去邮局。玛丽安的信已经在那里等候着我，但是，信递到我手里时，我觉得它特别地轻。我急着拆开了信封。它里面只有一张对折叠着的小纸条。纸条上，经过匆忙涂抹，寥寥地写着这么几行：

"快回来。我已在迫不得已的情况下搬了家。到富勒姆区高尔路五号来。我会守候着你。不必为我们担心，我们都安好。可是你得回来。——玛丽安"

我完全被这几行字报道的消息吓坏了，因为它立刻使我联想到福斯科伯爵会玩弄什么阴谋。我握着那揉皱的纸条站在那里，紧张得喘不过气来。发生了什么事故？伯爵趁我不在的时候策划进行了什么阴谋诡计？玛丽安写了这张字条，现在已经过了一夜时间，而在我能赶回她们那儿之前，还得经过好些时候，这时也许又发生了一些我还不知道的不幸事件。然而，我却必须留在远离她们的地方，由于两桩案件而必须留在这里！

要不是因为对玛丽安满怀信心，暂时强自镇定，真不知道在焦急和惊慌中我是否会忘了自己应尽的义务。只是因为想到她绝对可以信赖，所以我才能克制着自己，勇敢地等候下去。首先妨碍我行动自由的是验尸官的审讯。我在指定的时间参加了审讯，还需按照一定的法律程序进入审理室，但后来庭上没要求我重复证词。这一番无谓的耽搁，对我的耐心是一次痛苦的考验，然而，我仍旧竭力耐着性子，尽可能一丝不苟地履行了所有的程序。

死者在伦敦的律师（梅里曼先生）也出了庭，可是对调查工作丝毫没有帮助。他只能说感到无比震惊，但对神秘的案情完全无法解释。验尸官根据死者的律师在延期审讯的休庭期间提出的几个疑点讯问了见证人，但是未能从答复中得出任何结论。经过将近三个小时的耐心调查，遍问了所有可供讯问的见证人，陪审团终于宣读了一般意外横死的判决书。除了作出正式判决以外，法庭还发布了一纸公告，说经过审讯无法证明：钥匙是怎样被偷窃的，火灾是怎样引起的，死者又为什么要进入法衣室。这项判决发表后，全部诉讼程序随之结束。死者的法定代理人，可以去准备必须办理的葬仪，见证人也都可以退庭了。

我决定一分钟也不耽搁就去诺尔斯伯里镇，于是，结清了旅馆里的账，我就雇了一辆马车往镇上去。一位绅士听说我雇车，又看到只有我一人上路，便说他住在诺尔斯伯里镇附近，问是不是可以搭我的车回家去。我当然答应了他。

途中，我们的谈话自然集中到当地人士最感兴趣的那个题目上。

我这位新交的朋友，认识已故珀西瓦尔爵士的律师，曾和梅里曼先生谈到死者的事情和财产的继承问题。珀西瓦尔爵士负债累累，已是尽人皆知的事，所以他的律师也不得不老实承认这件事。死者没立下什么遗嘱；即使是立了遗嘱，他本人也没有财产可以留给别人，他从妻子名下得到的钱已全部被债主没收，应继承地产的是费利克斯·格莱德爵士的一个堂侄（珀西瓦尔爵士没留下子女），现任东印度公司的高级船员。他将来会发现，这份意外得到的遗产，已经为支付大笔债务而被抵押出去，但是，只要他本人会算计，地产再过一个时期是可以收回的，这位"船长"生前仍可以成为一位富翁。

我最初只顾想到回伦敦，但是这些报道很有趣（并且，事实证明，完全是正确的），它们引起了我的注意。我原先认为不应当把我发现珀西瓦尔作弊的事宣扬出去。被他窃取去遗产的继承人现在又将继承这份财产。二十三年来，从这份财产中应得的收入该是属于他的，但已被死者挥霍殆尽，现在再也无法收回了。如果把这件事说出来，我并不能给谁带来益处。但是，如果我继续保守那件秘密，我的缄默又会掩蔽了这个骗娶劳娜的人的真面目。

起初，为了她的原故，我想隐瞒着这件事；但是后来，仍旧是为了她的原故，我终于用化名谈出了这件事。

我在诺尔斯伯里镇和与我邂逅的旅伴分手后，立刻赶到镇公所去。完全不出我的预料，没人再到那里去控诉我，所以，履行了一切规定的手续后，我就被开释了。我离开法庭时，有人把道森先生的一封信交给我。信里说他因为有事不能亲自来，再一次向我表示，需要帮忙时可以去找他。我复了他一封信，对他的好意表示热烈感谢，并向他道歉，说未能当面致谢，因为有急事需要立刻赶回伦敦。

半小时后，我搭了快车赶回伦敦。

2

我在九十点钟抵达富勒姆区，然后找到了高尔路。

劳娜和玛丽安都到门口来接我。一直到这天晚上大家重新会聚时我才知道，我们三人是团结得这样亲密无间。这次我们重逢，仿佛不只是离别了几天，而是分隔了数月。玛丽安面色很憔悴，露出焦急的神情。一看就知道，我不在家时，是由谁经历了种种危险，承担了一切烦恼。劳娜的面色和精神都比以前更好，这说明她被很小心地瞒过，完全不知道韦尔明亨死了人的恐怖事件和我们这次搬家的真正原因。

搬家的骚动似乎只使她感到高兴有趣。她把这件事说成是玛丽安想出的一个绝妙主意，为的是要我回到家感到惊喜，看到我们已经从那狭隘嘈杂的街区搬到了河边有树木与旷野的环境清幽的地方。她对未来满怀希望：想到她即将完成的画儿，想到我在乡下找到了愿意收购图画的买主，想到她攒下的那些先令和六便士硬币，瞧她的钱袋已经那么沉甸甸的，这会儿她得意地要我亲自掂一掂它。我感到惊喜，没料到离家短短几天内，她已有了这样的进步，面对这种无法形容的快乐情景，我应当感谢玛丽安的勇敢,玛丽安的爱护。

一等劳娜走开,我和玛丽安可以随便谈话的时候,我就试图表达我的衷心感谢与敬意。但是这位慷慨的姑娘根本不愿听我说下去。这是妇女具有的高贵的忘我精神,施予的是那么多,索取的是那么少,这时她一点不想到自己,只挂念着我。

"我发信前只剩下了一点儿时间,"她说,"否则我可以不必写得那样匆忙。看来你很憔悴、疲乏,沃尔特,恐怕我那封信使你大大地受惊了吧?"

"只是在最初的片刻里,"我回答,"后来我就镇定了,玛丽安,因为我是相信你的。这次突然搬家是因为福斯科伯爵捣乱,我猜对了吧?"

"完全对,"她说。"我昨天见到了他,而且,更糟的是,沃尔特,我和他谈了话。"

"和他谈了话?他知道我们住的地方了吗?他到屋子里来了吗?"

"他来了。走进下面屋子,可是没上楼。劳娜始终没看见他,劳娜根本没疑心到这件事。让我告诉你这件事的经过情形:我相信,并且希望现在危险已经过去。昨天,我在我们老屋子的起居室里。劳娜正在桌子跟前画画儿,我来回走着收拾屋子。后来我走过窗口,就在走过那儿的时候,我向外面街上望出去。那儿,街对面,我看见了伯爵,另一个人正在和他谈话——"

"他注意到你在窗口吗?"

"没注意到——至少我猜想他没注意到。我不能肯定,因为当时太激动了。"

"另一个人是谁?对你是陌生的吗?"

"不是陌生的,沃尔特。我刚缓过了一口气,就认出了他。他就是那疯人院院长。"

"伯爵在指点那幢房子给他看吗?"

"不,他们在一起谈话,那样子好像是在街上偶尔遇到的。我待在窗口，从窗帘后边看他们。当时，如果我转过身去，如果劳娜看见了我的脸……感谢上帝，她正在聚精会神地画画儿！不久他们就分手了。疯人院的人朝一面走去，伯爵朝另一面走去。起先我还希望他们是无意中在街上遇到的，但是，后来我看见伯爵走回来了，又在我们屋子对面停下，取出他的名片盒和铅笔，写了一些什么，然后穿过马路，走向我们楼下店门口。我不等劳娜看见，就跑过她身边，说我忘了一样东西在楼下，一走出屋子，我就跑到下面楼梯口，在那里等着，因为我已经打定主意，如果他企图上楼，我就拦住他。可是，他并没有这打算。女店员从室内走到过道里，手里拿着他的名片，一张很大的镶金边的名片，上边印着冠状花饰，下边用铅笔写了这么几行：'亲爱的小姐，'（瞧这恶棍还有脸这样称呼我！）'亲爱的小姐，我恳求您，让我只说一句话，谈一件对我们俩都有重大关系的事。'一个人到了紧急关头，他的头脑就会变得敏捷起来。我立刻想到，如果那件事和伯爵这个人有关，而我和你却不明白它的真相，那我们将会铸成无法补救的大错。我想到，如果我不同意见他，拒绝了他，那么，由于不知道他会趁你不在家的时候采取什么行动，我就会产生种种疑虑，而那样提心吊胆，会使我更加难受。'让那位先生在店里等着，'我说，'我这就去见他。'我跑上楼去取我的头巾帽，决定不让他在室内和我谈话。我知道，他的嗓音很洪亮，即便是在店里，我也担心会让劳娜听见。不到一分钟，我又到了楼下过道里，打开了临街的门。他从店铺里出来见我。瞧他穿着最重的丧服，露出阴险的笑，毕恭毕敬地向我鞠躬，几个闲荡的儿童和妇女站在他身旁，盯着他那肥大的身躯、漂亮的黑衣服和金柄大手杖。我一看见他，黑水园府邸里那些恐怖情景又在我脑海里出现。他取下帽子一挥，装出了那么一副神情对我说话，就仿佛我和他昨儿刚依依惜别，分离还不到一天似的，往日的憎恨一股脑儿涌上心头，我感到浑身都不自在起来。"

"你还记得他说些什么吗？"

"我没法重复原话,沃尔特。现在我就让你知道他说了一些什么有关你的话——可是,我没法逐字重复他针对我说的那些话。那些话要比他信中表面客气骨子里侮辱人的话更加可恶。当时我像男人那样手痒痒地要打他!但是,我克制着自己的性子没动手,只在围巾后面把他那张名片撕得粉碎。我一句话不说,离开屋子就向前走(因为怕劳娜看见了我们),他跟着我,一路上低声向我好说歹说。我刚走到第一条横街就拐了个弯,问他找我干什么。他向我要求两件事。第一,要我听他表达心意。我拒绝听他的。第二,要我让他重复他信里的警告。我问他为什么要重复。他鞠了一躬,笑了笑,说这一点他会向我解释。后来,他的解释完全证实了你出门前我表示的恐惧。你大概记得我对你说过:珀西瓦尔爵士刚愎自用,他对付你的时候不会听他朋友的忠告;我们不必害怕伯爵带来危险,然而,一旦伯爵本人的利益受到威胁,他就会断然为自己采取行动。"

"我记得,玛丽安。"

"你瞧,后来果真出现了那个情形。伯爵提出了他的忠告,但是没被采纳。暴躁的脾气,顽固的性格,以及对你的仇恨:这一切支配了珀西瓦尔爵士的行动。伯爵让他独行其是,但是首先要查明我们的住址,万一他本人的利益受到威胁,就可以作好预防准备。你第一次去汉普郡回来的时候,有人跟踪你,沃尔特——先是律师雇用的人从火车站跟了你一段路,后来就是伯爵本人一直跟到我们门口。至于他是怎样设法避开了你的视线,这一点他没告诉我,但就是那一次他找到了我们。他虽然发现了我们,但并没利用这一发现,直到后来,他听到珀西瓦尔爵士的死讯,这时候,正像我对你所说的,他为自己采取了行动,因为他相信你下一步就要对付死者的同谋者了。他立即作了安排,会见了伦敦的那个疯人院院长,把他领到逃走的病人隐藏的地方;他相信,不管这种做法的结果如何,他至少可以使你陷入旷日持久的法律纠纷和诉讼麻烦,而这样就可以使你受到束缚,再也无法向他采取攻势了。根据他对我的坦白,这就是他所打的主意。只是由于考虑到另一点,他在最后关头犹豫起来——"

"由于考虑到什么?"

"真不愿意对你说,沃尔特,然而,我必须说。只是由于考虑到了我。我一想到这点,就觉得自己的身份受到了难以形容的耻辱,但是,那个人虽然意志坚强,却有一个弱点,那就是他非常崇拜我。由于自尊心,我也曾试着不去相信他的话;但是,看了他那种神情和举动,说来也真羞人,我不能不相信那是真的。这个奸险的怪物对我说这些话的时候,眼睛里含着泪——真的是这样,沃尔特!他说,就在向医生指出那幢房子的时候,他想到了:如果把劳娜和我拆开,我会感到多么痛苦;如果人家控诉我帮助她逃走,我又会承担什么责任。于是,为了我的原故,他再一次不顾你会给他带来最大的危险。他只要我记住了他所作的牺牲,要我阻止你采取鲁莽的行动,说这是为我的利害着想,还说,有关这些利害问题,他此后也许再没有机会和我细谈了。我不去跟他谈条件;这是我宁死也不肯做的事,然而,信不信由你,他说已经找到了一个借口把那医生打发走了,且不管这话是真是假,但有一件事是确凿无疑的,我看见那个人一眼也没朝我们窗子里望,甚至没朝对街我们这面看,就离开他走了。"

"我相信他的话,玛丽安。既然最好的人不会一贯是好的,那么,为什么最坏的人就会一贯是坏的呢?同时我怀疑,他这只是要吓唬你,他威胁的话并不是他真正能够做到的。我不相信他能够利用疯人院院长来找我们麻烦,现在珀西瓦尔爵士已经死了,凯瑟里克太太再不是受人控制的了。但是,让我听下去。伯爵说我什么了?"

"他最后谈到了你。这时候他眼睛里闪闪发光,显得很冷酷,他那副神情又变得像从前一样:在残忍中显出坚定,在傲慢中露出嘲讽的神气,叫人看了无法猜透他的心事。'去警告哈特赖特先生!'他很傲慢地说,'如果他要和我较量,他的对手可是一位有头脑的,是把社会的法律和传统一概不放在眼睛里的。假使我那位不幸的朋友当初听了我的忠告,那么验尸官验的将是哈特赖特先生的尸体。谁叫我的朋友固执己见呢。瞧这儿!我哀悼他的逝世——不但内心里悲伤,而且在外面帽子上志哀。我要哈特赖特先生重视这小条黑纱表示的感情。如果他胆敢触犯我的感情,那感情就会化为无比的仇恨。还是叫他满足于他已经得到的吧,满足于我为了你的原故而给你和他留下的吧。去对他说(代我向他打个招呼),如果他触犯了我,我福斯科就要给他点儿厉害瞧瞧。让我用一句英国成语告诉他:我福斯科是天大的困难也吓不倒的!亲爱的小姐,再见啦。'他那冷峻的灰色眼睛盯着我的脸——他一本正经地摘下帽子——光着脑袋一鞠躬——然后离开了我。"

"没再回转来吗?没再说什么吗?"

"他在街角上拐弯的时候挥了挥手,然后装模作样地拍了拍胸口。后来,我看不见他了。他在我们那幢房子对面消失了;我赶回到劳娜那里。还没走进屋子,我已经打好主意,决定我们应该搬走。现在伯爵已经发现我们的住所,尤其是你不在家的时候,那幢房子已经不安全,已经成了危险的地方。当时如果我心中有数,确定你就要回来,我会不顾危险,等你到了家再说。但是,当时我心中完全无数,所以就凭着一时的主意行动起来。你离开我们之前也曾说过,为了劳娜的健康,我们要搬到一个环境更幽静、空气更新鲜的地方。所以,我只需要向她重提这些话,说趁你出门的时候搬家可以使你感到意外,并且省了你照应搬家的麻烦,听我这样一说,她也和我同样急着要搬了。她帮着我收拾了你的东西,并且布置好了你的新工作室。"

"你怎么会想到搬到这儿来的?"

"我对伦敦附近其他地方都很生疏。我认为离开我们原来住的地方越远越好,同时我对富勒姆区比较熟悉,因为从前在那儿上学。我派人捎了一张便条到那学校去,希望那学校还在。幸喜学校还在,由我从前女校长的几个女儿继续开办,她们按照我信里的要求,租下了这幢房子。就在我发信给你之前,派去的人带着新房子的地址回来了。我们天黑后搬出来,神不知鬼不觉地到了这儿。我这样做对吗,沃尔特?我没辜负你对我的信任吧?"

我热情地向她表示衷心的感谢。但是,我道谢的时候,她仍旧带着焦虑神情;我的话一完,她就提出了有关福斯科伯爵的问题。

我看得出,她现在对伯爵又有了一种想法。她已不再发泄对伯爵的忿怒了,不再要求我赶快进行报复了。她相信,这个人对她的赞美虽然令人厌恶,但确是出自真诚,而一想到这一点,她就远比以前更加担心他那居心叵测的狡猾,更加害怕他那处处显示出的旺盛的精力与过人的机警。她问我怎样看待伯爵的口信,听了这口信后下一步打算怎么办,这时她降低了声音,显出了迟疑的神情,眼光和我接触时露出了焦急和恐惧。

"不多几个星期以前,"我回答,"我会见了基尔先生,玛丽安。他和我分手的时候,我最后对他说了这几句有关劳娜的话:'她叔父必须当着所有参加假葬礼的人重新接她回去;这位家长必须当众吩咐把记录她死亡的谎言从墓碑上抹掉;那两个陷害她的家伙虽然能够逃避法律制裁,但是必须向我低头认罪。'那两个家伙,有一个已经无法令其在人世间归案。但另一个仍旧活着,所以我的决心仍旧不变。"

她眼睛里闪亮,脸上现出红晕。她什么话也没说,但是我从她的表情中看出,她很赞赏我这句话。

"我并不隐瞒自己,也不隐瞒你,"我接下去说,"看来咱们的前景更加渺茫了。咱们已经冒过的那些险,如果和将来可能遭到的相比,它们将是微不足道的了,然而,尽管如此,玛丽安,这件事一定要进行到底。对付伯爵这样一个人,我是不会莽撞的,我一定要事先作好准备。我已经学会了耐心;我可以不惜时间去等候。我要让他自信他的口信已经起了作用,要让他完全摸不清咱们的底细,一点听不到咱们的消息,咱们要给他充分的时间感到自己很安全：如果我没完全估计错的话，相信他那自高自大的脾气会使他抱这种想法。这是我要等候的一个原因；但是，还有一个比这更重要的原因。在我进行我们最后一次冒险之前，玛丽安，我跟你和劳娜的关系必须变得更为明确。"

她靠近我一些，露出惊讶的神气。

"怎样才会变得更为明确呢？"她问。

"等时间一到，"我回答，"我就会告诉你。现在时间尚还没到，也许它永远不会到来。可能我永远不会向劳娜提到这件事。必须等到我认为可以正大光明地谈到它，而且谈时不致造成危害。可是现在，哪怕是对你我也不能谈到它。还是让咱们把这件事摆开了吧。咱们要考虑另一件更为迫切的事。为了顾念劳娜，你一直没让她知道她丈夫的死——"

"哦，沃尔特，这件事，咱们必须再过很久才可以告诉她吧？"

"不对，玛丽安。偶然发生的事是防不胜防的，与其将来偶然在无意中让她知道了这件事，你还不如这会儿让她知道了的好。不必告诉她那些细节，你可以慢慢地说给她听，但是，要让她知道他已经死了。"

"你要她知道她丈夫的死，沃尔特，除了刚才你提到的那个原因，还有其他的原因吗？"

"是的。"

"这个原因，关系到咱们暂时还不能谈的那个问题吗？也就是那个你可能始终不会向劳娜提出的问题吗？"

她意味深长地加强了最后一句话的口气，而我向她作肯定的回答时，也加强了那句话的口气。

这时她脸色苍白了。她很关心地瞅了我一会儿，露出忧郁和迟疑的神情。她向那位支配着我们一切欢乐与忧愁的伴侣平时所坐的椅子斜看了一眼，于是一种罕见的柔情就在她乌黑的眼睛里颤动，她那刚强的嘴唇显得温和了。

"我想，我理解你的意思了，"她说。"我觉得，为了她和你的原故，沃尔特，应该把她丈夫的死告诉她。"

她叹了口气，把我的手紧握了一会儿，接着就突然松开了它，走出了屋子。第二天，劳娜已知道她丈夫的死使她重新获得自由，错配的婚事带来的灾难已被埋葬在他的坟墓里了。

他的名字不再被我们提起。从此我们都绝口不谈他的死；玛丽安和我，都很小心地避免接触到我们同意暂时搁置的另一个问题。但是我们并不曾把那问题从心上丢开，而只是勉强把它隐藏在心里。我们比以前更加注意劳娜，有时候充满希望，有时候怀着恐惧，就这样等候那时刻的到来。

逐渐地，我们恢复了已经习惯的生活方式。我重新开始前几天去汉普郡时一度暂停的日常工作。和以前住的那几间更狭小和不方便的屋子相比，我们新居的开销更大了，加上前途渺茫，我就更需要努力工作了。再说，还可能发生一些意外的事，迫使我们花完了为数很小的银行存款，到后来大家都要完全依靠我一双手工作。现在我还没找到职位更稳定、待遇更优厚的工作，在我们的拮据情况下，我必须一个人勉力维持家用。

请读者不要误认为：在这样一段无所作为、与世隔绝的时期里，我已完全放弃我始终一心向往、努力追求的那个目标。即使再这样度过许多月，我也不会放松对那个目标的追求。我可以利用这段等待时机慢慢成熟的时期，采取一些预防措施，报答一份情意，还要解答一个疑问。

所谓预防措施，当然是针对伯爵而言。现在最重要的事情是，尽可能打听确实伯爵是否计划留在英国——也就是留在我能追捕得到的范围以内。为了弄清楚这一点，我采取了极为简单的方法。我知道他圣约翰林区的住址，于是就去那一带打听，找到了经手伯爵那幢有家具设备的房子的经纪人，问他林苑路五号在短期内是否会出租。他的回答是否定的。他告诉我，住这幢房子的外国绅士已将租期延长六个月，要住到明年六月底。而当时则是十二月上旬。我离开经纪人时，一块石头落了地，不必担心伯爵逃走了。

为了报答我欠下的情意，我又去拜访了克莱门茨太太。我曾经答应再去看她，让她知道有关安妮·凯瑟里克病死和殡葬的详情，因为我们第一次会见时我不得不暂为保密。现在既然情形已经改变，我不妨把阴谋的内容尽可能详细地告诉这位善良的妇人。我一向对她怀抱好感与同情，当然急于要早日实现我的诺言，而结果呢，我确实是很认真和周到地这样做了。这里不必浪费篇幅，去描写我们会晤的经过了。我还是简单扼要地交代一下：在谈话中，我想起了那个至今还没法解释的疑问——安妮·凯瑟里克的父亲究竟是谁？

从一系列牵涉到这一问题的琐碎的想法中（这些想法本身虽然毫无价值，然而一经被联系在一起，就显得很重要了），最近我得出一个结论，现在决定要加以核实。我征求到玛丽安的同意，写了封信给瓦内克府的唐索恩少校（记得凯瑟里克太太出嫁之前，曾经在他府上当过几年侍女），向他提出了几个问题。我用玛丽安的名义去向他打听那些事，还说明我之所以要麻烦他，是因为那些事涉及玛丽安家中某些人的利害问题。我写这封信时，不能确定唐索恩少校是否健在；发出了信，我只希望他也许还活着，能够并且愿意给我答复。

过了两天，回信到了，这证明少校仍旧健在，并且乐意帮助我们。

从他的答复中就可以很清楚地看出我写信给他的用意，以及我所探听的事情的性质。他的信回答了我的问题，让我知道了以下重要的事实：

第一，"黑水园已故珀西瓦尔·格莱德爵士"从未去过瓦内克府。唐索恩少校一家人根本不认识这位已故的绅士。

第二，"利默里奇庄园已故的菲利普·费尔利先生年轻时是唐索恩少校的好友，也是他座上的常客。"少校查阅了一些旧日的信件和其他记录，经过重新回忆，很确凿地说，一八二六年八月菲利普·费尔利先生曾经下榻于瓦内克府内，并于九月和十月上半月留在那儿打猎。后来，如果少校没记错的话，他到苏格兰去了，又过了一些日子，再到瓦内克府作客，那是他新婚不久的时候。

如果单独地看这些话，它们也许毫无价值，然而，一经把它们跟玛丽安和我已经确知的某些事实联系起来，我们就不可能不从中得出一个明确的结论。

现在我们知道：一八二六年秋天，菲利普·费尔利先生去过瓦内克府，而当时凯瑟里克太太正在府内当侍女。我们还知道：第一，安妮出生于一八二七年六月；第二，人们一向注意到她和劳娜长得特别相像；第三，劳娜又长得活脱像她父亲。菲利普·费尔利先生当年是一个美男子，但名声很不好。他的性格完全不像他兄弟弗雷德里克；在交际场中，尤其是在脂粉丛中，他是一个被纵容坏了的宠儿；他为人随和，无忧无虑，很容易动情，过分地慷慨，天生地疏于坚持原则，并且，由于不顾对妇女应尽的道德义务，最后只落得声名狼藉。有关这个人的品格，我们听到的就是这些传闻；我们知道的就是这些事实。那么，由此而领会到的那些明确的含意，也就不必在这里指出来了吧？

虽然凯瑟里克太太并未想到要说明这一问题，但是，现在根据新的理解重读她的信，那信就进一步证实了我所作出的结论。她在给我的信中，把费尔利太太描写成为"其貌不扬"，还说她"把英国第一位美男子迷得娶了她"。这两句话都说得与事实不符，而且都近于画蛇添足。我觉得，在当时的情况下，根本就没有必要谈这些话，再说，凯瑟里克太太对费尔利太太那样异常地傲慢无礼，这只可能是出于一种嫉恨（像凯瑟里克太太这样的人，她总会不必要地用恶毒的语言来表达这种感情）。

我们这里提到了费尔利太太，自然引出了另一个问题：但有关这个问题，玛丽安的证明已经排除了一切疑点。她以前读给我听那封费尔利太太给丈夫的信，信中描写安妮如何长得和劳娜相像，还说她如何喜爱这个小客人，我相信她说那些话时肯定是纯粹出于无心。再仔细想一想，甚至菲利普·费尔利先生本人，和他妻子一样，也未必会怀疑到这件事的真相。瞧凯瑟里克太太那样不惜降低身份，用欺骗手段结婚，既然是为了隐瞒这件事，当然不会把它轻易说出来，这不仅是出于慎重，更可能是由于爱好面子，否则，我们甚至可以假设，生父在孩子不曾出世前出走之后，照说她还是有办法把有了孩子的事告诉他的。

这样猜想时，我就记起了从前怎样怀着敬畏心情，去思考《圣经》上的告诫："父亲犯下了罪，将祸延及其子女。"[1] 要不是因为一个父亲所生的两个女儿不幸长得那么相像，人家就不可能施展那阴谋，以致安妮做了糊涂的工具，而劳娜则成为无辜的受害者。由于做父亲的漫不经心地犯下了罪，于是，随着一系列事情的发展，这罪过就毫厘不爽地、直接可怕地影响了孩子，使其遭到残酷的迫害。

考虑着这些事情，以及其他一些问题，我又联想到如今埋葬着安妮·凯瑟里克的坎伯兰的那一小片墓地。我想到从前怎样在费尔利太太坟旁遇见她，也是最后一次遇见她。我想到她怎样用柔弱可怜的手敲着墓碑，怎样疲乏地、但是热情地对她的保护人和挚友的遗体小声儿嘟哝："哦，我真希望死了也埋在这里，和您安息在一起呀！"自从她表达了这个愿望，到现在仅一年多一点儿，可是，多么离奇，又多么可怕，那愿望竟然实现！再有她在湖边对劳娜说的那些话，现在也已成为事实。"咳，要是能把我和您母亲合葬在一起，那该有多么好啊！要是天使吹响了号角，坟墓里的死人都复活的时候，我能在她身边醒过来，那该有多么好啊！"这个不幸的人，随着上帝的指引，目睹了人世间十分可怕的罪恶，经历了多么阴暗曲折的道路走向死亡，终于达到了她向往的归宿！就让她安息在那个神圣的地方吧，就让她不再受到干扰，

---

[1] 见《圣经·出埃及记》第20章第5节。

永远留在她敬爱的伴侣身旁吧。

我以上所述的这个在我生活中屡次出现的幽灵般人物，就这样隐没在深不可测的阴间了。像一个阴影，她首次在黑夜的寂静中遇到我。像一个阴影，她又在死亡的寂静中消失。

3

四个月过去了。四月到了：春季里这个变化多端的月份到了。

在新建立的家里，我们安静而幸福地度过了冬天以来的一段时间。我很好地利用了更多的闲暇，开辟我的收入来源，使我们的生活变得更稳定了。玛丽安一摆脱了长期来痛苦的紧张与焦虑，就振作起来，开始恢复她那天赋的丰富精力，几乎又变得和以前一样活泼自然了。

劳娜比她姐姐更容易受环境变化的影响，这时在新生活的治疗力下有了更显著的进步。前些日子未老先衰的面容很快地变了样，当年最娇媚的表情首先恢复过来。我在细心观察下发现，那一度几乎使她丧失了理智与生命的阴谋现在仅留下一个严重的后果。从离开黑水园府邸到我们重去利默里奇教堂墓地那段时期里的事，她再也记不得了。你只要一提起那个时期，她就会面色改变，身体发抖，言语变得模糊不清，记忆又像以前那样茫然恍惚，怎么也回想不起过去的事情。在这方面，也只有在这方面，旧日的创伤太深，再也无法愈合了。

但是，在所有其他方面，她已在复原，每逢最愉快的日子，她的谈话和表情有时又像从前的劳娜了。这一令人欣慰的改变，自然给我们俩带来了影响。我们对过去在坎伯兰生活中的那些难以磨灭的回忆，经过长期沉睡，如今又苏醒过来，对我们俩来说，那是爱情的回忆。

逐渐地，不知不觉地，我们在日常生活中变得彼此拘束起来。

那些爱怜的话，我在她忧愁痛苦的日子里会很自然地随意倾吐，但现在却很奇怪地难以出口了。在我经常担心会失去她的那些日子里，每当她晚上向我告辞，早晨和我见面时，我总要吻她。现在我们之间亲吻的事好像已被略去，它在我们生活中即将不复存在了。我们的手一接触到，又会颤抖起来。玛丽安不在的时候，我们彼此几乎不再多看一眼。一剩下我们俩，谈话就往往会停顿。每当我无意中碰触到她，就像我在利默里奇庄园时那样，我会觉得一颗心开始急跳，看见她脸上也跟着映现出可爱的红晕，这时我们仿佛又回到了坎伯兰的丘陵地里，恢复了我们以前的师生身份。她会长时间沉默不语，若有所思，但是玛丽安问她时，她又不承认是在想心事。有一天，我感到惊讶，发现我忘了自己的工作，在出神地想着我第一次会见她，在凉亭里为她画的那幅小水彩画像——正像我当初常常忘了费尔利先生的版画，出神地想着当时刚完成的这幅画像一样。现在，虽然情况已经完全改变，但是，仿佛随着爱火的复燃，我们又恢复了最初相识的那些快乐日子里的关系。随着时光的流逝，我们怀着早先破碎了的希望，好像附着一条破碎了的船漂流到从前熟悉的岸边。

如果换了另一个妇女，我会把话直截了当地说出来，然而，要对她说这些话，我就有顾虑了。瞧她这样孤苦伶仃，无依无靠，需要我悉心地安慰，而我，作为一个男子，天生不够细心，不能觉察出她的隐衷，可能失之过早地触痛了她那敏感的心情：一考虑到这些，以及其他类似的问题，我就感到毫无把握，不敢开口了。然而，我知道，现在必须消除我们双方的拘束，将来还必须明确地改变我们相互的关系，而这种改变的需要，首先必须由我提出。

我越多考虑我们的关系，越觉得难以改变这种关系，因为自从去冬以来我们三个人在一起生活，就一直维持着原状。我无需解释，在变幻莫测的思潮中，怎样会出现了这样一种想法，然而，我确实有了这种想法，认为必须首先改变一下地方和环境，必须突然打破我们生活中安静和单调的气氛，这样才可以改变我们在家里相互看惯了的情况，才可以为我说那些话作好准备，使劳娜和玛丽安听了不至于感到那样局促和尴尬。

既经打定了主意，一天早晨我就提议大家应当有一次短暂的休假，改变一下环境。经过考虑，我们决定用两周时间去海滨度假。

第二天，我们离开富勒姆，取道南海岸一个幽静的小镇。在早春季节里，镇上只有我们少数几个游客；岩石，海滩，镇后的小径：到处悄寂无人，这是我们最理想的地方。空气柔和；小丘、树林、谷地上空，随着四月间光影的变换，呈现出不同的美丽景色；动荡的海水在我们窗下欢腾，仿佛和大地同样觉出春光的明媚。

要跟劳娜谈话，我事前需和玛丽安商量，事后更需听她的指导。

在抵达镇上的第三天，我找到一个和玛丽安单独谈话的适当机会。我们的目光刚刚相遇，我还没来得及开口，她那敏锐的本能已经觉察出我心底的念头。她仍像通常那样直爽，立即首先开口。

"你现在想的，是你从汉普郡回来那天晚上咱们提到的事吧，"她说，"前些日子我就料到你要重提这件事了。我们这个简单的人家必须作出一些调整了，沃尔特，我们不能再老是这样继续下去了。咱们俩同样清楚地看出了这一点——劳娜也同样清楚地看出了这一点，她只是没说出来罢了。多么奇怪，现在好像又恢复了从前坎伯兰的那种日子！你我又聚在一起，咱们唯一关心的又是劳娜的事情。我甚至会想象到：这间屋子就是利默里奇庄园的那个凉亭，咱们远处的海浪又在拍打着我们故乡的海岸。"

"那些日子里，我听了你的指导，"我说，"现在，对你十倍地信赖，玛丽安，我又要听你的指导了。"

她紧握着我的手，作为对我的答复。我看出，旧事重提，深深地感动了她。我们坐在窗口,她听我谈下去,我们看着那辉煌灿烂的阳光照耀在雄伟瑰丽的大海上。

"不管咱们这次私下谈话结果如何,"我说,"不管它会给我带来欢乐还是悲哀,劳娜的利害永远是我的切身利害。不管谈得怎样,等到咱们离开这儿的时候,我的决心仍旧不会改变,我回到伦敦,一定要迫使福斯科伯爵承认他的同谋者没有招认的罪行。咱们谁也不知道,这个家伙被我逼急了会对我使出什么手段;但是,根据他过去的言行,咱们可以知道,他会毫不犹豫,毫无顾忌,通过劳娜向我进行反扑。在咱们目前的情况下,社会不会同意,法律也不允许我对劳娜取得合法的权利,以加强我的地位,去抵抗伯爵和保护劳娜。这就使我处于十分不利的地位。如果要我名正言顺地为了劳娜的原故去和伯爵进行斗争,那我就必须以我妻子的名义去进行斗争。现在,你同意我的想法吗,玛丽安?"

"完全同意,"她回答。

"我不必表白我的感情,"我接下去说,"我不必谈我已经遭遇到种种波折和打击的爱情,我只能用以上的话为自己辩护,说明我怎么会有这妄想,并且会谈到要她做我的妻子。如果,像我相信的,只有迫使伯爵据实供认一切,才有可能公开证实劳娜仍旧活在世上,那么,咱们就会承认,我之所以要和她结婚,并不是出于自私。然而,也许我的想法是错误的,也许咱们还可以采取其他的方法来达到我们的目的,也许那些方法更有把握,也更少危险。我也曾挖空心思去想那些方法,但是我想不出。你想出了吗?"

"没有。我也想过,但是想不出。"

"很可能,"我继续说,"我考虑这件棘手的事情时所想到的那些问题,你也都想到了。既然她现在已经复原,相信村里的人,或者学校里的孩子会认出她来,我们要不要陪她回利默里奇去呢?我们要不要请求法庭实地鉴定一下她的笔迹呢?然而,假定我们这样做了。假定她被认出来了,她的笔迹被证实了。即使这两件事都成功了，不也仅仅是为依法起诉准备了一个很好的基础吗？难道单凭人们的确认和笔迹的核实，就能证明她的身份，就能推翻她姑母的见证和死亡证，否定殡葬的事实和墓碑上的文字，使费尔利先生重新接她回利默里奇庄园吗？不能呀！我们只能希望这样可以对她的死亡提出疑点，至于要澄清这一疑点，那仍须通过法庭的侦查。现在让我假定：咱们有足够的钱（但是，实际上咱们并没有），去逐步进行这样的侦察。再让我假定：费尔利先生的成见可以消除；伯爵和他妻子的假见证，以及所有其他的假见证都可以推翻；法庭确信不可能把安妮·凯瑟里克错认作了劳娜，确信那笔迹并不像我们的敌人所说的那样是狡猾地伪造的：然而，所有这一切都是假设，它们在不同程度上明明是不大可能实现的。这且不去管它，现在再让咱们问一问自己：在这种情形之下，法庭首先会怎样向劳娜查问有关阴谋的事，而结果又会怎样。咱们对那结果知道得最清楚，因为咱们知道劳娜始终无法回忆她在伦敦的遭遇。你无论是私下里问她，或者是公开地问她，她根本不能帮助你说明她的问题。如果你不像我同样明白这一点，玛丽安，让咱们明儿就到利默里奇庄园去试一试。"

"我明白这一点，沃尔特。即使咱们有足够的钱支付全部诉讼费，即使咱们最后能打赢这场官司，但是那种拖延也真叫人受不了；咱们的苦已经受够，那种经常的紧张真叫人太痛苦了。去利默里奇是毫无希望的，你这话说得很对。至于决定去找伯爵，要试一试那最后的机会，我只希望你这种打算是对的。可是，难道那真的是一个机会吗？"

"肯定是一个机会。只有利用这个机会，才可能发现劳娜去伦敦的那个无法查明的日期。现在不必重复我前些日子向你提出的那些理由了，我仍像以前一样坚信，她那次上路的日期和死亡证上的日期不符。那是全部阴谋中留下的一个漏洞——只要咱们向那一点进攻，就会使阴谋全部败露，但进攻的方法只有伯爵知道。如果我能成功，能迫使伯爵说出那个方法，咱们的最大目的就达到了。如果我失败了，劳娜的冤枉就永远不能在这世界上昭雪了。"

"你也担心会失败吗，沃尔特？"

"我不敢指望准能成功，玛丽安，因此我现在坦白地把话说明了。我可以凭良心说真心话：劳娜未来的希望是微乎其微的。我知道，她的财产已经丧失；我知道，要恢复她的社会地位，除非是反过来将她最凶恶的敌人制伏，但这个人现在的防卫是无法击破的，而且可能是永远无法击破的。她有利的社会条件已经不复存在，她恢复名誉和地位的希望已经很渺茫，除了指望自己的丈夫而外，她再没有更光明的前途；到了这时候，一个穷苦的图画教师最后不妨把他的心情表白出来。从前，在她得意的日子里，我只是教她绘画的教师，玛丽安，现在，到了她落难的时候，我是向她求婚的人了！"

玛丽安把眼光亲切地对着我——我再也说不下去了。我一心要说什么，嘴唇在颤抖。我不愿无意中表示出向她乞怜。于是我站起身，准备走出去。她也站起身，轻轻地把一只手放在我肩上，拦住了我。

"沃尔特！"她说，"当初我把你们俩拆开，那是为了你和她的利害着想啊。你等候在这儿吧，老兄，等候着我吧，我最亲爱的好朋友，等着劳娜来吧，她会告诉你我这会儿是去做什么！"

自从那天早晨在利默里奇庄园道别以来，她首次用嘴唇触了触我的前额。吻我的时候，一滴泪落在我脸上。她急速转过身，指了指我站起来后的空椅子，然后离开了屋子。

我独个儿坐在窗前，经历那决定我命运的片刻。在那段极度紧张的时间里，我觉得心中整个是一片空白。我对一切都感到茫然，但所有那些熟悉的感觉却强烈得使人感到痛苦。阳光灿烂刺眼；远处彼此追逐的白色海鸥仿佛在我脸前掠过；海滩上柔和低沉的涛声听来好像是阵阵雷鸣。

房门开了，劳娜独自走进来。记得我们那天早晨分别时，她就是这样走进利默里奇庄园的早餐室。从前她是那样忧愁而迟疑，慢腾腾地，步履不稳地走近我身旁。这会儿她脚步急促，脸上焕发出幸福的光芒，喜盈盈地走进来。她那可爱的双臂自动地拥抱了我，她那甜美的嘴唇自动地凑近了我。"亲爱的！"她悄声说，"现在咱们可以承认彼此相爱了吧？"她柔情脉脉，心满意足地把头贴在我怀里。"哦，"她天真地说，"总算还有今天，我多么幸福啊！"

十天后，我们更幸福了。我们结婚了。

4

从我们新婚的时候起，直到故事的结束，我的叙述就像滔滔流水，一泻千里。

两个多星期后，我们三人回到伦敦；这时，即将发生的一场斗争，像阴影般悄悄向我们移近。

玛丽安和我，都当心着不让劳娜知道我们为什么匆忙赶回来——那是为了必须确保不要让伯爵逃走。当时是五月上旬，他林苑路住宅的租赁将于六月里期满。如果他延长租期（我预料他会延长租期，以下即将说出我的想法），我们就可以确信他不会逃走。然而，万一发生了什么意外，他也会趁人不防离开这个国家，所以，为了要和他亲自较量，我仍须尽可能抓紧时间，准备好一切。

我完全陶醉在新婚的欢乐中，原来的决心有时候就有点儿动摇。我不禁想到，既然已经实现了最大的理想，赢得了劳娜的爱情，是不是应当安于现状呢。我首次感到心虚胆怯，想到这件事多么危险，形势对我多么不利，我们的新生活将来多么美满，而我们好不容易争取到的幸福又会冒多大的风险。可不是，这里我坦白地说出了心底的话。在这一段短暂的时期里，在甜蜜的爱的陶醉中，我逐渐远离了自己在较艰苦的考验与较黑暗的日子里一心向往着的那个目标。是劳娜完全在无意中引着我离开了那条崎岖的道路；但是，后来仍旧是劳娜完全在无意中又将我引回到那条路上。

有时候，在神秘的睡眠状态中，她仍会颠三倒四地梦见过去那些可怕的事情，那些清醒时完全无法记忆的事情。一天夜里（那时我们婚后刚两星期），她正睡熟，我留心注视，看见她合着的眼睑里慢慢地溢出泪水，听见她正在低声咕哝，这说明她又梦见了离开黑水园府邸的那一次不幸的旅程。她在宁静的睡眠中从下意识里发出的呼吁，听起来是那么感动人，那么可怕，就像火一般在我心里烧灼着。第二天我们回到伦敦——从这一天起，我十倍地加强了我原来的决心。

我首先需要了解那个人的底细。直到现在为止，那个人真实的身世对我仍然是一个无法窥破的谜。

我开始研究我已经掌握的那些为数极其有限的材料。弗雷德里克·费尔利先生写的那份证明材料虽然很重要（那是去年冬天玛丽安按照我的意思叫他写的），但实际上对我现在要达到的特殊目的毫无帮助。读着这篇证明材料，我又想起克莱门茨太太曾经向我透露，伯爵如何使用一系列欺诈手段，将安妮·凯瑟里克骗到伦敦，并利用了她去实现那个阴谋。然而，即使是在这方面，伯爵也没留下任何破绽；即使是在这方面，我实际上仍抓不住他的把柄。

我又去研究玛丽安在黑水园府邸写的日记。经我要求，她又读给我听了其中的一段，记的是当初伯爵如何引起了她的好奇，她如何发现了几件有关伯爵的事。

我指出的那段日记，描绘了伯爵的性格和外貌。她在描写中说"他多少年来一直没回祖国"；说"他急切要知道有哪个意大利人住在黑水园府邸附近镇上"；说"他收到贴有各种奇怪邮票的信件，其中有一封上面盖有像官印似的大图章"。按照她的想法，他之所以长期离开祖国，可能因为他是一个政治流亡犯。然而，她又无法解释他怎么会收到从国外寄来上面盖有"像官印似的大图章"的信，因为，一般国外邮局是不会那样把信件从大陆寄给政治流亡犯的。

听完了日记里记的事，产生了一些想法，这些想法引起了一些猜测，最后我得出了一个以前不知怎么从未想到的结论。劳娜从前在黑水园府邸曾经对玛丽安这样说，福斯科夫人在门外偷听到里面的人这样说，而我现在也在对自己这样说：伯爵是一个间谍！

劳娜用这句话形容他，是脱口而出的，是因为一时恼恨他不该那样对待她。我用这句话形容他，是经过考虑的，是因为相信他干的就是间谍的勾当。从这一假想出发，我就不难理解：既然阴谋已经达到了目的，为什么过了这么多日子，他仍这样神秘地留在英国。

我现在叙述这些事情发生的那一年，正值著名的水晶宫展览会在海德公园开幕。①已经有很多外国人来到英国，还有更多外国人陆续到达。这些人的政府，一向怀疑他们当中的许多人，早就派了密探进入我国，悄悄地跟踪他们。我从来没把像伯爵这样具有特殊才能与社会地位的人猜想成为一个普通的外国间谍。我怀疑他拥有权力与地位，受到本国政府的信任，在我国组织和指挥一批特别雇用的工作人员，其中有男的，也有女的，都是为他们本国政府进行秘密活动的；我还相信，那样凑巧地被他找到黑水园府邸里来当看护的吕贝尔夫人，很可能就是这样的工作人员。

假定我这一想法属实，那么伯爵的防卫就要比我此前料想的更容易攻破。但是，我向谁去打听，才能对这个人过去的历史和他一般的现状掌握更多的材料呢？

在这关键时刻，我当然想到，如果有一个我可以信赖的伯爵

---

① 英国的"大展览会"于1851年5月1日在海德公园开幕。其后，1852年至1854年，用原展览会建筑材料造了一所玻璃与钢铁的大厦，号称"水晶宫"。

的同乡，那人也许最能帮助我。在这情形下，我首先想到的是我唯一熟悉的一个意大利人，也就是我那位古怪的矮子朋友帕斯卡教授。

教授已经很久不在故事中露面，读者们可能已经完全把他忘了。

按照我说故事的准则，其中有关的人物只是在故事涉及他们时才出现，他们的上下场并不取决于我个人的偏爱，而是根据他们是否和所要叙述的事情有直接关系。由于这一原因，不但帕斯卡，即便是我母亲和妹妹，也没在故事中再次出现。有关我如何去到汉普斯特德小屋；我母亲如何被那阴谋诡计所惑，不肯承认劳娜是真的；我如何试图消除她和妹妹的成见；她们如何对我因爱生妒，固执己见；我如何扭不过她们的偏见，在痛苦和不得已的情况下隐瞒了我的婚事，准备等她们知道如何正确对待我妻子时再向她们宣布这件事；所有这一切家庭琐事，由于与故事的主要情节无关，我都不曾一一交代。虽然当时我也曾为了这些事增添焦虑，在失望中更感痛苦，然而，在故事的不断发展中，我却无情地把这些事省略了。

由于同样的原因，叙述中也不曾谈到：我突然离开利默里奇庄园后，如何从帕斯卡对我的友情中获得了安慰。也不曾追记：我启程去中美洲，这位热心的矮子朋友去码头和我诀别时，如何对我表示忠诚；我再一次在伦敦和他相会时，他又是如何感到高兴。那么，既然我相信回来后可以获得他的协助，照说他早就该在故事中重新出现了。然而，尽管我知道他在忠诚和勇气方面都绝对可靠，但是他在小心谨慎方面却使我不大放心；也正是由于这一原因，所以我才单独进行我的调查工作。现在读者们总可以完全理解：虽然帕斯卡至今与故事的进展没有关系，但是他对我和我的利害问题却始终有着联系。一如既往，对我来说，他始终是一位最讲义气的忠实朋友。

我在找帕斯卡协助之前，还得亲自见一见我那对手是个什么样的人物。直到现在，我还没见过福斯科伯爵这个人。同劳娜和玛丽安回到伦敦的第三天，我早晨十点到十一点之间独自去圣约翰林区林苑路。那是一个风和日丽的日子；因为有好几个小时可以供我自由支配，所以我想，只要多等候伯爵一会儿，他总会出来的。我不必过分担心他会在白天里认出了我，因为我只有一次被他看到，而那次他是在黑夜里尾随我回家的。

没人在那幢房子前面的窗口出现。我走到路拐角，从侧面绕过了那幢房子，向花园的矮墙里边张望。底层后边的一扇窗打开了，窗口挂着一张网。我没看见什么人，但是听到屋子里传出来的声音：首先是尖锐的口哨声和鸟儿的歌唱声，接着就是我在玛丽安的描写中所熟悉的那洪亮的谈话声。"出来，停在我小指头上，我的宝贝儿！"一个人大声说。"出来，跳上楼梯！一，二，三——向上跳！三，二，一——向下跳！一，二，三——啾—啾—啾，叫！"伯爵正在调驯他的金丝雀，记得玛丽安在黑水园府邸里时，他就是这样经常调驯这些鸟儿。

我等候了一会儿，鸟鸣声和口哨声静息了。"过来呀，吻我呀，我的小宝贝儿！"低沉的声音说。这时只听见一片叽叽喳喳的回应声，一阵柔和的低笑声，接着是一两分钟的沉寂，最后就听见有人开门。我转身向回走。这时洪亮的低音唱出了罗西尼《摩西》中的祷词，庄严雄伟的曲调逐渐响彻宁静的郊区。前面花园门打开了又关上。伯爵出来了。

他穿过大路，然后向摄政公园的西边走去。我继续沿着我这边的人行道走着，稍许落在他后面，也朝那个方向前进。

我已经从玛丽安口中知道，这个人身材高大，特别肥胖，穿着惹人注目的丧服；但是我还不知道他是这样精神抖擞，兴致勃勃，充满了活力。虽然已六十岁了，但看上去他刚四十出头。他一路闲荡过去，帽子略微歪在一边，踏着轻快的步伐，挥着他那根大手杖,向自己哼着什么曲调,不时露出高傲自满的微笑,看望路边的房屋和花园。如果这时有一个外乡人,听说附近一带地方都是这个人的财产,大概也不会感到奇怪吧。他始终没回过头来望一下,看来他并没注意到我,也没注意到路边那些在他身旁走过的人,只是偶尔向遇到的几个保姆和孩子露出安闲、慈祥、愉快的神情,装出微笑的样子。就这样,他引着我前进,最后一起到了公园西边路上一排店铺前面。

他在这里一家糕点铺门口停下,走进店去(大概是去定购糕点吧),紧接着就拿着一只果馅饼走出来。一个意大利人正在店门口演奏手摇风琴,风琴上坐着一个干瘪瘦小的猴子。伯爵停下来,咬了一口饼,然后一本正经地把剩下的递给了猴子。"我可怜的小家伙!"他说,亲切中透出滑稽的神情,"你好像饿了。让我以人道主义的神圣名义,请你吃顿午饭吧!"演奏风琴的人,瑟缩可怜地向这位陌生的慈善家讨一便士。伯爵轻蔑地耸了耸肩就走开了。

我们到了新大街和牛津街之间那几条马路上更有气派的商店门口。伯爵又停下,走进了一家橱窗里悬有精修光学仪器广告的小眼镜店。稍停,他又走出来,手里拿着一只看戏用的望远镜,朝前走了几步,停下来看贴在一家乐器店外面的歌剧海报。他仔细地看了那张海报,考虑了一下,然后唤住了一辆驶过他身旁的空马车。"歌剧院票房,"他对车夫说,接着就乘车走了。

我穿过了大街,也去看那张海报。海报上预告的是:《卢克雷齐亚·博尔季亚》[①]定于当天晚上演出。伯爵手里拿着望远镜,仔细地看那海报,又那样吩咐车夫:这一切说明他是准备看戏去了。我早就认识一位在那家戏院里画布景的画师,现在可以去托他为我和一个朋友各弄一张正厅后座的戏票。我和另一个人同去,至少可以有机会在观众中很容易地看到伯爵。这样,那天晚上我就能确定帕斯卡是不是认识他的这位同乡了。

---

① 意大利作曲家东尼泽蒂(1797—1848)写的一出歌剧。

这样考虑后,我立即决定如何利用那天晚上的时间。我拿到了戏票,回来时在帕斯卡的寓所里留下一张条子。七点三刻,我去邀他一同看戏。我的矮子朋友,纽扣眼里插一朵节日的鲜花,腋下挟着我从来没见过那么大的望远镜,他高兴极了。

"收拾好了吗?"我问。

"好了—都—好了。"帕斯卡说。

我们向戏院出发。

5

我和帕斯卡到了戏院,歌剧序曲刚要结束,正厅的后座已经客满。

但是,正厅旁边的过道里却空着,这地方正合我这次前来看戏的本意。我先走到将我们的座位与池座隔开的那道围栏跟前,看伯爵是不是在戏院的那一部分座位里。他不在那里。我沿着舞台左面的过道向回走,留心地四面察看,发现他在正厅的后座。他占了一个极好的位子。离开池座三排,从旁边尽头数起,那座位是第十二或第十四个。我停在他正后方,帕斯卡站在我身旁。这时教授还不知道我约他看戏的目的,奇怪我们为什么不到离舞台更近的地方。

幕启,歌剧开始演出。

演完整个第一幕,我们一直站在原地,伯爵全神贯注在乐队和舞台上,始终不曾偶尔朝我们看一眼。东尼泽蒂的优美曲调中一个音节他也没漏过。他坐在那里,高踞在四座观众当中,露出微笑,不时点着他那大脑袋表示欣赏。他旁边的观众,每听到一支歌曲唱完,就开始鼓掌(在这种情况下,英国观众总是爱鼓掌),根本不理会乐队紧接着奏出的尾声,这时他就带着惋惜和劝告的神情环视他们,并举起一只手,做出委婉恳求的姿势。每次,听到几段很精彩的唱词或几支更优美的乐调,但是别人不鼓掌,他那双带着最时髦的黑羔皮手套的大肥手就轻轻地拍着，表示一位知音者富有音乐修养的欣赏能力。每逢这时候，就可以在寂静中听见他像一只大猫肚子里打呼噜那样柔声怡气地嘟囔："好呀！妙呀！"紧靠近他两旁的观众，那些脸红扑扑的老实外省人，正在惊喜地领会伦敦上流社会风光，看见他这副模样，听见他这种声音，也都开始仿效他。那天晚上，正厅里多次响起的掌声，都是由那双戴黑手套的手安闲地轻拍着所引起的。这位绅士露出十分快意的神气，正在恣意满足他的虚荣心，尽量接受他对本国音乐的鉴赏力所引起的崇高敬意。他那胖脸上不停地泛出微笑。每逢音乐暂停，他就向两边看望，怡然自得，对自己和四周的人都感到满意。"好呀！好呀！这些英国蛮子正在向我学习。瞧，这儿，那儿，所有的地方，人们都受到了我福斯科的影响，受到了我这个比他们高明的人的影响！"如果面部能够发言，那么当时他的面部就在说话，说的就是以上这几句话。

第一幕演完，幕落了，观众站起身来，向四周张望。这正是我所期待的时刻，我要趁这会工夫试一试帕斯卡是不是认识伯爵。

伯爵和其他观众一同站起，大模大样地用他的望远镜打量包厢里的看客。起初他是背对着我们，但是后来朝戏院里我们这一面转过身来，朝我们上边的包厢里看望，先是用望远镜看了几分钟——接着就移开了望远镜继续向上看。我选中了这个时机，趁我们可以看出他的整个面部时，叫帕斯卡注意他。

"你认识那个人吗？"我问。

"哪一个呀，我的朋友？"

"那个身材高大的胖子，站在那儿的，脸对着咱们的。"

帕斯卡踮起了脚向伯爵看去。

"不认识，"教授说。"我不认识那个大胖子。他是一位知名人士吗？你为什么要指出他来？"

"因为有一些特殊的原故，我要知道他的一些事情。他是你的本国人，叫福斯科伯爵。你知道那个姓名吗？"

"我不知道，沃尔特。那个姓名和这个人对我都是陌生的。"

"你肯定不认得他吗？再瞧瞧；仔细地瞧瞧。等咱们离开了戏院，我就会告诉你，我为什么这样急着要知道他的事。等一等！让我扶你到那儿更高的地方，你可以更清楚地看见他。"

我扶着小矮子站稳在正厅后座高层的边缘上。他在这里可以从那些坐在最后边的女客们头上望过去，不至于因为身材矮小被挡住了视线。

我扶着他登高时，站在我们旁边的一个细长身材、浅色头发的人——左边脸上有着一个疤痕——刚才我没注意到的，这会儿正在留心地看帕斯卡，接着就更留心地顺着帕斯卡的视线去看伯爵。他可能已经听见我们的谈话，看来那些话引起了他的注意。

同时，帕斯卡急切地紧盯着那张堆满了笑、微微抬起来对着他的大圆脸。

"不认识，"他说，"我生平从来没见过那个大胖子。"

他说这话时，伯爵的眼光正朝我们后座后边的正厅包厢向下移。

两个意大利人对了眼光。

在此前的一刹那，我听了帕斯卡一再声明，完全相信他不认识伯爵。在此后的一刹那，我完全相信伯爵认识帕斯卡！

不但认识他，更令人惊奇的是，而且害怕他！毫无疑问，恶棍的面色变了。他那张泛黄的面孔一下子变成死灰色，脸上各个部分突然显得呆板了，那双冷峻的灰色眼睛正在仔细偷看，他从头到脚一动不动地僵在那里：这一切说明了事情的真相。他已经被吓得魂不附体，而他之所以如此，那是因为他认出了帕斯卡！

那个脸上有疤痕、身材细长的人，仍站在我们近旁。显然，他从帕斯卡的眼光在伯爵身上造成的影响中产生了一些念头，正像我产生了我的一些念头。这人态度温和，举止优雅，样子像是一个外国人，他虽然十分注意我们，但并未因此使我们感到有一点讨厌。

那么我又是怎样反应的呢?伯爵脸上的变化使我感到诧异,这件意外的事使我十分震惊,以致一时不知道说什么和做什么是好。这时帕斯卡惊醒了我,他退回到我身旁原来站的地方,首先对我说话。

"瞧那个胖子那样直瞪着眼!"他激动地说,"难道他这是瞪着我吗?难道我是一位知名人士吗?我又不认识他,他怎么会认识我?"

我仍旧紧盯着伯爵。我看见帕斯卡移动时伯爵也开始移动,这是由于伯爵现在站在更低的地方,不要让小矮子从他的视线中消失了。我很想知道,如果帕斯卡现在把眼光从伯爵身上移开了,伯爵又会有什么反应,于是我问教授,那天晚上包厢里的女客当中可有他的学生吗。帕斯卡立即把那只大望远镜凑近眼睛,向戏院上方的周围慢慢地移动,十分仔细认真地找他的学生。

一看见帕斯卡转移视线,伯爵就一扭身悄悄地绕过那些坐在离我们更远的观众,沿着正厅前座中央的过道溜走了。我一把抓住帕斯卡的胳膊,他非常吃惊,因为我拉着他赶往正厅座位后边,要赶在伯爵走到门口之前拦住他。这时正厅里我们这一面的一些观众离开了座位,挡住了我和帕斯卡的去路,我更觉得奇怪的是,看见那个细长身材的人已经趁空儿抢在我们前面出去了。等我们走到休息厅里,伯爵已经走得无影无踪,而那个脸上有疤痕的外国人也不见了。

"回去,"我说;"回去,帕斯卡,到你寓所里去。我一定要和你秘密地谈一谈,我一定要立刻和你谈一谈。"

"我的天啊天!"教授大声儿说,慌做了一团。"这究竟是怎么一回事呀?"

我不去回答他,只顾赶快朝前走。看到伯爵那样离开了戏院,我就想到:他既然会不顾一切地急着逃避帕斯卡,他还会进一步采取其他的极端措施。他可能也要逃避我,要离开伦敦。如果我让他哪怕有一天自由行动的时间，那我对将来的形势就会失去控制，同时，我也不能肯定，那个抢在我们前面走开了的陌生外国人是不是故意跟踪他。

考虑到以上种种可能，我立刻要让帕斯卡知道我的用意。我们俩一到了他那间没有外人的屋子里，我就把我在本文中所记的事原原本本地、毫无保留地告诉了他，这一来他就更加糊涂和惊讶了。

"我的朋友，可是这叫我有什么办法呢？"教授大声说，哀求般可怜地向我伸出了双手。"见鬼呀真见鬼！我又不认识那个人，沃尔特，叫我怎样帮助你呢？"

"可是他认识你——他害怕你——他离开戏院躲开你。帕斯卡！这肯定有他的原因。回忆一下你来英国之前经历过的事吧。你自己对我说过，你是为了政治原因离开意大利的。但是你从来没对我说明那些原因；我呢，现在也不去追问它们。我只要你回忆一下，然后告诉我，是由于过去的什么事，那个人才会一见了你就吓成那副模样。"

使我极度惊讶的是，这几句在我看来是毫无害处的话，帕斯卡听了竟会那样震惊，就好像伯爵看见了他时那样震惊。我的矮子朋友那张红润的脸一下子变得煞白，浑身颤抖着从我跟前慢慢地向后退。

"沃尔特！"他说。"你不知道，你的要求叫人感到多为难啊。"

他这是在悄声低语，接着，他朝我看了一眼，那神情就像是我突然向他揭露了一件对我们两人都很危险的秘密。还不到一分钟，他已经完全变了样，变得不像我以前认识的那个愉快活泼的古怪的小矮子。如果他像现在这样在街上遇到我，我肯定认不出他来。

"如果我出于无意，使你感到痛苦，受到惊骇，请你原谅我，"我回答。"但是，别忘了，福斯科伯爵让我妻子遭受到悲惨的冤屈。别忘了，除非我能迫使他为我妻子说明真相，否则我将永远无法为她洗雪冤枉。我这是在为她的利害说话,帕斯卡——再一次请你原谅——我没什么其他可说的了。"

我站起身来准备离开。但是他不等我走到门口就拦住了我。

"等一等,"他说,"听了你的话,我十分震动。你还不知道我是怎样离开本国的,又是为了什么离开那儿的。现在让我定一定神,看我是不是能静静地想一下。"

我回到自己椅子上。他在屋子里来回踱步,一面用本国话有一搭没一搭地自言自语。这样前前后后踱了几圈,他突然走到我跟前,奇怪地显得那么亲切而又严肃,把一双小手放在我心口。

"凭这个地方发誓,沃尔特,"他说,"难道,除了这样依靠我去尝试,再没其他方法去找他了吗?"

"没其他方法了。"我回答。

他又从我身边走开,打开房门,小心翼翼地向外边过道里张了张,再关上房门,又走了回来。

"自从你救了我命的那一天起,沃尔特,"他说,"你就有了支配我的一切权利。打那时候起,只要你高兴接过去,我这条命就是你的。现在,你就把它接过去吧。真的!我的话是说了算数的。我下一句要说的话是,请求慈悲的上帝明鉴,我的一条命就交在你的手里了。"

他向我发出这离奇的警告时,激动得直哆嗦,使我深信他说的是实话。

"要知道这一点!"他接下去说,一面情绪十分激昂地向我挥摆着手。"我为你回忆了过去的事,但是我仍旧不知道,那些事跟那个叫福斯科的人又有什么关系。如果你发现了那个关系,那你就保守着那件秘密吧——可什么也别告诉我——千万求你别让我知道,别让我涉及到这件事,就让我永远像现在这样糊涂到底吧。"

他又结结巴巴地、断断续续地说了几句什么,接着又不开口了。

我看得出，在这样的非常时刻，要他说英语，用他普通词汇中那些奇怪的语句，向我表达自己的意思，使他一开始就感到十分困难。幸而我和他熟识的时候，我已学会阅读和听懂他的本国语言（虽然我不会说），所以现在提议他用意大利语表达自己的意思，如果我需要解释，就用英语向他提问。他接受了这个办法。于是，从他流利的语言中（他不停地牵动面部，做出外国人那种粗野和急促的手势，处处都显得十分激动，但始终没把声音提高），我听到了可以将我武装起来在这个故事中进行最后一次斗争的那些话。①

"你一点儿也不知道，我为什么要离开意大利啊，"他开始说，"你只以为那是由于政治原因。如果我真的是受到迫害，被本国政府驱逐到这儿来，那我也就不必保守秘密，不让你和其他人知道那些政治原因了。我之所以隐瞒着那些底细，是因为政府当局并没流放我。你总听说过，沃尔特，欧洲大陆上每一个大城市里都潜伏有从事政治活动的社团吧？从前我在意大利的时候，就属于这样一个社团——现在我在英国，仍旧属于那个社团。我到这个国家来，是受了我们会长的指示。我年轻的时候太热情了，从来不顾到自己或别人会遭到的危险。由于那些政治原因，会长就命令我侨居英国，以后随时等待他的命令。于是我侨居国外，一直等待着，现在仍旧等待着。可能我明天会被调走，也可能再过十年才被调走。反正这对我都是一样：我住在这里，我靠教书为生，我就这样等候下去。我是不会违反誓言的，我要毫不隐瞒，把我那个社团的名称告诉你（我这就让你知道）。但是，我这样做了，等于是把自己的一条命交在你手里了。只要有人知道我对你说了这些话，那么，事实明摆在这里，我是死定的了。"

---

① 这里应当交代一下，在重述帕斯卡对我的谈话时，由于它涉及的问题的严肃性，以及我对我朋友反应有的责任感，我不得不仔细作了一些压缩与删改。在本书通篇的叙述中，只有这一部分材料，由于绝对需要慎重对待，我未能向读者全部公开。——沃尔特注

接着他就凑近我耳边悄悄地说了几句。但是，我不会把他这样告诉我的话泄露出来。在本文的叙述中，凡遇到偶尔必须提起这一问题时，我都管他那个社团叫"那团体"，我想这样也尽可以说明问题了。

"简单地说，那团体的宗旨，与其他这类政治社团的宗旨相同，"帕斯卡接下去说，"它是为了消灭残暴的统治，维护人民的权利。那团体订有两条原则：每一个人，只要是活在世上有用的，或者，只要是与人无害的，都有享受人生的权利。然而，一旦他危害了同胞们的福利，他就丧失了那权利，而这时候，如果你剥夺了他的生命，那非但不是犯罪，反而是在立功。这里用不着我说明，这社团是在备受了什么压迫与痛苦的可怕情况下产生的。这里也用不着你们评价它，因为你们英国人赢得了自由这么许多年，已经很轻易地淡忘了从前争取自由时流过多少血，采取了什么极端的措施，所以你们也就无法断言，在一个被奴役的国家中，绝望的人民会被激怒到什么程度。痛苦渗进我们的心灵太深了，你们已经无法看出它了。别去谈这些亡命者吧！你们尽可以嘲笑他们，不相信他们，对他们吓得瞪圆了眼睛，但你们怎么也不能理解他们心中燃烧着的隐痛啊。这种人，有时候像我这样态度安详，看上去是一般体面人物，也有时候不像我这样对人随和耐心，不像我这样幸运，而是过着极端艰苦、非常屈辱的生活：总之，你们不要轻易评价我们这些人！早在你们第一个查尔斯①的时代，你们也许还能够正确地理解我们；然而现在，由于长期享受自己的自由，你们已经无法正确地理解我们了。"

说这些话时，他不自觉地流露出最深挚的感情，自从我们相识以来首次向我披肝沥胆地掏出了心底里的话，然而，他仍旧没把语音提高，他对现在向我吐露真情仍旧心怀余悸。

---

① 指查尔斯一世（1600—1649），英国国王（1625—1649），资产阶级革命爆发后被推翻，为克伦威尔处死。

"到现在为止，"他又接下去说，"你可能仍旧把这社团看得像其他的社团一样。它的目的，在你们英国人看来，就是制造骚乱和掀起革命。它要消灭凶恶的国王或者凶恶的大臣，就好像那些国王和大臣都是危险的野兽，所以一有机会就要枪杀了他们。好吧，就算你的想法是对的吧。但那团体的规章却是世上其他政治社团所不会具有的。会友们彼此不知道对方的身份。在意大利，有一位会长；在海外各地，也有许多会长。这些会长每人都有自己的书记。会长和书记认识会员们，但是会友们彼此互不相识，除非到了政治条件需要的时候，或者团体本身需要的时候，首领才会认为有必要让他们彼此认识。由于有这种预防措施，所以我们入会时也就无需宣誓了。我们带有一个可以终身证明会员身份的秘密标志。平时我们可以从事自己的一般行业，但如果接受了任务，那每年就必须向会长或者书记汇报四次。我们都曾受到警告：如果背叛了那团体，或者，如果为了他人的利益而给那团体带来了损害，那么，根据团体的原则，我们就只有等死，执行死刑的也许是从异国他乡派来的一个陌生人，也许就是我们自己的一个心腹朋友，他虽然是我们多年的知交，但我们并不知道他是一个会员。有时候死刑会被推延很久，也有时候会在叛变之后立即执行。我们的第一件事，是要知道如何等候命令；我们的第二件事，是要知道接受命令后如何去执行。我们当中，有的人可能等候了一辈子，但并未受到召唤，有的人可能在入会的第一天就被召唤去执行某项任务，或者准备执行某项任务。讲到我本人，你以为这个身材短小、性情愉快的人，哪怕是苍蝇在他脸上嗡嗡，他也不会自动举起手帕来掸它吧，可是，我年轻的时候，由于受到了一件我这里不愿向你重提的令人难堪的刺激，竟凭了一时的冲动（那情形实际上无异于自杀），加入了那团体。不管我在更合理的情况下，在头脑更清醒、年龄更成熟的时候，会对它有什么看法，然而，既经加入了这一组织，我现在就得留在它里面，一直到死。在意大利的时候，我被选做书记，当时所有的会员，凡是来见会长的，也都见过我。"

我开始理解他的意思了；我看出这一次惊人的真相透露会导致的后果了。他沉默了一会儿，在重新开口之前，一直急切地注视着我，后来，他显然猜出了我在想什么。

"你已经得出自己的结论，"他说，"我可以从你脸上看出来。可是，你什么也别对我说，别让我知道你心里的想法。现在，为了你的原故，让我作出最后一次牺牲，从此把这件事丢开，以后再别去提它了。"

他做了一个手势，叫我别回答他的话，然后站起身，脱了上衣，卷起左臂的衬衫袖子。

"我已经答应把这方面的秘密全部让你知道，"他凑近我耳边悄声说，眼睛紧盯着房门。"不论这件事结果如何，反正你总不能再责怪我，说我隐瞒了一些你因为利害关系必须知道的事了。我曾经说过，那团体凭一个终身的标志证明会员的身份。瞧这儿，你亲自看看它上面的标志。"

他举起赤裸的手臂给我看，靠近手臂上端，在内侧的肉里深深烙下一个标志，被染成鲜艳的血红色。我不准备描写那标志的花样。这里只需说明，它是圆形的，而且很小，用一先令硬币就可以把它全部掩盖了。

"凡是这地方烙有这种标志的，"他一面说一面重新遮好手臂，"都是那团体的会员。凡是背叛了那团体的人，迟早要被认识他的头领发现：可能是会长，也可能是书记。而一经被头领发现，那个人就准死无疑。无论什么人间的法律，也别想能保护他。记住你的所见所闻吧；随你作出什么结论吧；随你使用什么手段吧。但是，不论你发现了什么情节，采取了什么行动，看在上帝分上，你什么也别告诉我！让我可以不必去执行一件想起来都叫我恐怖的任务——凭良心说，现在那还不是我的任务。以绅士的荣誉担保，作为一个基督徒宣誓，我最后再说一遍，如果你在歌剧院里指出的那个人认识我，他的样子一定是已经改变了许多，或者他已经化了装，所以我不再认识他了。我不知道，他到英国来是为了什么原因，又是在从事什么活动。直到今儿晚上才看见他，以前我从来没见过他，说真的，从来没听到他现在所用的名字。我没别的话可说了。让我独个儿待一会儿吧，沃尔特；刚才发生的那些事，使我经受不了啦；我所说的那些话，震动了我自己。让我能赶在咱们下次会见之前恢复正常吧。"

他颓然坐倒在椅子里，扭转头避开了我，用手捂住了脸。我轻轻地开了房门，以免惊动了他，然后，不管他是否听见，低声说了几句道别的话。

"我要把今晚的事深深地藏在心里，"我说，"你绝不会因为这样信任我而后悔的。我明儿可以来看你吗？我可以早晨九点钟就来吗？"

"好的，沃尔特，"他回答，亲切地抬起头来看了看我，又开始用英语谈话，好像急于要恢复我们之间以前的关系。"趁我去教那几个学生之前，到我这儿来用简陋的早餐吧。"

"晚安，帕斯卡。"

"晚安，我的朋友。"

6

我一走出那寓所，首先就想到，现在别无其他办法，只有立即利用我所听到的情况采取行动：必须趁当天夜里去找伯爵，否则，只要延迟到第二天早晨，就会失去为劳娜恢复身份的最后机会。我看了看我的表，那时是十点钟。

对伯爵离开戏院的用意，我再也没有丝毫怀疑。他那天晚上从我们身边躲开，肯定是为了准备从伦敦逃走。我确信他臂上戴有那个团体的标志——就好像他已让我看了那个烙印；我还可以从他认出帕斯卡时的情景中看出，他因为背叛了那个团体而在良心上留下了悔恨的创伤。

他们两人之所以并不是彼此都认识对方,这一点也很容易理解。像伯爵这样精明的人,他决不会不顾到做间谍可能带来的可怕后果,他不但要仔细地考虑他的金钱报酬,还要同样仔细地考虑个人的安全问题。我在歌剧院里指出的那张剃光了的脸,帕斯卡从前初见时可能上面还留着胡子;他那深棕色头发可能是伪装的;他的姓名显然是捏造的。可能时光的流逝也帮了他的忙,他的身体也许是后来才长得异常肥胖。有种种原因可以说明,为什么帕斯卡不再认识他了;也有种种原因可以说明,为什么他认出了帕斯卡,因为帕斯卡无论走到哪里,他那副古怪长相都是很突出的。

前面已经说过,伯爵在戏院里躲开我们,我已断定那是为了什么。现在还有什么可疑的?我亲眼看到:他虽然已经改头换面,但他仍旧相信,一旦被帕斯卡认出,就有性命危险。如果我能在当天夜里去和他面谈,如果我能让他明白我也知道他有性命危险,那结果又会怎样呢?那结果是显而易见的。我们当中肯定有一个人能稳占上风,免不了有一个人会被对方制服。

为自己着想,我必须事先考虑那些对我不利的可能性。为我妻子着想,我更需尽自己的一切力量去减轻那危险。

这里无需列举对我不利的可能性——总的说来,那可能性只有一个。如果伯爵从我的话中觉察出,要保证自己的安全,他最后一个直截了当的办法是结果了我的性命,那么,单独和我在一起,到了可以下手的时候,他肯定会趁我毫无准备,断然采取这一行动。经过仔细考虑,看来我明明只有一个方法可以用来抵抗他,或者至少可以依靠它来减轻我的危险。在不曾亲自向他说出我发现的情况之前,我必须把所发现的材料存在一个地方,使那材料既可以随时被我用来打击他,又可以不致被他设法毁掉。假定,在接近他之前,我先把炸药安放在他脚底下;假定,我事前嘱咐第三者,一到了指定的时刻,除非获得我的亲笔信件或亲口通知取消原议,否则就去点燃那引火线;在这种情况下,伯爵的安全就完全操在我的手里，即使是待在他家里，我也肯定可以处于控制他的优势地位。

想到这个主意时，我已经走近我们从海滨归来后住的新寓所。我不去惊动任何人，就用身边的钥匙开了门进去，门厅里留下了一盏灯，我拿着灯悄悄地上了楼，走到我的工作室里，绝对不要让劳娜或玛丽安怀疑到我要做的事情：为决定去会见伯爵，先作好准备。

看来，我现在能为自己采取的最可靠的预防措施，是写一封信给帕斯卡。于是我写了以下这封信：——

"我在歌剧院指给你看的那个人，是那团体的成员，他后来背叛了组织。请立即核实以上两件事。他在英国的化名你已经知道。他的住址是圣约翰林区林苑路五号。一向承你错爱，现在我请求你运用你所掌握的权力，立即毫不留情地对付那个人。我已经冒了一切危险，已丧失了我的一切——由于我的失败，我已付出了我的生命。"

我在后面签了名，注上了日期，封好了信，然后把处理这信的方法写在信封外面："明晨九时前请勿启封。但如届时仍不见我另函通知，或不见我本人到来，钟一敲响，请立即启封阅读里面的信。"我签上我姓名的开头字母，再把整个信件放在另一个信封内封好，写上帕斯卡的姓名住址。

下一步只需想办法把我的信立刻送到，此外再没有别的事可做了。现在我已尽了自己的一切力量。即使以后我在伯爵家里出了事故，反正现在我已作好安排，要叫他用自己的生命为我赎罪。

我完全相信，无论伯爵试图在什么情形下逃走，但只要帕斯卡肯为我出力，他总有办法把他拦住。刚才帕斯卡显得那样异常焦急，很不愿意知道伯爵的身份，这意味着他希望始终不要明确地知道某些事实，这样就可以心安理得地采取消极的态度，而这一切正清楚地说明，尽管他这人天性厚道，不愿对我明说，但他随时可以运用那个团体的可怕的惩罚手段。无论叛徒隐藏到哪里，那些外国的政治社团都会向他们进行报复，铁面无情地把他们处死，这类的事例实在太多了，就连我这样孤陋寡闻的人，对此也无须置疑。在这个问题上，只要看过报纸，我就会回忆起，不论是在伦敦或巴黎，都曾经发现一些被刺死在街头的外国人，暗杀他们的凶手始终逍遥法外，还有一些被抛在泰晤士河或塞纳河里的尸体，或者部分尸体，而制造那些案件的人始终无法查获，再有一些秘密残杀的事件，它们也都只能用这一原因去加以说明。我在以前的叙述中从不隐瞒，这里我也不用隐瞒自己的想法：我相信，万一发生了危及我生命的事，已被授权的帕斯卡打开了我的信封，那时我所写的这封信就无异于是对福斯科伯爵处以死刑的一纸命令。

我离开了我的工作室，到下面底层去找房东，要他给我找一个送信的人。那时房东刚巧上楼，我们在楼梯口遇到了。听了我的要求，他推荐了他的儿子，那灵活的小伙子做信使是很合适的。我们把年轻人叫上楼，我教他怎样办这件事。他必须乘一辆马车去送那封信，把它交在帕斯卡教授本人手里，为我取得这位先生出的收条，坐了马车回来，然后让车停在门口等我使用。那时已近十点半钟。我估计年轻人可以在二十分钟内回来，等他回来后，我也许再用二十分钟就能赶到圣约翰林区。

小伙子被打发走后，我到我的屋子里待了一会儿，在那里把一些文件整理好，万一发生了什么不幸的事，那时就可以很容易地找到它们。我把收藏文件的老式橱柜的钥匙封好，放在桌上，再在那小纸包外面写上玛丽安的名字。做完了这一切，我到楼下起居室去，估计劳娜和玛丽安还在那里等候我看完歌剧回来。我触到门锁时，第一次觉得我的手在颤抖。

屋子里只有玛丽安一个人。她正在看书；我走进去，她诧异地看了看她的表。

"这么早你就回来了！"她说。"准是没等歌剧演完就离开了吧？"

"可不是,"我回答,"帕斯卡和我都没等到终场。劳娜呢?"

"她今儿傍晚头痛得厉害;一吃完茶点,我就叫她去睡了。"

我又离开了屋子,借口要去看看劳娜是否已经睡熟。玛丽安那双机警的眼睛开始探询地朝我脸上看,她那机警的本能开始觉察出我当时有满腹心事。

我走进卧室,在夜明灯朦胧闪烁的微光下,把脚步悄悄移近床前,我的妻睡熟了。

我们婚后还不满一个月。现在,我看到她的脸在睡梦中仍那样脉脉含情地对着我的枕头,我看到她的一只手搁在被子外面,仿佛不知不觉地在等候着我。如果说这时我心中感到沉重,如果说一时间我的决心又开始动摇,对我来讲,这也是情有可原的吧?我只让自己有几分钟时间跪在床边,在离开很近的地方看她——离得那么近,连她呼吸时的气息都吹在我脸上了。分别时,我只轻轻地吻了吻她的手和脸。她在睡梦中惊动了一下,模糊地唤出我的名字,但是没醒过来。我在门口停留了一下,又朝她望了一眼。"上帝保佑你,亲爱的!"我悄声说,接着就离开了她。

玛丽安正在楼梯口等候我。她手里拿着一个折叠着的纸条。

"这是房东的儿子给你带来的,"她说,"他让马车停在门口,说那是你吩咐留下来要使用的。"

"对,玛丽安,我要使用那辆车;我这就要再出去一趟。"

我一面说一面走下楼梯,然后去起居室里就着桌上的烛光看那纸条。纸上是帕斯卡亲笔写的这两句话:——

"来件收到。如果到了你所说的时间还没看见你,我将在钟敲响时拆开信封。"

我把纸条藏在皮夹子里,然后向门外走去。玛丽安在门口迎着我,她又把我推进房间,房里的烛光正照在我脸上。她双手揪住我的两臂,探索的眼光紧盯着我。

"我明白了!"她低声急切地说,"你今天夜里去试那最后的机会。"

"是的,最后的机会,也是最好的机会。"我悄声回答。

"你不能单独去!哦,沃尔特,看在上帝分上,你不能单独去!让我陪你一块儿去。别因为我是一个女人就拒绝我。我必须去!我一定要去!让我在外面车里等着!"

现在该是由我来揪住她了。她竭力挣脱我,要抢先赶到楼下大门口。

"如果你要帮助我,"我说,"那你就留在这儿,今天夜里睡在我妻子屋子里。只要让我走后不必为劳娜担心,其余的事我都可以对付。好啦,玛丽安,吻我吧,证明你有足够的勇气一直等到我回来。"

我不敢让她再有时间多说话。她又试图拉住我不放。我掰开了她的手,一下子就跑到屋子外面。年轻人在底层一听见我走下楼梯,就打开了大门。我不等车夫离开驾驶台,就窜进了马车。"圣约翰林区林苑路,"我对着前窗朝他吆喝。"一刻钟里赶到,我付你双倍车钱。""一定赶到,先生。"我看了看我的表。十一点钟。一分也不能再耽搁了。

看着马车飞快地行驶,觉得现在随着每一秒钟的消逝更加接近伯爵,相信自己终于可以放开手去冒一次险:这时我激动得向马车夫大喊,叫他把车赶得更快些。我们的车走完几条街道,穿过圣约翰林路,我再也没法忍耐了,我在车里站起来把头探出窗外,看是不是即将到达。我们的车刚拐上林苑路,远处教堂的钟敲响了十一点一刻。我在离开伯爵住所不远的地方吩咐车夫停下,付了车钱,把他打发走了,然后向那门口赶去。

我走近花园门,迎面看见另一个人也向门口走来。我们在路旁的煤气灯下彼此对看了一眼。我立刻认出了那个浅色头发、脸上有疤痕的外国人,相信他也认出了我。他一句话不说,但不是像我那样在门口停下,而是一直向前慢慢地走了过去。他是偶然来到林苑路吗?他会不会是从歌剧院跟踪伯爵回家的呢?

我不去多想这些问题。略候了一下,等那外国人已慢慢地走得看不见了，我才去揿门铃。那时是十一点二十分，时间已经相当晚，伯爵不难以他已经就寝作为借口拒绝接见我。

为了防他使这一招，那只有一个办法：我不先去问什么话就递进我的名片，同时让他知道，我这么晚来见他是为了一件极其重要的事。于是，趁等候开门时我取出名片，在我名字下面写着："有要事面谈。"当我用铅笔写到最后一个字的时候，女仆出来应门，诧异地问我"有什么贵干"。

"麻烦你把这个交给你主人，"我回答，一面把名片递给她。

从女仆那副为难的神情中可以看出，当时如果我一开口就说要见伯爵，那她是会按照主人的吩咐说他不在家的。我交给她名片时显出十分自信的神情，这使她没了主意，她张皇失措地向我呆瞪了一会儿，然后到屋子里去给我通报，进去时随手关上了门，让我在花园里等着。

一两分钟后，她又出来了，说主人传话，问是不是可以请我说明有什么事情？"去给我转告他，"我回答，"就说这件事只能和你主人面谈，不能向其他人说明。"她又离开了我，后来再走出来，这次她请我进去。

我立刻跟着她走。不一会儿我已经到了伯爵的屋子里。

7

门厅里没点灯，但借女仆从厨房里拿上楼去的蜡烛的微光，我看见一个中年以上的女人悄悄地从楼下后房里掩了出来。我走进门厅时，她恶毒地瞥了我一眼，但是一句话没说，也不向我回礼，就慢腾腾地上楼去了。我记得玛丽安日记里的描写，肯定这个女人就是福斯科夫人。

女仆把我引进伯爵夫人刚离开的那间屋子。我一进去就发现自己面对着伯爵。

他仍旧穿着夜礼服，但已经把上衣扔在一张椅子里。衬衫袖子卷到手腕以上——但只卷到那儿为止。他的身旁，一边摆着一只绒毡手提包，另一边放着一口箱子。书籍，废纸，衣服，扔得满屋子都是。门旁一张桌上放着我从玛丽安的描写中早已熟悉的那只白老鼠笼。大概这时金丝雀和鹦鹉都在另一间屋子里。他坐在那儿理箱子里的东西，我走进去，他手里拿着几张纸站起来招呼我。显然，他脸上仍旧带着在歌剧院里受了惊的神色。他向我迎上一步，敬而远之地向我让座，这时他那一脸的肥肉都耷拉下来，冷峻的灰色眼睛在偷视中显出警惕，无论是语音或神态中都同样流露出猜疑。

"您到这儿来有什么事吗，先生？"他说，"我实在猜不出那是什么事。"

他说这话时带着无法掩饰的好奇神情紧盯着我的脸，我相信他在歌剧院里没注意到我。他先看见了帕斯卡，于是，从那时起一直到离开歌剧院，别的东西他显然都没看见。我的姓名肯定使他想到，我上他家里来是抱有与他敌对的目的，然而，到现在为止，看来他完全不知道我这次来访的真正目的。

"我很幸运，今天夜里能在这儿见到您，"我说，"您好像就要上路了嘛？"

"您要谈的事和我的上路有关吗？"

"在某种程度上有关。"

"在什么程度上？您知道我要去哪儿吗？"

"不知道。我只知道您为什么要离开伦敦。"

他刷地一下从我身边闪开，锁上了房门，把钥匙放在口袋里。

"你我彼此都是早已仰大名，哈特赖特先生。"他说。"您来到舍下之前，可曾想到我不是那种可以被人愚弄的吗？"

"我想到了，"我回答。"再说，我来这儿并不是为了愚弄您。我来这儿是为了谈一件生死攸关的大事，即使您这会儿开了那扇锁上的门，随您对我发表什么意见，或者采取什么行动，我也不会走出去。"

我走到屋子更里边，面对着他站在壁炉前的毯子上。他把一张椅子拖到门口，在它上面坐下，把左臂往桌上一放。这时装有白老鼠的笼子靠近了他，桌子被他沉重的手臂一震动，那些小动物都吓得从它们睡觉的地方向外乱蹿，在漆得很好看的笼丝隙缝里向他张望。

"为了一件生死攸关的大事？"他自言自语地重复。"这几个字的意思也许要比您想象的更为严重哩。您这是什么意思？"

"就是我所说的意思。"

他那宽阔的前额上冒出大颗汗珠。他的左手悄悄地在桌子边儿上移了过去。桌边底下是一个装有锁的抽屉，锁眼里插着一把钥匙，他的手指靠近钥匙上边，但是没去扭那钥匙。

"那么，您知道我为什么要离开伦敦吗？"他接着说，"请您把那个原因说给我听听吧，"他一面说一面转动钥匙，打开了锁。

"我有比说出那个原因更好的办法，"我回答。"如果您愿意的话，我可以让您看到那个原因。"

"您怎么能让我看到它？"

"您已经脱了上衣，"我说，"现在只要把您左臂的衬衫袖子卷上去，您就可以在那儿看到了。"

他就像我在歌剧院里看到的那样顿时面如死灰。他的眼睛直勾勾地瞪着我，闪出了恶毒的仇恨光芒。他不说什么。但是，他的左手慢慢地打开了抽屉，轻轻地伸了进去。他正在挪动一件沉重的东西，我看不见，有一会儿工夫只听里面粗粝地咔嚓响着。但接着就没声音了。此后是一片极度的沉寂，我站在那里可以听见白老鼠轻轻地咬啮笼丝的声音。

当时我的性命已危如累卵，对这一点我很清楚。在那最后关头，我的思想和他的思想已脉脉相通，我觉出他的手指的动作；就像亲眼看见一样，我确切地知道他藏在抽屉里的是什么东西。

"且慢，"我说，"您已经锁上了门——您瞧，我是不会走开的——您瞧，我是赤手空拳的。等一等，我还有句话要说。"

"你的话已经说够了,"他回答,这时突然又显得十分镇定,但神情仍是那样不自然,那样狰狞,即使是更粗暴的举动也不会使我像当时那样感到紧张。"让我想一想。你能猜出我在想什么吗?"

"也许我能猜出。"

"我在想,"他冷静地说,"我是不是该把这屋子弄得更乱腾一些,让你的脑浆溅在那壁炉上。"

我从他的脸色看出,当时只要我稍微一动,他就会下毒手。

"在您最后决定那个问题之前,"我回答说,"我要请您看看我带来的两行字。"

这一建议好像激起了他的好奇心。他点了点头。我从皮夹子里取出帕斯卡收到我信后写的那张回条,伸直了手臂递给他,然后回到壁炉前原来的地方。

他大声读出那两行字:"来件收到。如果到了你所说的时间还不看见你,我将在钟敲响时拆开信封。"

在这种情形下,如果换了另一个人,他会需要你解释这些话,但是伯爵不需要你解释。一看完那回条,他已明白我所采取的预防措施,清楚得好像我作出决定时有他在我身边一样。他的表情立刻变了,他那只手空着从抽屉里缩出来了。

"我且不锁上我的抽屉,哈特赖特先生,"他说,"暂时也不保证我不会让您的脑浆溅在那壁炉上。然而,即使是对敌人,我也是有一句说一句的——我必须首先承认,您的脑子要比我原来所想象的更聪明。现在就直接说到点子上吧,先生!您对我有什么要求?"

"有的,而且一定要你答应。"

"有商量余地吗?"

"没有商量余地。"

他那只手又伸进了抽屉。

"呸!瞧我们又把话绕回去了,"他说,"你那聪明的脑子又危险了。瞧你说话的口气狂妄得太不像样了。在这里，先生，你说话可要客气一些！除非是你同意我提出的条件，否则对我来说，把你打死在你现在站的地方，总要比让你离开了这屋子更少一些危险。要知道，你现在对付的不是我那个倒霉的朋友，你这会儿面对的是福斯科！哪怕需要二十个哈特赖特先生的性命当垫脚石才能达到安全地点，我也会心安理得地、无动于衷地稳步踏过那些石头。如果爱惜自己的性命，你就得尊重我！我要你在重新开口之前先答复我三个问题。你要听清楚了这些问题，因为它们对这次谈话有重要意义。你要答复这些问题，因为它们对我有重要意义。"他举起右手的一个手指。"第一个问题！"他说。"你到这儿来，掌握了一些情报，那可能是真的，也可能是假的——你是从哪儿得来的？"

"我拒绝告诉你。"

"没关系——我会查明的。如果那情报是真的——注意，我特别强调如果两个字——那么，你就是在这里利用它做交易，这也许是你本人的诡计，也许是其他什么人的诡计。我的记忆力很不错，我要记住这件事，因为它将来对我有用处，现在，接下去谈吧。"他举起另一个手指。"第二个问题！你请我看的那几行字下面没有署名。写信的那个人是谁？"

"那个人是我有充分理由信赖的，也是你有充分理由害怕的。"

我的答话对他起了相当大的作用。可以听见他的左手在抽屉里颤抖。

"在钟敲响和信件拆开之前，"他提出第三个问题时，口气温和了一些，"你留给我多少时间？"

"那时间尽够你用来答应我的条件。"我回答。

"给我一个更明确的答复，哈特赖特先生。钟敲响几点？"

"明天早晨九点。"

"明天早晨九点？好嘛，好嘛——你是要在我还没办好签证手续离开伦敦之前，设下捉我的圈套呀。我想，总不至于比那个时间更早吧？我们这就来安排一下：我可以把你留在这儿当人质，在我放走你之前跟你谈判怎样讨回你那封信。同时，要请你谈谈你的条件。"

"我可以让你知道我的条件。它们很简单，我这就说出来。你知道，我到这儿来是代表谁的利益吗？"

他极度镇定地露出微笑，毫不在意地挥了挥右手。

"那么我就试着猜一猜吧，"他含嘲带讽地说。"那当然是一位夫人的利益啰！"

"我妻子的利益。"

他看了我一眼，首次向我露出了毫无虚伪的表情——那是一种十分惊讶的表情。我可以看出，从那时起，他已不再把我看作是一个危险人物了。他立刻关好抽屉，把双臂交叉在胸口，带着轻蔑的微笑留心听我的话。

"你很清楚，"我接着说，"经过这许多月的调查，我知道事实俱在，证据确凿，你再也无法向我抵赖。你从事卑鄙的阴谋活动，犯下了罪行。你的目的是把一万镑的财产弄到手。"

他不说什么。但是焦急的阴影突然笼罩了他的脸。

"就把你已经弄到手的给留下吧，"我说。（立刻他脸上又有了光彩，瞪着我的那双眼睛惊奇地张得越来越大。）"我来这儿并不是为了向你讨回那笔钱，我不会那样贬低自己的身份，那些钱已经被你花了，它们是你犯严重罪行的代价——"

"说话客气点儿，哈特赖特先生。你这套假仁假义的玩艺儿，在英国还挺有用，就请你留着给自己和你的同胞们使用吧。那一万镑是已故费尔利先生留给我太太的遗产。如果你这样看待这问题，我尽可以和你谈一谈。不过，对于一位像我这样风度的人来说，这种问题太琐碎了。我还是别去提它了。现在就请继续谈你的条件吧。你要怎样？"

"首先，我要你当着我的面，亲自写好并签署一份有关那阴谋的全面交代。"

他又举起他的手指。"第一点!"他计数时一丝不苟地紧盯着我。

"第二,不是单凭个人声明,而是要你提供一份明确的证据,证实我妻子离开黑水园去伦敦的日期。"

"好呀!好呀!我们的要害被你抓住了,"他镇定地说。"还有什么吗?"

"暂时没有了。"

"好!你提出了你的条件,现在就来听听我的条件吧。一般说来,承认参与了你所谓的'阴谋',由此承担的责任也许要比叫你死在那壁炉毯子上应负的责任更轻一点儿。那么,就这样讲定了吧:我接受你的提议——当然,那必须根据我的条件来接受。你要我交出的材料可以照写,那明确的证据也可以为你提供。大概,你要的是我那位不幸的朋友通知我他妻子到达伦敦的日期和钟点,要的是他署了名和注有日期的那封亲笔信,好让你用来做证明吧?我可以给你那封信。我还可以介绍你去找那个出租马车给我的人,那天派车去火车站接我那位客人的人——即使给我赶车的那个马车夫已经无法回忆,但是那个人的马车出租登记簿也可以让你证实那个日期。这些事我都能够办到,而且,我也愿意办到,只要同意我提出的条件。现在就让我把我那些条件列举出来。第一个条件!福斯科夫人和我应不受你的任何干扰,随便在什么时候和什么情况下都可以离开这里。第二个条件!你必须和我等候在这里,等候我的代理人明天早晨七点钟来料理我的事情。你要出一张条子给那个为你保管密封文件的人,由我的代理人把它取回来。你要等候在这里,一直等候到我的代理人把那信原封不动地交在了我手里,然后你还要给我整整半个小时,让我们离开这所屋子——等到过了这一段时间,你才可以恢复行动自由,随便去到哪里。第三个条件!因为你干涉了我的私事,并且胆敢在谈话中向我使用那种语言,所以,作为一位绅士,我要你接受挑战。一等我平安到达大陆,我就要亲笔写一封信给你,指定一个时间和国外的一个地点：那封信里将附一条恰巧和我的剑一样长的纸带。以上是我的条件。现在告诉我：你是接受还是不接受。"

他那当机立断的魄力，深谋远虑的狡猾，欺诈浮夸的语言：这一切罕有的表现，使我在片刻之间张皇失措，然而，那只是片刻之间而已。当时我必须考虑，为了能证明劳娜的身份，我是不是应当让这个剥夺了她身份的恶棍逍遥法外呢。我的妻子被当作骗子赶出了她的出生地，我要使她在那里重新获得承认，我要使那一条至今仍玷污着她母亲墓碑的谎言被当众抹掉：我知道这一动机并不含有任何邪恶的感情，它比我最初杂有复仇思想的动机更为纯洁。然而，我不能断言，当时左右着我的思想斗争的是否仅仅是这些道德信念。起着更大的决定性作用的，可能是这时我想起了珀西瓦尔爵士的死。多么可怕呀。命运之神，就在那最后片刻，从我软弱的手中夺走了我复仇的机会！我是一个凡人，我不能预卜未来，那么，凭哪一点能够断定，这一个人虽然在我手下漏了网，就一定能逃脱惩罚呢？我之所以会转到这些念头，也许是由于本人迷信，也许并不是由于迷信，而是出于一种更高尚的信念。我终于已经捉住了这个人，然后，要我再自动地放走了他，这可是很难做到的，然而，我仍然要强制着自己这样做。说得更清楚一些，我决定一切都要为了劳娜，为了真理，要服从自己认为是更崇高的这一动机的指导。

"我接受你的条件，"我说。"但是我有一个保留条件。"

"什么保留条件？"他问。

"是有关那密封信件的事，"我回答。"我要你一收到那封信，就当着我的面原封不动地给毁了！"

我之所以提出这个条件，只是为了防止他把我的亲笔信带走，作为我和帕斯卡通信的证据。虽然我明天早晨把那地址告诉他的代理人后，他也必然会发现我通信的事情。但是，如果他要利用这一发现，单凭本人的声明是无济于事的，所以那样我就完全不必为帕斯卡担心了。

"我答应你这个条件,"他认真地考虑了一两分钟后回答。"这件事不值得争论,我一收到那信就毁了它。"

他刚才一直坐在我对面椅子里,这时一面说一面站起身来,好像一下子已经全部摆脱了我们这次谈话对他精神上的压力。"噢!"他舒畅地伸直了胳膊大声说,"战争只有在它进行的时候是激烈的。请坐吧,哈特赖特先生。等到将来再见面的时候咱们又是死敌,但是现在,作为高贵的绅士,咱们暂时仍旧以礼相待吧。请允许我唤我的妻子。"

他打开锁了的房门。"埃莉诺!"他扯着粗嗓子叫唤。那个满脸阴险神情的女人走了进来。"这是福斯科夫人,这是哈特赖特先生,"伯爵落落大方地给我们介绍。"我的天使,"他接着对妻子说,"这会儿你正在忙着收拾行李,可是,能不能抽点儿空给我烧一些浓浓的可口的咖啡?我要给哈特赖特先生写一点儿东西,所以,要充分保持清醒的头脑,这样才可以发挥我的能力。"

福斯科夫人两次鞠躬:一次是对我,显得很冷峻;一次是对她丈夫,显得很柔顺;然后轻快地走出了屋子。

伯爵走到窗口写字台跟前,打开抽屉,从里面取出几刀纸和一束鹅毛笔。他把笔扔得满桌子都是,以便使用时随手就能拿到,然后把纸裁成一叠狭长的稿纸,就像职业作家为发排而写稿时所用的那种。"我要写成一份很精彩的证明文件。"他扭过头来对我说。"我很熟悉写作的习惯。在智力方面,最难能可贵的成就就是精于组织自己的思想。这是一种了不起的特长!我就具有这种特长。您呢?"

咖啡送来之前,他一直在屋子里来回踱步,一面向自己哼着曲调,每逢思路遇到什么问题,就用手掌拍打脑门子。虽然我使他陷入困境,但他反而急于利用这一机会来满足他的虚荣心,恣意炫耀他自己。我对这种狂妄的态度不禁感到十分惊讶。尽管我从心底里厌恶这个人,然而,对他性格上那种惊人的毅力,哪怕是表现在一些最细微的地方，我也不由自主地受到了感动。

福斯科夫人端进来咖啡。他吻了她的手，表示谢意，然后把她送到门口；走回来后，他给自己斟了一杯咖啡，把它端到写字台上。

"您来点儿咖啡吗，哈特赖特先生？"他就座前说。

我谢绝了。

"怎么！怕我毒死您吗？"他嬉笑着说，"人家都说英国人的智力健全，"他接着说，一面在桌子跟前坐好，"可惜它有个严重的缺点，老是在不必要的地方显得过分地小心。"

他蘸了墨水，把第一张纸在面前摆好，用拇指把它揿在桌上，清了清嗓子，就开始写起来。他写得很快，笔下发出嚓嚓响声，字又大又潦草，行与行之间空得很宽，因此，从最上边一行开始，肯定不到两分钟就写满了一页。每写完一张纸，标上页码，他就把那张纸从肩头向后面扔在地上。第一枝笔写秃了，就把那笔也从肩上扔出去，接着就赶紧从散放在桌上的笔当中抓起了第二枝。一张纸又一张纸，十几张，几十张，上百张，都从他两面肩头上飞出去，最后稿纸像雪片似的堆满了他椅子四周。一小时又一小时过去，我坐在那里看，他坐在那里写。他从不停顿，除了偶尔喝上一口咖啡；而等到咖啡喝完，则不时拍一拍脑门子。钟敲一点，两点，三点，四点：稿纸继续向他四周飞出去；笔仿佛不知疲倦地、一刻不停地嚓嚓响着从稿纸上端写到底下，后来，乱糟糟的白纸在他椅子四周越积越厚了。到了四点钟，我只听见他的笔突然咔嚓一响，那是他在签的名后面画了个花式。"好啦！"他大声说，轻捷得像一个年轻人那样跳了起来，眼睛紧瞅着我，露出得意洋洋的笑。

"完稿了，哈特赖特先生！"他说，一面抖擞精神，咕咚一声在宽阔的胸口捶了一拳。"这篇东西我写得非常满意，您读了会非常吃惊。材料全部写完，但是福斯科的精力并没用尽。我还要把草稿整理修改一下，然后特地读给您听一遍。这会儿刚敲四点。

好极了!四点到五点,整理、修改、宣读。五点到六点,让我小睡一会儿,恢复一下精神。六点到七点,作好最后准备。七点到八点,安排好代理人要做的事,处理掉那密封信件。八点钟上路。瞧我的预定计划!"

他盘腿坐在地板上的稿纸当中,用一只锥子和一根细绳把它们串在一起,然后进行修改,在第一页的上端写了他的许多称号和获得的勋章,把材料大声读给我听,一面像演戏般加强一些字的口气,作出种种手势。有关这篇证明文件,读者不久就可以对它作出定评。这里我需要说的是,他满足了我的要求。

接着他给我写了出租马车的人的地址,并交给了我珀西瓦尔爵士的信。那封信是七月二十五日从汉普郡寄出的,它说"格莱德夫人"将于二十六日启程去伦敦。所以,就在医生为她出死亡证,证明她已在圣约翰林区去世的那一天(二十五日),珀西瓦尔爵士的信中却说明她仍旧活生生地待在黑水园府邸里,而且是第二天才上路!将来等我从出租马车的人那里获得证明,证实那次旅程,那时所需的一切证据就齐备了。

"五点一刻,"伯爵看了看他的表。"现在该是我睡觉养神的时候了。您大概注意到我的模样很像拿破仑大帝吧,哈特赖特先生,我还能够随意控制睡眠,在这方面也很像那位不朽的人物。请原谅我。让我把福斯科夫人唤来,免得您一个人闷坐在这儿。"

我明知道,他要把福斯科夫人唤来,是为了防我趁他睡熟时离开那间屋子,所以我不答话,只顾把他交给我的材料包扎好。

伯爵夫人进来,仍旧显得那样冷酷、苍白、阴狠。"招待招待哈特赖特先生吧,我的天使,"伯爵说。他给她端了张椅子,再一次吻了她的手,然后走到沙发跟前,三分钟后已经像一个胸怀最坦白的人那样安静、舒畅地睡熟。

福斯科夫人从桌上取了一本书,坐下来,像一个永不忘记嫌隙、决不宽恕别人的妇女那样,用仇恨恶毒的眼光直勾勾地瞪着我。

"我刚才听了你和我丈夫的谈话，"她说。"如果我是他，我早叫你死在壁炉前面的毯子上了。"

说完这话，她就打开了她的书，从那时起直到她丈夫醒来，她始终没有再看我一眼或说一句话。

伯爵张开眼睛，从沙发上坐起，离开他睡着恰巧是一个小时。

"我精神爽快极了，"他说，"埃莉诺，我的好太太，楼上的东西你都收拾好了吗？很好。我只需要十分钟就可以理好这儿的一些东西，再需要十分钟换好上路的衣服。在代理人来到之前，还有什么事需要做的？"他向屋子里四周望了望，一下子注意到那个装有他的白老鼠的笼子。"啊！"他怜惜地大声说，"还有一件需要我割爱的最伤心的事。我天真的小动物呀！我心爱的小宝贝呀！叫我把它们怎么办是好呢？暂时我们无家可归了，暂时我们要不停地流浪了，所以，对我们来说，行李带得越少越好。我那只鹦鹉，我那些金丝雀，再有我这些小老鼠：它们的好爸爸一走，再有谁来爱护它们？"

他陷入沉思，在屋子里来回踱步。刚才他并不曾为了写那份交代感到困难，可是现在，看得出来，却为了如何处理他的小动物这件更重要的事感到无计可施，烦恼起来。经过好一阵子考虑，他突然又在写字台跟前坐下了。

"有主意了！"他兴奋地说。"让我把我的鹦鹉和金丝雀捐赠给这个大都市，让我的代理人用我的名义把它们送给伦敦动物园。这会儿就开好捐赠的清单。"

他开始开清单，口中重复着笔底下不停地写出的句子。

"第一，羽毛美丽绝伦的鹦鹉：它能吸引所有趣味高尚的游客。第二，伶俐活泼无比的金丝雀：它们不但配得上点缀摄政公园的动物园，甚至配得上进入伊甸乐园。此致英国动物学学会。福斯科赠。"

笔又咔嚓一响，他在签名后面画了个花式。

"伯爵，你没把老鼠写上嘛。"福斯科夫人说。

他离开桌子,抓住她的手,放在自己胸口。

"人类的决心,埃莉诺,"他一本正经地说,"都有它的限度。在单子上写了那些,我的决心已经达到了它的限度。我舍不得我的白老鼠啊。原谅我吧,我的天使,上楼去把它们搬进那个旅行用的笼子里吧。"

"多么可爱的仁慈心肠啊!"福斯科夫人赞美她丈夫时向我最后狠毒地瞪了一眼。她很郑重地拿起鼠笼,走出了屋子。

伯爵看了看他的表。他虽然故作镇静,但是,看见代理人还不到来,就渐渐露出焦急的神情。蜡烛早已熄灭;曙光照进屋子。一直到七点零五分,才听见门铃响,代理人来了。他是一个留着黑胡子的外国人。

"这位是哈特赖特先生,这位是吕贝尔先生,"伯爵给我们介绍。他把代理人(我从来不曾见过像这样一个从脸上每个地方都可以看出他是外国间谍的人)拉到屋角里,关照了几句,然后让我们两人留下。一剩下我们两人,"吕贝尔先生"就很客气地问我有什么事差遣他。我写了两行字给帕斯卡,请他把我那个密封信件"交来人带下",然后注上姓名地址,递给了吕贝尔先生。

代理人守着我,一直等到他的委托人换好旅行装走下楼来。伯爵不立即打发他走,先仔细地看了看我信上的姓名地址。"我早就知道了!"他说,向我露出一副阴险的神气,从这时起他的态度又变了。

他收拾好东西,然后坐下来查阅一幅旅行指南图,边查边把一些事项摘录在笔记簿里,不时焦急地看他的表。他没再向我说什么。知道上路的时间临近,再加已经亲自证实我和帕斯卡之间建立的联系,他显然正在认真考虑为远走高飞采取什么必要的措施。

八点钟还差一点儿,吕贝尔先生拿着我那封不曾拆开的信回来了。伯爵仔细地看了上面的姓名住址和密封,点燃一支蜡烛,把信烧了。"我履行了我的诺言,"他说,"但是,哈特赖特先生,这件事并未到此结束。"

代理人刚才让他乘回来的马车停在门口，这会儿正和女仆忙着搬行李。福斯科夫人从楼上下来，脸上严严地蒙着面纱，手里提着旅行用的鼠笼。她什么话也没对我说，连正眼也不朝我看。她丈夫护送她上马车。"等会儿跟我到过道里去，"他悄声对我说，"我临别时要和您谈几句。"

我走到门口，代理人站在台阶下面前花园里。伯爵独自走回来，把我拉过去几步，到了过道里。

"记住了那第三个条件！"他压低了声音说。"您会收到我的信，哈特赖特先生，我会比您预料的更早向您提出挑战，举行一次绅士决斗。"这时他出人意外地拉住我的手，紧紧地握了一下，然后转身走向门口，但接着就停下了，又向我走回来。

"还有一句话，"他带着一副推心置腹的神气对我说，"我上次见到哈尔科姆小姐，看上去她很瘦弱。我非常关心这位可爱的女性。要当心照护好她，先生！我诚心诚意、严肃认真地恳求您：要当心照护好哈尔科姆小姐！"

他向我说完最后这几句话，把那肥大的身躯挤进了马车，车开动了。

代理人和我在门口等了一会儿，目送着他去远了。就在我们俩站在那儿的时候，后面不远的路拐角上出现了另一辆马车。那辆马车朝刚才伯爵的车所走的方向驶去，经过这所房子敞开着的花园门时，一个人从车窗里向我们张望。又是歌剧院里的那个陌生人——那个左边面颊上有疤痕的外国人！

"请您和我在这儿再等候半小时，先生！"吕贝尔先生说。
"好的。"

我们回到起居室里。我不愿意和这代理人聊天，更不高兴让他跟我谈话。我取出伯爵交给我的那份材料，开始阅读这人亲笔叙述他所策划和进行的可怕的阴谋故事。

伊西多尔，奥塔维奥，巴尔达萨尔·福斯科继续叙述事情经过

（神圣罗马帝国伯爵；荣获骑士大十字铜勋章；美索不达米亚秘术会终身会长；欧洲各国音乐学会、医学学会、哲学学会、慈善团体等名誉会员）

伯爵的叙述

一八五〇年夏，我在海外接受了一项性质很微妙的政治任务，来到英国。组织上任命我指挥几位与我有半官方联系的秘密工作人员，其中包括吕贝尔先生和夫人。我在定居伦敦郊区，准备进行活动之前，有几个星期的空闲时间可供自己支配。好奇的人看到这里，也许要我说明那些活动的性质。我完全理解他们的心情。然而我很抱歉，由于外交上保密的需要，我不能满足他们的这一要求。

经过安排，我准备到我已故的朋友珀西瓦尔·格莱德爵士高贵的府邸里度过我刚才所说的最初一段休息时间。他和他的太太从大陆上归国。我和我的太太从大陆上到来。在英国这片国土上，家室之乐的气氛最为浓厚，我们这样成双结对地来到此地，确实是再合适也没有的了！

这时候，由于两人在经济上抱有同病相怜之感，珀西瓦尔和我的友情就加深了。我们俩都需要钱。瞧这东西是多么迫切需要啊！瞧这东西是多么普遍缺乏啊！在文明世界中，有不同情我们的人吗？那人一定是麻木不仁的！要不，一定是十分阔绰的！

在这个问题上，我不愿详谈那些有关的无聊的细节。我一想

到了它们，就感到厌烦。不怕大家轻视，我不妨以古罗马人那种恬淡的风度公开承认：当时我和珀西瓦尔都已囊空如洗。现在，我把这件不愉快的事一笔带过也就算了，以后不必再重提它啦。

我们到了府邸，受到一位绝代尤物的欢迎，在气氛比较冷酷的社会中，她被称为"哈尔科姆小姐"，但我心底里只记得她叫"玛丽安"。

天哪！真没法想象，我竟然会那样快地拜倒在这位女性脚下。虽然已经六十，但我却像一个十八岁的青年人那样热烈地爱上了她。我把全部的感情像金币般倾倒在她脚下。而我的妻子（我那可怜的天使！），这位一向崇拜我的妻子，则只从我手中得到几枚先令和便士而已。这就是世界，这就是人生，这就是爱情。我们这些人算得了什么啊？（我在问自己）我们只不过是傀儡戏舞台上的一些木偶罢了。哦，万能的命运主宰，请轻轻牵动我们的提线吧！向我们大发慈悲，让我们在可怜的小舞台上跳完这场舞吧！

我以上所说的话如果能被正确地理解，它就可以说明一整套哲理。那也就是我的哲理。

现在，我继续写下去吧。

有关我们刚住进黑水园府邸时的情形，玛丽安（请原谅我忘情，用教名亲密地称呼这位高贵的小姐）已在她笔下作了无比精确的描写，而且表现了深刻的洞察力。虽然我这枝笔乐于效力，但有些事情，由于我已经详细知道了这位小姐的日记（我偷看了它，这件事在我记忆中留下了无比珍贵的印象），而她记事时一般又是那样纤细靡遗，所以我大可不必再去重复它们了。

谈到我在这方面所涉及的事情（多么叫人关心和焦虑的事情！），那必须从玛丽安不幸患病的那一天开始说起。

值得特别指出的是，这时候我们的处境都十分窘迫。为了偿还即将到期的债务，珀西瓦尔需要一笔巨款（至于我也需要一小笔款子，这里就不必去提它了）；唯一可以指望解他燃眉之急的,是他妻子的财产,然而,在她去世之前,那财产一文钱也不是属于他的。这情形已经够糟的了,但还有比这更糟的。我那不幸的朋友,正为了一些私事烦恼,但我和他的纯洁的友谊需要我在这方面保持应有的分寸,所以我不便打听那些事情。因为那样会显得太好奇了。我只知道,有一个名叫安妮·凯瑟里克的女人,隐藏在附近什么地方,和格莱德夫人互通消息,其结果可能会泄露一件秘密,而那样就必然要毁了珀西瓦尔。他曾经亲口对我说,除非能够封住他妻子的嘴,除非能够寻获安妮·凯瑟里克,否则他就要完蛋。如果他一完蛋,那么我们筹款的问题又会怎样呢?尽管生性是天不怕地不怕的,然而一想到这一点,我真的发抖了!

这时我把全部的心思都用在寻找安妮·凯瑟里克一事上。我们的筹款问题虽然重要,但尚可推迟,而寻获这女人的事则十分迫切,刻不容缓。我只是从珀西瓦尔形容的话中知道,这女人长得和格莱德夫人异常相像。他之所以谈到这件奇怪的事,只是为了寻找这女人时,我可以比较容易地辨认出她,然而,后来我又听说,安妮·凯瑟里克曾经从一所疯人院里逃走,于是我头脑里就有了一个伟大的设想,而最后则是实现了那件惊人的事情。我的设想是:要把两个身份不同的人完全调一个位置。格莱德夫人和安妮·凯瑟里克将彼此调换,她们的姓名、地位和命运都将彼此调换,而经过调包所取得的那项巨大成功,不但为珀西瓦尔爵士赢得三万镑,而且为他永远保守了那件秘密。

重新考虑了一下当时的情况,我已凭直觉预料到(我的直觉难得会料错了事情),我们那位神出鬼没的安妮,迟早会再来到黑水园湖边的船库。于是我就去那里守候着;事先告诉女管家迈克尔森太太,说我要在那幽静的地方用功看书,有事可以到那里去找我。我做人的原则之一是:别让自己的举动不必要地显得神秘,别让人家怀疑我缺乏应当表示的诚恳。迈克尔森太太始终相信我。这个像是出身于大户人家的妇女(一位英国国教教会牧师的遗孀），处处流露出虔诚的神气。一个已届成熟年龄的妇女，会这样无限天真地信任别人，这使我十分感动，于是我慨然接受了她对我的信任。

我在湖边守候，总算如愿以偿：虽然去到那里的不是安妮·凯瑟里克，而是她的监护人。这位监护人在信任别人时，也显得无限地天真，而我呢，和在上述的例子里一样，也接受了她对我的信任。我让她自己谈（她自己也急于要谈），在什么情况下可以介绍我去见那个她悉心爱护的人。我首次看见安妮·凯瑟里克的时候，她正睡着。这个不幸的女人和格莱德夫人长得那样相像，我见了不禁为之震惊。在这之前，我对那项伟大计划只有一个笼统的概念，但一看见那个睡熟了的人的脸，就细致地想到了种种巧妙的安排。同时，我为人心肠最软，眼看到病人痛苦的情景，被感动得流下了泪。我立即设法减轻她的病痛。换句话说，我为安妮·凯瑟里克准备了需要的兴奋剂，要让她恢复体力，可以动身去伦敦。

在这方面，我还不得不提出了一些异议，这样才避免铸成一件无法弥补的大错。

我年轻时曾经用功钻研医学和化学。尤其是化学，因为有关这门科学的知识能赋予人无穷的威力，所以它永远不可抗拒地吸引着我。我一向强调，化学家可以随意支配人类的命运。在续写下文之前，我要将这一点加以阐明。

人们都说，精神主宰世界。那么，主宰精神的又是什么呢？是肉体。而肉体（这里，请密切注意我的论点）则完全受制于一切主宰者中最有威力的化学家。只要让我福斯科运用化学，那么，当莎士比亚想出了《哈姆雷特》的题材，坐下来准备写他的作品时，我只要在他的日常饮食里撒上几粒药粉，就能影响他的肉体，削弱他的精神，直到后来他那支笔只能够糟蹋纸张，写出来的都是最恶劣无聊的废话。谈到这一类的情况，我又想起了大名鼎鼎的牛顿。我敢担保,他看见苹果落下的时候,将不会发现吸引力的原理,而是吞吃了那苹果。尼禄①刚吃完一顿饭,还没来得及消化,已经变成一个最温和的人;亚历山大大帝②清晨喝了几杯酒,可就在当天下午,他看见了敌人就会抱头鼠窜。说真的,我们的社会很侥幸,因为,由于不可思议的好运道,现代的化学家都是一些好好先生。他们多数是受人尊敬的父亲,做了家长,开了店铺。少数是哲学家,他们在赞扬他们讲课的一片喝彩声中被冲昏了头脑;有的是空想家,他们把光阴浪费在不可能实现的想象上;也有的是江湖医生,他们胸无大志,连给我们拾鞋都不配。就这样,我们的社会避免了一场浩劫,而那具有无限威力的化学则始终局限于一些肤浅无聊、无足轻重的问题上。

为什么我要这样表示忿慨呢?为什么我要这样慷慨陈词呢?

因为,我的行为被一些人歪曲了;因为,我的动机被一些人误解了。有人认为,既然我会对安妮·凯瑟里克运用我渊博的化学知识,我就会同样对高贵的玛丽安运用这方面的知识。瞧这种想法有多么恶毒!从下文中可以看到,当时我是一心想要保全安妮·凯瑟里克的性命。至于玛丽安,我只急于要把她从那个冒牌医生,那个为她治病的笨蛋的手中救出来(那家伙后来从一位伦敦来的医生口中证实,我所提出的忠告全部是正确的)。我只有两次求助于化学知识,而那两次对接受试验的人都是毫无伤害的。第一次,我先跟踪玛丽安到黑水园村那家客栈(当时我躲在一辆运货大车后边,不让她看见,一面却在欣赏她那优美可爱的走路姿势),然后,我烦劳我的高贵的夫人,由她去抄录了一封信,并截下了另一封信,这两封信都是我那敬爱的敌人交给一个被辞退了的女仆的,当时的情形是,那些信都藏在女仆的怀里,所以,

---

① 尼禄(37—68)古罗马皇帝(54—68),历史上有名的暴君。
② 亚历山大(公元前356—323),马其顿王(公元前336—323),以勇武善战著称,曾征服希腊、波斯、埃及,以及西北印度,建大帝国。

福斯科夫人为了拆开它们，看后执行她的任务，然后把信封好归还原处，她就只好求助于我藏在那半两重的瓶子里的科学的力量了。第二次是在格莱德夫人抵达伦敦以后，我采用了同样的方法（有关这件事，我以下就要谈到）。除此以外，在任何其他时候，我都不曾求助于我这门精湛的艺术。不论情况有多么危急和复杂，只需凭着天赋的才能，我照样能对付敌人，控制局势。可以说，我在这方面赋有随机应变的智慧。这里承认我不曾利用化学家的技术，正说明我具有非常人所具有的才能。

应当说，我这样发一发脾气是好的。这一来我就感到非常舒畅了。好，言归正传！让我继续往下谈吧。

我向克莱门特太太（也许是克莱门茨太太吧，我已经记不大清楚了）出主意，说为了防止珀西瓦尔爵士找到安妮，最好是把她送到伦敦去，对方欣然采纳了我的意见，我约定了一个日期和这两个上路的人在火车站碰头，亲自送她们上了车，然后才回到府邸去应付一些急待解决的困难问题。

我要做的第一件事，只能由我太太忠心耿耿地协助办理。我已经和克莱门茨太太说好，为了安妮的原故，她应当把伦敦的住址通知格莱德夫人。但是这样安排还不够妥当。也许别有用心的人，会趁我不在的时候，使克莱门茨太太单纯的信心发生动摇，她可能根本就不去写那封信。我能找谁和她同车去伦敦，在暗中探明她的住所呢？我向自己提出了这个问题。立刻我想起了我的贤内助，福斯科夫人。

一经决定托我太太去伦敦，我就作了种种安排，要使她这一次出去能完成双重任务。我当时还需要一位看护来照看病中的玛丽安，这看护不但要对病人，同时还要对我负责。很幸运，当时恰巧有一位非常能干可靠的妇女，可以供我差遣。我指的就是那位可敬的护士长吕贝尔夫人，我写了一封信，让我太太送到她伦敦的住所。

到了约定的那天,克莱门茨太太和安妮·凯瑟里克跟我在车站上会齐。我很礼貌地送走了她们俩。我很礼貌地送走了乘同一班车去的福斯科夫人。我太太一丝不苟地办好了我嘱咐她做的事,那天很晚的时候回到了黑水园。她由吕贝尔夫人陪伴着,并给我带回来克莱门茨太太伦敦的住址。此后发生的事情,证明这项预防措施是多余的。克莱门茨太太准时把她的住址告诉了格莱德夫人。为了将来万一需要,我保留了那封信。

同一天里,我和那医生进行了一次简短的谈话,我从神圣的人道主义出发,抗议他对玛丽安采用的疗法。和所有愚鲁无知的人相同,他的态度很是傲慢。当时我不发怒,不去和他争吵,我要把这场争吵推迟到有必要和能起作用的时候。

我要做的第二件事,是离开黑水园,亲自出门走一趟。为了即将发生的事,我需要在伦敦租好一幢房子。由于涉及别人的家务琐事,我还需要去和弗里德里克·费尔利先生打一次交道。我在圣约翰林区找到了需要的房子。我在坎伯兰利默里奇村找到了费尔利先生。

由于早已在暗中摸清了玛丽安的信件的内容,我知道,为了要平息格莱德夫人夫妻间的纠纷,玛丽安曾经写信给费尔利先生,打算陪格莱德夫人去坎伯兰她叔父家里。当时我就很有见地,我让这封信送到了它的目的地,认为这一做法不会有什么害处,说不定还会带来好处。现在我就要亲自去会见费尔利先生,尽力促成玛丽安的提议,同时,由于玛丽安患病,必须给这提议作一些修改,而这样我的计划就更容易实现了。必须使格莱德夫人在她叔父的邀请下单独离开黑水园,还必须使她叔父特地嘱咐她旅途中要在她姑母家里(我圣约翰林区的住宅里)歇一夜。我去拜访费尔利先生,就是为了要办妥这一切,要取得一封邀请信,可以拿去给格莱德夫人看。其他的事这里就不必多谈了。需要交代的是:这位绅士不但身体差劲,头脑也差劲,我把我的脾气全部发泄在他身上。我来到,我看见,我战胜了费尔利先生。①

我回到黑水园府邸（带着这封邀请信），发现医生对玛丽安采用的愚笨的疗法已经造成惊人的恶果。高烧已经转为伤寒。我回来的那一天，格莱德夫人要强行进入病房服侍她姐姐。我毫不同情这位夫人，因为她犯了一件无法容忍的过失，她曾经管我叫间谍，严重地损害了我的感情。她不但妨碍着我，而且妨碍着珀西瓦尔。尽管如此，但我是宽宏大量的，我总不能故意让她受到传染的危险。然而，我也不去阻止她甘冒危险。当时如果她真能按照自己的意思去做，以致情况发生了变化，那么，我那样不惜耐心费时进行的复杂工作也许早已一蹶而就。结果是，医生出面干涉，她没能进入病房。

我早就主张去伦敦请医生。现在他们照我的意思办了。医生来到后，证实了我的诊断是正确的。病情严重。但是，在疾病转为伤寒的第五天，我们又对这位可爱的病人有了希望。在这期间，我只离开黑水园一次——那一次我乘早车去伦敦，为我圣约翰林区的房子作了最后安排，并暗中探明克莱门茨太太确实没迁移，然后和吕贝尔夫人的丈夫初步解决了一两件小事。当晚我就回来了。又过了五天，伦敦医生说我们关心的玛丽安已安全脱险，此后只需当心护理就行了。这正是我所期待的时机。既然病人无需医生治疗，我就走出了第一步棋，斥责医生无能。因为当时他是目睹我的行动的许多人之一，所以必须除掉他。经过一场激烈的争吵（由于我事先关照，珀西瓦尔拒绝干预这件事），我达到了目的。我向这个可怜虫大发雷霆，他无法招架，终于被赶出府邸。

那些仆人是下一步需要清除的障碍。我又吩咐了珀西瓦尔（他那见义勇为的精神，有待我经常加以激发），于是，有一天，迈克尔森太太听主人说要解雇所有的仆人，不禁大为震惊。我们

---

① 仿效古罗马独裁者恺撒战胜法纳塞斯时所作的豪语。

遣散了府邸中所有的仆役,只留下一个女仆打杂,这女仆奇笨无比,我们尽可放心,她不会发觉我们的秘密。仆人都走了以后,我们只需要支使开迈克尔森太太就行了,这件事做起来也很容易,我们差这位和善的女人去海滨为她女主人找一个住所。

当时的情况,正合我们的理想。格莱德夫人由于过分紧张,在房里卧病,那个愚蠢的女仆(我忘了她叫什么)夜里也被关在屋子里侍候女主人。玛丽安虽然恢复得很快,但还不能起床,由吕贝尔夫人照护着。除了我妻子、我和珀西瓦尔外,府邸里再没其他人了。在这样各方面都对我有利的情况下,我就要应付下一件紧急的事,走出我的第二步棋。

第二步棋的目的,是要说服格莱德夫人,要她同意不必由她姐姐陪伴,单独离开黑水园。除非我们能使她相信玛丽安已经先动身去坎伯兰,否则我们就没法叫她自愿离开府邸。为了使她回心转意,我们就把我们关心的病人藏到黑水园府邸一间没人住的卧室里。在一个死沉沉的黑夜里,福斯科夫人、吕贝尔夫人和我(珀西瓦尔不可靠,他不够冷静),共同完成了这件隐藏的工作。当时的情景极端紧张,十分神秘而又生动。按照我的吩咐,那天清晨就用木头做好了搬运床铺的牢固的活动架子。我们不必惊动病人,只需在床头和床脚轻轻抬起床架,就可以把她和床铺一起移到我们选定的地方。这一次并不需要用什么化学药品。我们可爱的玛丽安病后虚弱,睡得很酣。事先我们已经打开房门,点好蜡烛。我仗着力气大,抬床头一面的架子,我妻子和吕贝尔夫人抬床脚另一面的架子。我抬着这珍贵无比的床架,既怀有男子汉的柔情,又显出慈父的关切。哪里去找一位现代的伦勃朗,来描绘我们的夜间行列呢?我不禁为艺术惋惜!为这最精彩的画题惋惜!你找不到一位现代的伦勃朗啊。

第二天早晨,我和我妻子动身去伦敦,我们请吕贝尔夫人照看被隔离在空屋子里的玛丽安,她慨然应允,情愿和她的病人一起被关闭两三天。我动身之前,已把费尔利先生表示愿意接他侄女回去、并嘱她去坎伯兰途中在她姑母家里过夜的那封信交给了珀西瓦尔，教他接到我的通知后如何把信给格莱德夫人看。我还从珀西瓦尔那儿获悉安妮·凯瑟里克从前住的那所疯人院的地址，并取得一封给院长的信，说明以前逃走的病人现在又要来就医。

我上次去伦敦时，已经作好安排，等我们早车到达伦敦，临时雇用的仆役必须将一切准备就绪。由于事先很周到地采取了这一措施，所以我们当天就能走出那第三步棋：安妮·凯瑟里克被我们手到擒来。

谈到这里，日期是很重要的。我这人不但感情十分丰富，而且办事条理分明。我能把所有的日期记得一清二楚。

那是一八五〇年七月二十四日星期三，我先派我妻子乘一辆马车，去向克莱门茨太太施展调虎离山之计。要做到这一点，只需要有一封冒充格莱德夫人在伦敦写的信就行了。克莱门茨太太被马车带走，我妻子途中借口要在一家店里买点儿东西，把她留在车上，然后躲开了她，回到圣约翰林区我的寓所，准备接待她所期待的来客。不用说，我们早就在仆人面前把这位来客说成是"格莱德夫人"。

同时，我已乘上另一辆马车跟了去，随身带着一封给安妮·凯瑟里克的信，说格莱德夫人要克莱门茨太太在那儿逗留一天，叫安妮由从前在汉普郡帮助她逃避了珀西瓦尔爵士、现在在门口候着的这位好绅士陪着一同去那里。这位"好绅士"差了马路上一个小孩送进去这封信，而自己则把车停在前面一两家门口等候回音。安妮一走出来，随手关上门，这位好人已经敞开车门接她，她刚一上车，车就开了。

（这里请原谅我插一句：瞧这件事够多么有趣！）

在去林苑路的途中，我的同车人并没显出害怕。而我呢，一向能随意装得比谁都和善，这一次当然扮得完全像个慈父一样了。瞧我有种种理由赢得她的信任！我配的药她服后见了效；我就珀西瓦尔爵士对她构成的危险向她发出了警告。也许，我在这方面太一味自信了吧；也许，我过分低估了低能者下意识的敏感性了吧。无论如何，我肯定是疏忽了这一点：她走进我的屋子时会感到意外，但我并没为她作好充分思想准备。我一领着她走进客厅，她看见那儿只有陌生的福斯科夫人，就显得极度紧张。即使她能像狗嗅出不曾看见的生物那样在空气中觉出危险，也不会比当时更加突然地无缘无故显出惊恐。我宽慰她，可是没有用。她那份恐惧我也许还能设法消除，但她那严重的心脏病却是任何灵丹妙药也无法治疗的。使我万分惊恐的是，她突然开始抽搐，而按照她那体质，这种全身的震动可以使她随时死在我们面前。

我们去请了附近的一位医生，说"格莱德夫人"需要他去抢救。我感到无比地欣慰，因为这位医生很有本领。我告诉他：我这个客人智力很差，并且容易陷入幻想，接着我就作了安排，只让我妻子一个人在病房里守护着她。其实，这个倒霉的女人已经病得很厉害，我根本不必担心她会泄露什么秘密。我唯一感到恐怖的是：假格莱德夫人可能死在真格莱德夫人抵达伦敦之前。

那天早晨我已经写了一封信给吕贝尔夫人，叫她二十六日星期五晚上到她丈夫寓所里去找我，又写了一封信给珀西瓦尔，叫他给妻子看她叔父接她回去的信，就说玛丽安已经先走了，要她也在二十六日那天乘中午火车去伦敦。考虑到安妮·凯瑟里克的病情，我认为有必要加速办理这件事，应当让格莱德夫人在比我原订计划更早的时候交给我来摆布。在那种捉摸不定的可怕的情况下，叫我还能作出其他什么安排呢？我已经没有别的办法，只能等候机会，把希望寄托在医生身上了。当时听到人家称呼"格莱德夫人"时，我仍能勉强稳定住自己，只是在几声哀叹中偶尔流露了感情。然而，在其他方面，在那个值得纪念的日子里，福斯科已经一反常态，黯然失色了。

安妮·凯瑟里克夜里睡得很坏，醒来时很疲乏，但那天晚些时候她又有了起色。我的精神本来容易恢复，这时也跟着振作起来。直到第二天二十六日早晨，我才收到珀西瓦尔和吕贝尔夫人的复信。我预料,除非是发生了意外,否则他们一切都会按照我的吩咐行事的,所以我就去定了一辆马车,准备到火车站接格莱德夫人,马车应于二十六日下午两点钟停在我家门口。看见所定的马车已登记好了,我就去和吕贝尔先生安排了一些事情。为了开一张所需要的疯病人证明书,我还另托了两个人帮忙。其中一个是我的熟人,另一个是吕贝尔先生的相识。这两位都很有气魄,对生活小节毫不介意;两个人当时都在为债务伤脑筋;两个人对我都是言听计从的。

我办完了这些事回去时,已经是下午五点多钟。我回到家里,安妮·凯瑟里克已经死了。她死在二十五日,可格莱德夫人要到二十六日才能抵达伦敦!

我慌了。想象一下吧。福斯科也慌了!

这时我们要后退已为时太晚。医生为了给我省麻烦,自己不怕费事,还没等我回到家就已经亲自去报了死亡的日期。此前我的伟大计划一直是无懈可击的,但现在它却留下了一个漏洞——我无论如何也不能改变二十五日发生的这件命运注定的事。我勇敢地面对未来。珀西瓦尔和我的利益危如累卵,我们更无其他办法,只有将这盘棋走到底。我竭力恢复了无比的镇静,我重新入局应战。

二十六日清晨,珀西瓦尔的信到了,说他妻子将乘中午火车抵达。吕贝尔夫人的信也到了,说她将在当晚随后抵达。于是,我乘马车出发,丢下了停在我家里的假格莱德夫人的尸体,到火车站接三点钟抵达的真格莱德夫人。我把安妮·凯瑟里克来我家时所穿的衣服都带在身边,藏在马车里座位底下,准备用它们来化装,使那个已死的复活,一变而成为这个活生生的。多么精彩的情节啊!我要把它提供给英国新一代的小说家。我要把它作为崭新的题材,献给法国那些已经才思枯竭的剧作者。

格莱德夫人到了火车站。我们给她提取行李的时候站上的人又多又乱,我唯恐这件事耽误了更多时间(万一她的一个朋友恰巧也在那儿呢)。我们的马车一开动,她首先问我她姐姐的情况。我胡诌了几句最能安慰她的话,保证她这就上我家去看她姐姐。这次吕贝尔先生在莱斯特广场附近租的房子变成了我的寓所,他在门厅里迎接我们。

我把我的客人让到楼上后房里,两位行医的先生正在楼下等着看病人,准备为我出证明书。我安慰格莱德夫人,不得不说了几句有关她姐姐的话,然后分别向她介绍了我的朋友。他们心中有数,简单而又认真地履行了在当时的情况下需要办理的手续。我一等他们离开,就重新走进屋子;为了早点儿结束这件事,我立刻向她危言耸听地谈到"哈尔科姆小姐"的健康情况。

结果不出我的预料。格莱德夫人吓得昏了过去。我第二次,也是最后一次,求助于科学方法。一杯下了药的开水和一瓶掺了药的嗅盐,解除了她的烦恼和恐慌。黄昏晚些时候,由于增加了药剂,她进入美妙无比的佳境,舒舒服服地休息了一夜。吕贝尔夫人及时赶到,为格莱德夫人化装。夜里给她脱去自己的衣服,第二天早晨给她穿上安妮·凯瑟里克的,这一切都由老成持重的好吕贝尔夫人亲自动手,绝对符合规矩礼数。我整天里都让我们的病人保持半清醒状态,后来,由于我那医生朋友的巧妙协助,我比原来希望的更早获得了需要的许可证。那天晚上(二十七日晚上),吕贝尔夫人和我把我们复活了的"安妮·凯瑟里克"送到疯人院。院里人接纳她时都感到惊讶,但并没犯疑;这都亏了那许可证和证明书,珀西瓦尔的信,容貌的相似,身上的打扮,以及病人当时精神错乱的状态。我立即回去,帮助福斯科夫人准备安葬假"格莱德夫人",同时把真"格莱德夫人"的衣服和行李都保存好。后来,它们全部都由灵车运送到坎伯兰。我参加葬礼,身服重丧,表现了应有的庄严。

以上这篇在不平凡的情况下写出的同样不平凡的故事到此结束。至于我和利默里奇庄园进行联系时如何采取细致的预防措施,我所定的计划如何获得光辉的胜利，计划完成后又如何在经济上获得一些实惠：这一切都已经为人所知。这里，我可以肯定地说，要不是我先在感情上暴露了一个弱点，我后来就不会在计划上留下一个漏洞。正是由于我不顾性命地热爱玛丽安，所以，她救走她妹妹时，我才会不采取自卫措施。我甘冒风险，相信格莱德夫人已绝对无法恢复她的身份。如果玛丽安或哈特赖特先生试图证明她的身份，他们只会自己在社会上落得身败名裂，被认为是在进行卑鄙的诈骗；人们都不会相信他们，瞧不起他们，因此他们也就无法危及我的利益，或者暴露珀西瓦尔的秘密了。我犯的第一个错误，是这样盲目地碰机会。我犯的另一个错误，是珀西瓦尔由于固执和粗暴而受到应有的惩罚，我却让格莱德夫人免于重进疯人院，并让哈特赖特先生再有机会从我手里逃脱。总而言之，在这种紧要关头，福斯科是很对不起他自己的。瞧我竟然会一反常态，犯下这样可悲的错误啊！要知道，使我铸成大错的是我的感情；要知道，支配我的感情的是玛丽安·哈尔科姆的形象：这是福斯科一生中的第一个，也是最后一个弱点！

我以六十岁的高龄写出这样一份坦白书，这样一篇绝妙的文章。青年们！我要你们对我表示同情。姑娘们！我要你们为我洒泪。

以下让我再交代几句，好让那些屏神凝息地阅读此文的读者们轻松一下。

我凭自己的洞察力感觉到：那些遇事定要追根究底的读者们，看到这里不免要提出三个问题。现在我就将它们列举出来，一一加以答复吧。

第一个问题：为什么福斯科夫人总是那样毫不犹豫，一心要实现我最大的理想，执行我最巧妙的计策？难道这里有什么秘密？要回答这个问题，我需要提一提我本人的性格，同时再这样反问一句：在人类历史中，你几曾见过像我这样的人没一个女的紧跟着他，情愿为他的一生牺牲自己的一切？再说，我记得我如今是在英国写这篇文章,我记得我是在英国娶的妻子——那么,我要请问:在这个国家里,有哪一个女人出嫁后可以不依从丈夫的主张而自行其是?没有!她必须毫无保留地爱护、尊重、服从他。而这一切正是我的妻子所做的。我这里所持的是至高无上的道德观点;我要高傲地声明,她是在正确地执行妻子对丈夫应尽的责任。闭口吧,不许你们诽谤!做妻子的英国妇女,你们都应当同情福斯科夫人!

第二个问题:如果安妮·凯瑟里克不是像当时那样死了,我又该怎么办呢?那我就要帮助精疲力竭的大自然出一点儿力,为她取得永恒的安息。我就要打开人生的牢狱之门,让这个囚徒,这个在精神与肉体方面都是不可救药的囚徒,幸运地获得解脱。

第三个问题:读者平心静气地分析了所有上述情况,难道会认为我的行为应当受到严厉的谴责?绝不应当有这种想法!为了不要背上恶名,我不是很小心地避免犯那些不必要的罪行吗?像我这样掌握了丰富的化学知识,我尽可以结果了格莱德夫人的性命。然而,我不顾自己蒙受巨大的损失,宁愿让自己的聪明机智、人道主义、慎重小心支配着我的一切行动,我仅仅是剥夺了她的身份。请以我所具有的能力来评定我的为人吧。将二者加以比较,我显得多么天真啊!相反,在我实际所作所为的事情当中,我又显得多么仁义啊!

我开始写这篇文章时曾经声明,我要写成一份非常精彩动人的证明文件。现在它完全符合我的要求。请欣赏这些热情洋溢的文句吧——我最后把它们留给我永远离开了的这个国家。它们可以纪念这一件事,它们不愧出自我的手笔。

福斯科

沃尔特·哈特赖特结束这篇故事

1

看完了伯爵的证明材料的最后一页,我必须留在林苑路的那半小时也结束了。吕贝尔先生看了看他的表,向我鞠了一躬。我立刻站起身来,留下这位代理人去看守那空房子。此后我再没见到他;再没听到他或他妻子的消息。他们爬出罪恶与欺诈的阴暗小径,横过我们所走的道路,然后又悄悄爬回到原来的小径上,就那样失去了踪影。

离开林苑路,一刻钟后我回到了家里。

我只用简单几句话,向劳娜和玛丽安说明我怎样完成了那件孤注一掷的冒险行动,并让她们知道此后我们的生活中可能出现的事。我把所有的细节都留到那天晚些时候详谈,首先立刻赶回圣约翰林区,去看福斯科伯爵到火车站接劳娜时向他租马车的那个人。

我根据手头的地址,找到了离林苑路大约四分之一里路的那家"马车行"。老板是一位很有礼貌的老实人。我向他解释,说我为了一件重要的家务事,需要确定一个日期,想请他查一查他的出车登记簿,也许他的营业记录能为我提供那项材料,他一口答应了我的要求。登记簿被取出来;就在"一八五〇年七月二十六日"那个日期下面,记有这样一条:

"林苑路五号福斯科伯爵预定四轮轿车一辆。下午二时出车。(约翰·欧文)。"

经过查询,我才知道,登记中"约翰·欧文"这姓名指的是当时被派去赶那辆车的人。这时他正在马房里干活,在我的要求下,他被唤来见我。

"你可记得,去年七月里给一位绅士赶车,从林苑路五号到滑铁卢桥火车站吗?"我问他。

"嗯,先生,"那个人说,"这个我可记不大清了。"

"也许你能记得那位绅士的长相吧?你可回想得起,去年夏天给一个外国人赶车——一位身材高大的绅士,长得特别胖?"

那个人立刻脸上闪出光辉。"我记起来了,先生!我从来没见过像他那样胖的绅士——我从来没给他那样沉重的客人赶过车。对了,对了——我想起他来了,先生。我们是去火车站的,是从林苑路去的。有一只鹦鹉或者什么鸟儿,在窗子里尖声怪叫。绅士给那位夫人找行李的时候很着急,他赏了我很多钱,因为我做事麻利,给他搬那些箱子。"

搬那些箱子!我立刻想起劳娜怎样叙述她抵达伦敦时的情景。说一个由福斯科伯爵带到车站去的人给她提取行李。原来就是这个人。

"你看见那位夫人了吗?"我问。"她是什么样儿?是年轻还是年老?"

"这个,先生,当时那么着急,又有那么多人你推我挤的,我这会儿可说不上来那位夫人是什么样儿了。有关她的事我什么也不记得了——除了她的姓。"

"你还记得她的姓?"

"记得,先生。她是格莱德夫人。"

"连她什么样儿都忘了,你怎么又会记得她的姓呢?"

车夫笑了,他移动着一双脚,有点儿不好意思。

"这个吗,不瞒您说,先生,"他说,"那时候我结婚不久;我老婆改姓我的姓之前,她和那位夫人同姓——我的意思是说,她也姓格莱德,先生。是那位夫人自己报出了她的姓。'您箱子上有您的姓吗,夫人?'我问。'有的,'她说,'我行李上有我的姓:上面标着格莱德夫人。''有这种事呀!'我心里说,'我这脑子一向记不住贵人的姓——可是,无论如何,我把这个姓像个老朋友一样给记牢了。'要问时间,那我可完全说不上来了,先生,也许,是一年前吧,也许,不是的吧。可是。讲到那个胖子绅士,还有那位夫人的姓,我能担保没错。"

现在再无需他记得时间了,那时间已经完全由他老板的出车登记簿证实了。我立刻想到,现在已经掌握了确凿的事实,作为无法抗拒的武器,能一下子粉碎全部阴谋。我毫不犹豫,把马车行老板拉到了一边对他说,他的登记簿和他车夫的证明有多么重要。我们很容易地谈妥,应当如何补偿老板由于暂时缺了这个车夫而蒙受的损失,我还抄录了登记簿里的这条记录,由老板亲笔签字作证。约翰·欧文此后将由我使唤三天,或者,如果需要的话,借用更多时间,一经这样约定后,我就离开了马车行。

现在我已取得一切需要的文件:区户籍登记办事处原先发出的死亡证,以及珀西瓦尔爵士给福斯科伯爵那封注有日期的信,都给藏在我的皮夹子里。

随身带着文字证明,记清楚了马车夫的答话,我掉转方向,朝基尔先生的事务所走去,自从调查工作开始以来,现在是第一次去那个地方。我这次再去访问他,一个目的是要告诉他我所做的事情。另一个目的是要事先通知他:我已决定第二天早晨陪我妻子去利默里奇庄园,要让她叔父公开承认她,接纳她回家。当时吉尔摩先生不在,在这情况下,为了这家人的利益,基尔先生作为这家人的法律顾问,他是否必须亲自到场,这件事我要让他自己作出决定。

当基尔先生听我原原本本叙述自己所做的事时,他是如何感到惊讶,又是如何发表他的看法:这一切我都不必再谈了。这里需要说的是,他立即决定和我们一同去坎伯兰。

第二天清晨,我们乘早车出发——劳娜、玛丽安、基尔先生和我坐在一个包房里,约翰·欧文和基尔先生事务所的一个雇员坐在另一个包房里。我们在利默里奇村车站下了车，先去托德家角农庄。我坚决主张，劳娜的叔父必须先公开承认劳娜是他侄女，然后再让劳娜去会见他。托德太太听了我们到坎伯兰的来意大为震惊，我等这位善良的女人一恢复了镇定，就让玛丽安和她解决我们的住宿问题，同时我和她丈夫作了安排，立刻让约翰·欧文受到农庄上雇工们的款待。等这些准备工作全部就绪，我就和基尔先生一同去利默里奇庄园。

我不能详细描绘我和费尔利先生的那一次会晤，因为，一想到那情景，我就感到厌恶、不耐烦，哪怕是回忆，那印象也会使我十分恶心。还是这样简单地总括一句吧：我终于达到了自己的目的。费尔利先生试图使出他那套老办法来对付我们。但是我们从会见的一开始就不去理会他那彬彬有礼的傲慢态度。接着他就一迭声诉苦，试图使我们相信他已经受不住阴谋败露的消息带给他的震动，但是我们对此也不表示同情。最后，像一个坏脾气的小孩，他索性吸着鼻子，抽抽搭搭地哭起来。"人家都说他侄女死了，叫他怎能知道她仍旧是活着呢？只要我们让他有时间恢复镇定，他当然高兴欢迎亲爱的劳娜。难道我们会认为他是急着要进坟墓不成？当然不是。那么我们又何必这样催促他呢？"他一抓到机会就再三抗议，但是我最后直截了当地打断了他的话，坚决要他在两条路当中选择一条：或是接受我的条件，认他的侄女；或是等将来法庭判定她仍活着，再承担此事的后果。他向基尔先生讨主意，基尔先生很爽快地说，这问题必须由他自己当场决定。不用说，他当然选择了能最快摆脱烦恼的办法，于是他突然打起精神向我们宣布：他身体不好，再也经受不了折磨，还是随我们去办吧。

我和基尔先生立刻下楼去，共同斟酌了一封信，准备以费尔利先生的名义发给所有曾经参加上次假殡葬的佃户，要他们第二天就到利默里奇庄园会齐。我们还开了一张条子，送给卡莱尔一家石匠铺，叫那铺子在同一天派人来利默里奇村墓地，准备铲去那碑文，基尔先生已安排好在庄园里下榻，他自告奋勇，要去把这些信件读给费尔利先生听，并且要他亲自在信上签名。

我用那天余下的时间，在农庄上写了一份揭露阴谋的简明材料，并加上了按语，以各方面提供的事实推翻了劳娜的死亡证明。我准备第二天在把这材料读给到会的佃户们听之前，先让基尔先生审阅一遍。我们作了必要的安排，议定读完材料后该用什么方式提出证明。这一切商议停当了，基尔先生就要谈劳娜的财产问题。我对这些事不熟悉，而且无意去了解它们，尽管我想到，作为一位办事认真负责的律师，基尔先生会不赞成我忽视那份留给福斯科夫人的遗产、不关心我妻子生前理应享受的利益，但我仍请基尔先生原谅，说我不愿谈这问题。我老实告诉他，说这问题牵涉到过去一些痛苦的事，我们自己从来不去提它，当然更不愿和别人谈它了。

天快晚时，我的最后一件事是去取得一份"墓碑上的记录"，趁伪造的碑文没铲除之前，先给它拓下一份底子来。

那一天来到了——那一天劳娜重新走进利默里奇庄园里我们熟悉的早餐室。玛丽安和我领着她一同走进去，所有集合在那里的人都从座位上站起。她刚一露面，我就看到大伙现出震惊的神色，听到他们表示诧异的窃窃私语。费尔利先生也到场了（根据我特别提出的条件），基尔先生站在他身旁。他的听差站在他背后，一只手拿着准备好的嗅盐瓶，另一只手拿着那块洒满香水的白手绢。

仪式一开始，我首先当众要求费尔利先生回答：我出席这个会，是不是已经由他授权，获得他的特许。他把手臂向他的听差和基尔先生两面伸出去，由他们俩扶着站起，然后声明："请允许我介绍这位哈特赖特先生。我身体仍旧非常虚弱，我感谢他代表我发言。要谈的是一件十分骇人听闻的事情。请听他说吧——但是，你们可别闹腾呀！"说完了这几句，他就慢悠悠地在椅子里坐下,又去向那块洒满香水的小手绢求救。

我首先极其简单扼要地作了说明,接下去揭露阴谋的报告就开始了。我出席这个会(我告诉听众们),第一是要声明:我妻子,当时坐在我身旁的,是已故的菲利普·费尔利先生的女儿;第二要用确凿的事实证明:大伙上次在利默里奇村墓地里参加葬礼,实际上葬的是另一个女人;第三是要向他们简单说明所有这一切的经过。接着,也不用什么开场白,我立即宣读那篇揭露阴谋的报告,简明扼要地交代了它的内容,只谈了阴谋中图财的动机,并没提到珀西瓦尔爵士的秘密,以免使我的报告变得复杂。报告完毕,我提请听众们注意墓碑上的日期(二十五日),并取出死亡证给大伙看,证明那日期是正确的。然后我向他们宣读了珀西瓦尔爵士二十五日写的信,信中说他妻子准备二十六日从汉普郡动身去伦敦。我接着说明她那次确实曾经上路,这可以由马车夫亲自作证,我更提出马车行出车登记簿上的记录,证明她确是在那指定的日期到达的。接着,玛丽安亲自陈述了她是如何和劳娜在疯人院里会面的,她妹妹又是如何逃出来的。她的话说完后,我趁仪式结束时向到会的人宣布了珀西瓦尔爵士的死讯,以及我结婚的消息。

我重新就座后,基尔先生起立宣布,作为家庭法律顾问,他认为我已用他生平所见到的最确凿的证据证明了这一件事。他说这些话时,我搂着劳娜,把她扶起,让屋子里所有的人都清楚地看到她。"你们都同意吗?"我问,同时指着我妻子,向前朝他们走近几步。

一听到这句问话,大伙就像触了电一样。屋子那面尽头,庄地上一个最老的佃户站了起来,其他所有的人也立即跟着站起。这时我看清了那个佃户,他那褐色的脸显得那么诚恳,头发是铁灰色的,这时他站在窗口的座位上,高挥着一条沉甸甸的马鞭,首先发出欢呼。"那就是她,好好地活着——上帝保佑她!你们喊好儿呀,哥儿们!喊好儿呀!"响应他的呼声此起彼伏,那是我听到的最悦耳的音乐。村里的工人和学校里的学生,一起聚集在草地上,也发出欢呼,声音回荡到我们这边。农妇们围住劳娜,抢着跟她握手,自己脸上涕泪纵横,一面却在安慰她,叫她鼓起勇气,不要哭泣。她激动得完全无法自持了,我不得不把她挽出人丛,扶到房门口。我在那里把她交给了玛丽安——我知道玛丽安以前从来不曾使我失望,而她现在充满勇气和自信,当然更不会辜负我们的信托。剩下了我一个人在门口,我首先代表自己和劳娜向所有到会的人致谢,然后邀请他们随我到墓地去亲眼看石匠铲去那碑文。

他们一起离开了屋子,加入了集合在坟墓周围的村民当中,这时石匠已在那里等候着我们。在一片紧张的寂静中,钢錾开始在云石上发出尖厉的声音。大伙静悄悄的,一动不动,直到最后"劳娜·格莱德夫人"几个字消失了。接着,人群感到一阵轻松,掀起了很大的骚动,仿佛觉得阴谋的枷锁终于从劳娜身上解除,然后,集合在一起的人慢慢地散开了。碑文尚未全部铲净,天已经晚了。后来,只在原来的地方刻上了这样一行:"安妮·凯瑟里克卒于一八五〇年七月二十五日。"

黄昏中,我赶早回到利默里奇庄园,向基尔先生道别。他和他的雇员,还有那个车夫,一起搭当晚的火车回伦敦去了。他们刚走,我就收到费尔利先生一封措词傲慢无礼的信(刚才,佃户们欢呼着响应我时,他已在完全瘫痪的状态中被抬出了屋子)。信中表达了"费尔利先生最热烈的祝贺",并希望知道"我们是否有意留在他家"。我的答复是:我们这次到他府上来的唯一目的已经达到;现在只想回自己的家,任何其他人的寓所里我们都不愿意久留;费尔利先生一点也不必为将来会再看见我们的影子或听见我们的声音而担心。我们回到农庄上我们的朋友家里,在那里歇了一夜,第二天清晨由全村里的人和附近所有的农民,满怀热情与善意,一直护送到火车站,最后我们回到伦敦。

当坎伯兰的小丘在远处逐渐模糊时,我回想起:现在已经结束的这场漫长的斗争,是在多么令人沮丧失望的情况下开始的啊。现在回顾已往,我觉得很奇怪:当时贫穷使我们毫无希望获得外来的援助,迫使我完全靠自己采取行动,然而,正是这一情况间接地帮助我们获得成功。假如我们当时有足够的钱,可以得到法律的帮助,那结果又会怎样呢?从基尔先生本人的话里可以听出,打赢这场官司是毫无把握的;而从实际经受的考验中可以明显地看出,打输这场官司却是十分肯定的。如果依靠法律,我永远也不会去和凯瑟里克太太会见。如果依靠法律,帕斯卡永远也不会迫使伯爵作出交代。

2

要将这篇故事全部交代清楚,我还得补叙两件事情。

经过长时期的抑郁,我们初次感到心情轻松了;就在这时候,最初给我介绍木刻工作的那位朋友找我去,又一次表示关怀我的生活。他的几位老板都很想知道法国人在木刻实际应用方面的一项新发明究竟具有什么优点,派他去巴黎代为进行了解。他本人因为工作忙,没时间出差,于是,承他好意,提议转托我去办这件事。我很感激他,毫不犹豫地接受了这项委托,因为,如果我能按照理想完成这项任务,以后就可以经常为那份画报工作,而不必像现在这样只偶尔为它作画了。

我听了他的嘱咐,收拾好了行装,准备第二天出发。我再一次把劳娜托付给她姐姐(现在的情况和以前大不相同了!),这时我又想起了我和我妻子都一再为之感到不安的一件重要的事,也就是玛丽安的终身大事。难道我们可以这样只顾自己,只管接受这位慷慨无私的姑娘的爱,让她为我们献出她的一生吗?为了最好地表达自己的感激心情,难道我们不应当忘了自己,单纯去考虑到她吗?这一次临走之前,趁只有我和玛丽安在一起的时候,我就试图和她谈这件事。她拉住我的手,不等我往下说就打断了我的话。

"咱们三个人在一起经受了这么多的苦难,"她说,"除非是到了最后永别的时候,否则咱们是再也不分离的了。我的感情,我的幸福,沃尔特,都跟劳娜和你联系在一起了。再过一些日子,等到可以在你们的炉火旁听到孩子的声音,我要教孩子用他们的语言代我说话,那时候他们向父母背诵的第一课是:咱们离不开阿姨!"

那一次我不是单独去巴黎。在临行的最后一刻,帕斯卡决定和我同去。自从那天晚上去歌剧院以后,他始终没能恢复往常的愉快心情,现在决意要试一试,看一周的休假能不能使精神振作起来。

在我们抵达巴黎的第四天,我完成了委托的任务,写好了需要的报告。第五天,我作了安排,准备陪帕斯卡到各处游览取乐。

我们住的那家旅馆,由于客人太多,没能把我们俩安排在同一层楼上。我的房间在二楼,帕斯卡的房间在上面三楼。第五天早晨,我上楼去看教授是不是已经准备好出去,刚要走上楼梯口,我看见他的房门从里边开了——扶着半掩着的门边,是一只纤长的神经质的手(那肯定不是我朋友的手)。就在这时候,我听见帕斯卡用他的本国语压低了声音急着说:"我记得那名字,可是我不认识那个人。你在歌剧院里看到,他样子完全变了,所以我没法认出他来。我要把报告送上去,此外我不能再做什么了。""用不着再做什么了,"另一个人的声音回答。房门敞开,浅色头发、脸上有疤痕的那个人,正是我一星期前看见他尾随福斯科伯爵的马车的那个人,走出来了。我闪到一边,他向我鞠了一躬(瞧他那张脸苍白得可怕),走下楼梯时紧紧地扶着栏杆。

我推开门,走进帕斯卡的房间。他样子十分奇怪地蜷缩在一张沙发的角落里。我走近他时,他好像要躲开我。

"我打扰你了吧?"我问他,"我不知道你有朋友在这儿,后来才看见他走出去。"

"不是什么朋友,"帕斯卡急着说,"今天我是第一次,也是最后一次会见他。"

"恐怕,他给你带来了什么坏消息吧?"

"可怕的消息,沃尔特!咱们回伦敦吧——我再不要在这儿多待了——这次我根本就不该来的。我年轻时候做的那些不幸的事,变成了我最沉重的包袱,"他说时把脸转过去对着墙,"到后来变成了我最沉重的包袱。我真想忘了它们,可是它们不肯忘了我!"

"恐怕咱们要到下午才能回去,"我回答。"这会儿你高兴和我一起出去走走吗?"

"不,我的朋友,我还是在这儿等着吧。可是,咱们今儿就回去——千万让咱们回去吧。"

我临走时向他保证,说他当天下午就可以离开巴黎。前一天晚上我们曾约好,要用维克托·雨果那部著名小说①作为导游指南,到巴黎圣母院楼上去一趟。这是我最渴望在法国首都瞻仰的名胜,于是我独个儿到那教堂去了。

沿着河滨走近圣母院,我路过陈尸所——巴黎的那所恐怖的死屋。陈尸所门口围着一大群闹哄哄的人。分明是那里面有什么东西引起了普遍的好奇,投合了一般人对恐怖的兴趣。

我本来会径直向教堂走去的。但是两个男人和一个女人的谈话从人丛边上传到我耳朵里。他们刚在陈尸所里看完了出来,正和身边的人谈到一具死尸——说那是一个男子的尸体——死者身体异常肥大,左臂上有一个奇怪的标志。

一听到这句话,我就站住了,接着又跟着一群人往里走。刚才从门缝中听到帕斯卡的声音,在旅馆的楼梯上又看见从我身旁走过的那个陌生人的脸,我只是模糊地预感到这件事的隐情。现在,无意中听到了这几句话,我完全明白了这件事的真相。不是

---

① 指法国作家维克托·雨果(1802—1885)的小说《巴黎圣母院》。

我，而是另一个复仇者，从歌剧院跟踪那个命数已尽的人到他家门口，再从他家门口跟踪到巴黎他避难的地方。不是我，而是另一个复仇者，清算了他的罪行，结果了他的性命。在戏院里，就在我向帕斯卡指出他的时候，那个也在追寻他的陌生人在我们旁边听见了我们的话，就在那片刻中决定了他的命运。我还想起，我和他面对面的时候，怎样进行了那场思想斗争（在放走他之前所作的那场思想斗争），而一想到这里，我就颤抖起来。

慢慢地，一寸一寸地，我随着人群往里挤，越走越近，走向陈尸所内那一片将生与死分开了的大玻璃隔板跟前；越走越近，直到最后，我已站在第一排观众紧后边，可以看清楚里面了。

他躺在那里，无人认领，无人认识，公开让一群法国人轻慢地、好奇地围观！那就是他一生长期以来逞能为害、肆意作恶的可怕下场！在死后安息的肃穆宁静中，他那张宽大端正的脸威武地对着我们，我四周爱饶舌的法国妇女都举起手来赞美，尖着嗓子齐声大喊："啊，瞧呀，这个男人多么漂亮！"可能是一把刀，也可能是一只匕首，恰巧刺在他的心头，造成了他的致命伤。从尸体的其他部分看不出行凶后留下的痕迹，只左臂上，也就是我在帕斯卡的臂上看见标志的地方，深深地划了两刀，形成一个T字形伤口，使人再辨不出那个社团的标志。从他的装束上可以看出，他也知道自己面临的危险，所以用那身衣服把自己化装成为一个法国工人。我勉强透过玻璃板去看，但只看了一会儿，并未在那里多待。我不能更详细地描绘，因为我再不能多看下去了。

在把这件事交代过去之前，我不妨在此提一提此后被证实的几件与他的死有关的事（部分是从帕斯卡那里获悉的，部分是从其他地方听来的）。

他的尸体，是从塞纳河里打捞起的，像我以上描写的那样化了装，从他身上找不出任何线索，可以说明他的姓名、身份或住址。此后无法追捕那刺杀他的凶手，也无法查明他被害的情形。我自己对这件暗杀的秘密作了结论，也让其他的人自己去作出结论吧。我曾经说过,那个脸上有疤痕的外国人是那社团的成员(他在意大利加入那社团时,帕斯卡已经离开本国);我还说过,死者左臂上划的T字形伤口代表意大利字"Traditore①",说明那社团惩罚了一个叛徒。这样,我已经就自己所知道的一切,说明了福斯科伯爵死亡的秘密。

我看见尸体的第二天,当局根据一封写给死者妻子的匿名信认出了他。福斯科夫人将他安葬在谢神甫公墓里。直到现在,伯爵夫人仍经常亲手把鲜花花圈挂在坟墓周围美丽的青铜栏杆上。夫人在凡尔赛过着完全与世隔离的生活。不久前她发表了一部她先夫的传记。从这本书里,读者绝对无法查出他的真名实姓,更无法发现他生前的秘密:书中几乎通篇表扬他做丈夫的美德,竭力夸奖他罕有的才能,并列举了他荣获的勋章和头衔等。有关他死的情形,只是被一笔带过,在最后一页上概括为这么两句:"他一生中长期维护贵族的权利与骑士团的神圣原则,是为自己的事业而牺牲的。"

3

我从巴黎回来后,夏秋两季又随着过去,但这段时期里并未发生什么值得记述的变化。我们的生活十分简单安静,所以我的稳定的收入已足够维持我们的开销了。

第二年二月里,我们的第一个孩子出世,是一个男孩。我母亲和妹妹,以及魏茜太太,都参加了我们为他举行命名礼而设的小小宴会,克莱门茨太太也来为我妻子帮忙。玛丽安做了我们孩子的教母,帕斯卡和吉尔摩先生做了他的教父(后者是委托别人代表的)。这里我不妨再叙一笔:一年后吉尔摩先生回国,在我的要求下帮助完成了这部作品;他用他的名字发表在故事中的那篇

---

① 意大利语,"叛徒"。

陈述,虽然按顺序被列在前面,但在时间上却是我最后收到的一部分材料。

这里还需要交代我们生活中的一件事,它发生在我的小沃尔特出世六个月的时候。

那时候我正被派往爱尔兰,为雇用我的那份报纸画几幅即将发表的插图。我去了将近两星期,每日经常同我妻子和玛丽安通信,除了最后那三天,因为我的行止太不固定,没法收到她们的回信。最后我乘夜车结束了那次旅程,但当我清晨回到家里时,竟然没人接我,这使我大为惊讶。劳娜和玛丽安已在我回来的前一天带着孩子出门了。

仆人交给我妻子留下的一张条子,通知我她们已经去利默里奇庄园,而这就使我更加诧异了。玛丽安不许她在信上说明原因,只是要我一回到家就跟着到她们那儿去,要等我抵达坎伯兰才向我说明全部原因,并嘱咐在这以前一点也不必为此事担心。条子上就写了这么一些。

那时还来得及赶早班火车。于是,就在当天下午,我到了利默里奇庄园。

我妻子和玛丽安都在楼上。更使我感到惊讶的是,她们都到了我当年为费尔利先生裱画时用作工作室的那间小屋里。这时玛丽安就坐在我从前工作时坐的那张椅子里,孩子很起劲地在她膝上吮珊瑚玩具,而劳娜则站在我常用的那张熟悉的画桌跟前,手边摊开着我从前给她画的那本小画册。

"你们怎么到这儿来了?"我问,"费尔利先生知道吗?"

玛丽安打断了我的问话,说费尔利先生已经去世。他一度中风,从此一病不起。基尔先生把他的死讯通知了她们,并建议她们立刻来利默里奇庄园。

我思想中只模糊地预感到一次重大的变化。劳娜不等我全部意识到这件事的性质;就先开口。她悄悄走近我身边,对当时仍留在我脸上的惊奇神情感到很有趣。

"亲爱的沃尔特,"她说,"难道我们真的必须说明为什么自作主张来到这儿吗?亲爱的,恐怕这一次只好打破常规,先斩后奏了。"

"根本不需要向他这样解释,"玛丽安说。"还是让我们谈一谈将来的事情,那会同样清楚,更加有趣。"她站起来,双手举起那个蹬着脚欢呼的孩子。"你认识这是谁吗,沃尔特?"她问我,快乐的泪花在她眼睛里荧荧闪亮。

"不论我多么糊涂,总也有一个限度,"我回答,"我肯定能够答复你,说我认得这是我的孩子。"

"孩子!"她激动地说,又显得像从前那样爽朗愉快了。"你谈到一位英国地主的时候,可以这样随便吗?我向你介绍这位小公子的时候,你知道你是站在谁的面前吗?明明是不知道嘛!让我介绍两位高贵的人士互相认识一下吧:这位是沃尔特·哈特赖特先生,这位是利默里奇庄园未来的主人。"

这就是她的声明。写到最后这几句话,我的全部故事也就结束了。笔开始在我手中颤抖,许多月来漫长而愉快的工作完成了;玛丽安是我们生活中的慈善天使,那么,就用玛丽安的这几句话结束我们的故事吧。